郑祥琥 ——> 著

本书系江西科技师范大学中国语言文学攀登计划资助项目

西游故事
进 化 史
新 探

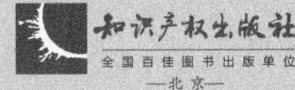

知识产权出版社

全国百佳图书出版单位

—北京—

图书在版编目（CIP）数据

西游故事进化史新探 / 郑祥琥著 . —— 北京：知识产权出版社，2021.8
ISBN 978-7-5130-7625-8

Ⅰ . ①西… Ⅱ . ①郑… Ⅲ . ①《西游记》研究 Ⅳ . ① I207.414

中国版本图书馆 CIP 数据核字（2021）第 143323 号

内容提要

本书探讨玄奘西天取经故事从唐代，历经宋元明清，至当代的种种变化，并总结剖析了"文化基因"的相关理论问题。本书主要包括五个方面：第一，探讨西游故事本身的演化，如孙悟空形象的进化；第二，深入研究西游故事的经典文本百回本《西游记》的诸多情况；第三，深入研究西游故事进化史中《大唐三藏取经诗话》《西游记平话》《西游记杂剧》等中间阶段作品的情况；第四，用两万多字探讨国内外近百部西游影视剧的情况；第五，最重要的是要形成一个文学进化研究的研究案例。本书对《文学进化论新探》形成有力的案例支撑，适合文学理论研究者、西游故事爱好者阅读。

责任编辑：李　婧　　　　　　　　　责任印制：孙婷婷

西游故事进化史新探
XIYOU GUSHI JINHUASHI XINTAN

郑祥琥　著

出版发行：**知识产权出版社**有限责任公司	网　　址：http://www.ipph.cn
电　　话：010-82004826	http://www.laichushu.com
社　　址：北京市海淀区气象路50号院	邮　　编：100081
责编电话：010-82000860转8072	责编邮箱：lijing@cnipr.com
发行电话：010-82000860转8101	发行传真：010-82000893
印　　刷：北京虎彩文化传播有限公司	经　　销：各大网上书店、新华书店及相关书店
开　　本：720mm×1000mm　1/16	印　　张：25.25
版　　次：2021年8月第1版	印　　次：2021年8月第1次印刷
字　　数：400千字	定　　价：100.00元

ISBN 978-7-5130-7625-8

序

范式转换视角下的文学进化个案研究

　　辛丑初，郑祥琥《西游故事进化史新探》即将付梓，邀我作序，对其研述虽很陌生，但作为其博士生指导教师，看到弟子如此勤奋多产，自然欣喜。自从南开大学毕业后，祥琥就职于江西科技师范大学文学院，短短两年多的时间内，依凭此前的积累和当下的勤奋，在学术研究上渐入佳境，接连构思多部著作的撰写与出版计划，并不断付诸实施，频发雏凤之鸣，很是令人欣慰。同时间，也有些应接不暇——如以一弟子一年一序为计，其写书的速度，要超过我写序的速度了。

　　《西游故事进化史新探》是祥琥第二部正式出版的学术专著。在其第一部《文学进化论新探》中，他尝试着探索一种独特的观察文学的视角，构建一个新的文学理论框架。而在本书中，祥琥又尝试将其文学进化论的整体思想用于《西游记》的具体研究中，可视为一种宏观构思的微观应用，或是一种抽象构想的个案研究。无前者，则研究缺乏方向；无后者，则研究难以落实。这样，文学进化论理论研究与西游故事进化史实践研究，可以互相支撑，互相成就，体现出一种互补、互系意识。据悉，祥琥这部书酝酿已久，构思十年有余，其间不断完善，堪称"十年磨一剑"之作。2008 年，他完成了 9 万多字的硕士论文《文学进化中的因袭——以〈西游记〉为中心案例》，其中体现了作者跨学科研究的旨趣，以及文学理论、古典小说研究、文艺心理学等方面思考，用他自己的话说，"在文学理论方面，我当时已经萌生了'新的文学进化论'的诸多念头；在古典小说研究方面，我对《西游记》与内丹道教关系问题，已经有了初步的探究；在文艺心理学方面，我在硕士论文开题报告中，已经提出了'内视'的心理学概念"，这体现出一位年轻学者锐意求新、通达求变的可贵精神。这为他今后的学术道路奠定了坚实的基础。

　　《西游故事进化史新探》是《文学进化论新探》的细化性著作。在《文学进化论新探》第六章《文学进化中的选择因袭》中，就有"《西游记》有关的选择因袭"一节，第十一章《垂直进化》中，也有"《西游记》垂直进化进程研究"一节。但《文学进化论新探》侧重于整体理论构建，本书则侧重于各种文本的梳理和其间联系，侧重还是有所不同，可视为一个学术核心概念的细化和具体操作性应用。大体来看，本书主要在四个方面有所创新，如下。

第一，将西游故事与文学进化论结合起来进行研究。本书在西游故事进化上进行了详尽的分析，从唐代玄奘西游本事谈起，深入探讨了西游故事进化历程中《大唐三藏取经诗话》《唐三藏西天取经》《西游记平话》等各阶段作品的进化关系，又探讨古代动物故事的发展演变历程及其与西游故事的进化关系。最后又探讨《西游记》诸多续书之间的进化关系。这些问题，前辈学者都进行了较多的探讨，已有大量的相关论文、专著。俗语云：后出转精。现在重新来探讨，虽然站在前人的肩膀上，但也确实难以出新。前人的研究给了我们基础，但往往会限制我们的视野。不过总体来看，本书中的论述，都有一定的创新性，在前人的基础上，有一定的进展，值得肯定。

第二，孙绪问题的相关考证与阐发。针对这一问题，本书中已有一定的阐发，其观点启人思索，但是尚需要更多的证据，还需要进一步的研究。实则祥琥对孙绪相关问题的研究，还没有完全做到材料上的竭泽而渔，亦未能做到外围事迹上的充分勾稽，外围材料上的充分把握。只能说是进行了孙绪与西游故事"心猿意马"问题的初步研究，似乎打开了一个新的思路。但后续研究并未完全展开，相关的论证过程并未做扎实，诸多的理论与事实可能性，并未予以完全探讨。这有待于祥琥未来进一步深入研究。读者对此亦可多加注意。

第三，内丹道教与百回本《西游记》成书的关系问题。这一问题近二三十年来，是《西游记》研究领域的热点问题。祥琥对此有较多的研究，有一些新发现。针对这些问题，我也参与进行了一些思考与研讨。应该说，是取得了较大研究成果的。不过这些新发现的材料所揭示的问题，所能够揭示的新的理论，还没有完全展开，尚需要《西游记》研究界与道教研究界的学者们进行更多的探讨。本书中的一些材料与观点，只能说是抛砖引玉，希望引起更多读者的注意，引起广泛讨论，至于最终的结论，还有待学术界深入研究之后，方可定谳。

第四，关于西游影视剧的研究。本书中，祥琥用两万多字探讨了《西游记》的影视改编问题。影视研究，并非古代文学研究的固有领域。从这个角度来说，属于"跨界"。但考虑到，近二十年来，《西游记》影视改编如火如荼地进行，则这种"跨界研究"又是需要的。而且以古代小说研究为基础，进行这种跨界研究，应可以看到影视文学研究界所难以看到的古典文化的现代传承问题。在这项研究中，祥琥较重视各西游影视剧之间的因袭关系。如中国中央电视台1986版《西游记》（以下简称央视1986版《西游记》）对中国香港邵氏兄弟有限公司出品的《西游记》的参考与吸收。再如诸多西游喜剧，与《西游记》续书之间的某些传承关系。这些问题倒是符合文学进化论中因袭的相关理论设定，未来都可以进一步再探讨。

　　总的来看，祥琥对《西游记》的研究，有较深积累，取得了一定成绩。而关于文学进化论理论与个案的研究，《西游记》进化只是其中一项。祥琥最近表示，准备做一项"北宋四大故事进化史比较研究"的课题，聚焦于北宋时期赵匡胤、杨家将、包公、水浒四大故事体系的进化史。要点在于"比较"，就是试图揭示这四大故事在南宋、元、明、清、近现代的不同时期的发展状况，以期反衬出文学进化的诸多问题，于"比较"之中找出各故事进化历程的同与不同。这一思路，我觉得很好，可以继续做。

　　本书结语部分，是关于西游故事进化史的若干理论思考，这反映出祥琥对于理论规律的重视。实际上，祥琥读博士期间所研习的"中国古代文学思想史"就是一个侧重理论思维的学科。学习研究中，关于理论如何重要，无需在此详说。可以说，文献材料搜集之后，理论就是决定的因素。在研究中，所谓理论，就是如何处理材料的方法。在此，所谓"如何处理"，就是如何切入、分析、解读。不同的切入与解读，结果大不相同。例如，对于中国古典诗歌的最高理论范畴究竟是什么，王国维在《人间词话》中独标"境界"，其云："词以境界为最上。有境界则自成高格，自有名句。五代、北宋之词所以独绝者在此。"这一观念定型之前，静安先生已面临多种成说，最终从中"突围"，试看："严沧浪《诗话》谓：'盛唐诸公，唯在兴趣。羚羊挂角，无迹可求。故其妙处，透澈玲珑，不可凑拍。如空中之音、相中之色、水中之影、镜中之象，言有尽而意无穷。'余谓北宋以前之词，亦复如是。然沧浪所谓'兴趣'，阮亭所谓'神韵'，犹不过道其面目；不若鄙人拈出'境界'二字为探其本也。"在此，显然，"境界"是从与"兴趣""神韵"等"备选"概念的竞争中胜出的，因为王国维认为它更为深刻地揭示了问题的本质。亦可见王国维对于"兴趣""神韵"是经过认真思考琢磨出来的。但"境界"只是一个高度抽象的概念，究竟如何体现，还需细化，将其落到实处。为此，静安先生又将"境界"分成"造境"与"写境"，"有我之境"与"无我之境"，"大境"与"小境"，"客观之境"（客观诗人）与"主观之境"（主观诗人）……有了"境界"的统领，古代诗词研究在静安先生笔下，自然呈现出别样面貌——这就是理论的作用，面对同样的材料，视角不同，结果大不一样。

从理论思维角度，若做比较，以"文学进化新论"的视角观照文学现象，很像是以"境界"的视角观照古典诗词；而对于西游故事进化史的个案探究，又很像是对于"造境""写境"的区分与细化。于此，可见理论思维的普遍相通之处。

理论视角的转换，实际上是研究范式的转换，而研究范式的转换，往往是学术突破的先导，创新思维的原点。所谓范式（Paradigm），是指一种总体的、宏观的、全局性地看待问题的思维模式。库恩在其《科学革命的结构》一书中提出，范式就是某种反映、支持、维护一个时代特定价值观念的、被社会普遍接受的理论体系。更具体地说，范式提供了一种对事物的"说法"，一种理解事物与现实的版本（Version）与整体框架。其特点是整体性、宏观性、方向性，是由价值观、意识形态、基本立场等多种元素所决定的一种看待问题的视角，一种分析问题的路径，对于治学具有全局性的指导意义。范式转换的内在动因是新旧范式发生了冲突，冲突的本质在于旧有范式已不能解释相应的研究对象，新者有取代旧者的急迫需求。恰如学者萧功秦所指出的："时代变迁，价值观念与意识形态的变迁，学术范式就会出现转换。当旧的范式不能反映新时代人们的价值观，不能提供学术分析的框架之时，新旧范式就会发生冲突，新的范式就会应运而生，最后新范式使用的人们越来越多，新一代的人们，自然而然地接受新范式来思考问题，旧的一代退出了历史舞台，它由于失去支持者而在历史上淡出。新范式能不能具有生命力，取决于它能在多大程度上解释新一代人提出的问题，其所提出的疑问，能在新范式的研究路径上得到满足。"此段论近代史研究，亦可移用其他领域。

例如，美国学者埃莉诺·奥斯特罗姆"自己的手"的范式。瑞典皇家科学院 2009 年 10 月 12 日宣布，将本年度诺贝尔经济学奖授予埃莉诺·奥斯特罗姆和奥利弗·威廉森。据悉，奥斯特罗姆是历史上第一位获得诺贝尔经济学奖的女性，其主要研究方向包括：如何利用认识科学中的研究成果建立可行的模型，以探讨和解释人类在不同制度安排下的选择问题；各种制度如何产生帮助个体进行决策的信息；在不同方式的集体决策过程中存在哪些偏差和调整；在各种制度架构中的互动过程里，不同的偏好是如何被放大和修正的。奥斯特罗姆的代表作是1990 年出版的《公共事务的治理之道：集体行动制度的演进》，是制度经济学和公共政策研究领域里的重要著作。

奥斯特罗姆在《公共事务治理之道：集体行动制度的演进》中列举了自己的学术渊源，列举了从"霍布斯、孟德斯鸠、休谟、斯密、麦迪逊、汉密尔顿、托克维尔"及其他伟大学者提供的理论贡献和分析手段，提到"公共和集体选择理论、交易成本经济学、新制度经济学、法和经济学、博弈理论以及许多相关领域的最新研究"的贡献，她说这些研究成果中得到了今天她的理论成就，这是一个很好的线索，可以让我们去学习、分析、追究他们的学术渊源和学术历程。奥斯特罗姆的基本思路包括三个方面：首先，她指出传统的分析公共事务的理论模型主要有三个，即哈丁的公有地悲剧、道斯等人的囚徒困境以及奥尔森的集体行动逻辑，但是他们提出的解决方案不是市场的就是政府的，而且得出的结论往往是悲观的；然后，她指出当前解决公共事务问题的或者以政府途径（利维坦）为唯一或者以市场途径为唯一的途径是有问题的，她怀疑仅仅在这样两种途径中寻找解决方法的思路的合理性；最后，她从理论与案例的结合上提出了通过自治组织管理公共物品的新途径，但同时她也不认为这是唯一的途径，因为不同的事物都可以有一种以上的管理机制，关键是取决于管理的效果、效益和公平。

政府解决方案——国家之手——"看得见的手"

市场解决方案——市场之手——"看不见的手"

行业自治组织方案——自主治理——"自我之手"

有学者指出，如果用隐喻的方式来说，奥斯特罗姆的理论就好比是"自己的手"的理论。

从"手"的象喻出发，政府和国家，是一只"看得见的手"，按照斯密的说法，基于竞争的市场是一只"看不见的手"。但奥斯特罗姆的团队发现，很多现实资源问题，既不能靠政府的行政力量也不能靠市场作用，因为这些资源或者事物和国家的行政边界是不一致的，比如说一条河流穿越不同的地区，甚至不同的国界，这时行政系统很难对其发生影响。另一方面，一个市场要发生作用需要有很多的前提条件，但是并非在任何地区和时间都满足有这样的前提条件。这时，按照埃莉诺·奥斯特罗姆的理论，就需要"自主治理"，就需要一只"自己的手"。"自己的手"，也可以说是利益相关者的手，它会从资产拥有者或利益相关者的立场出发，最大限度地合理运用资源，产生效益。而问题在于：自己的手怎么会发生作用？自己的手是有用的，这是常识，人人都知道，但是在什么条件下"自己的手"会发生作用，什么条件下会失败，这些，恰恰是奥斯特罗姆穷毕生精力去证明的，这是她得奖的原因。

所谓范式转换，说到底是思维方式的转换。有句名言："一个成功者和一个失败者的区别，不在于他的知识和经验，而在于他的思维方式。"作为一名文科研究人员，其成功和失败，不仅仅取决于知识和经验的积累，而且是思维方式的转换。如果一个学者的基本思维范式没有改变，即使读了很多资料，写了很多论著，仍无真正的理论创新。在此，"范式转换"无疑是一位优秀学者应该具备的理论思维能力。可喜的是，在祥琥的学术实践中已经体现出这种意识，综观他学术研究的过程，是有这种"转换"的主动意识的。换言之，其研究之初，是从一种整体范式的角度思考问题的，他说："我从这部硕士论文出发，用十多年的时间，形成了我的三大'新探'，即《文学进化论新探》《西游故事进化史新探》《文艺心理学新探》。这三部作品涉及不同的学术领域，但归根结底都是从2008年的硕士论文中生长出来的。"而观其硕士论文中的核心概念就是"文学进化中的因袭"，在此，可以说"进化"就是一种范式。因为研究《西游记》及其他中国古代小说，可以有各种范式，如纯文学的，如宗教与文学的，如互文性的，如小说主题学的，如中国文学叙事学的……在如此之多的已有成说面前，"文学进化"无疑是一种新的路径和范式，当然这其中还有许多值得思考和讨论的问题。

创新为学术之魂，学术研究就是要不断开拓进取。在此，较高层次的理论思维和范式转换往往是创新的原点，它们决定了如何支配、运用材料，决定着研究的层次。祥琥有跨学科背景，读书范围广，问题意识较浓，且十分勤奋。刘勰在《文心雕龙·序志》有言："岁月飘忽，性灵不居，腾声飞实，制作而已……形同草木之脆，名逾金石之坚，是以君子处世，树德建言。岂好辩哉？不得已也。"祥琥正值人生最好年华，各方面也处于最好的状态，有热情，也有积累，有材料，也有思维。著书立说，正当其时也！希望今后祥琥有更多的论著问世。

是为序。

南开大学教授、博士生导师　刘　畅
2021 年 3 月于津门寓所

目　录

西游故事的进化历程及其研究价值

《西游记》是一部家喻户晓的文学名著，其内容初看起来并不深奥，连小学生都可以很好地接受。但这只是《西游记》"深入浅出"特质的一种表现，是其"浅出"的一面，《西游记》还有"深入"的一面，需要很深的文学功底，才能将之把握住。因此，关于《西游记》的研究并不容易。早在 1990 年就有学者提出"要建立一门科学的西游学"❶，时至今日，关于《西游记》的研究俨然是一门专门的学问了。这门学问包括但不限于，《西游记》作者研究、文学形象研究、艺术特色研究、版本研究、相关宗教问题研究、海外传播研究等。要之，《西游记》研究，显然超出了一般明清小说研究，而波及文化史、思想史、政治史等多个领域，甚至会涉及一些影视剧改编问题。

对于西游这门学问，笔者亦心有所好。2006 年，笔者便开始涉足《西游记》研究，2008 年撰有 9 万多字的硕士学位论文《文学进化中的因袭——以〈西游记〉为中心案例》，2015 年就《西游记》与内丹道教关系问题作了进一步的探索，至 2019 年才开始撰写呈现在读者眼前的这部研究专著《西游故事进化史新探》。大概任何门类的学术研究，从开始介入，到有所体会，再到出一些成果，都要十几年。

《西游记》研究，说"浅"也浅，说"深"就很深了。有些内容，其深奥程度，恐怕还要学术界几十年的研究，才能完全加以揭示。在笔者看来，西游研究领域未来需要理清的重要理论问题，至少有三个方面，具体如下：

其一，《西游记》与古代文言小说的关系问题。《西游记》一书成了古代志怪小说的某种"载体"，文言小说研究因为《西游记》而有了"着力点"。离开了《西游记》，古代文言志怪小说的"当代价值"会大打折扣。因此，《西游记》与古代文言小说的关系值得深入研究。

---

❶ 杨俊.建立科学的"西游学"势在必行［M］//梅新林，崔小敬.20 世纪《西游记》研究.北京：文化艺术出版社，2008：786.

其二，《西游记》与佛教、道教关系问题。《西游记》一书形成了古代思想史的"交汇"，佛教、道教思想的"交汇"。元、明、清思想史研究因为《西游记》而有了"呈现点"。离开了《西游记》，佛、道二教在当代人文生活中就缺乏"文学呈现"。《西游记》与明中叶思想史、宗教史的关系值得深入研究。尤其是《西游记》与内丹道教的关系问题更是未来研究的重中之重。

其三，《西游记》涉及的文学进化问题。《西游记》一书与文学理论有很大关联。具体说，就是"文学进化理论"在《西游记》的成书史中有鲜明表现，值得深入研究。当代中国的文学理论界，如果不用心于《西游记》的进化问题的研究，那么我们的文学理论一定会有所缺陷。对《西游记》文学进化问题的研究，有助于我们提升中国当代文学理论的学术性与民族性。

基于以上这些思索，笔者就把针对《西游记》的研究，放在这些方面。本书试图提出并建立一个较创新且完整的《西游记》研究新体系。笔者聚焦在了西游故事的进化历程❶，其重中之重是百回本《西游记》的成书问题。此外，在柳存仁、陈洪、李安纲等学者的基础上，通过一些新材料的发现，笔者对《西游记》与内丹道教的关系问题，有了一定创新性研究。

具体来说，对于《西游记》研究的相关问题，笔者有着多方面的思考。

一、《西游记》研究的巨大现实价值

本书题名《西游故事进化史新探》，是一部理所当然的古典文学研究著作。但在写完全书后，笔者却发现本书可能并不是通常意义上的古代文学研究著作。通常意义上的古代文学研究著作，是研究古代的文学问题，研究时间一般截至清末，跟现实几乎毫无联系，谈不上直接服务于国家经济社会发展。通常意义上的古代文学研究著作，即使有涉及现实的内容、意图，也总是采用"古为今用""以古衬今""以古影今"的委婉态度。一句话概括，就是在现实经济社会文化活动中，古代文学研究著作的"作用与价值"难以得到直接的体现。

有很长一段时间，至少到 20 世纪 90 年代，《西游记》研究也是如此。也许《西游记》作为文学作品很受读者喜爱，但是"《西游记》的学术研究"对现实的国家经济社会发展有什么作用呢？以笔者自身的经历来说，至少笔者自 2007

---

❶ 关于"文学进化"的哲学与文学理论思考，可参考笔者在《文学进化论新探》一书中的论述。此外，在本书结语部分，笔者亦进行了一定的理论阐发、补充阐发，有些内容为《文学进化论新探》所未详谈的。读者可将《文学进化论新探》与《西游故事进化史新探》两相参照，或有启发。

年开始思考《西游记》的进化问题时，还感受不到《西游记》研究的"现实性""当下性"，尤其感受不到《西游记》研究与国家经济社会发展之间的联系。

然而21世纪以来，尤其是近十多年来，《西游记》题材的影视剧，开始如雨后春笋般涌现，至今已有近百部，每年都会有几部西游题材的影视剧上映，且往往都能获得高票房。诚如一些影评人士所指出的，从最近十年的影视改编情况来看，西游电影已成为中国影视行业最大的IP。也就是说，西游影视改编，成为中国文化产业、中国影视行业的一个热点。大量的"投资"涌入西游影视领域。而"投资"不可能"盲目"涌动，"投资行为"的发生，必定要依托前期的扎实研究、市场调研。在这种情况下，《西游记》研究也就不再是与现实无关的学术活动了。很多情况下，《西游记》研究会成为西游影视投资的一个必不可少的决策依据。

可见，《西游记》研究已不再单纯是一种古典文学的研究，而是涉及对中国当代影视行业的研究。也就是说，《西游记》被置于中国古典文学研究与中国影视研究的双重需求、双重视阈、双重探究之下了。

由于西游电影的常编常新，且屡屡斩获高票房，使得影视界的人士普遍很关心《西游记》的相关问题。这种"关心"，逐渐已经蔓延到了对《西游记》的学术研究。影视界人士希望更深入地吃透《西游记》的实质，以便更好地改编，从而创造更大的文化产业效益。这是一个动态的、可持续的、创造巨大经济与社会效益的良性循环。这个循环，让《西游记》的学术研究生出了更多的意义。从文学领域来看，在中国古典小说题材的现代转化过程中，相较于其他名著，《西游记》获得了空前的重生与再进化。本来从文学性的角度，《西游记》与四大名著中的其他的三部文学价值各有千秋、不相上下。然而在影视时代，西游故事获得了更多关注，西游影视剧的数量要大于三国、水浒、红楼影视剧数量的总和。从历史角度看，当代的西游影视剧，已然成为西游故事进化史的重要一环。由此，探讨西游故事的进化史，对于理解百回本《西游记》，对于当代的西游影视的创作，都有理论价值。

在《西游记》研究中，"文学进化"已不再是一个纯理论问题，而是成为《西游记》在当代发展的根本特点。或者说，"文学进化"已成为《西游记》在当代的主要存在方式。不理解"文学进化"的问题，就理解不了当代的西游影视剧的不断涌现与无穷新变。

若干年前，曾有一种"尊重名著"的意见较为流行，认为影视改编不应该脱离名著而"戏说""大话"，甚至"胡说""胡编"。但随着西游影视剧的蓬勃发展，这种"尊重名著"的意见基本被搁置了。各种题材、五花八门的西游影视剧每年都在大量上映。百回本《西游记》的书写，已不再具有"权威性"。影视界人士已进入"后西游"时代，可以对西游故事进行随心所欲的解构、改编、重写，而不用担心被百回本《西游记》"原著"所掣肘。换言之，影视界在改编《西游记》时，很多时候已基本无视了"原著"的存在。脱离原著的故事进行新编，已成为当代西游影视剧的基本生成方式。

从文学进化的角度来说，百回本《西游记》并不是天生就具有了情节的权威性，它也是文学进化的产物之一。西游故事的情节有一个从无到有，从简到详，从单一到多样，从枯燥陈述到生动幽默的持续进化过程。西游故事的情节并不是固定的，而是在上千年的文学进化过程中不断流变，不断出新，不断经历去劣存优、去粗存精的自然选择，有着极大的改写空间、创新空间。这应该是"文学进化学说"，对于当代西游影视剧改编与新创的理论意义。

二、西游进化史研究的学术方法论

"文学进化"问题，作为一个文学理论问题，笔者这些年非常感兴趣。在笔者的学术历程中，"文学进化"问题与《西游记》研究结下了"深刻的缘分"。以至于，一谈到"文学进化"，笔者就会想到《西游记》。2006年笔者开始涉足《西游记》研究，2008年6月提交了9.3万字的硕士学位论文《文学进化中的因袭——以〈西游记〉为中心案例》，2015年就《西游记》与内丹道教关系问题有进一步的探索，而在2019年出版的《文学进化论新探》中亦有1万多字谈及西游故事进化历程。

但学术研究是一个不断进步的过程。笔者对《西游记》的研究亦如此。早年的硕士论文，确有诸多不成熟之处。2019年的《文学进化论新探》中关于西游的部分，亦有不完善之处。由于《文学进化论新探》为理论著作，涉及西游故事的部分都未能展开，多点到为止，注重的是揭示西游故事中存在的多种进化现象。

当然，在《文学进化论新探》一书中的这种"点到为止"对于非古典文学研究界的朋友，内容较专业。再专业，就会影响书中对理论的阐发，所以书中涉及西游故事的部分都是删之又删，以求其简。而同样深度的论述，对于古代文学研究界，尤其是古典小说研究界的朋友，又会觉得太简单，甚至简陋，有些地方会被认为"研究不深入"，有"错论"存在。❶尤其是涉及西游故事各阶段的断代问题、作者问题、作品之间相互关系问题，每一个观点，在古代小说研究界，可能都有争议，有二说甚至几说。由此，古代小说研究界的学者，可能就会不同意我在《文学进化论新探》中对西游故事的很多表述。

这样一种两难的境地，使得笔者在撰写《文学进化论新探》时，便萌生了撰写一部探讨西游故事进化史的专著的念头。这部著作应该是一部以考据学、文献学为基础的古代文学研究论著，但同时也要给理论阐发保留一定空间。这种"理论阐发"，不应是一般的文学形象、文学意蕴阐发，而应是上升到文学理论，乃至哲学理论的高度。即既能"考据事实"，也能"发明义理"，更要"阐发理论"，要能形成"考据、义理、理论"三者相结合的状况。

最终，笔者把这部论著定名为《西游故事进化史新探》。取"新探"这样一个名字，从主观上，主要的考虑是：其一，胡适在1923年的长文《西游记考证》中已经探讨了西游故事的进化问题，他称为"取经故事的演化史"。❷此后诸多学者都有探讨，如日本学者太田辰夫1984年出版的《西游记研究》一书，就是把西游故事进化史中各阶段作品都单列一章进行专题研究，其学术目标显然是梳理清楚西游故事的进化史。❸笔者的探讨是在前人研究基础上进行，只能是一个"新探"。其二，笔者希望出新，希望在前人基础上，有新的材料挖掘、新的思路探析，在前人的基础上有新的推进。"新探"二字正是对撰写此书之目的的贴切概括，是笔者主观上的重要意图。质言之，本书的价值正在于"新探"。其三，笔者可以形成一个"新探"系列，包括已出版的《文学进化论新探》，即将出版的《文艺心理学新探》。这三部作品合起来，恰好能形成一个"新探三部曲"，从而形成系统性的文学理论体系，乃至哲学体系。

从本书最后的写作情况来看，将它名定为《西游故事进化史新探》，还算"名实相符"。通过较深的材料挖掘与理论分析，笔者大体上已建立起了一个关于《西游记》的较新、较完整的学术体系。通过一些材料发现、材料解读，笔者对《西游记》与道教内丹派的关系问题，有了一定创新性研究。在《西游记》研究领域，形成了系统性观点。其要点在于：第一，明中叶的孙绪提出了"西游故

---

❶　在撰写本书的过程中，笔者对《西游记》的研究更深入，修正了《文学进化论新探》中关于《西游记》的一些观点。因此，笔者关于《西游记》的诸观点，应以本书为准。

❷　胡适.西游记考证［M］//胡适文存二集（第四册）.北京：外文出版社，2013：79.

❸　太田辰夫1959年发表有《朴通事谚解所引西游记考》一文，1977年又发表《西游记形成的新研究》一文。他的研究路径与研究目标，显然是立足于探讨西游故事的发展史。

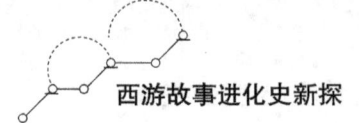

事的'心猿意马说'",是西游故事进化史的一个转折点;第二,此后百回本《西游记》在创作过程中,吴承恩着重参考了道教内丹理论,且在正文中直接大段摘录了多部内丹著作中的文字(笔者对此有重要材料发现)。结合一些内丹著作来看,《西游记》的多数故事情节,都是道教内丹理论的具体化、隐喻化、案例化。如心猿意马概念、牛魔王故事、女儿国故事、六贼的故事等,都是道教内丹理论的直接对应物。

当然,对《西游记》与内丹道教的关系问题,不可过于"沉溺"。且不说,清代人对此早已有很深阐发。例如,对《西游记》摘录内丹著作的问题,清代人已有发觉,只是未在评点中直接一句句指明。笔者在仔细阅读《道藏》影印版时发现了一些新材料。清代悟一子、悟元子等人,已意识到了这些问题。现当代的学者多是在悟一子、悟元子等人评点的基础上进行了一些探讨,离这些发现也都只是一步之遥。只能遗憾地说,现当代的学者未能在悟一子、悟元子等人基础上,往前走这一步。这一步恰好被笔者走了。

更应该予以特别说明之处在于,关于《西游记》与内丹道教的研究,其中存在一个"封建迷信"的问题。笔者有一些关于内丹道教的材料研究与发现,但归根结底《西游记》还是小说。小说的问题,有小说自己的逻辑。如果小说没有文学性、艺术性,谈那些道教内丹理论又有何用?本书中大量谈到全真教、内丹道教,绝不是因为笔者信仰这些,这都只是文学研究的需要,恢复历史原貌的需要。

故而本书定名为《西游故事进化史新探》,是经过反复权衡的。所谓"新探",应该是面向未来、面向科学的,是直指未知世界的,必须符合科学研究的科学性、数学性与未来性。为此,在本书的结语部分,笔者进行了更多的理论思考:对进化论哲学进行了深入的思考,提出了"物质原子信息文本"的概念,又从历史哲学的角度提出了"名人祖父悖论",并加入了一定的数学计算方法。

再回到内丹道教与《西游记》的关系问题上。我们只能说,道教内丹理论之所以有文学上的价值,只是因为道教内丹理论与著作,启发了百回本《西游记》的创作,让百回本《西游记》作者吴承恩根据道教内丹理论来重新设置、安排西游故事情节。换言之,因为道教内丹理论的启迪,百回本《西游记》的诸多情节得以诞生,道教内丹理论深刻塑造了百回本《西游记》的面貌。可以说,如果没有道教内丹理论,没有一些特定的道教内丹理论著作,今天我们看到的《西游记》就绝不会是这样的。没有道教内丹理论,有些故事,根本就不会存在于百回本《西游记》中,例如,牛魔王的故事、女儿国的故事,看起来很有文学进化渊源、历史渊源，但百回本《西游记》的作者之所以"着重写它们"，只是因为它们"契合"了道教内丹理论。

如果它们不契合道教内丹理论，那么即使在上一代西游作品中有重点叙述过的情节，也完全可能在下一代西游作品中被删除。因为下一代作者可能会觉得它们没有被写的价值。这正如元代吴昌龄《唐三藏西天取经》杂剧中的色目人的内容，在明代百回本《西游记》中已不见踪影。

综合以上分析，看待西游故事，还是应该从文学进化的角度着手。或许，本书的最大创新点，还是在文学进化论方面。《西游记》小说问题只是文学的一个角落，只是古代文学研究下属的明清小说研究下属的一个题目而已，文化进化问题才是波及全部文学、哲学、文化的较重大问题。"不谋全局者，不足谋一域"，与文学的一个角落相比，笔者更关注文学与文化的全局性问题。

笔者对西游进化史的探讨，就是以笔者所提出的"文学进化论"为理论基础，在研究与分析的过程中，会使用笔者所提出的概念"文学基因""选择因袭""整体因袭""垂直进化""后期进化""独创与因袭"等，注重探讨西游故事进化过程中的一些带有共性、全局性的问题，亦会探讨涉及西游故事个别性的问题。当前学术界对西游故事的研究，虽然已深入开展，相关著作、论文亦汗牛充栋，但是从文学理论、进化史的角度来看，从情节的每一个细节的变动的角度来看，这样的研究还是较少，算得上是"独树一帜"了。

因此，总体来说，《西游故事进化史新探》这部作品虽然是以西游故事研究为中心，但其中亦包含大量的文学理论内容。某种程度上，本书更接近于笔者2008年所作的9.3万字的硕士论文《文学进化中的因袭——以〈西游记〉为中心案例》，只是本书规模更宏大，篇幅近40万字，材料搜集与考证也更精详。因此，从某种程度上说，本书对《西游记》的研究更多的只是验证文学理论的案例，一些地方会有较烦琐的文学理论的探索、辨析与求证，还有大量义理的阐发，包括文学史的思考、思想史的思考、政治哲学的思考。在结语部分笔者甚至进行了数学推理，加入了数学公式，还加入了一些对哲学问题的思考。这使得这部《西游故事进化史新探》虽然主体是古典文学研究著作，但部分内容有些近于文学理论著作，近乎于一部案例研究与理论研究的综合性著作，或者说像一个"大杂烩"。但这种"大杂烩"正是笔者所追求的。在当今时代，类似于乾嘉朴学的纯粹的文史考证，不一定就是未来学术的主导方向。

当然，长期的古典文学学术研究的训练，还是奠定了笔者基本的学术思路。平心而论，这部《西游故事进化史新探》的绝大部分内容，还是属于纯粹的古典

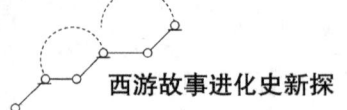

文学研究之作，有较强的考据派风格。可类比于张锦池先生1997年出版的《西游记考论》。但严格来说，跟张锦池先生剥除宗教内容来谈西游故事不同，笔者趋近于陈洪、李安纲诸位先生从内丹道教、全真教角度来看待百回本《西游记》。❶而在百回本《西游记》的作者问题上，笔者又倾向于苏兴、蔡铁鹰等先生的"吴承恩说"。

要之，可以颇为自豪地说，本书确实形成了"考据、义理、理论"三者相结合的状况。笔者将传统文学研究中的考据派风格，现代中国学术研究中的思想史研究路径，与西方学术界擅长的哲学分析、哲学思辨、理论思考，尤其是数理逻辑，熔为一炉。此三者一个都不能少。光有考据派的风格，无思想史参照，无哲学思考，则会昧于大势，无补于时代；光有思想史方法与哲学思辨，没有扎实的考据，则会浮华不实、空疏可鄙。这些就是笔者在学术研究方法论上的取向了。

三、西游故事的内容进化与主题进化

回到西游故事进化史的具体问题。可以说，2007年笔者在思考文学进化论问题时，最终选择以《西游记》为案例，是有多重考虑的。现在来看，这个选择是"对的"。因为单纯以"进化史"而论，其实西游故事与三国故事、水浒故事相比，更有特点，更为典型。诚如程毅中先生所说："从它的演化史考察，文献资料极为丰富而头绪又极为纷繁，比之《三国志通俗演义》《水浒传》更有典型意义。"❷

从进化史来说，西游故事相对于三国故事、水浒故事，具有鲜明特点。这些特点体现在：

第一，进化时间上。从唐玄奘准备走出国门（约627年），周游古印度，到明万历二十年（1592）世德堂百回本《西游记》诞生，其间经历了约970年，经历了唐、宋、元、明四个朝代。而水浒故事，从宋江等人造反（约1100年），到明中叶《水浒传》小说的完全定型（约1550年），其进化时间近450年。而三国故事，从历史上魏蜀吴事迹的发生（约200年），到元末明初三国故事的定型（约1370年），其间大约经历了1170年。从时间来看，西游故事进化史与三

---

❶ 南开大学陈洪教授在《西游记》与全真道关系问题上有诸多重要阐述。其相关论文，如《论〈西游记〉与全真教之缘》（2003）、《〈西游记〉"心猿"考论》（2009）、《从孙悟空的名号看〈西游记〉成书的"全真化"环节》（2013）、《〈西游记〉与全真教之缘新证》（2015）等都非常重要。

❷ 程毅中，程有庆.《西游记》版本探索 [J].文学遗产，1997（3）.

国故事进化史相当，都长于水浒故事进化的时间。

第二，从虚构程度上。三国故事在进化中，受到陈寿《三国志》、司马光《资治通鉴》、朱熹《通鉴纲目》等正史的巨大影响，其内容往往在正史上有所本，可以虚构的内容有限。水浒故事在正史上仅有寥寥几行的记载，其庞大的故事都是后来进化出来的，带有极大的虚构性。类似的，西游故事在正史上记载亦不多，其内容也都大多是虚构出来的。这一点，西游故事与水浒故事相当，而强于三国故事。

第三，从进化中间阶段的文本数量上。西游故事从进化之初，到进化的最高峰，中间诞生了大量文本。这一点明显强于三国故事，亦强于水浒故事。虽然在元代有很多三国戏、水浒戏，但其内容往往是局部的，不像西游故事的中间文本，往往对后来有巨大而深刻的影响，文本之间有清晰的继承关系。从文本的角度来看，西游故事的进化，经历了唐宋文言小说、南宋《大唐三藏取经诗话》、金元时期的院本《唐三藏》、元代吴昌龄《唐三藏西天取经》杂剧、元代《西游记平话》、元末明初或明末六本二十四出的《西游记杂剧》，再到明代万历二十年（1592）世德堂百回本《西游记》，最后到董说《西游补》等《西游记》续书，以及当代的西游影视改编等的复杂进化阶段与过程。

探究西游故事的进化史，要注意到西游故事的发育与进化有四大节点。

第一个节点是唐僧故事进入文学领域，开始最初的发育。唐僧故事进入文学领域，经历了文言小说与白话小说戏曲等几个重要类别，开启了最初的故事形态发育。

第二个节点是唐僧故事与古代固有的动物故事，尤其是猴故事结合起来。这个节点发生在宋元之际。在《大唐三藏取经诗话》中，唐僧西游故事开始与中国传统的动物故事合流。因此，中国古代动物故事的发展史、进化史，对于西游故事的进化是有着重要影响的。

第三个节点则是百回本《西游记》的内丹道教化。以明代弘治、嘉靖时的孙绪的观点为先导，内丹道教中的"心猿意马"概念，以及全真教中的一些内丹理论，深刻影响了吴承恩百回本《西游记》的成书。后来亦因为一些人对于《西游记》的全真化有不满，所以删去了其中涉及过多的全真教的道教内丹的内容，采取以"《西游记》节本""《西游记》改写本"的形式流传。但到了清代，《西游记》仍然主要是以全真化的面貌呈现，这体现在《西游证道书》《西游真诠》等评点本中。当然，其中亦受晚明阳明心学的一定影响，但阳明心学主要是作为时代思想背景的一种间接的隐性影响。阳明心学在晚明的流行，为西游故事的"心

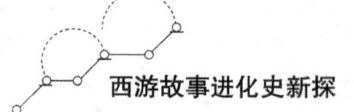

猿意马化",提供了深厚的读者接受背景。

第四个节点是百回本《西游记》、西游续书与西游故事的"喜剧化"。明代吴承恩第一次将"喜剧基因"引入西游故事,百回本《西游记》非常注重讽刺、幽默。在明末《后西游记》等三大西游续书中,讽刺、幽默的倾向进一步增强。而在清末陈景韩《新西游记》、李小白《新西游记》,在20世纪80年代柏杨《古国怪遇记》中西游故事进一步向"荒诞喜剧"的方向进化。以至于到当代,"西游喜剧""爆笑西游"成为西游影视改编的主流倾向。

最终,经过近千年的文学进化,形成了足以代表中华传统文化的名著——百回本《西游记》。百回本《西游记》显然是西游故事进化史的顶峰。这个"顶峰"的形成,凝聚了西游故事进化、中华历史文化演化的方方面面,可谓得中华文化之精华。

那么,这样一个"精华"到底是什么呢?其实,这就回到了一个老生常谈的问题,即百回本《西游记》的主题是什么。这一问题自百回本《西游记》问世以来,就众说纷纭。❶明清西游评点者普遍认同"证道说",如《西游证道书》《西游真诠》中所说。至近现代鲁迅、胡适等人则支持"游戏说",如鲁迅先生认为"此书则实出于游戏,亦非道语……尤未学佛"。❷

难道作者创作这样一部(纯文字62万字,连标点82万字)百回大书,仅仅是为了"游戏""游戏笔墨",为了娱乐自己或娱乐大众,谋取经济利益?显然不能这样简单来看!

《西游记》创作主题的"游戏说""娱乐说",并不能解释全部问题。《西游记》的创作有其"严肃"的一面,有其"目的性",在小说中甚至能看到"意识形态"的问题。在笔者看来,百回本《西游记》的作者,并不是一边倒地去盛赞玄奘的西天取经壮举,并不是单纯以"玄奘西天取经的伟大意义"作为小说《西游记》的核心主题,反而在小说中有大量内容在丑化玄奘,如反复提到玄奘的软弱、遇事只会哭泣。

百回本《西游记》的作者显然寻觅了另一个主题。通过内丹道教的宗教隐喻,百回本《西游记》的作者实则是把"心性的修炼"提升为全书的一大主题,即第一回回目所云"心性修持大道生"。具体来说,用孙悟空这只"心猿"的种种经历、种种修为,来隐喻"心性的修持"。最终,整个《西游记》故事带有了

❶ 参见:竺洪波.四百年《西游记》学术史[M].上海:复旦大学出版社,2006。该书总结、梳理了西游记研究史上的诸多问题。

❷ 鲁迅.中国小说史略[M]//鲁迅全集(第九卷).北京:同心出版社,2014:194.

强烈的宗教隐喻。这种隐喻归根结底，就是内丹道教所提倡的心性修炼。由此，作者引导读者去读《西游记》，不是为了歌颂玄奘的伟大，而是为了人类自身，为了自己的心性修炼。所以百回本《西游记》被塑造成为了心的修炼。这既受到道教内丹派的影响，亦可能有阳明心学的影响。如果当代的读者理解了，如何从一颗躁动的心回归到一颗平静的心，如何拥有面对困难却不懈向目标前行的坚毅的心，大概《西游记》作者的初衷之一，就实现了吧。当然，一切文学都有"娱乐功能"，《西游记》的娱乐功能显而易见，这一点自不用赘述。

在此还必须注意到，百回本《西游记》的主题跟西游故事的主题不是一回事。前者只是一部小说的主题，而后者是一个故事系列，一系列进化阶段性作品的主题。后者的范围与内涵比前者要广阔得多。百回本《西游记》的主题是大体静态的阐释学的问题。而西游故事的主题，则是一个随时代而变动的、不断进化、不断呈现新面貌的问题。

《西游记》的"证道主题"，发生在明清时期。这是经过漫长进化而形成的西游故事的主题。到今天，这一主题已不为人所关注。近现代以来，西游故事的主题又经历了一次重要进化，就是由"证道主题"，进化为了"政治隐喻主题"。自近代洋务运动西学东渐以来，西游故事逐渐被赋予了"西学东渐、东西方交流"的主题。这种主题在现当代陆士谔、陈景韩、柏杨等人的西游续书作品中都可以明显看到。

由此看来，在漫长的进化史中，西游故事的主题与主题的阐释经历了三次重大的进化。

第一次是玄奘佛教事迹主题，这是自然生成的，是玄奘个人事迹在流传过程中自然而然生成的，就是一个僧人的事迹。南宋的《大唐三藏取经诗话》带有明显的寺院俗讲的痕迹。元代陶宗仪《南村辍耕录》所记载的金院本名目中，院本《唐三藏》从属于佛教僧人故事。这都说明了玄奘西天取经故事的佛教属性。

第二次是明代嘉靖中前期孙绪提出用道教内丹理论中的"心猿意马"来解读西游故事。从吴承恩百回本《西游记》的诞生，再到清代多种西游评点本，几乎都是从道教内丹理论、从心性修持的角度来看待西游故事。西游故事转而变成了一个道教故事，或曰三教合一的故事、心性修持的故事。其中包含了阳明心学作为时代思想背景的一定影响。

第三次则是近现代以来，随着西学东渐的深入发展，西游故事的主题逐渐被引导到了"西学东渐、东西方交流"的政治主题上。现代以来的诸多《西游记》续书，如陈景韩、陆士谔、柏杨、童恩正等人的作品，都是从这个角度着手的。

在这个阶段的进化中，西游故事愈来愈向喜剧的方向进化，并逐渐成为"荒诞喜剧"的绝佳载体。

四、本书的体例与相关说明

关于本书的体例与相关问题，需要说明如下几点。

第一，本书的分析框架是笔者所提出的文学进化论。本书在讨论这些涉及西游故事的进化问题时，是以笔者的"文学进化论"为基本的理论指导的，在概念的使用上亦参考了笔者《文学进化论新探》一书的相关限定，频繁使用了"因袭""文学基因""进化""发育"等概念。笔者大体区分了"发展""演化""进化"等概念。"发展"是一般的通用含义。"演化"强调其演变的一方面，无所谓优化、劣化。而"进化"概念，笔者在使用时，绝大多数时候都强调了其"优化"的特性，亦可以说"笔者所谓的进化，就是文学演化中的优化"。

同时，在本书的"结语"部分，笔者会就西游故事进化史中体现出的文学进化的理论问题进行一些探讨。尤其是，会补充探讨在《文学进化论新探》一书中未能涉及或涉及不多的问题，如故事形态的"初期发育"问题，文学基因搭配与文学配方问题，文学进化维度下的文学评论问题等。进而也会进行大胆的哲学探讨，提出"物体原子信息文本"的概念以解释文学进化、生物进化、宇宙进化、物质与精神进化的一致性。通过对这些理论问题的深入探讨，希望能进一步补充、完善笔者的文学进化论理论体系。对这些理论问题的探讨，将是本书抛开西游问题的创新点。

第二，本书大量使用"百回本《西游记》"的概念。现存百回本《西游记》的最早版本是万历二十年（1592）的金陵世德堂本。后至1955年，人民文学出版社根据金陵世德堂本同时参考清代的版本出版了百回本《西游记》（把唐僧出身故事作为第九回），1979年又进行了重排（把唐僧出身故事作为附录），这是当代的通行本。此通行本在2010年又进行了修订再版。❶而考虑到，由于当代频繁而丰富的影视改编，《西游记》已经不能再单纯被视为一个古典文学作品。它实际上是活在了当代，并且其活跃程度，显然在当代的各文学题材中处于数一数二的地位。至少在影视领域，很少有一个文学题材能够像《西游记》那样经历如此多样的改编。

---

❶ 参见2010年人民文学出版社关于修订出版《西游记》的"修订说明"。见：吴承恩.西游记［M］.北京：人民文学出版社，2010.

因此，本书的写作，考虑了当代读者的接受问题。我们必须给当代的《西游记》的通行本一个命名。按照古代文学研究界的通例，称之为"世德堂本"是合理的。但是考虑到当代读者的认识问题，称之为"百回本"可能更好。因为"百回本"这个称呼简单明了，便于当代的读者理解，也便于与西游故事进化过程中《大唐三藏取经诗话》《西游记杂剧》等其他几个早期作品区别开来。在本书中，当笔者说"百回本"的时候，除个别时候指明代几种删减的百回本，其他都是指"世德堂本"，也是指后来1979年人民文学出版社根据"世德堂本"出版的通行本。

第三，本书以吴承恩为百回本《西游记》的作者，且默认百回本《西游记》是一部非常完美的著作。笔者要强调指出，通过对百回本《西游记》情节内容的诸多分析，可以判断，百回本《西游记》从内容上来看是非常完善、充实且简洁的，书中几乎每一段文字都有其情节作用，有其前后照应，一些看起来是闲笔的地方，往往都有其凸显主题或宣扬宗教主旨的作用；从内容上来看是非常精密、精良、精妙的，是诗化、趣味化、宗教化的上乘文学作品。百回本《西游记》能够成为当代世界文学名著，不光是靠它雄奇纵横的想象，也依靠了作者吴承恩作为明代第一流文人所具备的文化视野、文学素养与逻辑素养。尤其是吴承恩将喜剧基因引入西游故事，这堪称西游故事进化史上的一个重要里程碑。

第四，本书在讨论《西游记》时秉承一种世界文学的眼光，注重中外文学的比较。要知道，在吴承恩创作《西游记》的大体时段，即1580年前后的几十年，西方的学术水平、文学水平并未明显超越中国。因此，吴承恩作为中国第一流的文人有着当时世界一流水平。这也是为什么西方近现代的学者、读者看到《西游记》会服气，会愿意传播，而看到很多清代的文学作品，往往从中看到中华民族的落后、故步自封。故此，归根结底，我们评价古代的历史与文化，一定要放在同时代的世界坐标之下，离开了在当时世界的先进性，只保持一种所谓国内的先进性，那是无意义的。

如果我们撰写《中国文学进化史》，那就必须随时与当时世界先进水平进行比较。脱离同期的世界文学，单纯来讲中国文学，那得到的结论一定会有大量的错误，甚至于一小半结论都是不正确的（其正确的部分，只是因为我们不自觉地进行了一些中外比较）。因为即使在那些我们"认为"，中国与世界、世界与中国"完全隔离"的时代，其实中国与世界、世界与中国的交往，其深度、广度、重要性都是我们难以想象的。文学与学术，尤其是文学基因，就像空气中的细菌，它们在地球上的传播，是不以人类意志为转移的。

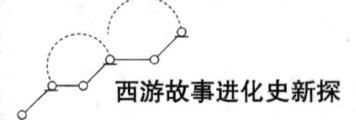

　　要之，文学基因的传播，是世界性的。不具有世界先进性的文学基因，是传播不开的。即使在局部传播开了，在某一个时期大为繁荣，也会在后期遭遇其他文学基因、其他文学物种的强势竞争，最终不可避免面临绝灭。而客观来说，当代世界还较为关注、给予大范围传播，以至于突破学术领域，传播到流行文化领域的中国文学、文化作品，不会超过十部，其中百回本《西游记》便是当之无愧的一部。所以笔者自认为，《西游记》研究不是研究"死"的文学，而是研究"活"的文学，既是中国古典文学的当代化，又是在与世界学术界交流、碰撞！

玄奘西游本事

虽然玄奘（602—664）并不是历史上唯一的佛经翻译家，也并不是历史上最早一位，或唐代唯一一位赴西天取经、游历天竺的僧人，但他西天取经事迹（627—644）的影响却是历史上最大的。因为后来一部文学名著《西游记》以他为主角。

先于玄奘的西天取经僧人，如东晋的法显（334—420）。法显于东晋隆安三年（399）与人从长安出发，经西域至天竺，于义熙八年（412）回国，历时13年，后撰有《佛国记》一书。后于玄奘的取经僧人，如义净《大唐西域求法高僧传》二卷便记录了玄奘回国之后的50年间，44位赴西天游历的中国僧人。至唐天宝年间，还有一位叫"悟空"的僧人游历了天竺。❶

到宋代亦有大量僧人去到印度，如《宋史·外国六》记载"乾德三年，沧州僧道圆自西域还，得佛舍利一，水晶器、贝叶梵经四十夹来献。道圆晋天福中诣西域，在途十二年，住五印度凡六年。"道圆的西行取经历程与玄奘颇为类似，在路途中经历了12年，在印度住了6年。又"（乾德）四年，僧行勤等一百五十七人诣阙上言，愿至西域求佛书，许之。以其所历甘、沙、伊、肃等州，焉耆、龟兹、于阗、割禄等国，又历布路沙、加湿弥罗等国，并诏谕其国令人引导之"。❷有157人组成僧团游历印度，规模已很庞大了。

但是玄奘的西行事迹，还是有很大的创举。他从出发到回国，经历了17年，遍览西域与中亚诸国风情，所著《大唐西域记》至今是一部世界名著，为世界上中亚史、印度史的权威著作，有时甚至是唯一的著作。

玄奘以其彪炳史册的事迹，为国人所敬仰、所怀念。最终以玄奘西天取经事迹为蓝本，形成了一部名著《西游记》。从玄奘西行求法，到形成百回本《西游记》，其中涉及的一系列文学进化问题，正是本书所要探究的。

---

❶ 汤用彤.隋唐佛教史稿［M］//汤用彤全集（第二卷）.石家庄：河北人民出版社，1999：80.

❷ 脱脱.宋史［M］.北京：中华书局，1985：12256.

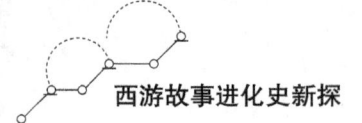

第一节　玄奘及其西天取经事迹

探讨西游故事的进化史，首先就必须探讨玄奘西行求法事迹。离开了对玄奘西行求法事迹、影响以及相关文化传播等内容的详尽探讨，我们对西游故事进化史的探讨就失去了基础，很多问题就会认识不清楚。

关于玄奘西游本事，复旦大学教授钱文忠自 2007 年以来已有较多论述。笔者在 2007 年 4 月，已经在深入研读《大唐西域记》《大唐大慈恩寺三藏法师传》，早于笔者在央视《百家讲坛》看到钱文忠先生讲《玄奘西游记》，笔者当时主要是从文学进化论的角度，需要谈及西游故事的本事，尤其是要探讨西游本事对后来西游故事各阶段作品的影响。钱文忠先生主要是从中外交流、从历史的角度来谈玄奘西游的历史事实。❶ 而笔者当时，除了因纯粹爱好而关心一些西域的历史地理问题、玄奘个人经历问题之外，最核心的关注点是探讨玄奘西游本事与小说《西游记》的关系。

现在来看，这样一种探讨是很有必要的。因为文献证明，玄奘西游的部分本事（亦不排除包括大量其他僧人的西行本事，如盛唐僧人悟空、中唐密宗僧人不空的西游事迹），以这样或那样的形式，最终出现在了百回本《西游记》中，如女儿国、流沙国、回程途中翻船落水、《多心经》等问题，都可以追溯到玄奘的一些事迹。把玄奘西行求法的本事，尤其是其后续传播梳理清楚，我们对西游故事进化历程的认识也就进入了更接近事实的境界。当然，"历史的真实"在于阐释，阐释角度的不同，所看到的历史也必然不相同。所以很多时候，我们的观点无法保证是唯一正确的，因为历史与真理有其相对性。

一、玄奘西行前夕的中亚、印度状况

从世界地图来看，西域和中亚处在整个亚欧大陆的中心地带，是四方之通衢，所以自古就是兵家必争之地。在远古时代，公元前 15 世纪之前，雅利安人在亚欧大陆的扩散就是先占据了中亚，然后向西扩散到欧洲，向南扩散到印度，向东遇到了强大的部落没有完全成功扩散。

在进入有文字记载的人类史以后，中亚和西域也一直战争不断，一直是强大

---

❶　钱文忠. 玄奘西游记［M］. 上海：上海书店出版社，2007.

的政治实体之间的角斗场。公元前334年，马其顿的亚历山大大帝（前356—前323）在统一了整个希腊后，率3.5万名士兵及若干万随从、后勤辎重队征战亚洲。❶亚历山大率军从海上登陆了今土耳其海岸地区，巡游了特洛伊古城后，挥师东征，从古波斯一直打到印度北部。亚历山大大帝在中亚建立了几个殖民地，其中就有位于阿富汗阿姆河流域的被司马迁《史记》中称为大夏的地方，据说亚历山大在今阿富汗地区度过了四年。亚历山大死后，他的将领们在中亚建立并维持了多个王国，形成了希腊文化与印度文化的深入交流。

200年后，因受到匈奴侵袭而从中国敦煌等地迁往中亚的大月氏人在中亚今阿富汗地区建立了强大的贵霜王朝，在贵霜王朝统治下，今属巴基斯坦的犍陀罗地区发展成为佛教中心、希腊化佛教艺术中心。"贵霜帝国最有影响力的两个文化遗产是印度—希腊文化，或者称犍陀罗艺术，还有大乘佛教。"❷在笔者看来，其中也存在中国文化对佛教产生影响的问题。因为大月氏人从中国北方迁入阿富汗与印度北部地区，而这些大月氏人中的上层人士、文化人士，显然也长期受到中原文化熏陶。《论语》《老子》等中国文化的典籍，显然也会在大月氏部落中流传，甚至于口头流传。当大月氏人统治了阿富汗与印度北部地区，以至于形成了犍陀罗文化，那么其中不可能没有以大月氏人为中介的中国文化的影响。笔者认为，在一些佛经中，我们能看到的明显的与中国本土文化类似的东西，恐怕都有这种来源。甚至于说，在犍陀罗地区形成的所谓"大乘佛教"，本身也带有儒家文化的入世精神。❸

汉朝、唐朝都用了很大的人力物力经营西域，为人类文明的交融与发展做出了巨大贡献。在中国西域之外，还有一个更广阔的中亚地区，包括今土库曼斯坦、乌兹别克斯坦等中亚五国，阿富汗、巴基斯坦、今印度北部，甚至伊朗的东部，都可以被称为中亚。中亚是一个广阔的历史文化舞台。中国古代史料一般将中亚亦称为"西域"。在《旧唐书·西戎列传》中有关于西域多国的详细记载，谈到了西域的高昌、焉耆、龟兹、于阗、天竺、拂菻、大食等国。比如，《旧唐书·西戎列传》中关于天竺国的记载，当时的印度分为一系列大大小小的国家，有"五天竺"之说：

> 天竺国，即汉之身毒国，或云婆罗门地也。在葱岭西北，周三万余里。

---

❶ 克里斯蒂安·胡夫.征服世界：亚历山大大帝［M］.北京：中国社会出版社，2000：17.

❷ 沙伊斯塔·瓦哈卜，巴里·扬格曼.阿富汗史［M］.北京：中国大百科全书出版社，2010：45.

❸ 关于以大月氏人为中介，中国文化可能影响了犍陀罗地区的大乘佛教的问题，笔者将有专文论述。

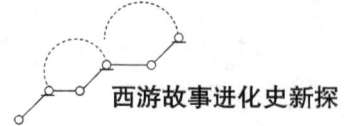

其中分为五天竺：其一曰中天竺，二曰东天竺，三曰南天竺，四曰西天竺，五曰北天竺。地各数千里，城邑数百……隋炀帝时，遣裴矩应接西蕃，诸国多有至者，唯天竺不通，帝以为恨。当武德中，其国大乱……贞观十五年，尸罗逸多自称摩伽陀王，遣使朝贡。太宗降玺书慰问，尸罗逸多大惊，问诸国人曰："自古曾有摩诃震旦使人至吾国乎？"皆曰："未之有也。"乃膜拜而受诏书，因遣使朝贡。太宗以其地远，礼之甚厚，复遣卫尉丞李义表报使。尸罗逸多遣大臣郊迎，倾城邑以纵观，焚香夹道，逸多率其臣下东面拜受敕书，复遣使献火珠及郁金香、菩提树。贞观十年，沙门玄奘至其国，将梵本经论六百余部而归……❶

此段记载，内容超过 1500 字，较为翔实。从记载中可知，唐太宗时期大唐与天竺有正式的官方交往。贞观二十一年（647），唐使王玄策第二次出使天竺，至中天竺国时，遇其国内乱，王玄策被俘，后逃出，至吐蕃，率吐蕃等国兵近万人，帮助平定了中天竺国的内乱。这说明唐朝与天竺国已经有了很深的交往，但这种趋势没有维持下去。强大以后的大食帝国开始扩张，试图控制中亚，天宝十载（751）唐军同阿拉伯军在今哈萨克斯坦的江布尔城附近发生了改变中亚史的怛罗斯之战，唐军大败。天宝十四载（755），唐朝发生安史之乱，从此国力大损无力经营西域。

当玄奘准备西行求法的时候，唐朝正在和西突厥争夺西域与中亚，这是背景之一，更重要的背景，则是发生在玄奘游历天竺之后的三四十年，伊斯兰文化开始全面进入中亚。所以 627—644 年的玄奘西游，是发生在了一个极为独特的历史节点，也就是伊斯兰文化兴起以及进入中亚的前夕。玄奘在阿富汗、巴基斯坦、印度等地所看到的佛教，是佛教在中亚消亡之前，他看到的原汁原味且趋于鼎盛的佛教。

二、玄奘西天取经事迹

玄奘出生在河南洛州缑氏县的一个普通士人家庭，俗姓陈，家中兄弟四人，玄奘最小。玄奘五岁时母亲逝世，十岁时父亲逝世。因父母双亡，家中贫困，陈家兄弟无奈出家。他的哥哥长捷先出家，玄奘在 13 岁时亦出家。这样一种"幼

❶ 刘昫.旧唐书［M］.北京：中华书局，1985：5312.

年出家"的经历，就使玄奘并非出于一种"悲观厌世"态度而出家，而是一种"谋生方式"。所以玄奘入佛门后，他的兴趣很快就从宗教信仰转移到了佛教学术。佛教学术在其发展前期，受到古希腊哲学的深刻影响，其思维水平、论辩水平体现了当时中亚流行的古希腊哲学的水平，所以少数方面是要高于中国同期的哲学思辨水平的。

玄奘为佛教学术所深深吸引，通过学习各家经典著作，逐渐展现出了极高的哲学思辨与佛教义理水平。当时长安的高僧法常、僧辩称青年玄奘为"释门千里驹"。❶ 由此玄奘在长安已有了一定的声誉。

在求学过程中，玄奘的关注点逐渐聚焦到了《瑜伽师地论》，该书为法相宗经典，讲瑜伽师修行的十七种境界，故亦称"十七地论"。这就类似中国文学中的境界学说，比如《二十四诗品》之类。这种修行的十七种境界，肯定有互相重叠、互相矛盾之处，显然各家的阐释都不一样，玄奘亦莫衷一是，由此玄奘萌生了到印度去求学、寻求权威阐释的想法。

这一想法并不荒唐或骇人听闻，因为从汉代、魏晋南北朝以来，不断有西域、天竺的僧人来华阐教。诸多佛经，皆为胡僧所译，如安息国人安世高、贵霜国人支娄迦谶、中国西域龟兹人鸠摩罗什。而中华僧人，亦有至天竺求法者，如东晋法显一行，法显与慧景、道整、慧应、慧嵬等11人经西域至印度求法。这些"胡僧东来""华僧西行"的事迹，玄奘显然都是知道的，都给玄奘以巨大的启发与鼓励。玄奘在西行前即提到要仿效法显，杖策西游："岂使高迹无追，清风绝后，大丈夫会当继之。"❷

贞观元年（627），玄奘在长安上表陈述西行求法的意愿。当时由于唐朝与西突厥的战争，唐朝朝廷出于安全考虑禁止人员出入边境，玄奘的请求未被批准。玄奘时年二十六七岁，年轻气盛，再加上之前玄奘云游过吴楚，有比较多的旅行经验，他就私自跟随僧人孝达到秦州（今甘肃天水），又到兰州，又随人到凉州（今甘肃武威），到瓜州，后出玉门关。这期间应该有一定耽搁，花了一定时间。所以玄奘认为自己出游西域的时间，是贞观三年（629），玄奘《请御制三藏圣教序表》自谓：

> 奘以贞观三年往游西域，求如来之秘藏，寻释迦之遗旨，总获六百五十七

---

❶ 慧立，彦悰.大唐大慈恩寺三藏法师传［M］.高永旺，译注.北京：中华书局，2019：41.

❷ 同❶：42。

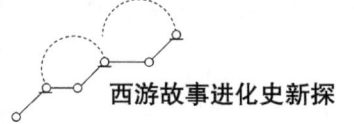

部，并以载于白马，以贞观十九年方还京邑。❶

在《还至于阗国进表》中，玄奘又说：

> 遂以贞观三年四月，冒越宪章，私往天竺……始自长安神邑，终于王舍新城。中间所经，五万余里……历览周游，一十七载。

玄奘所谓的"贞观三年往游西域""贞观三年四月，冒越宪章，私往天竺"，可能指的是出玉门关的时间。然而玄奘自称"历览周游，一十七载"。查考诸多的材料，亦都强调玄奘游西域 17 年，如"周游西宇，十有七年"（唐太宗亲撰《大唐三藏圣教序》），"问道往还，十有七载"（唐高宗李治为太子时所撰《述圣记》）。这个 17 年的说法，最初来自玄奘的自称，后来被广泛征引。我们可以想见，所谓"17 载"显然是个约数，可以是 16 载零 8 个月，约称 17 载；亦可以是 17 载零 5 个月，约称 17 载。

然而，现在问题在于，17 年的说法，与计算有些出入，满打满算只有 16 年。玄奘是贞观十九年正月到达长安，则贞观十八年下半年已回到了大唐国境内。从贞观三年（629）四月，到贞观十八年（644），连头带尾只有 16 年。说明当时玄奘自己以及其他人的计算，可能把贞观二年（628），他从秦州到兰州、凉州，出玉门关的时间也并入计算了。或者他自己"17 年"的说法，是一个约数。无论如何，这个"17 年"的说法，与《西游记》小说是有关联的，在《西游记》小说中的设定是 14 年。

玉门关是当时的一个重要边关。玄奘在出玉门关后进入莫贺延碛沙漠，这是玄奘西行旅程中最艰难的一段。玄奘在莫贺延碛沙漠中迷失方向，差一点儿被困死，幸亏他的马是一匹识途老马，找到水源，救了他一命。也许是因为这一点，后来玄奘非常强调马的作用，包括"白马驮经回国"。由此，"马"逐渐在西游故事进化中取得了一个不可忽视的地位。

玄奘走出莫贺延碛沙漠到达伊吾，在这之后，除了几次遇到土匪比较惊险以外，玄奘的西域旅行变得比较轻松，有点类似于李白漫游名山大川，走到哪都有人迎接，都有人隆重接待。玄奘后来一再谈到他能在国外受到优越的待遇主要原因是大唐的国力强盛，远方之人对唐人有好感。

---

❶ 朱一玄，刘毓忱.西游记资料汇编［M］.天津：南开大学出版社，2002：11.

玄奘于贞观三年（629）到达高昌王城（今新疆吐鲁番县境内），受到少年时曾游历过隋朝各地的高昌王麴文泰的礼遇，与玄奘"约为兄弟"（《大唐大慈恩寺三藏法师传》），并恳求玄奘留驻高昌为国师，被玄奘拒绝。为此玄奘绝食四日，"水浆不涉于口三日"，到第四日，麴文泰无奈应允。玄奘在高昌王麴文泰派的随从人员的护卫下经焉耆、龟兹、越凌山，过铁门，入今阿富汗北部，后沿今巴基斯坦北部到克什米尔。

克什米尔古称罽宾，在古代是一个佛教重镇。佛经的第四次结集就是在罽宾完成的。当时由于贵霜王迦腻色迦的支持，胁尊者与世友领导500大德完成了经律论三藏的结集。玄奘到克什米尔受到王族的接待，在该地前后停留两年，学习佛教经论。由此玄奘的名字也在印度传开了，印度盛传有中国僧人来印度学法，后又在至那仆底国停留14个月，学习《对法论》《显宗论》《理门论》等；在旁边的另一国停留4个月，学习《众事分毗婆沙》；又在中印度的萨他泥湿伐罗国停留6个月，学习《经部毗婆沙》。在访求高僧大德听讲学法的同时，玄奘也巡礼佛教圣地如释迦牟尼出生之地迦毗罗卫国、顿悟成佛之地、初转法轮之地波罗奈城、给孤独园、如来讲说《法华经》等佛经之地鹫峰、涅槃之地拘舍那城等。

贞观五年（631），玄奘到达印度北部大邦摩揭陀国（Magadha）。该国为印度古国，王都为王舍城。释迦牟尼一生中大部分时间都生活在王舍城及其附近地区。在王舍城东北方十多里处，有一座山，即鹫峰，也就是《西游记》小说中唐僧师徒所要去的灵山。按照佛经的记载，如来在鹫峰讲说了《法华经》等诸多佛经。在《大唐西域记》中，玄奘对鹫峰是这样描述的：

> 宫城东北行十四五里，至姞栗陀罗矩吒山，（唐言鹫峰，亦谓鹫台。旧曰耆阇崛山，讹也）接北山之阳，孤标特起，既栖鹫鸟，又类高台，空翠相映，浓淡分色。如来御世垂五十年，多居此山，广说妙法。频毗娑罗王为闻法故，兴发人徒，自山麓至峰岑，跨谷凌岩，编石为阶，广十余步，长五六里。中路有二小窣堵波，一谓下乘，即王至此徒行以进；一谓退凡，即简凡夫不令同往。其山顶则东西长，南北狭。临崖西埵有砖精舍，高广奇制，东辟其户，如来在昔多居说法。❶

据此，从鹫峰的山脚到山顶，有五六里。如来就在山顶居住、讲法。此真实

---

❶ 玄奘. 大唐西域记［M］. 董志翘，译注. 北京：中华书局，2012：543.

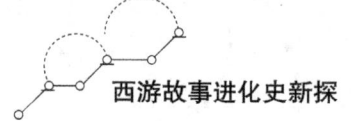

的灵山，总体较大，但《西游记》中描述的灵山，比这还要大一些，应是中国佛教徒不断演绎的结果。

在摩揭陀国，玄奘还瞻礼了如来顿悟的菩提树。树高上百米。玄奘在佛祖顿悟成佛的菩提树下痛哭流涕，导致数千人围观，有不少人跟着大哭起来。几天后那烂陀寺住持戒贤法师派了四位大德来请玄奘，据说是戒贤法师三年前有一晚做梦梦到弥勒菩萨、观音菩萨、文殊菩萨托梦告诉他有一个僧人要来向他学习《瑜伽师地论》。

那烂陀寺是印度有上千年历史的佛教学术重镇，当时为摩揭陀国中心寺院。据传说，如来佛的十大弟子之一"智慧第一"的舍利弗就圆寂于此。公元二三世纪提出中观学说，对大乘佛教以及中国佛教有巨大影响的龙树就是在该寺进行长期修行和研究的，后来著名的佛教逻辑学家陈那也曾到过那烂陀寺。

玄奘到那烂陀寺后拜该寺住持戒贤法师为师，用了15个月听讲了《瑜伽师地论》一遍，同时听讲了大量别的经论，也学习了婆罗门教的一些经典，就这样连续学习了五年。之后玄奘离开那烂陀寺，到伊烂拿国停留一年学习小乘经论《毗婆沙》《顺正理论》，然后又继续漫游印度各地，后在钵伐多国停留两年学习正量部的经论，最后又回到那烂陀寺。在那烂陀寺，玄奘用梵语写作了论文《会宗论》《破恶见论》，得到高度评价。

三、玄奘回国以及后半生的译经

异国他乡漂泊16年之后，贞观十八年（644），玄奘携带搜集到的佛经回国，到达于阗后稍作停留，向朝廷上表当年私自出蕃之罪，唐太宗听说之后，立即对玄奘表现出极大的兴趣。"令敦煌官司于流沙迎接，鄯善于沮沫迎接"，并要求玄奘"速来与朕相见"（《答玄奘还至于阗国进表诏》）。因为当时唐朝正在苦心经营西域，玄奘带来的第一手资料将会是非常有用的。贞观十九年（645）正月二十五日，玄奘抵达长安。在唐太宗的要求下，玄奘口授，由辨机笔录，于贞观二十年完成了对西域各国记载比较完备的《大唐西域记》。该书由于绝无仅有地详细记载了伊斯兰势力进入中亚与印度前夕的中亚、印度历史与社会风貌，现在成为研究中亚史、印度史的权威史料。玄奘也凭借这一对印度极为重要的贡献，在印度成为家喻户晓的人物。

玄奘带回大乘经论416部，上座部、弥沙塞部、说一切有部等小乘部派佛教经律论178部，因明论36部，声论13部等共657部印度典籍。他在回国途中从克什米尔过印度河遇到风浪，翻船落水，丢失了50夹大约十分之一的经书以及一些花果种子。

贞观十九年（645）三月，玄奘从洛阳返回长安，在弘福寺住下，开始准备译经，朝廷给他配备了一个二十多人的译经班子，甚至还有懂梵语的大德一人。到贞观二十年（646）正月已经译出《大菩萨藏经》《六门陀罗尼经》等五部五十八卷，并开始译《瑜伽师地论》，这年七月又写成《大唐西域记》。到贞观二十二年（648）五月，译出《瑜伽师地论》一百卷。

贞观二十二年（648）十月，建成大慈恩寺，玄奘移驻大慈恩寺继续从事译经工作。贞观二十三（649）年四月，唐太宗驾幸翠微宫，玄奘扈从，五月唐太宗驾崩。之后玄奘回到大慈恩寺，开始专心翻译，每天订立翻译的数目，如果白天事务繁忙没有完成，那么晚上还要挑灯夜战。这样过了十年，到唐高宗显庆五年正月开始翻译《大般若经》，但该经部头实在太大了，其他的译经僧都认为应该仿照鸠摩罗什的译法删繁就简，玄奘在经过反复权衡后还是决定全部翻译，这样辛勤工作了整整五年，于龙朔三年十月才译出《大般若经》六百卷。译完该经后，玄奘已经是精力不济了。

第二年正月，即唐高宗麟德元年（664）正月，玄奘坚持要译《大宝积经》，但只开始了第一页，就停住了。这一年二月，一代佛学大师玄奘圆寂于大慈恩寺，结束了一段传奇。唐高宗李治惊闻玄奘逝世，感叹"朕失国宝矣！"❶言毕，李治"呜咽，悲不能胜"，文武百官亦"悲哽流涕"，足见唐廷对玄奘的重视。

玄奘死后，追随他译经近二十年的亲炙弟子慧立就根据玄奘在世时对西行经历的讲述，将玄奘西行事迹写成五卷，但没有公开出版，到武则天垂拱四年（688），玄奘的另一位弟子彦悰又加了五卷玄奘回国后的章表书纪文，成十卷本《大唐大慈恩寺三藏法师传》刊行于世。

在译经的同时，玄奘不断宣讲"唯识学"，以他为中心形成了"唯识宗"又名"法相宗"。由于受到帝王的眷顾，其影响一度盛极一时。该宗以大慈恩寺为主要道场，故而又称"慈恩宗"。主要经典作品为玄奘翻译的《瑜伽师地论》以及玄奘编辑的《成唯识论》。一时接受玄奘学说，成为玄奘亲炙弟子的有几十人，其中以窥基、圆测影响最大。不过玄奘的唯识宗因其极强的学术性、专业性、高级知识分子特征，实则很难在中下层民众中传播开来。所以安史之乱后，大概在中唐时期，唯识宗基本就默默无闻了。

---

❶　慧立，彦悰.大唐大慈恩寺三藏法师传［M］.高永旺，译注.北京：中华书局，2019：600.

盖棺而论，玄奘确实是学者的楷模。他的一生毫无保留地献给了佛教学术，他的一生是勤奋的，是传奇的。他通过自己的努力跻身于佛教大师、文化大师的地位，这应该就是对他所付出的努力的最好回报。

第二节　玄奘事迹对文化史、宗教史的影响

玄奘无疑是一位伟大的历史人物。而对伟大历史人物的评价，通常都是比较复杂的，有时甚至是两极化的，赞之者无以复加，贬之者恨之入骨。因为伟大历史人物的经历，往往凝聚了时代的菁华，往往包含多层面的内容，是时代矛盾的综合体，在后来往往被多种因素所共同作用、共同塑造。对玄奘的评价，实际上也是复杂的，有时也会夹杂着褒贬。

玄奘回国之后，饱受皇家眷顾，唐太宗称他为"法门之领袖"，一时，玄奘成了中国佛教界的领袖，成了唐朝的一位极有影响力的公众人物。唯其如此，他的故事才具有公共性，才能成为中国文学名著的蓝本。

而关于玄奘对后来的影响与评价，要从多方面来看。首先，玄奘及其西行取经事迹，对中国文化史、中国宗教史有一定影响，但这种影响还是相对有限的，因为玄奘之后，中国兴起的禅宗，基本上把玄奘的理论影响从佛教义理层面剥除了。其次，历史上一些排佛的人，对玄奘的评价其实并不高，如欧阳修所撰《新唐书》把《旧唐书》中的"玄奘传"删除了，态度很明显。百回本《西游记》中对唐僧形象的贬低，并非没有历史渊源。最后，更值得注意的是玄奘所撰写的《大唐西域记》一书。《大唐西域记》由于绝无仅有地详细记载了伊斯兰文化进入印度前夕的印度历史与社会风貌，近现代以来成为世界上研究中亚史、印度史的权威史料。玄奘也凭借这一对印度极为重要的贡献，成为在印度家喻户晓的人物。

一、玄奘在世时的巨大影响

玄奘在世时，无论在印度，还是在大唐都是有广泛影响的。在印度时，他所到之处，皆受热烈欢迎与隆重接待。他曾与印度当地的戒日王交往，戒日王非常欣赏他。虽然这些记载都来自后来玄奘自己的口述，也许有"水分"。

而玄奘回国后在大唐的影响，则一度可以算得上是"炙手可热"。在出国之前，玄奘寂寂无名。但是游历中南亚十七载后，回国的玄奘已经是"一举成名天

下知"。

贞观十八年（644），玄奘回国到于阗时，因他在天竺地区的广泛影响，唐太宗要求玄奘"速来与朕相见"，表现出了对玄奘经历的极大兴趣。这当然有政治目的——唐太宗希望了解西域、中亚的最新情况。对于唐太宗而言，玄奘的西游经历，最重要的并不是它的宗教价值，而是它的政治军事情报价值。但也正是因为玄奘的经历有了巨大的政治军事情报价值，所以玄奘的宗教价值也迅速被承认，被强化。唐太宗在亲撰《大唐三藏圣教序》中说："有玄奘法师者，法门之领袖也。" ❶ 这实则就是从国家的高度，承认了玄奘的宗教领袖地位。

其时，玄奘刚刚回国，还谈不上对中国佛教界有什么影响。未来，玄奘不被中国佛教界所接受，都是有可能的。但是唐太宗却以官方的形式，宣布"有玄奘法师者，法门之领袖也"，直接向全国佛教界宣布玄奘的"领袖"地位。以皇帝之尊，以国家文件的形式，佛教界纵使有人持否定意见或反对玄奘，恐怕也没有人会直接公开说明。

由于唐太宗的赞赏，皇太子李治亦表现出对玄奘的极大推崇。李治撰有《述圣记》褒扬玄奘。据说李治当时又写了《谒慈恩寺题奘法师房》，"时帝为太子，题诗贴之于户"。❷ 考虑到后来李治继位为唐高宗，晚年玄奘在唐高宗李治统治时期，生活工作了15年，唐高宗李治对玄奘的赞赏与支持亦是非常重要的。

可以说，玄奘回国后，就长期处于饱受皇家眷顾，两任唐朝皇帝亲撰赞扬文字的境遇。从政治上说，这显然是一种极高的政治地位。玄奘几乎处于如日中天的状态。所以玄奘在晚期20年，他在大唐有着佛教界几乎无人能比的地位。

这种极高地位，也导致追随玄奘的人、拜玄奘为师的人特别多，其具有一定影响的弟子有几十位之多，在当时已然形成了中国佛教界的一大门派，一时几乎无人可与玄奘争锋。这实则就是一种"炙手可热"的权势状态。在中国历代的领袖人物、权贵人物身上都可以见到。虽然玄奘本人并不看中权势与地位，但这种权势与地位，无疑极大地推动了玄奘学说、玄奘西游经历在大唐的传播。玄奘回国后已然成为一位公众人物，他的故事开始具备了文学传播的公共性。

---

❶ 朱一玄，刘毓忱.西游记资料汇编［M］.天津：南开大学出版社，2002：15.

❷ 同❶：18.

二、玄奘在中国佛教史中的地位与影响

正如评价文学家，不能光评价他在当时的影响，更重要的是他对后来文学史的影响。因为历史上有很多的文学家，当时影响极大，但死后若干年，其影响就逐渐消退，甚至消失了。因此，对玄奘的评价，不光要评价他在当时的影响，更要分析他对后来佛教的影响，分析他在后来中国文化史中的影响。

从现代角度来看，玄奘的西行求法事迹，尤其是他后来在长安的译经活动，无疑是中国文化史上的重要丰碑，玄奘无疑在中国佛教史、中国文化史上占有重要地位。但是这种看法，只是现代人的看法。在现代人编写的《中国佛教史》中玄奘无疑是重要一笔。玄奘创立的"唯识宗"，亦是现代人所认定的中国佛家八大宗派之一。

然而从历史角度来看，将玄奘放到佛教中国化、放到中国化佛教之中——禅宗的发展史的角度来看，玄奘其实并不是一个重要人物。这体现在如下几个方面：

第一，除《心经》外，玄奘所译佛经流传不广。

玄奘虽然精通梵语，翻译了大量的佛教经典，但是玄奘的翻译并没有流传开来。玄奘翻译的佛经，流传较广的只有《心经》，但《心经》只有260字，属于一个总纲。《心经》流传开来后，世人皆知此为玄奘所译。在《大唐三藏取经诗话》中已提到了《心经》，后来在百回本《西游记》中亦有展开。

除《心经》外，玄奘所译佛经，未能流传开来。宋元明时期，中国流行的佛经，主要还是玄奘的前辈鸠摩罗什等人的翻译。严格来说，玄奘的翻译水平，并不见得就高于鸠摩罗什。因为玄奘的翻译太过执着于梵文原本，未能很好地顺应汉语的诸多特点。有时候玄奘的翻译有些生硬，不像鸠摩罗什等人善于在翻译时创造一种诗化意境。

同时，很重要一点也在于，在玄奘之前，中国佛教界所使用的佛经基本都有了较完善的译本。很多佛经都是多种译本并存，再增加玄奘的一种译本，并不能起到很大作用，属于"多一种译本不多，少一种译本不少"的尴尬状况。所以玄奘在中国佛教翻译史上所实际起到的作用是有限的。只能说，玄奘的翻译行为有很强的文化史含义，但这种"含义"并非对佛教史的真实影响。

第二，译经活动自宋以后消亡。

据《宋史·外国传六》，北宋初期有大量的中国僧人到达过印度，但当时印度衰落、印度佛教衰败，中国佛教界逐渐失去了对印度的兴趣。玄奘所擅长的译经活动，在宋以后逐渐消失，后人已难以理解译经的"文化意义"。随着伊斯兰教的兴起，佛教在中亚、印度地区的逐渐消亡，实际上也影响到了中国佛教的发展。

因为随着佛教在中亚、印度地区的逐渐消亡，中国佛教就不再面临着频繁的外部佛教输入，中国佛教内部的发展开始成为主流，禅宗开始兴起，并最终占据统治地位。由此，从前规模宏大的译经活动成了明日黄花。玄奘擅长译经，但宋以后却极少有译经活动，则玄奘的影响自然极大衰退。

第三，玄奘的唯识宗未能传扬开。

玄奘创立的唯识宗，很快就灭绝了。唯识宗又叫法相宗，以《瑜伽师地论》为主要经典。玄奘在出国前就已深悉法相宗教义，但还是遇到很多问题，这才萌发了出国求学的念头。玄奘在天竺主要学习了该派经典，回国后进一步阐扬。由于回国后，玄奘受到唐太宗的极高礼遇，他在当时有着极高的地位，所以他的弟子非常多，有一定影响的达几十人之多，其中影响最大的是窥基（632—682）、圆测（613—696）。窥基的弟子慧沼（650—714），慧诏的弟子义忠都还有一定影响❶，但此后唯识宗在唐朝就逐渐衰亡了。可见，玄奘的唯识宗往下只传了三代，到第四代弟子基本就寂寂无闻了。其时应是安史之乱前后了。玄奘唯识宗的衰败，也许跟安史之乱有关，因为唯识宗主要在京师传扬，而安史之乱把唐朝的东西两京都毁坏大半。在安史之乱后，真正兴起的是禅宗。

玄奘创立唯识宗，宣扬当时印度佛教流行的"唯识学"，强调"万法唯识"，尤重视第八识阿赖耶识。这种唯识学近乎心理学，从心理角度来看待诸多问题。平心而论，这种学说确实是很有道理的。然而这种唯识学在中国并未流传开，并不适应中国的文化和宗教氛围，很快就灭绝了。不要说与中国化佛教的禅宗相比，就是与其他佛教宗派相比，唯识宗的影响也是极为有限的。

第四，玄奘不被禅宗所重视。

玄奘之后，随着禅宗六祖慧能的崛起，禅宗开始在中国佛教界突显出来。禅宗讲求"不立文字""教外别传"，因此玄奘这种"以文字为中心"的西行求法、回国译经，在禅宗看来都非正道。在后来禅宗的"一花五叶"的发展中，洪州禅"平常心是道"的视野中，尤其是在后来临济禅、曹洞禅引发的狂禅之风中，玄奘这种以佛经为中心，且是以梵语的佛经为中心的行为，恰恰是一种"执念"。在《五灯会元》等禅宗语录中，有大量禅师的事迹，但这些事迹与玄奘事迹根本不沾边。禅宗对玄奘的西行求法行为，没有太多正面评价。

---

❶　汤用彤.隋唐佛教史稿［M］//汤用彤全集（第二卷）.石家庄：河北人民出版社，1999：155.

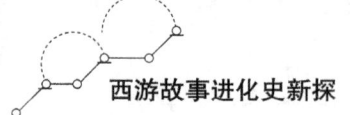

所以在宋、元、明、清时期，玄奘只作为一个"历史上的和尚"而存在。玄奘这个历史上的和尚，并不是当下的和尚，对当下的和尚也没有影响。实际上，百回本《西游记》中对唐玄奘的评价也不高。

玄奘的西行求法，本来是一件很坚毅的事情。但《西游记》中，"坚毅"被安到了孙悟空的头上，玄奘在小说中以软弱形象示人，且动不动就"泪如雨落"（第十五回）、"满眼垂泪"（第三十六回）、"嘤嘤的啼哭"（第七十七回）、"两泪交流"（第八十五回）。据统计，百回本《西游记》中写到唐僧哭泣的地方，有 26 次之多，多数都是被妖怪吓哭的。作者这样来塑造唐僧形象，显然包含着对玄奘本人的不满。

所谓"男儿有泪不轻弹"，在百回本《西游记》中的玄奘则成了动不动就垂泪的人，这就从性格上否定了玄奘。读过《西游记》的读者，很难对玄奘生出崇敬之情。这虽然是为了凸显孙悟空，但一切文学都包含意识形态评价，百回本《西游记》作者对玄奘的负面评价，亦在这种频繁的啼哭中，传达给了读者。

三、《大唐西域记》及其影响

玄奘回国后，在唐太宗要求下，根据自己旅行的经历口述，由门徒辩机笔受了《大唐西域记》一书，全书十二卷，十多万字，写到的西域、中亚、印度的 138 个国家和地区，其中亲自到达、观察的有 110 个，听闻的有 28 个。玄奘在中亚、印度的这段时间，630—645 年的这 15 年，正是伊斯兰教兴起的前夕。

考伊斯兰教的发展史，先知穆罕默德（约 570—632）于 622 年同信徒进入麦地那，开始进行一系列政治、经济、文化改革。631 年，全阿拉伯半岛都归信伊斯兰教，632 年，穆罕默德进行了"辞别朝觐"。穆罕默德逝世后，在穆罕默德的四大弟子的领导下，伊斯兰教迅速扩张，只用了不到半个世纪的时间，便传播到了中亚、阿富汗、古印度北部（今巴基斯坦）等地，此后逐渐占据了统治地位。实则在玄奘逝世的 664 年前后，中亚地区的佛教就开始面临着来自伊斯兰教越来越大的压力。

瓦哈卜等著《阿富汗史》中说："由于旧有印度—伊朗式信仰（琐罗亚斯德教和印度教）的打击和随后匈奴人具有破坏力的侵略，佛教很少能够持续到穆斯林征服之前。"❶ 这一说法显然是不正确的。在玄奘于中亚旅行的贞观五年（631）

---

❶ 沙伊斯塔·瓦哈卜，巴里·扬格曼.阿富汗史［M］.北京：中国大百科全书出版社，2010：50.

前后以及之后的近十年，玄奘所看到的中亚地区，显然是"万里佛国"的景象。如果说在中亚五国，佛教寺庙还少一些，但是在今阿富汗地区佛教寺庙几乎遍地都是。比如，今阿富汗西部喀布尔河流域的"迦毕试国"有"伽蓝百余所，僧徒六千余人"；❶今阿富汗巴米扬地区的"梵衍那国"有"伽蓝数十所，僧徒数千人"。再考虑到"迦毕试国周四千余里"，有寺庙上百所，则平均隔了几公里就有一个佛教寺庙。这显然是"一派佛国"的景象。由此来看，在玄奘游历中亚的时期，佛教还谈不上在中亚衰败，只能说是中亚的政治局势开始逐渐不利于佛教。

足见，玄奘贞观元年（627）开始的西游，是发生在一个独特的时间点，即伊斯兰教进入中亚、阿富汗、印度的前夕。玄奘在中亚、阿富汗、印度各地所目睹的佛教状况、大小乘佛教的分布，都是伊斯兰教进入中亚前夕的最真实状况。而伊斯兰教进入不久，佛教就逐渐在中亚、阿富汗、印度等地灭绝了。所以玄奘所目睹的中亚佛教，是其最后的剪影之一。如果玄奘晚生一百年，即使他到了中亚，到了印度，也很难看到太多佛教景象，所到之处，绝大部分将是一片破败。这正是北宋初期，道圆、行勤等中国僧人到达印度后所目睹的佛教破败、萧条景象。

这也正是为什么中唐以后，即公元 800 年之后，赴印度西行求法的中国僧人越来越少。因为从中唐开始，中亚地区正在经历剧烈的民族、宗教、文化的嬗变。佛教逐渐在中亚、阿富汗、印度地区消失了，中亚历史翻向了新的一页。

这一独特的时间点，就让《大唐西域记》一书具有了无与伦比的史料价值、文化史价值。因为它是伊斯兰教进入中亚前夕，中亚广大地区的真实写照。而且随着中亚地区各王国的兵燹毁灭，各种史料的亡佚，各部落的交叉迁徙，中亚的历史，尤其是阿富汗、古印度的历史，已被掩盖在层层历史尘埃之下。关于中亚广大地区的文字史料，已少之又少。很多时候，《大唐西域记》都成为一种"孤证"，是仅有的史料，或仅有的几种史料之一。所以《大唐西域记》一书，很受西方学术界的关注。1834 年，德国著名语言学家克拉普罗特（H.J.Klaproth，1783—1835）出版了《玄奘在中亚与印度的旅行》一书。1857 年，法国汉学家儒莲（Stanislas Julien，1797—1873）将《大唐西域记》全书译为法文版。

而在史料的翔实性、科学性、总括性上，《大唐西域记》亦有着非常专业之处。《大唐西域记》的成书是在唐太宗的要求下完成的，因此有一定的军事情报

---

❶ 玄奘.大唐西域记［M］.董志翘，译注.北京：中华书局，2012：81.

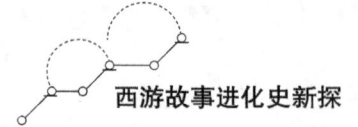

意义，玄奘在写该书时很注意对西域、中亚、古印度各地的地形、物产、政治状况的描述，所以书中所谈到的 138 个国家的地理情况、物产情况，包括都城的位置、状况，都有着极为准确的描述。中亚的考古学家，往往只要根据《大唐西域记》的记载，在相应的位置，就能有重大的考古发现。例如，19 世纪 60 年代以后，英国考古学家康宁汉姆（Alexander Cunningham, 1814—1893）根据玄奘《大唐西域记》的记载，发现了那烂陀寺遗址、阿育王遗址等诸多的古印度遗址，由此，印度的古代史得以重建。

时至今日，《大唐西域记》早已成为一部权威的中亚（主要包括阿富汗、印度、巴基斯坦）史书，玄奘所直接考察的 630—645 年的中亚广大地区的面貌、图卷，更具有了第一手史料的价值与意义。同时，《大唐西域记》中所记载的一个地区的早期历史、传说，亦被看成"信史"。所以，在当今的中亚、阿富汗、印度等地的古代历史研究中，各国学者往往要大量引述《大唐西域记》的记载。这也使得玄奘成为有着广泛世界影响的历史学家。其在世界上的知名度超过了中国的史学家司马迁。

第三节　玄奘西游本事对《西游记》的影响与制约

百回本《西游记》的形成有一个漫长的世代累积的进化过程。在这个过程中，玄奘个人的事迹对故事演化起到了很大的影响与制约。关于"玄奘的个人事迹"有狭义、广义之分。狭义的玄奘个人事迹就是玄奘的亲身经历，与其亲身经历无关的不算。广义的玄奘个人事迹，还包括与玄奘个人经历有关的一些其他内容，如玄奘未曾亲历，但谈到过的一些故事、传说。这种广义的玄奘个人事迹与相关内容，可以被称为"玄奘本事"或"玄奘西游本事"。

笔者认为，玄奘西游本事是一个复杂信息的综合载体，一方面包括了玄奘在西域的旅程与经历，另一方面则包括了玄奘谈到过的或间接涉及的西域传说或中国传统的西域观念、西域传说。这些传统的西域观念、西域传说，因被玄奘谈及、涉及而引入西游故事中，因玄奘而"串联"，成为玄奘西游本事的一部分。

要看到，百回本《西游记》小说与纯粹的玄奘个人西行经历是有极大差异的，其中加入了大量的艺术想象、艺术变形。我们需要理清与探讨的恰恰就是小说与玄奘个人真实经历之间的这种差异。这种差异是如何形成的？其影响性因素与制约性因素有哪些？

在笔者看来，某种程度上，文学进化论的研究范式，正在于探讨在漫长的文学进化历程中，文学进化是如何导致本事与文学作品之间产生多种多样且越来越显著的差异的。这一问题正是本书所要揭示的。而本小节中所探讨的，只是其中一小部分，更多的部分则需要在具体的文学进化历程的案例分析中，才能阐述清楚。

一、玄奘个人事迹对小说的影响

究其实质，百回本《西游记》的创作是在"玄奘个人事迹""固有西域观念、西域神话传说"以及"各种艺术想象、神话想象"的基础上叠加而成的。其中最为基础，实为重中之重的是玄奘个人的西游经历。百回本《西游记》因玄奘西游取经故事而起，虽然此后经历了诸多进化，亦经历了时代变迁的洗礼，但玄奘个人西游经历，还是对《西游记》有着深刻的影响与制约。

整部《西游记》小说都是围绕着玄奘进行的。诸多的小说情节，皆是以玄奘的个人行迹为归依。玄奘从长安出发、玄奘与马的关系（在莫贺延碛沙漠被马救命、白马驮经回国）、玄奘在西域的一些个别经历如过流沙、玄奘回国时在印度河翻船落水、玄奘求得了一批经书、玄奘回国后见到了唐太宗并很受唐太宗重视等情节，最后都以原样或变形的形式写入了《西游记》小说中，成为《西游记》文学想象的现实基础与灵感来源。

最典型、最重要的，是玄奘西行路途中听闻或亲身经历的一些灵异事件，乃至包括玄奘对鬼怪的恐惧。这些材料都记录在《大唐西域记》《大唐大慈恩寺三藏法师传》中，成为后来玄奘西游故事往神怪方向发展的现实基础。这一点尤其体现在玄奘对妖鬼的一些经历与描述上，如过莫贺延碛沙漠时看到海市蜃楼，玄奘以为是鬼怪，"渐近则灭，乃知妖鬼"。

要之，百回本《西游记》的很多情节，都可以以或直接、或间接，或严格对照、或掺杂历史典故的方式，追溯到玄奘个人的西游事迹。

二、固有西域观念、传说对小说的影响

除玄奘个人西游事迹外，百回本《西游记》的很多情节亦可以直接或间接追溯到西域神话传说，追溯到人们对西行、西域的一些固有的或正确或错误的认识上。这些西域观念、传说，虽然独立于玄奘个人事迹之外，但很多时候会被玄奘谈到、讨论、引述，会不自觉地被叠加在玄奘个人西游经历中，从而构成了一种广义的玄奘西游本事。这主要包括：西域流沙问题、西女国问题、西域昆仑王母

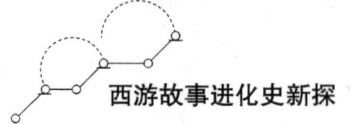

传说问题等，玄奘在《大唐西域记》等材料中对这些问题都有谈及或间接涉及。

这些问题会被玄奘谈到，或者间接涉及，因为这些问题是绕不过去的。正如各种关于玄奘真实事迹的记载中，一般不会谈到玄奘西行过程中的吃饭问题，但吃饭问题必然是玄奘事迹的一部分。百回本《西游记》有大量内容写到了唐僧师徒的吃饭，如唐僧师徒化缘、吃斋、偷吃仙果，也大量写到了妖怪们的"吃饭"，"妖怪吃唐僧肉"成了《西游记》的一个重要话题。类似的，一些关于西域的固有观念、传说，因其必然被玄奘涉及，也必然成为玄奘西游本事的一部分，被西游故事的作者们加以重点敷陈。

西域存在流沙，存在广袤的沙漠，这是中国人自古即知的。在玄奘相关史料中多处出现"流沙"字样，如"莫贺延碛长八百余里，古曰沙河"（《大唐大慈恩寺三藏法师传》）。这一点显然也要反映在玄奘西游故事中，问题的关键只在于如何在小说中表现。但在百回本《西游记》中作者进行了"歪曲"的表现，用"流沙河"沙僧的故事来承接西域流沙传言，用"火焰山"的故事来承接西域"炎热"传言。

再如《西游记》小说中西梁女国的故事，可以归结到玄奘本人，在玄奘所著《大唐西域记》中有关于"西女国"的内容："拂懔国西南海岛有西女国，皆是女人，略无男子。多诸珍宝货，附拂懔国，故拂懔王岁遣丈夫配焉，其俗产男，例皆不举也。"❶同时，这一内容亦可以归结到中国古代诸多关于"西域有女国"的传言上。这一传言在《山海经》中就有记载，见《山海经·大荒西经》"有女子之国"。后来在《新唐书·西域传》等大量史书中亦有谈论。如唐人杜佑《通典》在谈西域拂菻国时说："又闻西有女国，感水而生。"此记载与百回本《西游记》中西梁女国的内容有相似之处。

此外，西王母传说的发生地在西域昆仑山，这也必然导致西王母的故事被掺入玄奘西游故事中。这些问题后几章会详细讨论。

三、百回本《西游记》中一些对玄奘西游本事的误解、错解

应该看到，在《西游记》小说的创作中，一些关于玄奘的史实，并未完全搞清楚，有一些明显的误解或错解的地方。

首先，百回本《西游记》的作者，并未阅读过《大唐西域记》和《大唐大慈恩寺三藏法师传》，所以小说中关于唐僧在西域、中亚的旅行经历，完全是想象

---

❶　玄奘.大唐西域记校注［M］.季羡林，校注.北京：中华书局，1985：943.

出来的，并未参考确凿的史料。关于玄奘的个人情况的介绍也不对。关于玄奘的史书从没有提到唐太宗把玄奘当成"御弟"，《大唐大慈恩寺三藏法师传》倒是说高昌王与玄奘结为兄弟。然而小说中却把玄奘写为唐太宗的"御弟"，这是不符合史实的。

其次，百回本《西游记》关于玄奘的出发和回归年代，有根据故事、根据情节需要的调整。相关史料显示，玄奘是贞观元年在长安上表准备西行，随后私自出行，大约在贞观三年（629）四月出玉门关。在印度学习、游历了十几年，才于贞观十九年（645）正月，回到长安。无论玄奘的自称，还是唐太宗等人以及一些史传的描述，都认为玄奘西游了 17 年。然而百回本《西游记》写的是唐僧于贞观十三年（639）离开长安，经过十四年的跋涉，贞观二十七年（653）才到达灵山，随后腾云驾雾，于贞观二十七年回到长安，唐太宗在长安接见了唐僧师徒。对此，小说第一百回有详细描写：

> 原来那太宗自贞观十三年九月望前三日送唐僧出城，至十六年，即差工部官在西安关外起建了望经楼接经，太宗年年亲至其地。恰好那一日出驾复到楼上，忽见正西方满天瑞霭……太宗看了，乃贞观一十三年九月望前三日给。太宗笑道："久劳远涉，今已贞观二十七年矣。"牒文上有宝象国印，乌鸡国印，车迟国印，西梁女国印，祭赛国印，朱紫国印，狮驼国印，比丘国印，灭法国印；又有凤仙郡印，玉华州印，金平府印。太宗览毕，收了。❶

这里，乍一看没什么问题。但实则有一个"重大错误"。考证唐太宗的历史，李世民于武德九年（626）六月，发动玄武门之变，三日后被立为皇太子。武德九年八月即皇帝位，次年改元贞观。在位期间，李世民励精图治，开创了"贞观之治"。贞观二十三年（649），李世民驾崩，享年 52 岁，在位 23 年。

而按照小说的叙述，玄奘是贞观十三年离开长安，历经 14 年，回长安时，唐太宗李世民还在位，则是贞观二十七年。然而此时历史上的唐太宗早应该逝世了。不过这并不是一个"硬伤"或"低级错误"。百回本《西游记》第十回"唐太宗地府还魂"，已写了阴司判官给唐太宗增加了二十年阳寿，把唐太宗在位 13年，改成了在位 33 年。

这里与历史上的唐太宗真实在位时间相比，多了 10 年，大概是为了彰显唐

---

❶ 吴承恩.西游记［M］.北京：人民文学出版社，2010：1211.

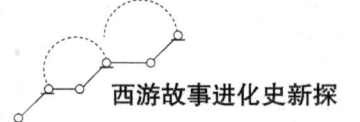

太宗与西天取经的功德，而增加了阳寿吧。

再次，百回本《西游记》中关于佛教的一些叙述也是错误的。

百回本《西游记》第九十八回中开列的佛经目录与事实严重不符，是一个七拼八凑的佛经书目。

百回本《西游记》说取经缘起于大唐，但是只讲说小乘佛教，玄奘西去是为了求得大乘经典度化众生。这也不符合实际。根据《大唐大慈恩寺三藏法师传》的记载，虽然玄奘决定西行求法的起因是汉译的大乘经典《瑜伽师地论》不全，导致学人理解起来很混乱，他打算到天竺寻找全本，但实际上玄奘云游天竺后带回的六百五十七部经典中大小乘都有。例如，玄奘在西行途中曾多次与西域的小乘法师讨论当时小乘佛教的重要著作《大毗婆沙论》《俱舍论》，玄奘回到长安后就重译了二书，《大毗婆沙论》二百卷、《俱舍论》三十卷。

最后，小说中关于西域、中亚的描写，完全出于想象。

百回本《西游记》作者的疏失还体现在《西游记》这样一部描述游历西域的书中，居然没有任何西域风情（火焰山也许是），甚至连记载于前代史书的西域地名都很少出现。唐僧一行经过的宝象国、乌鸡国、车迟国、朱紫国、西梁女国、玉华州等地方根本就于史无证。作者整个的关于西域、关于中亚、天竺的地理学建构是凭空想象的，完全不符合事实。

从地图上看，印度应该在长安的西南，从西域去印度，应该是先往西，再往南。但在百回本《西游记》的叙述中，是一直往西。所以就会出现，真实的西域地名与虚构出来的西域地名被叠加在了一起，导致一些西域地名出现的位置不对，最典型的就是高昌国。这是一个真实的西域国名，为今吐鲁番。《西游记》第六十二回，唐僧师徒到达祭赛国后，听负屈的和尚介绍祭赛国：

> 此城名唤祭赛国，乃西邦大去处。当年有四夷朝贡：南，月陀国；北，高昌国；东，西梁国；西，本钵国。年年进贡美玉明珠，娇妃骏马。我这里不动干戈，不去征伐，他那里自然拜为上邦。

高昌国实则靠近中原汉地，历史上一直是汉化国度。在《大唐西域记》等书中，玄奘出关后，第一站就是到达高昌国，并成为高昌国王的"御弟"。因而从地理距离的角度，唐僧应该在第二十回左右就达到高昌国，不应该在"行程过半"的时候，才到达高昌国。

《西游记》中写到，第四十七回过了车迟国后，唐僧师徒到达通天河，此处

"东土大唐，到我这里，有五万四千里路"，正好是西天取经路行程的一半，又在第五十四回过西梁女国，第五十九回过火焰山，才到了这个祭赛国。如果说这里提到的高昌国就是玄奘当年到达的第一站高昌国，那么祭赛国、月陀国、本钵国是哪里呢？

第十三回唐僧出大唐国地界，"此山唤做两界山。东半边属我大唐所管，西半边乃是鞑靼的地界"。这实则是明代的西疆情况，并没有严格按照唐代的西部边疆的状况来写，这似乎不够严谨。不过这里作者已然提到"西半边乃是鞑靼的地界"，由此来看，也许写些关于鞑靼的情况是需要的，但小说中并没有写到。

又如第十五回讲道"此去行有两个月太平之路"，相遇的都是些西域民风民情。作者既然提到西域状况，说明讲一些少数民族的异域风情是需要的，然而小说中几乎没有写到。这其实造成了巨大的失真。百回本《西游记》中唐僧师徒所到之处，都是一派中华景象。

四、形成玄奘西游本事对小说独特制约的原因

通过以上分析我们可以意识到，玄奘西游本事对百回本《西游记》有很大的影响与制约，同时小说亦有较大的变形。作者主要采用了玄奘西游本事中的几点：历史上有玄奘，玄奘经过西域到达了天竺，玄奘从天竺带回了一些佛经、玄奘见过唐太宗李世民等。而百回本《西游记》大量写到的神魔斗争、西游经过的地方、玄奘个人事迹都是虚构出来的。那么，形成玄奘西游本事对百回本《西游记》这种独特制约与影响的原因是什么呢？可以归为以下几个方面：

第一，神魔小说体例的限制。

百回本《西游记》的整个故事架构是以道教的神仙谱系掺杂佛教的佛、菩萨体系建构起来的。百回本《西游记》以玉皇大帝为首的天庭来自道教，东胜神洲、南瞻部洲、西牛贺洲、北俱芦洲的四大部洲世界地理框架来自佛教。这就使百回本《西游记》具有了鲜明的神魔小说特征，由此很多地方，小说就不用太写实，可以在西天路上天马行空地写各路神仙鬼怪。牛魔王、白骨精、蜘蛛精等可以随意地进行夸张想象，也不用考虑西域的那些小国到底有没有道教，有没有道士。反过来，过于拘泥史实，可能会损害这部浪漫主义杰作的浪漫特质。简言之，不符合事实、凭空虚构是《西游记》的缺点，但它的缺点恰恰是它的优点。它的优缺点形成了一种捆绑，所长正是所短，所短亦是所长。

第二，百回本《西游记》作者自身的学识、见闻的限制。

从百回本《西游记》的文本内证来看，作者似乎对道教懂得比较多，对佛教不太懂。估计作者只读过《坛经》等几本小部头佛经。因为一般佛经都会在首页注明谁做的翻译。比如《法华经》是姚秦鸠摩罗什译，《涅槃经》是北凉昙无谶译，《楞严经》是天竺沙门般剌密谛译，乌苌国沙门弥伽释迦译语。百回本《西游记》的作者似乎不知道西天取回的佛经是需要翻译的，佛经在天竺是用梵语写的，也就是说天竺人说的是梵语，不是汉语。

因而在书中第九十三回到达大天竺国以后，唐僧居然对孙悟空说："他这里人物衣冠，宫室器用，言语谈吐，也与我大唐一般。"这个明显是错误的，说明作者对佛教了解很少，一般的佛教僧人都会知道梵语的存在，知道天竺人说的语言与中华不同。

百回本《西游记》的作者，几乎就没有"梵语"的概念。在小说中，他没有一次提到梵语的问题。而在后来的续书《续西游记》中都提到了"念了一句梵语"❶（第七十二回）之类。这除了说明百回本《西游记》的作者佛教素养不高之外，也说明百回本《西游记》的作者有意忽略这方面。

第三，天朝大国心态的影响。

玄奘西天取经这样一个历史事件，从根本上是有损于大国国民的虚荣心的。历史上包括韩愈、欧阳修在内的很多人，都不能接受天竺佛教对中华的文化输入，这堪称一种集体意识。百回本《西游记》的作者在处理玄奘西天取经这个故事的时候，必然会有意无意受到大国心态的影响。有损于大国虚荣心的东西，作者也不愿讲，读者也不愿知道，在作者与读者的"共谋"下，大家实现了一种"集体遗忘"。于是在《西游记》中西域、中亚的色彩被淡化，作者没有去过多渲染异域情调，亦没有涉及西番、鞑靼的情况。西域情调、异域情调在《西游记》中完全被抹去了。从西域直到天竺，所有人都是衣冠相同，语言相同，习俗相同，都是"中华化"的。

❶ 无名氏.续西游记［M］.长沙：岳麓书社，2019：418.

唐代：玄奘故事进入文学领域及其初期发育

　　文学进化都是从历史本事开始，最终进化为一部大部头的文学名著。在早期有一个"初入文学领域的问题"，也就是玄奘故事初期发育状况的问题。一方面包括玄奘故事的历史本事如何逐步进入了文字传播、文学传播的领域。此处所说的"文学"，显然是一个"大文学"概念，并非就今天所谓的"纯文学"而言，而是包括史传、政书、小说等各类文字性作品。关键之处在于，玄奘故事如何逐渐进入文字传播领域，然后逐渐开始文学进化的历程。这个初入文学领域的素材，可以概括为"玄奘西游事迹的文字化"。这个"文字化"过程是有据可查的，无论玄奘撰写的《大唐西域记》，还是玄奘门徒撰写的《大唐大慈恩寺三藏法师传》都可以看作"文学作品"，而在一些史传、文言小说中的玄奘故事，则具有了更浓厚的文学性。

　　另一方面包括在最初的阶段，玄奘故事发育到什么程度，形成了什么样的基本轮廓与进化倾向，未来可能会产生什么样的进化成果？与生物的发育、人类的发育类似，故事"最初的发育"与二次发育、三次发育之间会有很大的联系，亦会有很大的区别。故事"最初的发育"能在很长时间内决定故事的形态、状况。虽然二次发育、三次发育可以很大程度改变"初期发育"所决定的故事形态，但很多时候即使经历了漫长的进化历程，达于进化的巅峰状态，成熟期故事的形态、状况也往往保留了最初发育的诸多特征。从这个意义上来看，故事的"初期发育"是非常重要的，初期发育对于后续进化有着决定性的意义。

　　玄奘故事的初期发育成型之后，其后续进化就有了基本轮廓与进化方向，会自动进行下去。慢慢地，玄奘西游故事的进化就渐入佳境，随着时间的推移最终可达于进化的高峰。文学进化有一种强大的能力，能够从无到有，由简到繁，从粗糙到精致，在几条简短历史记载的基础上，逐渐诞生出伟大的文学作品。

第一节 《大唐西域记》在唐代的传播及其文学影响

贞观二十年（646）玄奘回国后，在唐太宗要求下，根据自己旅行的经历口述，由自己的门徒辩机笔受了《大唐西域记》一书，全书 12 卷，十多万字，涉及西域、中亚、印度的 138 个国家和地区，其中亲自到达、观察的有 110 个，听闻的有 28 个。书中记录了大量的奇闻逸事。

《大唐西域记》虽然是一部类似旅行记的地理著作，但其实非常接近古代的文人笔记、文言小说，因为一方面其中包含了大量佛教的、神话的、文化的内容，另一方面包含大量类似古代志人志怪小说的内容。这样一部综合性的书，无疑很容易受到中国古代文人和学者的喜爱。所以这部书在古代的传播与影响，是不可小视的。

一、《大唐西域记》在古代的传播

《大唐西域记》发表后，很快就在大唐各地传播开来。根据考古发现，1981年，在新疆鄯善县吐峪沟石窟出土了《大唐西域记》写本残卷。专家分析认为，该残卷应是写于贞观二十年（646）的一个抄件。可能是高昌王麹文泰之子麹智湛其时正在洛阳居住，玄奘与麹文泰有旧，答应从印度回国时再到高昌，然而玄奘回国时麹文泰已逝世，玄奘未至高昌。贞观二十年（646）麹智湛即将回高昌继位，是以玄奘赠之以《大唐西域记》写本。此说难以确证。但从侧面也说明，《大唐西域记》一书很早便在西域有了广泛的传播。后来在敦煌遗书中，亦发现了多种《大唐西域记》残卷。

可以认为，《大唐西域记》一书长期以"西域地图""西域旅行手册"的方式在西域的广大地区流传。这部书在中原地区亦有流传，后来被收入了各种版本的佛藏。有一定资源的佛教信徒，并不是说完全看不到《大唐西域记》。

晚唐人段成式（803—863），在《酉阳杂俎》中提到了《大唐西域记》："《西域记》谓之卑钵罗，以佛于其下成道，即以道为称，故号菩提……玄奘至西域，见树出垣上二丈余。"❶ 说明至少到晚唐，《大唐西域记》这部书还是能为一般读者所看到的。

---

❶ 段成式.酉阳杂俎［M］.上海：上海古籍出版社，2012：109.

北宋初，欧阳修等人编《新唐书》，在"艺文志"部分，载有："玄奘《大唐西域记》十二卷"，说明在北宋初这本书还是能看到。从宋代以后，《大唐西域记》就较难看到了。可能该书已经较难以单行本的形式流传，一般都是收录在各种大藏经中。所以西游故事进化历程各阶段的作者们，可能都没有看过这本书。他们对玄奘西游事迹的构思，主要来自想象。

二、《大唐西域记》对中国文学的影响

根据《大唐西域记》中部分故事的传播、变异情况来推测，《大唐西域记》对一些文化、故事传播，起过较大作用，有较重要的地位。因为通过《大唐西域记》，一些中亚、印度的故事、文学基因，进入了中国，对中国文学产生了一定的影响。

《大唐西域记》主要记载西域、中亚各地的地形、物产、政治状况。与此同时，书中也大量记载了西域、中亚、印度各地的民间故事，尤其是一些佛教传说。这种佛教传说，有一部分是佛经中本来就有，玄奘进行转述的；另一部分是玄奘在西域、中亚各地听来的，其中若干故事可能是伴随着《大唐西域记》第一次传入中国。

《大唐西域记》中记载的一些故事，尤其是一些神怪、灵异故事对唐代的传奇志怪小说创作有重要影响。例如，《大唐西域记》卷一中记载的西域"龙马"故事，可能对中国的龙马故事的形成有一定影响（详见本书第四章第四节）。

《大唐西域记》中对中国文学影响最大的是该书卷七记载的"烈士池"故事，讲一位隐士修仙，需要一位烈士持刀在旁静默守护。这位隐士找到了一位烈士，在修炼快成功时烈士被幻影所吓大叫，导致隐士修仙功亏一篑。玄奘记载的这个故事，一看似乎是个道教的求仙故事，玄奘用的词语"收视反听""凌虚履空"也都是纯粹的道教术语，然而实际上这是个印度婆罗门教修炼故事。从一些佛经来看，早期佛经翻译都是把这些婆罗门教修炼士称为"仙人"，玄奘是沿用了这样一个说法。

这样一个很容易让人引起误解的婆罗门教修炼故事，很快就真的被一些人误解为中国道教修炼故事。段成式《酉阳杂俎》续集卷四《贬误》中记录的"天宝中，中岳道士顾玄绩"的传说便是"烈士池"故事的变种。段成式已经认识到了这一点，他在《酉阳杂俎》中引述玄奘《大唐西域记》所记的这一烈士池传说，认为顾玄绩故事是玄奘记载的讹传，即"释玄奘《西域记》云：……盖传此

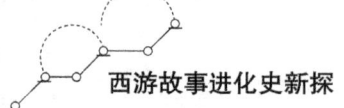

之误，遂为中岳道士"。❶ 后来在《续玄怪录》中李复言将烈士池故事改编为道教修炼故事《杜子春》，类似的还有薛渔思《河东记·萧洞玄》、裴铏《传奇·韦自东》，也都是道教背景。到明代李复言的《杜子春》被改编为话本小说《杜子春三入长安》收入《醒世恒言》，到清代又分别被改成了传奇戏曲，胡介祉的《广陵仙》、岳端的《扬州梦》。到1920年日本作家芥川龙之介又将李复言的《杜子春》改编为同名短篇小说《杜子春》。

烈士池故事具有强烈的宗教隐喻性，表现一种在修炼过程中必须排除万难、坚定信念的宗教含义，这同中国固有的一些宗教思想完全相同。所以烈士池故事以杜子春故事的形式获得了广泛的流传，在某个时候与《西游记》故事也获得了某种交集。

在元末明初六本二十四出的《西游记杂剧》的第二十三出《送归东土》中也提到杜子春的故事，剧中佛祖的弟子成基告诉唐僧："沿途来的魔障，皆我世尊所化。因师父心坚，是以得至此间。"然后又唱：

【调笑令】师父，休妄想，那的是俺世尊强化出魔王将，将你心意降。杜子春炼丹成虚诞，则为心不诚也有许多模样。将一个小孩儿提起来石上撞，则一惊，那金丹忒楞化粉蝶儿飞扬。

百回本《西游记》中没有出现关于杜子春的文字，但从后世《西游记》评论来看有很多人认为《西游记》有宗教修炼的意蕴，这与杜子春故事的宗教意蕴是相通的。

三、《大唐西域记》对西游故事进化的可能影响

《大唐西域记》对中国文学的发展有一定影响。但更关键之处在于，《大唐西域记》的传播，为玄奘西游故事的传播与进化创造了条件。《大唐西域记》本身就包含了大量的神怪、灵异故事，这些神怪、灵异故事，为玄奘的西行披上了神怪、灵异的色彩，为玄奘西游故事的最终"神怪化"指明了方向，打开了进化道路。这一点前人都已提到，如胡适在1923年的《西游记考证》中就已提到。

《大唐西域记》中一些鬼故事，带有浓厚的神异色彩，为西游故事的神怪化

---

❶ 段成式.酉阳杂俎［M］.上海：上海古籍出版社，2012：148.

奠定了基础。如讲天祠的内容：

> 天祠堂前有一大树，树叶扶疏，阴影蒙密。有食人鬼依而栖宅，故其左右多有遗骸。❶

这讲的是食人鬼的故事，与后来《大唐三藏取经诗话》中的鬼子母故事，其实已有相似性。《大唐西域记》中这一鬼故事，很容易就引导西游故事向神鬼故事方向发展。

又如《大唐西域记》中有一则关于猴的故事，写猴的修行，见卷六：

> 大施场东合流口，日数百人自溺而死。彼俗以为欲求生天，当于此处绝粒自沉，沐浴中流，罪垢消灭。是以异国远方，相趋萃止，七日断食，然后绝命。至于山猿、野鹿，群游水滨，或濯流而返，或绝食而死。当戒日王之大施也，有一猕猴，居河之滨，独在树下屏迹绝食，经数日后自饿而死。❷

这个故事是一则宗教故事，写人们为了上天堂而绝食自沉。印度恒河与阎牟那河两河交汇处，传说在此淹死可以上天堂，导致各地的宗教信徒汹涌而至，每天溺死数百人。一些动物也在此溺死，其中就有一只猕猴。这则故事意谓猕猴也诚心修炼，想要上天堂。这一类的动物修炼或动物成精的故事在魏晋时期的中国就有很多了。但与百回本《西游记》中很接近的猕猴修炼的故事，还是不多。这则故事虽然不一定就对西游故事进化产生了直接的影响，但亦值得注意。

再如百回本《西游记》中写到了大量的佛道斗争、佛妖斗争，这一类故事当然与中国古代广泛的佛道斗争有关，但在《大唐西域记》中亦记载了大量的佛与外道斗争的故事，这种故事几乎贯穿了整部《大唐西域记》，不能完全排除，西游故事中佛妖斗争的故事，曾经受到过《大唐西域记》中这一类故事的影响。比如这则故事：

> 城傍有故伽蓝，惟余基址，是昔护法菩萨伏外道处。此国先王扶于邪说，欲毁佛法，崇敬外道。外道众中召一论师，聪敏高才明达幽微者，作伪

---

❶　玄奘.大唐西域记［M］.董志翘，译注.北京：中华书局，2012：314.

❷　同❶：317.

邪书千颂，凡三万二千言，非毁佛法，扶正本宗。于是召集僧众，令相榷论。外道有胜，当毁佛法；众僧无负，断舌以谢。❶

这是典型的牵涉君王的佛教与外道斗争、佛妖斗争，在百回本《西游记》中的车迟国故事、比丘国故事，都与这一类故事很接近。《大唐西域记》中的这一类故事，虽然在中国亦有大量出现，但相比于中国的传统故事，这一类出于《大唐西域记》中的故事，更容易塑造人们对玄奘西游故事的印象，最终或直接或间接地推动了西游故事的神怪化。

总之，《大唐西域记》一书在唐代有着较广泛的传播。该书的传播，客观上也就附带了玄奘西游故事的传播。以《大唐西域记》为重要起点，玄奘西游故事进入文字领域，开始经历文学进化。《大唐西域记》已经记载了一些神异的故事，这种"神异的故事"，实则就为玄奘西游故事的"神怪化"指引了方向，打开了进化路径。

第二节 《大唐大慈恩寺三藏法师传》与西游故事进化方向的奠定

玄奘事迹的传播，很重要的一个依托是《大唐大慈恩寺三藏法师传》。玄奘在贞观十九年（645）回国，这一年便有一批弟子追随玄奘，其中一人为慧立，慧立追随玄奘译经，直至玄奘逝世。唐高宗麟德元年（664），玄奘逝世后，他撰写了玄奘的传记，达五卷。慧立生前，该书未发表。至慧立逝世前夕，他命弟子把书稿取出、整理好，但还未完成，慧立即逝世。后来慧立的弟子把书稿收集、整理好后，又请玄奘的另一个弟子彦悰整理，彦悰在五卷本的基础上，增补了一些玄奘与两任唐皇帝的来往文表、相关文件，制成《大唐大慈恩寺三藏法师传》十卷，于武则天垂拱四年（688）刊刻出版。

《大唐大慈恩寺三藏法师传》在西游故事进化史上有很重要的地位，但是也要看到，后来的玄奘故事并没有按照《大唐大慈恩寺三藏法师传》的记载来传播。中唐以后的文人很难能看到这部书，所以中唐以后的玄奘故事进化是独立于《大唐大慈恩寺三藏法师传》的。所以我们在考虑唐宋时期玄奘故事的发育时，很多时候需要把《大唐大慈恩寺三藏法师传》排除在外。原因正在于，虽然这部书对玄奘西行经历记载得很详细，但后来的玄奘故事，关于玄奘西行的经历全是

---

❶ 玄奘.大唐西域记［M］.董志翘，译注.北京：中华书局，2012：23.

"虚化的"，几乎与这部书无关。

一、《大唐大慈恩寺三藏法师传》的内容状况

《大唐大慈恩寺三藏法师传》全书共十卷。第一卷讲说玄奘的家世、父母事迹、幼年事迹、早年出家事迹、青年游学事迹，对玄奘西行前的事迹介绍得很详细。第二卷到第五卷，讲述玄奘西行历程，讲述玄奘在中亚、印度的旅行、见闻、所思所感。第六卷至第十卷，讲述玄奘回国后的译经、弘法与各类社会事务、社会交往。

对于一般人来说，这样一部传记，就特别长了。古人逝世后，亲朋好友撰写的"行状"或墓志铭，虽然也长，但一般达不到一卷的篇幅。《大唐大慈恩寺三藏法师传》的篇幅算是很长的了，共有十卷的篇幅，详细记载了玄奘各阶段的事迹与言论。

考虑到在唐代，普通人很难有这样一部长篇幅的传记。即使当时的文学家如李白，如韩愈，当时的名臣如姚崇、张九龄等，也没有这么长的传记。一般只有帝王才有"起居注"，才有很长的传记。普通人的传记，不过是"行状""墓志铭"之类，一般不会太长。可以说，仅从《大唐大慈恩寺三藏法师传》这一部书来看，关于玄奘的信息是丰富的，玄奘故事有很好的素材，远远强于其他人的传记。

由此，来思考一个问题：唐代玄奘故事发育得如何？要回答这个问题，需要"比较"。与同期的《莺莺传》《李娃传》《虬髯客传》相比较就可以看出。如果不算《大唐大慈恩寺三藏法师传》，则唐代玄奘故事的发育是比较零碎的，可以认为远远不如《莺莺传》《李娃传》等。但毕竟有《大唐大慈恩寺三藏法师传》这部书，则可以认为玄奘故事在唐代的发育是很好的，某种程度上好于《莺莺传》《李娃传》《虬髯客传》等唐传奇名篇所代表的故事，因为这些唐传奇名篇的故事，从篇幅来看不过几页，总体上是很简略的，与《大唐大慈恩寺三藏法师传》很详细，长达十卷相比，不可同日而语。

但是《大唐大慈恩寺三藏法师传》在中唐后，基本就很少被提起。现有材料表明，无论是唐代还是宋代，甚至元明时期涉及西游故事撰写的文人，几乎都没有看过《大唐大慈恩寺三藏法师传》。相当于这部书在唐代玄奘故事的流传中是"失语的"，形成了空白。这部书有也等于没有。唐宋时期的玄奘故事发育，等于是脱离开这部书而另起炉灶的。

由此来看，在缺失了《大唐大慈恩寺三藏法师传》的情况下，唐代玄奘故事

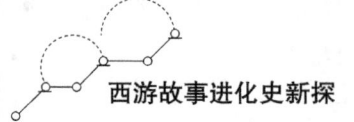

的发育状况，就远远不如《莺莺传》《李娃传》《虬髯客传》等唐传奇名篇所代表
的故事了。

二、《大唐大慈恩寺三藏法师传》对西游故事进化的影响

从 664 年玄奘逝世，到 688 年《大唐大慈恩寺三藏法师传》出版，这期间有
25 年的间隔。《大唐大慈恩寺三藏法师传》这本书出版后，被流传过一段时间，
但也许中唐以后就很难见到了。而从现存的材料来看，在该书流传的一二百年期
间，它对玄奘故事的文学化是有重要影响的。这种影响体现在三个方面：第一，
多种版本的玄奘生平，可能在撰写时参考了该书。第二，书中的一些灵异故事，
对玄奘西游故事在后续进化过程中的神怪化有重要影响。同时，玄奘西行途经西
域，与昆仑山西王母故事必然产生交集，亦会导致玄奘西游故事的神怪化。第
三，书中一些内容，后来可能成为西游故事的一部分。

简言之，虽然唐宋的玄奘故事发育相对于《大唐大慈恩寺三藏法师传》是独
立的，另起炉灶。但《大唐大慈恩寺三藏法师传》还是奠定了西游故事的进化方
向。百回本《西游记》的神怪化以及小说中的多种故事，都可以在《大唐大慈恩
寺三藏法师传》中找到源头、基石或原型。具体来说：

第一，多种版本的玄奘生平，可能在撰写时参考了该书。

玄奘逝世后，出现了多种玄奘史传。比如《旧唐书》中的玄奘传。但这些都
属于第二手材料，这些材料要有一个或几个源头，即要有一个第一手材料。而
《大唐大慈恩寺三藏法师传》显然就是第一手材料。比如，关于玄奘与《多心经》
的故事，西游故事进化中的多个作品都包含这个故事。这个故事的来源，很可能
就是《大唐大慈恩寺三藏法师传》，书中说：

> 即莫贺延碛，长八百余里，古曰沙河，上无飞鸟，下无走兽，复无水
> 草。是时顾影唯一，心但念观音菩萨及《般若心经》。初，法师在蜀，见一
> 病人，身疮臭秽，衣服破污，悯将向寺，施与衣服饮食之直。病者惭愧，乃
> 授法师此经，因常诵习。至沙河间，逢诸恶鬼，奇状异类，绕人前后。虽念
> 观音不能全去，及诵此经，发声皆散。在危获济，实所凭焉。❶

---

❶ 慧立，彦悰.大唐大慈恩寺三藏法师传［M］.高永旺，译注.北京：中华书局，2019：57.

当然也要看到，《大唐大慈恩寺三藏法师传》中的很多玄奘故事，后来并未被融入西游故事的进化中。这当然也可以说是有一个剪裁、取材的流程。但根本原因还在于，《大唐大慈恩寺三藏法师传》很可能在唐朝以后已很难为一般人所见到，所以该书对西游故事进化的影响，主要体现在唐代。

只是在唐代，一些作家对《大唐大慈恩寺三藏法师传》中的一些内容进行了选取、剪裁。但等到宋、元、明时期，西游故事进化进入高潮期，后起的作家已经看不到《大唐大慈恩寺三藏法师传》了，他们只能根据一些残留的材料进行文学构思，如吴承恩，显然没有读过《大唐西域记》《大唐大慈恩寺三藏法师传》。

所以《大唐大慈恩寺三藏法师传》对西游故事进化的影响，是阶段性的，主要时段发生在唐代。唐以后，该书很难被看到，因此很难对西游故事进化产生直接影响，只能产生一些间接影响，但这些间接影响亦很可观，非常重要。

第二，书中的一些灵异故事，对玄奘西游故事在后续进化过程中的神怪化有重要影响。

与《大唐西域记》一样，《大唐大慈恩寺三藏法师传》中亦有一些神鬼故事，这些神鬼故事可能与《大唐西域记》中的神鬼故事一起，为玄奘西游事迹抹上了神异色彩，最终为玄奘西游故事的神怪化奠定了基础，指明了方向。如玄奘在莫贺延碛见到了海市蜃楼，但他不知，以为是鬼怪：

> 顷间忽见有军众数百队满沙碛间，乍行乍息，皆裘褐驼马之像，及旌旗槊纛之形，易貌移质，倏忽千变，遥瞻极著。渐近而微。法师初睹，谓为贼众；渐近见灭，乃知妖鬼。又闻空中声言"勿怖，勿怖"，由此稍安。❶

西游故事之所以最终会进化为"神魔小说"，跟这些灵异、鬼怪的内容是有直接关系的。这一问题，胡适在 1923 年的《西游记考证》中已有讨论，认为玄奘西游故事的神怪化与这些记载中的神异色彩有直接关系。胡适的看法，无疑是对的。但是，我们也要看到，西游故事的神怪化，亦跟西域昆仑故事中自带的神话色彩有关。只能说，在中国传统的西域昆仑故事、西王母故事的基础上，附加玄奘西游事迹记载中的一些神异色彩，玄奘西游故事必然向神怪化的方向发展。

第三，书中一些内容，后来可能成为西游故事的一部分。

《大唐大慈恩寺三藏法师传》中很多内容最后都进入了百回本《西游记》。

---

❶ 慧立，彦悰.大唐大慈恩寺三藏法师传［M］.高永旺，译注.北京：中华书局，2019：54.

比如，上引关于《心经》的故事，在《大唐三藏取经诗话》中演为"传至香林寺受心经本第十六"，在百回本《西游记》中演为乌巢禅师授《多心经》。再比如，亦是上引同一段引文中关于莫贺延碛"古曰沙河"，进化成了百回本中的流沙河沙僧故事。再如关于女儿国的故事，书中有：

> 西北接拂懔国，西南海岛有西女国，皆是女人，无男子，多珍货，附属拂懔。拂懔王岁遣丈夫配焉，其俗产男，例皆不举。❶

这个女儿国的故事，发生在拂菻国以西的一个海岛。拂菻又名大秦，为定都君士坦丁堡的拜占庭帝国，即东罗马帝国。因该国社会经济很发达，又类于中国，故中国古人称之为"大秦"。至于"拂菻"之名，应是对其首都的称呼。阿拉伯人称君士坦丁堡为伊斯坦布尔（Istambul），希腊人称为"Stambolin"或"Bolin"，中国称"拂菻"即从希腊语 Bolin 译出❷。据《旧唐书·西戎列传》，贞观十七年（643）拂菻王曾派使节来到大唐，"贞观十七年，拂菻王波多力遣使献赤玻璃、绿金精等物，太宗降玺书答慰，赐以绫绮焉。"❸据西方学者考证，拂菻王波多力可能是罗马教皇西奥多罗一世（Pope TheodorusI）。

所谓拂懔国"西南海岛有西女国"，也就是今土耳其伊斯坦布尔以西的地中海中的海岛。至于具体是哪个岛，需要考察西方史料方能得出准确结论。该海岛位于今土耳其以西的地中海中，岛上主要是女人，但并非完全没有男子，只是风俗上不允许男子存在，即使生了男孩，亦会被送走。以这个故事为主体，后来进化成了百回本《西游记》中的女儿国故事。当然，百回本《西游记》中女儿国故事亦从别的著作所记载的女儿国传说中选择因袭了一定的文学基因。

另外，也有学者认为，猴行者孙悟空形象的出现，跟《大唐大慈恩寺三藏法师传》中的"胡僧"石磐陀有关。因为"胡僧"谐音"猢狲""胡孙"，也就是猴子。❹用"谐音"或"一音之转"的方法来进行文学研究、史学研究，不一定是确凿的方法，只能说是聊备一说。因为古人的口音跟现在人不一样。正如清末时，包括林纾在内的一些翻译者，译"Holmes"为福尔摩斯，但正确的翻译应该是"荷"尔摩斯。只是因为南方人"h"与"f"分不清。"胡僧"是否能谐音

---

❶ 慧立，彦悰.大唐大慈恩寺三藏法师传［M］.高永旺，译注.北京：中华书局，2019：260.

❷ 王寅生.中国的西方形象［M］.北京：团结出版社，2015：22.

❸ 刘昫.旧唐书［M］.北京：中华书局，1985：5314.

❹ 张锦池.《大唐三藏取经诗话》故事源流考论［J］.求是学刊，1990（1）.

"猢狲"，这在中国各方言中是不同的。我们不能单纯用现在普通话来判断这个问题。

综上来看，《大唐大慈恩寺三藏法师传》在西游故事进化的早期，起过很重要作用。只是后来这本书不容易被看到，它对西游故事进化的影响，慢慢就淡出了。后来的西游故事发育，是独立于这部《大唐大慈恩寺三藏法师传》的。但由它所奠定的进化方向，一直在西游故事进化中起到很重要、很根本的作用。

第三节　文言小说、史传中玄奘故事的初期发育

《大唐大慈恩寺三藏法师传》虽然篇幅达十卷，但考虑到：第一，从 664 年玄奘逝世，到 688 年《大唐大慈恩寺三藏法师传》出版，这期间有 25 年的间隔。这是一个很长的传播空白期。第二，《大唐大慈恩寺三藏法师传》出版后流传不广，到中唐前后就很难看到，产生的实际影响有限。第三，更关键的问题在于，后来的玄奘故事并没有按照《大唐大慈恩寺三藏法师传》的记载来叙述，而是独立虚化的玄奘故事。等于玄奘故事发育是独立于《大唐大慈恩寺三藏法师传》的，另起炉灶。

因此，探讨唐代玄奘故事的发育，不能以《大唐大慈恩寺三藏法师传》为标准，而应该以各类文言小说、笔记小说、正史中的玄奘故事为标准。也就是说，我们需要探讨除《大唐大慈恩寺三藏法师传》之外，玄奘故事的发育状况。

玄奘"西行求法"广泛游历西域上百国的经历，尤其是《大唐西域记》一书的撰写，恰逢唐太宗意图经营西域的历史时期，由此玄奘获得了唐太宗的很高评价。玄奘回国后，迅速成为大唐佛教界的领袖之一。玄奘的事迹开始在大唐境内广泛流传。玄奘晚年尤其是逝世后，他的故事开始进入文学领域，开始为一些文言小说所转述、所演绎，这成为西游故事进化的一个很重要的开始。

这一"重要开始"就像胎儿在母腹中最初的发育，形成了基本的轮廓，预示着未来的更大发展与诸多可能。在玄奘故事的进化历程中，会有二次发育、三次发育，但最初的发育非常重要。因为"最初的发育"可以在很长一段时间内决定未来的进化方向，确定故事未来的详略点、发育重点与生长点。一些在初期发育中形成重点的内容，很可能在二次发育、三次发育中得到更大的发展。一些在最初的发育中被忽视的部分，有可能未来就得不到太多发展。一些在最初的发育中形成了缺陷的内容，即使经历漫长进化历程，在故事进入成熟期后，其相关内容仍然可能带有一定缺陷。

故而唐代的玄奘故事虽然都较简短，但因其"发育学"意义，在西游故事进化上是占有重要地位的。因此，详尽探讨"唐代玄奘故事的发育"对于西游故事进化史研究是非常重要的。不过，在唐代，玄奘故事最早在何时进入文言小说、笔记小说中，目前已不可考，存在一定的进化史空白。我们只能就现存的材料进行一定的探讨。

一、唐代文言小说中的玄奘故事

现存唐代较早的文言小说中的玄奘故事，是见于文言小说集《独异志》与《大唐新语》中的一则较详细的玄奘故事。这个故事概述了玄奘生平，概述了玄奘取经事迹，虽然仅数行内容，如下：

> 沙门玄奘俗姓陈，偃师县人也。幼聪慧，有操行。唐武德初，往西域取经，行至罽宾国，道险，虎豹不可过。奘不知为计，乃锁房门而坐。至夕开门，见一老僧，头面疮痍，身体脓血，床上独坐，莫知来由。奘乃礼拜勤求。僧口授多心经一卷，令奘诵之。遂得山川平易，道路开辟，虎豹藏形，魔鬼潜迹。遂至佛国，取经六百余部而归。其多心经至今诵之。初奘将往西域，于灵岩寺见有松一树，奘立于庭。以手摩其枝曰："吾西去求佛教，汝可西长；若吾归，即却东回。使吾弟子知之。"及去，其枝年年西指，约长数丈。一年忽东回，门人弟子曰："教主归矣！"乃而迎之。奘果还。至今众谓此松为摩顶松。❶

《独异志》为唐人李冗撰的文言小说集。原本 10 卷，宋元时已散佚。后来明朝人进行了集佚，传世的明抄本与《稗海》本均为 3 卷。据李剑国先生考证，开成五年（840）前，李冗曾为夏州节度掌书记❷，则知李冗为中晚唐人。《独异志》中的这则西游故事后来被采录进了北宋初期的大型类书《太平广记》。由于《太平广记》在南宋说话人中的广泛影响，所以这则故事也经由"南宋说话"而最终进入百回本《西游记》中。

应该看到，这则文言小说虽然简短，但其中的很多内容，包括"老僧授多

---

❶ 刘荫柏.西游记研究资料［M］.上海：上海古籍出版社，1990：120.

❷ 李剑国.唐五代志怪传奇叙录［M］.天津：南开大学出版社，1993：770.

心经""摩顶松"等，后来都已进入百回本《西游记》中。百回本《西游记》第十九回有乌巢禅师说多心经，最后亦有摩顶松的故事。这生动地说明，文学进化的最初阶段所形成的故事，对于后续故事的发育、发展有重大的影响。

在晚唐人段成式（803—863）《酉阳杂俎》中也有多则故事谈到玄奘西游，并多次提到《大唐西域记》一书：

> 大尾羊，康居出大尾羊，尾上旁广，重十斤。又僧玄奘至西域，大雪山高岭下有一村养羊，大如驴。罽宾国出野青羊，尾如翠色，土人食之。（《酉阳杂俎·广动植之一》）

> 菩提树，出摩伽陀国，在摩诃菩提寺，盖释迦如来成道时树，一名思惟树。茎干黄白，枝叶青翠，经冬不凋。至佛入灭日，变色凋落，过已还生。至此日，国王人民大作佛事，收叶而归，以为瑞也。树高四百尺，已下有银塔周回绕之。彼国人四时常焚香散花，绕树作礼。唐贞观中，频遣使往，于寺设供并施袈裟。至显庆五年，于寺立碑以纪圣德。此树梵名有二，一曰宾檬梨（一曰"梨婆"）力叉，二曰阿湿曷他婆（一曰婆）力叉。《西域记》谓之卑钵罗，以佛于其下成道，即以道为称，故号菩提。婆（一曰婆）力叉，汉翻为树。昔中天无忧王剪伐之，令事火婆罗门积薪焚焉。炽焰中忽生两树，无忧王因忏悔，号灰菩提树，遂周以石垣。至赏设迦至（一曰王）复掘之，至泉，其根不绝。坑火焚之，溉以甘蔗汁，欲其焦烂。后摩竭陀国满曹王，无忧之曾孙也，乃以千牛乳浇之，信宿，树生故旧。更增石垣，高二丈四尺。玄奘至西域，见树出垣上二丈余。（《酉阳杂俎·广动植之三》）❶

这两则故事并非来自关于玄奘的传说，而是直接采自玄奘的著作《大唐西域记》。在第二则故事中还出现了对《大唐西域记》的引用。再如，《酉阳杂俎》卷四中引述玄奘《大唐西域记》所记的烈士池传说，认为中岳道士顾玄绩修炼故事是玄奘记载的烈士池故事的讹传，即"释玄奘《西域记》云：……盖传此之误，遂为中岳道士"。❷

这些材料都说明段成式仔细阅读了《大唐西域记》一书，并对其中一些有用的材料进行了摘编、评述。这说明至少到段成式创作《酉阳杂俎》的850年前

---

❶ 段成式.酉阳杂俎［M］.上海：上海古籍出版社，2012：109.

❷ 同❶：148.

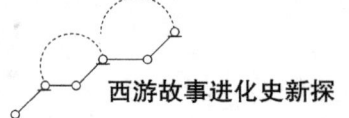

后，《大唐西域记》一书还能为唐代的士人所读到。此时距玄奘逝世已近二百年。

后来百回本《西游记》的作者吴承恩，就在《禹鼎志序》中谈到自己很喜欢读段成式的《酉阳杂俎》，即"尝爱唐人如牛奇章、段柯古辈所著传记"，段柯古即段成式。读了段成式的《酉阳杂俎》，让吴承恩有了创作一本类似书籍的冲动，"每欲作一书对之"。可以说，正是《酉阳杂俎》中的多则玄奘与《大唐西域记》的记载，让吴承恩较早接触到了西游故事，为他后来创作百回本《西游记》打下了重要基础。

段成式《酉阳杂俎》中有不少关于玄奘与《大唐西域记》的材料，但要注意的是，这些关于玄奘的材料并未进入后来的西游故事进化中。因为西游故事有自身独立的进化历程。不过，有意思的是，《酉阳杂俎》中有则关于人参果的材料，也许被《大唐三藏取经诗话》引用（不排除是间接引用）：

> 人木，大食西南二千里有国，山谷间树枝上化生人首，如花，不解语。人借问，笑而已，频笑辄落。（《酉阳杂俎·物异》）❶

《酉阳杂俎》中关于大食（即首都位于今巴格达的阿拉伯帝国）之西二千里有树生人首的记载，后来被载入了《旧唐书·西戎列传》。据笔者考证，《酉阳杂俎》中的这则故事并未被西游故事直接采纳，西游故事采纳的这则故事有其他直接来源。但无疑，《酉阳杂俎》在这则故事的进化过程中，还是起到了某种中间节点的作用。

二、正史中的玄奘故事

除在文言小说中传播外，玄奘事迹亦被载入了各种史传。如《旧唐书·方伎传》中有一篇《僧玄奘传》：

> 僧玄奘，姓陈氏，洛州偃师人。大业末出家，博涉经论。尝谓翻译者多有讹谬，故就西域，广求异本以参验之。贞观初，随商人往游西域。玄奘既辩博出群，所在必为讲释论难，蕃人远近咸尊伏之。在西域十七年，经百余国，悉解其国之语，仍采其山川谣俗，土地所有，撰《西域记》十二

---

❶ 段成式.酉阳杂俎［M］.上海：上海古籍出版社，2012：57.

卷。贞观十九年，归至京师。太宗见之，大悦，与之谈论。于是诏将梵本六百五十七部于弘福寺翻译，仍敕右仆射房玄龄、太子左庶子许敬宗，广召硕学沙门五十余人，相助整比……六年卒，时年五十六，归葬于白鹿原，士女送葬者数万人。

后晋高祖天福六年（941），石敬瑭命修唐史，由宰相赵莹负责监修，成书于后晋开运二年（945）。此时唐朝已经灭亡了近四十年。这一篇"玄奘传"是非常珍贵的，因为一百年后，欧阳修等人编的《新唐书》，把玄奘的传给删除了。大概是认为，玄奘没有坚持中国文化本位立场吧。

《旧唐书·玄奘传》对后来的西游故事成书是有较大影响的。因为这篇传记概述了玄奘的一生，提到玄奘"在西域十七年，经百余国"。后来百回本《西游记》构筑玄奘的西游经历时，指出他去西域的路途经历了 14 年。如第九十八回观音菩萨所说："弟子当年领金旨向东土寻取经之人，今已成功，共计得一十四年，乃五千零四十日，还少八日，不合藏数。"这样一个"十四年"的数据，显然是根据《旧唐书·玄奘传》的 17 年而来的。因为玄奘事迹的 17 年是包括往返时间，而《西游记》中的 14 年，只有去的时间，未包括回的时间。

而关于玄奘取经时的年龄，《西游记》第九十三回在天竺的给孤园，唐三藏自称年龄为"虚度四十五年矣"，除去经历的 14 年，则唐三藏从长安出发时只有 30 岁，这大体符合真实历史，应该也是从《旧唐书·玄奘传》中玄奘的享年中推算出来的。

三、唐代文言小说中玄奘故事的发育状况

玄奘故事在唐代完成了其"初期发育"，其中一些基本点，开始突显出来，这包括：玄奘故事的神异性、玄奘故事的西域地理特征、玄奘故事的宗教特征等。这些具体的故事的"未来生长点"在唐代并没有生长开来，但确实是像植物胚芽、动物胚胎一样，具备了后来所形成的庞大故事群落的基本雏形。

在唐代，玄奘故事经过初期发育，形成了胚胎：一个关于玄奘的丰富、曲折的故事，呼之欲出，但毕竟"未出"，毕竟尚未完全成型，需要经过宋代的进一步发育，一个丰富、曲折的玄奘故事才能够呱呱坠地。只有经过了元代的二次发育、三次发育，玄奘故事才既找准重点，又能够均衡发展，变得趋向于成熟。

而正如成熟形态的人与动物，与胚胎状态的人与动物、与幼小状态的人与动

物，是有很大区别的。唐代的玄奘故事与明代吴承恩百回本《西游记》故事不可同日而语。其中经过了初期发育，经过了二次发育，经过了从毛毛虫到蝴蝶的"化蛹为蝶"。

从"化蛹为蝶"的角度来看，在唐代，玄奘故事不如《莺莺传》《李娃传》《柳毅传》《虬髯客传》等唐传奇名篇那么耀眼。甚至可以说，相对于《莺莺传》等唐传奇名篇，除去《大唐大慈恩寺三藏法师传》之外的玄奘故事显得"残破不堪"。唐代的玄奘故事不具备代表唐代文学成就的资格。

比喻来说，《莺莺传》《虬髯客传》是美丽的蝴蝶，我们观察唐代叙事文学，第一眼就会看到这些美丽的蝴蝶。而唐代的玄奘故事，只能算是毛毛虫，虽然有在未来成为蝴蝶的潜质，但毕竟还不是蝴蝶。观察唐代叙事文学的学者们几乎看不到玄奘故事这毛毛虫，所有人的目光被《莺莺传》《李娃传》这样的蝴蝶所吸引。鲁迅、李剑国等专门研究唐宋传奇的学者们，也几乎从来不把关于玄奘的文言小说作为唐代文学的"名篇"而推出。

其中显然就有一个关于文学进化的悖论存在。除去《大唐大慈恩寺三藏法师传》之外，在唐代，其他各类文言小说中的玄奘故事因其仅仅完成了初期发育，各方面都不完善，尚未经历"化蛹为蝶"的二次发育，所以唐代玄奘故事的整体形态，比《莺莺传》《虬髯客传》等唐传奇名篇差远了。那么，玄奘故事在唐代叙事文学中就是不值一提的。然而过了几百年，玄奘故事在后世经历了二次发育、三次发育，经历了"化蛹为蝶"的过程，最终成长为可以代表中国文学最高成就的百回本《西游记》，把《虬髯客传》《李娃传》等作品甩得老远。那么，最终我们该如何来评价唐代的玄奘故事？

说唐代玄奘故事很好，很有文学价值？显然不符合事实。除去《大唐大慈恩寺三藏法师传》之外，唐代玄奘故事的发育状况不佳，故事没有展开。说唐代玄奘故事，没有文学价值？这也不符合事实，唐代玄奘故事具有了一个未来可以形成光辉灿烂作品的胚胎。

或者说，如果我们局限在唐代来看玄奘故事，那么我们只能说玄奘故事比崔莺莺故事、李娃故事差很多。如果我们把目光放到宋代，放到元代，放到明代，则玄奘故事有可能成为"一枝独秀"。我们评价唐代的玄奘故事，必须有当下与未来两个维度。离开了未来的维度，当下维度的评价并不准确；而离开了当下维度的评价，只说未来会如何如何，显然也无以服人。

最后我们只能说，除去《大唐大慈恩寺三藏法师传》之外，从故事形态的发育状况的角度来看，唐代的其他文言小说中的玄奘故事发育状况不佳，远远不如

《莺莺传》《李娃传》《虬髯客传》等唐传奇名篇所代表的故事。但是玄奘故事具备更大的二次发育的可能，具备"化蛹为蝶"的可能。唐代的玄奘故事，也许发育不佳、文学性不佳，但唐代玄奘故事是不是可以代表唐代文学的成就之一呢？我们撰写《唐代文学史》应该为唐代的玄奘故事留有一席之地。

宋代：西游故事进化方向的完全确立

宋代西游故事的进化，进入了一个繁盛期，出现了《大唐三藏取经诗话》与金院本《唐三藏》等重要西游作品。金院本《唐三藏》后来佚失了，其在西游故事进化史上的实际影响难以评估。而《大唐三藏取经诗话》还较完整地保存到现在。后来在西游故事进化史中，《大唐三藏取经诗话》的作用更大。

可以认为，《大唐三藏取经诗话》是西游故事进化史上极为重要的阶段性作品。这部作品完全确立了西游故事神怪化的进化方向，对后来的百回本《西游记》有极大影响。探讨宋代西游故事进化的诸多细节，对于理清玄奘西游故事进化方向如何奠定，具有极大价值。具体来说，为何玄奘西游故事，会往神怪化方向发展？这当然与玄奘个人经历中的神异色彩有重要联系，但与昆仑山西王母故事亦有重要联系。

从文学地理的角度来看，玄奘西游必须经过西域，而西王母故事就发生在西域的昆仑山。这样，玄奘西游故事必然与西王母故事"相遇"，二者必然相遇于西域这个地理区域。西王母故事的神话色彩，很自然就带动了西游故事向神怪化的方向发展。进化方向一旦确定，西游故事的大体形态，也就逐渐成形了。所以到宋代，西游故事初步成形，开始具有了一个后来影响巨大的伟大神魔故事的雏形。

第一节　宋金西游故事的初步成形

宋代，尤其是南宋，是西游故事进化史上的一个重要时期。从唐末到北宋初期，虽然离玄奘逝世已经三百多年，但玄奘事迹在诸多寺院、民间依然被广泛传播。这些流传最初在宗教领域，后来逐渐进入文学领域。经过两宋时期的发展，玄奘西游故事逐渐步入了文学进化的正轨，经历了二次发育，故事形态得到很大、很丰富的发展，初步具备了"化蛹为蝶"的可能。

《大唐三藏取经诗话》与金院本《唐三藏》等都是西游进化历程中的重要作

品，是西游故事"化蛹为蝶"实现故事形态变异的关键性阶段之一，值得在后几节进行专门分析。这里谈些综合性的问题。

一、玄奘取经故事在现实与文学领域的传播

北宋时期，关于玄奘的故事还在社会上流传。据欧阳修《于役志》记载：

> 景佑三年丙子岁……七月……甲申，与君玉饮寿宁寺。寺本徐知诰故第，李氏建国，以为孝先寺，太平兴国改今名。寺甚宏壮，画壁尤妙，问老僧，云周世宗入扬州时以为行宫，尽朽漫之，惟经藏院画玄奘取经一壁独在，尤为绝笔，叹息久之。

《于役志》是欧阳修记录其景佑三年（1036）自开封赴夷陵令上任时的行程日记。所谓徐知诰，即南唐先主李昪（889—943），其父李荣在战乱中失踪，后随养父徐温改名徐知诰，徐温为吴国大将，后来徐知诰篡取了吴国大权，并改为原姓，建立南唐。据欧阳修记载，这个孝先寺此前是徐知诰的故宅，徐知诰建立南唐后，将之改为寺庙。

考相关年表，937 年，李昪称帝，国号为齐，939 年改国号为唐。李昪晚期好道，修长生之术，至 943 年，因服用丹药，导致背上生疮而死。故此，李昪的故宅改为寺庙，应就是他逝世之前或之后几年中发生的。这个寺庙位于扬州，寺庙中创作了大量的壁画。至周世宗柴荣占据扬州后，入住该寺，将壁画全部去掉了，只留下了一幅玄奘取经的壁画。

欧阳修在 1036 年 7 月，看到的就是这幅玄奘取经壁画。该画质量上乘，欧阳修称之"尤为绝笔"。当然要注意的是，欧阳修只是感叹画好，但他对玄奘本人没有太多好感。欧阳修本人是反佛的，二十年后，在主修《新唐书》时，欧阳修对玄奘的批评态度便显现出来。

从欧阳修的观察来看，至少在北宋初期，玄奘作为一个佛教领袖，他的事迹依然在各大寺庙中传播。在这种较高频度的正常传播态势之下，至北宋时期，随着宋代通俗文学的发展，玄奘事迹必然要向通俗文学中渗透。

北宋时期，中国民间的通俗文学有了巨大发展。南宋人孟元老《东京梦华录》中已经谈到北宋末期，东京汴梁城中勾栏瓦舍，有大量讲说故事的"说话"等表演，如"孔三传，耍秀才，诸宫调""小说""霍四究，说三分""尹常卖，

五代史"。❶ 在北宋时期，民间文学开始进入暴发状态，包括诸宫调、话本小说、杂剧等诸多叙事文学开始大发展。

在这样一种文学背景下，玄奘西游故事亦开始在叙事文学领域获得了极大发展。所以北宋时期，尤其是南宋时期，还包括与南宋对峙的金国统治时期，是西游故事进化史上一个非常重要的时期。南宋诞生的重要的作品《大唐三藏取经诗话》，对后来的百回本《西游记》有着极大影响。在与南宋对峙的金国，亦出现了金院本《唐三藏》，讲说唐三藏故事。在南宋民间还出现了南戏《陈光蕊江流和尚》。可见，到南宋时期，西游故事就已基本成形，神怪化的进化方向亦已完全确定。元明时期的发展，只是在宋代西游故事之雏形的基础上，进一步往细节、往精致、往神怪化的方向进化。

宋代的这几个西游作品，初步形成了西游故事的雏形，实则代表了宋代西游故事进化史上的主流，即西游故事将进一步往神怪化方向进化。当然还有一些支流，一些不重要的作品，如提到玄奘的绘画、壁画、各种艺术作品，但玄奘故事进化的主流已经确立下来了。

二、猴行者的问题

南宋江湖派诗人刘克庄（1187—1269），在《释老六言十首》其四中说："取经烦猴行者，吟诗输鹤阿师"，已经提到了猴行者。说明至少到南宋灭亡之前，即 1279 年之前，已经流传一种关于"猴行者帮助唐僧取经的故事"。

也是在这一时期之前，大概在南宋灭亡之前的几十年，在北方的金国也有类似或同样的"猴行者帮助唐僧取经的故事"在流传。这应就是后来陶宗仪《南村辍耕录》中提到的金院本《唐三藏》。这一院本现在已经看不到了。

在金代董解元《西厢记诸宫调》中描述普救寺的僧人在法聪带领下拿起兵器准备保卫寺庙时有一段唱词：

> 几个髡头的行者，着铁褐直裰，走离僧房骋无量，道："俺咱情愿，苦战沙场"。（—尾—）这每取经后不肯随三藏，肩担着扫帚滕杖，簇捧着个杀人和尚。❷

❶ 孟元老.东京梦华录译注［M］.王莹，译注.北京：北京联合出版公司，2015：127.
❷ 董解元.西厢记诸宫调注译［M］.朱平楚，译注.兰州：甘肃人民出版社，1982：79.

现存最早的《西厢记诸宫调》刊刻于明嘉靖时期，但以上这段引文很可能是符合金代版本的。董解元作为一个活动于金章宗统治时期（1189—1208）的说唱艺人，非常熟悉金代时期说唱艺术的发展状况，在《西厢记诸宫调》开篇即提到多种当时演出较成熟的戏曲。在此段话中提到了三藏，应就是西天取经的唐三藏（此后元杂剧《西厢记》中也提到了唐三藏❶）。这里提到了唐三藏，又提到了"行者"，可能在金代的唐三藏故事中已经出现了行者的内容，否则董解元不会无缘无故说"这每取经后不肯随三藏，肩担着扫帚膝杖，簇捧着个杀人和尚"。应该是，在金代的唐三藏故事中已有了行者的重要角色。只是说这个"行者"，是不是"猴行者"，还不能完全确定。

所谓"行者"是佛教中出家修行但未经过剃度的信徒，在宗教修为上大大低于僧人。在《西厢记诸宫调》中提到一些蓬头的行者，他们拿着杆棒准备抵御骚扰普救寺的贼军。但是董解元却话锋一转，把意思变为：这些行者追随玄奘取经后，不再追随玄奘，而是追随抵御贼军的法聪和尚。这就说明，"行者"这个概念的语义，在董解元的理解，尤其是在董解元的目标观众（听众、读者）的理解中，已经明显向"帮助唐僧取经的（猴）行者"方向迁移。这至少说明，当时的金院本《唐三藏》中已经有了"行者"的故事，且这些故事已较为知名了，不仅董解元能够产生联想，董解元的目标观众亦能产生联想。这都说明金院本《唐三藏》已经有较大知名度。

此外，这段情节实则是一段武打戏，描述的是僧人为保卫寺院的武装动员。这似乎表明，金代的唐三藏故事已经有一定武打戏的成分，也就是南宋勾栏瓦舍的文艺表演中的"刀枪、杆棒"类作品。这也间接说明，在金代，唐三藏的故事在通俗文学中已经有一定反响，至少在提到僧人时，唐三藏已是一个重要的代表、话头。

三、正史对玄奘的态度

当然也要看到，总体来看，在宋金时代，玄奘西游故事还未凸显出来，还只是当时流传的上百种重要故事之一，其话语传播主要还局限在佛教领域。玄奘西游故事在宋代还未获得民间认可，更遑论官方的认可。其实在宋代的官方正统

---

❶　今存《西厢记》最早版本是明代弘治年间刊刻，不排除明代有一定删改。

文化中，对玄奘其人并不认可。宋初由欧阳修主修的《新唐书》中删去了《旧唐书》中有的《玄奘传》。这说明宋人对玄奘的评价并不高。

在欧阳修主修的《新唐书》中提到了玄奘。《新唐书·艺文志》中载录了大量的佛教书籍，如提到"慧能《金刚般若经口诀正义》一卷（姓卢氏，曲江人）"，也提到了玄奘：玄奘《大唐西域记》十二卷（姓陈氏，缑氏人）。

但是没有提到玄奘弟子所作的《大唐大慈恩寺三藏法师传》，也没有在列传中给玄奘等佛教人物立传。考虑到后晋开运二年（945）所成《旧唐书·方伎传》中有一篇《僧玄奘》，概述了玄奘生平，概述了玄奘的西天取经历程"在西域十七年，经百余国"。然而在北宋中期成书的《新唐书》中却没有玄奘的传记。这就值得思考。

不过值得注意的是，《新唐书》并不是仅仅没有给玄奘这一个僧人立传，连慧能等人也没有立传。《新唐书·方伎传》把《旧唐书·方伎传》中的僧人玄奘、神秀、慧能、一行等佛教领袖的传记都删除了。只有黄州僧泓，因善于葬法，在《旧唐书·方伎传》中仅一句话，被《新唐书·方技传》扩为一段。

考究《新唐书》的成书过程，宋仁宗在庆历四年（1044）下诏重修《唐书》，先是由宋敏求、范镇等人负责，但进展缓慢。至和元年（1054），宋仁宗催促"速上所修《唐书》"。其中，宋祁历时十余年完成了列传部分，于嘉祐三年（1058）上交列传的稿件。欧阳修于至和元年（1054）开始主持《新唐书》的编撰工作，到嘉祐五年（1060）才完成。

那么为什么在欧阳修、宋祁的《新唐书》中会删掉包括玄奘在内的诸多佛教领袖传呢？删掉显然主要是认为玄奘等人不重要，不足以载入正史。究其原因，有四个方面，如下：

第一，欧阳修个人反佛，以及北宋朝廷"扬道抑佛"的态度。

欧阳修反佛，在《本论》中激烈批评佛教。因此，在其所主修的《新唐书》中对佛教持批评态度，同时把佛教高僧玄奘、神秀、慧能等传记删除了。所以虽然在1036年，欧阳修就在扬州的寺庙看到过玄奘取经壁画，但是他对玄奘并无太多好感，以至于在自己主修的《新唐书》中删去了玄奘等僧人的内容。

不过也要看到，《新唐书》是官修史书，代表着朝廷的意见，恐怕也不能完全因为欧阳修个人的好恶而删掉玄奘、慧能等人的记载。应该还有其他原因。也许跟宋真宗等北宋皇帝好道有关系，也许欧阳修作为朝廷重臣，他的个人"反佛"态度也起了较大作用。因为至少从《新唐书》的编撰来看，北宋朝廷对于宗教问题，采取了一种"扬道抑佛"的态度。

第二，宋代有大量僧人赴西天取经，西天取经之事并不稀奇。

玄奘并不是历史上第一个赴印度取经的僧人，亦不是最后一个，在宋代有大量僧人到达了印度。据《宋史·外国六》记载"乾德三年，沧州僧道圆自西域还"，道圆的西行取经历程与玄奘颇为类似，在路途中经过了12年，在印度住了6年。道圆回国后，宋太宗接见了他，"太祖召问所历风俗山川道里，一一能记"。道圆的荣耀回国，引发了北宋朝野的"西天取经热"，许多僧人起而效仿道圆的行为。第二年，即乾德四年（966），行勤等上百位僧人上书要求赴印度取经，"僧行勤等一百五十七人诣阙上言，愿至西域求佛书，许之。以其所历甘、沙、伊、肃等州，焉耆、龟兹、于阗、割禄等国，又历布路沙、加湿弥罗等国，并诏谕其国令人引导之"。❶

行勤等人到达了印度，后又回国，其所见到的印度，显然已经不复玄奘时代的繁荣景象，此时印度的佛教亦已大为衰败。行勤等人到达印度后，不排除是有些失望的。行勤等人回国之后，应是散布了在印度的所见所闻，其一片衰败的景象，应是打消了北宋人再赴印度的想法。从此，中国人赴印度取经的事情渐渐平息了。到欧阳修的时代，恐怕已经觉得"玄奘西天取经"的事迹，不甚稀奇了。

第三，大国心态的影响。

北宋有大量僧人到达过印度，并且有大量印度人来到了中国。据《宋史·外国传》记载："开宝后，天竺僧持梵夹来献者不绝。八年冬，东印度王子穰结说啰来朝贡。"由此，北宋朝野对印度与中亚的情况是有一定程度了解的。而当时的印度、中亚正处于一个衰败期，无论物质文明，还是精神文明，皆无值得北宋学习的地方。尤其是后来，在今阿富汗、巴基斯坦地区的西辽王朝（1124—1211）的建立，更让南宋朝野对印度、中亚失去了兴趣。其中，大国心态的影响也是一个重要的因素。

佛教是外来宗教，从欧阳修、宋祁等中华文化本位主义者角度来看，中国是大国，学习印度，岂不可笑？如果考虑到北宋时期的全球地缘政治格局，当时的印度早已不是一个国家，绝大多数地区都是一些落后的小国，甚至部落。伊斯兰文化开始进入中亚、北印度，中亚、印度的佛教开始灭绝。在这种情况下，从政治史的角度看，玄奘的印度求法就已经是一种"逆历史潮流而动"了。直白来说，印度佛法这么强盛，为何古印度还是这么落后？

很明显，正是从大国心态、天朝上国心态出发，欧阳修等人否定了玄奘西行

❶　脱脱.宋史［M］.北京：中华书局，1985：12256.

求法事迹的历史意义，认为不值一提，在《新唐书》中将之直接删除，不留情面。其实，大国心态，也影响了当代人对《西游记》的接受程度。清末洋务运动以后，很重要一点就是学习西方。所以玄奘的"西天取经"，作为一种隐含的政治话语，在当代受到了极大的推崇。

第四，佛教内部派别的变迁。

从玄奘逝世的麟德元年（664），到唐朝灭亡的907年，这期间有近250年。从后晋开运二年（945）《旧唐书》完稿，到嘉祐五年（1060）《新唐书》完成，这期间有115年。则从玄奘西行求法到欧阳修撰写《新唐书》，期间有近四百年。这一时期，中国与世界格局发生了很大的变化。伊斯兰教从无到有，席卷了整个中亚，导致了佛教在中亚、印度地区的逐渐消亡。而佛教在中亚、印度地区的逐渐消亡，显然影响到了中国佛教的发展。因为随着佛教在中亚、印度地区的逐渐消亡，中国佛教就不再面临着频繁的外部佛教输入，中国佛教内部的自主发展上升为主流。这就是佛教发展、禅宗兴起与佛教中国化的外部背景。

随着南宗禅的兴起，一花五叶的诞生，临济禅、曹洞禅统领佛教界，到欧阳修的时代，中国佛教的局面发生了极大变化。从前派别繁多的佛教被整合到了禅宗的体系下，从前规模宏大的译经活动已成明日黄花。禅宗讲求"不立文字，教外别传"，如果连文字都不立，那译经活动又有何意义？玄奘的西行求法，又有何意义？在诸多的禅宗语录显示，玄奘在佛教史上的地位不高。

北宋的禅宗已经转入了一种吸收老庄"任自然""平常心"哲学思想的自由发展阶段。在这种自由发展阶段中，张扬自我成为一种主导倾向，同时已经逐渐有一种"呵佛骂祖"的倾向出现了。至少从当时诸多的禅宗语录来看，对诸多的佛菩萨、佛教领袖，都缺乏足够的宗教崇拜，有时甚至有不尊重的言语。在这种禅宗自身思想发展的态势下，玄奘、慧能等佛教领袖的地位也就大大降低。

总之，正是在这种政治、思想、宗教的多重背景下，至宋初，玄奘西行求法的历史意义与价值越来越小。再加上欧阳修等人不喜佛教（但这可能并不是根本原因，根源应是朝廷的态度），最终在官方正史《新唐书》中删除了关于玄奘等多位佛教领袖的内容。玄奘被官方历史学家所否定。

《新唐书》之后，中国古代的官方历史学家，亦从未对玄奘有过多高的评价。如果不是小说《西游记》的兴起，玄奘将会被佛教史遗忘，被中国历史遗忘。由此可见，在宋代，玄奘故事的发展，形成了两条线索：一条是官方对玄奘的否定，不传播；另一条则是民间文学中玄奘故事开始传播。

但要注意的是，官方对玄奘的否定，其实也极大影响了民间对玄奘故事的传播。因为虽然宋金时期有玄奘的故事，但是这些故事都是被边缘化的。在宋金时期主流的民间文学发展圈子当中，玄奘故事并非声势很大。在宋代，三国故事已经形成声势。在元代，水浒戏已层出不穷。而玄奘故事，只是当时几百种故事之一，并没有突显出来。从进化史来说，玄奘故事真正凸显出来，是到了明代。

第二节　南宋《大唐三藏取经诗话》的进化史地位

《大唐三藏取经诗话》作为今存的最早一个西游故事的白话作品，在西游故事进化史上起着极为重要的作用。这个作品虽然很简陋，粗存梗概，但是建立了大体的西游故事框架，加入了大体的西游取经路线的框架，同时，完全确立了西游故事神怪化的进化方向，为后来的西游故事进化打下了一个坚实的基础。从这个意义上说，《大唐三藏取经诗话》是西游故事进化史上的一个里程碑，其文学史意义、文学进化史意义是不容低估的。

具体来说，《大唐三藏取经诗话》在西游故事进化史上的重要地位在于，它代表着西游故事进化方向的完全确立。结合百回本《西游记》来看，这种进化方向，主要是神怪化，但同时亦包括与动物故事结合。而西游故事神怪化方向的确立，除了与玄奘西行本事中的佛教色彩、神异色彩有关，亦与西王母故事的神话、道教色彩有关。西王母故事发生于西域昆仑，与玄奘西天取经故事在地理上有重合，这导致玄奘西行必然经过西王母所在的昆仑，西王母故事与玄奘故事必然合流。西王母故事中的神异色彩，必然传导给玄奘西游故事。

要之，《大唐三藏取经诗话》虽然不是一部成熟的故事作品，但它确实是西游故事的一个重要雏形。很多论者都认为"没有这么一部通俗的《大唐三藏取经诗话》，就没有千古不朽的名著《西游记》"，这一观点是符合事实的。

一、《大唐三藏取经诗话》的产生

现在所知关于西游故事的最早一个通俗文学作品是《大唐三藏取经诗话》。该作品长期不为国人所知，1915 年，王国维、罗振玉等人发现于日本，对它的研究从此展开。除抄本外，《大唐三藏取经诗话》在日本主要有两种版本，一种叫《大唐三藏取经诗话》，为日本人三浦观树所藏；另一种叫《新雕大唐三藏法师取经记》，为日本人德富苏峰藏。❶ 无论何种刊本或抄本，该书至今未在中国发现。

1915 年，王国维作《大唐三藏取经诗话跋》，根据"中瓦子张家印"中"中瓦子"为南宋吴自牧《梦梁录》卷十九中提到的南宋临安府的街名，且是当时文化娱乐重要街道，由此认为是"南宋人所撰话本"。后来在《两浙古刊本考》中，王国维又认为它是元代刊本。

1923 年，胡适在《西游记考证》中认为，它是南宋或元代的作品。鲁迅在《中国小说史略》中认为"此书或为元代撰"。❷ 李时人提出《大唐三藏取经诗话》形成于晚唐五代，是寺院俗讲的产物。这种观点也得到了刘坚、蔡季鹰等不少学者的附和。不过，占主流的观点是认为该作品成书于北宋或者南宋。例如，张锦池认为"它的成书年代，其上限不会早于北宋仁宗年间，其下限不会晚于南宋高宗年间，极有可能是北宋晚期的作品"。❸

张锦池对《大唐三藏取经诗话》成书下限的看法，有一定的证据支撑。南宋江湖派诗人刘克庄（1187—1269），在《释老六言十首》其四中说："取经烦猴行者，吟诗输鹤阿师"，已经提到了猴行者。这应是《大唐三藏取经诗话》或其祖本已经流传开来，获得一定关注的体现。基于此，《大唐三藏取经诗话》有可能刻于元代，但故事本身显然最晚应该成书于刘克庄创作这句"取经烦猴行者"之前，也就是南宋末期之前。

结合多种证据，可以判断，《大唐三藏取经诗话》成书于元代的观点肯定是错的；成书于晚唐五代的观点，只能说可能性是有的，但现实中几乎不成立；而认为《大唐三藏取经诗话》成书于北宋末或南宋的看法，很可能是对的。

对此问题，我们不再作过多的分析，只进一步谈其中涉及的西域地理问题。《大唐三藏取经诗话》作为一部写三藏西天取经事迹的作品，必然需要一个西域地理框架。但是在作品中，除了天竺，没有提到任何一个真实的西域地名。这就首先排除了它作于元代的可能性。因为元代人，尤其是蒙古人，在西域与中亚有广泛的征战，如成吉思汗征花剌子模，旭烈兀征波斯，以及后来金帐汗国的建立，西域地理知识显然是元朝人的一种基本常识。即使作者本人因信息闭塞，不清楚西域状况，读者中还是会有很多知道的人。仅根据《大唐三藏取经诗话》中毫无元代的西域地理知识这一点，基本可以判定，该作品不是创作于元代。

❶ 狩野直喜.中国小说戏曲史［M］.张真，译.南京：江苏人民出版社，2017：82.

❷ 鲁迅.中国小说史略［M］//鲁迅全集（第九卷）.北京：同心出版社，2014：165.

❸ 张锦池.《大唐三藏取经诗话》成书年代考论［J］.学术交流，1990（4）.

　　根据书中缺乏基本的西域地理知识，可以判断这部作品不是创作于唐代或唐末。唐代人的西域地理知识，亦很丰富，如安西四镇之类。此外，诸多文本性的因素、文学作品发展阶段的因素，亦难以让人相信《大唐三藏取经诗话》作于唐代或唐末。学术界持此观点的人，是极少数。此观点应是不成立的。

　　仅从西域地理知识来看，该作品作于北宋末或南宋的可能性最大。因为宋代，尤其是南宋，面临北方少数民族的强大军事压力，国土逼仄，从前汉唐所领有的西域土地、西域属国基本没有了。北宋丢失了燕云十六州，南宋连中原大地都丢了。这使得宋代人对西域缺乏实际感知，常常处于一种文学想象的状态。如北宋初期，朝臣杨亿、钱惟演等人唱和诗集，定名为《西昆酬唱集》，从标题看，有一种对西域、昆仑汉唐故土的怀念，取此标题，以示不忘。而从其诗歌内容来看，采纳了一些西王母与昆仑神话的典故。

　　这就表明，西域、昆仑在宋代知识分子的观念中，已经变成了一种想象性的东西，甚至自带昆仑神话色彩。到南宋时期，由于国土的进一步压缩，这种对西域、昆仑的想象性、神话性看法，显然会进一步加剧。

　　如果仔细看一下，《大唐三藏取经诗话》涉及的西域地理，其中提到的"沉香国""波罗国""优钵罗国"根本就于史无证，而传统上知识分子都大体知晓的西域地名，如龟兹、高昌等却不见踪影。说明作者缺乏基本的西域知识。这种状况只能发生在宋代，主要是南宋，说它发生在唐代、元代，这都几乎是不可能的。

　　此外，《大唐三藏取经诗话》有"入王母池第十一"，讲猴行者偷王母蟠桃，说明这个故事亦加入了传统的昆仑神话，西王母的故事被安排在了三藏西天取经的路上。则三藏西天取经故事与西王母神话联系起来，完全是因为两者的地理关系。

　　这也启示我们，玄奘西游故事之所以会向神话方向发展，不仅是因为在《大唐西域记》《大唐大慈恩寺三藏法师传》中玄奘个人记述的神异色彩，亦因为中国的西域故事、昆仑故事自带神话色彩。西王母神话最早见于《山海经》，后来在《穆天子传》中得到极大扩充，尤其见于多种道经。西王母神话的要点在于，西王母住在昆仑，而昆仑位于西域。所以三藏西天取经故事，既然要经过西域，那么必然与西王母神话发生联系，这也就导致三藏取经故事的神怪化。

　　《大唐三藏取经诗话》果然加入了西王母故事，这就说明，该作者对西域地理的处理并非是征实的，作者对西域真实的地理情况几乎一点都不了解。只能从佛经中、道经中或从神话中选取一些中国传统的关于西域的描述。于是乎西王母神话就必然进入西游故事之中，最终成为百回本《西游记》中的"孙悟空偷蟠桃"故事。

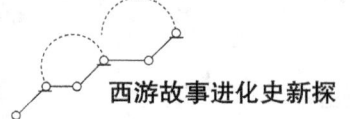

总之，根据目前占主流的观点以及笔者自己的考证，可以确定《大唐三藏取经诗话》这个文本成于北宋神宗熙宁之后，应该晚于《青琐高议》的成书时间。也就是说，《大唐三藏取经诗话》这个作品应成于南宋时期。但是不排除这个作品几经刊刻，我们现在看到的日本内阁文库版，可能是元代人刊刻的，也许其中加入了少量元代的元素。

二、《大唐三藏取经诗话》与西王母故事的合流

《大唐三藏取经诗话》在西游故事进化史上的重要地位在于，它代表着西游故事进化方向的完全确立。结合百回本《西游记》来看，这种进化方向，主要就是神怪化，但同时亦包括与动物故事相结合的问题。这里主要讨论西游故事神怪化的问题。

西游故事神怪化，在玄奘的《大唐西域记》《大唐大慈恩寺三藏法师传》中就有体现。1923 年，胡适在《西游记考证》中就已认识到，这些作品中玄奘个人的神异经历，与西游故事后来往神怪方向演化是有直接联系的。但也要看到，西游故事真正确立它的神怪色彩，是在《大唐三藏取经诗话》中。《大唐三藏取经诗话》这个作品不长，但是诸多内容都成为后来百回本《西游记》的雏形，显示出极为重要的进化史地位。

正是在《大唐三藏取经诗话》中，玄奘西游故事与西王母故事联系起来了。在《文学进化论新探》一书中笔者曾谈到，两个不同的文学故事类似于两个生物物种，互相之间难以"杂交"❶，就是说两个故事之间很难进行掺杂，如张飞故事不能与岳飞故事掺杂，白娘子故事不能与唐伯虎故事掺杂。理论上说，玄奘西游故事与西王母故事是没有关系的，双方应该类似于两条平行线，永远不相交。然而双方有一个共同点：它们都与西域有关。玄奘西游要经过西域，西王母故事发生在西域的昆仑山，这样从理论上来讲，玄奘西游途中必然经过西域的昆仑山，与西王母"相遇"。由此，两个本无关联的故事，有了"杂交"的必要。

而由于西王母故事自身具有浓厚的神话与道教色彩，导致后来的西游故事进一步往神怪和道教方向发展。在各类道经中，有大量关于西王母的内容。如汉代纬书《尚书帝验期》载："王母之国在西荒，凡得道受书者，皆朝王母于昆仑

---

❶　郑祥琥. 文学进化论新探［M］. 北京：知识产权出版社，2019：275.

之阙。"葛洪《神仙传》即提到仙人李阿"被昆仑山召，当去，遂不复返"❶，又《太平广记》卷五十六引《集仙录》云："洎九圣七真，凡得道授书者，皆朝王母于昆陵之阙焉。"古籍记载，昆仑位于西域，所以西域是一个神仙会集之所，玄奘西游故事也就成为神仙故事。《大唐三藏取经诗话》中正是采用了玄奘与猴行者途经西域，遇到西王母，即"入王母池第十一"。而后来的百回本《西游记》则淡化了西王母昆仑山的西域色彩，唐僧师徒并非在西游途中遇到了王母娘娘。百回本《西游记》的作者（也许包括此前阶段的作者）对西王母神话进行了剪裁，王母娘娘被改为天宫神仙的一部分，而淡化了西域色彩。但是在《大唐三藏取经诗话》中，西王母还是以其浓厚的西域色彩示人的。

后来在百回本《西游记》中，对《大唐三藏取经诗话》中的"入王母池第十一"的故事，进行了分开处理。一部分进化为孙悟空大闹天宫中的孙悟空守蟠桃园、大闹蟠桃宴的故事。在这一部分中，西王母故事未标明其西域特征，实则是独立于玄奘西游故事之外的。另一部分，进化为在西行路上的万寿山五庄观，孙悟空偷人参果的故事。可见，《大唐三藏取经诗话》"入王母池"故事，对后来百回本《西游记》的情节有巨大影响。这一切文学进化的根源，都在于西王母位于西域昆仑这一地理定位，与玄奘西天取经途经西域这一地理路线，二者发生了重合，于是乎必然有西王母故事与玄奘西天取经故事的重合。

可以说，与西王母故事的合流，对于西游故事确立进化方向起着极为重要的作用。质言之，玄奘西游故事之所以会神怪化，其根源就在于中国文化中对西域的种种神仙想象。"西域"概念内外所包含的一切，如昆仑、西王母、老子化胡等，因其浓厚的神仙色彩、道教色彩，必然会对玄奘西游故事的进化产生深刻影响。

三、《大唐三藏取经诗话》与动物故事结合

不知因何种原因，《大唐三藏取经诗话》呈现出与动物故事紧密结合的状态。这一点在三国故事、水浒故事中都没有体现。

首先，非常明显的就是《大唐三藏取经诗话》中出现了孙悟空的雏形——猴行者，他自称"我是花果山紫云洞八万四千铜头铁额猕猴王"。这是"行者"这个概念首次进入西游故事进化历程中，后来在百回本《西游记》中有"孙行

---

❶ 葛洪. 神仙传［M］. 北京：中华书局，2017：99.

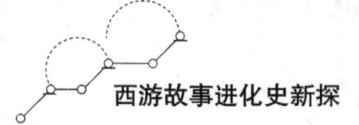
者""行者孙"之类的话头。"行者"在佛教中的意义是出家修行但未经过剃度的佛教徒，在宗教修为上大大低于僧人。金代董解元《西厢记诸宫调》中有"来兵似五百个僧人，贼军似六千个行者"，行者低于僧人，以此表示贼军的弱小。

其次，在《大唐三藏取经诗话》中猪八戒还未出现，但出现了其他的动物故事：狮子故事、蛇故事、鱼故事等。可详细来看：

1. "过狮子林及树人国第五"提到了狮子故事：

> 早起，七人约行十里，猴行者启："我师，前去即是狮子林。"说由未了，便到狮子林。只见麒麟迅速，狮子峥嵘，摆尾摇头，出林迎接；口衔香花，皆来供养。法师合掌向前，狮子举头送出。五十余里，尽是麒麟。次行又到荒野之所，法师回谢狮王迎送。

这里提到"狮王"，这则故事只有三言两语，但具有扩充的空间。

2. "过长坑大蛇岭处第六"写到了蛇故事："次入大蛇岭，目见大蛇如龙，亦无伤人之性。"

3. "入九龙池处第七"写到了龙故事：

> 行次前过九龙池。猴行者曰："我师看此是九条馗头鼍龙，常会作孽，损人性命。我师不用匆匆。"……被猴行者骑定鼍龙，要抽背脊筋一条，与我法师结条子。九龙咸伏，被抽背脊筋了；更被脊铁棒八百下。"从今日去，善眼相看。若更准前，尽皆除灭！"困龙半死，隐迹藏形。

这则龙故事还是较为详尽的。

4. "到陕西王长者妻杀儿处第十七"又提到了鱼故事：

> 仆夫寻到渔父舡家，果得买大鱼一头，约重百斤。当时扛回家内……长者曰："有甚罪过？"法师曰："此鱼前日吞却长子痴那，见在肚中不死。"众人闻语，起身围定。被法师将刀一劈，鱼分二段：痴那起来，依前言语。长者抱儿，敬喜倍常，合掌拜谢法师："今日不得法师到此，父子无相见面！"

足见，在《大唐三藏取经诗话》中已经融合了猴故事、狮子故事、蛇故事、龙故事、鱼故事等诸多的动物故事。从宋初《太平广记》中收录的大量动物故事来看，《大唐三藏取经诗话》在其中有大量的选择因袭，吸收了先秦至于宋代以来的中国动物故事的诸多精华。后来明代百回本《西游记》对这些动物故事有进一步的吸收、整理、剪裁，形成了更为宏大的动物故事体系。

可以说，百回本《西游记》是中国动物故事的一个集大成，而西游故事的进化史亦与动物故事进化史结合起来了。从这个意义上，探讨中国古代，尤其是元代之前的动物故事进化史，对于分析西游故事进化史是有极大助益的。第四章会对此问题进行详尽的探讨。

四、《大唐三藏取经诗话》与百回本《西游记》的进化关系

《大唐三藏取经诗话》的诸多情节在后来的百回本《西游记》中都有重要发展，体现出鲜明的进化关系。故而胡适认为"这部书确是《西游记》的祖宗"。❶二者之间的进化关系表现在以下几个方面：

第一，《大唐三藏取经诗话》提出了"猴行者"的问题。这是西游故事进化的一个重要里程碑，从此以后，玄奘西游故事开始与中国古代动物故事结合，形成了进化的联动。在《大唐三藏取经诗话》中，"猴行者"还只是一个配角，但后来的进化史表明，猴行者恰恰进化了西游故事的中心，最终猴行者取代唐僧成为百回本《西游记》的主角。

此外，猴行者的处所，在《大唐三藏取经诗话》中是"花果山紫云洞"，但后来的《西游记平话》与百回本《西游记》都变成了"花果山水帘洞"。要注意的是，水帘洞至少在宋代就是一个著名的景点。南宋人所作《郡斋读书志》的"附志"中即收有《水帘诗集》三卷"集水帘洞之诗文也"❷，此水帘洞应为南岳衡山的一处洞穴。这些诗文证明，水帘洞在元明时期亦不会是一个默默无闻的地名。

第二，《大唐三藏取经诗话》中提到过流沙河遇深沙神，后来进化出了沙僧的故事。现存的《大唐三藏取经诗话》版本，在第七部分与第八部分之间，缺损了一两页纸，所以第七部分末尾、第八部分开头都是缺损的。流沙河的故事在第八部分，缺开头。但从现存内容来看，所谓的"深沙神"明显是沙僧的雏形。故而，沙僧形象在《大唐三藏取经诗话》中已然出现了。不过，猪八戒的形象还尚未出现。

❶ 胡适.西游记考证［M］//胡适文存二集（第四册）.北京：外文出版社，2013：62.

❷ 晁公武.郡斋读书志校证［M］.孙猛，校证.上海：上海古籍出版社，2011：1130.

第三，《大唐三藏取经诗话》"入王母池第十一"中提到的猴行者偷西王母蟠桃的故事，后来往两个方向进行进化：一部分进化为了百回本《西游记》中孙悟空守蟠桃园、大闹蟠桃宴的故事；另一部分进化为在西行路上的万寿山五庄观，孙悟空偷人参果的故事。这是一种情节的裂变式进化，从上一代作品的一个情节，进化出了下一代作品的两个情节。

第四，《大唐三藏取经诗话》中提到的火类坳、女人国、大蛇岭、九龙池，衍生出百回本《西游记》的多个重要情节：火焰山、女儿国、黑水河等。这样一种内容情节上的扩充是典型的垂直进化，体现出文学进化的强大功能。对这些问题，下一节会详尽论述。

第五，《大唐三藏取经诗话》的另外一个小情节"猴行者钻入妖怪肚子"也对百回本《西游记》中产生了很大的影响。对此，胡适在《西游记考证》中已进行了较多论述。在《西游记》"过长坑大蛇岭处第六"中，猴行者在妖怪肚子里变出猕猴，这个小细节在百回本《西游记》中被反复使用，其中几次写得非常精彩，有的甚至后来成为"进化热点"。如孙悟空变作小虫飞入铁扇公主的肚中。这在后来多部《西游记》续书中，都演化成了孙悟空与铁扇公主"生孩子"的内容。如明末《后西游记》中有孙悟空与铁扇公主之子的内容，清末民国《也是西游记》中亦有。

再如在《西游记》七十五回中，老魔把孙悟空吞进肚子里自以为得胜，结果孙悟空在他肚子里就是不出来，后来弄了半天孙悟空用根绳子系在老魔心肝上才出来。这一次情节较繁杂，相关对话也很幽默，是《西游记》中较精彩的情节之一。

以上都是具体的情节演变问题。而《大唐三藏取经诗话》与百回本《西游记》根本的进化关系在于，前者确立了进化方向，而后者沿着前者确立的进化方向，进行了深入、全面、丰富、具体化的文学进化。要之，西游故事进化方向的完全确立，包括神怪化与动物故事化两个主要方向。在《大唐三藏取经诗话》中，这两个主导进化方向都有了明显体现。一方面，《大唐三藏取经诗话》中有明显的神话、神怪色彩；另一方面，书中亦已有明显的西游故事与动物故事结合的倾向。而西游故事进化方向的完全确立，正是《大唐三藏取经诗话》的核心进化史意义。《大唐三藏取经诗话》对后来百回本《西游记》的影响，主要就围绕着进化方向而进行。

第三节　《大唐三藏取经诗话》的材料来源辨析

《大唐三藏取经诗话》作为西游故事的一个重要雏形，在西游故事进化史上处于不可替代的"进化节点地位"。探究这个"进化节点"的各种文学基因的来源，是非常重要的。

《大唐三藏取经诗话》与其此前的各类西游故事作品、非西游故事作品，形成了复杂的遗传与变异、独创与因袭的关系。对此学术界已有了一定的探讨。张锦池先生的观点具有很大代表性，他认为："《取经诗话》的故事来源具有博采的特点，但主要是取资于《大唐大慈恩寺三藏法师传》。"❶ 此观点，看似有道理。但笔者认为，这是不能成立的。这个观点成立的前提是，《大唐三藏取经诗话》的作者得读过《大唐大慈恩寺三藏法师传》，然后从中选择了一些材料。问题在于，现有的文本证据，不支持这一点。因为《大唐大慈恩寺三藏法师传》中有大量的材料、大量的地名、大量的内容，《大唐三藏取经诗话》都没有参考。而《大唐三藏取经诗话》中看似参考了的女儿国等故事，都可以找到其他来源。尤其是《青琐高议·高言》中集聚了《大唐三藏取经诗话》中的多则故事。而结合《大唐三藏取经诗话》创作于南宋这一时间线索来看，恐怕《大唐三藏取经诗话》接受《青琐高议》影响的可能性，要远高于接受《大唐大慈恩寺三藏法师传》影响。因为按照《醉翁谈录》的记载，南宋的说书人，往往有从《太平广记》《夷坚志》等文言小说中寻觅、吸取创作材料的行业习惯。不排除，当时其他的作者亦往往从文言小说中寻觅材料。

一、《大唐三藏取经诗话》是一部架空历史的虚构作品

严格来说，《大唐三藏取经诗话》是一部"架空历史"的虚构作品。不仅未参考《大唐大慈恩寺三藏法师传》，其他一些比较注重"实证""征实"的作品，如《大唐西域记》《旧唐书·西戎列传》《新唐书·西域传》，它可能都没有参考。

第一，《大唐三藏取经诗话》的作者未读过《大唐大慈恩寺三藏法师传》。

张锦池在《〈大唐三藏取经诗话〉故事源流考论》中认为，《大唐三藏取经诗话》的诸多内容来自玄奘弟子所作的《大唐大慈恩寺三藏法师传》，包括猴行者

---

❶　张锦池.《大唐三藏取经诗话》故事源流考论［J］.求是学刊，1990：1.

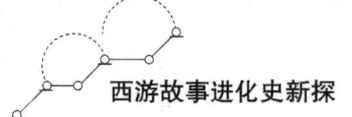

来自《大唐大慈恩寺三藏法师传》中的胡僧石盘陀，狮子国、女子之国等亦都来自《大唐大慈恩寺三藏法师传》。张锦池先生的说法，虽有一定证据，但显然不能成立。

但要注意，如果说《大唐西域记》流传很广，后来人较容易读到。而《大唐大慈恩寺三藏法师传》的流传，恐怕就没这么广了。唐高宗麟德元年（664）玄奘逝世，直到二十多年后的武则天垂拱四年（688），玄奘的另一位弟子彦悰才编制了《大唐大慈恩寺三藏法师传》十卷本刊行于世。此时，玄奘的实际影响有多大是个问题。要知道，受自身教义的限制，玄奘所创立的唯识宗，只传了三四代，至安史之乱后便香火不继了。而随着禅宗的兴起，中国佛教状况与面貌发生了极大改变。中唐时期便是禅宗的高峰，禅宗僧人对玄奘的怀念，显然是有限的。到宋代时，玄奘在中国佛教界的真实影响有多大，也是个问题。故而笔者认为，各种证据不支持《大唐三藏取经诗话》的作者，读过《大唐大慈恩寺三藏法师传》。

第二，很有可能，《大唐三藏取经诗话》亦未参考《大唐西域记》。

《大唐三藏取经诗话》在"经过女人国处第十"讲到全是女人的女人国。一般看法认为《大唐三藏取经诗话》中的女人国是从《大唐西域记》或者《大唐大慈恩寺三藏法师传》中提到的西女国发展而来。《大唐西域记》卷十一写到（《大唐大慈恩寺三藏法师传》卷四的记载相同）：

> 拂懔国西南海岛有西女国，皆是女人，略无男子。多诸珍宝货，附拂懔国，拂懔王岁遣丈夫配焉，其俗产男，例皆不举也。❶

这里的拂懔国，就是《旧唐书·西戎列传》记载的拂菻国，中国又称之为"大秦"，指的是建都君士坦丁堡的东罗马帝国即拜占庭帝国。所谓"拂懔国西南海岛有西女国"，也就是今土耳其伊斯坦布尔以西的地中海中的海岛。《旧唐书·西戎列传》中关于大食国的记载也讲到在大食西北有女国。大食与大秦位置相邻，故记载中所指"女国"应是同一处。此女国的传说应广泛流传于西亚、中亚。《旧唐书·西戎列传》中关于"女国"的记载或许是根据《大唐西域记》，但到欧阳修、宋祁《新唐书·西域下》关于拂菻、大食的记载中把人形果和女国都删去了。

---

❶ 玄奘.大唐西域记校注［M］.季羡林，校注.北京：中华书局，1985：943.

　　单纯来看，《大唐三藏取经诗话》中关于女人国的记载，似乎是从《大唐西域记》或《大唐大慈恩寺三藏法师传》中来的。但问题是，从《大唐三藏取经诗话》的文本内证来看，《大唐三藏取经诗话》的作者不可能读过《旧唐书·西戎列传》《大唐西域记》或者《大唐大慈恩寺三藏法师传》。

　　据《大唐大慈恩寺三藏法师传》，玄奘西游的地理路线是很清楚的，他从长安出发，到秦州、兰州、凉州，又出玉门关，走出莫贺延碛到达伊吾。贞观三年（629）至高昌王城（今新疆吐鲁番县境），又经焉耆、龟兹等地，后到达罽宾，后又进入五印度，在各地游学。其中在那烂陀寺学习时间最长，也正是在那烂陀寺玄奘听讲了《瑜伽师地论》。

　　但是《大唐三藏取经诗话》没有按照这一真实路线来写。从《大唐三藏取经诗话》的目录来看，作者对西域地理知识实则几乎没有认识，不可能参考过玄奘的真实路线。其目录如下：

行程遇猴行者处第二

入大梵天王宫第三

入香山寺第四

过狮子林及树人国第五

过长坑大蛇岭处第六

入九龙池处第七

（原题缺）第八

入鬼子母国处第九

经过女人国处第十

入王母池之处第十一

入沉香国处第十二

入波罗国处第十三

入优钵罗国处第十四

入竺国度海之处第十五

转至香林寺受心经本第十六

到陕西王长者妻杀儿处第十七

　　这里除了天竺，没有提到一个真实的西域地名。如果作者读过《旧唐书·西戎列传》《大唐西域记》或者《大唐大慈恩寺三藏法师传》这样的资料，那么怎

么可能没有提到一个真实的西域地名？如果作者有这方面的知识，怎么会不用呢？这就说明，《大唐三藏取经诗话》作者的西域地理知识非常贫乏，不足以按照玄奘真实的西行路线来构筑作品。

《大唐三藏取经诗话》是宋代"说经"的底本，其作者具有佛教背景。目录里写到的沉香国、波罗国、优钵罗国，虽然子乌虚有，但这三个词在佛经里被经常提到。比如波罗国的"波罗"二字即梵语度人的度，汉语音译为波罗蜜多，是佛教哲学的基本概念。又比如优钵罗国的"优钵罗"三字指的是一种花，这在《大唐三藏取经诗话》中也提到了"优钵罗树菩提花"。优钵罗花指的是青莲花，佛经中只要写到天雨花的场面就会提到优钵罗花。

显然，《大唐三藏取经诗话》的作者对西域地理知道得很少，对玄奘西行史实也了解得很少。为了增加作品的西域情调，作者只能从佛经中找一些怪异的名词，如"波罗""优钵罗"。《大唐三藏取经诗话》这种为了增加作品的西域情调而增入古怪地名的手法，实则是为了藏作者之拙。

第三，《太平广记》中的材料未参考。

《太平广记》中那则关于玄奘摩顶松的材料，并未在《大唐三藏取经诗话》中出现，而《太平广记》又是南宋说话人经常参考的著作。这说明，《大唐三藏取经诗话》很可能不是成于南宋说话人之手，否则不会不将摩顶松的材料写进去。

二、《青琐高议·高言》对《大唐三藏取经诗话》的影响

考虑到《大唐三藏取经诗话》一定要有材料来源，笔者认为，《山海经》中的部分内容，以及北宋文言小说集《青琐高议》中的《高言》篇，很可能对《大唐三藏取经诗话》的成书有重要影响。

第一，《山海经》的间接影响。

《山海经》在古代属于一部常见书，亦可以算是一部经典作品，说书艺人们参考《山海经》应该属于大概率。《大唐三藏取经诗话》虽然不是用的真实历史上的西域地理体系，但这个作品必然是需要一个西域地理体系的。从文本内证来看，《大唐三藏取经诗话》掺杂使用了上古神话中地处西域的昆仑山的地理体系。据《山海经·大荒西经》载：

　　　西海之南，流沙之滨，赤水之后，黑水之前，有大山，名曰昆仑之丘。

有神——人面虎身，有文有尾，皆白——处之。其下有弱水之渊环之，其外有炎火之山，投物辄然。有人，戴胜、虎齿、有豹尾，穴处，名曰西王母。此山万物尽有。❶

把这个地理体系对照《大唐三藏取经诗话》的地理体系，我们会发现符合得非常好。

1. "过长坑大蛇岭处第六"的火类坳就对应《山海经》中的炎火之山。

2. "（题原缺）第八"谈到深沙神，这是百回本《西游记》沙僧的原型，这对应《山海经》中的"流沙之滨"，而且可能也对应《山海经》中的弱水。

3. "经过女人国处第十"谈到了女子之国，与《山海经》对应。

4. "入王母池之处第十一"又直接谈到了西王母，与上引《山海经》对应。

可见，下结论说《大唐三藏取经诗话》有可能受到《山海经》的影响，这是站得住脚的（当然这种影响，不一定是直接的，也有可能是间接的，类似于间接因袭）。不过，《山海经》毕竟没有谈到人形果，这说明《大唐三藏取经诗话》的材料还有另外来源。笔者认为，这一另外来源正是《青琐高议·高言》。

第二，《青琐高议·高言》对《大唐三藏取经诗话》有直接影响。

《青琐高议》是北宋刘斧所辑文言小说集，其前集成于熙宁年间，以后陆续有增补。在《青琐高议前集》卷三有《高言》篇，共三页的篇幅。该篇以倒叙手法，讲北宋仁宗、英宗、神宗时期的高言因为杀人，而北逃胡地，西逃大食的历险见闻。这篇作品未署作者名，刘斧在文末加了一段议论，可见刘斧对《高言》这篇比较赞赏。《高言》篇显然是作者向壁虚构的产物，绝对不可能是真人真事。

说《青琐高议·高言》很可能对《大唐三藏取经诗话》有影响，是由于这两个作品都谈到女人国、人形果、火山。高言杀人后先逃到北方胡地，后又从胡地出逃，南下到广州，坐船出海到大食。作者写到大食的风俗：

> 百羊生于地中，人知羊将生，乃筑墙以环之，羊脐于地，人挞马而奔驰叫呼，羔惊脐断，便逐水草。❷

这一段很明显是抄自《旧唐书》卷一百九十八的"西戎列传"中拂菻国的

---

❶ 袁柯 . 山海经校注［M］. 上海：上海古籍出版社，1980：400–407.

❷ 刘斧 . 青琐高议［M］. 上海：上海古籍出版社，1983：30.

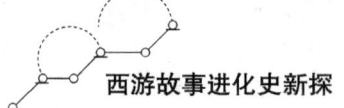
内容：

> 有羊羔生于土中，其国人候其欲萌，乃筑墙以院之，防外兽所食也。然其脐与地连，割之则死，唯人著甲走马及击鼓以骇之，其羔警鸣而脐绝，便遂水草。❶

《高言》篇紧接着谈到大食南面的林明国的一种风俗：

> 盛暑则以石灰涂屋坚密，引水其上，四檐飞注如瀑布，激气成凉风，其人机巧可知也。

这很显然也是抄录自《旧唐书·西戎列传》拂菻国的内容：

> 其俗无瓦，捣白石为末，罗之涂屋上，其坚密光润，还如玉石。至于盛暑之节，人厌嚣热，乃引水潜流，上遍于屋宇，机制巧密，人莫之知。观者惟闻屋上泉鸣，俄见四檐飞溜，悬波如瀑，激气成凉风，其巧妙如此。

《高言》篇在林明国之后，又谈到小人国。紧接着谈到女子国：

> 闻东南有女子国，皆女子，每春月开自然花，有胎乳石，生池，望孕井。群女皆往焉，咽其石，饮其水，望其井。即有孕，生必女子。

在女子国之后，《高言》篇又谈到人形果：

> 海中有大石山，山有大木数十本。枝上皆生小儿。儿头著木枝，见人亦解动手笑焉。若折枝，儿立死。乃折数枝归，国王藏于宫中。

可以肯定，《高言》篇中的女子国、人形果，是来自《旧唐书·西戎列传》中大食国的内容：

---

❶ 刘昫.旧唐书［M］.北京：中华书局，1985：5314.

又尝遣人乘船，将衣粮入海，经八年而未及西岸。海中见一方石，石上有树，干赤叶青，树上总生小儿；长六七寸，见人皆笑，动其手脚，头著树枝，其使摘取一枝，小儿便死，收在大食王宫。又有女国，在其西北，相去三月行。❶

唯一的不同是《旧唐书·西戎列传》大食国的记载，提到女子国时没有提到"有胎乳石，生池，望孕井。群女皆往焉，咽其石，饮其水，望其井。即有孕，生必女子"。这可能是《高言》篇的作者自己加上去的，或有其他来源。

最后，《高言》篇又提到林明国东南的庆国：

南有山，远望日照之如金，至则皆硫黄也。硫黄山之南，皆大山焉。火燃山昼夜不息，火中有鼠，时出火边，人捕之，织其毛为布造衣。有垢污则火中燃之即洁也。吾得数尺存焉。❷

这段话非常明显抄录自传为东方朔所作的《十洲三岛记》中有关炎洲的记载：

又有火林山，山中有火光兽，大如鼠，毛长三四寸，或赤或白。山可三百里许，晦夜尝见此山林，乃是此兽光照，状如火光相似。取其兽毛以缉为布，时人号为火浣布也。国人衣服之，若有垢污，以灰汁浣之，终不洁净。唯以火烧两食久，振摆之，其垢自落，洁白如雪。❸

《高言》篇提到的布就是《十洲三岛记》中的火浣布。可以认为，《高言》篇中的女子国、人形果、火山都有其直接来源。女子国、人形果是来自《旧唐书·西戎列传》有关大食国的记载；火山是来自《十洲三岛记》中火林山的记载。

从文本内证来看，即使《大唐三藏取经诗话》是成书于晚唐五代，《高言》篇写到女子国、人形果、火山也不会是受《大唐三藏取经诗话》的影响。也就是说，将女子国、人形果与火山叠加在一篇作品中，是《高言》篇作者的独创。这位作者为了写出异域的风俗，就从古书中抄录一些比较奇异的内容，将其有机地

❶ 刘昫.旧唐书［M］.北京：中华书局，1985：5315.

❷ 《刘斧》青琐高议［M］.上海：上海古籍出版社，1983：32.

❸ 东方朔.十洲三岛记［M］//张君房.云笈七签.北京：中华书局，2003：594.

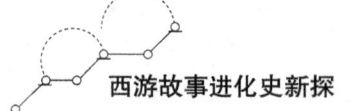

连缀起来，形成我们看到的收录于《青琐高议》的《高言》篇。另外，从《高言》篇的时间背景来看，这篇小说的成篇不会比《青琐高议》的成书早多少。

而再看《大唐三藏取经诗话》中有关火山、女人国、人形果的叙述。在"过长坑大蛇岭处第六"中写到火类坳：

> 又过火类坳，坳下下望，见坳上有一具枯骨长四十余里。法师问猴行者曰："山头白色枯骨一具如雪？"猴行者曰："此是明皇太子换骨之处。"法师闻语，合掌顶礼而行。又忽遇一道野火连天，大生烟焰，行去不得。遂将钵盂一照，叫"天王"一声，当下火灭，七人便过此坳。

这里的火类坳在后来的西游作品中演变为火焰山。笔者认为，这个火类坳是从《青琐高议·高言》的"硫黄山"演化而来。

在"经过女人国处第十"讲到全是女人的女人国。古代著作中谈到女人国的有多种。在笔者看来，《大唐三藏取经诗话》中的女人国是从《青琐高议·高言》的女子国演化而来的。

在"入王母池之处第十一"中又提到人形果：

> 说由未了，撷下三颗蟠桃入池中去。师甚敬惶。问："此落者是何物？"答曰："师不要敬，此是蟠桃正热，撷下水中也。"师曰："可去寻取来吃。"猴行者即将金镮杖向盘石上敲三下，乃见一个孩儿，面带青色，爪似鹰鹞，开口露牙，从池中出。行者问："汝年几多？"孩曰："三千岁。"行者曰："我不用你。"……问曰："你年多少？"答曰："七千岁。"行者放下金镮杖，叫取孩儿入手中，问："和尚，你吃否？"和尚闻语，心敬便走。被行者手中旋数下，孩儿化成一枝乳枣，当时吞入口中。后归东土唐朝，遂吐出于西川。至今此地中生人参是也。

这里的人形果实际上是蟠桃，只不过这里的蟠桃具有小孩子的形象，而且能说话。但是蟠桃是道教神话体系中的一种重要仙果，在《大唐三藏取经诗话》之前从来没有哪部作品说过蟠桃具有小孩子的外形。所以可以认为，《大唐三藏取经诗话》的这种长得如同小孩的蟠桃是受《青琐高议·高言》中"枝上皆生小儿"这一异事的影响。

还有一个问题，既然《大唐三藏取经诗话》受到了《青琐高议·高言》的深刻影响，那么《大唐三藏取经诗话》还有没有受到《青琐高议》其他篇目的影响呢？假如能找到一两个这样的例子，必然为笔者的结论增加有力的证据。值得注意的是，《大唐三藏取经诗话》中"到陕西王长者妻杀儿处第十七"中把痴那吞在肚子里的"约重百斤"的大鱼可能受到《青琐高议·巨鱼记》的影响。

　　总之，考虑到诸多证据表明，《大唐三藏取经诗话》未直接受到《大唐大慈恩寺三藏法师传》《大唐西域记》《旧唐书·西戎列传》影响，则可以判断《大唐三藏取经诗话》在火类坳、女人国、人形蟠桃这三个重要的情节上受到了《青琐高议·高言》的深刻影响。这就证明《大唐三藏取经诗话》必然是成书于北宋神宗熙宁之后，是现存唯一的宋代"说经"的底本。因此，那种认为《大唐三藏取经诗话》成书于晚唐五代的观点是错误的。

第四节　《大唐三藏取经诗话》是否有印度文学基因

　　上一节讨论了《大唐三藏取经诗话》中诸多内容的来源问题，其来源很可能就是诸多的文言小说。如猴行者的形象，可以在诸多文言小说中找到来源，如唐传奇《补江总白猿传》与晚唐裴铏《传奇·孙恪》中的"妖猿"，已经为猴行者的出现奠定了基础。《大唐三藏取经诗话》有很强的佛教文本特征，它很可能是两宋时期的人"说经"或"俗讲"的底本，故而它会受到较多的佛教文化影响，其中就包括猴行者形象的来源。笔者认为，猴行者形象除吸收已有"妖猿"文学基因之外，亦受到佛教中"听经猿""护法神"等文学基因的重要影响。

　　谈及猴行者形象的来源，有一个问题必须单独指出。现代以来，胡适、季羡林等学者认为，《西游记》中的孙悟空或《大唐三藏取经诗话》中猴行者的形象受到《罗摩衍那》中的印度神猴哈奴曼的直接影响。❶ 此观点虽然受到鲁迅等学者的有力反驳，但至今亦有一些从事比较文学研究的学者持此意见。

　　笔者虽不认可这一看法，但这一看法涉及《大唐三藏取经诗话》中猴行者是否有印度文学基因，也就涉及文学基因的跨国传播问题，本身还是很值得讨论的。毕竟文学基因的文化圈内部传播与跨文化圈传播，会有一些不同传播特点。

　　其实严格来说，哈奴曼问题虽然值得讨论，但问题的要点并不在于猴行者是怎么样的，猴行者有什么样的形象，经历过什么样的故事，这些都不重要。真正的问题在于，为什么《大唐三藏取经诗话》中会"突然出现一个猴行者"。中国

---

❶　季羡林.印度文学在中国［J］.文学遗产，1980（1）.

猴故事的文学基因库很庞大、很充实，足够支持猴行者向孙悟空的各种进化。但中国猴故事文学基因库再庞大再充实，也无法解释一个问题：为什么玄奘西天取经的现实故事中，突然要多出来一只猴子。

即使我们承认，猴行者直接来自哈奴曼形象，但这个关键问题依然没得到足够解释。或许我们只能说，佛经中的护法神故事使得玄奘西行需要一个护法。而中国佛教中的"听经猿"故事，又让猴子与高僧之间有了密切联系，于是乎在玄奘西天取经的故事中，一个猴子形象就被增加进去，从此开始了自身独立的进化，直到孙悟空形象的横空出世。

一、孙悟空与哈奴曼的关系问题

在哈奴曼对西游故事的影响上，其实有两个层次的问题：第一层是百回本《西游记》中的孙悟空形象是不是受哈奴曼的影响。第二层是《大唐三藏取经诗话》中猴行者形象是不是受哈奴曼的影响。

应该说，第一层次的问题容易回答。在《西游记平话》创作的元代，或者在百回本《西游记》创作的明代，印度文化已经衰落了。不存在印度文学作品《罗摩衍那》中的神猴哈奴曼直接影响孙悟空的可能性。百回本《西游记》中孙悟空形象的诞生，有着清晰的进化历程，至少在元明时期，恐怕不需要额外的印度文学基因的刺激。最多说，百回本《西游记》中孙悟空形象在其进化的最初期，即《大唐三藏取经诗话》中的猴行者形象受到了哈奴曼的影响。这其实就跳到了第二层问题。

有些学者，拿百回本《西游记》与《罗摩衍那》进行直接比较，拿百回本《西游记》中的孙悟空与哈奴曼进行直接比较，看到一些情节的相似性、人物形象的相似性，便得出结论，百回本《西游记》中的孙悟空受哈奴曼影响。❶这个方法是极为不严谨的。因为这些学者所指出的相似的地方，都是一些常见的文学基因，如造反大闹天宫之类的。中国文学中，这一类的文学基因非常多，根本不需要印度的文学基因。拿百回本《西游记》中的孙悟空与《罗摩衍那》中的哈奴曼直接比较，这是一个伪问题。即使孙悟空与哈奴曼有一些相似性，也不能定案，因为这些相似性都是一些极为常见的相似性，正如我们遇到的正常人都有眼

---

❶ 这一类的论文，常见于从事比较文学的研究者，比较文学就是拿两部作品进行比较。已经有大量研究者批评过这种方法，因为随机挑任何两部作品，大概都能从中找出相似点，正如任何正常人都有眼睛、耳朵、鼻子。

睛、耳朵、鼻子、嘴，我们不能因为他们都有这些，就说他们有血缘关系。换言之，孙悟空与哈奴曼二者不存在比较的可能性、可行性。

我们绝对不能不顾文献事实，硬说明代《西游记》作者受到了哈奴曼的直接影响。要证明这个问题不难，现存明代文献非常繁复，我们只要能在明代其他文献中找到哈奴曼的影子，就可以证明孙悟空受到了哈奴曼的影响。可是几乎找不到！何况百回本《西游记》中孙悟空与哈奴曼形象的相似，其实都是可以解释的，都是有其垂直进化来源的。越是对西游故事进化史了解的人，越不会觉得孙悟空形象受哈奴曼影响。

二、猴行者与哈奴曼的关系问题

真正值得争论的是第二层次的问题，《大唐三藏取经诗话》中猴行者的形象是不是受哈奴曼的影响？这个问题就比较难回答。胡适针对这个问题提出了看法，他说："为何会在《大唐三藏取经诗话》中'忽然插入了一个神通广大的猴行者？这个猴子是国货呢？还是进口货呢？'我总疑心这个神通广大的猴子不是国货，乃是一件从印度进口的。也许连无支祁的神话也是受了印度影响而仿造的。我假定哈奴曼是猴行者的根本。"❶

对于《大唐三藏取经诗话》中的猴行者是不是受印度影响，胡适的逻辑还是很严密的。但其实这里面也有两个层次的问题：第一个是，猴行者是不是受印度文学《罗摩衍那》中哈奴曼的影响？第二个是，猴行者是否有印度其他文学的影响？

显而易见，《大唐三藏取经诗话》是一个佛教文本，可能是"说经"或"俗讲"的底本。里面在文言小说元素之外，亦采用了大量的佛教元素、佛经元素，这些佛教、佛经元素，很自然是来自古印度。从这个意义上，可以说《大唐三藏取经诗话》受到古印度文化的影响。但这种制造佛经的笼统言之的所谓"古印度"，除了现在的印度地区，也包括现在的阿富汗、巴基斯坦部分地区等。大量的佛经就是在这样一个广大的地区，被一些哲人、信徒或者造伪者先后制造出来。这些人到底是现代的哪个国籍，是很难说清楚的。中国佛教史上大量的"伪经"，显然是中亚穷困地区的一些文人或僧人为了"谋生"，投中国人之所好，带着一部或几部自造的"佛经"来到中国，在中国的寺庙里借"翻译佛经"谋

---

❶　胡适. 西游记考证［M］// 胡适文存二集（第四册）. 北京：外文出版社，2013：77.

生。因为从汉代至宋代的中国，即使是战乱时期，也都是今天西亚伊朗、伊拉克以东最繁华的地区。

真正较为原始的，反映古印度释迦牟尼阶段的佛教经典，只是《阿含经》。其他的佛经，尤其是大乘佛教的佛经，很多都是在来自中国北方的大月氏人在阿富汗建立贵霜王朝后，才被制造出来。由于贵霜王朝的统治者来自中国北方，贵霜文化中不可避免要有大量中国文化的东西。所以单纯说佛经的影响，恐怕很难说就是印度的影响。

真正可以称之为问题的，只能是猴行者是不是受古印度文学作品《罗摩衍那》中哈奴曼的影响，或曰猴行者身上是不是有来自《罗摩衍那》中的文学基因。

实际上，猴行者与哈奴曼之间的相似性其实也不多。在笔者看来，二者有一些相似的地方，但还没有相似到一看就可确认有直接的基因继承关系。

为证真或证伪这一点，我们必须首先梳理清楚，《罗摩衍那》是否被广泛传播于中国，且《罗摩衍那》中的哈奴曼故事是否广泛传播于中国？对此，很多学者已经探讨过。据研究，印度史诗《罗摩衍那》创作于公元前4世纪。但《罗摩衍那》并没有广泛传播于中国，连故事梗概都较少。据赵国华研究，《六度集经》中的《国王本生》，是一篇相当完整的罗摩传说。❶ 而除了《六度集经》中包含的罗摩衍那故事，中国文学、中国佛经中，较明显能跟罗摩衍那对上的故事极少。

根据已有的研究，可以下结论：古印度史诗《罗摩衍那》，尤其是《罗摩衍那》中的印度神猴哈奴曼，直接影响《大唐三藏取经诗话》中猴行者的可能性极低。

退一步说，因为某种我们目前不知道的传播途径，《大唐三藏取经诗话》中的猴行者真的就受到哈奴曼的直接影响。但是这仍然有很大的疑点。《大唐三藏取经诗话》是成书于北宋或南宋，那个时候印度的文化、佛教都已经非常衰微了，而中国方面的典籍记载也非常丰富了。假如哈奴曼真的传到了中国，怎么会除了《大唐三藏取经诗话》中有记载，而其他浩如烟海的典籍中却不见踪迹？我们总不能说，只有《大唐三藏取经诗话》一个作品记载下了哈奴曼的蛛丝马迹吧？

这种传播不可能是一对一的传播，如果《罗摩衍那》中的哈奴曼传播到了中国，那一定会有一批作品受其影响。问题在于，没有这样的作品！

---

❶ 赵国华.论孙悟空神猴形象的来历［M］//梅新林、崔小敬主编.20世纪《西游记》研究.北京：文化艺术出版社，2008：511.

三、佛经中的猴故事与猴行者

既然哈奴曼直接影响猴行者的可能性不存在，那么从逻辑上还有一种可能，就是印度神猴哈奴曼的故事，催生了大量的印度猴故事，这些印度猴故事被以各种方式写入佛经当中，通过佛经而作用于中国，最终产生了猴行者的故事。这种可能性应该说是有的。但这一说法近于强词夺理。按照这一逻辑，问题就转换成了中印两国的猴故事的互相影响问题，或者中印两国的猴故事哪个更发达的问题。

但这并不是一个"直接来源"的问题。因为中国并不是没有猴故事，中国猴故事的发展并不比印度晚，《庄子·齐物论》中"朝三暮四"的故事已经很成熟了。在唐代之前，中国固有的猴故事已经很发达了。而到北宋为止，中国本土的猴故事就足以编一部故事集了。汉代焦延寿《易林·坤之剥》记载："南山大玃，盗我媚妾。怯不敢逐，退而独宿。"《博物志》卷三载蜀中西南高山猴玃窃妇人并生子的故事，《搜神记》卷一二亦载类似故事。后来唐传奇中产生了著名的作品《补江总白猿传》。李公佐《古岳渎经》中提到的"蹲踞之状若猿猴"的巫支祁，亦有猴故事的特点。说中国已有的猴故事催生出《大唐三藏取经诗话》应该是没有问题的。

实际上，在明代的一些西游故事作品中，就有作者认为，孙悟空形象与无支祁有联系。在刻于万历四十二年（1614），但不排除是元末明初作品的《西游记杂剧》第十出中，山神形容孙悟空说："那胡孙气力与天齐。这厮瞒神谎鬼，铜筋铁骨，火眼金睛。偷玉皇仙酒，盗老子金丹。他去那众魔君中占第一，他是骊山老母兄弟，无支祁是姊妹。"❶ 可见，在古代的西游故事流传中，孙悟空形象很早就被视为与无支祁有联系。

但是也要看到，《大唐三藏取经诗话》毕竟是一个佛教文本，它除了受到文言小说的诸多影响外，也应该受到了来自佛教方面的诸多影响。笔者认为，猴行者形象虽然吸收了文言小说中猴故事或其他故事的因素，但"猴行者在《大唐三藏取经诗话》中出现"这一事实本身，很可能直接受到佛教、佛经的影响。具体来说，就是佛经中、佛教中的猴故事可能对《大唐三藏取经诗话》有直接影响。毕竟《大唐三藏取经诗话》是一个佛教文本，其作者可能熟知佛教的典籍，不排除佛教中的猴故事或其他故事对《大唐三藏取经诗话》的影响。

---

❶　陈均评注.《西游记杂剧》评注本［M］.贵阳：贵州教育出版社，2018：63.

佛教经典中确有很多猴故事，如《六度集经》中的猴故事。《六度集经》在中国有一定知名度，该经在三国后期，由康僧会译出，包含 91 个故事，其中有 4 个猴故事，即第 36 个故事《兄（猕猴）本生》、第 46 个故事《国王本生》、第 47 个故事《猕猴本生》、第 58 个故事《猕猴王本生》，但是这些都是普通的猕猴故事，即使是《国王本生》中的猕猴故事，也与《罗摩衍那》中的哈奴曼故事相去较远。

再如佛教中的"听经猿"的故事。南宋耐得翁《醉翁谈录》录有宋人话本《听经猿》，虽然故事具体情节无从知晓，但从"听经猿"三字来看，无非猿猴听高僧讲经。这一故事就让猿猴与僧人联系起来了，再加上佛经中本来就有一些僧人与猕猴的故事，这就逐渐在中国佛教内部形成了某种"小的文化传统"：僧人与猕猴有联系，如灵猴献果的故事。这一类僧人与猕猴的故事，对《大唐三藏取经诗话》中玄奘身边出现猴行者，可能有直接影响。此外，诚如张锦池所言，道教中的"修炼猿"可能也对猴行者形象的形成有直接影响。❶

此外，佛教中护法神的观念深刻地影响了《大唐三藏取经诗话》。因为在佛殿中，大佛塑像旁边，都立有护法神。这种观念不能不启发《大唐三藏取经诗话》的作者去思考：玄奘是否有护法神？于是猴行者的故事就此诞生。猴行者就以护法神的名义，进入了玄奘西天取经故事中。正如百回本《西游记》在第十六回中所表达的"众人悚惧，才认得三藏是位神僧，行者是尊护法"，孙悟空在《西游记》中名为唐僧的大徒弟，实则是唐僧的护法神。日本学者矶部彰认为，猴行者形象来自密教法典中的护法神将。矶部彰认为在《千手观音法杂集》的观音有个扈从摩迦罗是一个大猕猴。❷此说有一定道理，因为《大唐三藏取经诗话》确有一定的密教痕迹。

总之，我们可以确凿地得出结论：哈奴曼对猴行者、对孙悟空是没有影响的。但是佛教中的猴故事、听经猿故事、佛教中的护法神观念，可能对猴行者、对孙悟空形象的出现与塑造，有着较大的影响，但其程度可能也没有超过中国固有猴故事的影响。

可以认为，猴行者、孙悟空大体上是纯正的国产货，但不排除猴行者、孙悟空中有少部分文学基因来自佛教、佛教典籍或佛教故事。但这些来自佛教的文学基因，也很难说就是来自古印度，有可能来自今阿富汗地区，也可能一开始就是

❶ 张锦池.论孙悟空的血统问题［J］.北方论丛，1987（5）.

❷ 矶部彰.关于元本《西游记》中孙行者的形成［J］.东洋学，1977（38）：106-110.

从中国流传到国外，然后"出口转内销的"。

第五节 金院本《唐三藏》的进化状况

金朝是由女真人入主中原后建立的朝代，时间大体相当于南宋时期。金朝统治者一度以正统中华文化自居，但金朝的文化发展显然大幅落后于南宋。史书上有金朝要求南宋输入一些勾栏瓦舍艺人的记载，再加上原北宋的艺人流落于金朝，或南宋的艺人主动到金朝统治地区谋生，可以说，金朝的文艺发展很大程度上是受南宋的影响。

西游故事在金朝统治地区的发展，很可能也是受南宋西游故事最新进化形态的影响。金院本中已经出现了"唐三藏"的剧本名目，虽然这个名为"唐三藏"的院本早已佚失了，但我们可以根据各种材料对它的内容进行推测。它可能是受南宋《大唐三藏取经诗话》的影响而诞生的，因为二者都有"唐三藏"字样，这显然包含一种文字基因的遗传。当然，也不排除金院本《唐三藏》是独立根据前代西游故事作品而进化出来，也许在唐末五代或北宋初，有一些我们现在不知道的玄奘西游故事的通俗作品。

客观来说，金院本《唐三藏》是玄奘故事进化历程中的一个重要标志，因为它一方面标志着玄奘故事走上了独立进化的道路，另一方面标志着玄奘故事逐渐有了对整体佛教故事进行代表的资格。也就是说，在金院本《唐三藏》中，玄奘故事已经是一个代表性的存在，其未来获得更进一步的进化已属大概率事件。

一、"和尚家门：唐三藏"的问题

元代陶宗仪《南村辍耕录》摘录了金院本《唐三藏》的情况。其中有"打略拴搐"，有"星象名、果子名、草名……"这大概类似现在的相声贯口"报菜名"。在随后的"和尚家门"中提到四种"秃丁生、窗下僧、坐化、唐三藏"❶，从这个排列来看，应该是关于唐三藏的不小篇幅的故事。

当然，疑问也是存在的。首先，这个"唐三藏"能不能确定是玄奘，都是有疑问的。我们只能说，各种迹象表明，这里的唐三藏，极大可能指的就是玄奘。那么接下来还要确定，这段院本是讲述关于玄奘的什么内容呢？这也是个疑问。

---

❶ 陶宗仪.南村辍耕录 [M].北京：中华书局，1959：313.

由于这个题名《唐三藏》的金院本，现片字不存，我们对其内容只能推测。在金代董解元《西厢记诸宫调》中有唱词"几个髭头的行者……这每取经后不肯随三藏，肩担着扫帚滕杖，簇捧着个杀人和尚。"董解元作为金院本作家，非常熟悉金院本的情况，他无疑是看过金院本《唐三藏》的。董解元的"这每取经后不肯随三藏"的说法，很可能就是对金院本《唐三藏》的一种引用或化用。若事实如此，则说明在金院本《唐三藏》中已经有了"行者"的形象，且可以认为金院本《唐三藏》包含部分武打戏的内容。

考虑到，董解元在《西厢记诸宫调》中提到簇拥法聪的蓬头行者，却把语义迁移到追随唐三藏取经的行者上。这就说明，"行者"这个概念，在董解元及其观众（听众、读者）的理解中，已经明显向"帮助唐僧取经的猴行者"方向迁移。这至少说明，当时的金院本《唐三藏》中已经有了"行者"的故事，且这些故事已经较为知名了，不仅董解元能够产生联想，董解元的目标观众亦能产生联想。这都说明金院本《唐三藏》已经有较大知名度。

此外，应该说，这段《唐三藏》院本肯定表演过，观众应该不少。那么，元朝初期的杂剧家吴昌龄很可能欣赏过这段《唐三藏》。此后，吴昌龄自己创作西游杂剧时，遂从金院本《唐三藏》中因袭了大量的文学基因。这种说法，显然是符合逻辑的。

从"和尚家门"中提到的这四种题材来说，可能它们都并不是短小的故事。例如"坐化"，有可能会讲好几位和尚的坐化故事。所以"唐三藏"这段，很有可能是一个篇幅不小的唐三藏故事。

考虑到成于南宋的《大唐三藏取经诗话》，已经有一定规模。不能排除，是《大唐三藏取经诗话》流传到了北方金国，被金国的说唱艺人加以改编，以院本《唐三藏》的名目进行表演，由此才产生了一定的社会反响。

再者，如果从佛教的角度来分析陶宗仪的这段金院本名单，在这段"和尚家门：秃丑生、窗下僧、坐化、唐三藏"的前六七行，有一个"佛名：成佛板、爷娘佛"，这应该是报佛的名称。

从这些内容与排列方式来看，"唐三藏"的故事，在诸多佛教故事中，已经获得了一种独立性，已开始突显出来，"唐三藏"已经成为一个佛教人物、佛教故事的典型，或说"唐三藏"故事已具有了某种代表性。

这可以说是唐三藏故事进入进化新阶段的一个重要信号，预示着唐三藏故事开始成为佛教故事的代表，开始有了代表整体佛教故事的资格。由此，在未来，唐三藏故事走向更进一步的深度进化，也就是大概率事件了！

二、"看马胡孙" 的问题

另外，在这段《南村辍耕录》的金院本名目中，在"和尚家门""唐三藏"之后仅两行，有个"秀才家门"的门类，包括"大口赋、六十八头、拂袖便去、绍运图、十二月、胡说话、风魔赋、疗丁赋、牵着骆驼、看马胡孙"。❶这些不同名称，其具体内涵值得探讨。

对于这个问题，有学者进行了考证❷，看马胡孙，大概指的是一类读书人考取了秀才，就自以为了不起的状态。类似说这些秀才，就像看马的猴子一样扬扬自得。

从"看马胡孙"这个剧目来看，"用猴子来看马"，类似于西方用犬来看羊，即所谓牧羊犬。这种说法在古代是流传较广的一种说法。钱锺书在《谈艺录》中详细谈过猴子看马的问题：

> （梅尧臣）《咏杨高品马厩猢狲》："尝闻养骐骥，辟恶系猕猴。"按《西游记》第四回美猴王"官封弼马温"，即本俗说猴能"辟马瘟"，生发出一段奇谈也。谢在杭《五杂俎》卷九："置狙于马厩，令马不疫。《西游记》谓天帝封孙行者为弼马温盖戏词也。"惜未言其渊源颇古。北宋舍宛陵此篇外，尚见《后山诗注》卷二《猴马》，小《引》云："楚州紫极宫有画沐猴振索以戏，马顿索以惊，围人不测，从后鞭之。人言沐猴宜马，而今为累。作诗以导马意。"天社注引韩鄂《四时纂要》云："常系猕猴于马房，辟恶消百病，令马不著疥。"❸

把猴子放在马圈里，可以防止马得瘟病。这一点现在看来没什么，但是在古代，尤其是在金国，马是重要的生活、生产工具，更是重要的战争工具。对于古代人来讲，"看马胡孙"是一个很现实很重要的问题。这一"用猴子看马"的观念，显然在古代流传很广，以至于作为一种民俗，很可能普通的下层人民都知晓。

---

❶　陶宗仪.南村辍耕录［M］.北京：中华书局，1959：314.

❷　杨挺.金院本"秀才家门"考［J］.四川戏剧，2016（7）.

❸　钱钟书.谈艺录［M］上海：生活·读书·新知三联书店，2008：440.

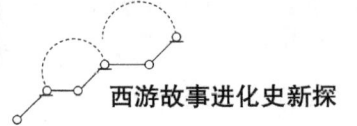

而百回本《西游记》中孙悟空官封"弼马温"的情节，就是来自这种传说。❶

要注意的是，"看马胡孙"被凝固为一个意义丰富的词语，但它的实际形态，无论作为民俗意义上的"用猴子看马"的习俗，还是动物养殖学意义上的"用猴子看马，避免马得瘟病"的药方，抑或是作为一种金院本剧目的"看马胡孙"表演形式，都让"看马胡孙"有了广泛的传播，甚至是众人皆知的传播。在这种强势传播下，因为"看马胡孙"这个词语，"猴子"与"马"本来是两种毫无联系的动物，却被紧密联系在一起了。

在西游故事进化各阶段，至少在《大唐三藏取经诗话》中猴行者就出现了，而"马"在西游故事的各阶段，都有不同形态、不同形式的存在。随着进化的深入，逐渐地"猴"与"马"就成为西游故事的核心成分。这一进化，为后来"意马心猿"概念被引入西游故事奠定了基础。有了西游故事的"意马心猿"化，才会有后来道教内丹意义上的百回本《西游记》。

此外，从全真教创始人金朝人王重阳的诗词来看，王重阳说："意马擒来莫容纵。常堤备、铦滴瑠玎。被槽头猢狲相调弄。"❷此诗句明显包含有"看马胡孙"的典故，所以不排除一种可能是王重阳受"用猴子看马"习俗的影响，另一种可能是王重阳直接受金院本剧目"看马胡孙"表演形式的影响。

如果后一种可能性成立，则可以说，金院本剧目"看马胡孙"在西游故事进化史上有着很重要的地位。因为正是金院本"看马胡孙"，让"猴"与"马"联系在一起了，为形成"意马心猿"的典故，起了一定的作用。为最终内丹道教或全真教意义上"意马心猿"化的吴承恩百回本《西游记》的出现，奠定了基础。

三、为何"唐三藏"与"看马胡孙"被放在邻近位置？

无论如何，在《南村辍耕录》的这一页中，"唐三藏"与"看马胡孙"，在位置上产生了紧密性。这就不能排除一种可能，陶宗仪这么排列，实际上是受西游故事的启发。就是说，陶宗仪已经阅读了《西游记平话》，里面就有孙悟空管马或孙悟空官封弼马温的情节。如此，则陶宗仪将"唐三藏"与"看马胡孙"放在一起，是有感而发。

当然，以上只能是一种猜测，也有可能陶宗仪完全是偶然将两者放在一起

❶ 姜荣刚."弼马温"渊源新辨——兼论中国古代猴马民俗与《西游记》小说的创作［J］.文化遗产，2019（5）.

❷ 王重阳.重阳教化集（卷三）［M］//正统道藏（第25册）.北京：文物出版社，1988：784.

的，又或者陶宗仪虽然看过《大唐三藏取经诗话》或《西游记平话》，但书中并无孙悟空管马，或孙悟空官封弼马温的情节，只是陶宗仪自己根据《西游记平话》中的猴行者的情节想到了这些。或者，这纯粹都是一种偶然相邻，不值得分析。

从笔者的学术直觉来看，很多东西看似偶然，其实往往有必然性因素在其中起作用。陶宗仪将"和尚家门：唐三藏"与"秀才家门：看马胡孙"，放在邻近的位置，应该跟西游故事有直接关系。因为，陶宗仪也对金院本不甚了解，他只是偶然得到了金院本名单，诚如他自己说的："偶得院本名目，用载于此，以资博识者之一览。"也就是说，陶宗仪也只是得到了名单，但具体内容他也不清楚。

由此，陶宗仪没有亲自观赏过"和尚家门：唐三藏"与"秀才家门：看马胡孙"，但是也许他看过《大唐三藏取经诗话》或者《西游记平话》，已经认识到唐三藏与猴行者之间的关系，故而在书中作如此记录。

总之，在金院本剧目中出现了《唐三藏》院本，表明在北方金国，在元杂剧诞生之前，西游故事已经进入了进化的新阶段，西游故事开始成为佛教故事的一个重要代表。这预示着下一阶段，即元杂剧阶段，西游故事将会有更精彩的进化。

第六节　宋元南戏《陈光蕊江流和尚》与玄奘出身故事

在徐渭《南词叙录》中著录有《江流记》，题作《陈光蕊江流和尚》，列为"宋元旧编"。但该作品早已亡佚了。今人钱南扬从《雍熙乐府》《旧编南九宫谱》等古人著作中辑佚了南戏《陈光蕊江流和尚》共38支残曲。❶赵景深根据上海历史文献图书馆藏清初内庭戏曲《江流记》，将二者进行了对勘。对勘后发现，钱南扬所辑38支南戏《陈光蕊江流和尚》残曲，被清初内庭戏曲《江流记》继承的有12支，散见于《江流记》第四、第九、第十三、第十四出中，其中第九出继承了8支。❷

从赵景深先生的对勘来看，清初内庭戏曲《江流记》对南戏《陈光蕊江流和尚》进行了很大比例的删改。38支残曲只留存了12支，这说明其删改程度可能达到一半以上。不排除在具体情节方面都进行了很大删改。因此，不能根据清初内庭戏曲《江流记》讲说玄奘出身故事，就简单推断宋元南戏《陈光蕊江流和

---

❶　钱南扬. 宋元戏文辑佚［M］. 上海：上海古典文学出版社，1956：165-172.
❷　赵景深. 陈光蕊江流和尚［M］// 赵景深文存. 上海：上海古籍出版社，2016：74.

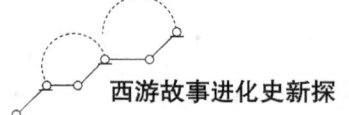
尚》也是讲说玄奘出身故事。

关于南戏《陈光蕊江流和尚》，由于只存38支残曲，现在很难确定其具体的创作年代、作者与创作背景。创作时间大概是在南宋，也不排除在元初。赵景深认为"最迟也应是明初的作品"。至于作者与创作背景，则难以测知。这里我们姑且将之放在宋代予以讨论。但本书的研究表明，《陈光蕊江流和尚》作于元代的可能性更大一些。

一、陈光蕊故事为何被附会为玄奘出身故事

玄奘是历史人物，自然有其早年经历。在唐僧取经故事的演变发展中，就存在一个如何看待玄奘早年经历的问题。因为中国传统文化中，倾向于用神迹来烘托伟人的诞生。由此，给唐僧安排一个神奇的出身，也就成为西游故事进化中的题中之意了。

万历二十年（1592），世德堂百回本《西游记》第十一回中用一段韵文讲述了唐僧的出身故事：

> 灵通本讳号金蝉，只为无心听佛讲，转托尘凡苦受磨，降生世俗遭罗网。
> 投胎落地就逢凶，未出之前临恶党。父是海州陈状元，外公总管当朝长。
> 出身命犯落江星，顺水随波逐浪泱。海岛金山有大缘，迁安和尚将他养。
> 年方十八认亲娘，特赴京都求外长。总管开山调大军，洪州剿寇诛凶党。
> 状元光蕊脱天罗，子父相逢堪贺奖。复调当今受主恩，凌烟阁上贤名响。
> 恩官不受愿为僧，洪福沙门将道访。小字江流古佛儿，法名唤做陈玄奘。❶

这里面就提到了唐僧的父亲是海州状元陈光蕊，并讲到刚出生的唐僧落水，被和尚养大。这充分证明，在万历二十年（1592）世德堂百回本《西游记》刊刻出版时，百回本的作者是知道唐僧出身故事的，这一故事就是此前流传的"陈光蕊江流和尚"的故事。换言之，在百回本《西游记》出版前，传统上"陈光蕊江流和尚"的故事就已经被当成了唐僧出身故事。世德堂百回本《西游记》的作者因为某种原因，而刻意只用一小段韵文来概括这段故事，并没有用几大段文字来展开唐僧出身故事。

---

❶ 吴承恩.西游记［M］.北京：人民文学出版社，2010：141.

百回本《西游记》不着重介绍唐僧出身故事，很可能是因为百回本《西游记》着力塑造孙悟空，用了开篇七回来讲述孙悟空从"海外学仙"到"大闹天宫"的出身故事，客观上形成了"主角孙悟空"的状况，已不适合再大段讲述唐僧出身故事，所以只能用一段韵文来介绍，只能把传统上"陈光蕊江流和尚"的故事用一段韵文概括了事。这类似于随后的回目中，又用各用一段韵文概括猪八戒与沙僧的出身故事。

要之，这证明在明代中期，"陈光蕊江流和尚"已经明确是玄奘出身故事了。此外，在可能是元末明初作品的六本二十四出的《西游记杂剧》中亦有一本专门讲唐僧的出身。但这部《西游记杂剧》也有学者怀疑是创作于明末，故而不能用《西游记杂剧》来作为证据探讨"陈光蕊江流和尚"故事的演变。

关于"陈光蕊江流和尚"故事的演变，很重要一个问题在于，"陈光蕊江流和尚"故事很可能一开始并不是在讲玄奘的出身故事，那么是什么时候，"陈光蕊江流和尚"故事被明确附会到玄奘身上？

金院本中有《唐三藏》一篇，会不会在《唐三藏》中已经把唐三藏出身故事，附会成了"陈光蕊江流和尚"？这一点无从测知。只能说有可能是，但并无证据。

这一问题，亦关涉南戏《陈光蕊江流和尚》。实则现在根据残存的南戏《陈光蕊江流和尚》的残曲，并不能完全确定在南戏阶段的"陈光蕊江流和尚"故事，就说的是玄奘故事。毕竟，在钱南扬先生辑佚的38支南戏《陈光蕊江流和尚》残曲中，没有任何一行文字能证明江流儿就是玄奘。

历史上，关于玄奘的家庭出身，在玄奘弟子所作的《大唐大慈恩寺三藏法师传》中有明确记载：

> 法师讳玄奘，俗姓陈，陈留人也。汉太丘长仲弓之后。曾祖钦，后魏上党太守。祖康，以学优仕齐，任国子博士，食邑周南，子孙因家，又为缑氏人也。父慧，英洁有雅操，早通经术，形长八尺，美眉明目，褒衣博带，好儒者之容，时人方之郭有道。性恬简，无务荣进，加属隋政衰微，遂潜心坟典。州郡频贡孝廉及司隶辟命，并辞疾不就，识者嘉焉。有四男，法师即第四子也。幼而圭璋特达，聪悟不群。年八岁，父坐于几侧，口授《孝经》。❶

---

❶ 慧立，彦悰 . 大唐大慈恩寺三藏法师传［M］. 高永旺，译注 . 北京：中华书局，2019：1.

玄奘的父亲叫陈慧，生活于隋代，生有四个儿子，玄奘是第四子。玄奘年轻时曾随着哥哥游历天下。由此来看，陈光蕊故事与玄奘根本无关，陈光蕊绝不是玄奘的父亲陈慧。玄奘也不是孤儿，到玄奘青年时期，至少还有亲哥哥在。这说明，南戏《陈光蕊江流和尚》即使确实讲的是玄奘出身故事，但它也必然是毫无根据的编造。

由故事变异的角度来看，可以认为，《陈光蕊江流和尚》所涉及故事的最初原型有一个不断附会的过程，其原型不可能一开始就是玄奘，到某个时候才被附会为玄奘故事。关键问题在于，这个附会过程发生于何时？是发生于南戏《陈光蕊江流和尚》中，还是在南戏《陈光蕊江流和尚》之前，抑或之后？

这里的实质问题在于，为什么江流儿故事会被附会成玄奘出身故事，其中的逻辑理路何在？给玄奘安排这样一个"于史无征"的离奇出身，到底是给玄奘形象增色，还是对玄奘形成了贬损？有研究者就认为，清代版本《西游记》中，给玄奘出身增加江流儿故事，就是出于道教徒对玄奘的贬损。❶ 此说不一定确切，但确实启发我们思考，到底江流儿故事是衬托玄奘的神圣，还是贬损玄奘，其中是否有更深层次的思路？是否牵扯到其他的故事类型？对此问题，在本节后面将详细论证。

二、《陈光蕊江流和尚》与玄奘故事关系的两种可能

从现在残存的南戏《陈光蕊江流和尚》38 支残曲来看，严格来说并不能确定，《陈光蕊江流和尚》就是讲的玄奘父亲的故事。因此，关于南戏《陈光蕊江流和尚》与玄奘故事的关系有两种可能：

第一种，它就是讲的玄奘出身故事，属于西游故事进化的一部分。依照此种情况，则南宋人创作这部《陈光蕊江流和尚》，从一开始就是从属于西游故事的，是西游故事的一个缘起与背景介绍。当前学术界比较倾向于这种看法，一般认为，南戏《陈光蕊江流和尚》说的就是玄奘故事。

不过笔者认为，南宋时，西游故事尚处于进化的初始阶段，恐怕没有这么大的影响力、号召力，不具备自主形成复杂的唐僧出身故事的条件。笔者认为，唐僧的出身故事，只有在唐僧西游故事发展壮大后，为了进行补充，也为了说明唐僧在西游之前的早期经历，才可能形成。也就是说，唐僧出身故事，相当于"唐僧前传"，只有在唐僧取经故事引起巨大反响后，大众才会关心"唐僧前传"。

---

❶ 竺洪波.西游考释录［M］.上海：上海文艺出版社，2017：59.

第二种，至少在南戏《陈光蕊江流和尚》中还只是陈光蕊个人故事，与玄奘毫无关联，在元代或明代的西游故事中，陈光蕊故事与玄奘故事才产生了联系。即在元代的俗文学环境中，唐僧西游故事已引起较大关注，读者希望更多地了解唐僧，于是就有人把早已定型的《陈光蕊江流和尚》的故事，附会到了唐僧身上，最终成为唐僧出身的故事。这种"附会型的故事流变"，在文学进化中是比较常见的。很多普通人的故事，在文学进化中，最终都会被附会到名人身上，以借助"光环效应"形成更大的传播声势。

当然，无论如何，至迟到百回本《西游记》刊刻的万历初期，陈光蕊的故事就已经附会到唐僧身上了。显然，其实际的发生时间，必然早于明代中后期，很可能至元代或者元末明初，这一附会过程就完成了，亦不排除在宋金时期就已如此。

由此我们可以推断：唐僧故事与《陈光蕊江流和尚》故事的合流，可能发生在唐、宋、元、明的各个阶段。第一种情况，这一合流可以发生在金院本《唐三藏》中，这一院本讲述唐僧故事，显然需要对唐僧出身有一个交代，不排除此时已附会了《陈光蕊江流和尚》故事。第二种情况，这一合流发生在宋元南戏《陈光蕊江流和尚》中。第三种情况，这一合流可能发生在明代的戏曲《江流记》中，但《江流记》已佚，难以确知。第四种情况，这一过程也有可能是发生在《西游记杂剧》中。《西游记杂剧》中已经有了整本的《陈光蕊江流和尚》故事，陈光蕊故事成了唐僧的出身故事。当然，《西游记杂剧》不能完全确定是元末明初作品，也不排除是明末人所作。总之，在万历二十年（1592）世德堂百回本《西游记》刊行之前，这一合流已经完成。陈光蕊故事与唐僧故事的附会完成后，唐僧有了一个离奇的出身，为他的取经故事添加了神异色彩。

三、《陈光蕊江流和尚》故事成分来源探析

除去与玄奘的关系部分之外，《陈光蕊江流和尚》故事还包括两个重要的文学母题，一个是江流儿故事，另一个是"水贼"故事。

"江流儿"是一个世界性的文学母题。《圣经》的摩西故事中，就已经有了江流儿故事的结构。婴儿时的摩西被装在箱子里，抛在水中："就取了一个蒲草箱，抹上石漆和石油，将孩子放在里头，把箱子搁在河边的芦荻中。"❶被法老的女儿

---

❶　见《旧约·出埃及记》第 2 章第 3 节。

救起，收为养子："法老的女儿来到河边洗澡，他的使女们在河边行走，她看见箱子在芦荻中，就打发一个婢女拿来。"（《旧约·出埃及记》）最终摩西带领以色列民族走出埃及。

摩西的故事在西方与中亚流传极广，在中国的流传是有限的。但这一故事却以另外的途径进入中国。因为这一故事亦见于《古兰经》，为《古兰经》中先知穆萨的出身故事。《古兰经》中的穆萨，就是《圣经》中的摩西。据《古兰经》第二十八章载：

> 我曾启示穆萨的母亲（说）："你应当哺乳他，当你怕他受害的时候，你把他投在河里，你不要畏惧，不要忧愁，我必定要把他送还你，我必定要任命他为使者。"法老的侍从曾拾取了他，以致他成为他们的敌人和忧患。法老、哈曼和他俩的军队，确是错误的。法老的妻子说："（这）是我和你的慰籍。你们不要杀他，也许他有利于我们，或者我们把他收为义子。"❶

考虑到元代时，有大量西域色目人进入中原，其中很多为穆斯林。不排除穆斯林将《古兰经》中的穆萨"江流儿"故事带入了中国。由此，中国的文学作品也吸收了"江流儿"故事。从这一点来看，则《陈光蕊江流和尚》更可能创作于元代，而不是南宋。

考虑到无论摩西，还是穆萨，都是宗教中的先知、圣人。这样的先知、圣人拥有一个"江流儿"故事，显然是为了突显先知、圣人的神异性。这一点放到玄奘身上，则可以判断，一开始"江流儿"故事被引入中国，就是用于衬托某些人的神圣、神异。从这个角度来看，"江流儿"故事被附会到玄奘身上，就显得顺理成章，符合逻辑了。

再看另一个问题：剥除关于"江流儿"的部分，《陈光蕊江流和尚》是个典型的"水贼"故事，水贼杀害男主人，而娶女主人为妻。类似的故事，见于多种文言小说，如《太平广记》卷一百二十一的《崔尉子》，又如《太平广记》卷一百二十二的《陈义郎》。考虑到古代戏曲往往从文言小说中吸取故事情节，这种类似的故事被改编为戏曲也就不奇怪了。这些故事之间各有变异，这是文学进化、文学因袭的常态。故事之间有同有异。如果要找一个故事与其最接近，则可以说，《陈光蕊江流和尚》故事与南宋人周密《齐东野语》中"某郡倅江行遇盗"

---

❶ 古兰经［M］.马坚，译.北京：中国社会科学出版社，1981.

故事最接近。❶

　　这一类"水贼"故事中最著名的是中唐作家李公佐所写《谢小娥传》。故事讲谢小娥的父亲、丈夫在船上为水贼所杀，谢小娥等人被水贼打伤后推入水中，谢小娥侥幸被别的船救起，"因流转乞食至上元县，依妙果寺尼净悟之室"，经历苦难，最终手刃仇人。至少在"水贼"这个主题上，《陈光蕊江流和尚》吸收了《谢小娥传》中一定的文学基因，但作了很大改变。其实仔细分析之后，会发现改变并不大，只要假设水贼杀死谢小娥的父亲和丈夫之后，抓获了谢小娥，并逼娶谢小娥为妻，则整个陈光蕊故事就成形了。

　　而且很有意思的是，《谢小娥传》中谢小娥一度逃难进入尼姑庵，手刃仇人后出家为尼。而在陈光蕊故事中，顺流而下的婴儿也被和尚救起，从小出家。仅从这一"痕迹"来看，笔者认为，《陈光蕊江流和尚》故事很可能是从《谢小娥传》中进行了大量的文学基因因袭。

　　《陈光蕊江流和尚》的故事，明显是组合各种文学基因而编造出来的，存在大量的附会。首先，确实不能排除一种可能性：也许南戏《陈光蕊江流和尚》说的并不是玄奘出身故事，只是后来才附会到玄奘身上。其次，考虑到《古兰经》中也有"江流儿"故事，这启示我们，可能南戏《陈光蕊江流和尚》是创作于元代，参考了元代穆斯林关于"江流儿"的传说。这种参考主要是为了衬托玄奘的神异性，类似于基督教中的"江流儿"先知摩西、伊斯兰教中的"江流儿"先知穆萨。

---

❶　石昌渝.中国小说源流论［M］.上海：三联书店，2015：340.

元前动物故事进化史与《西游记》

中国古代的动物故事，有着漫长的发展流变过程，这一流变过程很多时候有着鲜明的进化倾向，形成了一些总体的特点。从中国古代动物故事的进化结果来看，其进化的经典成果便凝结在了几部作品中。一部是《西游记》，是以猴、猪、龙、马为中心的故事；一部是《白蛇传》，是以蛇为中心的故事；一部是《聊斋志异》，主要是狐狸的故事，分布于短篇之中。❶

这几部动物故事作品，以百回本《西游记》形成最早，且体系最为宏大，堪称是中国古代动物故事的集大成者。所以，《西游记》成形的元明时期，实则就是中国古代动物故事进化史的一个重要时间节点。在《西游记》形成之前的很长一段时间，中国动物故事以零散、杂乱的形式在缓慢进化。虽然也形成了一定的作品，但处于经典地位的作品几乎没有。

在百回本《西游记》成形之前，中国的动物故事未能在文学领域独树一帜。直到《西游记》的形成，中国动物故事迎来了一个发展高峰。由此来说，中国古代的动物故事虽然是很大一个类别，其内部虽有复杂多变的样式，但西游故事应该是我们研究的核心，因为西游故事是整个中国动物故事进化史的一个里程碑。因此，我们应该要着重梳理清楚西游故事与古代动物故事合流的过程。这包括三个方面的探析：

第一，为何西游故事会与动物故事结合起来。西游故事毕竟是人的故事，为何最终会与动物故事合流，其原因何在？这其中是否真有印度神猴哈奴曼的直接影响？又或者与玄奘事迹中在莫贺延碛迷路，濒临渴死的玄奘为识途老马所救有关？

第二，为何西游故事会与猴、猪、马等特定的动物结合起来。这其中是否有一些值得注意的理路存在？或者说猴与佛教、猴与僧人的联系，是不是有某种内在的必然性？其他各类动物故事之间，是否也有一些必然的联系、互相的牵扯？

第三，从动物故事进化的角度，必须聚焦于古代动物故事的文学基因，探究

---

❶ 李剑国.中国狐文化［M］.北京：人民文学出版社，2003.

这些文学基因如何逐渐融入西游故事中，又是如何发生的变异。尤其要分析清楚，西游所涉动物故事中所包含的明显的前代动物故事文学基因，即分析清楚前代的动物故事，如何深刻影响与塑造《西游记》等西游作品中动物故事的进化方向、进化程度。

而探讨这些问题，必须要注意时间节点的把握。与西游故事有关的动物故事进化史，一个重要节点是在元代。在宋元之际，唐僧西游故事中开始掺入动物故事元素。在《大唐三藏取经诗话》中，出现了猴行者，该作品中又涉及狮子故事、蛇故事、龙故事、鱼故事。虽然学术界对这个作品的产生年代尚有一定争议，但"成于南宋"说是主流。认为该作品成于宋末元初，大体是对的。由此可见，元代之前的动物故事进化状况，尤其是宋代动物故事进化状况，是西游故事孕育之前的整体环境。而环境往往会深刻塑造进化的方方面面。

换言之，元代及元代之前的动物故事，孕育了西游故事，并从多方面规定了西游故事的进化方向。元代之前的动物故事的诸多特点、特质，最终被汇集进入西游故事。西游故事中某些动物故事特质，源于元前动物故事，是元前动物故事的直接或间接产物。因此，我们要集中探讨元前动物故事进化史，尤其是与百回本《西游记》相关的动物故事进化问题。

而从百回本《西游记》创作者的角度来说，其作者在主观上有创作一部"动物故事集大成之作"的倾向，即《西游记》的作者试图把所有的动物，都凝聚在一部作品中，形成一部关于中国动物故事的集大成式的作品。所以以各种动物为原型创作的神兽、妖怪、精灵，以及神仙的坐骑、仙兽等，在小说中先后登场。作为主角的猴、猪、龙、马且不说，作为配角间次出场的，如二郎神的黄犬、成家生子的牛魔王、普贤菩萨的白象、文殊菩萨的青狮、与如来佛祖有关的大鹏、成精的老鼠、下凡的玉兔、成精的蜘蛛等。各种动物在《西游记》中的出现，绝不是偶然的，显然是由《西游记》作者在主观上的创作倾向所致。因此可以说，动物故事的固有形态正决定了百回本《西游记》的诸多形态。由此，理解《西游记》的各种问题的一大关键，正在于解析动物故事的聚集，亦正在于理清中国古代的特别是元代之前的动物故事发展史。

第一节　中国动物故事进化史概说

西方的动物故事起源很早，如古希腊的伊索寓言，中世纪法国的列那狐故事。这一点，中国亦是如此，中国亦有源远流长的动物故事发展史。

中国动物故事的发展，很可能始于原始社会中期，因为从大量的出土陶器中，能看到一些涉及动物的纹样。这种涉及动物的纹样，显然应该有一种文化上的阐释。至少说明原始社会的人们，已经会流传一些动物故事。到春秋战国时期，随着社会文化的蓬勃发展，中国的动物故事开始展现出明显的深入发展态势。至秦汉魏晋，动物故事进一步往妖异方向发展。这一点与西方动物故事偏于童话、寓言有很大不同。

西晋张华（前232—300）《博物志》一书的卷三就收录了大量动物故事，如"蜀中西南高山猴玃盗取妇人"的故事、"落头虫"的虫故事、"常山之蛇"的蛇故事。而且，《博物志》一书已经有较明显的动物故事"分门别类"的倾向。

南朝宋时人刘敬叔撰有《异苑》一书，从书名来看就是关于妖异的故事。该书十卷，为历代多种书目所著录，今传本为明代胡震亨据宋抄本刊刻，虽有学者怀疑并非原本，但以《四库全书总目提要》为代表的主流意见认为，"核其大致，尚为完整"，即我们现在看到的版本接近于原本。❶ 仔细核对该书，会发现该书的绝大部分为动物故事。卷三、卷四、卷八、卷九中的故事都是专门的动物故事，涉及犬、虎、龙、蛇、鼠、龟等。譬如卷八中的《殷琅》篇就是讲一只蜘蛛精迷惑殷琅：

> 陈郡殷家养子名琅，与一婢结好。经年婢死，后犹往来不绝，心绪昏错。其母深察焉。后夕见大蜘蛛，形如斗样，缘床就琅，便燕尔怡悦。母取而杀之，琅性理遂复。❷

此故事具备后世"狐妖鬼魅"故事的基本特征。《异苑》其他各卷中很多故事主体并非动物故事，但往往在篇中会提到动物，则该故事亦与动物有关。由此，我们可以判断，南朝刘宋刘敬叔的《异苑》一书，是中国较早的动物故事集。

到北宋初成书的《太平广记》，收录北宋之前各时代的文言小说，共有500卷，其中专门的动物故事达60卷，且分门别类：龙故事、虎故事、狐故事、蛇故事、禽鸟故事、水族故事、昆虫故事等。其中绝大部分动物故事，都涉及志怪、妖异，情节往往很离奇。不管内容如何，从总体来看，这至少说明，最晚到《太平广记》成书时期，中国的动物故事已经成为文学领域不可忽视的一个故事

---

❶ 石昌渝.中国古代小说总目·文言卷［M］.太原：山西教育出版社，2004：602.见该书中"《异苑》条"，该条目为李剑国教授撰写。

❷ 刘敬叔.异苑［M］//拾遗记（外二种）.上海：上海古籍出版社，2012：156.

大类。最晚到北宋初期，中国的动物故事已经具有某种独立性。从中国动物故事的庞杂内容中，进化出相应的文学经典，已经只是时间问题了。

从发育、发展程度看，《太平广记》中的动物故事，还处于进化的中间阶段，尚未形成"经典化的动物故事"。但是到明清时期，动物故事完成了其经典化历程。猴故事、猪故事在《西游记》中完成了其经典进化，蛇故事在《白蛇传》中完成了其经典进化，虎故事在《水浒传》中完成了其经典进化。纵观中国动物故事的进化历程，有一些重要的问题值得探究。

一、中国动物故事的官方文化特性

中国的动物故事，往往与官方文化，甚至官方意识形态有关。中国动物故事的妖异化，往往也是因为涉及政治问题、政治人物，以至于动物故事本身被视为带有预言、谶语的特性。理解中国动物故事的发展，必须先从官方文化，从主流文化、正统文化的角度来考察。

《诗经》是儒家的五经之一，是古代科举考试的必考经典。而在《诗经》中就有大量内容涉及动物。据统计，《诗经》中提到鸟43种，兽40种，虫名37种，鱼16种，共136种。❶ 所以孔子曾说，读《诗经》可以"多识于鸟兽草木之名"。《诗经》的很多记载，为中国动物故事的进化奠定了坚实的基础，因为《诗经》是古代知识分子的必读之书，其中对动物的诸多记载，会深刻影响时人对动物的认知，同时由于《诗经》的"经书"性质，也会使动物故事带有很强的正统文化特征。

再从西游故事进化史的角度来说，《诗经》中谈到动物的篇章，亦有值得特别注意的，比如《诗经·小雅·角弓》：

> 老马反为驹，不顾其后。如食宜饇，如酌孔取。
> 毋教猱升木，如涂涂附。君子有徽猷，小人与属。

这里提到了马与猴。这说明，在中国动物故事中，"马"与"猴"很早就被联系起来了。后来的历史证明，"马"与"猴"的关系是西游故事进化的关键，自古流传的"心猿意马"之说逐渐奠定了西游故事的进化方向。

---

❶　黄希龄.《诗经》记载的动植物［J］.植物杂志，1981（2）.

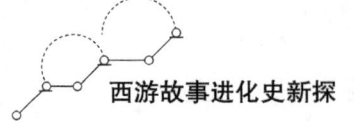

从主流文化、正统文化的角度，在先秦，在唐宋，都有一些动物故事，与国家政权有关，获得极大的社会关注，塑造了全社会对动物故事的接受视野。这样的故事有很多，典型的如精卫填海。这一故事最早见于《山海经·北山经》：

> 又北二百里，曰发鸠之山，其上多柘木。有鸟焉，其状如乌，文首、白喙、赤足，名曰精卫，其鸣自詨。是炎帝之少女名曰女娃，女娃游于东海，溺而不返，故为精卫。常衔西山之木石，以堙于东海。漳水出焉，东流注于河。

这一故事后来又见于《博物志》等多种文言小说，秦汉以后为大量文人所演绎。如陶渊明的诗《读山海经十三首》中有："精卫衔微木，将以填沧海。刑天舞干戚，猛志固常在。"

精卫故事有一个核心要素，就是人死后变成了一种鸟。后来又演化出"望帝变杜鹃"的故事。唐人李商隐诗有所谓"望帝春心托杜鹃"。事见《华阳国志·蜀志》："杜宇称帝，号曰望帝……其相开明，决玉垒山以除水害，帝遂委以政事，法尧舜禅授之义，遂禅位于开明。帝升西山隐焉。时适二月，子鹃鸟鸣，故蜀人悲子鹃鸟鸣也。"子鹃即杜鹃，又名子规。传说蜀国的杜宇帝因水灾让位于自己的臣子，而自己则隐归山林，死后化为杜鹃，日夜悲鸣。

无论是"精卫填海"，还是"望帝变杜鹃"都与帝王有关。这表明，中国的动物故事，很早就与官方文化、正统文化联系在一起了。这一点正是理解中国动物故事的一个基本视角。这一点也让中国动物故事，呈现出与西方动物故事童话化、寓言化不同的特征。虽然《庄子》中的动物故事，也往往有寓言特征，然而中国动物故事的最大特点，还是它的官方文化特征、正统文化特征。

二、生肖、星宿与动物的搭配

在动物故事进化史中，一个较重要的节点是十二生肖的出现和发展。据考古发现，早在先秦时代，就有较完整的十二生肖系统。后来十二地支就与十二生肖结合起来了，至东汉王充《论衡》已有全面的论述：

> 寅木也，其禽虎也；戌土也，其禽犬也；丑未亦土也，丑禽牛，未禽羊也。木胜土，故犬与牛羊为虎所服也。亥水也，其禽豕也；巳火也，其禽蛇也；子亦水也，其禽鼠也；午亦火也，其禽马也……午马也，子鼠也，酉鸡

也，卯兔也。水胜火，鼠何不逐马？金胜木，鸡何不啄兔？亥豕也，未羊
也，丑牛也。土胜水，牛羊何不杀豕？巳蛇也，申猴也。火胜金，蛇何不食
猕猴？

十二生肖与天干地支的搭配，是中国动物故事发展中的一个重要里程碑。从此，
十二生肖进入传统的命理之术，与每个人的命运联系起来了。每个人都有一个动
物属相，动物属相的特性与其人的性格，亦被认为有重要的联系。如属龙的人，
被认为聪明；属猪的人，被认为懒惰；属虎的人，被认为刚烈。这些看法虽没有
科学根据，但在古代乃至现当代的亚文化中，都是有很大影响力的。这是中国人
的一种传统的民俗，亦是一种流传极广的命运与人性观。

　　《西游记》故事虽然没有提到生肖属相的问题，但还是能看到一些隐约的影
响。如书中，孙悟空体现了猴的精明，猪八戒体现了猪的懒惰。这种倾向性的观
点，显然是从传统十二生肖理论所形成的大众观点中引申出来的。

　　在天干地支与十二生肖的搭配之外，更有二十八宿与动物的搭配。初唐五行
家袁天罡将二十八宿与各种动物的名字搭配在一起，这当然受到了传统的十二生
肖的影响。这一搭配方式在《西游记》中有了用武之地。《西游记》第六十五回
提到：

　　　　亢金龙、女土蝠、房日兔、心月狐、尾火虎、箕水豹、斗木獬、牛金
牛、氐土貉、虚日鼠、危月燕、室火猪、壁水貐、奎木狼、娄金狗、胃土
彘、昴日鸡、毕月乌、觜火猴、参水猿、井木犴、鬼金羊、柳土獐、星日
马、张月鹿、翼火蛇、轸水蚓，领着金头揭谛、银头揭谛、六甲、六丁等
神、护教伽蓝，同八戒沙僧，不领唐三藏，丢了白龙马，各执兵器，一拥
而上。

二十八宿在《西游记》中起到了不小的作用。《西游记》第六十五、第九十二回
等回中，都依靠了二十八宿，悟空一行才能战胜妖魔。

三、《西游记》动物故事与传统动物故事的同异

　　在成于北宋初，总卷数达 500 卷的《太平广记》中，专门的动物故事有近
六十卷，其中龙故事有八卷，虎故事有六卷，狐故事有九卷，蛇故事有四卷，禽

鸟故事有四卷，水族故事有九卷，昆虫故事有四卷。这还不包括分散在其他卷，但亦涉及动物的故事。

仅从《太平广记》动物故事数量统计的角度，似乎可以得出结论：中国古代的动物故事以龙、虎、狐、蛇、禽鸟、昆虫为主要代表。后来的文学进化史，确实也符合这个大体的统计规律，从龙的故事中进化出了哪吒闹海的故事，从虎故事中孕育出了武松打虎的故事，从狐故事中孕育出了《聊斋志异》中的诸多篇章，从蛇故事中进化出了《白蛇传》故事。这些故事都是中国文学史上当之无愧的文学经典，它们直到当前都活跃在中国的文学、影视舞台上。

这也雄辩地说明，文学进化中确实包含有一种深刻的统计规律：文学基因数量与优秀作品的孕育之间有正相关关系。数量上占多数的文学基因类别，往往更容易孕育出更好的作品；数量上有限或不够的文学基因，孕育出好作品的概率则更低。更大样本的基因库、更大的基因数量、更多变异的基因，就更容易进化出更好的下一代作品。因为从作家的角度来说，可选择的基因更多，可选择的故事发展方向更多，创作出更优秀作品的概率当然就更大。可见，数量上占优势的龙、虎、狐、蛇故事最终孕育出广受欢迎的文学经典，这是文学进化的必然结果。

不过，将以上理论与《西游记》故事相对照，会发现一个问题：《西游记》虽然有龙故事的成分，但占主体的则是猴故事、猪故事，尤其是猴故事。但客观来说，从数量上看，猴故事并非中国动物故事的前几名。当然也要看到，在《西游记》诞生之前，猴故事虽然数量不多，但已经有了若干较为著名的作品，如唐代传奇《补江总白猿传》。

这说明，《西游记》的猴故事，有符合中国古代动物故事总体统计特征的一面，但亦有其独特的一面。这也说明不能光看数量，数量虽是很重要的参考标准，但质量也是极为重要的。这一数量与质量的辩证关系，在诸多事物发展中都是有深刻体现的。正如军事谚语云："兵不在多，而在精"，就是说很多时候质量比数量更重要。

因此，不能光从猴故事的数量来看待这一问题。也许更应该从文化意义——猴所具有的文化意义，来考察猴故事的进化。尤其是考察《西游记》中猴故事的独特文化意蕴。实际上在笔者看来，更应该注意的是，全真教中"心猿意马"概念促成的对猴故事进化历程的极大推动。此一点后几章会详谈。

第二节　元代以前猿猴故事进化史

在百回本《西游记》中，孙悟空有时候被称为"猴王""美猴王""神猴"，有时候又被称为"石匣中老猿"（第十五回）、"仙猿"（第一回）、"妖猴"（第五回），因此，孙悟空形象展现出与中国传统猿猴故事深刻的"血缘关系"。厘清中国传统猿猴故事的发展进化脉络，对于理解孙悟空形象的生成、演化都非常有益。

中国古代猿猴故事源远流长。《诗经》中即有"毋教猱升木，如涂涂附。君子有微猷，小人与属"，意谓不要教猴子爬树。《庄子》中有给猴子喂食的"朝三暮四"的故事。《诗经》《庄子》等先秦典籍中的猴故事，很深刻地塑造了中国猴故事的发展状况。而略去一些细节问题，概其紧要，则总体来说，中国古代的猿猴故事，形成了若干个主流的发展倾向与特点，最终形成了四大主流的进化方向：一是猿猴的人化，强调猴子类似人或近于人的方面；二是猿猴的妖化，讲猿猴修炼成妖，强调猴子的妖的一面；三是猿猴的"性淫"，猴子有骚扰女性的一面；四是仙猿化，猿猴成为佛道仙家的瑞兽。

具体到百回本《西游记》中孙悟空形象的进化，则主要采纳了妖化与仙猿化这两大进化传统。一方面，大闹天宫时期的孙悟空是以叛逆、邪恶的妖猴的形象示人；另一方面，在孙悟空的早期修炼与西天取经时期，孙悟空则是典型的"仙猿形象"。可具体来分析。

一、猿猴的人化

从生物属性来说，猿猴与人类是比较接近的。先秦古籍中对此已有一定的认识与描述。《庄子·齐物论》中有一则关于猿猴的故事，即成语"朝三暮四"的故事：

> 宋有狙公者，爱狙，养之成群，能解狙之意；狙亦得公之心。损其家口，充狙之欲。俄而匮焉，将限其食，恐众狙之不训于己也。先诳之曰："与若芧，朝三而暮四，足乎？"众狙皆起怒。俄而曰："与若芧，朝四而暮三，足乎？"众狙皆伏而喜。

这则故事，虽是一则寓言，但其实有很强的现实性。20 世纪以来，科学界对大

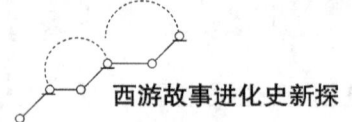

猩猩与猴子的研究表明，大猩猩是人类的近亲，与人类的 DNA 有很大的相似度。大猩猩在动物中的智商比较高，一般的猿猴智商也较高。现代心理学家的研究表明，一些大猩猩能够认识人类的语言。有个别大猩猩经过长期训练，甚至能够用英语造句子，用英语表达自己的感受。如"想要吃苹果"之类的简单句子，大猩猩能够用手语或敲击计算机键盘进行表达。❶

在《庄子·齐物论》这则故事中，养猴人能够与猴子交流，在食物分配上，养猴人与猴子达成某种共识。猴子能够知道三与四的区别。这一点在现代动物心理学研究中，已经被证实了。在这则故事中，猴子与养猴人能够交流，猴子与人已有很强的趋近性。这一类的故事为猿猴的人化奠定了基础。

关于猴的人化，最早是出自《史记》的成语"沐猴而冠"。语见司马迁《史记·项羽本纪第七》：

> 人或说项王曰："关中阻山河四塞，地肥饶，可都以霸。"项王见秦宫皆以烧残破，又心怀思欲东归，曰："富贵不归故乡，如衣绣夜行，谁知之者！"说者曰："人言楚人'沐猴而冠'耳，果然。"项王闻之，烹说者。

此处指给猴子洗澡后，穿上人的衣服、帽子，像人一样。"沐猴而冠"的典故流传很广，把猴比拟为人，成了中国文化的一大传统。

到唐代，因唐昭宗喜欢看猴戏，耍猴艺人让猴子穿着绯红的官袍，做各种动作，时人称之为："孙供奉"。北宋人毕仲询的笔记《幕府燕闲录》载："唐昭宗播迁，随驾伎艺人止有弄猴者。猴颇驯，能随班起居。昭宗赐以绯袍，号孙供奉。故罗隐有诗。"罗隐的诗为《感弄猴人赐朱绂》："十二三年就试期，五湖烟月奈相违。何如学取孙供奉，一笑君王便著绯。"诗中对士人不被重用，猴子被赐以绯袍表示了不满。

这只被称为"孙供奉"的猴子，后来又引发了另一段故事。还是《幕府燕闲录》载：

> 朱梁篡位，取此猴，令殿下起居。猴望见全忠，径趋其前，跳跃奋击，遂被杀。

---

❶ 丹尼尔·夏克特，丹尼尔·吉尔伯特，等．心理学（第三版）［M］．上海：华东师范大学出版社，2013：452.

这只猴子大概是"认生"，在朱温前跳跃，引发朱温的烦躁，遂杀之。这只名为"孙供奉"的猴子的人化倾向很强了。后来的孙悟空形象性格中，其实亦有少量"孙供奉"的影子。

二、猿猴的妖化

动物成精怪的故事，是古代动物故事的主流。各种各样的动物都可以成精，古代亦有大量猿猴成精的故事。查考相关文献可发现，元前故事史上有大量猿猴成妖怪的故事，这实则是猿猴故事进化中的一大主流方向。如《太平广记》中所收的晚唐裴铏《传奇》中"孙恪"篇，讲一老僧收养一猕猴，猕猴修炼成精，化为一女子，嫁予孙恪，并育有二子。❶类似的故事，再如唐传奇作品《补江总白猿转》。从这一类故事的发展状况来看，至少到唐代，猿猴成精的故事就已经较为成熟。在这一类故事的基础上，演化出《大唐三藏取经诗话》中的猴行者，已经是水到渠成。

在与猴行者、孙悟空形象有关联的古代猴故事中，最重要的是中唐传奇作家李公佐的《古岳渎经》，篇中提到猿猴状的淮水水妖无支祁：

> 杨告公佐云："永泰中，李汤任楚州刺史时，有渔人，夜钓于龟山之下。其钓因物所制，不复出。渔者健水，疾沉于下五十丈。见大铁锁，盘绕山足，寻不知极。遂告汤。汤命渔人及能水者数十，获其锁。力莫能制，加以牛五十余头，锁乃振动，稍稍就岸。时无风涛，惊浪翻涌。观者大骇。锁之未见一兽，状有如猿，白首长鬐，雪牙金爪，阔然上岸。高五丈许，蹲踞之状若猿猴。但两目不能开，兀若昏昧。目鼻水流如泉，涎沫腥秽，人不可近。久乃引颈伸欠，双目忽开，光彩若电。顾视人马，欲发狂怒。观者奔走。兽亦徐徐引锁拽牛入水去，竟不复出。"……至九年春，公佐访古东吴，从太守元公锡泛洞庭、登包山，宿道者周焦君庐。入灵洞，探仙书。石穴间得古《岳渎经》第八卷，文字古奇，编次蠢毁，不能解。公佐与焦君共详读之："禹理水，三至桐柏山，惊风走雷，石号木鸣，五伯拥川，天老肃兵，不能兴。禹怒，召集百灵，搜命夔龙。桐柏千君长稽首请命。禹因囚鸿蒙氏、章商氏、兜卢氏、犁娄氏。乃获淮涡水神，名无支祁。善应对言语，辨

---

❶　裴铏. 传奇［M］. 上海：上海古籍出版社，1980：96.

江淮之浅深，原隔之远近。形若猿猴，缩鼻高额，青躯白首，金目雪牙。颈伸百尺，力逾九象，搏击腾踔疾奔，轻利倏忽，闻视不可久。禹授之章律，不能制。"❶

李公佐作有《谢小娥传》，后曾被编入《新唐书》，他善于用一种写实的方式来叙述。如果李公佐所叙不假，则当时关于"猿猴水妖无支祁"的故事已开始流传。无支祁与后来的孙悟空形象已较为接近，区别只在于，孙悟空有七十二变，而无支祁不善变化。实际上在一些西游故事的不同阶段作品中，就有作者认为，孙悟空形象与无支祁有联系。在可能为元末明初作品的《西游记杂剧》第十出中，山神形容孙悟空时，就说："他是骊山老母兄弟，巫支祁是姊妹。"

此外还值得注意的是，晚唐人段成式《酉阳杂俎》中的多则猴故事，尤其是见于卷十六"广动植之一"的这两则：

狠狚，蜀西南高山上有物如猴状，长七尺，名狠狚，一曰马化。好窃人妻，多时形皆类之，尽姓杨，蜀中姓杨者往往玃爪。

狒狒，饮其血可以见鬼。力负千斤，笑辄上吻掩额，状如猕猴，作人言，如鸟声，能知生死。血可染绯，发可为髲。旧说反踵，猎者言无膝，睡常倚物。宋建武高城郡进雌雄二头。❷

第一则讲"狠狚，一曰马化"，是段成式从西晋张华《博物志》一书卷三中摘录过来的❸，且只摘录一部分。第二则故事未知来源。有意思的是，从《酉阳杂俎》一书的排版来看，这两则故事都位于该书卷十六的最末尾。前一则是倒数第四则故事，后一则是倒数第三则故事。倒数第二则只有一行话。更值得琢磨的是，倒数第一则故事是一则唐僧的故事"僧玄奘至西域，大雪山高岭下有一村养羊，大如驴"。可以认为，在《酉阳杂俎》中的这一卷的这一页，实则是唐僧故事与猴故事，最早出现"接近与关联状况"。笔者认为，不能排除，西游故事进化某个阶段的作者从阅读《酉阳杂俎》的这一页，受到了启发，看到将猴故事与玄奘西游故事联系起来的可能性，获得了一种文学灵感。当然，这只是笔者的猜测，并无实在证据。

❶ 鲁迅.唐宋传奇集［M］//鲁迅全集（第十卷）.北京：同心出版社，2014：149.

❷ 段成式.酉阳杂俎［M］.上海：上海古籍出版社，2012：99.

❸ 张华.博物志全译［M］.祝鸿杰，译注.贵阳：贵州人民出版社，1992：70.

再如，南宋人洪迈《夷坚志》中的"夷坚甲志"卷六"宗演去猴妖"：

> 福州永福县能仁寺护山林神，乃生缚猕猴，以泥裹塑，谓之猴王。岁月滋久，遂为居民妖祟。寺当福泉南剑兴化四郡界，村俗怖闻其名，遭之者初作大寒热，渐病狂不食，缘篱升木，自投于地，往往致死，小儿被害尤甚。于是祠者益众，祭血未尝一日干也，祭之不瘥，则召巫觋乘夜至寺前，鸣锣吹角，目曰取摄，寺众闻之，亦撞钟击鼓与相应，言助神战，邪习日甚，莫之或改，长老宗演闻而叹曰，汝可谓至苦，其杀汝者既受报，而汝横淫及平人，积业转深，何时可脱，为诵梵语大悲咒资度之，是夜独坐，见妇人人身猴足，血污左腋，下旁一小猴，腰闲铁索絷两手，抱?女再拜于前，曰：弟子猴王也，久抱沉冤之痛，今赖法力，得解脱生天，故来致谢，复乞解小猴索，演从之，且说偈曰："猴王久受幽沉苦，法力冥资得上天，须信自心元是佛，灵光洞耀没中边"。听偈已，又拜而稳。明日启其堂，施锁三重，盖顷年曾为巫者射中左腋，以是常深闭，猴负小女如所睹，乃碎之，并部从三十余躯，亦皆乌鸢枭鸱之类所为也，投之溪流，其怪遂绝。❶

在这个故事中，出现了"猴王"的概念。且出现了"猴王长期被缚，最终得以解脱"，这近于《西游记》中孙悟空被压在五行山下五百年的情节。由于洪迈《夷坚志》对于南宋说书人有广泛影响，所以不排除洪迈的这则故事，在西游故事进化史上起到过某种重要作用。

更值得注意的是，吴承恩在《禹鼎志序》提到："彼老洪竭泽而渔，积为工课，亦奚取奇情哉？"所谓的"老洪"显然是指洪迈。由此可见，吴承恩受洪迈《夷坚志》的影响较大。对于《夷坚志》中的一些与《西游记》有关的故事，我们都应该引起高度重视。例如，钱锺书先生在《谈艺录》中便提到三条来自《夷坚志》的材料，这些材料都是说把猴子放在马厩，"好养马，常蓄猕猴于外厩，俗云与马性相宜"❷。这可能对吴承恩《西游记》第四回弼马温的情节有直接影响。

---

❶ 洪迈.夷坚志［M］.北京：北京燕山出版社，1997：91.

❷ 钱钟书.谈艺录［M］.上海：生活·读书·新知三联书店，2008：440.

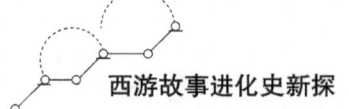

三、猿猴的性淫

因为人与猴基因的相近性，所以会呈现猴子、猩猩骚扰人类女性的情况。从一些新闻报道来看，猴子能够识别人类的女性，并有拉扯女性衣服的行为。

中国古代的猴故事中亦有大量猴子性淫的故事。汉代焦延寿《易林·坤之剥》记载"南山大玃，盗我媚妾。怯不敢逐，退而独宿。"西晋张华《博物志》卷三载有蜀中西南高山猴玃窃妇人并生子的故事：

> 蜀中西南高山上，有物如猕猴，长七尺，能人行，健走，名曰猴玃，一名马化，或曰猳玃。伺行道妇女有好者，辄盗之以去，人不得知。行者或每经过其旁，皆以长绳相引，然故不免。此物能别男女气臭，故取女不取男也。取去为室家。其年少者终身不得还，十年之后，形皆类之。意亦迷惑，不复思归。有子者，辄俱送还其家，产子皆如人。有不食养者，其母辄死，故无敢不养也。及长，与人无异。皆以杨为姓，故今蜀中西界多谓杨，率皆猳玃、马化之子孙，大约皆有玃爪者也。❶

此故事已然把猿猴故事往男女方向发展。东晋干宝《搜神记》卷一、卷二亦载类似故事。类似的还有，南朝宋刘敬叔撰《异苑》卷八中"牝猴"（母猴）成妖变作女子迷惑男子的故事。此外，陶潜《搜神后记》中的"丁零王猕猴"故事，亦非常典型：

> 太元中，丁零王翟钊，后宫养一猕猴，在妓女房前。前后妓女同时怀妊，各产子三头，出便跳跃。钊方知是猴所为，乃杀猴及十子，六妓同时号哭。钊问之，云："初见一年少，着黄练单衣，白纱恰，甚可爱，语笑如人。"❷

此故事中较为典型地出现了"猴精致女子怀孕"的情节。受这一类故事的直接影响，后来唐传奇中产生了著名作品《补江总白猿传》：

---

❶ 张华.博物志全译［M］.祝鸿杰，译注.贵阳：贵州人民出版社，1992：70.

❷ 干宝，陶潜.搜神记辑校·搜神后记辑校［M］.李剑国，辑校.北京：中华书局，2019：525.

梁大同未，遣平南将军蔺钦南征，至桂林，破李师古、陈彻。别将欧阳
纥！"略地至长乐，悉平诸洞，罙入深阻。屹妻纤白，甚美。其部人曰："将
军何为挈丽入经此？地有神，善窃少女，而美者尤所难免，宜谨护之。"屹
甚疑惧，夜勒兵环甚庐，匿妇密室中，谨闭甚固，而以女奴十余伺守之。尔
夕，阴风晦黑，至五更，寂然无闻。守者怠而假寐，忽若有物惊悟者，即
已失妻矣。关扃如故，莫知所出……搜其藏，宝器丰积，珍馐盈品，罗列案
几。凡人世所珍，靡不充备。名香数斛，宝剑一双。妇人三十辈皆绝其色，
久者至十年。云："色衰必被提去，莫知所置。又捕采唯止其身，更无党类。
旦盥洗，著帽，加白抬，被素罗衣，不知寒暑。遍身白毛，长数寸。所居常
读木简，字若符篆，了不可识。已，则置石蹬下。晴昼或舞双剑，环身电
飞，光圆若月。其饮食无常，喜啖果粟。尤嗜犬，咀而饮其血。日始逾午即
倏然而逝，半昼往返数千里，及晚必归，此其常也。所须无不立得。夜就诸
床嬲戏，一夕皆周，未尝寐。"言语淹详，华旨会利。然其状即猳玃类也。❶

《补江总白猿传》中的猿猴，离孙悟空的形象，已经很接近了。胡适等人认
为，孙悟空形象有很强的印度神猴哈奴曼的影子。但是从《补江总白猿传》来
看，该小说中的白猿，略加文学剪裁，就可以构成西游故事中的猴行者形象。

在洪迈《夷坚志》的"夷坚丙志"卷六，有一则"孙拱家猴"，讲的是猴子
骚扰女性的故事：

秀州魏塘镇孙拱家，养一猴数年矣，拱妻顾氏，尝晚步门外桥上，呼小
童牵至前，猴趋挽顾衣，为欲淫之状，顾怒，命仆痛棰之数十，遂归。迨
夜，闻室内朒椶，动摇有声，谓盗至，起觇之，忽两毛手自牖执其臂，惊悸
大叫，随即什绝。家人闻之尽起，张灯出视，正见猴踞于外，犹坚持臂不肯
释，击以杖乃退。顾昏然不知人，抉齿灌药，扶救竟夕乃苏，方事急时，不
暇缚猴，猴得脱走，登木跳踉不可奈，孙氏集其邻，绕村追蹑，射杀之，凡
三日乃定。❷

在这则故事中，猴子试图骚扰顾氏，被痛打，至深夜依然试图打开窗户来骚

---

❶　程国赋.唐宋传奇［M］.南京：凤凰出版社，2011：8.

❷　洪迈.夷坚志［M］.北京：北京燕山出版社，1997：772.

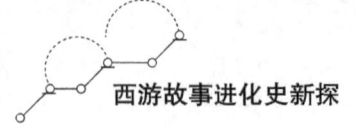

扰。这则故事带有很大的写实性。

四、猿猴作为佛道仙家的瑞兽

猴故事的自身进化，另一重要方向则是作为佛道仙家的瑞兽。《西游记》中孙悟空形象明显就吸收了大量传统仙猿故事的文学基因，受到传统的"听经猿"与"修炼猿"故事的影响。甚至可以说，孙悟空是在传统"仙猿"故事的基础上进化而来的。对此，张锦池已有一定论述 ❶，但还有一些问题未涉及，这里我们进行适当补充。

作为佛道仙家瑞兽的猿猴，是与作为妖精、妖怪的猿猴相对而言的。作为妖精、妖怪的猿猴更强调猿猴的缺点、危害，而作为佛道仙家瑞兽的猿猴则主要从其优点的方面来展现。总体来看，猿猴作为仙家瑞兽的很重要一个主题是所谓"仙猿献果"。仙猿献果或灵猴献果，可能最早都是始于佛教题材的作品，但逐渐被道教所吸收。把猿猴作为一种佛道仙家的瑞兽，逐渐成为一种主流的艺术题材，在古代绘画中较为常见。

南宋耐得翁《醉翁谈录》录有宋人话本《听经猿》，虽然故事具体情节已无从知晓，但从"听经猿"三字来看，无非是猿猴听高僧讲经。这一故事就让猿猴与僧人联系起来了，再联系到佛经里一些僧人与猕猴的故事，这可能就让中国佛教内部形成了某种涉及僧人与猕猴的文化小传统。

特别值得注意的是，南宋画家刘松年所画《猿猴献果图》，又名《罗汉图》，为刘松年所绘十六幅罗汉图之一，这些作品可能在佛经上有所依据，但亦应加入了大量的艺术想象。这幅作品题款为"开禧丁卯刘松年画"，是南宋开禧年间的作品。画面上画一个僧人，即罗汉，长眉深目，显然是一位得道高僧（罗汉为佛教中地位次于菩萨的果位）。旁绘一俊朗沙弥接受树上猿猴的献果。沙弥应为罗汉的徒弟。在这一画作中，僧人与猿猴有了"重大联系"。刘松年《猿猴献果图》与《大唐三藏取经诗话》大体作于同一段历史时期。单从刘松年《猿猴献果图》展示的僧人与猿猴的联系来看，唐僧故事是有与猿猴故事联系起来的"天然通道"。因为僧人与仙家一样，在深山老林中修炼，日常生活中必与猿猴多有接触。从现实角度看具备将猴故事与僧人故事联系起来的必然性。类似的，猿猴故事也从这一角度与仙人故事联系起来了。

---

❶　张锦池.论孙悟空的血统问题［J］.北方论丛，1987（5）.

从这一视角来看，猿猴故事有自身往"仙佛化"方向发展的必然途径，猿猴必然进化为"仙猴"。在百回本《西游记》中实则以"仙猴""仙猴献果"等内容作为故事演进的基础，孙悟空就是作为求仙的猿猴，如第一回所说"天产仙猴道行隆"，这一点自不待言。而在《西游记》的一些仙家背景当中，往往还要提及"仙猿献果"，第二十二回对镇元大仙所在的万寿山的形容是"往来白鹤送浮云，上下猿猴时献果"，再如第九十八回中说的"仙猿摘果入桃林，却似火烧金；白鹤栖松立枝头，浑如烟捧玉。""玄猿捧果难来献，黄鹤回云找旧巢。"

综合来看，《西游记》中的孙悟空作为一只猴子，带有中国猴故事中猴的诸多特点，但孙悟空形象有其自身的特色——更多的是强调猴子人化的一面，妖化的一面，以及求仙的一面。至于猴子性淫的特点，在孙悟空身上基本没有体现。有意思的是，在百回本《西游记》中，"性淫"的特点，被从猴身上转移到了猪八戒身上。猪八戒的高老庄故事，遗传了古代故事中动物"性淫"的特点。

从中国古代的猴故事的进化状况来看，在《大唐三藏取经诗话》同时或稍前，中国的猴故事已经完成了绝大部分形态的发育，各种猴故事形态的作品都已经出现了较成熟的作品。因此，从进化的角度，百回本《西游记》中的孙猴子形象，已经是呼之欲出了。简言之，从中国猴故事的发展状况来看，中国文学具备独立进化出孙悟空形象的条件与现实性。说印度神猴哈奴曼直接影响了孙悟空形象的诞生，此说证据不足。因为，"无支祁"与"江总白猿"都可算是孙悟空形象的前身。

第三节　元代以前猪故事进化史

中国古代的猪故事，发展程度相对简单一些，虽然猪是人们常见的家畜，并且是十二生肖之一。但关于猪的故事，其实相对较少。猪故事的进化史并不繁杂。与西游故事进化史有关的猪故事，有若干则。如晋干宝（约282—351）《搜神记》中即有母猪变人的故事：

> 晋有一士人，姓王，家在吴郡。还至曲阿，日暮，引船上当大埭。见埭上有一女子，年十七八，便呼之留宿。至晓，解金铃系其臂。使人随至家，都无女人，因逼猪栏中，见母猪臂有金铃。❶

---

❶　陶潜.搜神记［M］.马银琴，译注.北京：中华书局，2012：413.

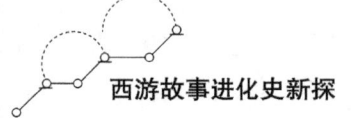

诸多学者早已指出，中唐牛僧孺《玄怪录》中"郭代公"一篇，涉及猪妖，内容与《西游记》中高老庄故事很接近：

> 代国公郭元振，开元中下第，自晋之汾，夜行阴晦失道。久而绝远有灯火之光，以为人居也，迳往投之……俄闻堂中东阁有女子哭声，呜咽不已。公问曰："堂中泣者，人耶，鬼耶？何陈设如此，无人而独泣？"曰："妾此乡之祠有乌将军者，能祸福人。每岁求偶于乡人，乡人必择处女之美者而嫁焉。妾虽陋拙，父利乡人之五百缗，潜以应选。今夕，乡人之女并为游宴者，到是，醉妾此室，共锁而去，以适于将军者也。今父母弃之就死，而令惴惴哀惧。君诚人耶，能相救免，毕身为扫除之妇，以奉指使。"公愤曰："其来当何时？"曰："二更。"……未几，火光照耀，车马骈阗，二紫衣吏入而复出……公使仆前曰："郭秀才见。"遂行揖。将军曰："秀才安得到此？"曰："闻将军今夕嘉礼，愿为小相耳。"将军者喜而延坐，与对食，言笑极欢。公于囊中有利刀，思取刺之，乃问曰："将军曾食鹿腊乎？"曰："此地难遇。"公曰："某有少许珍者，得自御厨，愿削以献。"将军者大悦。公乃起，取鹿腊并小刀，因削之，置一小器，令自取。将军喜，引手取之，不疑其他。公伺其无机，乃投其脯，捉其腕而断之。将军失声而走。导从之吏，一时惊散。公执其手，脱衣缠之……天方曙，开视其手，则猪蹄也。
>
> 俄闻哭泣之声渐近，乃女之父母兄弟及乡中耆老，相与舁榇而来，将收其尸，以备殡殓。见公及女，乃生人也。咸惊以问之，公具告焉。乡老共怒公残其神，曰："乌将军此乡镇神，乡人奉之久矣，岁配以女，才无他虞。此礼少迟，即风雨雷雹为虐。奈何失路之客，而伤我明神？致暴于人，此乡何负！当杀公以祭乌将军，不尔，亦缚送本县。"……乃令数百人，执弓矢刀枪锹镢之属，环而自随，寻血而行。才二十里，血入大冢穴中。因围而劚之，应手渐大如瓮口，公令束薪燃火，投入照之。其中若大室，见一大猪，无前左蹄，血卧其地，突烟走出，毙于围中。❶

郭元振（656—713）并州阳曲人（今山西省太原市），生于魏州贵乡（今河北）。咸亨四年（673），中进士，为武则天赏识，睿宗景云年间为相，后参与肃

---

❶ 牛僧孺，李复言. 玄怪录·续玄怪录［M］. 上海：上海古籍出版社，2012：15–17.

清太平公主集团，封代国公，后又被唐玄宗贬谪。这则故事关于郭元振的"开元中下第"，应不准确。故事讲郭元振在山西夜行，遇一户人家仿佛嫁女，却听到女子哭声，原来是有一个"妖兽"乌将军，乡民们把少女嫁给乌将军，以祈求平安。最后，郭元振设计斩断乌将军一手，又带人找到乌将军巢穴，原来是一只猪妖。女子感念郭元振救命之恩，嫁予郭元振，生子数人。

这则故事与百回本《西游记》中猪八戒在高老庄娶亲的情节，各方面都很接近。而且有意思的是，郭元振的生年与玄奘西行事迹的发生时间相去不远。从百回本《西游记》来看，西游故事进化史明显吸收了这则故事，其最初的发生有可能是在元末明初的《西游记平话》中。

但是，由于《西游记平话》已经佚失，我们不能确定《西游记平话》中猪八戒形象到底是怎么样的。考虑到吴承恩曾在《禹鼎志序》中说："尝爱唐人如牛奇章、段柯古辈所著传记，善模写物情，每欲作一书对之。"明确说了自己喜欢读牛僧孺的《玄怪录》。而"郭代公"一篇，又是来自牛僧孺《玄怪录》。那么，吴承恩在创作猪八戒这一形象时，免不了要参考牛僧孺《玄怪录》中的"郭代公"篇。

这就让我们不能不产生一种"合理推测"：虽然元末的《西游记平话》已经有了"黑猪精朱八戒"，但可能最初的朱八戒形象，并未受到《玄怪录·郭代公》的太大影响。是后来吴承恩按照《玄怪录·郭代公》进行了改写。即我们现在看到的百回本《西游记》中猪八戒的出身故事，是吴承恩按照《玄怪录·郭代公》进行修改的，吸收了《玄怪录·郭代公》中的诸多文学基因。这一点应是很有可能的。

第四节 元代以前龙与马故事进化史

中国的龙故事、马故事都有着复杂的发展史，在中国文化中都占有很重要的地位。学界单独讨论龙文化、马文化的著作、论文已有大量❶。这里，我们主要注意与《西游记》相关的龙、马故事，尤其是白龙马的问题。

应该说，单纯从故事角度来看，白龙马在《西游记》中是一个不甚重要，甚至绝大部分时候都"缺场"的角色。它在《西游记》故事中的功能主要就是作为唐僧的坐骑。作为坐骑来说，白龙马在《西游记》故事中出场机会是很少的。但

---

❶ 关于中国龙文化可参见：庞进.八千年中国龙文化［M］.北京：人民日报出版社，1993；王树强、冯大建.中国龙文化研究［M］.天津：南开大学出版社，2012.

关于中国马文化可参见：孙海芳.中国马文化（文学卷）［M］.兰州：读者出版社，2019.

是，如果从《西游记》的道教内丹化的角度，从全真教"心猿意马"隐喻的角度，白龙马又成为搭配孙悟空形成西游故事骨架的"核心角色"。

这里我们不过多讨论"心猿意马"的问题，只聚焦于龙故事、马故事各自的发育与进化，以及它们是如何最终汇聚成"龙马"的一些主要的节点。

一、龙故事进化史

中国的龙故事有自己的源流，中华民族以"龙"为重要图腾。但随着佛教的传入，印度的一些龙故事亦与中国原有的龙故事并行发展，形成了元代以后中国龙故事的诸多面貌。后来在明代《西游记》《封神演义》中形成了多种龙故事。

在《周易》中即有"龙战于野""见龙在田""飞龙在天"等说法。而当代人更熟知的是"叶公好龙"的典故。见于后汉刘向《新序·杂事五》：

> 叶公子高好龙，钩以写龙，凿以写龙，屋室雕文以写龙。于是天龙闻而下之，窥头于牖，施尾于堂。叶公见之，弃而还走，失其魂魄，五色无主。是叶公非好龙也，好夫似龙而非龙者也。

在先秦、秦汉的文化中，龙已经成为有形的生物图腾，其外形瘦长，有四脚，能腾云驾雾。

汉代以后，随着佛教的传入，早期的佛教翻译家，把梵文中的"naga"译成了汉语的"龙"。"naga"在梵语中本来指一种能控制水的蛇，或一种人首蛇身的神。翻译成"龙"，有其对应的部分，但亦有其不对应的部分。随着佛经的广泛传播，佛经中的诸多龙故事，就被叠加到中国固有的龙故事上了。由此形成了中国多样的龙故事。

我们现在理解的龙故事，其实绝大多数都是佛教故事。比如所谓"龙王"的故事，就内容上来说，有很大比例是佛教故事。《太平广记》中的很多龙故事，实则是佛教龙故事的变异。如《太平广记·卷四百二十》中"井龙"的故事：

> 开元末，西国献狮子，至安西道中，系于驿树。近井，狮子吼，若不自安。俄顷，风雷大至，有龙出井而去。

后来在百回本《西游记》中亦谈到了井中有龙王。这实则就是佛教故事。可以说，百回本《西游记》中的龙故事，与佛教文学有着深厚的渊源。

此外，龙故事在元代后期，还有一个重要的进化。就是元末明初兴起的"龙生九子"传说。《诸神由来》一书说《升庵外集》载龙之九子："赑屃，形似龟好负重，即碑下龟；螭吻，形似兽，性好望，站屋脊；饕餮，好食，立鼎盖；蚣蝮，好立，站桥柱；椒图，似螺蚌，性好闭，立于门首；金猊，形似狮，好烟火，立于香炉；再加上蒲牢、狴犴、睚眦三个，恰为龙之九子。"

《西游记》第四十三回"黑河妖孽擒僧去 西洋龙子捉鼍回"中，作者就谈到了龙生九子的问题：

> 行者道："你令妹共有几个贤郎？都在那里作怪？"龙王道："舍妹有九个儿子。那八个都是好的。第一个小黄龙，见居淮渎；第二个小骊龙，见住济渎；第三个青背龙，占了江渎；第四个赤髯龙，镇守河渎；第五个徒劳龙，与佛祖司钟；第六个稳兽龙，与神宫镇脊；第七个敬仲龙，与玉帝守擎天华表；第八个蜃龙，在大家兄处砥据太岳。此乃第九个鼍龙，因年幼无甚执事，自旧年才着他居黑水河养性，待成名，别迁调用，谁知他不遵吾旨，冲撞大圣也。"行者闻言笑道："你妹妹有几个妹丈？"敖顺道："只嫁得一个妹丈，乃泾河龙王。向年已此被斩，舍妹孀居于此，前年疾故了。"行者道："一夫一妻，如何生这几个杂种？"敖顺道："此正谓龙生九种，九种各别。"❶

可见，"龙生九子"的传说，单独构成了《西游记》的一回故事。可以猜想第四十三回便是以"龙生九子"为中心进行的情节演绎，而且这种"演绎"是有意识的。百回本《西游记》的作者，似乎有意尽可能全地搜罗各种神异故事，构筑一个神怪小说的体系。正是有这种意图，百回本《西游记》方成为古代神怪小说之集大成。

二、马故事进化史

马故事在中国有着源远流长的历史。在《诗经》中关于"马"的称呼有五十多个，如骊、驷、马、駉、駽。可以说，自远古以来，马就是中国人的一种主要交通工具。中国人尤重"宝马"。关于宝马的故事，亦广泛流传。如《穆天子传》

---

❶ 吴承恩.西游记［M］.北京：人民文学出版社，2010：535.

中关于"穆王八骏"的说法，再如《史记》中关于汗血宝马的记载。《史记·大宛列传》：

> 得乌孙马好，名曰"天马"。及得大宛汗血马，益壮，更名乌孙马曰"西极"，名大宛马曰"天马"云。

由于马是古代重要交通工具，便衍生出了马的军事用途。所以中国古代马的故事，往往与军事相关，如古代名将的坐骑，项羽的乌骓、关羽的赤兔之类。马故事的发展往往与其善奔跑的特点相关。

关于马故事的进化，本书不详谈，只聚焦与《西游记》有关的，即白龙马的问题。这里包含两个层次的问题。第一是马故事为何会与西游故事结合起来，即西游故事中为什么会有白龙马的形象。第二是龙与马是怎么样结合起来的。可依次来看：

第一，马故事为何会与西游故事结合起来。

在进化历程中，西游故事逐渐与动物故事合流，猴、马、猪等动物，相继进入西游故事情节。马进入西游故事中相对好理解。因为马是古代的交通工具，漫长的旅途一般都需要马。在玄奘的真实事迹中，马就起过重要作用。据《大唐大慈恩寺三藏法师传》卷一载，玄奘在莫贺延碛沙漠被识途老马所救：

> 法师惊寤进发，行可十里，马忽异路，制之不回。经数里，忽见青草数亩，下马恣食。去草十步欲回转，又到一池，水甘澄镜澈。即而就饮，身命重全，人马俱得苏息。计此应非旧水草，固是菩萨慈悲为生。其至诚通神，皆此类也。❶

可见，在玄奘的事迹中，从一开始马就起到了救命作用。何况后来的行旅之中，亦离不开马。所以马出现在西游故事中是必然的。在《大唐三藏取经诗话》中玄奘取得真经，回程时的"入竺国度海之处第十五"，已经有马的出现：

> 三藏顶礼，点检经文五千四十八卷，各各俱足，只无《多心经》本。法师收拾，七人扶持，牵马负载，起程回归告辞。

---

❶　慧立，彦悰. 大唐大慈恩寺三藏法师传［M］.北京：中华书局，2018：58.

在这里，马是作为驮经的交通工具。由此，在下一代的西游故事作品中，马发展为一个重要的情节元素，应是大概率事件。后来在西游故事中，马与猴组成了"心猿意马"的组合，为西游故事的道教内丹化奠定了基础。

第二，在中国传统文化中，龙与马是怎样结合在一起的。

《吴承恩诗文集》中有一句话说："马有三分龙性"❶，在吴承恩的理念中，马与龙联系起来了。实则在吴承恩之前的近千年，中国的马文化与龙文化，就开始结合起来了。

《礼记·礼运》载："故天降膏露，地出醴泉，山出器车，河出马图，凤凰麒麟皆在郊棷，龟龙在宫沼，其余鸟兽之卵胎，皆可俯而窥也。"至唐代孔颖达疏引《尚书中侯·握河纪》："伏羲氏有天下，龙马负图出于河。"这就有了"龙马"的概念。说明这一概念，最早应源自中国传统文化。在明末的《后西游记》一书第九回，即提到了这个典故，《后西游记》取经的龙马，即由此故事而来。此外，中唐柳宗元有《龙马图赞》一文：

> 始吾闻明皇帝在位，灵昌郡得异马于河，而莫知其形。好事者涿人卢遵，以其图来示余。其状龙鳞、虺尾、拳髦、环目、肉鬣，马之灵怪有是耶？居帝闲，为马几二十年，从封禅郊籍，鸣和鸾者数十事。遇祸乱，帝西幸，马至咸阳西入渭水，化为龙泳去，不知所终。❷

柳宗元谈到"马化为龙"的故事。杜甫有《骢马行》一诗，诗中说："天厩真龙此其亚"，用龙来形容马。北宋王安石有《马死》一诗，说："天厩赐驹龙华去"❸，马死了，王安石形容为"化龙"，以道家的"仙解"目之。

值得注意的是，在龙马结合的故事中，玄奘《大唐西域记》卷一中的一则记载可能有较大影响：

> 国东境城北天祠前，有大龙池。诸龙易形，交合牝马，遂生龙驹，悷㤼难驭。龙驹之子，方乃驯驾，所以此国多出善马。闻之先志曰：近代有王，号曰金花，政教明察，感龙驭乘。王欲终没，鞭触其耳，因即潜隐，以至于

---

❶　吴承恩.吴承恩集［M］.蔡铁鹰，笺校.北京：中国社会科学出版社，2014：16.

❷　柳宗元.柳宗元集［M］.易新鼎，点校.北京：中国书店，2000：286.

❸　王安石.王荆公诗笺注［M］.李壁，笺注.上海：上海古籍出版社，2010：1094.

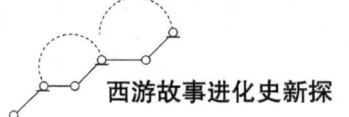
今。城中无井，取汲池水。龙变为人，与诸妇会，生子骁勇，走及奔马。如是渐染，人皆龙种，恃力作威，不恭王命。❶

这则故事讲龙与马交合，生育出了龙马，而龙马是"善马"。按照《大唐西域记》的记载，这则故事发生于屈支国，即古代的龟兹国，今天的新疆库车。龟兹国自古以来汉化显著，这则故事不排除有很深的中原文化影响。

《大唐西域记》中的"龙马"故事广泛传播，产生了很多变型。如唐人裴铏《传奇·许栖岩》中的对话"此马，吾洞中龙也，以作怒伤稼，谪其负荷"。这一龙变马的故事，与《西游记》中白龙马的故事，极为类似。

要之，到宋代"龙"与"马"就产生了较为密切的联系。金代董解元《西厢记诸宫调》即有"法聪和尚手中铁棒眉齐……马如龙，人如虎；铁棒轮，钢刀举。"❷ 可以说，宋代以后"龙马"的说法已经广为传播。

综合以上材料来看，"龙马""马化龙""马如龙"等观念在唐宋时期已经较为流行了。已经具备了《西游记》小说中"白龙马"形象的诸多要素。换言之，文学灵感的诞生，离不开文化基因的积累。《西游记》小说中"白龙马"形象的出现，是中国文学自身进化的必然产物。

第五节　牛、虎、狮、兔等其他动物故事进化史

西游故事中除猴、猪、马等动物为故事主角外，其他一些配角，亦由一些动物精怪担任。如牛，有牛魔王；虎，有虎力大仙等多种妖怪；兔，有玉兔精；鼠，有老鼠精。总之，在百回本《西游记》中呈现出了动物故事的集成、汇总。

要看到的是，各种动物故事都有独立于且先于西游故事的发育与进化历程，都有其独立的历史脉络。有些动物故事在《西游记》中形成了"经典形象"，有些动物则直待其他小说，才形成经典形象。

一、牛故事

牛是中国最为常见的一种牲畜，是中国古人的一种重要生产资料。所以中国

---

❶ 玄奘.大唐西域记［M］.董志翘，译注.北京：中华书局，2012：36.

❷ 董解元.西厢记诸宫调注译［M］.朱平楚，译.兰州：甘肃人民出版社，1982：89.

古代很早就有了经典的牛故事。"牛"在先秦就被作为天空中的星名。《诗经·小雅·大东》："维天有汉，监亦有光。跂彼织女，终日七襄。虽则七襄，不成报章。皖彼牵牛，不以服箱。"牵牛为天上的星名。与之相应，就形成了"牛郎织女"故事。汉代《古诗十九首》中即有"迢迢牵牛星，皎皎河汉女"一首，讲的就是牛郎与织女的故事。

由于牛很早就被纳入牛郎织女故事，成了民间文学中的经典。而从文学进化史来看，文学经典的诞生往往会导致题材的逐步定型，会极大限制该题材的进一步发育。北宋初所编的《太平广记》中有一卷专门的牛故事，包含 20 则牛故事，内容并不算多。其中牛为妖怪的故事只有一两则，这可能是因为牛是常见的家畜，且牛性老实，很难给人妖异之感。总体来看，元前牛故事进化并不充分，虽然很早就有因纳入牛郎织女故事而被经典化，但实则牛故事的"形态发育"并不充分，缺少多种不同形态的牛故事。这可能是因为牛郎织女故事的早熟，限制了牛故事的发展，进而导致了牛故事后来的发育不充分。

在元代的杂剧《二郎神醉射锁魔镜》中，二郎神与哪吒喝醉酒误射锁魔镜，放走了两洞妖魔，其中之一为牛魔王。最终哪吒捉拿住了牛魔王。剧中写哪吒与牛魔王的缠斗：

> "四门子"牛魔王怎当神雄势，他见了也走如飞。（院主云）俺这壁是那吒出马，三头六臂显神威，变化多般敢战敌。他是那玉结连环都帅首，杀的那雾罩乾坤天地迷。探子，慢慢的再说一遍。（末唱）那吒神大叫如霹雳，显神通敢更疾。那业畜荒，怎敢道迟，引残兵望东走似飞。那吒神，好似狼转好是疾，直赶到黑风洞里。❶

这一情节，后来被吸收到了明代的百回本《西游记》中。《西游记》中的牛魔王形象，是一头牛精。《西游记》关于牛魔王变作本身有详细描述：

> 牛王嘻嘻的笑了一笑，现出原身，一只大白牛，头如峻岭，眼若闪光，两只角似两座铁塔，牙排利刃。连头至尾，有千余丈长短，自蹄至背，有八百丈高下……牛王急了，依前摇身一变，还变做一只大白牛，使两只铁角去触天王，天王使刀来砍。随后孙行者又到，哪吒太子厉声高叫……这太子

---

❶ 朱一玄，刘毓忱. 西游记资料汇编［M］. 天津：南开大学出版社，2002：85.

> 即喝一声："变！"变得三头六臂，飞身跳在牛王背上，使斩妖剑望颈项上一挥，不觉得把个牛头斩下。

牛魔王纵有千般变化，但是在故事最后，他还是变作原身，原来是一头大白牛。在百回本《西游记》中，所有的动物妖怪最后都要变作"原身"，回到动物故事的本旨。

除牛魔王故事外，《西游记》中还有一般的牛精。第九十二回在青龙山，有辟寒、辟暑、辟尘三只妖怪，就是三只犀牛精，而其统领的一众小妖则是"牛头鬼怪"的"山牛精、水牛精、黄牛精"，则这一回主要就是牛故事，吸收了一些关于牛故事的文学基因，如犴的特性，《西游记》中说：

> 斗木獬、奎木狼、角木蛟道："若果是犀牛成精，不须我们，只消井宿去罢。他能上山吃虎，下海擒犀。"行者道："那犀不比望月之犀，乃是修行得道，都有千年之寿者。须得四位同去才好。

这段叙述不但用到了犴的特性，相传狴犴为类似猛虎的野兽。在明代兴起的龙生九子的传说中，据《天禄识余·龙种》："俗传龙子九种，各有所好……四曰狴犴，似虎有威力，故立于狱门。"可见，井木犴确有像虎一样吃动物的性好。此处亦提到了"望月之犀"，这源自《关尹子·五鉴》："譬如犀牛望月，月形入角，特因识生，始有月形，而彼真月，初不在角。"

二、虎故事

虎故事在古代的动物故事中属于一个大宗。《太平广记》中的虎故事有六卷之多。而且诸多的虎故事也见于文人笔记，往往是一些关于虎吃人的写实记载。此外，还有一些关于老虎精怪、虎变人的故事。从进化结果来看，虎故事最终的文学经典化，是在《水浒传》中的"武松打虎"。而在百回本《西游记》中，虎故事未能取得太大的文学效果。

当然，在百回本《西游记》中，虎故事亦有较大展现。九九八十一难的"出城逢虎第五难"就是虎故事。这说的是第十三回、第十四回中两次打虎，一次是猎户打虎，一次是悟空打虎。这两次打虎是古代小说中常用的"比较法"，相似的情节写两次，以见出其中的不同。类似于《水浒传》中武松打虎与李逵杀虎的比较。《西游记》中虎故事另一处比较重要的展现是在第三十回，黄袍怪（奎木狼）在宝象国把唐僧变成了老虎。这是传统上"虎变人"故事的改写，是对"虎变人"文学基因的吸收。

但客观来说，虎故事在《西游记》中并不占重要地位，连次重要地位都不占。虎故事在《西游记》中只是起一般性的衬托作用，比如普通的虎精在《西游记》中出现了多次，如第十三回的寅将军。但《西游记》中的虎故事，未能取得《水浒传》"武松打虎"一般的文学效果。

三、狮故事

中国不产狮子，最早的狮子来自西域的进贡，汉唐时期不断有记载，中亚各国向中华进贡狮子。如《汉书·西域传赞》《后汉书》等载：

> 章和元年、章和二年，月氏国和安息国遣使献来师子。

章和元年为公元 87 年。月氏国本在中国祁连山，此时已迁居到中亚阿富汗。安息国为古波斯今伊朗。此后狮子这种神兽在中国文化中引起很大反响。文人、作家们逐渐把上古的一些神兽，定名为狮子。比如，汉代初年成书的《尔雅·释兽》中有言："狻麑（猊），如猫，食虎豹。"严格来说，这个狻麑（猊）并非狮子。但后来在注释《竹书纪年》中"狻猊野马走五百里"时，郭璞注曰："狻猊，师子。"

后来，狮子逐渐就成为中国文化中的一种重要的守门瑞兽，一些大的官府、宅院门口，都镇两座石狮子。

在《西游记》中亦有狮子精。比如第八十九、九十回在玉华州：

> 当时老妖点猱狮、雪狮、狻猊、白泽、伏狸、抟象诸孙，各执锋利器械，黄狮引领，各纵狂风，径至豹头山界……却说孙大圣同八戒、沙僧出城头，觌面相迎，见那伙妖精都是些杂毛狮子：黄狮精在前引领，狻猊狮、抟象狮在左，白泽狮、伏狸狮在右，猱狮、雪狮在后，中间却是一个九头狮子。

这里，作者搜罗了一些关于狮子的名目与知识，将之融入《西游记》的文学创作中。那么，为什么要在这一回写狮子故事呢？在小说中写道：

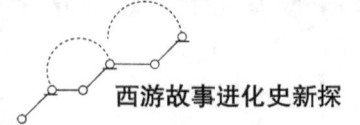

> 天王道："那厢因你欲为人师，所以惹出这一窝狮子来也。"

因为孙悟空、猪八戒在玉华州，被三个小王子拜为师。"师"与"狮"同音，且早期"狮子"均作"师子"，故而作者有此联想，连这一回的标题也作"师狮授受同归一"。由此看来，《西游记》的作者很注重同音字的字谜式思考。

四、兔、蟾蜍等其他动物故事

百回本《西游记》注重穿插各种动物故事。我们所知道的一些动物，都在《西游记》中有所体现，如二郎神的哮天犬、文殊菩萨的坐骑青毛狮、普贤菩萨的坐骑白象、太上老君的青牛等。《西游记》在动物故事种类的选取上，是比较全面的，倾向于各种动物都要在小说中出场。尤其注重各种有典故的动物故事，一方面要显示出动物故事的趣味性，另一方面还要彰显出动物故事自身的文化内涵。

比较典型的是书中的豹故事。《西游记》第八十六回隐雾山的南山大王是个"艾叶花皮豹子精"，这实际上是用的西汉刘向《列女传》中的南山豹典故：

> 妾闻南山有玄豹，雾雨七日而不下食者，何也？欲以泽其毛而成文章也。

"南山豹"后来成为一个常用语，大量的文人墨客都会提到。如南朝诗人谢朓《之宣城郡出新林浦向板桥》："虽无玄豹姿，终隐南山雾。"李白《经乱后将避地剡中留赠崔宣城》诗："我垂北溟翼，且学南山豹。"《西游记》的作者明显是从这一诗歌典故中获得了写作灵感，但同时亦希望通过运用这一典故，提升小说中动物故事的文化属性与隐喻性。

总体看，《西游记》在动物故事素材的选择上，也有很大的选择，有很大的剪裁。比如关于月宫的动物，一般有两种：一种是蟾蜍，另一种是玉兔。段成式《酉阳杂俎》载：

> 旧言月中有桂，有蟾蜍，故异书言月桂高五百丈，下有一人常斫之，树创随合。人姓吴名刚，西河人，学仙有过，谪令伐树。释氏书言须弥山南面有阎扶树，月过，树影入月中。或言月中蟾桂地影也，空处水影也，此语差近。

但《西游记》中并未写月宫中的蟾蜍，只写到了月宫中的玉兔。而蛤蟆精成为一个重要的文学形象，则是到了后来《白娘子传》的蛇故事中。

那么为何百回本《西游记》中没有写蟾蜍精？是偶然没写到，还是有某些内在必然性？百回本《西游记》的构思撰写，受道教内丹派思想影响极大。而内丹派北宗即全真教有所谓"五祖七真"之说，五祖包括刘海蟾。内丹南宗的创始人是白玉蟾（1134—1229 年）。无论是刘海蟾，还是白玉蟾，都包括一个"蟾"字。蟾在内丹道教中有一定的意义指向，《悟真篇》的作者张伯端有《蟾光图论》。因此，或许是为了回避创教师祖的姓名，避免对创教师祖形成"不敬"，又或者是为了规避内丹理论上"蟾"的独特意义，故而在百回本《西游记》中没有蟾蜍精。

第六节　蜘蛛等昆虫故事进化史

昆虫，作为一种动物，是人们所习见的。中国古人关于昆虫的生物学研究，虽然不甚发达，但关于昆虫的文化研究、文化阐释，却异常发达。在中国文化长河中，实际上是有一种源远流长、内容繁杂的昆虫文化。孟昭连的《中国鸣虫》一书对中国虫文化的问题已有较多的阐发。❶ 总的来看，中国文化中涉及昆虫问题，有三个主要领域。

第一，昆虫故事在古代叙事文学中，逐渐形成为一个大类。《太平广记》中的昆虫类故事有七卷。虫故事有其自身的发展流变历程、内部演变历程、隐喻生成过程，逐渐形成了涉及蚂蚁的"南柯一梦"故事，涉及蝴蝶的"梁山伯祝英台化蝶"故事，《西游记》中的蜘蛛精故事等多个以昆虫为中心的文学经典。可以说，在中国文学中，"虫故事"有其自身趋向文学经典的演化。

第二，在经传、史籍中有大量的关于苍蝇、蚊子、蟋蟀、蝉、萤火虫等昆虫的记载，且往往与政治预言或政治隐喻有关。昆虫的一些特性，往往被隐喻成了一些涉及政治的重要事项。如苍蝇被隐喻成了谗言，蛀虫被隐喻成了腐败。所以，这些涉及昆虫的内容，往往成为中国正统政治文化的一部分。如《汉书》关于海昏侯刘贺的记载中，有刘贺即位后"梦青蝇之矢积"的记载，此记载后被多种类书收录。在 2015 年南昌海昏侯墓的发掘中，出土了一枚"虫珀"，里面封

---

❶　孟昭连. 中国鸣虫［M］. 天津：百花文艺出版社，2007.

有一只原始苍蝇。结合《汉书》关于刘贺梦到苍蝇屎的记载来看，这枚"虫珀"，可能是用来辟邪的。

第三，在古代诗歌中，亦有大量涉及昆虫的内容。实际上在中国最早的诗歌作品集《诗经》中就有大量关于昆虫的内容。据研究，《诗经》中涉及昆虫的作品有 17 首。再如，在古代诗歌中，蝉亦是一个重要的主题，关于蝉的诗有几百首之多。如虞世南的《蝉》、骆宾王的《咏蝉》、李商隐的《蝉》都是古代咏蝉诗中的名作，尤其是虞世南《蝉》诗中的"居高声自远，非是藉秋风"，成为诗歌史上的经典名句。

要之，昆虫文化是中国文化中必不可少的部分。正是在这几方面的共同作用下，昆虫故事形成了自身的内部门类，自身的意义体系。这里，值得我们特别关注的是，关于昆虫的妖异、妖怪故事。总的来看，中国古代小说尤其是元前志怪小说中，关于昆虫变成妖怪、昆虫修炼成精的故事，相对于其他故事是较少的。在汉魏唐宋的志怪小说中，猿猴、猪、马、狐、兔等哺乳动物成精的故事，都非常多。而昆虫成精的故事，反而比较少见，未能形成类似于哺乳动物成精故事的多样化的类型。这其实是一个值得注意的现象。这种现象实则是直到百回本《西游记》诞生后，才有明显改善。

这一现象形成，究其原因：一方面可能是因为绝大多数的昆虫，较之大型哺乳动物少则十几年，多则几十年的自然寿命，生存期较短，一般的昆虫，其寿命都不超过一年，有的甚至几天。这不符合古人关于"物老成精""修炼成精需要较长时间"的直观认识。《庄子·逍遥游》所谓"蟪蛄不知春秋"，蟪蛄即蝉类昆虫。另一方面也是因为从生物智能的角度，昆虫的智能远远低于猴、猪、狗等动物。所谓"狗通人性"，昆虫较少能通人性，所以不利于产生昆虫精怪故事的联想。

以上是中国古代昆虫故事进化的大体状况，而本书中我们更关心的则是中国古代昆虫故事与西游故事进化的关联。我们应该注意到，对于西游故事进化，中国古代文学中的昆虫精怪故事，构成了一定的文学基因库资源。这包括以下几方面。

第一，蜘蛛精故事的进化。南朝人刘敬叔《异苑》中的《殷琅》篇讲蜘蛛精迷惑男子，"婢死后，犹往来不绝，心绪昏错。其母深察焉。后夕见大蜘蛛，形如斗样，缘床就琅"，这则故事很早就规定了"蜘蛛故事"中女妖精的特征，这为后来《西游记》中盘丝洞蜘蛛精故事形成了一定基因基础。

第二，"人变虫"母题。中国古代文学中虫故事的一个重要母题，是"人变虫"。如《太平广记·昆虫一》中的"齐王后怨王怒死，尸化为蝉"。这一母题后来演化出了"梁山伯祝英台化蝶"故事，并成为一个重要的文学经典。"人变虫"这一文学基因在百回本《西游记》中有大量的使用。《西游记》中，一个重要的情节模式，是孙悟空变成蠛蠓虫、蚂蚁、蜜蜂等昆虫。这一模式在《西游记》中使用了十多次，在整个《西游记》情节发展中处于较为重要的地位。如第十六回孙悟空"变做一个蜜蜂儿"；第五十九回孙悟空与铁扇公主的缠斗，就变作一个蠛蠓虫儿，混在茶水里钻入铁扇公主肚中；第七十二回"变作个麻苍蝇儿"；第八十四回悟空"变作个扑灯蛾儿"；第八十六回孙悟空变作一个"会飞的蚂蚁儿"；第八十九回"变做个蝴蝶儿"；第九十二回孙悟空又变作一个"火焰虫儿"飞到唐僧身边。

第三，其他动物故事对昆虫故事的影响。应该说，吴承恩创作《西游记》的过程中，突破了"古代昆虫故事"的模式，加入了一些创造性的新变。在百回本《西游记》中，吴承恩创作了多种多样的昆虫故事，如盘丝洞蜘蛛精故事、女儿国蝎子精故事、瞌睡虫故事、悟空变飞虫故事。《西游记》中的昆虫故事形式多样，不完全是从古代昆虫故事中直接演化来的，也受到其他动物故事、动物成精故事的影响，发生了情节的类推。毕竟《西游记》中有大量的动物故事，这些故事之间可以形成"类推效应"。甚至《西游记》中的"悟空变飞虫"，就根据故事情节发展需要进行了新的创造。

总之，西游故事进化的一个重要节点，就是与此前的动物故事的结合。古代的猴故事、猪故事、马故事、龙故事一经与西游故事结合起来，都焕发出新的光彩。因此，在探究西游故事进化史之时，亦要注意到中国古代动物故事的进化史。

通过仔细梳理元代以前的中国动物故事，我们可以看到，到百回本《西游记》诞生的前一二百年，中国已经形成了形态非常丰富、内容非常多样、变异非常全面的动物故事。由此随着西游故事与动物故事在宋末元初的逐渐合流，以及元明二代的深入发展，动物故事的精华部分，被吸收到了西游故事中，再结合一些宗教的因素，最终形成了中国文学史上"四大奇书"之一的百回本《西游记》。

因此可以说，理解《西游记》的各种问题的一大关键，正在于理清中国古代特别是元代以前动物故事的发展状况。百回本《西游记》堪称是中国古代动物故事的"集大成之作"，《西游记》的诸多故事形态，都与古代动物故事有着深刻的联系。

这亦体现了《西游记》作为一部文学名著的"多义性""多面性"。《西游记》之伟大，非偶然也！

元代（上）：西游故事的戏剧小说化

元代的西游故事进入了进化的活跃期，西游总题下的一些具体的故事经历了明显的二次发育、三次发育，故事情节越来越丰富，故事形态越来越多样，形成了规模很大的西游故事群。而在文本层面，在元代形成了多种西游故事的文本，西游故事逐渐定型。

元代的时代、环境，对西游故事的进化产生了较大的影响。一方面是元杂剧向西游故事渗透，出现多种西游戏曲；另一方面，猪八戒形象的诞生可能与元代西域色目人的文化习俗有联系。当然，更重要的是，金元时期成形的全真教，把"心猿意马"视为一个重要的道教修炼概念，这为明代中期，西游故事的道教内丹化奠定了基础。

第一节　元代西游故事的进化状况

在元代，西游故事进入了进化活跃期，出现了吴昌龄《唐三藏西天取经》杂剧、六本二十四出的《西游记杂剧》、杨景贤《西游记》杂剧、《西游记平话》等诸多较为成熟的西游故事作品。关于这几部西游作品，在第五章与第六章会进行详尽分析。

一、元代西游故事总体进化状况

元代是中国小说戏曲文学发展的一个重要中间阶段。各类故事在元代都迎来了繁盛的进化，其中西游故事在元代的进化很引人注目。

在元代杂剧中，西游戏不像三国戏、水浒戏那样繁多。元代杂剧中存目的三国戏有30多种，水浒戏有20多种，数量比较多。可以说后来形成的《三国演义》《水浒传》是从元杂剧中逐渐孕育诞生的。而西游故事在元杂剧中虽然也有，但数量不如三国戏、水浒戏多。在元代出现了吴昌龄《唐三藏西天取经》杂剧、杨景贤的《西游记》杂剧，六本二十四出的《西游记杂剧》可能作于元代，也可能作于明末。这些西游戏表明，西游故事也跟元杂剧有一定的联系。

更重要的是在元代出现了一部重要的故事书《西游记平话》，这部作品已经具有了后来吴承恩本《西游记》的初步轮廓。但一般来说，类似元代的《全相平话五种》，元代平话类作品的内容不会很精致，一些细节不会很考究，只是具备了一个大概的故事轮廓，留下了不少可以填充、细化的地方。

从小说人物形象演变的角度，元代西游故事进化很重要的一点是唐僧师徒的配齐。在此前的《大唐三藏取经诗话》中有猴行者和深沙神。但猪八戒形象应是出现在元代。此外，其他的各种精怪形象，也应多数是出现在元代的西游作品中。

文学进化脱离不了时代环境。元代是一个特殊的"大一统"时代，元代统治者拥有了西域、漠北广袤的领土，这就导致元朝人对西域的地理认识会比此前的宋朝、比此后的明朝都要丰富、准确。故而，相较于此前与此后的西游作品，元代的西游作品很大一个特点是其"西域书写"很准确，至少能够很准确地反映出元朝时期的西域状况。这一点在吴昌龄《唐三藏西天取经》杂剧中有很明显的体现。该剧中出现了伊斯兰教徒，对西域地理的把握也较准确。

明代吴承恩百回本《西游记》中涉及的"西域书写"，反而不如元代的西游作品准确、翔实。但也要看到，元代西游作品中的"西域书写"对吴承恩百回本《西游记》是有重要影响的。吴承恩对元代西游作品中的"西域书写"进行了一定的选择、剪裁。在西游故事的"西域书写"问题上，能够看到一条比较清晰的进化路线。这条关于"西域书写"的进化路线，与唐、宋、元、明、清不同时期，时人对西域、中亚的认识有直接关系。其进化路径，多有需要辨析之处。

二、孙悟空形象与取名问题

在西游故事进化历程中，孙悟空的形象从无到有，并逐渐成为西游故事的中心。在元代的西游故事中，孙悟空形象有了长足的进展。其中就包括孙悟空名字的确定。

最早在《大唐三藏取经诗话》中猴子是被称为"猴行者"，还未有确定的姓名，但逐渐被确定为"孙悟空"。关于孙行者的名字，为何会叫"悟空"，有多种可能性。考虑到"悟空"很有禅宗空宗的意蕴，同时历史上多位高僧名叫"悟

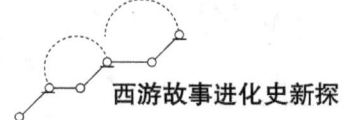

空"。由此，孙猴子被取名叫"孙悟空"是有多种可能来源的。

一种可能是参考了历史上赴西天取经的僧人的名字。历史上，有一个叫"悟空"的人到了西域取经。唐天宝九年（750），唐玄宗命官吏率团赴印度，其中有一人叫车奉朝，行至犍陀罗（今巴基斯坦）而出家，在西域游历了四十年，至唐德宗贞元五年（789）回国。唐人为之作《悟空入竺记》。该文一度广为流传，日本僧人空海将之带到日本，该文在日本亦有流传。

显然，在西游故事进化的某个时代，猴行者的形象，需要取一个名字。或者因为猴行者皈依了佛教，需要取一个法号。西游故事的作者，也许参考了一些关于西域、关于西游的史料，看到了有这么一个叫"悟空"的僧人亦曾入天竺西行，或者听了寺庙的俗讲，听到了《悟空入竺记》的故事，遂把猴行者的名字定为"悟空"。这种可能性显然是有的。否则我们只能说猴行者被叫作"悟空"，纯粹是偶然的。这一点显然无说服力。

第二种可能是在进化中逐渐形成的。也即"悟空"这个名字不是一次形成的，而是多次演化，多次修改的结果。那么，猴行者被定名为"悟空"，发生在什么时候呢？从现有材料来看，《朴通事谚解》提到《西游记平话》时说"赐法名吾空，改号为孙行者"。似乎在元代的《西游记平话》中是叫"孙吾空"，后来在元明时期的其他西游作品中，亦或就是在吴承恩创作百回本《西游记》时，把"吾"改为了"悟"，"孙吾空"变为了"孙悟空"。这种看法，根据现有资料，可能性最大。但现在问题在于《朴通事谚解》的转述是否可靠，又或者这个"吾"字是否就是《朴通事谚解》刊刻的时候写错了。退一步说，把"吾空"改为"悟空"，还是有一个为什么要改的问题。

假设确实是明代时，吴承恩把"孙吾空"改为了"孙悟空"，那这一改动的逻辑何在？宋人苏轼的诗集中有一首七绝《北寺悟空禅师塔》：

　　已将世界等微尘，空里浮花梦里身。岂为龙颜更分别？只应天眼识天人。❶

这是苏轼在杭州写的诗，北寺就位于杭州。此悟空禅师为唐末人，事迹见于《高僧传》。吴承恩到过杭州，并且很熟悉苏轼诗，吴承恩诗集中有对苏轼诗的和韵。由此推测，不排除吴承恩是据此对孙猴子的名字进行的修改。

由于《西游记平话》早已佚失了，这些都是难以定论的。我们只能说，孙行

---

❶　查慎行.苏诗补注［M］.南京：凤凰出版社，2013：236.

者取名"孙悟空"，也许发生在宋代，但可能性较大的还是发生在元代。也许跟《西游记》杂剧的祖本有关，也许是与《西游记平话》的作者有关，或者与元代别的作家有关，又或者其实是发生在明代的百回本《西游记》中。这一点无从确证，只能说发生在元代的概率较大，从现有资料来看，与《西游记平话》的"孙吾空"有一定关联，与历史上多位名为"悟空"的僧人也有一定关联。

三、牛魔王形象的问题

关于牛魔王，值得注意的是，元代出现的一部名为《二郎神醉射锁魔镜》的杂剧。王季烈在《孤本元明杂剧提要》认为该剧"元人撰，姓名未详。也是园藏有二本：一明刻，一明抄"。这部杂剧共五折，写二郎神与哪吒饮酒，二郎神醉后射箭，射中了锁魔镜，导致逃走了金睛百眼鬼、九首牛魔王（剧中称九首牛魔罗王）。最后哪吒降服了牛魔王。

该剧为元代作品，对西游故事的进化有一定影响。很可能是后来的《西游记平话》吸收了该剧。据《朴通事谚解》的讲述，应是元代的《西游记平话》中就有二郎神形象。但考虑到《朴通事谚解》的记载的时间与转述不一定准确，所以也不排除并非《西游记平话》吸收该剧，而是直到明代百回本《西游记》才吸收了该剧。具体来说，就是把二郎神、哪吒、牛魔王都吸收进西游故事中，并采纳了该杂剧中二郎神、哪吒为天庭降妖除魔的角色设定。即剧中第一折哪吒的唱词与说白有："则为这玉皇选用，封我做都天大帅总元戎"，"为降众多妖魔，加小圣八百八十一万天兵降妖大元帅"。

百回本《西游记》中的牛魔王形象，显然是来自这部《二郎神醉射锁魔镜》杂剧中的牛魔罗王。所谓"魔罗"，又称摩罗，为佛教中欲界天魔之首，后常用于中国通俗文学中。百回本《西游记》吸收了牛魔王形象，但经过了道教内丹学说的改造。在《悟真篇》等内丹道教典籍中，都有关于用大白牛隐喻修炼的说法。百回本《西游记》中为了衬托牛魔王，为牛魔王设置了家庭，将铁扇公主设定为牛魔王之妻，红孩儿设定为牛魔王之子，又将孙悟空设定为牛魔王的结拜兄弟。

这种种重新设定，让笔者猜想，也许在元代的《西游记平话》中并无牛魔王形象。明代吴承恩在创作百回本《西游记》时，为对应内丹道教典籍中隐喻修炼的"大白牛"，从元代杂剧《二郎神醉射锁魔镜》中吸取了牛魔王形象，并对牛魔王的身份进行了重新设定，从而增加了西游神话的厚度与人物形象的丰富度。

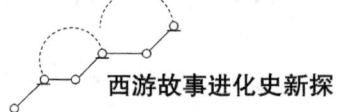

由此我们可以推断，百回本《西游记》中二郎神、哪吒形象的蓝本，很可能就是元代杂剧《二郎神醉射锁魔镜》。按照文学进化论的"生殖隔离"概念，各种故事之间往往有生殖隔离，不能杂交，例如，三国故事不能与水浒故事杂交，杨贵妃故事不能与杜甫故事杂交。而二郎神故事与哪吒故事，都有自己独立的发展线索、发展历史，有一批自己独立的作品。这些作品最初与西游故事并无交集，何以后来二郎神故事、哪吒故事与西游故事会发生杂交？这需要一个合理的解释，需要一个明确的可以解释的发生路径。

元代杂剧《二郎神醉射锁魔镜》恰恰就能解释为何二郎神故事、哪吒故事与西游故事发生了杂交。根源是《二郎神醉射锁魔镜》中的一系列形象被吸收到西游故事中。而自从进入西游故事以后，二郎神故事与哪吒故事都失去了独立进化的能力，最终它们都未能形成单独的文学作品。凡此种种应该是中国文学进化中一个值得重点剖析的现象。

第二节　吴昌龄《唐三藏西天取经》杂剧

元代吴昌龄撰有《唐三藏西天取经》杂剧，今已佚。天一阁本《录鬼簿》载有此剧题目正名。后来赵景深在明天启四年止云居士所著《万壑清音》中发现了"诸侯饯别"等两折，世人才得以一睹吴昌龄《唐三藏西天取经》的面貌。

虽然吴昌龄《唐三藏西天取经》杂剧明中后期以来都处于佚失状态，但这部作品以它较为准确的西域地理知识，在西游故事进化历程中拥有重要的历史地位。各类西游故事作品，往往都缺乏足够的西域历史地理知识，而使得作品结构不严谨，地理框架漏洞百出。而吴昌龄《唐三藏西天取经》杂剧的价值就在于补足了这一缺点。它关于大唐与西域距离十万八千余里的说法，它关于唐僧西行所经西域的诸多地名的说法，都为后来的西游作品所吸收。可以说，百回本《西游记》的西域地理框架，主要就是来自吴昌龄《唐三藏西天取经》杂剧。这正是吴昌龄《唐三藏西天取经》杂剧在西游故事进化历程中不可替代的作用。

一、吴昌龄的生平与文学创作

我们对吴昌龄的生平知道的很少，有一些论著对吴昌龄生平进行了一些考

订 ❶，但还是有很不清楚或分析错误的地方。

元代钟嗣成所著《录鬼簿》将吴昌龄列入"前辈才人有所编传奇于世者五十六人"，名列其中第三十二名，著录了他的九部作品，其中有《唐三藏西天取经》。❷ 考虑到《录鬼簿》在排列作家时，一般按照生卒年月进行排列，可推断吴昌龄为元代前期的杂剧作家，相对于钟嗣成是前辈。钟嗣成（约1279—约1360），元顺帝时著《录鬼簿》二卷，有至顺元年（1330）自序。可见至1330年前后，吴昌龄已逝世或已到晚年。据此，吴昌龄应生于元朝建立之初。

《录鬼簿》又载吴昌龄是"西京人"。元代的西京为今山西大同。关于吴昌龄更详细的材料见于贾仲明《录鬼簿续编》，其中的"吊吴昌龄"谈道：

> 西京出屯俊英杰，名姓题将《鬼簿》写。《走昭君》《东坡梦》《辰钩月》《探狐洞》《赏黄花》，色目佳。《西天取经》，行用全别。《眼睛记》《狄青扑马》《抱石投江》《货郎末泥》，十段锦，段段和协。❸

这里提到吴昌龄的十部作品。后曹栋亭本《录鬼簿》又著录了一本《鬼子母揭钵记》，该剧今存两曲。吴昌龄作品中存有较多的是《张天师断风花雪月》（即《辰钩月》），《东坡梦》和《西天取经》（仅残存二折）。

贾仲明称他为"西京出屯俊英杰"，"西京"为今大同，说明他进行过屯田。至于屯田的地点是在蒙古，还是西域，证据不足，难以判断。但从吴昌龄的多部作品谈到西域。可推知，其人生经历中可能有到过西域。

另外，从《录鬼簿》《录鬼簿续编》的著录来看，吴昌龄有一部叫《西天取经》的杂剧，但没有一部叫《西游记》的杂剧。这一点对我们确定不同西游故事作品，是有帮助的。

二、吴昌龄《西天取经》的西域地理

综合来看，吴昌龄的西域、中亚地理知识，比较全面，其作品中的多种说法比较准确。如杂剧中多次提到"五印度"的概念。如剧中说"今有大唐三藏师傅往西天五印度取大藏金经"。"五印度"之说见于玄奘《大唐西域记》记载：

---

❶ 张继红、郭建平.吴昌龄生平考［J］.中华戏曲，1996（2）.

❷ 钟嗣成.录鬼簿三种校订［M］.王钢，校订.郑州：中州古籍出版社，1991：65.

❸ 钟嗣成，贾仲明.录鬼簿新校注［M］.马廉，校注.北京：文学古籍刊行社，1957：92.

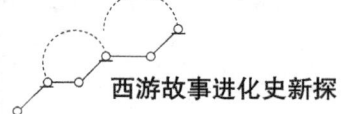

> 五印度之境，周九万余里。三垂大海，北背雪山。北广南狭，形如半月。画野区分，七十余国。

五印度包括东西南北中五印度。此外，吴昌龄非常强调西域的相关宗教、地理、文化概念，深度铺陈了唐僧经过西域的状况，这些内容很多在后来的百回本中没有了。

考诸正史，玄奘取经时，伊斯兰教尚未兴起。西域与中亚，玄奘所到之处，皆为佛国。可见，百回本《西游记》不涉及具体中亚历史地理的写法，反而可能更接近历史事实。

而吴昌龄的相关描述，反而严重不符合唐代的历史事实。因为随着伊斯兰教在中亚的传播，佛教面临巨大挑战。几百年之后，佛教在中亚几乎绝迹了。至20世纪，玄奘瞻仰过的佛教圣地、景致，唯有阿富汗商路上的巴米扬大佛遗存下来了，但如今亦被塔利班给炸毁。

其实，到吴承恩的时代，中亚就基本无佛教了。所以吴承恩淡化中亚历史地理，比吴昌龄的强调中亚的伊斯兰教状况，反而更符合唐代的历史事实。可能正因此，吴昌龄的西游记杂剧就佚失了。

吴昌龄杂剧中的描述，虽然不符合唐代的西域地理，但确实是符合元代的西域地理。事实上，吴昌龄的整个剧作是比较符合元代的西域地理的。吴昌龄杂剧中说：

> 难为了也！师傅你自出国到西天的路程有十万八千余里。过了俺国，此去便是河湾东教、西教、小西洋、大西洋，往前就是哈密城、西番乌斯藏、车迟国、暹罗国、天主国、天竺国、伽毗卢国、舍卫国，那国内有一道横河，其长无许，其阔有八百余里。有一桥，名曰铁线桥；若过得此桥，便是释迦谈经之所，叫做伽耶城，歧遮峪。往前就是五印度雷音寺了。❶

这里首先提到了从大唐到西天的路程是"十万八千余里"，这一说法显然不正确。按照玄奘本人在《还至于阗国进表》中的说法是："始自长安神邑，终于王舍新城，中间所经，五万余里。"但这个"五万余"里并不是长安与天竺之间

---

❶ 刘荫柏.西游记研究资料［M］.上海：上海古籍出版社，1990：199.

的直线距离或陆路距离，因为按照《大唐大慈恩寺三藏法师传》中所描述的玄奘西行路线，他并未直接向天竺进发，而是中途在天竺北部的今中亚地区进行了多年的漫游。因此玄奘所说的"中间所经，五万余里"是经过漫游，绕了一大圈的结果，是总的旅程。

　　按照欧阳修《新唐书》中对天竺国的记载："天竺国，汉身毒国也，或曰摩伽陀，曰婆罗门。去京师九千六百里，都护治所二千八百里。"❶ 准确的距离只有一万里不到。再从现代地理学角度来说，今天西安到印度新德里的地面直线距离约3000公里，考虑到古代交通的落后，往往需要绕道而行，因此古代商人从大唐经西域、阿富汗等地至天竺的陆路距离，应在5000公里以内，约为古代的一万里。所以"十万八千余里"即五万公里的说法，显然也是不符合事实的。

　　同时，这段话中的地理还有另外一些问题。唐僧出关两个月，因而必定还在今中国新疆地区，那么其中的"河湾东敖、西敖、小西洋、大西洋"是何处？"往前就是哈密城、西番乌斯藏"，哈密是今新疆哈密，则"河湾东敖、西敖、小西洋、大西洋"应在今哈密与阳关之间，然而考诸相关史书，这一带地区并无这样的地名。这说明这些地名，有可能是杜撰的。当然也不排除其他的可能性，考虑到元代西域的诸多变化，有可能"河湾东敖、西敖、小西洋、大西洋"确实是当时的西域地名；或者这些名称是当时西域一些地名的俗称；又或者并非正式地名，而是某种特定的称呼。

　　再如车迟国，会不会就是古代西域"车师国"的一音之转。车师国为古代西域诸国之一，其国都交河，位于今新疆吐鲁番西北。

　　暹罗国的地名不对，"天竺国、伽毗卢国、舍卫国"的地名不符合唐代或元代的地理，合理的推测是"天竺国、伽毗卢国"有可能是一种俗称，"舍卫国"则是印度古代的地名。

　　最后说"狮蛮国"的问题。在《大唐三藏取经诗话》中有狮子林，此处《唐三藏西天取经》则有"狮蛮国"，而在后来的《西游记平话》中有"今按法师往西天时，初到师陀国界"。百回本《西游记》第七十四回则有狮驼岭狮驼国。似乎都在说狮子故事。

　　然而事情并不是如此简单。因为《唐三藏西天取经》中说的"狮蛮国"只是一个简称，全称在后文提到了，是"阒狮蛮"。老者唱道：

---

❶　欧阳修，宋祁.新唐书［M］.北京：中华书局，1975：6245.

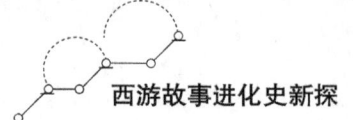

却离了中华得这佛国，您便来到他这里阔狮蛮的田地……师傅，您是必休笑俺是个阔狮蛮。❶

所谓的"阔狮蛮"，一般通译"答失蛮""达失蛮"，中亚地区称伊斯兰教师为 Dānishmand，元代译作"答失蛮"，用于指伊斯兰教的神职人员。《元史》中大量将答失蛮与僧、道并列，如"至元元年春正月癸卯，命儒、释、道、也里可温、答失蛮等户旧免租税，今并征之"（《元史·世祖本纪》）。吴昌龄用"阔狮蛮"一语也是强调了其宗教含义。

吴昌龄在这里想要表达是，唐僧到了西域。该老者是一个"阔狮蛮"，属于伊斯兰教的掌教人员。唐僧与该老者的会面，就呈现出佛教与伊斯兰教交流的场景。可见该剧题目正名，应指的是在东楼进行伊斯兰祷告。剧中唱道：

才离了叫佛楼，我刚下这拜佛梯，阿啰呼吸吧嘚啰……俺这里望西天叫佛了这一回，俺将那吲叭嘚啰在我这头上缠，将那别离行紧忙披，您这厮误了俺的看经。❷

这里的"叫佛楼"是伊斯兰教清真寺之类的祷告场所。南宋郑所南《心史》载："创叫佛楼，甚高峻。时有人发重誓，登楼上，大声叫佛不绝。"

如果以上分析正确，则吴昌龄《唐三藏西天取经》杂剧，已经涉及伊斯兰教与佛教的关系问题，也说明吴昌龄的这部杂剧是比较写实的。

总之，吴昌龄关于"阔狮蛮"的说法，是符合元代的西域、中亚地理的。这都说明，吴昌龄撰写《唐三藏西天取经》时，其历史地理架构是比较"征实"的，参考了当时的西域、中亚状况。当然，这种状况更多的只是元朝时期的状况，并不符合唐朝初期中亚、西域的状况，也不符合玄奘《大唐西域记》中描绘的中亚、西域状况。

三、《唐三藏西天取经》在西游故事进化史上的作用

吴昌龄《唐三藏西天取经》杂剧在西游故事进化史上起到了承前启后的重要

---

❶ 刘荫柏.西游记研究资料［M］.上海：上海古籍出版社，1990：200.

❷ 朱一玄，刘毓忱.西游记资料汇编［M］.天津：南开大学出版社，2002：78.

作用。这些作用包括在"西域书写"上的作用，在情节进化上的作用。可具体来说：

第一，该剧中的"西域书写"因其较高的准确性，对后来的西游故事有较大影响。

从吴昌龄《唐三藏西天取经》中比较"征实"的西域地理来看，该剧受《大唐三藏取经诗话》影响较少，没有采纳《大唐三藏取经诗话》中虚构的西域地理，《大唐三藏取经诗话》中的女儿国之类亦未谈及。这使得《唐三藏西天取经》看起来像一部正剧，或历史剧。诸多的细节，都尽量符合历史事实，淡化了妖魔鬼怪的成分。

第二，情节进化上，《唐三藏西天取经》的进化史作用也可圈可点，有些后来在百回本《西游记》中重点讲述的内容，较早见于《唐三藏西天取经》。

吴昌龄杂剧中的很多题材，为百回本《西游记》所继承，尤其是《唐三藏西天取经》中关于路途行程的说明，很可能后来的西游作者就是按照这些描述，规划了唐僧西行的路线。《唐三藏西天取经》中说：

> 过了俺国，此去便是河湾东教、西教、小西洋、大西洋，往前就是哈密城、西番乌斯藏、车迟国、暹罗国、天主国、天竺国、伽毗卢国、舍卫国，那国内有一道横河，其长无许，其阔有八百余里。有一桥，名曰铁线桥；若过得此桥，便是释迦谈经之所，叫做伽耶城，歧遮峪。往前就是五印度雷音寺了。

此段引文中的车迟国、天竺国、舍卫国、雷音寺，都成为后来百回本《西游记》中重点敷陈的内容。铁线桥的内容见于《西游记》第九十八回：

> 大圣引着唐僧等，徐徐缓步，登了灵山，不上五六里，见了一道活水，滚浪飞流，约有八九里宽阔，四无人迹。三藏心惊道："悟空，这路来得差了，敢莫大仙错指了？此水这般宽阔，这般汹涌，又不见舟楫，如何可渡？"行者笑道："不差！你看那壁厢不是一座大桥？要从那桥上行过去，方成正果哩。"长老等又近前看时，桥边有一扁，扁上有"凌云渡"三字，原来是一根独木桥……八戒慌了道："这是路，那个敢走？水面又宽，波浪又涌，独独一根木头，又细又滑，怎生动脚？"……行者按住道："这是什么去处，许你驾风雾？必须从此桥上走过，方可成佛。"

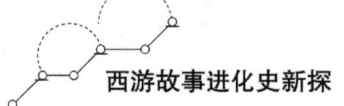

很明显，百回本《西游记》的第九十八回受吴昌龄的西天取经杂剧影响很大，其内容大体是从吴昌龄的作品垂直进化而来。

由于吴昌龄西天取经杂剧只残存一部分，所以目前无法知道，他是否着重写了车迟国、天竺国、舍卫国、雷音寺中的各种故事，但想来不应该一点都不涉及，在其所提到的地名中，应该或多或少都发生了些故事。后来百回本《西游记》或《西游记平话》中都重点写了这些地方发生的故事。例如，后来在百回本《西游记》，天竺国之前加了个"大"字，形成大天竺国；雷音寺之前也加了个"大"字，形成大雷音寺。据此，还衍生出了小雷音寺的故事。

第三，《唐三藏西天取经》所重点铺陈的一些情节在后来的西游故事作品中都被淡化，乃至删除了。

《唐三藏西天取经》的题目正名中，吴昌龄所说的"东楼叫佛"，显然是指伊斯兰教的礼拜。说明作者吴昌龄大体已经知道了伊斯兰教在中亚地区的扩张，大体已经了解了佛教在中亚与西域的衰败。所以吴昌龄强调了伊斯兰教与佛教并存的状况，强调了二者的某种文化差异。

但是这些涉及伊斯兰教的内容，在后来百回本《西游记》中都不见踪影了。说明这些内容是在故事进化的历程中被淘汰的。

四、吴昌龄《东坡梦》杂剧中的西游内容

据《录鬼簿续编》，吴昌龄有十二部元杂剧作品，除《西天取经》之外，现存的只有两部，即《辰钩月》(《张天师断风花雪月》)，《东坡梦》(《花间四友东坡梦》)。从这两部现存作品中，亦能看到一些与西游故事有关的内容。

在这部名为《花间四友东坡梦》的杂剧中也谈到了玄奘西天取经的问题，见第四折：

> （旦儿云）你出家人比不得唐三藏。（正末唱）你道俺出家人不及那往西天的唐三藏，却原来你是曲江头黄四娘。（旦儿云）我只待坚心招你做新郎。（正末唱）你道是坚心儿招俺做新郎，（旦儿云）留了方丈，和你同归洞房。（正末唱）你教我留了方丈，同归那个洞房，（带云）那里有和尚做女婿的？（唱）俺可甚么帽儿光光。❶

---

❶ 王学奇.元曲选脚注［M］.石家庄：河北教育出版社，1994：3142.

　　吴昌龄的《东坡梦》，全名《花间四友东坡梦》，今仅存《元曲选》本。但明代臧懋循在编选《元曲选》时有大量删改。王学奇先生认为《元曲选》本并非吴昌龄原本，而是经过了明代人修订"剧中有些曲牌、格式及曲辞属明代所有，疑后人改动较大"❶。虽则有很多改动，故事情节应变化不大，可能一些具体的文字有改动。上引的这段谈唐三藏做女婿的内容，应该符合吴昌龄原作的状况。

　　如果确实如此，那么，可以认为，在吴昌龄创作《东坡梦》时，社会上流传的西游故事作品中，已经有了招唐三藏为女婿或女妖爱慕唐三藏的内容。或者，会不会吴昌龄就创作过类似的内容？

　　考六本二十四出的《西游记杂剧》，其中就有一出"女王逼婚"。而这部六本二十四出的《西游记杂剧》，在日本人盐谷温发现时，其封面即印有作者吴昌龄。只是后来的学者否定了这一点。会不会吴昌龄确实创作过一部并非名为《西天取经》的西游杂剧，其中包含有女王向唐僧逼婚的情节？这一问题是值得思索的。

　　另外，笔者认为，猪形象进入西游故事，最开始很可能就与吴昌龄有关。后来杨景贤有同题作品《佛印烧猪待子瞻》，可见杨景贤受到吴昌龄的很大影响，而杨景贤也创作有一部名为《西游记》的杂剧。可见，猪形象进入西游故事，不排除与吴昌龄或杨景贤有关。

　　最后尤其值得注意的是，《东坡梦》杂剧中出现了"心猿意马"概念的运用，见第二折，佛印的唱词：

　　【梁州第七】本待要去西方脱除了地狱，我怎肯信东坡泄漏了天机。半生苦行修持力，把心猿锁闭，意马收拾，由他闲戏，任你胡为。

　　而在《东坡梦》第四折又谈到了唐三藏（也是佛印的唱词）。则可以认为，吴昌龄的《东坡梦》很可能是历史上第一部将唐三藏与"心猿意马"联系到一起的作品，具有不可忽视的进化史意义。

　　虽然《东坡梦》中的这种联系只是一种偶然的非直接的联系。但即使是偶然的联系，它在西游故事进化史上也具有重要意义。因为百回本《西游记》形成的关键因素就是，玄奘西游故事与全真教"心猿意马"概念紧密地结合，以至于最终整个西游故事被道教内丹化了。

---

❶　王学奇.元曲选脚注［M］.石家庄：河北教育出版社，1994：3123.

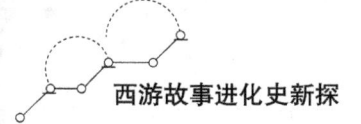

第三节　六本二十四出《西游记杂剧》

关于六本二十四出的《西游记杂剧》的作者与时代，学术界有较大争议。❶
以鲁迅为代表的一部分学者根据书上的署名"元吴昌龄撰"，认为是元代吴昌龄
作。而以孙楷第为代表的部分学者认为是元末明初杨景贤作，亦有以太田辰夫为
代表的部分学者认为是明末书商伪造的。

从文学进化的角度，作品的作者有时并不重要，但作品的创作年代则非常重
要。若《西游记杂剧》诞生于元代或元末明初，其部分内容必然被吸收进了百回
本《西游记》中，自然有其进化史意义。而如果《西游记杂剧》诞生于明末，则
该作品进化史意义就不大了。

故而对六本二十四出《西游记杂剧》进行一些创作年代的考证，还是必要
的。有助于我们从进化史的角度，把握西游故事的演变。

一、《西游记杂剧》作者疑云

1928 年盐谷温在调查中国小说资料时，于日本宫内省图书寮发现六本
二十四出的《西游记杂剧》。该书刊于万历四十二年（1614），书名为《杨东来
先生批评西游记》，共六卷，二十四出，其上署名"元吴昌龄撰"。该版本至今
仍为海内外孤本，此后未再发现同一版次或类似版次的版本。因其封面题"元吴
昌龄撰"，则应是一部元代的杂剧。但问题在于，这部书增加了明代人杨东来的
"批评"，且刊刻于百回本《西游记》流行之后，会不会像当时流行的《李卓吾
先生批评水浒传》一样是伪托的？

从元末明初人贾仲明《录鬼簿续编》的著录来看，元代吴昌龄有一部叫《西
天取经》的杂剧，但没有一部叫《西游记》的杂剧。而吴昌龄《西天取经》杂剧
是很明确的，里面有大量关于色目人的内容。这些内容却不见于六本二十四出的
《西游记杂剧》。

1939 年孙楷第先生撰了《吴昌龄与杂剧西游记》一文，认为盐谷温发现的

---

❶　关于这部六本二十四出的杂剧，正式的名字叫什么，学术界意见尚未统一。一般称为《西游记》
杂剧。但在本书中，这一说法，容易与百回本《西游记》的相关改编混淆。因此，在本书中，笔者采用"西
游记杂剧"的名称。

六本二十四出《西游记杂剧》并非元代吴昌龄作品，而是杨景贤的作品。❶孙楷第的观点很快得到学术界的认可，并成为主流观点。如最初，赵景深先生认为，《西游记杂剧》为吴昌龄所作❷，但1945年，赵先生根据孙楷第的观点，撰文指出鲁迅《中国小说史略》中应修订之处"此外较新的发现……《西游记杂剧》作者非吴昌龄，乃杨景言：凡此，都是应该修正的。"❸

孙楷第先生的观点虽然成为主流，但此前的观点，亦有学者坚持。至今还有包括严敦易、太田辰夫、李时人、熊发恕、李小龙❹等很多学者在反问：此六本二十四出的《西游记杂剧》到底是吴昌龄还是杨景贤的作品？❺这些学者的反驳意见，都是逻辑充分，值得深思的。

结合学术思潮来看，孙楷第先生撰文的1939年正是古史辨学派盛行之时，古史辨派往往根据文本中的一部分内容，甚至一小条材料，而辨明古籍为假。然而当代的考古发现证明，由于古书流传过程中，在历代都会经历增删，所以仅根据书中一部分内容来判断古籍真伪是容易出问题的。这在方法论上就是不严谨的。而古籍的记载，往往有其严肃性。即使我们今天看起来是错误的记载，也可能有其正确性，或有其历史原因。

以六本二十四出的《西游记杂剧》为例，既然原书孤本上题名是吴昌龄撰，我们就不能轻易否定吴昌龄的著作权。我们也许可以从文献学上列出若干条颇有说服力的理由。但大量出土文献例证表明，这些貌似"颇有说服力的理由"，很可能不成立。因为古籍流传的过程很复杂。具体来说，钟嗣成《录鬼簿》、贾仲明《录鬼簿续编》都只提到吴昌龄有名《唐三藏西天取经》的杂剧，未提到他有六本二十四出的《西游记》杂剧。❻会不会是钟嗣成、贾仲明漏写了？或者《唐三藏西天取经》杂剧与《西游记杂剧》其实是同一部作品。只是《唐三藏西天取经》是一个更早的版本，后来扩充为了六本二十四出的《西游记杂剧》？又或者，有没有可能六本二十四出《西游记杂剧》是吴昌龄的遗稿？直到吴昌龄死后，才流入图书市场？由此很多人并不知道吴昌龄有这么一部六本二十四出的《西游记

❶　孙楷第.吴昌龄与杂剧西游记［M］//沧州集.北京：中华书局，2018：343–371.

❷　赵景深.吴昌龄的《西游记》杂剧［M］//赵景深文存.上海：上海古籍出版社，2016：206.

❸　赵景深.关于《中国小说史略》［M］//赵景深文存.上海：上海古籍出版社，2016：662.

❹　李小龙.《西游记》命名的来源——兼谈《西游记》杂剧的作者［J］.北京师范大学学报（社科版），2016（6）.

❺　熊发恕.《西游记杂剧》作者及时代考辨［J］.四川师范大学学报，1990（2）.

❻　钟嗣成、贾仲明.录鬼簿新校注［M］.马廉，校注.北京：文学古籍刊行社，1957：92.

杂剧》。或者后人对吴昌龄《唐三藏西天取经》杂剧进行了重新编订，又增补了一些内容，而形成了六本二十四出的《西游记杂剧》？

这些情况从逻辑上都是可能的。况且我们对吴昌龄的生平知道的很少。在不能做到"知人论世"的情况下，所下的判断往往容易出现失误。所以孙楷第根据一些文献学上的"证据"，否定了白纸黑字写在六本二十四出《西游记杂剧》上的元代吴昌龄的著作权，是并不充分的，是很有可能出错的。实际上清代在《四库全书总目提要》也经常凭借只言片语，否定前人的著作权。如《木天禁语》署名范梈，元明乃至清初，都是定论，屡为名家称引。至《四库全书总目提要》给否定了。然而其否定的理由显然是错误的。范梈应是《木天禁语》的作者无疑。

其实仔细研读孙楷第的论文，会发现孙楷第的逻辑链条并不完整，思维也很不严密，很跳跃。其最核心的证据是，1939 年孙先生看到一个明代李开先《词谑》的清代藏抄本，里面引了杨景夏《玄奘取经》第四出。❶ 问题是这些涉及杨景夏的内容在明刊本《词谑》中并没有，且此后多种版本的《词谑》中都没有。无法保证孙先生所看到的这个抄本的内容是否为清代随意添加。而且时至今日，孙先生当初所看到的抄本，早已不知去向了。也即至今，已几乎没有任何证据，能够证明孙先生的观点。

退一步说，即便《词谑》抄本中提到的"杨景夏"，就是元末明初人杨景言（杨景贤），即便孙楷第先生否定吴昌龄著作权的观点是正确的，那既然作者不是吴昌龄，其真实作者又是谁？这依然是个很大的问题。孙楷第先生认为是元末明初人杨景贤，这显然是一种纯粹的猜想。从严格推理的角度，从现有证据，从合理逻辑的来说，认为元末明初人杨景贤是六本二十四出《西游记杂剧》的作者的理由是明显不充分的。

当然，从另一个角度来看，孙楷第的结论，有其一定的合理性，也可能是对的。六本二十四出的《西游记杂剧》确为杨景贤所作。就是说，诚如孙楷第1939 年论文所说的，有一种可能性：最初杨景贤发表六本二十四出《西游记杂剧》的时候，并未署名。所以在流传过程中，一部分人不清楚这部《西游记杂剧》的作者是谁，但考虑到吴昌龄有一部《唐三藏西天取经》，于是后来在流传中，一些人把吴昌龄署名为六本二十四出《西游记杂剧》的作者。

---

❶ 孙楷第.吴昌龄与杂剧西游记//沧州集［M］.北京：中华书局，2018：354.

二、《西游记杂剧》创作年代疑云

关于六本二十四出的《西游记杂剧》，有一种意见认为，该剧在西游故事进化史上不具有重要作用，甚至有可能诞生于百回本《西游记》之后 ❶。如太田辰夫认为六本二十四出的《西游记杂剧》"可能是假托吴昌龄所作，为了和当时通行的《西游记》剧乃至小说《西游记》对抗而别立一家的作品。" ❷ 此看法在逻辑上可以成立，因为明代的很多小说戏曲，为了吸引读者、便于销售，往往托名前代作者或者假托古本。

六本二十四出的《西游记杂剧》，题名《杨东来先生批评西游记》，包含有大量的批点、勾划、圈点，但只有极少数几条评语。书前有"杨东来先生批评西游记总论"，署名为"勾吴蕴空居士"，总论中提到：

> 北调仅《西厢》二十折，余俱四折而止，且事实有极冷淡者，结撰有极疏漏者，独是编至二十四折，富有才情，最堪吟咀。尝见俗伶所演《西游》，与此大不相同，殊鄙亵可笑，是编出，而桃花扇底增一钜丽之观，庶可与俗伶洗惭矣！ ❸

蕴空居士是一位佛家居士，他所指称的"俗伶所演《西游》"，有可能指的是以世德堂百回本《西游记》为底本改编的戏曲，而从"鄙亵可笑"四字来看，这种可能性还是很大的，因为百回本《西游记》是一部"谐剧"，里面有很多喜剧的内容。

蕴空居士似乎是一位较为严肃的佛教居士，接受不了百回本《西游记》中"呵佛骂祖""嘲笑佛教"的内容。而作为对照的《西游记杂剧》中有大量严肃的、较专业的佛教内容，明显具有阐扬佛教教义的倾向。这就启示我们，这部万历四十二年（1614）的《西游记杂剧》，真有可能是在万历二十年世德堂百回本《西游记》流行之后才创作的。目的就是反击百回本《西游记》，以阐扬佛教，以正视听。

蕴空居士作为一位虔诚的佛教居士，可能接受不了百回本《西游记》中大量

❶　严敦易.《西游记》和古典戏曲的关系［M］//西游记研究论文集.北京：作家出版社，1957：152.

❷　太田辰夫.西游记研究［M］.王言，译.上海：复旦大学出版社，2017：132.

❸　陈均评注.《西游记杂剧》评注本［M］.贵阳：贵州教育出版社，2018：4.

的对佛教的否定、讽刺、嘲弄，比如第九十八回对如来佛祖犹如市侩的刻画。所以蕴空居士等人有动机，创作一部"拨乱反正"的《西游记杂剧》。而结合总论中，对为何前人未提到吴昌龄有这部《西游记杂剧》的辩解来看。蕴空居士有"做贼心虚"之态：

> 弇州《艺苑卮言》，凡词家悉加月旦，或摘其佳句，或标其名目，可谓详赡矣。至昌龄则仅举其所撰《东坡梦》《辰勾月》而称之，竟不及是编。何以故？夫弇州该览群籍，纤钜靡遗，岂是编尚未之睹耶？兹役也，蒐中郎之秘检，发汲冢之鸿辉，弇州而在，当为抚掌。❶

这段话，明显有"做贼心虚"之嫌。王世贞等人未提到这部书，这就启人疑窦。显然很多人会怀疑这部书是假的。故而蕴空居士需要这样辩解一番。

当然，这仅仅是猜测，根据一些疑点的猜测。这种猜测也有可能是毫无道理的，是"邻人疑斧"，是一种"越看越像"的自我暗示的妄想。要之，由于证据不足，即使作者不是吴昌龄，我们也无法轻易认定《西游记杂剧》作于元末，是元末杨景贤或无名氏的作品。逻辑有时会失效，一切只能存疑。

综上所述，六本二十四出的《西游记杂剧》的作者与创作年代，至少有四种可能：一是元代吴昌龄作；二是元末明初杨景贤作；三是百回本《西游记》出版前，伪造；四是百回本《西游记》出版后，伪造。从逻辑上，这四种可能都存在。从存在概率上，这四种可能性都差不多。

三、笔者的观点：逻辑失效论

关于这本书的命名，其实也有问题。这部书现在学界一般称为"《西游记》杂剧"或"《西游记杂剧》"❷，但实则它封面上所写的是"杨东来先生批评西游记"，刊刻的年代在明万历四十二年（1614）。书名中，根本就没有"杂剧"字样，我们称之为"《西游记》杂剧"或"《西游记杂剧》"，只是用"杂剧"二字来概括它的外在形态是杂剧。所以这只是我们的一种"俗称"或"通称"，并不是一种准确的称法。

---

❶ 陈均评注.《西游记杂剧》评注本［M］.贵阳：贵州教育出版社，2018：6.
❷ 此二名在学界，基本是混用的状态。在本书中笔者倾向于称之为"《西游记杂剧》"。但其实，无论叫"《西游记》杂剧"，还是叫"《西游记杂剧》"，其实都不甚准确，各有优缺点。

　　学术界在指称"《西游记》杂剧"或"《西游记杂剧》"时，所隐含的意义，实则指的是元代或元末明初的西游故事版本。我们几乎是在推测，在杨东来对它评点之前，它有一个更早的本子，这个本子可能是元杂剧版本。如果没有这个"设想"中应当存在的元代版本，如果它到明代才被创作出来，却伪托元代，那么我们关于它的很多认识，就必将大错特错了。

　　因此，综合各家观点，笔者认为，难以判断《西游记杂剧》的真实创作年代，各种创作年代都有可能，都有正面的证据，亦都有负面的证据。总的来说，以目前的文献学证据，难以定于一说，强行施以一般性逻辑推理，则各种可能都存在：

　　第一种可能，是元代吴昌龄作。

　　因为，这部杂剧署名就是元代吴昌龄。一般情况下，我们没有确凿证据，不能轻易否定。孙楷第的观点，只是看起来逻辑通顺，然而事实上是否正确我们无从判断。

　　那些看似成立的否定吴昌龄作者权的证据、逻辑论证，无论看起来"多么有道理""多么合理"，都有可能是错误的。这是由古代文献流传的复杂性决定的。就是说，在证伪古籍的作者问题上，很多时候，逻辑是失效的。比如，如果该作品是吴昌龄所作，为何元末明初的《录鬼簿》《录鬼簿续编》等多种曲学著作、目录学著作中未提到？一般来说，这就证明该书并非元代作品，至少证明该书非元代吴昌龄作品。这就是逻辑。然而这种"逻辑"，已被证明在判断古籍作者问题上存在问题。因为古籍流传过程复杂，有几十种可能出现的意外情况，而这种"逻辑"太过简单，不足以判断复杂事件。

　　第二种可能，此书正是元末明初杨景贤《西游记》杂剧。

　　这是孙楷第先生提出的观点，至今在学界是相对主流的观点。这个观点，笔者觉得也有道理。因为看起来《西游记杂剧》，情节不丰满，不像是在《西游记平话》之后创作的。既然杨景贤有一部亡佚的西游杂剧，那会不会就是这部呢？这种可能性当然是存在的。

　　只是，孙楷第提供的证据不够全面，关键的逻辑环节还有缺失。但这里必须强调，孙楷第的"证据"虽不全面，"逻辑"虽不一定对，但不能排除，孙楷第的观点就是对的。因为科学史上也有很多事例表明，"逻辑""证据"与"结论"没有必然联系。科学很复杂，有时候可以"由一知万""一管窥全豹"。但有时候"一管窥全豹"的方法又是错误的。在很多历史事例的论证中，"逻辑""证据"是对的，但"结论"却错了。相反，亦有"逻辑""证据"是错的，但"结

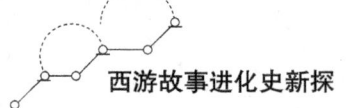

论"却对了。

孙楷第先生在《吴昌龄与杂剧西游记》一文中否定吴昌龄作者权，将之归于杨景贤的观点，当时看起来逻辑合理，但实际上有可能根本就不符合事实，是错误的。或者又可以反过来说，我们可以看出孙楷第先生有逻辑不合理的地方，如太过武断，中间环节的证据不足，但其实他的结论是对的。总之，学术史上往往存在"逻辑""证据"正确与否，与"结论"正确与否，毫无关联的情况。

笔者认为，从概率与可能性的角度来说，六本二十四出的《西游记杂剧》虽然刊刻于明末万历中后期，但可能真的是元末明初的一个版本，保存了百回本《西游记》诞生之前的一种西游故事面貌，并非明代人新编出来的。这只是笔者的推测，如果事实证明笔者错了，那就是"逻辑的失效"。

第三种可能，此书是明末书商伪造的。

这种可能性也是有的，并且是很大的，因为明末出版了多种伪造的小说。而且《西游记杂剧》的西域地理知识极少，不像元代作品，尤其不像吴昌龄的作品，更像明末的作品。种种疑点，让笔者不得不保留这种可能性：该书实为作总论者蕴空居士伪造的。或者，同时期别人伪造的，蕴空居士信以为真。

以上就是笔者的观点。每种可能性笔者都提到了，但都不能确定，既不能证真，亦不能证伪。在这里，逻辑是失效的。

笔者认为，在判断古代小说戏曲的作者问题时，必须保持这种"逻辑失效论"的基本立场。最近几十年来，在《金瓶梅》作者研究领域，提出了近百名作者候选人。在《红楼梦》作者研究领域，亦提出了几十名作者候选人。他们几乎是无限拔高自己认为的证据，漠视负面的证明，同时运用一些"看似合理"的逻辑。如果他们的逻辑是有效的，那他们就对了。而事实显然是，他们貌似正确的逻辑，必然99%是不正确的。在古代小说戏曲作者问题上，逻辑已经大体失效了。想要靠逻辑来证明谁是作者，谁不是作者，是行不通的。这应该是我们在方法论上的基本经验。

四、《西游记杂剧》的场景构成

虽然《西游记杂剧》的规模已比较大，按照元杂剧的体制达到了六本二十四出。但其内容较为简约。第一本是讲唐僧出身故事，第二本讲唐僧开始西游，提到木叉卖给唐僧受罚鬃龙变的马，第三本讲收服孙行者以及孙行者除妖，第四本讲收服沙僧和猪八戒，第五本讲过女人国以及过火焰山时遇铁扇公主，第六本讲取经与回东土。

可以看出，《西游记杂剧》把重点放在了唐僧收服孙悟空、沙僧、猪八戒三徒弟上，反而略写了唐僧师徒共同经历的取经过程。只提到了女人国、火焰山。相较于此前的《大唐三藏取经诗话》、作于元前期的吴昌龄《唐三藏西天取经》以及可能作于元代中后期的《西游记平话》等多种西游故事作品，《西游记杂剧》中的取经行程相对较少。其取经行程如下。

第七出　龙君变马

第九出　金鼎国女子，"被通天大圣摄在花果山中紫云罗洞"

第十一出　流沙河上收服沙僧

第十二出　遇鬼母，遇红孩儿

第十三出　至黑风山，收猪八戒

第十七出　至女人国

第十八出　"自离了女人国，行经一个月期"

第十九出　至火焰山，遇铁扇公主

第二十一出　"脱离了红孩儿，过了火焰山……今日到得中天竺国"

第二十二出　到灵山，参佛取经

第二十三出　回东土

这些内容更像百回本《西游记》的一个"剪辑版""编辑版"，内容被集中在了唐僧收服孙悟空等徒弟上。作为重头戏的取经过程，反而写得较少。这不像自由创作状态下的发挥，因为其内容中缺乏一个自由创作的作家所必然具有的丰富的知识、丰富的过渡形态、丰富的时代感，尤其是站在时代前沿的知识。或者说《西游记杂剧》中缺乏对时代热点的谈论与回应。最典型之处在于，如果这个作品作于元代，或元末明初，那么，这部作品中为什么没有体现出元代人应具有的丰富的西域地理知识？

结合《西游记杂剧》的文本，可以看到，其中没有涉及西域、中亚地理问题。在元代吴昌龄《唐三藏西天取经》中有较为准确的西域、中亚地理，甚至有对伊斯兰教的描写。在明代百回本《西游记》中亦提到了哈密、高昌、乌斯藏、西番、鞑靼等明代的西域地理，只是中亚地理不甚清楚。百回本《西游记》作者的西域地理知识水平，在明中后期的文人中算是较高的。

而在这部六本二十四出的《西游记杂剧》中，却基本看不到西域、中亚地理

知识。仅从这一点来看，不可能是元代吴昌龄作的，这不符合吴昌龄对西域、中亚的认识。但这只是笔者的一种逻辑，任何逻辑都依靠一定条件，如果条件不对，逻辑就会失效。

严格来说，也不能排除一种可能性：此作品为吴昌龄"遗作"。吴昌龄吸取了早年写《唐三藏西天取经》的教训，晚年写了一部架空西域地理的西游故事。在吴昌龄死后，遗稿流入图书市场，以吴昌龄之名传播，时人也难以辨别真假。类似的例子，如署名陶潜的《搜神后记》，曹雪芹创作的《红楼梦》，可能都是以遗稿的形式，进入图书流通领域的。后来人很难判断该作品是真作还是他人托名。因为其真实作者，早就过世了。

同时，以西域地理问题为观照点，笔者更不倾向于认为，《西游记杂剧》是元末明初杨景贤所作。因为元末明初，人们的西域地理知识是较为丰富的。何况杨景贤还是蒙古族作家，《录鬼簿续编》载有杨景贤传："杨景贤，名暹，后改名讷，号汝斋，故元蒙古氏，因以姐夫杨镇抚，人以杨姓称之。"作为蒙古人，杨景贤显然应具有丰富的西域知识。由他来撰写玄奘取经故事，恐怕其中会有较多的西域地理知识。而不会像《西游记》杂剧这般看起来西域地理知识面比较狭窄。

因此，仅从《西游记杂剧》中缺乏西域地理知识来看，该杂剧更像明末作品，比较鲜明地体现出了明末人们封闭的西域地理知识。

当然，这些都是笔者的一些逻辑推理。由于在判断小说、戏曲作者问题上，逻辑已经失效，故而笔者只能加以推理，但亦不能保证笔者的逻辑就符合事实。因为其中有无限可能性。我们只能就文本来谈。而从文本来看，《西游记杂剧》缺乏西域知识，这还是客观的。

五、《西游记杂剧》在进化史上的地位

关于六本二十四出《西游记杂剧》的作者、创作时代，都还有很大的争议。各种说法，互相龃龉，令人难以适从。这里笔者大体赞同学术界的主流看法，将之定为元末明初的作品。至于其作者，虽不能定（吴昌龄？杨景贤？无名氏？），但由于其时代被定于元末明初，故而可以探讨其在西游故事进化史上的地位。

据《朴通事谚解》中的记载，《西游记平话》的西游故事进化史意义更为重大。而由于有各种争论，《西游记杂剧》在西游故事成书史上的地位被认为不太重要。实事求是地说，我们不能断定《西游记杂剧》与《西游记平话》哪一个在

前。如果《西游记平话》在前，则《西游记杂剧》的进化史意义就要大打折扣；而如果《西游记杂剧》在前，则其就具有重要的进化史意义。

总的来看，《西游记杂剧》的西游取经故事很紧凑，没有平话本中那么的多难关。第一本是讲唐僧出身故事，第二本讲唐僧开始西游，提到木叉卖给唐僧受罚孽龙变的马，第三本讲收服孙行者以及孙行者除妖，第四本讲收服沙僧和猪八戒，第五本讲过女人国以及过火焰山时遇铁扇公主，第六本讲取经与回东土。

通过描述《西游记杂剧》的六本故事，我们可以得到两点结论：

第一，《西游记杂剧》是以唐僧为中心的，孙行者与猪八戒都是陪衬，而且杂剧中的孙行者与哈奴曼一点儿相似性都没有。

第二，从第五本讲西行路过女人国以及过火焰山来看，《西游记杂剧》有很强的从《大唐三藏取经诗话》直接垂直进化而来的痕迹。《大唐三藏取经诗话》提到的火类坳、女儿国在杂剧中都是主要内容。而《朴通事》中提到的车迟国内容以及"谚解"中提到的其他的难关都不见踪影。这很让人怀疑：是《西游记杂剧》在先，还是平话本在先。

另外，《西游记杂剧》还有一处硬伤。这就是"陈光蕊江流和尚"的时间问题。玄奘的生卒年、出关西行、回到长安的时间都是明确的。历史上的玄奘贞观元年从长安出发，时年 27 岁左右。在中亚和印度漫游、求学了 17 年，于贞观十八年（644）回到中国。

而在《西游记杂剧》中，玄奘是贞观三年（629）出生，陈光蕊是贞观三年被刘洪所害。第四出中写贞观二十一年（647），虞世南断了陈光蕊之案，此时玄奘 18 岁。第五出中写虞世南于贞观二十一年推荐玄奘赴西天取经。第二十三出写到，玄奘去西天 17 年才回国。

其中有一系列时间错误。且不说，虞世南在贞观十二年（638）就去世了。有关玄奘的时间叙述也不对。历史上的玄奘是贞观元年出发取经，而《西游记杂剧》中是贞观二十一年出发取经，时间推后了 20 年。

是不是此前的"陈光蕊江流和尚"就犯了这样一个错误，而《西游记杂剧》因袭过来了？

值得注意的是，世德堂百回本《西游记》小说中，没有详细描写唐僧出身故事。百回本《西游记》小说，关于玄奘出发去取经的时间也有问题。百回本第十回，地府判官给唐太宗增加了 20 年阳寿，这让真实的唐太宗在位 23 年变成了小说中的唐太宗在位 33 年。

而按照小说的叙述，玄奘是贞观十三年（639）离开长安，历经 14 年，回长

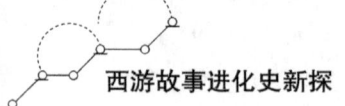
安时，唐太宗李世民还在位，则是贞观二十七年。然而此时历史上真实的唐太宗早已逝世。贞观的年号，至贞观二十三年为止，根本就没有贞观二十七年！小说大概为了彰显唐太宗取经的功德，给他增加了阳寿，则在小说中，贞观二十七年是作者刻意为之。

也就是说，《西游记杂剧》和百回本《西游记》小说，在玄奘出发的时间上都错了。前者定为贞观二十一年，后者定为贞观十三年，准确的年份是贞观元年。相对来说，百回本《西游记》更正确一些。百回本《西游记》的时间逻辑相对比较严密，貌似不正确的地方，实为作者的刻意安排。

第四节　杨景贤的元杂剧《西游记》

元末明初杨景贤的元杂剧《西游记》，早已佚失。1939 年，孙楷第撰《吴昌龄与杂剧西游记》一文，认为盐谷温发现的六本二十四出《西游记杂剧》（即《杨东来先生批评西游记》）并非元代吴昌龄作品，而是杨景贤的作品。从此，这部由日本人盐谷温发现的六本二十四出《西游记杂剧》，被视为杨景贤作品。但严格来说，除了孙楷第的"猜想"，至今没有任何证据能证明六本二十四出《西游记杂剧》是元末明初杨景贤的作品，甚至连沾边的证据都没有。

现在唯一称得上"逻辑证据"的东西是，《录鬼簿续编》记载杨景贤有一部名为《西游记》的元杂剧。但是在笔者看来，这部名为《西游记》的作品，到底是不是讲玄奘西天取经的故事都是个问题。从一些迹象来看，也不能排除这部《西游记》讲述的是丘处机西游的故事。

不过，如果杨景贤这部戏曲作品确实是演绎玄奘故事的，那么，它应该对百回本《西游记》有过很重要的影响，例如，它有可能在西游故事与全真道的关系和"心猿意马"的问题上，对百回本《西游记》产生过重要影响。

一、杨景贤的生平与全真道倾向

关于杨景贤《西游记》我们得从另一个角度进行分析。据贾仲明《录鬼簿续编》的记载：

> 杨景贤名暹，后改名讷，号汝斋。故元蒙古氏。因从姐夫杨镇抚，人以杨姓称之。善琵琶，好戏谑，乐府出人头地。锦阵花营，悠悠乐志。与余交

五十年。永乐初与舜民一般遇宠。后卒于金陵。

《天台梦》（卢时长老天台梦）、《生死夫妻》、《酖江楼》（周月仙风波明月渡 柳耆卿诗酒酖江楼）、《偶时救驾》、《西湖怨》（月夜西湖怨）、《为富不仁》（贪财汉为富不仁）、《待子瞻》（牡丹娇风魔禅衲 佛印烧猪待子瞻）、《三田分树》（动神祇兄弟团圆 感天地田真泣树）、《西游记》、《红白蜘蛛》、《巫娥女》（楚襄王梦会巫娥女）、《保韩庄》（一箭保韩庄）、《刘行首》（王祖师三化刘行首）、《盗红绡》（魔勒盗红绡）、《鸳鸯宴》（陶秀英鸳鸯宴）、《东岳殿》（大闹东岳殿）、《海棠亭》（月夜海棠亭）、《两团圆》（次本）。❶

这段材料记载杨景贤的生平、作品已经较为详细，把杨景贤的事迹，尤其是作品的内容都讲了。从作品目录来看，杨景贤确实是一个很有才华的戏曲作家。《录鬼簿续编》，称他"乐府出人头地……与余交五十余年"，说明《录鬼簿续编》的记载，都非道听途说，很多是第一手资料。

从这段材料来看，杨景贤在永乐初年还在世，并受到明成祖朱棣的宠遇。永乐帝在位是 1403—1424 年，朱元璋在位是 1368—1398 年。由此，杨景贤可能生于 1335 年前后，他的一些作品应创作于元末。

据《录鬼簿续编》，杨景贤的戏曲作品有十八部，实则只有《刘行首》今存，《天台梦》存残曲。臧懋循《元曲选》收有《马丹阳度脱刘行首》，并署杨景贤撰，在收入《元曲选》时，臧懋循可能对该剧的部分文字做了修改。

从内容来看，《马丹阳度脱刘行首》是一部典型的反映全真道的作品，第一折以王重阳开场，提到王重阳有七大弟子"云此金莲七朵，乃是丘、刘、谈、马、郝、孙、王；恁七人可传俺全真大道"。❷ 杂剧讲全真道创始人王重阳想度化一位"鬼仙"，遂派自己七大弟子之一马丹阳二十年后去点化已经投胎为女子刘行首的鬼仙。

要注意的是，在《刘行首》剧中提到了"心猿"："你低声闹高声闹，怎锁住心猿闹。"此外，也像百回本《西游记》一样，用内丹道教的术语"婴儿""姹女"来形容小孩与女子。《刘行首》第三折中说："一壁厢婴儿将衣袂扯，姹女将带揪者。"❸ 这说明，杨景贤在创作中亦会将全真道术语贯穿于作品。这也说明后来百回本《西游记》大量使用全真道术语来编写回目与正文，并不是百回本《西

❶ 钟嗣成，贾仲明.录鬼簿新校注［M］.马廉，校注.北京：文学古籍刊行社，1957：212.

❷ 王学奇.元曲选脚注［M］.石家庄：河北教育出版社，1994：3325.

❸ 王学奇.元曲选脚注［M］.石家庄：河北教育出版社，1994：3353.

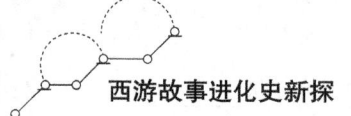

游记》作者所原创的，在元杂剧时代的一些神仙道化剧中就已有用全真道术语编写词句的文学传统。

从《刘行首》这部作品的内容来看，杨景贤有一定的全真道知识，甚至可能有一定全真道信仰。再从《刘行首》一剧的行文来看，也用到了诸多的全真道知识，甚至"心猿""婴儿""姹女"等全真道术语。这一点，与后来百回本《西游记》的全真道倾向，倒是有某种契合。

二、杨景贤《西游记》是否为玄奘取经故事

我们关心的是《西游记》戏曲的问题。然而，杨景贤的《西游记》早已亡佚。民国时，日本人盐谷温发现的六本二十四出《西游记杂剧》，题名《杨东来先生批评西游记》，署名吴昌龄，其实跟杨景贤没有必然联系。最多是说，这个"杨东来"会不会跟杨景贤有点联系？或者是他的后代，或者是仰慕杨景贤的人。但《杨东来先生批评西游记》并未介绍杨东来的情况，只是说作者是吴昌龄。所以，六本二十四出《西游记杂剧》，严格来说，跟杨景贤毫无联系。

但是1939年孙楷第撰了《吴昌龄与杂剧西游记》一文，认为盐谷温发现的六本二十四出《西游记杂剧》（即《杨东来先生批评西游记》）并非元代吴昌龄作品，而是杨景贤的作品。❶客观来说，孙楷第的理由与证据是很牵强的，但不知为何，自孙楷第此文发表以后，事情发生了逆转：这部六本二十四出《西游记杂剧》被视为杨景贤作品。

不过，虽然孙楷第先生的观点为一段时期的主流，但当前亦有很多学者不认同这种观点。因为孙楷第的逻辑过程有诸多的缺失。其核心证据只是一个《词谑》抄本上的一段话，且这段话在多种《词谑》明清刻本中都没有。这个抄本可靠吗？这个抄本到底抄于明代还是清代？《词谑》抄本与明清时期的多种《词谑》刻本又是何种关系？为何明清以来的《词谑》刻本当中都没有孙先生视为证据的这段话？这些问题都很难确定。对此，笔者亦难以下绝对的断语。

但有一点还是比较确定的，既然《西游记杂剧》上署名"吴昌龄"，以现有证据则无论如何都应不支持"杨景贤"为作者。笔者倾向于认为，杨景贤并非六本二十四出《西游记杂剧》的作者。

由此进一步来推论：如果孙楷第此说不正确，杨景贤并非六本二十四出《西

---

❶ 孙楷第. 吴昌龄与杂剧西游记［M］//沧州集. 北京：中华书局，2018：343-371.

游记杂剧》的作者，则按照《录鬼簿续编》，杨景贤另有一部《西游记》戏曲，其应该是一部今人未曾见过的作品。我们在这里要深入探究的正是这部今人未曾见过的西游戏。

这部《西游记》戏曲到底讲述了什么故事？光看标题，有"西游记"三字，似乎可以认为是讲述玄奘西游故事。但这只能是"想当然"的猜测。关于这部名为《西游记》的戏曲作品，实则不能完全确定是一部写玄奘西天取经的作品。元代时，全真道丘处机的弟子出版了一部《长春真人西游记》。杨景贤的《刘行首》杂剧写了王重阳与马丹阳的事迹，那么会不会这部《西游记》杂剧，写的是丘处机的事迹？这种可能性显然是有的。

当然，这些只是笔者的猜想，在无证据的情况下，还是应该认为这部《西游记》写的就是玄奘西天取经故事。这部《西游记》作品，应作于元末明初。从时间来看，诞生于明初的概率很大，可能诞生于《西游记平话》之后，但必然诞生于世德堂百回本《西游记》之前约二百年。则杨景贤的这部亡佚的《西游记》戏曲，在西游故事进化史上，应该有一定的地位。只是它的具体剧情，难以测知。

而从《刘行首》一剧用到了"心猿"概念，也用到了全真道的"姹女""婴儿"概念，我们可以大胆推测，杨景贤在这部名为《西游记》的戏曲中很可能也引入了全真道的"心猿意马"概念，而且很可能会用"心猿"来代指孙行者。这实际上就为明代以后西游故事的心猿意马化开了先河，启发明代的文人更进一步从全真道的心猿意马观念来看待西游故事，最终经过一连串的演化，而形成了我们现在看到的以内丹道教为基本架构的吴承恩百回本《西游记》。

由于杨景贤《西游记》杂剧早已佚失，我们现在对其内容几乎一无所知。这里我们只能做以上一些猜测，暂时将它放在元代部分，以与吴昌龄《唐三藏西天取经》杂剧，以及署名吴昌龄的六本二十四出《西游记杂剧》相区别。另外，《录鬼簿续编》著录杨景贤有一部《红白蜘蛛》戏曲，这会不会跟西游故事中的蜘蛛精有关？

三、杨景贤《西游记》的因袭问题

从文学进化论的角度，文学的代际传承中很重要的一点是因袭，即文学基因与遗传物质的传承。如果杨景贤《西游记》戏曲确为明初的一部演绎玄奘取经故事的作品，那么这部《西游记》就存在一个因袭的问题。即杨景贤在《西游记》戏曲中对哪些前代作品进行了因袭，是怎样的因袭？

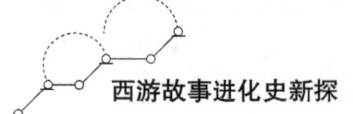

此前的西游故事作家吴昌龄，显然是杨景贤的前代作家。贾仲明《录鬼簿续编》中的"吊吴昌龄"谈到吴昌龄的十部作品：

> 西京出屯俊英杰，名姓题将《鬼簿》写。《走昭君》《东坡梦》《辰钩月》《探狐洞》《赏黄花》，色目佳。《西天取经》，行用全别。《眼睛记》《狄青扑马》《抱石投江》《货郎末泥》，十段锦，段段和协。

仔细将杨景贤的十八部作品与吴昌龄的十部作品的题名进行比较，会发现至少有两部是同题作品。吴昌龄有《西天取经》《东坡梦》，而杨景贤有《西游记》《待子瞻》。这显然不是偶然的，说明杨景贤有意向吴昌龄学习，甚至不排除杨景贤的《西游记》是向吴昌龄作品学习、致敬之作。或至少说明吴昌龄对杨景贤有重要影响。

吴昌龄的《东坡梦》，全名《花间四友东坡梦》，今仅存《元曲选》本。但明代臧懋循在编选《元曲选》时进行了大量的删改。虽则有很多改动，但故事情节应变化不大。

而杨景贤有一部《待子瞻》。《录鬼簿续编》在提到杨景贤《待子瞻》时，收录了其完整题目，即"牡丹娇风魔禅衲　佛印烧猪待子瞻"。将这些内容与吴昌龄的《花间四友东坡梦》进行对比，会发现二者大体相同。吴昌龄《花间四友东坡梦》主要讲了苏东坡让妓女白牡丹去引诱佛印，其中也有佛印烧猪的情节：

> （行者云）那里去买？你好行止。向年间为师父娘做满月，赊了一副猪脏，没钱还他，把我裰衫都当没了，至今穿着皂直裰哩。（正末云）休得胡说。（行者向古门云）山下俗道人家，有一百八十多斤的猪，宰一口儿。（内云）忒大，没有。（行者云）这等，有八九两的小猪儿宰一口。（内云）忒小，没有。（行者云）随意增减些罢，只要先把血脏汤做一碗来，与我尝一尝。（正末云）行者，酒席完备未曾？（行者云）酒席已完备了。（正末云）学士，当日远公沽酒谒陶潜，今日佛印烧猪待子瞻。（东坡云）小官续上两句：苏轼焉敢效昌黎，佛印如何比大颠？（正末云）高才高才。❶

这段情节也许被明代臧懋循等人改动过，但吃猪肉的情节应该是有的。可以

---

❶　王学奇．元曲选脚注［M］．石家庄：河北教育出版社，1994：3119.

认为，吴昌龄对"猪"的问题很敏感，不排除猪八戒形象进入西游故事与吴昌龄有关。而杨景贤继承了吴昌龄对"猪"的某种兴趣，也创作了一部杂剧《待子瞻》，点明了吃猪肉的问题。

可以推测，杨景贤在写《西游记》这部戏时，对吴昌龄《唐三藏西天取经》杂剧多有因袭。甚至可以推测，在"猪"的问题上，杨景贤像吴昌龄一样，也有很多思考，甚至在猪八戒形象塑造上，杨景贤也有一些重要贡献。

第五节 全真教"心猿意马"概念的形成

百回本《西游记》中大量使用了"心猿"概念，用于代指孙悟空。"心猿"这一代称不可小觑，实则是理解整部《西游记》的关键之处。❶ 因此，关于西游故事进化历程与"心猿意马"概念的关系问题，必须重点论述。其重中之重在于，首先必须把"心猿意马"等概念的形成史、意义变迁史梳理清楚。

在全真教形成之前，"心猿意马"已经是一个常用的词汇。这个词汇的形成，显然受到中国动物故事的影响。但追其源头，应直接受到佛教的影响。姚秦时期的佛经翻译家鸠摩罗什所译《维摩诘经》中说：

> 以难化之人，心如猿猴，故以若干种法，制御其心，乃可调伏。譬如象马，伉悷不调，加诸楚毒，乃至彻骨，然后调伏。

这里"心""猿"与"马"几个概念被联系起来，被用于隐喻佛教修炼，已经具有"心猿意马"概念的雏形。但这里的"心如猿猴""譬如象马"，还只是一种比喻，不具有道教意义上的修炼内涵。

后来，敦煌变文中的《维摩诘经讲经文》发扬了《维摩诘经》中的这个说法，形成了"卓定深沉莫测量；心猿意马罢颠狂"的说法，到《敦煌变文集·维摩诘经讲经文》中，"心猿意马"的概念就定型了，而且与通俗文学有了密切联系。

《维摩诘讲经文》，又称《维摩诘变文》，现存六种写本，但都有残缺。其先是引述一段经文，然后边讲边唱，进行大段通俗阐发。从各方面综合来看，《维摩诘变文》应创作于唐末五代。

---

❶ 陈洪.《西游记》"心猿"考论［J］.南开学报（哲学社会科学版），2009（1）.

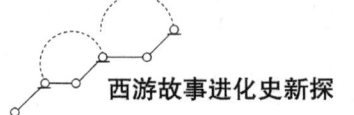
晚唐诗人许浑（约 791—858）作有《留题杜居士》一诗：

> 松偃石床平，何人识姓名。溪冰寒棹响，岩雪夜窗明。机尽心猿伏，神闲意马行。应知此来客，身世两无情。❶

诗中也提到了"心猿""意马"，考虑到"维摩诘"是佛教重要的居士，居士佛教的重要经典正是《维摩诘经》，而许浑诗名"题杜居士"，说明许浑的"心猿""意马"概念与《维摩诘经》有关。

可见，在魏晋南北朝之后，金元之前，"心猿意马"概念就是因为《维摩诘经》，而以一个佛教概念的形式，在佛教俗讲、文学中流布。

从其流布的领域与范围来看，一方面，"意马心猿"概念在诗文、通俗文学中广泛流布，如唐代诗人赵嘏《四祖寺》："千株松下双峰寺，一盏灯前万里身。自为心猿不调伏，祖师元是世间人。"这是从禅宗的角度阐释。再如北宋诗人黄庭坚在《又和二首·其一》中说："西风鏖残暑，如用霍去病。疏沟满莲塘，扫叶明竹迳。中有寂寞人，自知圆觉性。心猿方睡起，一笑六窗静。"黄庭坚所谓的"心猿"是从佛教"圆觉"的角度来说的，说明黄庭坚的"心猿"概念，还是较为纯粹的佛教概念。元杂剧中也有大量作品谈到了"心猿意马"，如《望江亭》第一折中说："俺从今把心猿意马紧牢拴，将繁华不挂眼。"类似的说法，不一定就有宗教含义，更多的是用来作为"心"的修辞语。就是说，当"心猿意马"作为佛教概念，在诗文中大量运用以后，逐渐被后起作家所因袭，运用到非佛教领域，用来对"心"进行通俗化的描述。另一方面，"心猿意马"概念也逐渐进入道教的话语体系，最终成为内丹道教的核心概念之一。北宋内丹道士张伯端（984—1082）的《悟真篇》中也有"心猿"的说法，见《绝句六十四首》：

> 了了心猿方寸机，三千功行与天齐。自然有鼎烹龙虎，何必担家恋子妻。

至张伯端，"心猿"概念，开始成为内丹道教的话语。实际上，在明代，张伯端《悟真篇》对百回本《西游记》有着巨大的影响，百回本《西游记》的诸多情节，都是根据《悟真篇》的记载而进行的改编。

张伯端之后，内丹道教人士开始愈加重视"心猿意马"概念。直到金代，王

---

❶ 许浑. 丁卯集笺证［M］. 罗时进，笺证. 北京：中华书局，2012：42.

重阳将之发展为内丹道教的核心概念。

王重阳（1112—1170），陕西咸阳人，原名中孚，字允卿，入道后改名喆，字知明，号重阳子，自称"王害疯""王三"，为全真教创始人，著名的"全真七子"即为其弟子。

王重阳的作品中大量运用了"心猿意马"概念。如"马猿捉住是修行"（《述怀》）、"如要修持，先把心猿锁"（《又劝修行》）、"捉住心猿治住神"（《问多梦》）、"须当擒意马"（《赠丹阳》）、"把意马心猿系下"（《心月照云溪》）❶、"莫放猿儿耍"（《黄鹤洞中仙》）等，有十几处之多。"意马心猿"概念，显然成为王重阳宗教话语的常用概念，起到了构筑王重阳全真道宗教体系的核心概念的作用。

王重阳的"心猿意马"概念，显然是从佛教中来的。因为他在宗教观念上主张"三教一家"。他在一首七律《答战公问先释后道》中说：

> 释道从来是一家，两般形貌理无差。识心见性全真觉，知汞通铅结善芽。马子休令川拨棹，猿儿莫似浪淘沙。慧灯放出腾霄外，照断繁云见彩霞。❷

王重阳强调"释道从来是一家"，用到了"马子""猿儿"，这应是就其佛教意义来谈，只是他将之衍化成了内丹道教概念。其中也许受到了张伯端《悟真篇》的影响。另外，王重阳谈到"意马心猿"时，已经包含"胡孙看马"的典故。见《重阳教化集》中《风马儿》：

> 意马擒来莫容纵。常堤备，铛滴瑠玎。被槽头猢狲相调弄。蹄攒耳举早临风，铛滴瑠玎。桩上缰儿紧缠鞚。这回你，铛滴瑠玎。待驯良，牵归白云洞。逍遥自在，更不肯，铛滴瑠玎。❸

所谓的"槽头猢狲"，显然类似于金院本中"看马胡孙"，即在马槽的槽头放一只猴子，能够防止马得瘟病。在此诗中，王重阳显然使用了这一典故。所以不排除，王重阳的这种说法受到了金代通俗文学的影响，也许就是金院本"看马

---

❶ 王重阳.重阳教化集（卷一）［M］//正统道藏（第二十五册）.北京：文物出版社，1988：775.

❷ 王重阳.重阳全真集（卷一）［M］//正统道藏（第二十五册）.北京：文物出版社，1988：691.

❸ 王重阳.重阳教化集（卷三）［M］//正统道藏（第二十五册）.北京：文物出版社，1988：784.

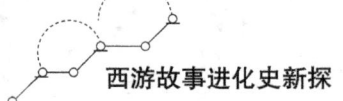

胡孙"的影响。

正是因为王重阳本人大量使用了"心猿意马"概念，所以他的弟子，以及后来的全真教门徒亦都大量使用了该概念。如《重阳分梨十化集》中的马钰对其师作品的和韵："紧擒意马无令颠，便把心猿锁""意马下功收，不放心猿暂出头"。马钰《洞玄金玉集》中又有"锁心猿意马，勿纵狂踪"等说法。

类似地，"全真七子"中其他人也大量使用了"心猿意马"概念。谭处瑞有"锁缚马猿不走""闲里擒猿捉马""颠狂猿马锁空房"等不同说法。王处一有"猿马须教锁绛宫""捉马擒猿觅了仙""缚住心猿意马""悟来不使心猿戏"等诸多说法。再如刘处玄《仙乐集》中有"常善缚心猿，真通结汞铅"的说法。❶

结合这些内丹诗词，我们可以认为，在后来元明的全真道宗教话语体系中，"心猿意马"已成为一个标准的宗教术语。

由于"心猿意马"概念在内丹道教中被重点使用，成为其宗教术语的一部分，所以这一概念也大量进入了戏曲、小说等通俗文学。如范子安的《陈季卿误上竹叶舟》，该剧写陈季卿科考落第，于终南山青龙寺遇仙人吕洞宾。

> 【混江龙】量那些一陀儿寰土，经了些前朝后代战争余。俺从这劈开混沌，踏破空虚。俺不用九转丹成千岁寿，俺不用一斤铅结万年珠。也不采甚么奇苗异草，也不佩甚么宝篆灵符，只要养的这精神似水，炼的这骨髓如酥，常日把那心猿意马牢拴住。一任教陵移谷变，石烂的这松枯。

该剧收录于《元刊杂剧三十种》，属于元杂剧。而剧中在谈一系列道教理论问题时，用到了"心猿意马"。吴昌龄的《花间四友东坡梦》中亦有心猿意马概念的运用：

> 本待要去西方脱除了地狱，我怎肯信东坡泄漏了天机。半生苦行修持力，把心猿锁闭，意马收拾，由他闲戏，任你胡为。❷

这都说明"心猿意马"概念，在元代以后开始广泛地运用于戏曲、小说等通俗文学中，这就为后来百回本《西游记》创造性地将西游故事与心猿意马结合起来，

---

❶ 刘处玄. 仙乐集（卷五）［M］// 正统道藏（第二十五册）. 北京：文物出版社，1988：452.

❷ 王学奇. 元曲选脚注［M］. 石家庄：河北教育出版社，1994：3129.

奠定了重要的文学基础。

　　总之，在全真教之后，"意马心猿"概念从佛教概念，转型成为一个内丹道教的概念。这一点为"意马心猿"与西游故事发生关联创造了条件。这种关联的要害之处在于，西游故事中的孙猴子与白龙马，正好就对应了"心猿意马"，而"心猿意马"又代表了道教内丹修炼的内容，于是乎西游故事就具有道教内丹修炼的意蕴。明嘉靖初期的文人孙绪看到了这一点，在文章中加以阐发。后来吴承恩在改写百回本《西游记》时，延续了孙绪的思路，将"心猿意马"概念发扬光大，从而将西游故事引到了道教内丹修炼的维度上。

元代（下）：《西游记平话》的出现

元代西游故事进化的一个重要节点，就是《西游记平话》的诞生。它在西游故事的进化史上起着承前启后的重要作用。从前的西游故事、作品因它而汇总，后来的吴承恩百回本《西游记》因它而诞生。可以说，没有这部《西游记平话》，就不会有后来的世界级文学名著《西游记》。所以，对于《西游记平话》的文学史地位，怎么强调，都是不过分的。

然而，关于这部作品，学术界的了解其实并不多。已知的材料要么很零碎，要么是后来人的转述，都很难保证符合原著，更难保证我们在解读时未偏离原著意旨。事实上，即使是其名称，也存在问题。关于这部诞生于元末的西游故事书，正式名称是什么，今人所称的"西游记平话"之名有几分准确性，这一点，其实是没有证据的。学术界只是根据明代人一些零碎的记载，一些较随意的转述，再加上当代学术界对元代通俗文学及其生产、发行机制的认知，将之定名为《西游记平话》，这是当代人的一种约定俗成的称法。但当时正式出版的书的封面上，并不是写着这个名字。其正式的名字，如明代人所提到的《唐三藏西游记》《唐三藏西游记平话》，或别的名字，都是可能的。

考虑到本书谈西游故事进化史，谈到了西游故事进化历程中各个阶段的作品，为防止它们之间的名字被搞混，在本书中，我们沿用《西游记平话》这一通俗称法。因为这一称法，虽然不一定是准确，但无疑能够准确概括这部书的主要特征。这一称法，辨识度高，不易产生误解，故沿用。

关于这部《西游记平话》，我们已难以测知其作者、具体创作时间、创作背景、篇幅与结构。笔者判断，《西游记平话》在 10 万字左右，与后来连标点 82 万字的百回本《西游记》之间有极大的"进化空间"。但《西游记平话》已描摹出今天所见西游故事的梗概与轮廓，百回本《西游记》只是进行了精加工。其在西游故事进化史上的地位与作用，值得深入探讨。

此外，通过研究明末的简本西游故事书杨致和《西游记传》（以下简称"杨本"）、朱鼎臣《唐三藏西游释厄传》（以下简称"朱本"），我们能够反推出《西游记平话》的一些情况。杨本、朱本的一些特点，如取经后半段行程较为简略，可能就选择因袭了《西游记平话》的特点。或许，《西游记平话》的编撰、出版，就是由福建建阳书商推动的。❶ 至于，明代杨致和简本《西游记传》，也许只是后辈建阳书商对元代祖辈建阳书商的"致敬"而已。这一系列反推、比照，详见本书第八章第一、第二节。

第一节 《永乐大典》所引《西游记·梦斩泾河龙》

今人在残存的《永乐大典》中找到了一大段《西游记》的残文。见《永乐大典》卷一万三千一百三十九送字韵梦字类"梦斩泾河龙"：

> 《西游记》：长安城西南上，有一条河，唤作泾河。贞观十三年，河边有两个渔翁，一个唤张梢，一个唤李定……老龙问："下多少？"先生曰："下三尺三寸四十八点。"……次日设朝，宣尉迟敬德总管上殿，曰："夜来朕得一梦，梦见泾河龙来告寡人道：因错行了雨，违了天条，该丞相魏征断罪。朕许救之。"……乃宣魏征至。帝曰："召卿无事，朕欲与卿下棋一日。"唐王故迟延下着，将近午，忽然魏相闭目笼睛，寂然不动。至未时却醒……正唤作魏征梦斩泾河龙。唐皇曰："本欲救之，岂期有此。"遂罢棋。

这段摘录很长，算上标点有 1400 字。这段内容对应百回本《西游记》第九回全部、第十回前半部分，算上标点有 7000 字。可堪注意的是，这段摘录的开篇处，题名为《西游记》。

这段引自《西游记》的文字，出自《永乐大典》，而《永乐大典》是渊源确凿的资料。永乐元年（1403）明成祖朱棣拟修书，意图"凡书契以来经史子集百家之书，至于天文、地志、阴阳、医卜、僧道、技艺之言，备辑为一书，毋厌浩繁！"，由内阁首辅解缙统领编撰，于永乐五年（1407）完成，朱棣作序并赐名《永乐大典》。全书 22877 卷，11095 册，约 3.7 亿字，汇集图书近八千种，且其中包含了大量的小说、戏曲资料。

由此看来，至少在 1403 年，市面上就有了一本叫《西游记》的书。引文有 1400 字，但实则尚未涉及唐僧西游的故事。根据这段 1400 字的"梦斩泾河龙"

---

❶ 刘海燕.明建阳刊小说的评点形态与编辑活动［J］.南开学报，2019（1）.

故事来推测，假设这本 1403 年之前成书的《西游记》，有 30 个类似"梦斩泾河龙"的故事，则其总字数最少有四万字。若故事情节再多一些，则其总字数应在五至十万字之间。

从"梦斩泾河龙"故事与百回本《西游记》对应部分的比较来看，笔者认为，可以得出两点结论：

第一，这本 1403 年前的《西游记》篇幅连标点约 10 万字。

我们进行一个数学比例推算，《永乐大典》中的"梦斩泾河龙"为 1400 字，而百回本《西游记》第九回、第十回的相对应内容为 7000 字，扩充比例为 1：5。据统计万历二十年（1592）的世德堂百回本《西游记》，不算标点为 62 万字，而人民文学出版社 1955 年据世德堂本出版的标点版《西游记》有 82 万字。则以此推算 1403 年之前的《西游记》不带标点有 12 万字，连标点约有 16 万字。

这个推算当然并不是非常准确的，其中的误差会非常大。从故事情节的扩充角度，1403 年之前成书的《西游记》，连标点字数应该在 10 万字左右，甚至有可能不到 10 万字。

第二，百回本《西游记》增加了大量的诗词。

再从"梦斩泾河龙"与百回本《西游记》相应内容来看，百回本《西游记》增加了大量的诗词。百回本《西游记》中有大量的张稍和李定的对诗。这些诗在《永乐大典》本"梦斩泾河龙"中不存在，显然都是百回本的作者加的。百回本的作者很有诗词创作的雅兴。

仔细来看百回本《西游记》的全书，实则该书每一回都有大量的诗词。出现一座山要写首诗，孙悟空变作一个小虫要写一首诗词，谈到心性修持问题则要么自己作一首诗，要么引一首前代全真教人士的诗。更有甚者，第六十四回标题作"荆棘岭悟能努力　木仙庵三藏谈诗"，这一回纯粹以对诗为中心。"荆棘岭"的内容应该在《西游记平话》中就有，但对诗的内容，应该都是百回本的作者加的。虽然参考了前代文言小说中"对诗小说"的模式，但毫无疑问体现出，百回本《西游记》的作者，喜诗、善诗，通过大量的诗歌创作，提升了小说的文学含量、文学品位。

最后，虽然可以确定元末明初有这样一本叫作《西游记》的书，但还有一系列疑问：这个 1403 年之前的《西游记》是谁作的？具体是什么时间创作的？

综合元末明初的历史、文学发展史来看，似乎在明朝初期，整体的文学活动陷于停滞。将这本 1403 年之前的《西游记》的创作定在元中叶是比较合适的。而且大体可以推测，这本 1403 之前的《西游记》，创作于吴昌龄《唐三藏西天取经》之后，也许是创作于 1340 年前后。

再结合朝鲜汉语教科书《朴通事》以及《朴通事谚解》中提到的《唐三藏西天取经》平话来看，这本《西游记》应是一个平话本，可称之为《西游记平话》。而宋元明时期，平话类作品，一般是由北京、江苏南京苏州、浙江杭州或福建建阳等地的书商请人创作。❶ 综合各种信息来看，笔者推测，此本《西游记平话》由福建建阳的书商请人创作的可能性更大一些。❷

此外，据元代陶宗仪《南村辍耕录》，金院本有"和尚家门：唐三藏"与"秀才家门：看马胡孙"，那么，这部元末明初的《西游记平话》，显然创作于金院本《唐三藏》之后，其作者应是接触到了部分金院本。由此，可以判断，这本元末明初的《西游记平话》应是宋代《大唐三藏取经诗话》、金院本《唐三藏》、元吴昌龄杂剧《唐三藏西天取经》等西游作品的进化产物，是新一代西游作品。

第二节 《朴通事》中所谈的《西游记平话》

《永乐大典》中的记载，毫无疑问地证明，在元末明初，至少是 1403 年之前，有一部名为《西游记》（也许是简称）的小说。但这部小说的残书，至今未找到。不过另一些材料，也印证了这部《西游记》小说的存在。朝鲜李朝时期的汉语教科书《朴通事》中谈到过一部《唐三藏西游记》平话，并引用了一大段在车迟国斗圣的故事情节。

结合各种材料来看，这部《唐三藏西游记》平话显然就是《永乐大典》中引用的《西游记》。当然，也不排除，这部《唐三藏西游记》跟《永乐大典》中所引的《西游记》不是同一本书。日本学者太田辰夫在 1959 年发表的《〈朴通事谚解〉中所引〈西游记〉考》一文中就是持二者非同一本书的看法。❸ 从逻辑上，太田辰夫的看法是谨慎的，逻辑上很严格、很严密。但笔者倾向于认为，此问题的逻辑链条无须如此过分严格，诸多已有证据，尤其是现实状况可以表明，二者就是同一本书，也就是很多学者所探讨的百回本《西游记》的"祖本"，即本书中所说的《西游记平话》。

综合来看，这部《西游记平话》（即《唐三藏西游记》）会有一些情节上、文字上、逻辑上的缺点与缺陷，但在同时代作品中一定是非常优秀的。否则不可能

❶ 王卫波. 元代刻书中心的南移过程与原因［J］. 出版发行研究，2019（8）.

❷ 苏丹霞. 明代中后期金陵与建阳书坊通俗文学刊刻之比较［J］. 哈尔滨学院学报，2019（2）.

❸ 太田辰夫. 西游记研究［M］. 王言，译. 上海：复旦大学出版社，2017：78.

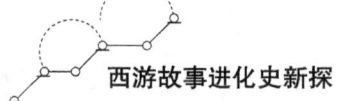

在《朴通事》中作为中国优秀小说的代表作，被介绍到朝鲜。《西游记平话》与吴承恩百回本《西游记》相比，肯定有很多不足，但在那个时代，在元末明初，放眼文坛，《西游记平话》一定是一部有较大影响，与同时代作品相比较为成熟的优秀之作。

一、关于《朴通事》与《朴通事谚解》

李朝世宗五年（明永乐二十一年，公元 1423 年），李朝政府令"铸字所印出"《老乞大》《朴通事》等。《朴通事》是一部以北京话为标准音编成的专供朝鲜人学习汉语的权威汉语教科书。《朴通事》成书时间难以确定，有可能是印行时间（1423 年）上溯几十年，相当于中国的元末明初。李朝成宗十一年（1480），侍读官李昌臣在给朝鲜国王的奏疏中说："前者承命质正汉语于头目戴敬，敬见《老乞大》《朴通事》曰：'此乃元朝时语也，与今华语顿异。多有未解处。'"❶ 由此条材料来看，《朴通事》包含一部分元朝时语，这说明该书有可能成于中国元代末期，或者朱元璋建立明朝后不久，也不排除在李朝政府印刷《朴通事》之前的几年，这本书就被编撰出来了。

16 世纪初，朝鲜学者崔世珍在一篇序文中说："夫始肆华语者，先读《老乞大》《朴通事》二书，以为学语之阶梯。"这说明，《朴通事》是朝鲜人学习中国语言、中国文化的权威教材。《朴通事》分上、中、下三卷，共不到 3 万字，现在看不到这本书的原本，只能看到附着于《朴通事谚解》中的原文部分（这些原文部分是否经过后来人的改动，这一点就难以保证了）。《朴通事谚解》中《朴通事》原文部分，有文字：

  ——"我两个部前买文书去来。"
  ——"买甚么文书去？"
  ——"买《赵太祖飞龙记》《唐三藏西游记》去。"
  ——"买时买四书、六经也好。既读孔圣之书，必达周公之理。要怎么那一等平话？"

书中《朴通事》原文部分谈到了一部名为《唐三藏西游记》的平话，并引用

---

❶ 此条史料出自朝鲜《李朝实录》，转引自石昌渝.《朴通事谚解》与《西游记》形成史问题［J］. 山西大学学报（哲社版），2007（3）.

· 160 ·

了一大段在车迟国与伯眼大仙斗圣的故事情节。朝鲜人用于学汉语的教科书中，能谈到《唐三藏西游记》，说明这部小说当时是很有影响力的。

这部《朴通事》，后来多次被朝鲜官方进行修订。16世纪初，朝鲜学者崔世珍根据《朴通事》的内容、难点，编写了《朴通事谚解》。至朝鲜李朝肃宗三年（清康熙十六年，1677），朝鲜司译院官员边暹、朴世华根据一些材料，又补充、重编了《朴通事谚解》。

我们现在看到的《朴通事谚解》版本，就是1677年边暹等人补辑的。边暹等人的补辑本中，除上引《唐三藏西游记》的相关内容之外，还有八条"谚解"，即注释，注释中概括了这部西游书的内容，即唐僧师徒的具体行程。

据此来判断，《朴通事》正文中关于《唐三藏西游记》部分，应成于1423年之前，有可能在元末明初。而这八条谚解，有可能是16世纪初崔世珍的手笔，此时百回本《西游记》尚未出版。同时亦不能完全排除，这八条谚解是1677年边暹等人所作或所补，此时百回本《西游记》早已成为文学经典。但从这八条谚解的内容来看，笔者判断，这八条谚解应不是1677年边暹等人所作或所补，更像是16世纪初崔世珍等人手笔。

二、《西游记平话》的书名、作者与时代

在朝鲜李朝时期的权威汉语教科书《朴通事》提到：

　　——"我两个部前买文书去来。"
　　——"买甚么文书去？"
　　——"买《赵太祖飞龙记》、《唐三藏西游记》去。"
　　——"买时买四书、六经也好。既读孔圣之书，必达周公之理。要怎么那一等平话？" ❶

这里提到了一部书《唐三藏西游记》，并说这是一部"平话"。"平话"为元代一种通俗小说的名称。留存至今的典型平话，是元代时期由福建建阳书商刊刻的《全相平话五种》。这里提到的《唐三藏西游记》也可能是福建建阳书商刊刻的。

---

❶　朱一玄，刘毓忱．西游记资料汇编［M］．天津：南开大学出版社，2002：110．

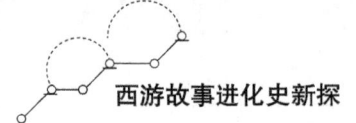

先看书名问题，这部书被称为《唐三藏西游记》，也许全名是《唐三藏西游记平话》。考虑到明代万历三十年左右，有书商出版过一部百回本《二刻官版唐三藏西游记》（不带标点 42 万字），该书为世德堂百回本《西游记》（不带标点 62 万字）的删节本，书名恰恰也是"唐三藏西游记"。

这就启示我们，可能元末明初的这部平话，就是叫《唐三藏西游记》或《唐三藏西游记平话》。而明代的《二刻官版唐三藏西游记》只是对前代作品名称的沿用，是对前代作品"致敬"。

那么为什么这部西游记平话的正式书名叫《唐三藏西游记》呢？为什么取"西游记"三字？其是否有独特的意义指向？

金末元初（1219—1223），长春真人丘处机带着一众弟子，从山东出发，远赴万里，来到今阿富汗地区，见到了成吉思汗。1227 年，丘处机逝世后，其弟子李志常出版了《长春真人西游记》一书。该书由于是全真道的一部重要作品，后来被收入了道藏。在元代，《长春真人西游记》显然是符合官方政策的重要作品，在当时肯定影响很大。李志常的这部作品，被定名为"长春真人西游记"是非常恰当的，因为它本质上就是一部游记。而《唐三藏西游记》被定名为"游记"，显然是不恰当的，因为它并不是"游记"，而是小说故事。

问题的关键之处正在于，随着《长春真人西游记》的出版，这一类型的书显然会受到各界的关注。在这一背景下，前代的玄奘西天取经故事，亦被定名为"唐三藏西游记"。而从两个书名来看，书名的前半部分都是正式的宗教称呼，一个是"长春真人"，一个是"唐三藏"，这似乎说明《唐三藏西游记》有从佛教的角度，向《长春真人西游记》"叫板""示威"的可能性。

如果这种向《长春真人西游记》叫板的可能性存在的话，那么《唐三藏西游记》（即《西游记平话》）的作者应该是一位与佛教有关的文人。其创作这部《唐三藏西游记》是有一定的佛教因素的。换言之，《唐三藏西游记》的诞生，与《大唐三藏取经诗话》的诞生一样，都有一定的佛教动因。

当然，以上都是猜想。如果我们不考虑《唐三藏西游记》向《长春真人西游记》叫板的可能性，不考虑宗教动因，只是作为普通小说读物的出版来看待相关问题，那么，这部《唐三藏西游记》（即《西游记平话》）的作者是什么人呢？

《永乐大典》在引用《西游记》，《朴通事》在谈及《唐三藏西游记》时，都未提到作者。这说明，该书的作者可能是当时的下层文人，至少不是当时的著名文人，因为如果是著名文人，一般会提到名字。而考虑到，"平话"的生产与发行机制，这部《西游记平话》的产生有两种可能。

第一种就是《西游记平话》是元代说书艺人使用的底本，也就是其作者是某个说书艺人、书会才人。有这种可能性，但可能性相对较低。因为到元代，文学生产、销售的体制已趋于成熟，包括福建建阳等地形成了多个出版中心。在商业化的出版行为的推动下，这样的小说很容易被"制造"出来。写平话类的小说，已经是一种成熟的文学创作行为，应该与说书艺人联系不大。

第二种可能则是它只是采用了平话的形态，但其实它与说书艺人无关，是文人创作的。或者是文人创作后，让书商出版的。亦可能是书商考虑到出版效益，认为出版这样一部书，有可能销售可观，而临时找文人进行创作的。这种可能性其实更大。因为福建建阳书商出版的一些书籍，往往是请下层文人进行一定的创作。这部《西游记平话》（即《唐三藏西游记》）有可能也是这样诞生的。

至于《唐三藏西游记》平话的创作年代，笔者认为，很可能在元中期或元末。《朴通事》引述了唐僧师徒在车迟国与车迟国国师伯眼大仙斗圣的内容。而"伯眼"显然是元代人名"伯颜"的一字之变。伯颜为元代常用人名，至少有两个著名大臣叫伯颜，一个是攻破南宋、辅佐忽必烈的伯颜（1236—1295），另一个是元顺帝时的权臣伯颜（1280—1340）。《西游记平话》中提到了车迟国国师伯眼大仙，有可能就是在影射其中一个伯颜。可见，仅从"伯眼"一词来看，《西游记平话》很可能创作于元代，利用了"伯颜"这一在元代辨识度较高的名字。

三、《西游记平话》的篇幅与内容

考虑到《全相平话五种》中五种平话的篇幅近乎中篇小说，则《西游记平话》亦应是一部中篇小说大小的篇幅。参考《全相平话五种》的篇幅，笔者推测，《西游记平话》的字数连标点 10 万字左右，不带标点 8 万字左右。

后来西游故事的大体情节、主要人物，尤其是猪八戒形象，这部《西游记平话》应该都具备了。猪八戒形象在此前与同期的西游故事作品中都不见，《西游记平话》中的猪八戒形象有可能是西游故事中此形象第一次出现。当然也不排除，是在别的我们现在不知道的西游故事作品中，第一次出现了猪八戒形象。

这部《西游记平话》在西游故事进化史上显然发挥了承上启下的作用。它的优点是很明显的，要不然不会被《朴通事》引述，成为中国平话小说的一大代表。但是缺点肯定也有。虽然大体情节已经具备了，但与一部篇幅庞大、叙事完整、人物形象丰满的长篇小说还有很大距离。

再来看故事内容，由于该平话的书名叫《唐三藏西游记》，则整个故事显然是以唐三藏为中心的。"唐三藏"这个概念，在南宋的《大唐三藏取经诗话》、金代的院本《唐三藏》、元代吴昌龄的杂剧《唐三藏西天取经》中是一脉相承的。这些作品都以玄奘为中心，虽然部分作品中出现了猴行者，但猴行者只是处于护法地位，并未上升到故事主角的地位。

可以认为，这部《唐三藏西游记》平话的主角依然是玄奘，故事应该是从玄奘谈起，孙猴子只是处于一个护法地位。问题在于，具体的情节包括哪些呢？在《朴通事谚解》中有所谈及，这里我们暂且不考虑《朴通事谚解》中的概述，只进行一些逻辑上的推测。

这部《西游记平话》（即《唐三藏西游记》），显然是后来吴承恩百回本《西游记》的一个蓝本。而从西游故事不同阶段作品的比较来看，尤其是从后来吴承恩百回本《西游记》采纳了《大唐三藏取经诗话》中的大量情节来看，可以认为吴承恩并不是直接从《大唐三藏取经诗话》中选取的，而是在《西游记平话》中就已大量采纳了《大唐三藏取经诗话》中的内容。

仅从书名来看，从南宋的《大唐三藏取经诗话》到元末的《西游记平话》（即《唐三藏西游记》），都有一个"唐三藏"字样，这应该不是偶然。这是一种文学基因因袭的标记，也就是《西游记平话》（即《唐三藏西游记》）以《大唐三藏取经诗话》为重要蓝本，从中吸取了大量的情节内容、文学基因。这些情节内容、文学基因，最终又被吴承恩百回本《西游记》所继承。

故而可以认为，《西游记平话》（即《唐三藏西游记》）的很多情节与《大唐三藏取经诗话》有文学进化上的直接关联。

第三节 《西游记平话》中孙吾空出身情节的进化问题

16世纪初，崔世珍等人所作的《朴通事谚解》中对《西游记平话》（即《唐三藏西游记》）中孙吾空的介绍是这样的：

《西游记》云："西域有花果山，山下有水帘洞，洞前有铁板桥，桥下有万丈涧，涧边有万个小洞，洞里多猴。有老猴精，号齐天大圣，神通广大。入天宫仙桃园偷蟠桃，又偷老君灵丹药，又去王母宫偷绣仙衣一套，来设庆仙衣会。老君、王母俱奏于玉帝，传宣李天王引领天兵十万及诸神将，至花果山与大圣相战，失利。巡天大力鬼上告天王，举灌州江口神曰小圣二郎，可使拿获。天王谴太子木叉与大力鬼往请二郎神，领神兵围花果山，众猴出战，皆败。大圣被执，当死。观音上请于玉帝，免死，令巨灵神押大圣前往下方去，乃于花果山石缝内纳身，下截画如来押字封着。使山神土地镇守，饥食铁丸，渴饮铜汁，待我往东土寻取经之人，经过此山，观大圣肯随往西天，则此时可放。其后唐太宗敕玄奘法师往西天取经，路经此山，见此猴精压在石缝，去其佛押出之，以为徒弟。赐法名吾空，改号为孙行者。与沙和尚及黑猪精朱八戒偕往。在路降妖去怪，救师脱难，皆是孙行者神通之力也。"❶

从这段介绍文字来看，《西游记平话》中的孙吾空与百回本《西游记》中的孙悟空，虽有很多相同、相似之处，如都有造反的情节，都是由二郎神捉拿，但亦有几点明显不同。

第一，名字不同。《西游记平话》（即《唐三藏西游记》）中是"孙吾空"，百回本《西游记》是孙悟空。一个是"吾空"，一个是"悟空"，一字不同，但意义差别较大。

第二，出身不同。百回本《西游记》中的孙悟空是天产石猴。而《西游记平话》中的是"老猴精"，应是物老成精，从元前猿猴故事中的"妖猴"文学基因演变而来。

第三，所处地点不同。虽然都是在花果山，但百回本《西游记》中的花果山在"东胜神州傲来国"，应在中华地区的东部，且隔了大海。而《西游记平话》中的花果山在西域，并且后来孙吾空被压在了花果山。而百回本《西游记》中的孙悟空是被压在大唐西部边界的五行山。

第四，对"大闹天宫"情节的处理不同。这一点是关键。《西游记平话》中的孙吾空私自上天界，"入天宫仙桃园偷蟠桃，又偷老君灵丹药，又去王母宫偷绣仙衣一套"，而百回本《西游记》中的孙悟空先闹了龙宫地府，被龙王、阎王告到天庭后，玉帝派太白金星招安，封为弼马温。后因孙悟空嫌弼马温官职太小，反下天庭。玉帝再派太白金星招安，封为齐天大圣。后因怕孙悟空闲来无事生非，派孙悟空守蟠桃园。最终导致孙悟空偷蟠桃、大闹蟠桃宴，喝醉酒又偷太上老君仙丹。

从以上比较来看，《西游记平话》中的孙吾空形象并不丰满。《西游记平话》

❶　朱一玄，刘毓忱.西游记资料汇编［M］.天津：南开大学出版社，2002：110.

很可能直接从玄奘的故事说起，然后在玄奘行经西域花果山时，遇到了被压在山下的孙吾空。从《西游记平话》中对"西域"概念的使用来看，《西游记平话》的作者明确知道西域与天竺的地理区别，而这在元代属于常识。

《西游记平话》（即《唐三藏西游记》）中的孙吾空出身故事，很可能只是被压缩在一回或一节中。因为孙吾空既然是"老猴精"，那么他早期的修炼，就可以一笔带过。古代妖精故事，一般都不讲妖精是如何修炼，如何获得法力的。此后的"入天宫仙桃园偷蟠桃，又偷老君灵丹药，又去王母宫偷绣仙衣一套"亦可以几段带过，因为这些事迹的核心要素都是"偷"。偷蟠桃、偷仙丹、偷王母绣仙衣三件事大体是重复的，不可能详细地讲一偷、二偷、三偷。实际上，百回本《西游记》中对这些情节都进行了分开处理：有些内容被扩写、详写，有些内容被删除了。

还有一个重要问题在于，《西游记平话》中孙吾空的兵器，应该不是能伸能缩的金箍棒。《朴通事》与《朴通事谚解》中没有谈到，大概孙吾空没有兵器。百回本《西游记》的作者吴承恩在《禹鼎志序》中着重探讨了大禹的问题，而金箍棒为大禹治水时留下的定海神铁。这说明金箍棒很可能是吴承恩从大禹治水故事中构思而来的，是吴承恩本人的一大独创。

《西游记平话》与百回本《西游记》的一大不同正在于，《西游记平话》中的孙吾空是从属角色，并非故事的中心。而百回本《西游记》中的孙悟空，其出身故事有七回之多，超越唐僧成为西游故事的主角。这一点是西游故事进化史上的重大转折点、里程碑。

因为此前的西游故事，说到底是一个唐代僧人的故事。这种僧人故事的受众是有限的，大体都是对佛教感兴趣的人。僧人故事很难上升到全民喜爱的程度。而百回本《西游记》演变成了一只"天产神猴"的故事，题目虽然叫"西游记"，但不再以唐僧为中心，而是以一只猴子为中心。所以，1942年，英国汉学家阿瑟·韦理（Arthur Waley）出版的《西游记》删节版英译本，定名为《猴》（Monkey）。这一译法当时在西方最为流行。

第四节 《西游记平话》中的朱八戒

在当代一些关于唐僧师徒受喜爱程度的问卷调查中，出乎意料地，最受大众喜爱的西游记人物形象竟然是猪八戒。百回本《西游记》中的猪八戒有自身的弱点。但也正是因为这些弱点，猪八戒形象反而更受读者与观众的喜爱。因为唐僧形象与孙悟空形象都不近人情，尤其是孙悟空形象太过刚烈，在生活中显然难以与人相处。

而从文学进化的角度来看，猪八戒这个形象是如何形成的？猪八戒形象最初出现在哪部作品中？为何西游故事中会出现猪八戒形象？这一系列问题，都需要有合理的解释。

一、猪精形象的出现可能与西域有关

从西游故事进化史来看，在玄奘逝世后由其弟子出版的《大唐大慈恩寺三藏法师传》中，已经提到玄奘在莫贺延碛为识途老马所救，从这个意义上，西游故事本身就包含马的元素。而猴的元素，出现在南宋的《大唐三藏取经诗话》中，是为"猴行者"，即"我是花果山紫云洞八万四千铜头铁额猕猴王"。西游故事中出现猴形象，可能与佛教、道教中的护法神以及"仙猿""修炼猿"等观念有关。

西游故事中出现了猴形象，且天然就有作为坐骑的马形象，这时，西游故事就有了与中国古代动物故事合流的倾向。也就是说，此时在西游故事中还可以加入其他动物形象。大概就是在这种"类而推之"的观念作用下，西游故事中出现了猪的形象。

单纯从时间来看，猪形象应该出现在元代的西游作品中。按照《朴通事谚解》中对元末明初《西游记平话》的介绍，《西游记平话》中出现了"黑猪精朱八戒"。也许《西游记平话》之前的别的西游故事作品中已经出现了猪的形象，但从现有材料来判断，似乎猪八戒形象第一次出现在元代的《西游记平话》中。

可以认为，猪精形象的进入西游故事与西域的历史文化有关联。毕竟西游故事中的很多人物的出现，都与西域有关。如沙僧形象的出现，与西域流沙是有一定联系的。白龙马的形象是旅行所必不可少的。再如王母娘娘故事进入西游故事也是因为王母娘娘所处的"昆仑"就位于西域。

二、朱八戒与《玄怪录·郭代公》是否有关？

要注意的是，虽然《朴通事谚解》中提到《西游记平话》中出现了"黑猪精朱八戒"，但由于《西游记平话》已经佚失了，我们看不到《西游记平话》的具体细节，由此，我们实则并不能确定，《西游记平话》中的猪八戒形象到底是怎

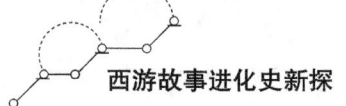

么样的。

在《西游记平话》中，孙吾空是"老猴精"，而朱八戒是"黑猪精"。这都是元前动物妖异故事"物老成精"的文学传统。既然《西游记平话》中孙吾空的花果山位于西域，玄奘在西域遇到孙吾空，那么黑猪精朱八戒的早期故事，很可能也发生在西域，玄奘亦是在西域遇到了朱八戒。在元代的作品中，猪形象叫"朱八戒"，因为"猪"与"朱"谐音。明代的朱元璋皇室家族姓"朱"，为避讳，将朱八戒改名为"猪八戒"显然是必需的。

应该说，《西游记平话》中的"朱八戒"形象，肯定参考了元前动物故事的诸多文学基因。但朱八戒的出身故事不一定参考了唐代牛僧孺《玄怪录》中的"郭代公"篇。

吴承恩曾在《禹鼎志序》中说"尝爱唐人如牛奇章、段柯古辈所著传记，善模写物情，每欲作一书对之"，明确说明自己喜欢读牛僧孺的《玄怪录》。而"郭代公"一篇，就出自牛僧孺的《玄怪录》。那么，吴承恩在创作猪八戒形象时，不免要参考牛僧孺《玄怪录》中的"郭代公"篇。

这就让我们不得不产生一种"合理推测"，就是虽然元末的《西游记平话》（即《唐三藏西游记》）已经出现了"黑猪精朱八戒"，但可能最初的朱八戒形象，并未受到《玄怪录·郭代公》的影响，是吴承恩后来按照《玄怪录·郭代公》进行了改写。也就是我们现在看到的百回本《西游记》中猪八戒的出身故事，是吴承恩根据《玄怪录·郭代公》进行了修改，吸收了《玄怪录·郭代公》中的诸多文学基因。

三、猪精、猴精"性淫、好色"的问题

循着这一思路，我们可以进一步来推测，由于吴承恩在重塑朱八戒形象时参考了《玄怪录·郭代公》，而这一故事讲的是猪精娶民女，所以就让猪八戒形象具有了"好色"的特点。

古代猿猴故事有"性淫"的一面，但在百回本《西游记》中，孙悟空并没有展现出"性淫"的一面。那么，我们就可以推断，百回本《西游记》中的孙悟空之所以没有传统猴故事"性淫"的一面，只是吴承恩为了避免与猪八戒"性淫"造成重复。这样就通过孙悟空不"性淫"，猪八戒"性淫"，形成一种人物形象上的互补。

由此，我们就要思考，《西游记平话》中的孙吾空是否"性淫"？考虑到《西

游记平话》中的孙吾空是个老猴精，孙吾空形象遗传元前猿猴故事"性淫"特点的可能性是很大的。

按照《朴通事谚解》对《西游记平话》中孙吾空经历的描述"入天宫仙桃园偷蟠桃，又偷老君灵丹药，又去王母宫偷绣仙衣一套"，那么何以孙吾空要去王母宫偷"绣仙衣"？这明显是女性的衣服。孙吾空为何需要女性的衣服？我们可以推测：在《西游记平话》中，孙吾空形象继承了元前猿猴故事"性淫"的特点，应该是如一般的猴精故事那样，娶了一个压寨夫人。孙吾空去王母宫偷绣仙衣一套，可能与压寨夫人有关。当然，这都是根据情节线索进行的推测，并非严格意义上的事实。学术研究应允许合理推测的存在。

后来在吴承恩百回本《西游记》中未见孙悟空入王母宫偷绣仙衣的情节，不排除是吴承恩对孙悟空形象进行了重塑，删除了孙悟空"性淫"的一面，把偷绣仙衣的内容删除了。在吴承恩的塑造下，孙悟空已经没有了男女之欲，只关注修仙成佛的问题。

第五节 《西游记平话》的进化节点地位

除成书于 1423 年之前的权威汉语教科书《朴通事》之外，16 世纪初，朝鲜官方又出版了一部《朴通事谚解》，来解释《朴通事》的内容，对上引自《西游记平话》（即《唐三藏西游记》）的内容亦进行了注释，谈到其中的一些情节。这可以让我们一窥《西游记平话》的具体情节，亦可以让我们看到更具体的西游故事的进化历程。

不过，这里也存在一个严重问题：《朴通事谚解》中的资料可靠吗？因为《朴通事谚解》创作年代很靠后，经历了 16 世纪初崔世珍与 1677 年边暹的两次修订、注释、补辑。难以判断 1677 年边暹等人在补辑 16 世纪初崔世珍《朴通事谚解》时，进行了怎样的修改，不排除在修改"谚解"的同时，对《朴通事》的原文也进行了大量删改。因此，从《朴通事》到《朴通事谚解》发生了怎样的变化，难以讲清。❶ 我们只能说，从"谚解"的内容来看，更像是 16 世纪初崔世珍的手笔，此时百回本《西游记》尚未问世，其所概述西游内容，与百回本《西游记》多有不同。而如果是 1677 年边暹等人所补作，则此时百回本《西游记》早已流行，不可能在概述内容时，与百回本《西游记》明显不同。

---

❶ 石昌渝.《朴通事谚解》与《西游记》形成史问题［J］.山西大学学报（哲学社会科学版），2007（3）.

此外，根据上几节的分析，我们能够确定，《西游记平话》中的很多内容因袭自南宋的《大唐三藏取经诗话》。这一点对我们分析西游故事的进化历程，是有很大帮助的。

一、内容的进化

首先，从书名上有一个明显的进化历程。从南宋的《大唐三藏取经诗话》，到元末的《西游记平话》（即《唐三藏西游记》），都有"唐三藏"字样。而明代吴承恩百回本《西游记》，将以唐僧故事中心改为以孙悟空故事中心，所以书名中删去了"唐三藏"字样，而直接名曰"西游记"。可见，百回本《西游记》的书名，就是从《西游记平话》（即《唐三藏西游记》）演化而来的。

其次，再看具体的故事内容。1677 年边暹等人补辑过的，最初成书于 16 世纪初由崔世珍所作的"谚解"中又提到了西游的主要难关：

> 今按法师往西天时，初到师陀国界，遇猛虎毒蛇之害，次遇黑熊精、黄风怪、地涌夫人、蜘蛛精、狮子怪、多目怪、红孩儿怪，几死仅免。又过棘钩洞、火炎山、薄屎洞、女人国及诸恶山险水，怪害患苦，不知其几。此所谓刁蹶也。

从这个提要来看，《西游记平话》已经大体具备了百回本《西游记》的体系，但是《西游记平话》的故事体系很可能是以唐三藏为中心，而孙悟空只是个从属的护法。

从以上引文来看，《西游记平话》在《大唐三藏取经诗话》将玄奘西游故事与动物故事合流的基础上，大大往前迈了一步。《西游记平话》中的故事，主要由动物精怪故事组成，如所提到的"初到师陀国界，遇猛虎毒蛇之害，次遇黑熊精、黄风怪、地涌夫人、蜘蛛精、狮子怪、多目怪、红孩儿怪，几死仅免"。可依次来看：

第一，狮子怪、毒蛇之害，在《大唐三藏取经诗话》中已有。《大唐三藏取经诗话》中有"过狮子林及树人国第五""过长坑大蛇岭处第六"，这些情节应该是被吸收到了《西游记平话》（即《唐三藏西游记》）中。

第二，地涌夫人故事有一定的蹊跷之处。在百回本《西游记》第八十三回，托塔天王的义女金鼻白毛老鼠精，自称"地涌夫人"。问题是，百回本《西游记》

中地涌夫人的故事发生于蜘蛛精故事之后，而《西游记平话》中的地涌夫人故事发生在取经的前半途。可以推测，百回本《西游记》基于各种原因，对地涌夫人的故事进行了很大的改写。另外，不排除《西游记平话》中的地涌夫人故事，实则就是白骨精的故事。该故事可能受到《大唐三藏取经诗话》中"山头白色枯骨一具如雪"的启发，后来演化成了百回本《西游记》中的白骨精故事——百回本《西游记》受《三国演义》中"七擒孟获"、《水浒传》中"三打祝家庄"之类的情节影响，演化出了"三打白骨精"的情节。而"地涌夫人"这个称号，则被百回本《西游记》作者用到了后半部分的老鼠精上。这作为一种推测，应是成立的。

第三，蜘蛛精的故事在此前的西游作品中没有出现过。有关蜘蛛精的故事，在此前的文言小说中有，但不多，如《异苑》中的"殷琅"篇。说明这一故事，可能是《西游记平话》增入的，应是选择因袭了别的文言小说中蜘蛛精的文学基因，然后加以独创性的改造，在后续进化中，直接形成了百回本《西游记》的盘丝洞故事。

第四，多目怪故事，在百回本《西游记》中被整合进了盘丝洞的蜘蛛精、蜈蚣精故事中。但在《西游记平话》中，似乎多目怪的故事是独立故事。因为《西游记平话》中在蜘蛛精与多目怪之间，还有一个狮子怪故事，而在百回本《西游记》中多目怪故事被整合进了盘丝洞蜘蛛精故事中，狮子怪故事被移到了多目怪故事之后。此外，多目怪的故事，与车迟国伯眼大仙故事，是否有某种构思上的联系？从伯颜到伯眼大仙，再到多目怪，似有明显的思维流动链条。

第五，红孩儿故事，可能跟《大唐三藏取经诗话》中的鬼子母故事有关，亦有可能另有来源。后来演化成了百回本《西游记》中的红孩儿故事。

第六，《朴通事谚解》中还提到了车迟国与伯眼大仙斗圣的故事，主要内容与百回本《西游记》相应回目比较接近。

最后，再回到吴昌龄《唐三藏西天取经》中的"闷狮蛮""狮蛮国"的问题。在《大唐三藏取经诗话》中有狮子林，那里"狮子峥嵘，摆尾摇头，出林迎接"。但吴昌龄《唐三藏西天取经》中的"狮蛮国"，并没有狮子，他主要强调这是一个西域地方，即达失蛮。而且唐僧刚出关两月，就到了西域的"狮蛮国"，它是唐僧出关的第一站。

那么，在《西游记平话》中，这个"狮蛮国"依然是唐僧出关的第一站，只是名称改成了"师陀国"，即所谓"今按法师往西天时，初到师陀国界，遇猛虎毒蛇之害"。

从"狮蛮国"到"师陀国"，一字之变，说明《西游记平话》的作者有意识地去掉了吴昌龄杂剧中的西域色彩。当然，也客观证明，《西游记平话》受到了吴昌龄杂剧的影响。

类似地，《西游记平话》中也有车迟国。这个称呼，最初见于吴昌龄的《唐三藏西天取经》，应该是从车师国演变来的。在《西游记平话》中，车迟国变成了一个重要的故事段落，形成了在车迟国与伯眼大仙斗圣的故事。

这两个例子证明，《西游记平话》受到了吴昌龄《唐三藏西天取经》的影响，但《西游记平话》中删除了吴昌龄《唐三藏西天取经》中太过西域化的内容。

综合来看，《西游记平话》（即《唐三藏西游记》）沿着《大唐三藏取经诗话》的路线进行了进化，将《大唐三藏取经诗话》中的内容进行了扩充与新编。同时，《西游记平话》受吴昌龄《唐三藏西天取经》影响的内容不少，去掉了其中包含的"征实"的西域地理与文化的内容。这也表明，吴昌龄《唐三藏西天取经》杂剧在西游故事进化史上有着不可忽视的重要作用。

二、西游故事行程的扩充与进化

综合从《大唐三藏取经诗话》、吴昌龄《唐三藏西天取经》等作品，到《西游记平话》的诸多进化，我们应该要注意到玄奘西天取经的行程，有了巨大的扩充与进化。这种取经行程的扩充，实际上就是故事情节的扩充。把这些地名逐一罗列出来，将有助于我们理解西游故事进化的先后链条。

南宋《大唐三藏取经诗话》中对唐三藏的行程有明确的规划：（1）遇猴行者处；（2）大梵天王宫；（3）香山寺；（4）狮子林及树人国；（5）长坑大蛇岭；（6）九龙池处；（7）鬼子母国；（8）缺失；（9）女人国处；（10）王母池；（11）沉香国；（12）波罗国；（13）优钵罗国；（14）竺国度海。

在元代吴昌龄《唐三藏西天取经》中有一个对唐僧行程的"规划"：

> 师傅你自出国到西天的路程有十万八千余里。过了俺国，此去便是河湾东教、西教、小西洋、大西洋，往前就是哈密城、西番乌斯藏、车迟国、暹罗国、天主国、天竺国、伽毗卢国、舍卫国，那国内有一道横河，其长无许，其阔有八百余里。有一桥，名曰铁线桥；若过得此桥，便是释迦谈经之所，叫做伽耶城，歧遮峪。往前就是五印度雷音寺了。

按照这个规划，唐僧的路线是：（1）出关；（2）（闽）狮蛮国；（3）河湾东敖；（4）西敖；（5）小西洋；（6）大西洋；（7）哈密城；（8）西番乌斯藏；（9）车迟国；（10）暹罗国；（11）天主国；（12）天竺国；（13）伽毗卢国；（14）舍卫国；（15）五印度雷音寺。其中有些地名是错的，如大西洋、小西洋；有些地名是不准确的，如车迟国实为车师国；有些地名是虚构的，如天主国；有些地名是准确的，如乌斯藏、舍卫国。这些地名大致说明，在吴昌龄的构思中，唐僧师徒去西天取经要在这些地方发生故事。大致可以推测，在吴昌龄的构思中（假如他有这种构思，有进一步扩写的计划），一个地名要发生一个故事。

在元末明初的《西游记平话》（即《唐三藏西游记》）中，按照16世纪初崔世珍作的"谚解"中提到的西游主要难关：

今按法师往西天时，初到师陀国界，遇猛虎毒蛇之害，次遇黑熊精、黄风怪、地涌夫人、蜘蛛精、狮子怪、多目怪、红孩儿怪，几死仅免。又过棘钩洞、火炎山、薄屎洞、女人国及诸恶山险水，怪害患苦，不知其几。此所谓刁蹶也。

则唐僧师徒的经历是：（1）师陀国界；（2）遇黑熊精；（3）遇黄风怪；（4）遇地涌夫人；（5）遇蜘蛛精；（6）遇狮子怪；（7）遇多目怪；（8）红孩儿怪；（9）棘钩洞；（10）火炎山；（11）薄屎洞；（12）女人国；（13）佛祖所在地及相应几个地点。

这份名单，是16世纪初崔世珍作的"谚解"中的内容。崔世珍作为朝鲜李朝时期官方学者，显然有很深的学术修养，对西域地理有一定认知，但这份名单中未提到西域地理。这不表示在《西游记平话》中没有西域地理，可能只是崔世珍等人讲解时忽略了，或者此处没有记录下来。从这份名单来看，《西游记平话》的内容大大丰富了。狮子怪、火炎山、女人国等故事在《大唐三藏取经诗话》中就有；而明显红孩儿的故事是新增加的。

总之，《西游记平话》（即《唐三藏西游记》）的行程与内容，相对于前代西游作品，已大大扩充了，整体篇幅连标点可能在10万字左右。其文学性已经达到一定高度，其社会影响亦较大了。《西游记平话》（即《唐三藏西游记》）被收入朝鲜人学汉语的权威教科书《朴通事》，就说明《朴通事》的编者认为，这本书值得朝鲜人阅读。这间接证明，《西游记平话》在当时已经有向文学经典迈进的趋势。

而随着时光流逝，历史进入明朝，三国故事、水浒故事，相继出现了文学经

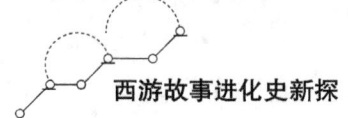

典《三国演义》《水浒传》，其他故事，如杨家将故事、赵匡胤故事、包公故事等也在为成为文学经典而积极进化，这时候，对西游故事而言是逆水行舟，不进则退。由此，西游故事在《西游记平话》（即《唐三藏西游记》）的基础上，进化出更经典的下一代作品，就已经是呼之欲出了。

当然，虽则说"呼之欲出"，但如果下一阶段的进化，没有完成好，《西游记平话》奠定的优势，没有被保持下去并发扬光大，那么也不排除西游故事慢慢会被淹没在历史的浩浩洪流中。后来，吴承恩（约 1500—1583）出现了，他自小喜爱志怪小说，通过阅读唐代段成式《酉阳杂俎》了解了玄奘西游事迹。后来，吴承恩投身到了下一代西游故事作品的创作中，最终在 1570 年前后的几十年间，创作出不朽文学名著——百回本《西游记》。

明代（上）：西游故事经典之作的诞生

　　明代西游故事的进化史，最重要的事件便是万历二十年（1592）金陵世德堂百回本西游记《新刻出像官板大字西游记》的出版。这是西游故事的最经典形态，此后西游故事一纸风行，一举奠定了文学经典地位，其影响至今不稍歇，堪称是当代世界文学名著。

　　在文学进化当中，为何会有文学经典的出现？这是一个带有哲学性的复杂理论问题。结合文学进化史来看，在垂直进化中，文学优化并不是一个无限的过程。文学优化有一个极限，优化到一定程度，就难以再继续优化。这正如人类的百米奔跑速度有极限一样。这启示我们，文学的"经典性"是否也有极限？

　　文学作品并不是可以无限优化的。从文学作品的结构、辞采、故事性、趣味性、精彩性、吸引力等文学性因素角度来说，优化过程并不是无限的，当文学作品优化到某一个程度，就达到极限，难以超越。这一点，可能与人类神经系统所能承受的快感刺激的极限有关，超过了人类神经系统所能承受的快感极限，会导致精神异常。❶阅读文学作品会产生快感，而这一快感是有极限的。所以当一部文学作品带给人的快感趋近于极限时，那么这部作品的经典性也就难以超越了。

　　我们看到，在垂直进化中的某一个阶段，因其逐渐优化，必定会诞生文学经典，奇怪之处在于，文学经典仿佛位于山峦的顶峰，下一代作品很难超越这个高度。以西游故事垂直进化历程来说，百回本《西游记》似乎就位于文学影响力的顶峰。此前和此后的西游故事作品有几十种，但其影响力都无法超过百回本《西游记》。

　　虽然经典性不如百回本《西游记》，但诸多的下一代、下几代西游故事作品还是持续涌现。从明代这一阶段来看，西游故事在持续进化中，明代的西游戏与百回本《西游记》，争奇斗艳。而明末的几部《西游记》续书，亦深化了西游故事的进化状况。本章聚焦于百回本《西游记》这一经典作品，第八章则探讨在百

---

　　❶　关于此问题的详细论述，可参见笔者将要出版的《文艺心理学新探》一书。

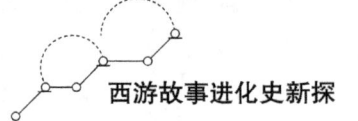

回本《西游记》笼罩之下的后期进化问题。

第一节 明代西游故事进化状况概说

明代西游故事的进化，是西游故事进化史的高潮。在此前近千年的唐僧西游故事进化基础上，终于出现了引起轰动的金陵世德堂百回本《新刻出像官板大字西游记》——西游故事进化中的经典之作。以往，在"非文学进化论"视角下，人们的视野容易被经典作品所遮蔽，只看到经典作品，而或多或少忽略经典作品诞生之前与诞生之后，该题材的不同进化状况。

其实，聚焦于明代万历二十年（1592）百回本《西游记》诞生之前、之后，西游故事的进化状况，是很有理论价值的，因为我们可以通过对有明一代西游故事的诸多进化细节的探究而揭示诸多问题。

有明一代，在万历二十年（1592）百回本《西游记》诞生之前，有二百多年，这二百多年中，西游故事的进化是怎样一个状况？万历二十年（1592）百回本《西游记》诞生至明亡，有五十多年，这五十年中西游故事的进化又是怎样一个状况？

一、明中前期百回本诞生前的西游故事进化

我们首先应该注意到，明代西游故事的进化，是上承元代而来。

元末明初的《西游记平话》显然在明代产生了很大的影响，以至于连明代永乐年间编撰的《永乐大典》中都收录了该书，并一度流传到了朝鲜，被朝鲜人知晓。这种情况下，西游故事显然会继续进化，进而诞生新的阶段性的重要作品。

元末明初人杨景贤的《西游记》戏曲，应是元末或明初这一阶段所产生的重要的西游故事作品。种种迹象表明，明初的杨景贤《西游记》戏曲确实存在过，只是现在看不到了。关于杨景贤《西游记》戏曲的研究与推测，我们已经在第五章第四节进行了大量探讨。

杨景贤的《西游记》戏曲早已亡佚，而民国时日本人盐谷温发现的六本二十四出《西游记杂剧》，题名《杨东来先生批评西游记》，署名吴昌龄，其实跟杨景贤没有必然联系。那么，这个"杨东来"会不会跟杨景贤有点联系？或者是他的后代？或者是仰慕杨景贤的人？但《杨东来先生批评西游记》并未介绍杨东来的情况，只是说作者是吴昌龄。所以严格来说，这个六本二十四出的《西游

记杂剧》，跟杨景贤毫无联系。

1939 年，孙楷第撰《吴昌龄与杂剧西游记》一文，认为盐谷温发现的六本二十四出《西游记杂剧》（即《杨东来先生批评西游记》）并非元代吴昌龄的作品，而是杨景贤的作品。从此，事情发生了逆转，这部六本二十四出的《西游记杂剧》，被视为杨景贤的作品。

不过，虽然孙楷第的观点成为一段时期的主流，但现在亦有很多学者不认同这种观点。因为孙楷第的逻辑推理过程，有诸多的缺失。对此，笔者亦难以下绝对的断语。在笔者看来，以目前的文献学证据，施以逻辑推理，则各种可能性都存在。

如果孙楷第此说不正确，杨景贤并非六本二十四出《西游记杂剧》的作者，则由《录鬼簿续编》得出，杨景贤另有一部《西游记》戏曲，这应该是一部今人未曾见过的作品。从标题来看，像是反映玄奘西天取经的作品，但是这一点也不能完全确认。

如果杨景贤这部亡佚的《西游记》戏曲确实是写玄奘的作品，则其在西游故事进化史上，应是有一定地位的。杨景贤的这部《西游记》戏曲应该对百回本《西游记》产生过很重要的影响，例如，它有可能在西游故事与全真道的关系上和"心猿意马"的问题上对百回本《西游记》产生过重要影响。

二、明代中前期西游主题的进化

西游故事的进化不光体现在故事情节的持续进化、西游人物的持续进化，亦包括西游主题、西游阐释的进化。其实，纵观西游故事的进化历程，极重要的一个问题是"玄奘西游主题"的进化。也就是，玄奘西游到底代表着什么？应该如何阐释？在唐宋时期，玄奘西游被阐释为一个佛教事件。但是在万历二十年（1592）的百回本《西游记》中，玄奘西游故事被阐释成一个道教修炼故事。万历二十年金陵世德堂百回本《西游记》之首有一篇署名陈元之的序，序中说：

　　《西游》一书不知其何人所为。或曰出今天潢何侯王之国，或曰出八公之徒，或曰出王自制。余览其意近跅弛滑稽之雄，厄言漫衍之为也。旧有叙，余读一过。亦不著其姓氏作者之名。岂嫌其丘里之言与？其叙以为孙，狲也，以为心之神。马，马也，以为意之驰。八戒，其所戒八也，以为肝气之木。沙，流沙，以为肾气之水。三藏，藏神、藏声、藏气三藏；以为郭

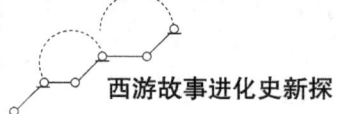
郭之主。魔，魔；以为口、耳、鼻、舌、身、意恐怖颠倒幻想之障。故魔以心生，亦以心摄。是故摄心以摄魔，摄魔以还理。还理以归太初，即心无可摄，此其以为道之成耳。此其书直寓言者哉！彼以为大丹之数也，东生西成，故以西为纪。❶

在陈元之借以编辑刊刻的百回本《西游记》之前有一篇"旧序"，旧序中谈到了对西游故事主题的看法，这一主题显然是偏于道教内丹化的。一方面是心猿意马的问题，即"孙，狲也，以为心之神。马，马也，以为意之驰"；另一方面又谈到为什么要"西游"，因为大丹是"东生西成"，即"彼以为大丹之数也，东生西成，故以西为纪"。可以看出，在万历二十年陈元之刊刻百回本《西游记》的时候，西游故事的主题，明显被道教化了。那么，西游故事由佛教主题变成道教主题，经历了怎样一个进化历程？这正是以下几节要深入探讨的。

三、百回本《西游记》节本、续书的进化

承续元代西游故事进化而来，在杨景贤《西游记》戏曲之后，西游故事进化进入了高峰期，这时，百回本《西游记》横空出世了。现存最早的《西游记》版本是明万历二十年（1592）金陵世德堂刻本《新刻出像官板大字西游记》，从西游故事成书史来看，这个版本是一个新的高峰。

而在世德堂本《西游记》诞生后，又相继出现了几种节本、简本的《西游记》，如杨致和的《西游记传》、朱鼎臣的《唐三藏西游释厄传》。此后又陆续出现了一些百回本《西游记》的续书，如《续西游记》、董说《西游补》等，均涉及复杂的西游情节的变异。同时，根据吴承恩百回本《西游记》小说改编的西游故事的戏曲，也进入一个较繁荣的时期。

这一系列关于百回本《西游记》节本、续书的问题，较为复杂，并非几段话能讲清，将在下一章进行详细剖析。

四、西游戏的进化

在世德堂百回本《西游记》小说广泛流行前后，明代的西游戏，亦多方面

---

❶ 朱一玄，刘毓忱.西游记资料汇编［M］.天津：南开大学出版社，2002：225.

发展。

六本二十四出的《西游记杂剧》（即《杨东来先生批评西游记》），现存版本为万历甲寅，即万历四十二年（1614）本。书前有"杨东来先生批评西游记总论"，署名为"勾吴蕴空居士"，总论中提到：

> 北调仅《西厢》二十折，余俱四折而止，且事实有极冷淡者，结撰有极疏漏者，独是编至二十四折，富有才情，最堪吟咀。尝见俗伶所演《西游》，与此大不相同，殊鄙亵可笑，是编出，而桃花扇底增一钜丽之观，庶可与俗伶洗惭矣！❶

可见在万历四十二年（1614）之前，蕴空居士看过一些西游戏曲，他称之为"俗伶所演《西游》"，认为这些内容与这本《西游记杂剧》"大不相同"，并批评俗伶的表演"鄙亵可笑"。蕴空居士明显是一个佛家居士，他所指称的"俗伶所演《西游》"，有可能是由世德堂百回本《西游记》改编的戏曲，也有可能是与世德堂百回本《西游记》无关的西游戏。而从"鄙亵可笑"四字来看，极可能是指由世德堂百回本《西游记》所改编的戏曲，因为百回本《西游记》是一部"谐剧"，里面有很多喜剧成分。蕴空居士似乎是一个较为严肃的佛教居士，接受不了百回本《西游记》中"呵佛骂祖""嘲笑佛祖"的内容。但无论如何，蕴空居士所说的话，可以证明在万历四十二年（1614）以前，明代流传着多种西游戏，这些西游戏有"鄙亵可笑"的一面。而经过今人的考证，❷已知的明代西游戏，大约有 10 种。不包括各种未见著录的西游戏。这些西游戏主要有如下一些：

《唐僧西游记》。此剧为徐渭《南辞叙录》所著录，但全剧已亡佚，难以了解。考虑到徐渭《南词叙录》成书于嘉靖三十八年（1559），则这个剧本应成于万历二十年（1592）金陵世德堂百回本《西游记》之前。也许是 1500—1550 年之间的戏曲作品，可能大量参考了《西游记平话》。

夏均正《西游记》传奇。此剧现存残曲半折，应成于万历二十年（1592）金陵世德堂百回本《西游记》前后，具体待考。

陈龙光《西游记》传奇。该剧与夏正均同名传奇常混淆。但今已亡佚，难以探知具体情况。

---

❶ 陈均.《西游记杂剧》评注本［M］.贵阳：贵州教育出版社，2018：4.

❷ 张净秋.明代西游戏叙录［J］.文艺评论，2011（4）.

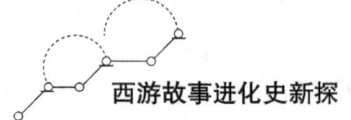

沈季彪《佛莲记》传奇。从传奇名字看，该剧并非西游戏，然而清初无名氏编撰的《传奇汇考标目》称该作品演绎了"玄奘取经事"。因已亡佚，具体情况难以测知。

《江流记》。《今乐府考》将该剧列为"明院本"，称"无名氏《江流》"。周贻白《中国戏曲剧目初探》中著录为"存，富春堂本，陈玄奘事"，但研究者寻访后，未能获知此富春堂本存于何处。❶

从题目来看，该剧是从宋元南戏《陈光蕊江流和尚》垂直进化而来，是明代人根据明传奇戏体例，结合宋元南戏《陈光蕊江流和尚》已有内容，而重新编撰的一部戏曲。万历二十年（1592）的世德堂百回本《西游记》中用一段韵文概括了"陈光蕊江流和尚"的故事，以作为唐僧出身故事。由此来推测，这部明院本《江流记》，也应是演绎唐僧出身故事。也就是至少在这部《江流记》中，唐僧故事与陈光蕊故事已合流。至于二者更早的合流，也许是在宋元南戏《陈光蕊江流和尚》中，但这一点限于材料，难于确凿判断。

佚名《二郎神锁齐天大圣》。该剧首见于明万历四十三年（1615）赵琦美的《脉望馆钞校本古今杂剧》，未说明著者与创作年代，从其排列位置来看，是明代作品的可能性很大。总的来说，难以判断这部戏到底是元代作品，还是明代作品。如果是元代作品，则它在西游故事成书史上有重要地位。如果是万历二十年之前的明代作品，其进化史地位亦比较重要。但如果是万历二十年之后，受《百回本》西游记影响而诞生的作品，则其进化史地位不高。

如果《二郎神锁齐天大圣》杂剧是元代或明代中前期作品，发表于吴承恩创作百回本《西游记》之前，则百回本《西游记》中大闹天宫、二郎神捉拿孙悟空的情节，应是从该剧因袭、改写而来的。这样，百回本《西游记》的独创性又要进一步大打折扣。不过，笔者认为这种可能性比较小。从百回本《西游记》情节的严密性、诗词的多样性等来看，百回本《西游记》的作者具有很强的原创性，恐怕不会完全去因袭一部元明杂剧。

笔者认为，《二郎神锁齐天大圣》杂剧更像世德堂百回本《西游记》出版若干年后的作品。总之，其是百回本《西游记》刚出现，还未确定文学经典地位时的作品。此时孙悟空的故事，还有一定可塑性。至百回本《西游记》大为流行，成为文学经典后，孙悟空故事已大体定型，关于孙悟空妖性的部分，都被删除了。这部《二郎神锁齐天大圣》与百回本《西游记》有大量相同的地

---

❶ 张净秋.明代西游戏叙录［J］.文艺评论，2011（4）.

方，而不同的地方则为一些细枝末节。所以更像百回本《西游记》出版一二十年后的作品。

举具体例子来说，百回本《西游记》开篇有自创的诗"混沌未分天地乱，茫茫渺渺无人见。自从盘古破鸿蒙，开辟从兹清浊辨"，《二郎神锁齐天大圣》中也有类似的话："自开辟之后，混沌之前，分天地日月之形，变阴阳昼夜之数，玄元道德，代代相传。"百回本《西游记》各部分内容都较为严密，仅从这几句话来看，《二郎神锁齐天大圣》参照百回本《西游记》进行了一定的改写。

可以说，《二郎神锁齐天大圣》杂剧应是一部针对百回本《西游记》大闹天宫情节的改编作品，属于百回本《西游记》的后期进化。

第二节　进化转折点：孙绪与西游故事的"心猿意马说"

万历二十年（1592）金陵世德堂百回本《西游记》卷首有一篇署名陈元之的序，序中说：

> 《西游》一书不知其何人所为……旧有叙……其叙以为孙，狲也，以为心之神。马，马也，以为意之驰……彼以为大丹之数也，东生西成，故以西为纪。

陈元之的序表明，至金陵世德堂本《西游记》刊刻的底本出现时，西游故事的主题已经明显被"道教内丹化"了。陈元之的序以及底本"旧序"都明确点明了全书的道教意蕴。

这就形成了一个很重要的问题。传统上，玄奘西天取经故事是一个毫无疑问的佛教故事，为何其主题会逐渐演化成"道教主题"？这显然有很大的悬念。也就是，西游故事进化有一个根本的转向，是由佛教取经故事变成道教心猿意马修炼故事。这个转向是如何发生的？由谁开启的？由谁完成的？这种转向的动因何在？这实则是《西游记》研究的根本问题之一。

对此问题，笔者长期感到疑惑。在 2008 年的硕士学位论文《文学进化中的因袭——以〈西游记〉为中心案例》中已进行了多方面的探讨。其中，首先便注意到了"心猿意马"的问题。笔者注意到，在可能是元末明初，但也可能是明末人删改的六本二十四出《西游记杂剧》在第十出"收孙演咒"中就使用了"心猿意马"。这一出讲唐僧救出被压在山下的孙悟空，孙悟空准备害唐僧，观音教唐

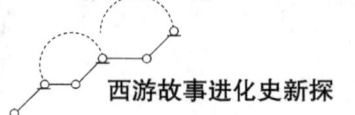

僧紧箍儿咒，唐僧念紧箍儿咒收服了孙悟空。紧接着山神唱道：

【尾】着胡孙将心猿紧紧牢拴系，龙君跟着师父呵把意马频频急控驰。

此处"心猿意马"的使用与百回本的使用是一致的。将孙悟空比为心猿，将白龙马比为意马。同时"心猿""意马"又明显具有一种心性修持的含义。但客观来说，在《西游记杂剧》中，"心猿意马"只是偶尔用之，还不像百回本《西游记》那样，使"心猿意马"成为一个中心概念，甚至中心思想。

那么问题在于，在西游故事进化史上，是谁第一次提出用"心猿意马"思想来改造西游故事？关于"心猿意马"思想的发展史，我们已探讨过。这里要集中探讨的是，是谁第一次把"心猿意马"问题，放到了对西游故事的阐释中。

笔者在硕士论文中阐述了自己的观点："可以很有把握地认为，正是一位有内丹道教背景的文人在西游故事中看到了孙悟空和白龙马正好对应'心猿意马'的概念，才使得他对传统西游故事作出两大调整。"❶

但这一观点很难从实证角度予以坐实，为此 2015 年以来，笔者进行了多方面探索，大量阅读《道藏》，并阅读了十多种元明文人文集，又仔细研究了《吴承恩诗文集》，试图找到相关线索。在探究的过程中，也有一定的收获。例如，2016 年初，关于《西游记》与《悟真篇》的关系问题，笔者有重要材料发现。但关于是谁最早把西游故事引导到"心猿意马"方向上的，一直没有材料发现。无奈之下，笔者渐渐倾向于把西游故事的"心猿意马说"的"发明权"，放到了吴承恩身上。但这在逻辑上并不严密，因为在吴承恩之前，肯定有人提出了西游故事的"心猿意马说"，只是限于材料，难以确证。

幸运的是，在撰写本书的过程，笔者把近十年来重要的《西游记》研究论文，一一进行了细读。在阅读河南大学曹炳建教授 2009 年的论文《新发现的〈西游记〉资料及其解读》时颇有疑惑。再三阅读之后，才发现原来曹炳建教授已经解决了这个问题，只是他对材料的解读有所偏差，虽有重要材料发现，但未能意识到这一重大问题。曹炳建先生找到了《四库全书》中收录的明弘治、嘉靖时人孙绪《沙溪集》中所收《无用闲谈》六卷中的一段话。其材料非常有说服力，可以证明，是孙绪第一次提出了西游故事的"心猿意马说"。

换言之，孙绪提出的西游故事的"心猿意马说"是元末明初纯粹故事性的

---

❶　郑祥琥.文学进化中的因袭——以《西游记》为中心案例［D］.天津：南开大学，2008：95.

《西游记平话》与嘉靖中后期吴承恩创作的带有浓厚道教隐喻色彩的世德堂百回本《西游记》之间的桥梁。孙绪提出的观点，是对如何阐释西游故事、如何理解西游故事的一个重大转变。故此，孙绪的"心猿意马说"是西游故事进化史上的重大转折点！

一、孙绪首提西游故事的"心猿意马说"

孙绪（1474—1547），河间府故城人，字诚甫，号沙溪。弘治十二年（1499）进士，官至吏部郎中，因事被革职，嘉靖初起太仆卿。著有《沙溪集》二十三卷，包括文八卷，赋一卷，杂著一卷，诗七卷，《无用闲谈》六卷。从时间来看，孙绪与王阳明同时代，所以他的观点可能也受到阳明心学的一定影响。在《东田文集序》一文中，孙绪说："造诣如公，矜持涵育如公，有言可也，无言亦可也；不如公，而徒曰心学，心学正恐言即滞晦，无言益滞晦矣。"❶其中已经谈到了心学的问题。在《无用闲谈》中，亦有一篇批评了王阳明学说，认为王阳明是"钟吕之徒"：

> 王伯安、何粹夫俱尝为老氏学，谓神仙可立致。恐为名教所訾议……伯安慧机黠巧、博学多识，自谓无一事不可名世。既欲享长生之乐，又欲擅道学之名，又欲得文章政事诗赋词藻之名。充其志，分席周孔，抗颜孟韩，并驾伊博，奴仆萧曹，而孙、吴、董、贾、李、杜、陶、韦而下无论也。其实则钟吕之徒而已……晚年深欲掩其初迹。其徒或叩其术，辄藉存养、省察、尊德性、收放心之说，以饰其专。❷

这里的"钟吕之徒"一语很值得玩味。内丹道教一般把汉钟离与吕洞宾视为重要的创教先祖。如王重阳与全真七子的修炼诗词表明，全真教已把钟离权、吕洞宾、刘海蟾等人视为"五祖"。❸再如内丹南宗重要创始人白玉蟾的弟子陈守默等人在《海琼传道集序》中认为内丹南宗的创始人正是钟离权、吕洞宾，"昔者钟离云房以此传之吕洞宾"。可见，孙绪此处说的"钟吕之徒"就是内丹道教信徒。

---

❶ 孙绪.沙溪集（卷一）［M］//文渊阁四库全书.上海：上海古籍出版社，2007.

❷ 孙绪.沙溪集（卷十五）［M］//文渊阁四库全书.上海：上海古籍出版社，2007.

❸ 吴光正.论元代全真教传记的文体功能［J］.文学评论，2020（1）.

孙绪认为，王阳明的学说与内丹道教理论有很多相似处。这一观点无疑是很深刻的。这一方面说明孙绪对内丹道教有一定认识，另一方面也说明孙绪对王阳明其人其说，是比较熟悉的，尽管他对阳明心学主要是持批评态度。

由此可见，孙绪提出的西游故事的"心猿意马说"很可能就是在阳明心学的基础上发展出来的，至少无形之中受到阳明心学的影响。阳明心学的流行，让孙绪意识到，解释很多问题都要从"心"的角度出发。由此，解释西游故事的意蕴，亦可以从"心"的角度出发。这实则是关于西游故事主题阐释的一种崭新思想，即从唐僧西天取经的故事主题演变成"心的修炼"主题。

曹炳建先生找到的材料，是孙绪在所著《无用闲谈》卷五（见《沙溪集》卷十五）中所说的一段近五百字的话，原文无标点，曹先生加了标点。❶ 此段话语义复杂，所以很容易理解错。这里笔者在曹先生基础上再重新分段，个别地方修改标点，以便于读者理解：

> 谬悠之说，本非儒者所宜言。然因其言之非而折之，使归于正，亦吾儒辟异端之所当留心者也。如佛殿中所塑诸像及佛经中诸说，亦皆有意存焉，人自未之讲耳。

> 佛以男质面南坐火焰中，离卦也；观音以女质面北坐海水中，坎卦也——坎离交媾，水火既济之象也。文殊坐青狮子居东，青龙也，震木也；普贤坐白象居西，白虎也，兑金也——金木间隔之象也。

> 罗汉之数十八，一降龙，一伏虎，四老者，四少者，四番人，四汉人，以见凡欲作佛不问老少华夷，但能降龙神，伏虎气，和合四象，攒簇五行，无不可者。

> 藏经至于五千四十八卷，喻五千四十八日，金经发见之时也。《度人经》注度人须用真经度，若问真经，癸是、铅是也。

> 释氏相传，唐僧不空取经西天——西天者，金方也，兑地，金经所自出也。经来白马寺，意马也。其曰孙行者，心猿也。这回打个翻筋斗者，邪心外驰也。用咒拘之者，用慧剑止之，所谓万里之妖一电光也。诸魔女障碍阻敌临期取经采药，魔情纷起也。皆凭行者驱敌，悉由心所制也。白马驮经，行者敌魔，炼丹采药全由心、意也。

> 追荐死者，必曰往西天。人既来亡，四大分散，何得更有所往？言往西

---

❶ 曹炳建.新发现的《西游记》资料及其解读［J］.南京师范大学学报，2009（1）.

天者，西乃兑地，为少女身中复生为人，不堕鬼道也。

异端谬悠，本不足究，因与方外友谈之，漫识于此，不识明哲以为何如。

此段话是从儒者"辟异端"的角度来看待诸问题，故其主体是儒家话语体系的内容。但同时掺杂了道教思想，因为在明代嘉靖年间，嘉靖皇帝喜好道教，道教被视为正统。在这段话中，孙绪用儒家与道家的思想来解析佛教问题。其解析的问题包括：

第一，用八卦五行学说分析佛、观音位置。佛面向南方，代表离卦；观音面向北方，代表坎卦。离卦是火的意思，坎卦是水的意思，这是水火既济之象。

第二，用华夷之辩解释十八罗汉。十八罗汉中有番人，有汉人，有老，有少，意味着老少华夷均可修罗汉。

第三，用象数解释藏经。主要是解释五千四百这个数字。

第四，用"心猿意马"观念解释西游故事。孙绪认为"经来白马寺，意马也。其曰孙行者，心猿也"，这是用内丹道教的"心猿意马"观念来解释西游故事。

第五，用八卦解释西天。按照古人的见解，兑卦代表少女，而兑卦又位于西方，故而孙绪认为人死后"往西天"，就是往代表西方的兑，也就是到少女的腹中去投胎。

孙绪，就以上五方面问题独立思考提出了自己的观点，与"方外友"进行了讨论。此方外友可能是佛教人士。孙绪与他探讨后，觉得挺有道理，因此记录在自己的文集中，希望更多的读者能够看到，予以思考，"不识明哲以为何如"。同时，孙绪认为，自己的这些深层分析，别人不理解，"人自未之讲"，所以孙绪要加以阐释。

在这诸多的分析中，就有一种关于西游故事的解释。这实际上就是后来影响巨大的西游故事的"心猿意马说"：孙行者代表心猿，白龙马代表意马，心猿意马合起来代表心性修炼，于是乎整个唐僧西游故事也就变成了一个隐喻心性修炼的故事。在这种用儒家思想分析佛教思想的尝试中，孙绪显然对西游故事做了一种新的阐释，提出了一种新的看法，这预示着一种新的进化方向。

从上下文语意来看，孙绪的看法在当时显然是一种全新的思想，是一种全新的对西游故事的阐释方式。曹炳建先生认为，孙绪看到了一种我们未知的西游版本，这种版本以心猿意马为隐喻。问题在于，从孙绪的这段话来看，这些观念全是他提出的，所以他阐述出来以后，很想让别人进行评价。所以他说"不识明哲以为何如"。这显然并不是引述他人观念，更不是因为有一个西游版本已开始以

心猿意马为隐喻，而是孙绪独立思考，提出了一种新的对西游故事的阐释方向，即西游故事的"心猿意马说"。而且从孙绪这段话中并未提到某一个西游版本，他说的是"释氏相传，唐僧不空取经西天"，可见，他关于西天取经的故事，不是从小说中得来的，而是"释氏相传"，大概是在与僧人的交往或听寺院的俗讲当中得来的，得来的信息不一定确切，所谓的"不空取经西天"，有可能是听别人说起关于不空的故事，然后他将之与唐三藏的故事搞混了。总之，他并不是从一种文本中得来的信息。对西天取经的故事，他提出了自己的看法。大概认为其中包含了"异端邪说"，儒者需要反击，即"吾儒辟异端之所当留心者也"。那怎么从思想上进行反击呢？孙绪提出了用"收放心""心猿意马"等学说，来重新阐释、再建构西游故事。

按照孙绪的新的阐释，则唐三藏西天取经故事，不再是一个以佛教取经为主的故事。在孙绪看来，西天取经的故事对应了"心猿意马"，对应了人格修炼，他采纳了一部分道教内丹学说。明代的嘉靖皇帝，喜好道教，道教被视为正统。所以孙绪采用全真道的"心猿意马"学说来重新阐释西游故事。至于曹炳建先生提到：在孙绪的时代，是不是有一个我们至今不知道的西游故事版本。这种可能性，还是有的，并且可能性较大。因为古代的书籍流传、刊刻非常复杂，有一两种版本我们至今不知道的概率很大。只是说，重要的版本，我们应该都已知晓。因此，在孙绪的时代，重要的西游故事版本，应该就是我们已经知道的《大唐三藏取经诗话》《西游记平话》以及吴昌龄《唐三藏西天取经》，或者也包括元末明初六本二十四出的《西游记》杂剧（假如该书不是明末人伪造的）等。

《西游记平话》的大量内容，我们现在难以确知，可能其中有孙悟空戴紧箍咒的内容。但是从孙绪的话来看，其中应该没有"心猿意马"的内容。或者说，也许略有一点，但并未上升到中心思想的层面。

换言之，孙绪在《无用闲谈》中第一次把西游故事的中心思想提炼为"心猿意马""收放心"，这一定程度上受到阳明心学的影响。二三十年后，吴承恩正是继承了孙绪的观点，对《西游记平话》进行了重新改写、扩充，将之发展为现在看到的万历二十年（1592）金陵世德堂百回本《西游记》刊刻时所用的底本。至百回本《西游记》，西游故事的主题被改为了孙绪所强调的，用于"吾儒辟异端"的"心猿意马""收放心"之说。为此吴承恩在百回本中增加了大量的关于"心猿意马""金公木母"❶的诗词，增加了一些内丹道教、全真道的内容，甚至

---

❶　陈宏.孙悟空别称之宗教性内涵初探［J］.南开学报，2004（2）.

从一些内丹著作中摘录了内容。从此，西游故事就变成了一个道教修炼故事。至于佛教取经故事，反而退居其次了，在吴承恩百回本《西游记》中，连唐僧出身故事也删除了。这代表了作者的看法。

要而言之，孙绪的观点，为百回本《西游记》的诞生开辟了道路。孙绪是西游故事进化史上新的奠基者。孙绪开辟道路，吴承恩完成实践，西游故事终于在明代嘉靖后期，迎来了其文学进化史的顶峰！

二、吴承恩对孙绪观点的接受问题

孙绪提出西游故事的"心猿意马说"，与吴承恩按照"心猿意马说"来改写百回本《西游记》之间必然存在联系。只是说，这种联系是直接联系还是间接联系，需要进一步来求证。

如果是直接联系，就是说，吴承恩直接从孙绪本人或直接从孙绪的著作中得到启示。这种可能性是存在的，因为吴承恩并非只在淮安，他年轻时去北京参加过科举，有接触到孙绪著作的可能性。

苏兴先生在《吴承恩年谱》中说，吴承恩开始创作《西游记》在嘉靖二十一年（1542）。考虑到孙绪提出西游故事的"心猿意马说"，亦应在这前后。故此，孙绪与吴承恩二人有直接联系的可能。关键是值得进一步挖掘材料，进行深度研究。

如果是间接联系，就是说吴承恩通过第三者间接了解孙绪的著作与观点，这种可能性相对更大。这种情况又可以分为两种。一种是以人为中介，另一种是以作品为中介。

以人为中介的情况，是有可能的。只是，目前没有过硬的证据。比如，据考证，吴承恩与嘉靖时的内阁成员李春芳为友人。吴承恩在《赠李石麓太史》一诗中说："移家旧居华阳洞，开馆新翻太乙编"❶，石麓是李春芳的号，而世德堂本《西游记》题华阳洞天主人校，华阳洞天主人是否就是李春芳？李春芳（1511—1584）在嘉靖二十六年（1547）状元及第，授翰林修撰，其时孙绪刚刚逝世。通常，古代官僚知识分子去世后，其子弟就会整理出版文集，李春芳接触了孙绪文集的可能性很大。吴承恩会不会通过李春芳，或者其他什么人，接触了孙绪的观点？又或者孙绪的西游故事的"心猿意马说"在当时本来就影响很大，

---

❶ 吴承恩.吴承恩集［M］.蔡铁鹰，笺校.北京：中国社会科学出版社，2014：89.

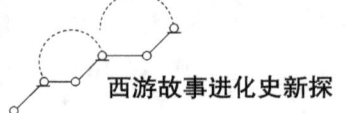

不需要中间途径，吴承恩也能接触到。

以作品为中介的可能性也很大。就是说，孙绪的观点出来后，让一些人在阐释西游故事时，倾向于往"心猿意马"方向发展，这样的作品多了，很自然就影响到了吴承恩。现存可能为嘉靖年间的《普明如来无为了义》宝卷，虽然其年代还有疑问，但如果它确实是在嘉靖年间作成，那么作品中已经把西游故事往"心猿意马"方向阐释了。确实不能排除，嘉靖年间有些人最早受到孙绪观点影响，对西游故事进行了"心猿意马"化的阐释，他们的阐释最终对吴承恩产生了根本性影响，促成了百回本《西游记》的成书。

总之，关于吴承恩直接或间接接受了孙绪西游故事"心猿意马说"的观点，是很有道理的。只是目前限于研究深度，暂未找到确凿证据。此问题，未来可进一步研究，应该会找到较为确凿的证据。如此，则西游故事进化史研究中的重要一环就形成了逻辑闭环。

第三节　阳明心学对《西游记》的隐性影响

如前所述，孙绪（1474—1547）提出西游故事的"心猿意马说"不是偶然的，跟阳明心学在晚明时期的流行是有重要关联的。孙绪在《东田文集序》等诗文中多次提到了心学的问题。尤其在《无用闲谈》中，有一篇文章专门批评了王阳明，认为王阳明是"钟吕之徒"。所谓"钟吕之徒"就是内丹道教派别，则孙绪亦认为阳明心学与道教内丹学说有很大的趋同性。孙绪的这一观点无疑是深刻的。当代阳明心学研究界亦已注意到阳明心学与道教的关系。❶

孙绪称王阳明为"钟吕之徒"。这一点恰恰成为《西游记》中的内丹道教学说与阳明心学的契合点、衔接点。从其言论来看，孙绪对心学、内丹道教学都有较多思考，他提出西游故事的"心猿意马说"正是以他对心学与内丹道教学的理解为基础的。而这并不是他个人的独得之秘，实则有很深的明中叶思想史背景。或者说，西游故事的"心猿意马说"是一种在元明时代逐渐形成、逐渐壮大的思潮。明中叶，塑造这种思潮的正是阳明心学。正是因为阳明心学的流行，使得"心"的问题，成为时代焦点，使得几乎每一个知识分子都会思考这方面的问题。这才会有作家从"心的角度""心猿的角度"来考虑西游故事的诸多问题。因此，百回本《西游记》的成书，确实受到了阳明心学的影响，只是这种影响是隐性的。

---

❶ 参见：何静.论王阳明心学对道教的融合［J］.宁波大学学报，2006（1）.白娟棠.刘一明金丹论对阳明良知论的融摄［J］.宗教学研究，2015（3）.

一、阳明心学让"心的问题"成为时代热点

王守仁（1472—1529），字伯安，号阳明，浙江余姚人。孙绪与王阳明生年接近，但孙绪比王阳明晚逝世 18 年。这 18 年正是阳明心学大为流行的 18 年。此外，阳明心学在晚明的影响越来越大，吴承恩（约 1500—1583）的晚年，实际上整个思想界都受到阳明心学的影响，这种影响直到明朝灭亡才消失。

阳明心学有两个核心话语，一个是"心"，另一个是"良知"。在《咏良知四首示诸生》中，王阳明说："莫道圣门无口诀，良知两字是参同"，又说："人人自有定盘针，万化根源总在心"。❶ 至晚年，阳明总结出"四句教"来概括自己的学说，即"无善无恶心之体，有善有恶意之动，知善知恶是良知，为善去恶是格物"。

王阳明所说的"格物"与宋儒所说的"格物"是完全不同的。宋儒的"格物"是研究外物，而王阳明的"格物"是针对心灵而言的。所以王阳明又有所谓"格心"之说，这是从程朱理学的"格物致知"发展而来的。程朱理学的"格物"要求研究外物，以获得知识。而王阳明的"格心"则通过体悟自己的心灵，而发现知识。"格心"之说与佛道二教的"修心""心性修持"已经很接近了，只是佛道二教有虚无主义倾向，而阳明心学的"格心"是积极的有为，与"格物"一样，是为现实社会服务的。

客观来说，正是阳明心学对"心"的问题的关注，让这一问题成为晚明思想界的热点话题。所以就出现人人都要谈"心"、论"心"的状况。孙绪能够把"心猿意马"与西游故事联系起来，实际上是依托阳明心学所塑造的"心学热点"的时代背景。没有"心学热点"的存在，把西游故事往"心猿意马"方向塑造，就很难获得时代共鸣，很难引起广大读者的关注。因为毕竟内丹道教的理论，对广大士人而言还是较为陌生的。大家更熟悉的还是阳明心学。只是，内丹道教的"心的理论"与阳明心学"心的理论"有诸多契合之处、相似之处。

有意思的是，王阳明亦谈到过"心猿意马"的问题。见阳明弟子所编《传习录》：

> 一日，论为学工夫。先生曰："教人为学，不可执一偏。初学时心猿意

---

❶　王阳明 . 王阳明全集（第三册）［M］. 北京：中国书店，2015：102.

马，拴缚不定，其所思虑多是人欲一边。故且教之静坐，息思虑。久之，俟其心意稍定。只悬空静守，如槁木死灰，亦无用。须教他省察克治。省察克治之功则无时而可间，如去盗贼，须有个扫除廓清之意。无事时，将好色好货好名等私逐一追究搜寻出来，定要拔去病根，永不复起，方始为快。常如猫之捕鼠，一眼看着，一耳听着，才有一念萌动，即与克去。❶

这里王阳明提到了"心猿意马"，也提到了"猫之捕鼠"。这些当然都是偶然论之，并非像全真道那样将"心猿意马"问题作为宗教理论的核心术语。但这亦体现出阳明心学与道教内丹学说的某种契合性。这种"契合性"为后来百回本《西游记》的全面道教内丹化奠定了基础。因为正是阳明心学的"心学热点"，提供了晚明读者接受西游故事的"心猿意马化"的背景。

换言之，如果没有阳明心学在晚明的流行，那么百回本《西游记》所展示出来的"修炼心性""收服心猿"的宗教与哲学意义，就很难被读者理解。这样百回本《西游记》的艺术效果也就将大打折扣。没有读者的期待视野、接受视野，很多作品就会失去一部分价值。因为伟大的作品，需要能读懂它的读者。而具体到百回本《西游记》的读者问题，可以说，正是阳明心学培养了它的读者。

二、《西游记》实则是"内阳明心学，外全真道学"

百回本《西游记》谈论了大量的"心"的问题，明显受到了阳明心学的很大影响，对此很多学者都已谈到。❷ 但是，奇怪的是，百回本《西游记》并没有采用阳明心学的话语体系，除了"心的问题"之外，阳明心学的诸多问题在《西游记》不涉及的。《西游记》的作者只是采用了阳明心学所关注的"心的问题"，然而在具体问题上，并不完全认同阳明心学。在具体的话语体系上，百回本《西游记》未采用阳明心学，而是采用了全真道与道教内丹理论，采用了"金公""木母""婴儿""姹女"等大量内丹道教术语。百回本《西游记》实则是以"心猿意马"概念为核心，重新叙述西游故事。

这一点从《吴承恩诗文集》亦可以明显看出。虽然吴承恩生活于阳明心学流

---

❶ 王阳明.王阳明全集（第一册）［M］.北京：中国书店，2015：43.

❷ 关于《西游记》与阳明心学有密切联系的说法，起源很早，有诸多学者进行了阐发，可参考此问题的综述：薛梅.心学视野下的《西游记》研究——《西游记》与阳明心学之关系研究述评［J］.明清小说研究，2009（2）.

行的年代，但从《吴承恩诗文集》来看，吴承恩本人并未呈现阳明心学的后学状态。只能说，吴承恩对阳明心学有所接受，但尚未完全认同，吴承恩更倾向于接受道教的一些理论。吴承恩有明显的道教信仰。可以说，百回本《西游记》是"内阳明心学，外全真道学"，表面上的话语体系主要是全真道与内丹道教的修炼理论，但由于主要探讨了"心""心猿""收放心"的问题，实则与阳明心学有异曲同工之妙。而且百回本《西游记》能够在晚明流行，显然也依托了阳明心学广泛传播，所引起的大众对"心的问题"的关注。

那么，为何《西游记》文本会在阳明心学与道教内丹理论之间呈现二重性？这显然来自阳明心学与道教内丹理论的先天关系。

诚如孙绪所说，王阳明是"钟吕之徒"，阳明心学与道教内丹理论有大量趋同之处。下面几节内容会提到，百回本《西游记》实则受到《悟真篇》及其注的巨大影响，且其中的诸多情节都是从《悟真篇》及其注中衍化而来的。而阳明心学与《悟真篇》的理论，是有某种内在同一性的。

因为王阳明在创立阳明心学之前，广泛地探究了儒、释、道三家的理论资源。因此，阳明心学不可避免要受到禅学与道教理论的诸多影响。对此在明代就有诸多学者指出，阳明心学实为禅学。而阳明本人多次否定了自己的学说与佛道二教的相似性，他总是强调阳明心学与佛道二教的区别。

应该说，阳明心学与佛道二教理论的相似性，实则是古人说的"三教合一"。只是，"三教合一"的说法太简单化了，忽略了在"合一"的过程中所产生的诸多变化。至少从逻辑上，在这"三教合一"的过程中，"三教"各以多大比例进行"合一"存在十种以上可能的组合，且每一种组合都有自己独特的面貌。以数学语言来描述，例如"儒40%、释30%、道30%""儒60%、释20%、道20%""儒40%、释20%、道40%"，这样的组合虽然都名为"三教合一"，但"合一"之后的面貌是完全不一样的。阳明心学也是三教合一的，但问题就在于，它是以怎样的比例进行"合一"的。

这个话题显然太大，我们只谈与本书论点相关的问题。孙绪在《无用闲谈》中认为王阳明"其实则钟吕之徒"❶，这一看法抓住了要害。"钟吕"即汉钟离、吕洞宾，为道教内丹派别的初祖。无论全真道，还是内丹南宗，都奉汉钟离、吕洞宾为初祖。孙绪显然已经发现阳明心学与道教内丹派别的理论有某些近似之处。这一点是有深刻意义的。

---

❶　孙绪.沙溪集（卷一）［M］//文渊阁四库全书.上海：上海古籍出版社，2007.

王阳明亦认真研读过《悟真篇》及其注，但对之非常不满。王阳明的诗集中有《书悟真篇答张太常二首》，其中一首说：

> 《悟真篇》是误真篇，三注由来一手笺。恨杀妖魔图利益，遂令迷妄竞流传。造端难免张平叔，首祸谁诬薛紫贤。直说与君惟个字，从头去看野狐禅。❶

从这首诗可以看出，王阳明非常反感《悟真篇》，并且反感薛紫贤的注，斥之为"野狐禅"。为何王阳明有此看法？

张伯端在《悟真篇》开篇说："梦谒西华到九天，真人授我指玄篇。其中简易无多语，只是教人炼汞铅。""简易"这一点王阳明是同意的，陆九渊在谈到自己的心学与朱熹理学的区别时就认为朱熹的学说太"支离"，自己的学说"简易"，即陆九渊所谓"易简功夫终久大，支离事业竟浮沉"。陆九渊学说的"易简"为王阳明所继承。与张伯端《悟真篇》的区别在于，王阳明认为不需要炼汞铅，不需要在人体内"安炉设鼎""烧丹炼药"，而应直接致力于修心，即直接"致良知"。由此，王阳明把张伯端的内丹学说斥为"野狐禅"。

然而百回本《西游记》的作者却非常欣赏张伯端《悟真篇》及其注，且在第三十六回直接大段引用了《悟真篇三注》中薛紫贤的注。所以在对待《悟真篇》的问题上，百回本《西游记》的作者与王阳明有着根本的分歧。

但要注意的是，分歧归分歧。阳明心学与《悟真篇》实则都在讨论"心的问题"。所以无论作者如何看待这些问题，百回本《西游记》确实展现出某种对阳明心学的认可。虽然百回本《西游记》没有采用阳明心学的话语体系，采用了《悟真篇》与内丹道教"心猿意马"的话语体系，但它们在本质上有一种无可否认的相似性。

或者可以用"三教合一"的理论来解释。之所以有这种"相似性""同一性"，正在于阳明心学是"三教合一"，而百回本《西游记》明显体现了"三教合一"的理论。虽然百回本《西游记》中对"心的问题"的讨论，主要以内丹道教理论为主，但亦未完全脱离"三教合一"的理论框架——佛教的心的理论，道教的心的理论，儒家尤其是阳明心学的心的理论，这就是一种典型的"三教合一"的状态。正是有了这种"三教合一"的状态，才为西游故事"心猿意马说"的成立提供了坚实的思想史背景。所以我们在百回本《西游记》中能看到少量的

---

❶ 王阳明.王阳明全集（第三册）［M］.北京：中国书店，2015：69.

阳明心学的影响，亦能看到大量的全真道或内丹道教的影子。

总之，对"心猿意马"问题的阐发，除了注意到孙绪的影响之外，也要结合阳明心学。阳明心学在明中期以后的流行，让"心"成为一个核心术语，由此"心猿"概念也就有了哲学依托。因此，理解百回本《西游记》的创作，除了要注意内丹道教背景，亦要注意阳明心学的一定影响，虽然这种影响更多的是隐性的，而不像内丹道教理论那样是显性的。

所以，问题的复杂性也正在于此。虽然阳明心学在晚明时期流行，为西游故事的"心猿意马化"奠定了深厚的读者基础。但阳明心学对百回本《西游记》进化面貌的影响，却被内丹道教理论取代了。具体来说，百回本《西游记》受到《悟真篇》的深刻影响。无论在主题提炼、话语体系使用，还是情节走向、人物形象塑造上，百回本《西游记》都受到了《悟真篇》及其注的深刻影响。甚至可以认为，百回本《西游记》是内丹道教或全真道的"宣教之书"。

第四节　百回本《西游记》的八大崭新进化面貌

万历二十年（1592），金陵世德堂出版了百回本《西游记》，题名为《新刻出像官板大字西游记》，未署撰者，但署"华阳洞天主人校"。这部世德堂百回本《西游记》是现存最早的百回本《西游记》版本，是西游故事进化史上的一个巅峰，也是一个定本。明代后来的多种《西游记》版本，实则都是世德堂百回本的删节本。清代的多种《西游记》版本，则为世德堂百回本的改订本或评点本。后来人民文学出版社在1955年出版的《西游记》就是以世德堂百回本为底本。可以说，世德堂百回本《西游记》就是今天的通行本《西游记》。大众所说的《西游记》小说，就是指世德堂百回本。

而从文学进化的角度来说，相对于从前的西游作品，尤其是元末的《西游记平话》，百回本《西游记》呈现出崭新的进化面貌。这种崭新的进化面貌，是受时代的影响，由持续不断的遗传变异，持续不断的独创与因袭，所共同构成的。体现在百回本《西游记》的面貌上，有延续前代作品的地方，亦有对前代作品加以巨大改变的地方。

这种崭新进化面貌的形成，很重要一方面是受时代的影响。文学进化离不开时代的影响。而百回本《西游记》创作的时代，一方面受道教流行的影响，另一方面受阳明心学的影响。道教的影响，让西游故事往道教化的方向发展；而阳明心学作为中晚明的笼罩性思想，让"心的问题"的讨论，成为时代热点。因此，

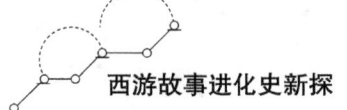

百回本《西游记》需要去回应这样一个时代热点，使"心""心猿"演化为故事的中心。当然，从具体话语体系来说，百回本《西游记》受阳明心学的影响并不是直接的，而是间接的。阳明心学对《西游记》的影响只是作为时代思想背景的间接影响，并非话语体系上的直接挪用。百回本《西游记》在话语体系上，主要是采用了内丹道教的话语体系，即以西游故事的"心猿意马说"为主。

百回本《西游记》崭新进化面貌的形成，离不开"文学进化"自身的规律与力量，即继承前人的很多内容，并加以各种创新性的扩充。换言之，这种崭新进化面貌的形成，是相对于《大唐三藏取经诗话》《西游记平话》等前代作品，百回本《西游记》有了巨大创新。例如，《大唐三藏取经诗话》中的沙河、火类坳、女人国等情节，在百回本《西游记》中发展成了曲折而丰满的故事。《西游记平话》中的诸多情节，亦被百回本《西游记》进行了大幅扩充。譬如，西游故事中的女儿国故事虽始于《大唐三藏取经诗话》，但到百回本《西游记》亦有诸多重要进化，其中之一是根据《悟真篇》注中所说的"男儿有孕即丹道"，而增加了唐僧与八戒怀孕的情节。女儿国故事的进化路线，是清晰可见的。

在本节中，我们将深入探讨百回本《西游记》所呈现出的进化面貌。这些崭新的进化面貌主要体现在八个方面：（1）主角的变化：由唐僧为主角到孙悟空为主角；（2）宗教背景的道教内丹化；（3）神仙体系的整合化与标准化；（4）与动物故事的结合化；（5）诗词骈文与小说内容的雅化；（6）小说情节内容的扩充化；（7）思路的严谨化、细节的精密化；（8）引入喜剧基因，使故事喜剧化。

此外，某种程度上还存在阳明心学的影响所导致的进化面貌，但这种影响并非直接的、显性的，并非话语体系的借用与挪用，因而其进化面貌的展现是隐性的、间接的。阳明心学对百回本《西游记》的影响，只是作为时代主流思想"心的话题"的背景性影响。或者说，这种影响主要体现为阳明心学在晚明的流行，为西游故事的"心猿意马化"奠定了深厚的读者接受基础。故而，阳明心学对西游故事进化面貌的影响可存而不论，需要具体分析的只是以下八大崭新进化面貌。

一、主角的变化：由唐僧为主角到孙悟空为主角

西游故事在进化过程中，一个重要变化，是由唐僧为主角到孙悟空为主角。本来西游故事是玄奘西天取经故事，整个过程毫无疑问是以玄奘为中心。无论南宋的《大唐三藏取经诗话》、金代的院本《唐三藏》，还是元代吴昌龄的《唐三藏西天取经》杂剧，内容都是一脉相承，以唐三藏为中心的。元代的《西游记平

话》，正式名称是《唐三藏西游记》，显然也是以唐三藏为中心的。

从起源上说，孙悟空的故事，不具有独立性。孙悟空的故事是附着于唐僧的故事而存在的。最初是在《大唐三藏取经诗话》中出现了猴行者，以唐僧护法的身份，进入了西游故事。然而明代的百回本《西游记》，展现出新的进化面貌，一改从前以唐三藏为中心的故事结构，开始以孙悟空为故事的中心。百回本《西游记》的整个故事是从孙悟空开始说起的，孙悟空喧宾夺主，从唐僧的护法，进化为故事的主角。这显然是一个崭新的进化面貌。

这一进化面貌的出现，与道教内丹学说同西游故事的结合有直接关联。按照内丹道教的观点，西游故事不再是以唐僧西天取经为中心，而是以孙悟空这只"心猿"的修炼为中心。由此导致百回本《西游记》在情节与结构上的一些独特安排，包括：

第一，小说从孙悟空出身讲起，删去唐僧出身故事。

百回本《西游记》一改从前西游故事以唐僧为中心的叙事结构，变成以孙悟空为中心。此前不管《大唐三藏取经诗话》还是《唐三藏西天取经》杂剧，抑或《西游记平话》（即《唐三藏西游记》），都是以唐僧为中心。但世德堂百回本却一改从前以唐僧为中心的故事结构，将孙悟空提到主角地位。百回本《西游记》从孙悟空出生说起，讲孙悟空学道、大闹天宫，被如来压在五行山下，后保唐僧到西天取经，最后修成正果，就是为了形象地表现出心猿从无法无天，到受到制约，经过艰苦的修持，最终修成正果。

为了凸显孙悟空这只心猿的中心地位，百回本《西游记》作者把传统西游故事都有的唐僧出身故事删去了。按理说，猪八戒、沙和尚都应该有相应的出身故事，但由于他们从来都不是西天取经的主角，所以他们的出身只是通过书中的第十九回、第二十二回中的韵语进行概述。而由于唐僧是西天取经的完成者，所以在六本二十四出的《西游记杂剧》中用了整整一本四出的篇幅讲唐僧的出身故事，但到了百回本《西游记》，由于作者特殊的用意，唐僧退居西游故事的第二号主角，他的出身故事自然就被删去了，变成了在第十一回中用一些韵文来概说，即"父是海州陈状元，外公总管当朝长。出身命犯落江星，顺水随波逐浪泱。海岛金山有大缘，迁安和尚将他养。年方十八认亲娘，特赴京都求外长"。这种把唐僧出身故事删去的修改，可能带有贬低唐僧作用的意味。

到了清代，由于不了解世德堂本删去这回故事的目的，结果又把唐僧的出身故事加上了。这样，在清代的《西游证道书》等西游记版本中，陈光蕊江流和尚的故事，成为西游故事的重要组成部分。

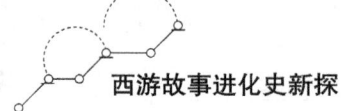

第二，强调孙悟空自身的心性修炼，淡化其唐僧护法神的作用。

诚如百回本《西游记》在第十六回中所表达的"众人悚惧，才认得三藏是位神僧，行者是尊护法"。从实际起到的作用来看，孙悟空在《西游记》中名为唐僧的大徒弟，实则是唐僧的护法神。没有孙悟空，唐僧不可能平安到达灵山。

但是从小说人物功能上说，如果将孙悟空写成唐僧的护法神，这无疑是以唐僧为中心。对此，百回本《西游记》的作者显然无法同意，他必然要按照"心猿意马"的道教内丹派观念，将孙悟空这只心猿置于整本《西游记》的核心位置。百回本《西游记》不再是一个单纯的唐僧赴西天取经的故事。在作者看来，赴西天取经，其实意义不大。在百回本《西游记》中，西方是充满妖魔鬼怪的蛮夷之地，不值得作为天朝上国的中华去学习。

作者看中的是，西天之路恰恰是心猿的修炼之路。通过西天取经，孙悟空修炼为斗战胜佛。西天取经不光是求取经书之路，更重要的是孙悟空心性修持的成佛之路。最终《西游记》故事，也就被隐喻为每个人的心性修持的修真故事。也就是《西游记》第一回回目所说的"心性修持大道生"。

在百回本《西游记》的作者看来，孙悟空的成佛之路与唐僧的取经之路，是重合的，但成佛之路显然重于取经之路，或者至少二者一样重要。正是有了这样一个写作理念，孙悟空在小说中就不能被定位为"唐僧的护法神"。因为如果孙悟空成了唐僧的护法神，孙悟空自己的成佛之路，就将不复存在了。

为此，百回本的作者为唐僧设置了独立的护法神。第十五回中写道：

> 只听得空中有人言语，叫道："孙大圣莫恼，唐御弟休哭。我等是观音菩萨差来的一路神祇，特来暗中保取经者。"那长老闻言，慌忙礼拜。行者道："你等是那几个？可报名来，我好点卯。"众神道："我等是六丁六甲、五方揭谛、四值功曹、一十八位护教伽蓝，各各轮流值日听候。"行者道："今日先从谁起？"众揭谛道："丁甲、功曹、伽蓝轮次。我五方揭谛，惟金头揭谛昼夜不离左右。"

百回本《西游记》的作者，引入了六丁六甲神，将之作为唐僧的护法神，这就让孙悟空从唐僧护法神的位置上解放出来。这种解放，最终是为了让孙悟空承担自身修炼的角色。为此，百回本《西游记》设置了一系列的情节，用于孙悟空自身心性的修炼，如与六耳猕猴的缠斗。

第三，孙悟空与唐僧同证佛果，则西天取经之路亦为孙悟空个体的成佛之路。

在《西游记平话》（即《唐三藏西游记》）中唐僧得以成佛，而悟空只成了菩萨。据《朴通事谚解》：

> 法师到西天受经三藏东还，法师证果梅檀佛如来，孙行者证果大力王菩萨，朱八戒证果香华会上净坛使者。

在佛教的果位系统中，佛是最高的，菩萨是次高的。在佛经中，从菩萨修到佛的果位往往要经历千辛万苦，如地藏菩萨所说"地狱不空，誓不成佛"。孙悟空证菩萨果位，说明在《西游记平话》中孙悟空从属于唐三藏的成佛之路。然而在百回本《西游记》中，作者进行了改写，孙悟空也成佛了：

> 如来道："圣僧，汝前世原是我之二徒，名唤金蝉子。因为汝不听说法，轻慢我之大教，故贬汝之真灵，转生东土。今喜皈依，秉我迦持，又乘吾教，取去真经，甚有功果，加升大职正果，汝为旃檀功德佛。孙悟空，汝因大闹天宫，吾以甚深法力，压在五行山下，幸天灾满足，归于释教，且喜汝隐恶扬善，在途中炼魔降怪有功，全终全始，加升大职正果，汝为斗战胜佛。猪悟能，汝本天河水神，天蓬元帅……加升汝职正果，做净坛使者。"
> 八戒口中嚷道："他们都成佛，如何把我做个净坛使者？"如来道："……沙悟净，汝本是卷帘大将……加升大职正果，为金身罗汉。"又叫那白马："汝本是西洋大海广晋龙王之子……加升汝职正果，为八部天龙马。"❶

在百回本《西游记》中，唐僧为旃檀功德佛，孙悟空为斗战胜佛，猪八戒为净坛使者，这明显是从《西游记平话》中演化而来。但现在的问题是，孙悟空也成佛了。在小说中，西天取经应该是玄奘的成佛之路。然而最后孙悟空亦成佛。这就表明，在百回本《西游记》中，孙悟空是一个与唐僧平起平坐的角色。也就是在百回本的作者看来，西天之路亦是孙悟空的成佛之路。

总之，从佛教的角度和中外交流的角度来看，玄奘的西行取经，有一定意义，但并不是决定性的意义。但凡知晓一些中国佛教史的人，都能知道在玄奘之前已经有大量来自西域的僧人在中国传播佛教。因此，玄奘的西天取经并不具有

---

❶　吴承恩．西游记［M］．北京：人民文学出版社，2010：1217.

中国佛教史决定性意义。正是有了这种理解，百回本《西游记》的作者并未一边倒去盛赞玄奘的西天取经壮举，而是把"心猿的修炼"提升为全书的一大主题。否则，单纯将玄奘西天取经的伟大意义，作为小说《西游记》的核心主题，是不成立的，甚至会遭到中华本位主义者的批评。这正如欧阳修在《新唐书》中将玄奘的传记删除，由此可见，欧阳修对玄奘的批评态度，溢于言表。

二、宗教背景的道教内丹化

玄奘西天取经故事，无论如何都是一个纯粹的佛教故事。在此前的《大唐三藏取经诗话》中有一定的佛教寺院"俗讲"的特点，佛教的因素表现得非常明显。而《唐三藏西天取经》杂剧、《西游记平话》等虽然佛教倾向或强烈，或不强烈，但无论如何它们都是佛教故事，都谈不上是道教故事。然而到百回本《西游记》，故事的宗教性质发生了变化，西游故事从一个典型的佛教故事，变成了一个文本上体现明显的道教故事，或至少是个佛道参半的故事，而不是一个纯粹的佛教故事。

就是说，从进化面貌上，百回本《西游记》进行了道教化的改造（准确来说是道教内丹化）。这种道教化的改造，渗透于《西游记》文本的每一个细节，尤其体现在那些因袭自《大唐三藏取经诗话》的已有情节上，比如人参果的情节。在《大唐三藏取经诗话》"入王母池之处第十一"中有猴行者偷蟠桃的故事，所偷蟠桃是一种人形果，"猴行者即将金镮杖向盘石上敲三下，乃见一个孩儿，面带青色"。这个故事有一定道教传说的成分，但不具有道教理论色彩。而在百回本《西游记》中对人参果是这么描述的：

> 那观里出一般异宝，乃是混沌初分，鸿蒙始判，天地未开之际，产成这颗灵根。盖天下四大部洲，惟西牛贺洲五庄观出此，唤名草还丹，又名人参果。三千年一开花，三千年一结果，再三千年才得熟，短头一万年方得吃。似这万年，只结得三十个果子。果子的模样，就如三朝未满的小孩相似，四肢俱全，五官咸备。人若有缘，得那果子闻了一闻，就活三百六十岁；吃一个，就活四万七千年。

《西游记》中把人参果称为"草还丹"，这是一种"还丹"。"还丹"即所谓的"九转大还丹"，硫磺和水银在高温中可化合成硫化汞，再经高温又可以还原成硫和水银。根据多种道书的记载，这种还丹，吃了就可以成仙。在《抱朴子内篇》中已明确记载，草木药不能成仙。而在《西游记》故事中这种人参果吃了可以成仙，具有"还丹"一样的功效，所以被称为"草还丹"。这在道教炼丹学上是很专业、很准确的。在第二十六回中，作者还借福、禄、寿三老之口，描述了这种"草还丹"的功效，其叙述方式、话语方式，完全是道教化的：

> 三老道："你这猴子，不知好歹。那果子闻一闻，活三百六十岁；吃一个，活四万七千年，叫做万寿草还丹。我们的道，不及他多矣！他得之甚易，就可与天齐寿。我们还要养精、炼气、存神，调和龙虎，捉坎填离，不知费多少工夫。你怎么说他的能值甚紧？天下只有此种灵根！"

这段话中对道教修炼的描述是很专业的，态度也很严肃，并非《西游记》小说中常有的戏说、戏谑，显示出《西游记》作者较高的道教修养与严肃的道教心态。

因此，人参果的故事是完全道教化的。这种道教化的内容，在百回本《西游记》的每一回都有体现，百回本《西游记》的故事形成了一种道教隐喻体系。这一问题实则是《西游记》的核心问题，将在本章第四节进行详细论述。

三、神仙体系的整合化与标准化

百回本《西游记》很注重"神仙体系的整合"，这个整合包括三方面：一是佛道神仙体系的整合；二是道教内部神仙体系的整合；三是民俗神仙体系的整合。因神仙体系整合的自洽性、完整性，百回本《西游记》逐渐就成为古代神仙体系的定型版本，甚至成为一种广为流传的神仙谱系教科书。

第一，佛道神仙体系的整合。

《西游记》中佛教方面的如来佛祖、观音菩萨、文殊菩萨、普贤菩萨、托塔天王，与道教中的玉帝、王母，以及包括太上老君在内的道教三清、四大天师等神仙被融合在了一起，形成了一个统一而和谐的神仙体系。

第二，道教内部神仙体系的整合。

《西游记》通过小说的笔法，整合道教内部各种神仙体系，形成了一个标准化的神仙体系。上有天庭，由玉帝掌管。下有地狱，由阎王掌管。各路神仙居于其中，各居其位。在这个过程中，作者对神仙谱系进行了编辑、剪裁、重整。典型的如西王母的地位有所下降，且未安排唐僧师徒西行过程中，途径昆仑山。可见，百回本《西游记》对西王母故事进行了重塑。

百回本《西游记》对神仙谱系进行重整的一个重要目的，是凸显玉皇大帝的天界统领地位。第八十七回"凤仙郡冒天止雨　孙大圣劝善施霖"是很有代表性的。这一回中，天竺国的凤仙郡因玉帝至此巡游时发现其郡守将"斋天素供，推倒喂狗"，玉帝大怒，下令罚凤仙郡长期干旱。至唐僧师徒行至时已经三年，孙悟空为他们上天求雨。先是找了东海龙王，龙王表示需要玉帝圣旨。孙悟空于是来到西天门，"早见护国天王引天丁、力士上前迎接"，然后由"邱洪济、张道陵与葛（仙翁）、许（旌阳）四真人引至灵霄殿下"，见了玉帝。经过几轮行动，悟空与"邓、辛、张、陶，帅领闪电娘子"开始行云施雨。这整个过程，是一套标准的"行雨"流程，很有行政体系的意味。

颇可玩味之处在于，为何单单为了求雨而详细写了一整回，这显得很突兀。这显然是为了表明，即使远在十万里之外的天竺国，其风雨雷电、万事万物亦归玉帝管辖，不归佛祖管。质而言之，这一回的主要目的是表明以玉皇大帝为中心神仙体系的普世性。就是说，在《西游记》的作者看来，世界各国都归玉帝管辖。

第三，民俗神仙体系的整合。

传统民俗上的山精木魅、动物精怪，被完美整合在了《西游记》小说中，形成了一个多姿多彩的鬼怪世界。这是对中国古代志怪小说的集大成。同时，很多民俗神仙亦被整合起来。土地神作为民俗神仙，在《西游记》中有重要作用。

要注意的是，无论佛教神仙，还是道教神仙，都有其自身的形成历史，自身的进化史。不过到明代，这种进化史基本就定型了，出现了《三教搜神大全》之类的书。《西游记》的作者可以在这一类神仙书籍中庞搜广引，建立《西游记》中极为正统、极为标准的神仙体系。

所以自明末以来，《西游记》小说后出转精，以其兼容并包、搜览无遗且标准化、逻辑化的神仙体系，成为中国神仙学说的集大成者，深刻影响了此后的民间宗教。以至于孙悟空、猪八戒等小说形象，在民间宗教中逐渐被奉为了神仙。清末的义和团所请的神仙中就有孙悟空。这也间接说明《西游记》的神仙体系影响之巨大。

四、与动物故事的结合化

百回本《西游记》还呈现出一个极为重要的面貌，就是与动物故事的结合。这种结合虽早在《大唐三藏取经诗话》中的"猴行者"阶段，已经有所体现，但当时只是一种不成体系的苗头，还没有完全贯穿。至百回本《西游记》，其动物内容已经完全地体系化、贯穿化了。

《西游记》小说与动物内容的结合，有时是深度结合，如猴故事、猪故事、龙故事、马故事、虎故事等；有时又是浅度结合，如提到蚂蚁、蜜蜂等一些昆虫，或者在正文的一些诗词中提到各种动物。这样一种或深或浅的结合，就让《西游记》故事"动物化"了，书中各种关于动物的描述触手可及。倘若探究中国古代是否有类似欧洲《伊索寓言》《列那狐的故事》等专门的动物故事集，那么《西游记》堪称是经典性的动物故事集之一。

《西游记》中孙悟空、猪八戒的人物性格，实则是脱胎于动物。孙悟空的精明，应了古语"猴精，猴精的"，这是猴的习性。猪八戒形象"贪吃、贪睡、偷懒"的特点都是猪的习性。再如小说遇到的各种妖怪，狼妖、虎妖、蛇妖、玉兔精、老鼠精等，在其形象描述中，都有动物习性的表现。这都是《西游记》故事与动物故事的深度结合。

还有很多浅度的结合。在行文之中，或者故事情节上需要妖怪的时候，对各种动物进行运用。如第七十二回盘丝洞蜘蛛精故事中说：

> 原来那妖精有一个儿子，却不是他养的，都是他结拜的干儿子。有名唤做蜜、蚂、蟷、班、蜢、蜡、蜻。蜜是蜜蜂，蚂是蚂蜂，蟷是蟷蜂，班是班毛，蜢是牛蜢，蜡是抹蜡，蜻是蜻蜓。原来那妖精幔天结网，挡住这七般虫蛭，却要吃他。古云禽有禽言，兽有兽语，当时这些虫哀告饶命，愿拜为母，遂此春采百花供怪物，夏寻诸卉孝妖精。

这里作者仿佛是要展示一下他的博物学、动物昆虫学知识，列举了七种昆虫的名字。虽然古代士人的知识视野逐渐被限制在了四书五经、诗云子曰，但是不妨碍《西游记》的作者对知识进行一些扩充，把昆虫亦当作一种有趣的知识。

作者这种对动物故事的偏好，亦体现到了《西游记》的整体行文。在正文中的描述性诗词中，往往会大量谈及动物，频率显然高于其他小说作品或诗词作品。如第二十四回的诗词中说："白鹤每来栖桧柏，玄猿时复挂藤萝……幽鸟乱啼青竹里，锦鸡齐斗野花间……深林鹰凤聚千禽，古洞麒麟辖万兽……龙吟虎啸，鹤舞猿啼。麋鹿从花出，青鸾对日鸣。"第三十二回的诗词中说："胡羊野马乱撺梭，狡兔山牛如布阵。山高蔽日遮星斗，时逢妖兽与苍狼。"第八十九回的诗词中说："山鸦山鹊乱飞鸣，野鹤野猿皆啸唳。悬崖下，麋鹿双双；峭壁前，獐狐对对。"

这么多动物内容组合在一起，让《西游记》成了一个动物世界，各种动物联翩登场，飞禽走兽逐一表现。正是这种"动物性"，让《西游记》显示出了与其他以人类为主题的"人类小说"极大的不同。《西游记》已接近于一部动物小说。

五、诗词骈文与小说内容的雅化

阅读百回本《西游记》，读者的第一感觉，就是整部小说非常"雅"。小说本来是下里巴人，不登大雅之堂的，然而百回本《西游记》的作者，似乎为了摆脱此前小说不登大雅之堂的状况，而积极致力于《西游记》的雅化。其中，很重要一点儿就是在《西游记》故事中加入了大量的诗词、骈文。

中国古代的小说为了提升文学品位，都有加入诗词的传统。但这些诗词，多加在回前且数量有限。而百回本《西游记》除了在绝大多数回前都加入引用的诗词外，在正文中也自己创作了大量诗词、韵语、骈文，形成了全书在故事之外，随处可见优美诗词的状态。

本来在元代，从平话或小说、讲史的角度来看，这些作品主要是说故事。一般都删去了细枝末节的描述之语，文字主要用于讲故事，不会有大量很花哨的诗词。花哨的诗词，只是见于元杂剧的唱词部分。而百回本《西游记》一改元代平话的简陋性，而注重文采的飞扬、文学性的提升。从进化史的角度来看，明代的小说都有提升文学性的倾向，但还没有一部小说像百回本《西游记》那样把诗词当成小说的一个重要组成部分。在《三国演义》《水浒传》中都看不到这种对诗词的海量使用。

《西游记》的文学性，除了其故事所蕴含的雄奇想象，就在于书中引用的大量诗词、骈文。这些诗词、骈文有的是抒情性的诗词；有的是描述性的诗词，如描写山景、海景的；有的则直接为书中人物之间的对诗、赛诗，如木仙庵中的赛诗；也有的是宗教性的诗词，用于对修炼状况的描述。其总数有三四百篇之多，甚至多于以诗词著称的《红楼梦》。

比如，孙悟空在与妖怪战斗时，经常会变成小昆虫，然而奇怪的是，在变成小昆虫后，作者往往要为此赋诗一首，描述小虫的外貌与特点。如第八十六回孙悟空"摇身一变，变做个有翅的蚂蚁儿"。然后竟作诗一首：

> 力微身小号玄驹，日久藏修有翅飞。闲渡桥边排阵势，喜来床下斗仙机。
> 善知雨至常封穴，垒积尘多遂作灰。巧巧轻轻能爽利，几番不觉过柴扉。

类似的诗词，在第十六回变作蜜蜂，第二十一回变作花脚蚊虫，第三十六回变作蟭蟟虫，第八十四回变作扑灯蛾儿，第八十九回变作蝴蝶时都有。这些诗词于情节演进，当然是毫无作用的。只能说增加了故事的文学性，展示了作者的格物博学之能，同时表现了作者杰出的诗学才能。这些诗词相当于古代的咏物诗，只是咏的是昆虫。每一首诗词，都把该种昆虫的特点、习性与相关文化典故给表现了出来。

《西游记》的作者在小说行文中，但凡写到某种景物，如山野、国度、大海、宝物、鲜果、昆虫等时，就几乎"不能控制自己"，往往展开长篇的诗词韵语，对该景物进行描述。例如，第二十九回，唐僧师徒来到宝象国，作者便用一篇骈文对宝象国进行了描述：

> 云渺渺，路迢迢。地虽千里外，景物一般饶。瑞霭祥烟笼罩，清风明月招摇。簇簇峰峰的远山，大开图画；潺潺蔽蔽的流水，碎溅琼瑶。可耕的连阡带陌，足食的密蕙新苗。渔钓的几家三涧曲，樵采的一担两峰椒。廓的廓，城的城，金汤巩固；家的家，户的户，只斗逍遥。九重的高阁如殿宇，万丈的层台似锦标。也有那太极殿、华盖殿、烧香殿、观文殿、宣政殿、延英殿，一殿殿的玉陛金阶，摆列着文冠武弁；也有那大明宫、昭阳宫、长乐宫、华清宫、建章宫、未央宫，一宫宫的钟鼓管，撒抹了闺怨春愁。也有禁苑的，露花匀嫩脸；也有御沟的，风柳舞纤腰。通衢上，也有个顶冠束带的，盛仪容，乘五马；幽僻中，也有个持弓挟矢的，拨云雾，贯双雕。花柳的巷，管弦的楼，春风不让洛阳桥。取经的长老，回首大唐肝胆裂；伴师的徒弟，息肩小驿梦魂消。❶

这实际上是类似于汉赋的一种写法，类似于班固《两都赋》、张衡《二京赋》。

---

❶　吴承恩.西游记［M］.北京：人民文学出版社，2010：354.

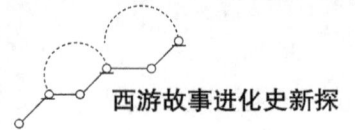

据研究，在明代受文学复古思潮的影响，出现了大量的京都赋❶，如金幼孜《皇都大一统赋》、杨荣《皇都大一统赋》、盛时泰《两都赋》。而百回本《西游记》的作者显然是有意效仿京都赋，以增加自己的文采，亦兼回应明代京都赋的文化热点，以提升《西游记》的时代先进性。

要而言之，大量诗词歌赋的穿插运用，极大提升了百回本《西游记》的文学性，让百回本《西游记》具有了文学经典所必须具备的文采之美、文辞之精。

六、小说情节内容的扩充化

百回本《西游记》是西游故事进化史上一个新的高峰。从文本来看，与此前的西游故事相比，百回本《西游记》有较多的继承与创新，篇幅加大了很多，情节内容有大幅扩充，唐僧师徒取经行程变得更复杂多样。

南宋《大唐三藏取经诗话》中对唐三藏的行程有明确的规划：（1）遇猴行者处；（2）大梵天王宫；（3）香山寺；（4）狮子林及树人国；（5）长坑大蛇岭；（6）九龙池；（7）鬼子母国；（8）缺失；（9）女人国；（10）王母池；（11）沉香国；（12）波罗国；（13）优钵罗国；（14）竺国度海。

在元代吴昌龄《唐三藏西天取经》中亦有对唐僧行程的规划：（1）出关；（2）（闵）狮蛮国；（3）河湾东敖；（4）西敖；（5）小西洋；（6）大西洋；（7）哈密城；（8）西番乌斯藏；（9）车迟国；（10）暹罗国；（11）天主国；（12）天竺国；（13）伽毗卢国；（14）舍卫国；（15）五印度雷音寺。

在元末明初的《西游记平话》中，边暹等人作的"谚解"中提到的行程是：（1）师陀国界；（2）遇黑熊精；（3）遇黄风怪；（4）遇地涌夫人；（5）遇蜘蛛精；（6）遇狮子怪；（7）遇多目怪；（8）红孩儿怪；（9）棘钩洞；（10）火炎山；（11）薄屎洞；（12）女人国；（13）佛祖所在地及相应几个地点。

而在百回本《西游记》中唐僧师徒的行程更为复杂：

（1）两界山（第十四回，五行山遇孙行者）；（2）蛇盘山鹰愁涧（第十五回，西番哈密国界，收服白龙马）；（3）观音院（第十六回，离哈密国五六千里，遇黑熊精）；（4）高老庄（第十八回，收八戒，乌斯藏地界）；（5）流沙河（第二十二回，收沙僧）；（6）万寿山（第二十四回，人参果）；（7）白骨精（第二十七回）；（8）宝象国（第二十九回）；（9）平顶山金角大王（第三十二

❶ 王树森.明代都邑赋的守成与创变［J］.苏州科技大学学报（社科版），2017（1）.

回）；（10）乌鸡国（第三十七回，此时离开长安"有四五个年头"）；（11）红孩儿（第四十一回）；（12）车迟国（第四十四回）；（13）通天河（第四十七回，此处离大唐五万四千里，为取经行程的中间点）；（14）金兜山金兜洞（第五十回）；（15）西梁女国（第五十三回）；（16）六耳猕猴（第五十八回）；（17）火焰山（第五十九回）；（18）祭赛国（第六十二回）；（19）木仙庵（第六十四回）；（20）小雷音寺（第六十五回）；（21）稀柿衕（小西天，第六十七回）；（22）朱紫国（第六十八回）；（23）盘丝洞（第七十二回）；（24）狮驼岭狮驼国（第七十四回）；（25）比丘国（第七十八回）；（26）陷空山无底洞地涌夫人（第八十一回）；（27）灭法国（第八十四回）；（28）隐雾山豹子精（第八十六回）；（29）凤仙郡（第八十七回）；（30）天竺国下郡玉华州（第八十八回）；（31）天竺国（第九十四回）；（32）灵山（第九十八回）。

从路线排列与内容分布来看，可注意到以下几点：

第一，所经过的地点进行了精心的扩充与重构。

所经过的地点，实则是整个西游故事的骨架与纲要。百回本《西游记》在前代各西游故事的基础上，对所经过的地点，进行了极大的扩充。多数地点在《西游记平话》等作品中提到过，但对一些内容进行了新创，呈现出进化的特征。

百回本《西游记》在途经地点的排列上，进行了精心构思，大体上是经过一个国家中妖精的劫难，然后经历一场野外妖精的劫难，然后再经过下一个国家，这样交叉排列。大体上是把吴昌龄《唐三藏西天取经》中提到的国名和《西游记平话》中提到的妖精名按照一回国家中妖精故事夹一回野外妖精故事的方式综合排列。

总的来说，百回本《西游记》中，唐僧师徒所经过的西域、中亚国家的历史地理为架空化的。不过具体来说，西域地理还有一定的现实准确性，如提到鞑靼、西番、哈密、乌斯藏。但中亚地理则完全为虚构，主要经过的国家，与真实的中亚地理无关。取经后期的一部分佛教地理，则相对准确些，应是参考了明代很常见的佛教材料。

百回本《西游记》以这些地理为框架和依托，每一个地点都构筑一个经历磨难、降妖除魔的故事。整部小说形成了一个串行结构。

第二，一些内容存在明显的垂直进化痕迹。

流沙河、火焰山、女儿国，直接继承自《大唐三藏取经诗话》，百回本对之进行了重构与扩写，使其情节更为曲折、丰满，至今已成为西游故事中非常经典的情节。应该说，流沙河、火焰山、女儿国故事，存在一个明显的垂直进化过程，即从《大唐三藏取经诗话》到百回本《西游记》的垂直进化过程。

这三个地方，都有现实的西域地理渊源。在《西游记》中，流沙河宽八百里，"八百流沙界，三千弱水深。鹅毛飘不起，芦花定底沉"。但现实中它应指的是沙漠，只是在文学进化中讹传为河。真实的玄奘，出关后，经过莫贺延碛，他提到莫贺延碛古称"沙河"，"长八百里，古曰沙河，目无飞鸟，下无走兽，复无水草"，"夜则妖魑举火，灿若繁星；昼则劣风拥沙，散如时雨"。后来在《大唐三藏取经诗话》中有了深沙神。

而火焰山也是真实的西域地名。西域有火山，《大唐三藏取经诗话》中提到火类坳，并非虚构的，而是有西域地理的现实支撑。唐人岑参有诗《使交河郡，郡在火山脚，其地苦热无雨雪，献封大夫》："奉使按胡俗，平明发轮台。暮投交河城，火山赤崔巍。九月尚流汗，炎风吹沙埃。何事阴阳工，不遣雨雪来。"所谓的"交河城"即交河故城，位于今吐鲁番市以西13公里，最早是"车师国"的都城，该城至今保存较完好。交河故城南北长约1650米，东西宽约300米不等，总面积47万平方米。火山就在交河故城附近。岑参又有《经火山》一诗描述经过火山的状况：

> 火山今始见，突兀蒲昌东。赤焰烧虏云，炎氛蒸塞空。不知阴阳炭，何独然此中。我来严冬时，山下多炎风。人马尽汗流，孰知造化功。

此诗描述的火山炎热的状况，跟《西游记》中的描述很接近。《西游记》中写到火焰山是在第五十九回，与真实火焰山的地理位置不符合，但火焰山的大体状况，与现实是符合的。《西游记》中的火焰山，显然是从《大唐三藏取经诗话》中的火类坳进化而来的，存在明显的垂直进化。

要而言之，《大唐三藏取经诗话》写到沙河、火类坳、女儿国这些并非完全空想出来的。百回本《西游记》继承这三个地理名词，显然也是有一定现实地理学因素的。关键是，百回本《西游记》在这些地理的基础上，对故事进行了重构与扩写使火焰山、女儿国的故事，都成为西游故事中的经典段落。

总之，百回本《西游记》的情节内容，是一种久经进化后的面貌，是进化的结果，往往有其早期形态或在上一代文本中的形态。无论经过的乌鸡国、女儿国、车迟国、狮驼国等诸多国家，还是流沙河、火焰山等独特地理地貌，都是在西游故事的千年进化中经过不断的演变，不断的重构、扩充而形成的。这都是一种进化的结果，呈现出的是进化面貌。

七、思路的严谨化、细节的精密化

百回本《西游记》虽然是小说，但并不是胡编滥造，而是非常注重内容的严谨性，注重前后的照应，注重详略的对比，注重各种史实的准确性，形成了思路的严谨化、细节的精密化、内容的精妙化等特点。有了这些特点，百回本《西游记》才称得上是经典名著。

百回本《西游记》固然也有些史实错误。例如，历史上玄奘出发西行是在贞观三年，但小说中写成了贞观十三年。也固然有一些架空西域中亚的历史地理。但总体来说，百回本《西游记》的故事是严密的，情节是前后贯通的，内容多是互相照应的。可以说，百回本《西游记》绝不是短时间内写成的。在大体写成后，作者必定经过细致的前后修订，使得整体内容非常严密。

例如，关于唐僧师徒取经 14 年，回程在贞观二十七年；然而历史上贞观年号只有 23 年。这里看似是一个"硬伤"，似乎说明作者在此犯了一个低级错误。然而小说在第十回进行了描述，阴司判官已经把唐太宗在位 13 年，改为了 33 年。所以小说中关于贞观年号的描写，实则是很准确的，看似是硬伤的地方只是作者刻意为之。大概是为了彰显唐太宗因命唐僧取经的功德，增加了阳寿。这里总体上体现出百回本《西游记》作者的严谨与精密。

再如，在取经的路程与耗时上也很精密。大唐至天竺有十万八千里，这路程要走多久呢？走多久，首先取决于速度快慢，其次取决于有无耽搁。

对于唐僧师徒的西行速度，第二十五回提到"原来那长老一夜马不停蹄，只行了一百二十里路"，由此看来，唐僧师徒一天只能行一百多里。十万八千里，要行 1000 天，也就是三年多。

历史上，玄奘从出发到回国，用了 17 年，这在多种西游故事中都有提到。百回本《西游记》的作者自然也知道这一点。所以他就写唐僧师徒到达灵山用了 14 年。少的 3 年，显然是计算中的回程时间。

而这 14 年，被分配于各回故事之间，也就是这些故事经历的时间，加起来总共 14 年。所以在很多回中，作者都会谈到时间问题，例如，第十六回"此去行有两个月太平之路"；第三十六回唐僧谈道"我记得离了长安城，在路上，春尽夏来，秋残冬至，有四五个年头"；第五十三回"行够多时，又值早春天气"，第五十九回"过了夏月炎天，却又值三秋霜景"。笔者统计了各回中提到的时间，大体上，《西游记》故事中的时间分布符合 14 年的取经时间。这就显得很精密，是一部文学名著所应该具备的。

类似这样精密的部分，还体现在小说中各种故事的安排。小说中绝大多数内容都是精心布置的，都有情节功能或文化作用，看似闲笔的地方，其实并非闲笔，往往有其必不可少的作用。

如第八十七回"凤仙郡冒天止雨　孙大圣劝善施霖"写悟空为凤仙郡求雨，求雨原因是玉帝至凤仙郡巡游时发现其郡守将"斋天素供，推倒喂狗"，因而大怒，不许下雨。这回故事与《西游记》中通常的降妖除魔故事并不相同，为何要这样写？其目的显然表明，即使远在十万里之外的天竺国，其风雨雷电、万事万物也归玉帝管辖，不归佛祖管。由此可见，作者的思路之深邃、构思之严密。

可以说，《西游记》的故事情节，都有其严密性、精密性、精妙性，都是经得起仔细推敲的。书中几乎每一段文字都有其情节作用，与前后相照应，一些看起来是闲笔的地方，往往也都有其凸显主题或宣扬宗教主旨的作用。而由这种精密性来推测，百回本《西游记》在大体写成后，必定经过作者细致的修订，乃至几易其稿，使诸多内容都显示出严密性和精妙性。

八、引入喜剧基因，使故事喜剧化

百回本《西游记》呈现的第八大崭新进化面貌是"引入喜剧基因，使故事喜剧化"。百回本《西游记》呈现出喜剧面貌。这一点，但凡阅读过《西游记》的读者都有感知。虽然喜剧性并不只是《西游记》一部小说的特点，古代很多戏曲都有"插科打诨"的一面。但百回本《西游记》呈现的喜剧面貌，与其他作品不一样。其他作品的喜剧特征是仅限于作品本身，未涉及后续进化，其影响有限。但是百回本《西游记》的喜剧性，却是西游故事进化史上的一个重要里程碑。

因为自从百回本《西游记》问世，后续的西游故事都呈现喜剧的状态，甚至清末的《新西游记》《也是西游记》等续书中的故事向"荒诞喜剧"进化，这直接影响了当代西游影视作品的喜剧化。同时，西游影视作品的喜剧特征，恰恰是当代观众接受各类西游影视改编的重要"美学期待"。可以说，如果西游故事不是一个可以进行花样繁多改编的喜剧故事，《西游记》就难以产生大量的后续作品与影视改编。没有喜剧元素，百回本《西游记》以及其他各类西游改编作品的魅力，都将大打折扣。

要而言之，百回本《西游记》所引入的喜剧基因，因其在明末至当代的西游故事后续进化中，已发展为一个极具独立性的重要特征。故而，《西游记》的喜剧基因是一个不可忽略的重要问题。对此，我们将在本章第九节中进行全面论述。

第五节　天朝上国心态与《西游记》中西域、中亚地理构建

百回本《西游记》的作者，对"玄奘西天取经"这一事件，实际上是持"中间偏负面"态度的。这主要是因天朝上国心态的作用，让很多人难以接受堂堂中华去向西边蛮夷之地取经。例如，宋代欧阳修，就在《新唐书》中删除了玄奘传，这是明显的否定。在《聊斋志异》中，蒲松龄对西天取经的行为也持嘲笑态度。

正是这种天朝上国心态的作用，百回本《西游记》在处理西域、中亚地理时，并未采取"征实"的态度，而主要采用"架空历史地理"，虚构出了一系列的西域、中亚国名，而对西域一些已知的地区，如西番、鞑靼、哈密、乌斯藏等几乎是一笔带过。这自然是因为觉得这些地方均为落后的蛮夷之地，不值得详写，小说中即使写到天竺，也采取了"中国化"的形式，说天竺的语言、服饰、宫室器用等，与中华一样。

百回本《西游记》中处处洋溢着"大中华文化普世性"的天朝上国心态。这种心态深刻地塑造了整部《西游记》的面貌。

一、架空化的西域、中亚历史地理

《西游记》作为一部影响巨大的通俗小说，能够极大代表，甚至极大影响、塑造中国人的西域地理观。值得玩味之处在于，《西游记》实则是一部架空地理的小说。小说的背景设定在了唐代，以玄奘的事迹为依托，但其西域地理，并未采用玄奘时期或唐代的西域、中亚地理。同时，它亦未完全采用元、明时期的西域、中亚地理，最多是采用了一部分明代的西域地理。这一特点，就让《西游记》成为一部架空历史地理的小说。

故而，《西游记》虽有极少数值得注意的西域地理问题，或明朝人的西域地理观，有些地方写得相对准确一些，但总体上，该书架空了中亚历史地理，形成了一种架空历史地理的神怪小说。若分而论之，关于百回本《西游记》的西域、中亚地理与西游故事构建的问题，则有如下几点值得注意：

第一，百回本《西游记》持明代的边疆地理观念。

百回本《西游记》的一部分地理，是相对准确的。唐僧由长安出发，在第十三回"至河州卫。此乃是大唐的山河边界"。据《明史·西番诸卫传》，元代

时元廷"于河州设吐番宣慰司",洪武二年（1369），"吐蕃宣慰使何锁南普等以元所授金银牌印宣敕"来降❶，朱元璋遂于洪武四年（1371）置河州卫，治所在今甘肃省临夏市，靠近今兰州，为明代重要的边境交易地点。《永乐大典》的主编解缙，曾被贬为河州卫吏。在河州期间，解缙作有《镇边楼》一诗："陇树秦云万里秋，思亲独上镇边楼。几年不见南来雁，真个河州天尽头。"解缙在河州的感受：这里是"天尽头"。《西游记》作者以河州卫为大唐山河边界，这无疑是明代的边疆地理情况，唐代显然并非如此。

《西游记》中出了河州卫，过两界山（五行山），两界山的"西半边乃是鞑靼的地界"。至第十五回收服白龙马的情节发生于"西番哈呸国界"。这大体符合明代边疆地理。哈密位于今新疆东部，与今甘肃省酒泉市相邻。明初，在哈密置哈密卫，但几经争夺，一度弃守，《明史·西域传》中提到："迄隆庆、万历朝犹入贡不绝"。

第十六回，唐僧与观音院老僧叙述行程：

> 三藏道："出长安边界，有五千余里，过两界山，收了一个小徒，一路来，行过西番哈呸国，经两个月，又有五六千里，才到了贵处。"

而从西番哈呸国到观音院的这五六千里，"去行有两个月太平之路，相遇的都是些虏虏"。但这里作者并未谈及异域风情。

第十八回高老庄故事中，提到了乌斯藏，"此处乃是乌斯藏国界之地，唤做高老庄"。乌斯藏见于《明史·西域传》：

> 乌斯藏，在云南西徼外，去云南丽江府千余里，四川马湖府千五百余里，陕西西宁卫五千余里。其地多僧，无城郭。❷

乌斯藏在今西藏，西藏北靠新疆，南接云南。唐僧的取经行程，从新疆往南可以到达乌斯藏，足见《西游记》中的记载符合事实，亦符合明代边疆地理情况。

第二，《西游记》中的中亚地理，基本为架空的历史地理。

---

❶ 张廷玉等.明史·西域二·西番诸卫［M］.中华书局，1974：8540.

❷ 张廷玉等.明史·西域三·乌斯藏［M］.中华书局，1974：8587.

关于大唐与西天之间距离十万八千里的说法，并不是历史上玄奘的真实说法。玄奘在《还至于阗国进表》中的说法是："始自长安神邑，终于王舍新城，中间所经，五万余里。"❶ 所谓"五万余里"是玄奘长期在中亚漫游的结果，是总的旅程，并非大唐与天竺之间的陆路距离。而按照欧阳修《新唐书·西域传》中的说法，北宋京师地区与天竺国的距离约为一万里，"去京师九千六百里"。❷ 关于大唐与西天之间距离十万八千里的说法，最早见于元代吴昌龄的杂剧《唐三藏西天取经》，其中说道："师傅你自出国到西天的路程有十万八千余里。"百回本《西游记》主要延续了这一说法，同时百回本《西游记》也延续了吴昌龄《唐三藏西天取经》中关于西域与中亚地理的一些说法。这使得百回本《西游记》的西域中亚地理有一定的准确性。

从当代的视角来回溯，百回本《西游记》对今新疆地区的历史地理情况的描述还较为真实，但往西出了今南疆，则不甚了了，故这些中亚地理内容多以想象、虚构为主。从乌斯藏高老庄的故事以后，《西游记》的地理就采用了架空历史地理的虚构方式。如第二十二回过流沙河；第二十四回过万寿山；第二十九回经宝象国；第三十七回过乌鸡国；第四十四回经车迟国；第四十七回至通天河，此处离大唐五万四千里，为取经行程的中间点；第五十四回至西梁女国；第六十二回祭赛国；第六十八回至朱紫国；第七十八回过比丘国；第八十八回到天竺国下郡玉华州；第九十三回到天竺国。总体上采用了"经过一国，再经一处虚构的妖怪巢穴"的故事构拟方式。

经过妖怪的巢穴自然是虚构的，所经之国也大多数是虚构的。既不符合唐代的西域、中亚地理，也不符合明代的西域、中亚地理。如汉唐时期，著名的西域地名——高昌，或安西四镇的碎叶、焉耆、龟兹，在小说中均未提到。历代佛教翻译家所出身的知名中亚国度，如安国、康国之类，小说中也未提到。甚至一些在唐代诗歌中经常出现的西域、中亚地名，如楼兰、大宛，在小说中也未涉及。

如果说在元代吴昌龄《唐三藏西天取经》中还有一些真实的中亚地理因素，那么明代的百回本《西游记》则基本架空了中亚历史地理。当然，严格来说，百回本《西游记》的地理体系也不是完全无所依凭。从第一回中的讲述来看，《西游记》全书实则采用了佛教四大部洲的世界地理框架。孙悟空出生的傲来国，位于东胜神洲，大唐位于南赡部洲，天竺位于西牛贺洲。大唐与天竺之间的距离，

---

❶　朱一玄，刘毓忱.西游记资料汇编［M］.天津：南开大学出版社，2002：10.

❷　欧阳修，宋祁.新唐书［M］.北京：中华书局，1975：6245.

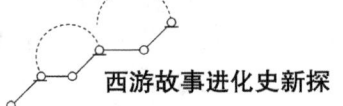

被认为是十万八千里（实则按照欧阳修《新唐书·西域传》的说法，北宋开封与天竺的距离只有近一万里）。书中第九十六回，引述《事林广记》的说法，透露出《西游记》作者的世界地理观念的引证来源：

> 员外笑道："来路远哩，南赡部洲东土大唐皇帝钦差到灵山拜佛祖爷爷取经的。"秀才道："我看《事林广记》上，盖天下只有四大部洲。我们这里叫做西牛贺洲，还有个东胜神洲。想南赡部洲至此，不知走了多少年代？"三藏笑道："贫僧在路，耽搁的日子多，行的日子少。常遭毒魔狠怪，万苦千辛，甚亏我三个徒弟保护，共计一十四遍寒暑，方得至宝方。"❶

这十万八千里路途，唐僧师徒走了 14 年。14 年的概念，当然是为了对应玄奘在印度 17 年始回国。

第三，《西游记》作者并不清楚玄奘在中亚的具体经历。

《西游记》虽然写唐僧从长安出发至灵山用了 14 年，对应了《旧唐书·玄奘传》以及一些文人笔记中提到的玄奘从出发到回国用了 17 年。然而，这只是《西游记》作者的一种"错误的理解"，因为真实的玄奘西行，是从贞观元年（627）玄奘在长安上表，到贞观十八年（644）玄奘回到中华。虽然经历了 17 年，但是这 17 年玄奘并非一直在"去西天的路上"，实则算上中途的耽搁、各地的求学，去西天实际行程也就用了一两年，后来玄奘主要是在中亚、古印度各地巡游、求学。对此，《大唐西域记》《大唐大慈恩寺三藏法师传》中均有详尽记载。

这说明，百回本《西游记》作者未能参考《大唐西域记》《大唐大慈恩寺三藏法师传》等作品，故而对玄奘在中亚，包括今阿富汗、巴基斯坦、印度等地区的旅行经历并不清楚。由此，《西游记》中唐僧在中亚的经历，必然被"架空化"。

《西游记》中写唐僧一直在路上，路过宝象国、乌鸡国、车迟国、西梁女国、比丘国、大天竺国等各种国家。这些国家绝大多数"于史无征"，如"女国"也只是见于汉魏以来的说部著作中。究其根本，百回本《西游记》中绝大多数国名，都是西游故事进化各阶段，作者们凭空想象、虚构出来的。经过汇总、变形、删改，到百回本《西游记》中则最终展现出一种"架空化的西域、中亚历史

---

❶ 吴承恩.西游记［M］.北京：人民文学出版社，2010：1166.

地理"，换言之，展现出一种明显的对中亚历史地理的忽视与简单处理。

第四，《西游记》中佛教的地理书写，相对较准确。

由于有佛经作参照，《西游记》中写佛教的地理，相对较准确。在小说第九十三回"给孤园问古谈因　天竺国朝王遇偶"，谈及了一些较符合历史事实的内容。唐僧、孙悟空一行到了佛教中著名的给孤独园。在佛经的记载中，给孤独园是佛教圣地，亦称祇桓精舍、祇洹精舍，位于古印度憍萨罗国（Kosala，亦作拘萨罗）王都舍卫城（Sravasti，亦作室罗伐悉底）城南门外五六里处。佛陀在此度过了 25 年。

根据现代历史学家考证，给孤独园是客观存在的，一度很繁华，但后来逐渐荒废了。按照《大唐西域记》的记载，至玄奘经过此地时，精舍已不存，"昔为珈蓝，今已荒废……室宇倾圮，唯余故基，独一砖室岿然独在，中有佛像"。❶1893 年，英国考古学家卡家汉在此进行了挖掘。根据现在的挖掘资料来看，发现了大量的房屋基址。佛经中所言的"内有浮图十二，讲堂七十二，房屋三千六百，楼阁五百"并未夸张。目前该地留有大量残基，已被开发为一处佛教旅游胜地，每年有大量中国僧侣代表团来此参观。

《西游记》第九十三回中，对给孤独园是怎么描绘的呢：

> 寺僧问起东土来因，三藏说到古迹，才问布金寺名之由。那僧答曰："这寺原是舍卫国给孤独园寺，又名祇园。因是给孤独长者请佛讲经，金砖布地，又易今名。我这寺一望之前，乃是舍卫国，那时给孤独长者正在舍卫国居住。我荒山原是长者之祇园，因此遂名给孤布金寺，寺后边还有祇园基址。近年间，若遇时雨滂沱，还淋出金银珠儿，有造化的，每每拾着。"❷

这里写到给孤独园废弃后，成为"荒山"。应该说，《西游记》中的这段关于给孤独园被废弃的描述，与给孤独园后来的历史状况基本一致，大体符合历史事实。这让人不得不怀疑，百回本《西游记》在撰写此段时，是否有所本？不排除是来自唐宋以后一些佛教书籍、旅行记中的描述。

此外，这里又提到了舍卫国。那么舍卫国还存在吗？如果不存在了，又是何时消亡的？对于王朝的兴亡起灭，中国作家显然很有经验，按照《西游记》的叙

---

❶ 玄奘.大唐西域记［M］.董志翘，译注.北京：中华书局，2012：333.

❷ 吴承恩.西游记［M］.北京：人民文学出版社，2010：1132.

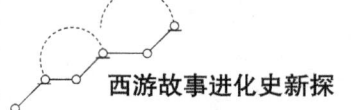

述，舍卫国早在 500 年前，就不存在了，现在在此地的是大天竺国：

> 驿丞道："我敝处乃大天竺国，自太祖太宗传到今，已五百余年。现在位的爷爷，爱山水花卉，号做怡宗皇帝，改元靖宴，今已二十八年了。"

这一段关于大天竺国的描述，显然不符合事实。因为印度（天竺）自阿育王之后，一直未能再有统一的王朝。在古代，印度（天竺）与其说是个国名，不如说是个地名，整个一大块地方被称为印度（天竺），而进一步细分又有东、西、南、北、中五个天竺。

所以，历史上并不存在所谓的"大天竺国"，这只能是百回本《西游记》作者的合理想象。在玄奘西行的时代，占据这片地区的是摩揭陀国等几个国家，但关于这些国家的历史除了一些考古发现外，只剩下玄奘在《大唐西域记》中的一些记载。所以百回本《西游记》的作者不能对西域、中亚的历史有所描述，亦是正常的。毕竟这种"描述"，即使对现代专业的中亚历史学家、考古学家而言，都不是一件容易的事。

那么，世德堂百回本《西游记》中对中亚地理的忽视，是怎么形成的？有哪些因素在其中起作用？首先应该看到，在明代流行的一些典籍、文人笔记中，是有关于西域情况的记载的。比如，南宋人陈元靓所著的《事林广记》一书，《西游记》第九十六回中提到了。而在这部书的第五卷"方国类"中就谈到了当时西域与海外的国家，如大食国、大食勿拔国、大食勿斯离国、天竺国、于阗国、真腊国等。百回本《西游记》虽然提到并引用了《事林广记》的内容，但似乎并没有参考该书中关于海外国家的记载。《西游记》中并没有提到大食国、于阗国等。

再如，明末张岱（1597—1679）《夜航船》卷十五有"外国部"，谈到了一些西域、中亚国家，如中亚的撒马尔罕、东印度的榜葛剌国，西域的于阗、哈密卫。该书作者自称这是一部通俗性的知识书："余所记载皆眼前极肤浅之事，吾辈聊且记取"❶，认为普通人都应该掌握这些知识。这些西域地名，在明代属于"常识"，虽然《夜航船》的成书远远晚于万历二十年（1592）的世德堂百回本《西游记》；但从常识传播的角度，《西游记》的作者不应该不具备关于海外国家的一些基础知识。实则细考《西游记》一书，在第十五回提到了西域状况，第十八回提到了乌斯藏，说明作者还是有一定西域、中亚地理知识的，只是没有写

---

❶ 张岱.夜航船［M］.汕头：汕头大学出版社，2009：7.

当地的风土人情。写到中亚天竺时，则强调该地与中华语言、服饰相同。

可以认为，百回本《西游记》忽略西域、中亚国别与地理情况，并不是单纯因为作者不具备这方面的知识。笔者认为，主要还是为了小说情节叙述、取经事宜的相关历史逻辑，不得不作此安排，不得不架空西域、中亚、古印度的历史地理，而按照"佛教历史"进行一些历史地理构建。同时，《西游记》的作者以天朝上国心态，对中亚地区的人文面貌进行了虚构，完全按照中国的标准进行书写。

二、天朝上国心态对百回本的影响

百回本《西游记》有着鲜明的天朝上国的心态。小说中无论对西域地理的描述，还是对西域人心态的描述，都基本是以中华为本位。比如在第九十一回中，唐僧师徒临近天竺，来到了"天竺国外郡，金平府"，这里离天竺的首都有二千里。那么这里的人，对天竺和中华有何看法？对此小说中有极为骄傲的描写：

> 四众正看时，又见廊下走出一个和尚，对唐僧作礼道："老师何来？"唐僧道："弟子中华唐朝来者。"那和尚倒身下拜，慌得唐僧挽起道："院主何为行此大礼？"那和尚合掌道："我这里向善的人，看经念佛，都指望修到你中华地托生。才见老师丰采衣冠，果然是前生修到的，方得此受用，故当下拜。"

这里，天竺的和尚直言："我这里向善的人，看经念佛，都指望修到你中华地托生。"这一段描写，将作家所具有的天朝上国心态表现无疑。那么，这是不是一种浅薄呢？

实事求是来说，至少在世德堂百回本刊刻的万历二十年（1592），明朝还是世界上最富庶的国家，同时也是世界上最强大的国家之一。而当时距离天竺首都二千里的所谓"天竺国外郡，金平府"，大约是今天的阿富汗南部、巴基斯坦北部或印巴交接的古罽宾国，即今克什米尔地区。这些地方即使到现在，其经济依然不够发达。

所以百回本《西游记》中所"想象"的"这些地方的人，想投胎在中华，做一个中国人"不能说完全毫无根据。可以举《夜航船》中谈到的撒马尔罕为例，张岱说：

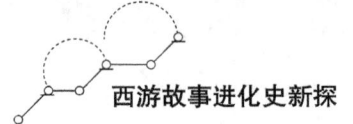

撒马尔罕，汉罽宾国地。明洪武、永乐、正统间，俱遣使入贡。❶

《夜航船》中对撒马尔罕地理位置的解释并不准确。撒马尔罕是中亚最古老的城市之一，位于今乌兹别克斯坦，至今仍是该国第二大城市。张岱说"撒马尔罕，汉罽宾国地"并不准确。但是从记载来看，撒马尔罕在明代多次遣使入贡。那么，也不能排除撒马尔罕使臣对中华的赞美，符合《西游记》中的描述。

而且从当代的研究来看，明末时期有大量西方传教士来华，如意大利人利玛窦（Matteo Ricci，1552—1610）、西班牙人金尼阁（Nicolas Trigault，1577—1628）等，这些人往往在中国生活了几十年，有些人就死在中国，而他们所处时代基本就在世德堂百回本《西游记》出版的万历二十年（1592）前后。在他们留下的大量著作中，对中国的评价都非常高，以至于后来的西方人认为这些明清时期来华的传教士"伪造"了一个繁华的中国。这种指责显然是不正确，当时传教士面对的中国，无疑具有多方面超过西方的物质与精神文明，且越是在社会上层，生活条件越好。明末来华的传教士对中华文明的赞美显然是真诚的。

可以说，至少在世德堂百回本《西游记》出版的年代，中华确实是天朝上国，当时对全球具有强大的辐射力。只是1700年以后，随着西方工业革命的持续发展，中国才相对落后。但即便如此，中国的发展程度也远远强于中亚地区、印度北部地区。

所以，世德堂百回本《西游记》中这种对中亚的"想象性描述"，不能简单称为"浅薄"。因为当时的中亚、西域地区，多数都是难以进行文字描述的蛮荒地区。即使是当代，在中亚考古高度发展的当代，我们想完全描述中亚这些地区的历史，都有较大难度。我们只能说，百回本《西游记》未能很好地描述中亚、西域的历史地理，这算是该书的一个缺点吧。

回到小说问题。百回本《西游记》的这种天朝上国心态，对于整部小说的写作，是有较大影响的。这种影响体现在：

第一，忽略"梵语"的问题，对西域、中亚的地理、语言、面貌的描述，完全中华化了，显得不真实。

百回本《西游记》成书于明朝嘉靖末期，这时明朝还是比较强盛的。国民都普遍具有中国从汉唐以来就一脉相承的大国心态，认为自己是天朝上国。所谓天

---

❶ 张岱.夜航船［M］.汕头：汕头大学出版社，2009：442.

朝上国，就是别的国家都要"俯首称臣"，也就是"万国来朝"。天朝上国必然是对外国有强大辐射力的文化输出国，别的国家都要派人来学习。而天朝上国的语言也必然是一种很有魅力的语言。一些边鄙远民必然也要学习这种语言。正如小说《镜花缘》说的"我们天朝乃万邦之首，所有言谈，无人不知"。

明朝嘉靖时期虽然算不上特别强大，但对周围国家还是很有辐射力的。比如，当时明朝的文学、哲学、艺术都对日本产生比较大的影响。明朝人可能产生了一种错觉，认为世界上其他地方都要学习大明的先进文化，认为大明的语言文化、风俗习惯、价值观、意识形态都是普适的。所以在百回本《西游记》中就出现了由天竺国王室宗亲管辖的玉华州"观其声音相貌，与中华无异"，第九十三回大天竺国的"人物衣冠，宫室器用，言语谈吐，也与我大唐一般"等这样严重不符合事实的设定。就是说，在百回本《西游记》中完全没有"梵语"的概念。

要知道，中国古代"梵语""梵僧""佛经翻译"的说法，还是较为流行的，天竺人的语言、状貌与中华人不同，这是"大众常识"，在佛教徒中尤属常识。在每一本佛经上都写了哪位法师翻译，如《金刚经》作"姚秦鸠摩罗什译"，《无量寿经》作"唐菩提流支译"，《华严经》作"于阗国三藏实叉难陀奉制译"等。这也间接说明，百回本《西游记》的作者并非虔诚佛教徒，较少阅读佛经，故而对于"天竺国的语言文字与中华不同"这一事实，缺乏基本认知与足够重视。

唐僧西天取经这个历史事件，说实话，是有损大国国民的虚荣心的。肯定有人不能接受天竺佛教对中华的文化输入，这实际上是一种集体无意识。那么百回本《西游记》的作者在处理唐僧西天取经这个故事的时候，必然要有意无意受到大国心态的影响。有损于大国虚荣心的东西，作者也不愿讲，读者也不愿看，在作者与读者的相互暗示下，大家实现了一种"集体遗忘"。于是从西域直到天竺，所有人都是衣冠相同，语言相同，习俗相同。于是西域风情、异域情调在《西游记》中完全被抹去了。

第二，对赴"落后地区"取经的唐僧，评价不高。

在大国心态的作用下，百回本《西游记》对唐僧的评价不太高。本来历史上的玄奘，个人的能力是非常强的。但到了《西游记》中，唐僧就显得很窝囊，有时候他的佛教觉悟还不如孙悟空。如第八十五回中，孙悟空教了唐僧一首诗偈："佛在灵山莫远求，灵山只在汝心头。人人有个灵山塔，好向灵山塔下修。"这首诗是当时民间宗教界普遍使用的一首诗偈，强调要修心。但是假如突破宗教理解，作现实的阐述，我们不禁要问：既然我们只要修自己的心性就可以了，那么唐僧费尽千辛万苦去西天取经又有何意义？

在《聊斋志异》中，蒲松龄根据当时的一则传闻写了一篇二三百字的《西僧》，讲道清朝时一些西僧，由于听闻中国的泰山、华山等名山"遍地皆黄金，观音、文殊犹生。能至其处，则身便是佛，长生不死"，费尽千辛万苦来中国求佛法，"途中历十八寒暑矣。离西土者十有二人，至中国仅存其二"。蒲松龄对此作了评论，"听其所言状，亦犹世人之慕西土也。倘有西游人，与东渡者中途相遇，各述所有，当必相视失笑，两免跋涉矣"❶。清代朱翊清在《埋忧集》中也谈到这件事，最后说"然则使此番僧与玄奘相遇，二人者应各一笑而返，不至费此跋涉矣"。很明显在大国心态的作用下，蒲松龄、朱翊清等人都对玄奘西天取经表示不理解，甚至略带嘲讽。这同百回本《西游记》对待唐僧的态度有相似之处。

实际上，百回本《西游记》中也有类似的看法。第六十四回，唐僧与十八公、孤直公等植物精怪在木仙庵谈诗，拂云叟便就此问题批评了唐僧：

> 三藏云："道乃非常，体用合一，如何不同？"拂云叟笑云："我等生来坚实，体用比尔不同。感天地以生身，蒙雨露而滋色。笑傲风霜，消磨日月。一叶不凋，千枝节操。似这话不叩冲虚。你执持梵语。道也者，本安中国，反来求证西方。空费了草鞋，不知寻个甚么？石狮子剜了心肝，野狐涎灌彻骨髓。忘本参禅，妄求佛果，都似我荆棘岭葛藤谜语，萝藦浑言。此般君子，怎生接引？这等规模，如何印授？必须要检点见前面目，静中自有生涯。没底竹篮汲水，无根铁树生花。灵宝峰头牢着脚，归来雅会上龙华。"三藏闻言，叩头拜谢。十八公用手挽扶。孤直公将身扯起。凌空子打个哈哈道："拂云之言，分明漏泄。圣僧请起，不可尽信。"❷

拂云叟的说法"道也者，本安中国，反来求证西方。空费了草鞋，不知寻个甚么？"就直接表明了，不认同唐僧西天取经的行为。这虽是由书中的人物说出，但未尝不代表《西游记》作者的看法，或者至少代表作者的"部分看法"。这本质都是"天朝上国心态"的作用，让中国儒家知识分子难以完全认同外来文化。

应该说，在文化民族主义的人士的观念中玄奘这种异域求学的行为是不值得

---

❶ 蒲松龄.聊斋志异（会校会注会评本）［M］.张友鹤，辑校.上海：上海古籍出版社，1986：356.

❷ 吴承恩.西游记［M］.北京：人民文学出版社，2010：787.

提倡的，确实有损大国威仪。但是一些对外来文化比较认同的人，又很赞美这种"到西方留学"的行为，比如鲁迅先生就赞美过东晋法显的西行求法行为。这两种观念也是互有相通之处的，那些认为应该西行求法的人认为西行求法对国家有益处，这与文化民族主义人士的观点其实是殊途同归的。

在笔者看来，"天朝上国心态"也并不完全是负面的东西。西行求法并不能完全解决中国文化发展的根本问题，有时候甚至会有很大副作用或导致显著水土不服。文化要发展关键还是要有自身的生长能力，嫁接来的东西往往水土不服。仅从玄奘事迹来看，玄奘在印度游学多年，精通多种学说，回国后成为佛学权威，在《大唐西域记》中，玄奘常常要指出前代翻译家的翻译"错误"。他把"比丘"译为"苾刍"，把"观世音"译为"观自在"，把"天竺"译为"印度"等。但是，且不说前代翻译家的翻译自有其高明之处，只说玄奘创立的"唯识宗"，只传了两三代就传不下去了。而当时本土化的禅宗已经开始有较大的发展，不识字的慧能成了南宗禅的祖师，中唐以后受《庄子》影响提倡"平常心是道"的马祖道一的"洪州禅"演化为中国佛教的主流。这都说明，文化的发展关键是要有"自主生长"的能力，单纯靠引进外来文化，不能解决文化发展的根本问题。外来文化的引进，必须成为本土文化自主发展的有益补充。

第六节 从孙绪到吴承恩：西游故事的道教内丹化

西游故事进化史上最大的转折，就是西游故事由一个佛教取经故事，变成了一个道教修炼故事。正如笔者的考论所揭示的，这一转折肇始于明嘉靖初期的文人孙绪，而完全形成于嘉靖末期的文人吴承恩。

西游故事的这一转折，最根本的体现，就是整体的西游故事被道教内丹化了。就是说，百回本《西游记》的方方面面都体现出了道教内丹修炼理论，很多地方几乎是在对《悟真篇》等道教内丹修炼理论的小说性"图解"。比如，小说中女儿国故事，唐僧八戒喝了子母河中的水然后怀孕。这一情节，虽然有其文学基因的来源，吸收了前代的女儿国故事，甚至是《大唐西域记》中的女儿国传说，但是这只是一方面。而另一方面则来自《悟真篇》等道教内丹修炼理论。

实则百回本《西游记》中的诸多问题，莫不如此。一方面有其明确的文学基因来源，可以看到情节的因袭与独创，但另一方面与道教内丹修炼理论可以完好对应。这不可能是偶然的。只能说明，百回本《西游记》在创作时，一方面参考了前代西游作品，参考了前代文言小说，但是另一方面也参考了道教内丹修

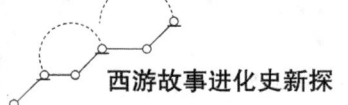

炼理论。

要而言之，百回本《西游记》与道教内丹修炼理论的关系问题，堪称《西游记》的一个核心问题。离开了道教内丹修炼理论的探讨，我们对《西游记》的理解与阐释，都会发生偏差、误解，乃至错解。

一、《西游记》中大量诗词出自内丹道教诗词集

西游故事说到底是个佛教故事，但是百回本《西游记》却有极强的道教面貌。《西游记》中诸多的情节都以道教故事的面目出现，故事中出现了大量的道教神仙，也有大量的道士形象。对于《西游记》与道教的关系问题，学术界已有大量的论述。

而近30年来，对这一问题的论述，逐步深入百回本《西游记》与内丹道教或全真道的关系问题。对此，柳存仁、李安纲、陈洪等学者都有大量阐述。最初是日本学者太田辰夫在译本《〈西游记〉解说》中谈及，小说第八回卷首的《苏武慢》"试问禅关，参求无数"出自《鸣鹤余音》，为元末道士冯尊师作品，第三十六回"前弦之后后弦前"出自北宋道士张伯端的《悟真篇》。后来在1985年，身处澳大利亚的柳存仁发表长文《全真教和小说西游记》，根据太田辰夫著作中的线索，进一步指出百回本《西游记》的一些回前诗出自道教诗词集。❶ 例如，第五十回卷首《南柯子》"心地频频扫，尘情细细除"，第九十一回卷首词《瑞鹧鸪》"修禅何处用功夫"，均为元代全真道士马丹阳作品，出自马丹阳的《渐悟集》。

柳先生在香港发表的文章未引起内地学界的注意。直到1991年，上海古籍出版社出版了柳先生的《和风堂文集》收入了此文，才引起广泛关注。1993年底，著名学者徐朔方在《文学遗产》上发表《评〈全真教和小说西游记〉》对柳先生的观点予以驳斥。徐朔方的论文，虽不赞成《西游记》，但徐朔方引用的一些材料更有值得注意之处。此后这一问题，获得学术界的广泛关注。李安纲、陈洪等人都有重要发现与阐发，如发现第十四回卷首的"佛即心兮心即佛"，第二十九回卷首的"妄想不复强灭"，都出自张伯端《悟真篇》所附录的《悟真性宗直指》；第五十三回卷首的"德行要修八百"也出自《悟真篇》。❷

---

❶　柳存仁.和风堂文集［M］.上海：上海古籍出版社，1991：1335.

❷　李安纲.论《西游记》诗词韵文的金丹学主旨［J］.晋阳学刊，1996（3）.

关于百回本《西游记》与全真道有关系的证据，最明显的是，书中的一些回目由道教内丹学的术语组成，如第三十回回目"邪魔侵正法　意马忆心猿"，第四十回回目"婴儿戏化禅心乱　猿马刀归木母空"，第八十回回目"姹女育阳求配偶　心猿护主识妖邪"，第八十三回回目"心猿识得丹头　姹女还归本性"，第八十六回回目"木母助威征怪物　金公施法灭妖邪"等。这些回目中提到的心猿、意马、姹女、金公、木母等都是道教内丹派别的术语。显然作者是有意如此安排的。

其次，书中的一些回前诗出自《悟真篇》《鹤鸣余音》《渐悟集》《性命圭旨》等内丹道教诗词集，这说明百回本的作者有将西游故事向道教故事转化的思想倾向，增加道教诗词正是这种倾向的体现。书中还引用了道教内丹派道士的修道诗词。其中摘自南宋内丹大家张伯端《悟真篇》的有多首，比如第二十九回卷首：

诗曰：妄想不复强灭，真如何必希求？本原自性佛前修，迷悟岂居前后？悟即刹那成正，迷而万劫沉流。若能一念合真修，灭尽恒沙罪垢。

第十四回卷首：

诗曰：佛即心兮心即佛，心佛从来皆要物。若知无物又无心，便是真如法身佛。法身佛，没模样，一颗圆光涵万象。无体之体即真体，无相之相即实相。非色非空非不空，不来不向不回向。无异无同无有无，难舍难取难听望。内外灵光到处同，一佛国在一沙中。一粒沙含大千界，一个身心万法同。主知之须会无心诀，不染不滞为净业。善恶千端无所为，便是南无释迦叶。

再如，陈洪教授近年来发现，第二十回卷首的诗是明初全真高道何道全的作品。❶ 这首诗是：

偈曰：法本从心生，还是从心灭。生灭尽由谁，请君自辨别。既然皆己心，何用别人说？只须下苦功，扭出铁中血。绒绳着鼻穿，挽定虚空结。拴在无为树，不使他颠劣。莫认贼为子，心法都忘绝。休教他瞒我，一拳先打

❶　陈洪.《西游记》与全真教之缘新证［J］.文学遗产，2015（5）.

彻。现心亦无心，现法法也辍。人牛不见时，碧天光皎洁。秋月一般圆，彼此难分别。

这些位于卷首的涉及全真道、内丹道教的诗词，能够证明百回本《西游记》与内丹道教有深刻的联系。但问题在于这种"联系"是来自作者本人，还是来自后来编辑出版者呢？

因为古代的小说，通常都会在卷首放一些诗词。这些诗词，很多都是出自古代的名人。对这种添加诗词的现象，大家都非常熟悉。这些诗词也不一定就跟作者想要表达的思想有紧密联系。因为有时候小说编辑者，会根据自己的想法放一些诗词。所以难以判断百回本《西游记》中这些内丹道教的诗词，是否体现了作者本人的真实意图。

换言之，要想证明百回本《西游记》的作者在创作《西游记》时，就有明确的内丹道教或全真道倾向，我们就必须在正文中，在西游故事情节的具体发展中，在西游小说的整体框架中，找到《西游记》作者对相关道教作品的大量引用、化用，甚至抄录，或者至少是相关的线索。二三十年来，《西游记》与全真道关系问题之所以不能够一锤定音，形成压倒性的证据，就是因为这一点。

二、《西游记》第三十六回抄录《悟真篇》注

我们需要在正文当中找到一些内丹道教诗词，甚至找到一些与故事情节走向有关的内丹道教诗词。这样的诗词也是有的。太田辰夫、柳存仁、陈洪等研究者早已注意到，百回本《西游记》中的一些情节也是在谈道教内丹修炼。如第三十六回的乌鸡国故事后半部分，唐僧师徒吟诗作对、大谈明月，这让有些研究者不理解，认为作者很荒唐，居然让唐僧师徒一起赏月。得出这样的结论是因为研究者自身不了解，看似的闲笔其实是作者在谈道教修炼。这一回的回目是"心猿正处诸缘伏　劈破旁门见月明"。用明月来比喻修炼，这是在很多内丹著述中都能找得到的。这一回中也是以明月为中心议题，谈道：

> 行者闻言，近前答曰："师父啊，你只知月色光华，心怀故里，更不知月中之意，乃先天法象之规绳也。月至三十日，阳魂之金散尽，阴魄之水盈轮，故纯黑而无光，乃曰晦。此时与日相交，在晦朔两日之间，感阳光而有孕。至初三日一阳现，初八日二阳生，魄中魂半，其平如绳，故曰上弦。至

今十五日，三阳备足，是以团圆，故曰望。至十六日一阴生，二十二日二阴生，此时魂中魄半，其平如绳，故曰下弦。至三十日三阴备足，亦当晦。此乃先天采炼之意。我等若能温养二八，九九成功，那时节，见佛容易，返故田亦易也。诗曰：前弦之后后弦前，药味平平气象全。采得归来炉里炼，志心功果即西天。"❶

这段话中所引的诗"前弦之后后弦前，药味平平气象全。采得归来炉里炼，志心功果即西天"，早有研究者指出是出自张伯端《悟真篇》。所以研究者普遍对这段话有所重视，柳存仁、陈洪等人都发表过对这段话的评论与分析。柳存仁《全真教和小说西游记》中认为，全真本小说《西游记》保存得较多的一段有"二百几十个字"，"那是第三十六回下半'劈破旁门见月明'的部分。这回文字，似乎没有什么'劈破旁门'的叙述，也许已经删掉了，但是下面的引文，非道教中人恐怕还是写不出来的，这里的前文叙唐僧师徒当夜住在宝林寺，唐僧因感月色清光皎洁，对月思归，就口占了一首长篇古风……长老闻得，亦开茅塞。正是理明一窍通千窍，说破无生即是仙……如果在百回本之前有过一个全真本《西游》存在，我想这一大段文字，大概是它的原装货"。❷

　　陈洪在《论〈西游记〉与全真教之缘》认为，《西游记》中这段关于月相的描写，不过是将张伯端在《蟾光图论》的说法简约化了，进而认为"即便是在三教合一的历史背景下，一个粗通道教之说的文人也很难说出这么深奥'专业'的理论。只有信奉道教内丹之说的人才能如此举重若轻地将如此深奥的理论信手化入小说叙述文本之中"。❸

　　应该说，柳存仁、陈洪确实敏锐地发现了问题，已经隐隐约约为近百年来的《西游记》研究打开了一个全新的局面。如果能够顺着他们的思路做下去，肯定会有重大的发现。因为中国古代的文人，并不擅长"完全的原创"，更多的是引用、化用，乃至直接抄录前人文字，也就是笔者所谓的"选择因袭"。无论在诗歌创作中，还是小说中，选择因袭都是创作中的一种常态。

　　如果从选择因袭的角度来看这一大段话，可以发现这段文字化用了张伯端《玉青金笥青华秘文金宝内炼丹诀》，而其中的诗引自张伯端《悟真篇》。但是这种见解并不是张伯端独创的，内丹道教之祖吕洞宾就有过类似以月为喻的文章。

❶　吴承恩.西游记［M］.北京：人民文学出版社，2010：449.

❷　柳存仁.和风堂文集［M］.上海：上海古籍出版社，1991：1373.

❸　陈洪，陈宏.论《西游记》与全真教之缘［J］.文学遗产，2003（6）.

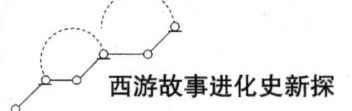

吕洞宾的《百句章》末尾谈道：

> 月挂西川上，霞临南楚滨，三日前为晦，阳中之纯阴。三日后为朔，阴中之阳精，亦如逢冬至，和景好阳春。八日是上弦，一问兔卯门，十六方为姤，念三是酉门。以此参易卦，方知大道真。

张伯端的这首"前弦之后后弦前"，也因袭了吕洞宾《指玄篇》其七：

> 前弦之后后弦前，圆缺中间气象全。急捉虎龙场上战，忙将水火鼎中煎。依时便见黄金佛。过后难逢碧玉仙。悟得圣师真口诀，解教屋下有青天。

　　古人的理论文字，一般都不是原创的，都会有所本，有选择因袭的出处。近年来，笔者一直是顺着这个思路在思考《西游记》中的这段话。这段话看起来非常"专业"，不太可能完全是原创的，就算百回本《西游记》的作者本人是道士，也不可能完全是原创的，古代的学者言必有出处，通常都不会完全原创一段理论性话语。这段话有可能是从哪里抄来的。也是抱着这个念头，笔者一本本阅读、爬梳《正统道藏》中与内丹道教、全真道有关的道经，最终，发现这段文字基本上是原原本本抄自《悟真篇》的注解。

　　《悟真篇》是北宋张伯端的内丹学著作。日本学者太田辰夫早已发现，第三十六回中的诗"前弦之后后弦前，药味平平气象全。采得归来炉里炼，志心功果即西天"实际上出自《悟真篇》。但古人读书，都是带注读的，《悟真篇》肯定有后人的注解。柳存仁先生失之交臂之处在于，他虽然谈到了《悟真篇》的注解，并进行了若干引用，但未用第三十六回中那段话去核对《悟真篇》的注解。如果核对一下就会发现，上面那段《西游记》中的话，都是出自《悟真篇》的注解，且就在对这首"前弦之后后弦前"的注解处。

　　《正统道藏》中，收有七种《悟真篇》及注。分别是：（1）《紫阳真人悟真篇注疏》八卷。象川无名子翁葆光注，武夷陈达灵传、集庆空玄子戴起宗疏，在内文中有时也会提到元代上阳子陈致虚的注。（2）《紫阳真人悟真篇三注》五卷。所谓"三注"即紫贤薛道光、子野陆墅、上阳子陈致虚三人的注。（3）《紫阳真人悟真篇直指详说三乘秘要》一卷。无名子翁葆光述，文末附有戴起宗的跋文。（4）《紫阳真人悟真篇拾遗》一卷。（5）《悟真篇注释》三卷。象川无名子翁葆光注。（6）《紫阳真人悟真篇讲义》七卷。云峰散人永嘉夏宗禹著。（7）《修真十书》卷二十六所收之《悟真篇》五卷，叶士表、袁公辅、象川无名子翁葆光注。

从这些注本来看，多数带有集注本的性质。上面那段《西游记》中的话，出自象川无名子翁葆光注，而另一种紫贤薛道光的注，跟无名子翁葆光注几乎相同，也收录了这段话。论者对无名子翁葆光与紫贤薛道光的关系有所疑惑，有人认为，他们是同一人，也有人认为他们之间是抄袭关系。❶这里且不多谈。我们只聚焦于注解本身。

我们只看其中《紫阳真人悟真篇三注》中薛道光的注：

> 道光曰：月至三十，阳魂之金散尽；阴魄之火盈轮。故纯阴，阴而无光，法象坤☷，故曰晦。晦朔两日，日月交合，同出同没，至于初二，月感阳光而孕，初三即现一阳于坤方庚上，即魄中生魂，法象震☳。此时人身金气初生，药苗新也。初八日，二阳生，法象兑☱。此时魄中魂半，其平如绳，故曰上弦。弦前属阳，弦后属阴，阴中阳半，得水中之金八两，其味平平，其气象全。十五日，三阳备，法象乾☰。此时阴魄之水消尽，阳魂之金盈轮，是以团圆，纯阳而无阴，故云望。阳极则生阴，十六日轮生一阴，魂中魄生，象巽☴。二十三日，二阴生，象艮☶。此时魂中魄半，亦平如绳，故曰下弦。弦前属阴，弦后属阳。阳中阴半，得金中之水半斤，其味平平，其气象全。圣人采此二八，擒居造化炉中，烹煅温养以成还丹。❷

很明显，《西游记》第三十六回末尾处几大段唐僧师徒谈玄论道，论"月象"的话，就是从这段话中摘录、修改而来。

三、《西游记》第三十六回所抄录论道文字的学术价值

《西游记》第三十六回所抄录的论道文字虽为笔者发现，但客观来说，清代按照内丹道教观点对《西游记》进行评点的悟一子陈士斌等人早已有所发现。因为悟一子等人，对道教经典，对《悟真篇》及其注，更为熟稔。只是他们在点评时，并没有完全讲清楚，或者说他们讲清楚了，但他们说的话有歧义，让后人产生了误解。在《西游真诠》第三十六回的评语中，悟一子陈士斌说：

---

❶ 杨立华.《悟真篇》薛注考［J］.世界宗教研究，2000（3）.

❷ 薛道光，陆子野，陈致虚，注.紫阳真人悟真篇三注［M］//正统道藏（第2册）.北京：文物出版社，1988：999.

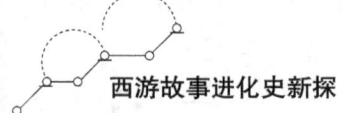

月之上、下二弦，本薛真人《悟真》原注。"前弦、后弦"一诗，乃《悟真篇》原文，止易末句"煅成温养自烹煎"为"志心功果即西天"，明此即西天，别无两天。西天取经之本旨，在于煅炼金丹，有功有果，非同空寂。读此，可豁然晓矣。❶

当代西游研究者普遍都查阅过《西游真诠》，但对悟一子的这段话没有引起注意，所谓的"本薛真人《悟真》原注"，当代研究者较难搞清楚"薛真人"是谁。实则徐朔方 1993 年的《评〈全真教和小说西游记〉》已经引用了这段话。后来的研究者可能也都读过徐朔方的这篇文章，但是大家都没有就"本薛真人《悟真》原注"这句话进行查证。

当代已经有一些《悟真篇》注的整理本，如 2015 年中央编译出版社出版的《悟真篇集释》，这些研究者虽然都熟悉《悟真篇》的各种注，但他们不熟悉《西游记》，或者对《西游记》的问题不太关心。而笔者碰巧一方面熟读了柳存仁、陈洪的文章，另一方面又恰好对《正统道藏》有很大兴趣，对《正统道藏》中相关道经进行了逐一的阅读。最终，在广泛阅读中，发现了这一问题。客观来说，此条材料的发现，把《西游记》与全真道、内丹道教的关系问题的研究，往前大大推进了一步。所涉及的《西游记》与全真道关系研究，乃至《西游记》研究全局的诸多问题，并非一篇或几篇论文可以完全予以阐发。对这条材料的分析与解读，需要《西游记》研究界全方位、多角度地进行，甚至需要道教研究界的关注。

笔者在道教问题上，并非权威专家，但对这条材料所推导出的结论，有一些自己的理解，兹抛砖引玉，以待来者。笔者认为，这一材料发现可以引申出以下观点与结论。

（一）可发现百回本《西游记》与《悟真篇》注有着很大的对应关系

《悟真篇》的作者是北宋大道士张伯端，在《西游记》第七十一回的朱紫国故事中提到了他，书中作：

行者上前迎住道："张紫阳何往？"紫阳真人直至殿前，躬身施礼道："大

---

❶　陈士斌. 西游真诠 [M]. 北京：中国人民大学出版社，1992：138.

圣，小仙张伯端起手。"行者答礼道："你从何来？"真人道："小仙三年前曾赴佛会，因打这里经过，见朱紫国王有拆凤之忧，我恐那妖将皇后玷辱，有坏人伦，后日难与国王复合，是我将一件旧棕衣变作一领新霞裳，光生五彩，进与妖王，教皇后穿了装新。那皇后穿上身，即生一身毒刺。毒刺者，乃棕衣也。今知大圣成功，特来解魇。"

从这段描述来看，百回本《西游记》的作者有意识地把《悟真篇》的作者张伯端编入了故事，可见其对张伯端的重视。此外，《西游记》中有多首诗词引自《悟真篇》及其附录，包括第三十六回结尾处的"前弦之后后弦前"，第五十三回卷首的"德行要修八百"。而出自《悟真篇》附外篇《悟真性宗直指》的诗词包括：第十四回卷首的"佛即心兮心即佛"，第二十九回卷首的"妄想不复强灭"，第九十六回卷首的"色色原无色"等，在《正统道藏》中这些内容见《紫阳真人悟真篇拾遗》。再加上第三十六回，从"《悟真篇》注"中大段摘录论道文字，这至少说明，百回本《西游记》的作者在创作《西游记》时，其手头有《紫阳真人悟真篇三注》一书。

由此可推测，百回本《西游记》在创作时，与《悟真篇》及其注有很密切的联系。而进一步的研究可以证明，在情节构思、小说话语、宗教理论等多方面，百回本《西游记》都与《悟真篇》及其注有很大、很密切的对应关系，有时甚至是一一对应关系。

第一，成佛的问题。

《西游记》故事写道教中人成佛，很多研究者觉得很荒唐，因此认为是游戏笔墨。然而《悟真篇》中已经有"采得归来炉里炼，志心功果即西天"，这已经在说"西天"成佛的问题了。在《悟真篇》注本中，注家更有明确的说法。《紫阳真人悟真篇三注》在"鉴形闭气思神法，初出艰难后坦途"一句中引用薛道光的注："道光曰：凡此数事皆道教之傍门，尔依此修行，不能见如来。"《紫阳真人悟真篇三注》在"释氏教人修极乐，只缘极乐是金方"一句中引用上阳子陈致虚的注说："色相中修行者，唯此金液还丹之道，余则无他可成佛也。"这都是说修炼内丹，可以成佛。这是明确的理论上的表述。所以百回本《西游记》中西天取经，一心向佛，就是围绕着这种"修炼内丹成佛"的观点展开的。

第二，旁门的问题。

《西游记》第三十六回的回目是"心猿正处诸缘伏　劈破旁门见月明"，强调"劈破旁门"。而柳存仁认为，"这回文字，似乎没有什么'劈破旁门'的叙述，

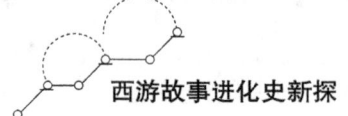

也许已经删割掉了"。结合《悟真篇》注来看，柳存仁先生的理解是不对的。《紫阳真人悟真篇注疏》在"饶君了悟真如性，未免抛身却入身"一句的注解中说："后之迷者，以摩抚吐纳，旁门小法，以己合天，谓之金丹。夫金丹出于自然，旁门出于使然。金丹以月为本。"这里从理论上说得很明确，金丹以月为本，别的都是旁门。而《西游记》第三十六回的回目"劈破旁门见月明"很明确就是在说这些问题，逻辑非常清晰。

第三，唐僧、猪八戒怀孕的问题。

《西游记》第五十三回"禅主吞餐怀鬼孕　黄婆运水解邪胎"讲唐僧、猪八戒怀孕，男人怀孕，这很像游戏文字。然而参考《悟真篇》注会发现问题没这么简单。张伯端《悟真篇》中就谈到过男人怀孕的问题的，其中一首《西江月》说："若要真铅留汞，亲中不离家臣。木金间隔会无因。须仗媒人勾引。本性爱金顺义，金情恋木慈仁。相吞相陷却相亲。始觉男儿有孕。"当然这里是比喻，用"男儿有孕"来比喻内丹的结丹。然而在《悟真篇》的注本中，都会直接谈到男人怀孕的问题。

《紫阳真人悟真篇注疏》在"不识玄中颠倒颠，争知火里好栽莲"一句中的无名子注解说："以人事推之，男儿固不可有孕，火里固不可栽莲。然神仙玄妙之道，有颠倒颠之术，辄使男儿有孕，亦犹火里栽莲也。"❶《紫阳真人悟真篇三注》在"祸福由来互倚伏，还如影响相随逐"后，有薛道光的注说："若以生杀之机，逆而修之，反掌之间，灾中变福，害里生恩，男儿有孕，为丹道也。"❷这里说的很明确："男儿有孕，为丹道也"，可见《西游记》到第五十三回写男人怀孕，绝不是偶然的游戏笔墨，而是严格按照内丹的理论来写的。

第四，牛魔王的问题。

陈洪在多篇文章中反复提出牛魔王是佛教或全真道大白牛的隐喻，"牛魔王这个意象确实跟佛教和道教都有关联"。❸这是非常有道理的，尤其能得到《悟真篇》注的证据支持。在《正统道藏》本《修真十书》中《悟真篇》部分，紧接着张伯端的序，是解释书中的术语，其中一个术语是"铁牛"，并画了一头牛。这说明在《悟真篇》的修炼体系当中，牛就是有重要指向意义的。《西游记》的

❶　翁葆光，注，陈达灵，传，戴起宗，疏.紫阳真人悟真篇注疏//正统道藏（第2册）［M］.北京：文物出版社，1988：928.

❷　薛道光，陆子野，陈致虚，注.紫阳真人悟真篇三注//正统道藏（第2册）［M］.北京：文物出版社，1988：1009.

❸　陈洪：《西游记》研究中的宗教视角［J］.华夏文化论坛，2010（1）.

作者，根据《悟真篇》的理论，在百回本《西游记》中增加或扩充牛魔王的故事，以增强牛魔王形象的内涵与宗教隐喻，这是很自然的。

（二）基本坐实了《西游记》与内丹道教或全真道的关系

此前二三十年，学术界发现的《西游记》卷首词为全真道或内丹道教的诗词，虽引起很大关注。但在《西游记》与内丹道家关系问题上，难以形成压倒性的证据。因为诚如徐朔方等反对者所认为的，一方面明清的士人往往持三教合一的态度，往往具有良好的佛道修养；另一方面，在小说卷首放一些前人创作的诗词本就是白话小说的通例，大多数情况下放什么样的诗词，都只是起到点缀作用，并不对故事本身构成巨大影响。按照这样的观点，则《西游记》小说中有一些反映道教修炼的诗词，并非值得大惊小怪的事情。

然而本条材料的发现，与此前的发现有着本质的不同。因为《西游记》第三十六回末尾大段摘抄《悟真篇》的注解，已经不再只是起到点缀作用。第三十六回的回目为"心猿正处诸缘伏　劈破旁门见月明"，回目很好地概括了这一回的主要内容。我们综观这一回，与其他的回目有很大不一样，这一回看起来平淡无奇，并没有写到神仙鬼怪，只是写唐僧师徒到一个寺庙去住宿，其间师徒就月亮的问题，发表了一番议论，仅此而已。然而对于这番议论，《西游记》的作者却概括为"劈破旁门见月明"，把月亮的问题，上升到了宗教修炼的正门、旁门的高度。由此可见，这一回的种种设定、种种情节，都是为讨论月亮做的铺垫。也就是说在《西游记》作者看来，月亮的问题是西天取经中的大问题。

如果我们没有发现这一回结尾处师徒讨论"月相""上弦下弦"的话，出自《悟真篇》注，我们就会对这一回的作用与结构感到疑惑。实则此前，太田辰夫、柳存仁等人就有此疑惑。然而，考虑到按照《悟真篇》注中薛道光等人对"月相"问题的阐发，则月相问题代表了内丹修炼的一个重要方式、路径，也可以说是阶段。总之，在薛道光等内丹道教理论家看来，月相问题是内丹修炼的关键问题之一。由此，百回本《西游记》中专门用第三十六回来谈月相与修炼的关系，并概括为"劈破旁门见月明"，显然是具有极大宗教意义的。由此来看，第三十六回是精心设计的，要表达作者对内丹修炼诸多重要问题的看法。这显然并不是单纯的"小说创作"或"游戏笔墨"的问题，其中带有很强宗教的严肃性。

因此，这一材料基本坐实了《西游记》与内丹道教或全真道的关系。这一材料可以证明，百回本《西游记》的作者，在创作该小说时，确有很强的内丹道教倾向。全书的结构，某种程度上是按照内丹道教的修炼体系来构思的。这一方面可能是因为作者本人有虔诚的内丹道教信仰，另一方面也可能是因为百回本《西游记》本就是内丹道教的"宣教之书"或作者本人有强烈的内丹道教信仰，以至于在小说创作中宣扬自己的理论与信仰。

柳存仁认为存在一个散佚了的"全真本"《西游记》，"我们仍旧有理由可以疑心在百回本《西游》之前……也许还有一个现在已经散佚或失落了的全真教本子的小说《西游记》存在的可能"。陈洪认为，《西游记》成书过程中存在一个全真化环节，"从今本《西游记》可以发现大量全真教的痕迹，说明在《西游记》成书的过程中有教门中人物染指颇深""这个'全真本'《西游记》也不是一次成型，出于一人之手的"。

而从本文新发现的百回本抄录《悟真篇》注的情况看，结合一些相关的证据，笔者倾向于认为，现存的百回本《西游记》，基本上就是纯正的"全真本"《西游记》。只是要注意的是，内丹道教分南宗和北宗，金元之际的全真道是北宗，北宋张伯端及其《悟真篇》代表的是南宗。而到明代，南北二宗基本上融合了，南宗的传人会提及王重阳与全真七子的理论，北宗的传人也会提及《悟真篇》的相关见解，形成了一种融合式发展。所以根据百回本《西游记》既引用了全真七子的相关修炼诗词，也引用了《悟真篇》及其注本中的诗词与讲解，目前不好确定，百回本《西游记》在宗教属性上到底是属于南宗，还是北宗。所以称百回本《西游记》为"全真本"《西游记》，可能会有不准确的地方，称之为"内丹派"《西游记》也许更合适。

百回本《西游记》从回目，到文中诗词，到故事情节，都大量采用了内丹道教理论，尤其是全真道的有关修炼理论、诗词。可以说百回本《西游记》是一本"宣教之书"，在用小说的形式讲解内丹道教的修炼理论。百回本《西游记》基本上是对内丹道教修炼理论的形象化表达，把内丹修炼理论中的术语"心猿""意马""婴儿""姹女""铁牛""月相""圣胎"等，都对应到小说的情节塑造与人物塑造中。

（三）增加了吴承恩是百回本《西游记》作者的可能性

另外，这一发现增加了吴承恩是百回本《西游记》作者的可能性。从吴承恩诗文集中的诗词来看，吴承恩明显带有融合内外丹的思想。因此，这一发现增加了吴承恩是百回本《西游记》作者的可能性。具体的论述详见下一小节。

四、心猿意马与"全真本"《西游记》

那么，为什么在西游故事的垂直进化过程中会由佛教背景转向道教背景，并最终转变为带有内丹道教色彩的修炼故事？其逻辑理路何在？其中是否有某种必然性？

此种进化状态的发生，显而易见是因为在西游故事的垂直进化过程中，西游故事中的某些东西、某些特质吸引到了一位或多位有道教背景的文人，他们在西游故事中发现了某些他们所欣赏、有待阐释的东西，由此才会下力气将一个佛教故事转变为道教故事。这归根结底是一个阐释学的问题。要点在于，对于内丹道教修炼者来说，西游故事很容易被理解为一种隐喻，被理解为修炼，被理解为通过考验达到目标。也就是这些特质不是来自单纯的文学内容，引发改编者兴趣的必然是西游故事中与道教有关联的内容。

我们应该注意到，无论南宋的《大唐三藏取经诗话》，还是元末明初的《西游记平话》，孙行者和马都是已经具备的。猿和马早已成为西游故事的核心组成部分。而猿和马组合在一起，很容易让有内丹学知识的人联想到"心猿意马"。

要知道，"心猿""意马"这对概念虽然来自佛教，但早已被内丹道教吸收进其话语体系。如前几节所述，"心猿意马"概念成为内丹道教的重要术语、重要图景。从内丹道士的修炼诗词、文章中我们可以找到对"心猿意马"的大量使用。如白玉蟾"栓劳意马，紧锁心猿"，王重阳"意马与心猿劳锁闭，莫放劣"，谭长真"锁缚马猿不走""闲里擒猿捉马""颠狂猿马锁空房"，王玉阳"猿马须教锁绛宫""捉马擒猿觅了仙""缚住心猿意马"等。

而在西游故事进化史上，很多参与者都有明显的内丹道教倾向，很多人都使用了"心猿意马"的概念。比如，在可能为元末明初，也可能为明末的《西游记杂剧》中便使用了"心猿意马"。《西游记杂剧》第十出"收孙演咒"，讲唐僧救出被压在山下的孙悟空，孙悟空准备害唐僧，观音教唐僧紧箍儿咒，唐僧念紧箍儿咒收服了孙悟空。紧接着山神唱道："着胡孙将心猿紧紧牢拴系，龙君跟着师父呵把意马频频急控驰。"这里"心猿意马"的使用与百回本的使用是一致的。将孙悟空比为心猿，将白龙马比为意马。同时"心猿""意马"又明显具有一种心性修持的含义。

再如，西游故事进化史上的重要作家杨景贤，创作了一部关于西游的戏曲，名为《西游记》。该剧已佚，但杨景贤存有其他作品。我们得以借之了解杨景贤的状况。杨景贤很可能具有内丹道教背景。何以见得？

我们现在对杨景贤的少量了解来自明初贾仲明的《录鬼簿续编》，书中没有提到杨景贤修全真道。但现存的杨景贤的另外一部杂剧《马丹阳度脱刘行首》宣扬的显然是全真道的理论，该剧讲王重阳的弟子马丹阳度风尘女子刘行首的故事。该作品本身讲的就是内丹道教人物的故事。在《马丹阳度脱刘行首》中还使用了在百回本中多次使用的"婴儿""姹女""心猿"的概念。可以说，杨景贤必然会有较多内丹道教的知识。那么，杨景贤参与到西游故事的创作中，从其认知心理的角度，很自然也会注意到西游故事与内丹道教的联系点，如"心猿意马"之类。实则在《马丹阳度脱刘行首》中，杨景贤已经提到了"心猿"概念。原话是：

> 你低声闹高声闹，怎锁住心猿闹。

可见，在杨景贤的认知中，"心猿"概念已经变成了一个既可实指，又可虚指的概念。由此来判断，在杨景贤创作西游戏曲时，会不会就把孙行者隐喻为"心猿"呢？这一点，限于作品已佚，无从知晓。但我们可以推测这种可能性，是很高存在概率的。甚至不排除，杨景贤介入西游戏曲创作，或许就是看中了西游故事可以对全真道"心猿意马"概念进行形象化解析。

类似地，元代杂剧作家吴昌龄也有这方面问题。吴昌龄的《花间四友东坡梦》中也有心猿意马概念的运用：

> 本待要去西方脱除了地狱，我怎肯信东坡泄露了天机。半生苦行修持力，把心猿锁闭，意马收拾，由他闲戏，任你胡为。❶

从吴昌龄的用法来看，心猿意马已经与修炼紧密联系起来了，即所谓"半生苦行修持力"。由此来判断，不能排除，吴昌龄介入西游戏曲创作，也有可能是看中了西游故事可以对全真道"心猿意马"概念进行形象化解析。

以上例证都说明，元末明初以来，"心猿意马"概念广泛渗透、进入了文学领域，"心猿意马"概念与西游故事结合存在很大着力点。

结合多种内外证据，或者我们可以推测，正是一些有内丹道教背景的文人在西游故事中看到了孙悟空和白龙马正好对应"心猿意马"的概念，才介入西游故事创作，分头对传统西游故事作出各类调整。这并不是一个个案，从我们的分析

---

❶ 王学奇主编. 元曲选脚注［M］. 石家庄：河北教育出版社，1994：3129.

来看，元初的吴昌龄，明初的杨景贤，明中叶的孙绪，晚明的吴承恩都存在这种思维倾向性，存在介入西游故事改写的内丹道教动机。

因此，在本章第二节提到的思路显然是成立的，即明代嘉靖时期的文人孙绪，首次较明确地提出了"西游故事心猿意马化"的问题，此后受其影响，嘉靖隆庆、万历时期的吴承恩完成了道教内丹化的《西游记》。按照这一逻辑，则柳存仁推测的在百回本《西游记》之前的"全真本"《西游记》是不存在的。西游故事的全真化，始于嘉靖时期的孙绪，成于嘉靖末期或隆庆时期的吴承恩。这应该就是百回本《西游记》成书史的全部真相了。

第七节　内丹道教与百回本《西游记》的作者问题

万历二十年金陵世德堂百回本《西游记》，未署作者姓名，《西游记》的作者长期是个谜。至清代，清人据小说中大量道教内容，将著作附会到了金元时期"全真七子"之一的长春真人丘处机名下。《西游记》的作者被认为是"长春真人丘处机"。至民国时期，鲁迅、胡适根据《天启淮安府志》的记载，将吴承恩定为《西游记》的作者。

1921 年，胡适在为亚东图书馆出版的《西游记》作序时还不能确定《西游记》的作者是谁，只是说"是明朝中叶以后一位无名的小说家作的"❶，已然否定了丘处机为小说作者。后来依据清代丁晏《小说考证》中的说法认为是淮安人吴承恩所作，遂发动朋友寻觅吴承恩的材料，鲁迅找到了一批材料，转呈给了胡适。1923 年 2 月胡适发表宏文《西游记考证》，确认《西游记》的作者为吴承恩。

受胡适的影响，民国时期出版的《西游记》开始将作者写成"吴承恩"。中华人民共和国成立后，人民文学出版社 1959 年版、1979 年版、1982 年版的《西游记》都将作者写成"吴承恩"，自此即为定论。但自鲁迅、胡适确认《西游记》作者以来，以俞平伯为代表，海内外一直有学者反对将《西游记》作者写成"吴承恩"。至 1983 年，复旦大学学者章培恒参考日本学者的观点与论据，发表《百回本〈西游记〉是否吴承恩所作》，从目录学著作记载、方言等几个方面否定吴承恩为《西游记》作者。此观点随即被苏兴等学者反驳。30 多年来，形成了"吴承恩作""非吴承恩作"两大派别，互有论争。在笔者看来，吴承恩是百回本《西游记》的作者无疑。这尤其可以从道教内丹派思想的角度来论证。

---

❶ 胡适：西游记考证［M］// 胡适文存二集（第四册）. 北京：外文出版社，2013：84.

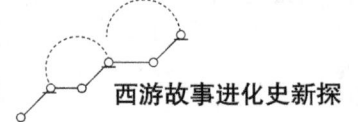

一、吴承恩是百回本《西游记》作者

吴承恩诗文集中有《二郎搜山图歌》一篇,恰好《西游记》第六回又谈到二郎神搜山的问题:

> 康、张、姚、李道:"兄长不必多叙,且押这厮去上界见玉帝,请旨发落去也。"真君道:"贤弟,汝等未受天箓,不得面见玉帝。教天甲神兵押着,我同天王等上界回旨。你们帅众在此搜山,搜净之后,仍回灌口。待我请了赏,讨了功,回来同乐。"

第二十八回也谈到二郎神搜山的问题:

> 大圣道:"我当时共有四万七千群妖,如今都往那里去了?"群猴道:"自从爷爷去后,这山被二郎菩萨点上火,烧杀了大半。我们蹲在井里,钻在洞内,藏于铁板桥下,得了性命。及至火灭烟消,出来时,又没花果养赡,难以存活,别处又去了一半。"

按照《西游记》小说中叙述,二郎神抓了孙悟空之后,上天庭去了。派手下搜山,而二郎神手下一把火烧了山。吴承恩《二郎搜山图歌》写了类似的场景:

> 李在唯闻画山水,不谓兼能貌神鬼。笔端变幻真骇人,意态如生状奇诡。
> 少年都美清源公,指挥部从扬灵风。星飞电掣各奉命,搜罗要使山林空。
> 名鹰搏挈犬腾啮,大剑长刀莹霜雪。猴老难延欲断魂,狐娘空洒娇啼血。
> 江翻海搅走六丁,纷纷水怪无留纵。青锋一下断狂虺,金镩交缠擒毒龙。
> 神兵猎妖犹猎兽,探穴捣巢无逸寇。平生气焰安在哉,牙爪虽存敢驰骤。
> 我闻古圣开鸿蒙,命官绝地天之通。轩辕铸镜禹铸鼎,四方民物俱昭融。
> 后来蚩魔出孔窍,白昼搏人繁聚啸。终南进士老钟馗,空向宫闱啖虚耗。
> 民灾翻出衣冠中,不为猿鹤为沙虫。坐观宋室用五鬼,不见虞廷诛四凶。
> 野夫有怀多感激,抚事临风三叹息。胸中磨损斩邪刀,欲起平之恨无力。
> 救月有矢救日弓,世间岂谓无英雄?谁能为我致麟凤,长令万年保合清宁功。

关于《二郎搜山图歌》与《西游记》关系问题，很多学者进行了论述。[1] 应该说都是很有说服力的。章培恒先生提出的一些反驳，反而说服力不强。如说吴承恩称二郎神是"清源公"的问题。应该注意到，这是在诗中，有一个押韵的问题。"公、风、命、空"是押韵的，吴承恩称二郎神为"清源公"，是为了押韵，并不表示这个称呼有多好。实则在标题上，吴承恩直接称呼"二郎"。这与《西游记》中称呼"二郎神"毫无区别。

又有学者反驳为何《西游记》中没有详细描写二郎神搜山。这就涉及小说的剪裁问题了。百回本《西游记》进行了深度剪裁，凸显了孙悟空，把唐僧的相关故事进行删减。由此，当然不可能重点凸显二郎神，整个小说就是以孙悟空为中心的，很多其他内容一笔带过是很自然的。

此外，《二郎搜山图歌》写到了大量的动物"猴老""狐娘""猿鹤""沙虫"之类，与百回本《西游记》善写动物、昆虫，有一致性。百回本《西游记》中有大量描写动物、昆虫的诗词，与《二郎搜山图歌》有很强的互文性。

因此，仅从《二郎搜山图歌》来看，吴承恩为百回本《西游记》的作者的概率很大，几乎是无可反驳的。

再如金箍棒的问题。《西游记》第三回，悟空到龙宫找兵器：

> 正说处，后面闪过龙婆、龙女道："大王，观看此圣，决非小可。我们这海藏中那一块天河定底的神珍铁，这几日霞光艳艳，瑞气腾腾，敢莫是该出现遇此圣也？"龙王道："那是大禹治水之时，定江海浅深的一个定子，是一块神铁，能中何用？"……悟空十分欢喜，拿出海藏看时，原来两头是两个金箍，中间乃一段乌铁，紧挨箍有镌成的一行字，唤做"如意金箍棒一万三千五百斤"。

孙悟空的金箍棒，是大禹治水留下的神铁。吴承恩对大禹的故事，显然非常热衷，他曾作了一本《禹鼎志》，今存《禹鼎志序》，谈到了大禹的问题：

> 虽然吾书名为志怪，盖不专明鬼，时纪人间变异，亦微有鉴戒寓焉。昔禹受贡金，写形魑魅，欲使民违弗若。读兹编者，傥然易虑，庶几哉有夏氏

---

❶　钟扬.《二郎搜山图歌》与《西游记》［J］.明清小说研究，2004（2）.

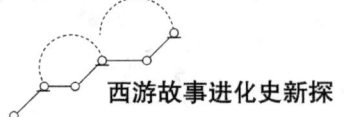

之遗乎？国史非余敢议，野史氏其何让焉。❶

　　吴承恩这段话是什么意思呢？说的是禹鼎上面有大量鬼怪纹样，实则据今天的考古研究，西周的诸多鼎器上都有饕餮纹。这些鼎都是国家政权的象征，有"九鼎"之说，鼎上都有鬼怪纹样，在吴承恩看来，鬼怪的东西，正是国家主流文化，甚至国家意识形态的一部分。吴承恩想要表达的是，知识界不应该轻视鬼怪小说。

　　吴承恩的《禹鼎志》以大禹鼎上的饕餮纹为核心论据论证鬼怪小说的重要性。而《西游记》小说中又构拟出核心兵器金箍棒来自"大禹治水之时，定江海浅深的一个定子，是一块神铁"。这种关联性，显然不能被认为是一种纯粹的偶然。只有将百回本《西游记》的作者，定为吴承恩，这种偶然性才得以解释，否则很多问题，会越发启人疑窦。

　　类似这种大大小小的例证，其实还有很多。再如，第二十八回开篇，作者描述了大海的景象：

　　　　却说那大圣虽被唐僧逐赶，然犹思念，感叹不已，早望见东洋大海。道："我不走此路者，已五百年矣！"只见那海水：

　　烟波荡荡，巨浪悠悠：烟波荡荡接天河，巨浪悠悠通地脉。潮来汹涌，水浸湾环：潮来汹涌，犹如霹雳吼三春；水浸湾环，却似狂风吹九夏。乘龙福老，往来必定皱眉行；跨鹤仙童，反复果然忧虑过。近岸无村社，傍水少渔舟。浪卷千年雪，风生六月秋。野禽凭出没，沙鸟任沉浮。眼前无钓客，耳畔只闻鸥。海底游鱼乐，天边过雁愁。

　　在这里作者描写了大海的景象，提到了海湾、海潮、海风、海岸边无村社等实景，说明作者对大海是有较深入了解的。从这段对大海的描述，可以推测，作者大概率为靠海地区的人。虽然这种推论不是绝对的，但属于"大概率"事件。作为江苏淮安人的吴承恩，与这条材料是非常相符的。

---

❶ 刘荫柏.西游记研究资料［M］.上海：上海古籍出版社，1990：70.

二、吴承恩的道教信仰

如前所述，假如"百回本《西游记》成书与全真教或道教内丹派有密切关系"的观点成立，则势必会得出"百回本《西游记》作者有深厚全真教或内丹道教修养"的结论，这也势必会影响到学术界关于"吴承恩是否为百回本《西游记》作者"的重要争论。核心问题转换成了：吴承恩是否有足够的内丹道教修养，使他能够写出具有内丹化或全真化倾向的《西游记》。

从吴承恩诗文集收录的吴承恩诗文来看（即吴承恩的《射阳先生存稿》等诗文集，有刘修业和刘怀玉《吴承恩诗文集笺校》、蔡铁鹰《吴承恩集》等多个整理本），吴承恩有着浓厚的道教信仰。对于吴承恩的道教信仰问题，刘振农等学者已有一些论述。❶ 依笔者所见，吴承恩诗文集中一小半篇章涉及道教，说吴承恩有道教信仰应是无疑问的。但还有必要再探究吴承恩道教思想的具体方面，比如，吴承恩倾向于道教的哪些派别？再如，吴承恩对内外丹等一些道教具体问题如何看待？这些问题的解答，无论对《西游记》研究，还是对明代道教状况研究，都有着重要意义。

（一）梦中求仙与吴承恩的道教信仰

关于吴承恩的道教信仰与道教思想，首先应该注意到吴承恩的梦中求仙问题。吴承恩诗文中有四处提到梦中求仙。如果不结合仙学理论，就会把它当成文学语言。而实际情况是，梦中求仙绝不是简单的文学叙述，而是仙学理论。可资注意的问题有两方面。首先道教理论体系中本来就有"睡中修炼"思想。比如"陈抟高卧"，陈抟为五代宋初的大道士，诸多史料皆记载，陈抟常常高卧不起"每寝处，多百余日不起"，陈抟的这种"高卧"已经有一定的道教修炼意味。后来明代大道士张三丰，被认为继承了陈抟的"卧功"，《三丰全集》中有"睡神仙"的说法。卿希泰主编的《中国道教史》中说："张三丰丹法的又一特点，是有其独特的内丹睡功，称'蛰龙法'。"❷ 可见，在张三丰等人的道教理论中，睡眠亦是道教修炼方法，由此与睡眠相伴的梦，亦应有其修炼地位。

那么为何睡中也可以修炼呢？首先，这显然跟道教修炼的"存思"方法有关。道教上清派的一个重要的修炼方法是"存思"，通俗说就是想象自己求仙的

---

❶ 刘振农.再论《西游记》作者与性质［J］.中国人民警官大学学报，1997（1）.

❷ 卿希泰.中国道教史（第3卷）［M］.成都：四川人民出版社，1996：480.

各种场景。在上清派经典《上清大洞真经》中，这种"存思"是修炼中非常频繁的。《上清大洞真经》开篇就说："诀曰：先于室外秉简当心，临目扣齿三通，存室内有紫云之炁遍满，又郁郁来冠兆身。存玉童玉女侍经左右，三光宝芝洞焕室内。存思毕，扣齿三通。"这里就是明确要求修炼时，想象自己被紫气环绕，被玉童玉女环绕。《上清大洞真经》中又说："次心存二十四星，大一寸，此法每日行住坐卧皆可修之。"❶ 这是要求修炼者想象被二十四颗星环绕，并且这种修炼方法连睡觉时都适用。既然"行住坐卧皆可修之"，则这种修炼方法，很自然就会导致梦中求仙的问题。因为如果在睡眠中去存思，那必然就是"梦中求仙"。

其次，再具体到梦中求仙的问题。比如，诗仙李白，他的好道已为学界所深入研究。他曾于天宝三载入道籍，而从《留别曹南群官之江南》一诗中，李白回顾自己的求仙经历说"闭剑琉璃匣，炼丹紫翠房"。杜甫在《赠李白》中也说："未就丹砂愧葛洪"。这都说明李白曾经有过炼丹活动。而他的作品中就有大量的梦中求仙。在《下途经石门旧居》中李白说："余尝学道穷冥筌，梦中往往游仙山。"这一类的梦中游仙山，最典型的是《梦游天姥吟留别》一诗。要注意的是，李白的这种梦中求仙，绝不能仅仅看作文学叙述，应该看到其在道教修炼理论上的渊源。李白好道，从他所交往的道士司马承祯、吴筠、元丹丘、胡紫阳等均为上清派道士，可以看出他所属道派，应为道教上清派。❷ 而道教上清派的一个重要的修炼方法是"存思"，且"行住坐卧皆可修之"。

如果说李白还有诗人的一面，他的梦中求仙，可能还会让人误以为是单纯的文学语言。而张伯端作为北宋大道士，道教内丹南宗的祖师，他在《悟真篇》中说："梦谒西华到九天，真人授我指玄篇。其中简易无多语，只是教人炼汞铅。"显然不再是文学语言。《悟真篇》作为内丹道教的重要经典，书中所说的梦中求仙，显然是明确的仙学理论，是求仙之人把梦境当成了真实，把梦境当成了与神仙遇合。从张伯端与李白的例子看，无论他们属于何道派，是修内丹还是外丹，而梦到仙人、梦到求仙，都是一致的。区别只是在于，梦中的仙人，让他们干什么，是去修外丹，还是修内丹。而在吴承恩的作品中，有四处提到了梦到求仙，这就应该引起我们的重视。这四处分别是：

（1）在《金陵客窗对雪戏柬朱祠曹》一诗中，吴承恩说："我梦倒骑银甲龙，夜半乘云上天阙。星河下瞰冻成石，卷起随风散为屑。划然长啸斗柄摇，两岸缤

---

❶　上清大洞真经［M］//正统道藏（第2册）.北京：文物出版社，1988：219.

❷　袁清湘.道士李白所属道派探析［J］.中国道教，2006（3）.

纷堕榆叶。仙娥并驾白鸾凤，顾我殷勤赠环块。觉来开户仰视天，抚掌惊呼太奇绝。"❶ 在梦中，吴承恩骑龙上天，仙人赠他环块。这求仙的情形，与张伯端、李白都有相似之处。

（2）在另一首诗中，吴承恩第二次写梦中求道，诗题为《嘉靖丙寅，余寓杭之玄妙观，梦一道士长身美髯，时已被酒，牵余衣曰为我作〈醉仙词〉因信口十章，觉而记其四》，其中一首说："有客焚香拜我前，问师何道致神仙？神仙可学无他术，店里提壶陌上眠。"❷ 嘉靖丙寅是 1566 年，此时吴承恩已经 60 岁，距离他创作《西游记》的时间（假如是他创作的话），应该很接近。

而这组诗，就非常值得研究，里面涉及多重角色转换。吴承恩在杭州玄妙观借宿，梦到一个喝醉酒的道士，牵住吴承恩的衣服，为他创作了十首《醉仙词》。而吴承恩醒来，只记住了四首。不像苏轼、陆游等人的梦中作诗，多数都是本人作诗，而吴承恩这梦中作诗，是梦中的道士作诗。但从认知神经科学的角度，这些诗当然是吴承恩的大脑创作的，是吴承恩的大脑在睡梦中，对一系列道教理论与现实的综合反映。脑科学表明，人在睡眠时，大脑的一些区域反而更活跃，具备一定的思维能力。因此，梦中作诗是文学史上的一个较常见的现象。

无论如何，这组诗都至少表明，吴承恩睡梦中都在思考喝酒与成仙学道的问题。而这组诗的要点在于，梦中的道士现身说法，告诉吴承恩求仙的方法是"神仙可学无他术，店里提壶陌上眠"。简单来说，吴承恩认为，求仙的方法是喝酒、做酒仙。这种说法与李白关于酒与仙的说法有相似之处。李白在《月下独酌四首》其四中说："蟹螯即金液，糟丘即蓬莱。"蟹螯是喝酒时的下酒菜，糟丘意谓酒糟堆成的小丘。金液是金液还丹之意，蓬莱代指仙境。诗意很明白，就是把喝酒等同于成仙，把下酒菜蟹螯等同于服食金液还丹，把酒池糟丘等同蓬莱仙境。李白的《月下独酌四首》更值得注意的是它的写作时间。安旗《李白全集编年注释》将之系在天宝三载"当系本年春去朝前夕一时之作"。詹瑛《李白诗文系年》也认为作于天宝三载。而考李白的年谱，李白天宝三载春离京之后，在这一年冬天"还至齐州。道士高如贵为传道箓，乃入道籍。"足见，李白写下"蟹螯即金液，糟丘即蓬莱"的诗句与他成为道士的时间，是比较接近的，这句诗并不是单纯的文学语言，而是有一定的仙学理论基础。实际上，也正是在这一时期，李白自称"酒中仙"。杜甫《饮中八仙歌》："李白一斗诗百篇，长安市上酒家眠。天

❶ 吴承恩.吴承恩集［M］.蔡铁鹰，笺校.北京：中国社会科学出版社，2014：19.

❷ 吴承恩.吴承恩集［M］.蔡铁鹰，笺校.北京：中国社会科学出版社，2014：48.

子呼来不上船，自称臣是酒中仙。"杜甫在天宝四载与李白相识，《饮中八仙歌》约写于天宝五载，"酒中仙"的说法应不是杜甫杜撰的。而吴承恩的"神仙可学无他术，店里提壶陌上眠"明显受到《饮中八仙歌》的影响。吴承恩在一首《浪淘沙》中也有类似的说法："不纵诗狂并酒性，不是神仙。"

（3）吴承恩所写到的第三处梦中求仙，是在另一首题为《西江月》（词末有小注：右为梦鹤道士作）的词中，吴承恩写道："昨夜神游何处，倏然与鹤俱升。天风吹碎珮环声。两翼晴云稳控。俯视乾坤一气，归来星斗三更。梅花纸帐月笼明，鹤与先生同梦。"这又是梦中求仙的问题。

（4）最值得注意的是第四处，吴承恩在《赠赵学师归田障词》中说："梦九关而直上，海滨之大药难成。"九关，就是九天之关。《楚辞·招魂》："魂兮归来，君无上天些。虎豹九关，啄害下人些。"王逸注："言天门九重，使神虎豹执其关闭。"王夫之通释："九关，九天之关。"吴承恩的"梦九关而直上"与张伯端《悟真篇》中的"梦谒西华到九天，真人授我指玄篇"都是梦中上天，有很大的相似性。

这四处梦中求仙诗词说明，求仙问题始终是吴承恩关注的焦点，要不然不会总是梦到求仙，或总是谈到梦中求仙的问题。仅从这四首涉及梦中求仙的诗，就可以看出，吴承恩有着较高的道教素养。总之，从以上梦中求仙以及其他的吴承恩诗文来看，他本人有着浓厚的道教信仰。现在问题是，"道教信仰"这个说法还是太笼统，必须搞清楚，吴承恩信仰的是道教中的哪个派别。

在吴承恩诗文集中并没有明确透露他所属派别。从诗文来看，他多次提到上清茅山派的祖师陶弘景、茅真君。如在《句曲》一诗中说："紫云朵朵象芙蓉，直上青天度远峰。知是茅君骑虎过，石坛风亚万株松。"在《斋居》中说："中岁志丘壑，茅斋寄城郭……何似陶隐居，松风满虚阁。"陶隐居即陶弘景，为上清茅山派的创始人。从这些诗句可以看出，吴承恩对茅山派有一定了解，不排除他与茅山道有一定的渊源。而茅山派主修上清经法，其修炼方法之一是"存思"。前文已经提及"存思"很容易导致梦中求仙。可见，吴承恩的梦中求仙，很可能也像李白一样，是受到上清派"存思"修炼方法的影响。

（二）吴承恩对内外丹的态度

无论吴承恩是否属于茅山派，都有必要进一步探究他对内外丹的态度。因为茅山派道士也炼丹，而同时明代道教各教派也都普遍吸收了内丹修炼方法。如明初，正一道领袖、第四十三代天师张宇初也受到全真道很大影响，据《明史·方伎传》记载："宇初尝受道法于长春真人刘渊然，后与渊然不协，相诋讦。"而据卿希泰主编《中国道教史》记载，刘渊然"师事元明间名道士赵宜真，得全真、清微二派之传"，则刘渊然有很高的全真道修养，张宇初受道法于刘渊然，则必也对全真道有所涉猎。实则在张宇初所撰《道门十规》中已肯定了内丹修炼方法："内而修之，有内外丹之说"。❶

笔者认为，吴承恩在诗文中确实提到了道教中的各种派别以及修炼方法，但综合他对道教"内丹派""外丹派""正一派""茅山派"等的态度，会发现三个层次的问题。

第一，吴承恩已经认识到了道教内部存在内外丹的分歧。

在吴承恩诗文中，有明确的对内外丹问题的争论。在《寿金月艇六十障词并引》中，吴承恩称金月艇是"人境真仙，市朝大隐"。二十年后，在《寿金月艇八十障词并引》中，吴承恩又说：

> 梦笔摛才，谓神仙之可学。然而控鹤驾鸾，或失区中之适；卷龟食蛤，徒矜物外之游。鞭有昧于后先，养每岐于内外。亦岂若近市地偏，自结真人之想；出山志远，善修居士之身。表门阀于松、乔，得衣冠之巢、许。古称达者，今有人焉。❷

研究者将该文编年在嘉靖三十六年（1557），这里吴承恩首先强调了"神仙之可学"，又说到求仙中遇到的问题，其中之一是"养每岐于内外"。这里说的"养每岐于内外"就是内外丹的问题，一般在元明以后的道教典籍中，所说的"内外"都是指内药外药、内丹外丹。而从引文的文意来看，吴承恩更强调超越道家关于"内外"的争论，认为都不如做金月艇这种"人境真仙，市朝大隐"。这应类似于佛家俗家弟子、居士之类。

第二，在承认内外丹分歧的基础上，吴承恩强调弥合分歧，"内外之两忘"融合内外丹。就是说既崇尚内丹，也崇尚外丹。在《寿王可斋七帙障词》中，吴承恩说：

> 伏以修真有道，玄符天地之机；积德无为，妙感神人之应。故崔跃云

❶　张宇初. 道门十规［M］// 正统道藏（第32册）. 北京：文物出版社，1988：147.
❷　吴承恩. 吴承恩诗文集笺校［M］. 刘修业，辑校，刘怀玉，笺校. 上海：上海古籍出版社，1991：251.

衢，或失区中之适；龙骧世路，殊乖物表之游。在内外之两忘，斯古今之特盛。爰求达者，兹有人焉。恭惟执事：玄牝棲神，黄中缮性，志先利济，用合经纶。青箱绿简，曾参邹、鲁之宗；玉札丹砂，遂启轩、岐之秘……夜月清斋，鼎伏松精之火；春云燕坐，帘萦栢子之烟。❶

从文意看，王可斋是一位治病救人、屡有功德的医生，王可斋会自制一些丹药以治病救人。所以吴承恩在这里强调了"内外之两忘"，明显带有融合内外丹的思想，也就是随后说的"夜月清斋，鼎伏松精之火；春云燕坐，帘萦栢子之烟"。一边烧鼎炼丹，一边静坐修内。这里提到的"玉札丹砂"，都是葛洪《抱朴子内篇·仙药》中提到的仙药："五芝及饵丹砂、玉札、曾青、雄黄、雌黄、云母、太乙禹余粮，各可单服之，皆令人飞行长生。"

第三，在融合内外丹时，他实际上有所偏重，可以说是"内丹为主，外丹为辅"，对外丹的作用有所保留。吴承恩对外丹中草木饵石药的药效并不完全认同，而对外丹中金丹大药的作用虽比较认同，但也认识到金丹大药难以炼成。

在《赠裴鹤洲晋列卿兼逢初度歌》中，吴承恩说："仍闻膏液结灵根，紫雾金光昼夜屯。采之用以炼大药，服食不老同乾坤。"在一首《临江仙》中，吴承恩说："一丸灵药寿斯民。"这都是承认全丹大药的作用。在吴承恩看来，丹药具有延年益寿，甚至长生不老的功能。这接近于《抱朴子·地真》所说："抱朴子曰：'师言欲长生，当勤服大药。'"所谓"大药"就是指金丹。与此同时，吴承恩也认识到虽然金丹大药的药效很强，却难以炼成。在《赠赵学师归田障词》中吴承恩说："梦九关而直上，海滨之大药难成。"这成了问题的关键。

炼金丹大药的难度在于"大药难成"，但外丹并不仅仅是指金丹大药，还包括普通的草木药、饵石药，然而从外丹理论上来说，普通的草木药、饵石药，其作用又有限。《抱朴子·地真》中明确地说到这一点："抱朴子曰：'师言服金丹大药，虽未去世，百邪不近也。若但服草木及小小饵八石，适可令疾除命益耳，不足以禳外来之祸也。'"❷葛洪对于外丹中各种药物的药效有明确的区分。葛洪《抱朴子内篇·仙药》中说：

抱朴子曰：神农四经曰，上药令人身安命延，升为天神，遨游上下，使

<hr />

❶ 吴承恩.吴承恩诗文集笺校［M］.刘修业，辑校，刘怀玉，笺校.上海：上海古籍出版社，1991：315.

❷ 葛洪.抱朴子内篇校释［M］.王明，校释.北京：中华书局，1986：327.

役万灵，体生毛羽，行厨立至。又曰，五芝及饵丹砂、玉札、曾青、雄黄、雌黄、云母、太乙禹余粮，各可单服之，皆令人飞行长生……仙药之上者丹砂，次则黄金，次则白银，次则诸芝，次则五玉，次则云母，次则明珠，次则雄黄，次则太乙禹余粮，次则石中黄子，次则石桂，次则石英，次则石脑，次则石硫黄，次则石台，次则曾青，次则松柏脂、茯苓、地黄、麦门冬、木巨胜、重楼、黄连、石韦、楮实、象柴，一名托卢是也。❶

葛洪说得很明确，想要长生就要服用金丹大药，而一般的草木药则用处不大，因此他给各种药物分了很多层级。吴承恩对外丹中的草木药、饵石药物的作用持与葛洪类似的态度，认为只能除病健身，但不能长生，因此更倾向于内丹修炼，在《述寿赋》中，吴承恩详细谈论了草木药与内丹的优劣问题，否定了草木药：

　　有起于座者，执盖而称曰："乐哉斯辰，日月嘉只，于美夫君，必多受祉，吾方有怀，何以献子？吾若望子以万箱，益之乎千驷，门户鼎钟，冠裳朱紫，是赠山家松桂，而报猎人以鹿豕也。今当采石上之九华，撷云中之三秀，剥方壶之大枣，雪太华之灵藕；啖之葛氏之桃，荐以务光之韭；炊玉田之稻以为饭，屑背明之麦以酿酒。一饮再尝，千龄亿寿。君子有取于此乎？"

　　主人退然，愧客所宣，北向拜手，正襟而言曰："吾闻神仙不可以强为，大化不容于自私，怪奇不可以昭训，荒唐不宜于致思。吾幸履后皇之熙运，际仁寿之康时，览前哲之明范，借先人之余资。岁序弥晋，偷安四肢。嗟饱食而无补，真有愧于耘耔。子言远矣，谢此一卮。吾方当植仁为仙谷，树德为琼枝，清心为玉醴，和气为灵芝。奉公之义不敢后，周穷之惠不敢辞，拂己之言不敢报，违人之愿不敢施。调燮五事，宣通四时。愿去薄而居厚，窃知雄而守雌。则夫'忍'之一字，乃吾传世之宝，延年之药，而治心之师也。"❷

引文第一段提到的"采石上之九华，撷云中之三秀，剥方壶之大枣，雪太华之灵

---

❶ 葛洪.抱朴子内篇校释［M］.王明，校释.北京：中华书局，1986：196.

❷ 吴承恩.吴承恩集［M］.蔡铁鹰，笺校.北京：中国社会科学出版社，2014：43.

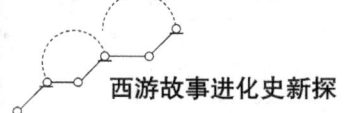

藕；啖之葛氏之桃，荐以务光之韭；炊玉田之稻以为饭，屑背明之麦以酿酒"都属于仙药中只能强身健体的草木药范畴，不属于能够长生不老的金丹大药。所以在这篇《述寿赋》中，吴承恩否定了这些草木药的价值，强调要"植仁为仙谷，树德为琼枝，清心为玉醴，和气为灵芝。奉公之义不敢后，周穷之惠不敢辞，拂己之言不敢报，违人之愿不敢施"。这里明显有重内丹的倾向。实际上，如果进一步深究吴承恩《述寿赋》的思想来源，会发现其核心思想基本是从李白好友、上清派大道士吴筠的《神仙可学论》中引申而来，吴筠在文章中提出"远于仙道者有七焉，近于仙道亦有七焉"。吴筠指出：

> 其次，闻大丹可以羽化，服食可以延龄，遂汲汲于炉火，孜孜于草木，财屡空于八石，药难效于三关。不知金液待诀于灵人，芝英必资于道气。莫究其本，务之于末，竟无所就，谓古人欺我。远于仙道六也。……
>
> 其次，身居禄位之场，心游道德之乡。奉上以忠，临下以义。于己薄，于人厚。仁慈恭和，弘施博爱。外混嚣浊，内含澄清。潜行密修，好生恶死。近于仙道三也。❶

吴筠的话语，基本上涵盖了吴承恩《述寿赋》。从后世道教的观点来看，吴筠是中国道教思想从外丹向内丹的过渡人物之一，其思想对内丹思想的形成与发展有一定影响。其实，吴筠的观点已经具有明显的内丹倾向，只是当时还没有明确地将这种"修内"的思想称为"内丹"。另外，参照吴筠《神仙可学论》，会发现吴承恩《述寿赋》写得非常"专业"，这从另一个侧面证明，吴承恩具有很高的道教理论素养。

三、吴承恩是《西游记》作者无疑

关于吴承恩是否为《西游记》的作者，近年来持续引发关注。具体到吴承恩道教思想与他是否为《西游记》作者的问题上，李安纲先生的观点比较有代表性。李安纲先生认为"吴承恩不是《西游记》的作者"，理由之一就是"吴承恩是一位儒生，郁郁不得志。尽管能诗文，善杂记，但没有接触过玄门释宗，没有学过佛、修过道。家中所藏书，也多是书画法帖，没有佛、道之书，更不要说他

---

❶ 吴筠. 神仙可学论［M］//云笈七签（卷九十三）. 北京：中华书局，1983：1257.

读过《道藏》了"。另一个理由是吴承恩不懂"金丹大道"。对此，刘振农先生进行了部分反驳。从《吴承恩诗文集》来看，吴承恩是有很高道教修养的。不过刘振农先生基本没有涉及内丹道教的问题。所以李安纲先生的观点，还没有完全被反驳。

首先，我们要分析百回本《西游记》对内外丹是什么态度？根据陈洪、李安纲等学者关于《西游记》与全真教问题的分析，可以得出，百回本《西游记》有着强烈的内丹倾向。笔者非常同意这一观点，可进一步认为，不但百回本《西游记》有着全真道倾向，而且其整个故事，就是以全真道或内丹道教的某种修炼理论为骨架的，就是说《西游记》的故事对应了内丹的修炼问题（对此一些学者已有论述，笔者也有一些新见解，此问题见另文表述）。不过，我们也要看到，百回本《西游记》并没有否定外丹的作用。在《西游记》故事中，孙悟空醉酒之后，大闹太上老君炼丹炉，像吃豆子一样吃仙丹，确实有对外丹的一定嘲讽，但是没有完全否定外丹。在第三十九回"一粒金丹天上得　三年故主世间生"中，孙悟空向太上老君借九转还魂丹。"九转"之名，见于《抱朴子·金丹》："九转之丹，服之三日得仙。"乌鸡国皇帝一服用金丹，马上就活过来了，这显然是《西游记》作者对金丹作用的充分肯定。我们不能单纯认为，这是文学性的想象。因为按照传统的儒家理论，在士大夫中占主流的是对金丹持否定态度。《古诗十九首》说："服食求神仙，多为药所误"，包括韩愈等人也持这种态度。百回本《西游记》的作者跟他们否定外丹的观点是完全不同的，至少说明百回本《西游记》的作者，对金丹的态度不同于主流的士大夫、知识分子。

百回本《西游记》在道教理论上是"内丹为主，外丹为辅"，即以内丹理论为整个故事修炼隐喻的骨架，同时又在具体故事情节中兼顾体现外丹的作用。这是符合道教内丹派别对于内外丹关系的主流论述的。道教研究界早已认识到："即使在内丹学南北宗兴起之后，虽有以内丹批判外丹者，但外丹并未绝迹，内丹家仍在一定程度上给予外丹某种地位，甚至仍有主外丹为重要者。""很多内丹学家虽以内丹为主，但对外丹也未完全反对，只是认为外丹不是根本，且不容易成功。"❶ 把百回本《西游记》的这种态度，与吴承恩诗文集中表现出的态度进行对比，吴承恩所提到的"养每岐于内外""内外之两忘""一丸灵药寿斯民""采之用以炼大药，服食不老同乾坤""梦九关而直上，海滨之大药难成""植仁为仙谷，树德为琼枝"等，吴承恩本人很明确地认同外丹服食，问题在于"大药难

---

❶　戈国龙.内外丹道之交融［J］.世界宗教研究，2003（4）.

成"，需要采用内丹修炼，所以在《述寿赋》中把内丹置于外丹之上。可以看到吴承恩对内外丹的态度，既符合道教内丹派别对于内外丹关系的主流论述，又精准地吻合于百回本《西游记》的宗教特征。仅就这一点而言，在蔡铁鹰等学者关于"吴承恩是百回本《西游记》作者"已有证据基础上，本文增加了吴承恩是百回本《西游记》作者的可能性。

但笔者并不是仅仅从宗教态度一点来对"吴承恩是百回本《西游记》作者"做出判断。应该说，研读吴承恩诗文集之后，确实会发现吴承恩诗文集中的很多词句与百回本《西游记》有很强的对应性。除研究者多有提到的《二郎搜山图歌》之外，吴承恩诗文集中的一些词句，如"我闻南瞻部洲七十二福地""龙宫夜久双珠见，鳌背秋深片玉浮""龙宫献出珊瑚树""马有三分龙性""猿惊象醉无束缚，心如飞鸟云中翔"等，与百回本《西游记》有很大的对应性。这种对应性虽然只是一种比较弱的证据，但也不能完全无视。类似的对应性还有很多。这里再举一例。《西游记》第十四回"心猿归正　六贼无踪"讲孙悟空打死一只老虎，做了一件虎皮裙：

> 好猴王，把毫毛拔下一根，吹口仙气，叫："变！"变作一把牛耳尖刀，从那虎腹上挑开皮，往下一剥，剥下个囫囵皮来，剁去了爪甲，割下头来，割个四四方方一块虎皮，提起来，量了一量道："阔了些儿，一幅可作两幅。"拿过刀来，又裁为两幅。收起一幅，把一幅围在腰间，路旁揪了一条葛藤，紧紧束定。

那么，为什么要做虎皮裙呢？虎皮裙有没有道教渊源？实际上，《西游记》中用较大篇幅讲孙悟空做虎皮裙，不是偶然的，有很强的道教理论与实践基础。李白在《留别曹南群官之江南》中说自己："闭剑琉璃匣，炼丹紫翠房。身佩豁落图，腰垂虎鞶囊。仙人驾彩凤，志在穷遐荒。"豁落图是一种用以辟邪的道教符箓，《正统道藏》收有《上清豁落七元符》："宜且依《真诰》，用杂色书杂彩绢上，受而佩之。"❶ 而虎鞶囊，即虎头鞶囊，是一种腰间挂的饰有虎头的袋子，在道经中多为仙人所佩戴。如《正统道藏》所收《太上九赤班符五帝内真经》就提到："当以其日清斋，入室烧香，北向叩齿十二通，思北海水帝神王，姓噏，

---

❶ 上清豁落七元符［M］//正统道藏（第6册）.北京：文物出版社，1988：375.

韦渊元，头建太晨宝明之冠，衣玄锦飞裙，带豁落七元五色虎头鞶囊。"❶ 这里豁落图与虎头鞶囊是联系在一起的，是一种绘有豁落图的虎头鞶囊。虎头鞶囊一直被好道人士所沿用，明代何景明《三清山人歌》写一位游仙的山人的装束，说："山人佩剑冠远游，腰间鞶囊垂虎头……此中栖身炼大药，宝笈灵书启五岳。"❷ 在吴承恩作品中也谈到过这一问题，吴承恩在《赠贾山人》中说："尘满长衫鬓满霜，腰间深系虎皮囊……好我只缘无俗调，逢人自诧有仙方。"这里明确说，贾山人腰间系着"虎皮囊"。这种虎皮囊应是虎头鞶囊的变形。这说明吴承恩也对此有一定的认识。联系到孙悟空穿在腰间的"虎皮裙"，就不能简单认为是一种巧合。

总之，从吴承恩诗文集中可以发现吴承恩有很高的道教素养，同时可以发现吴承恩对道教内外丹是持"内丹为主，外丹为辅"的态度。如果诚如柳存仁、李安纲、陈洪等学者所言"百回本《西游记》的成书与全真教或内丹道教有密切联系"，那么本文就增加了吴承恩是百回本《西游记》作者的可能性。以吴承恩诗文中所表现出的道教修养，以及他对内外丹的态度，他具备写作百回本《西游记》的学术条件。同时，吴承恩诗文中的很多诗句与百回本《西游记》确实有很强的对应性。

第八节　《西游记》对前代作品的选择因袭

西游故事的进化史有整体因袭、垂直进化的成分，《大唐三藏取经诗话》《西游记平话》等作品都是西游故事成书的重要环节，是百回本《西游记》中诸多情节的重要来源。但也要看到，在文学进化中，选择因袭也起着重要作用。百回本《西游记》从其他各式各样的作品中因袭了大量情节元素。这些情节经过各种变形、改写、化用、挪用，而进入西游故事中，成为西游故事的有机组成部分。从进化的角度，将西游故事进化史中各种文学基因的来源调查清楚，是必不可少的重要工作。

对于《西游记》的情节来源，尤其是它所受的来自文言小说的影响，学界已有一定研究 ❸，笔者在 2008 年的硕士论文《文学进化中的因袭——以〈西游记〉为中心案例》中已进行了列举，在 2019 年的理论著作《文学进化论新探》中也

---

❶ 太上九赤班符五帝内真经［M］//正统道藏（第 33 册）.北京：文物出版社，1988：527.

❷ 何景明.大复集（卷十二）［M］//文渊阁四库全书.上海：上海古籍出版社，2007.

❸ 比较集中的是发表在 1985 年《明清小说研究（第二辑）》姚政的文章《西游记本事摘录》。

列举过。而在本书中，笔者结合一些新的材料，做了更全面的梳理与补充。

关于《西游记》所受的来自文言小说的影响，作者吴承恩在《禹鼎志序》中谈道：

> 余幼年即好奇闻。在童子社学时，每偷市野言稗史，惧为父师诃夺，私求隐处读之。比长，好益甚，闻益奇。迨于既壮，旁求曲致，几贮满胸中矣。尝爱唐人如牛奇章、段柯古辈所著传记，善模写物情，每欲作一书对之，懒未暇也。转懒转忘，胸中之贮者消尽。独此十数事，磊块尚存；日与懒战，幸而胜焉，于是吾书始成。因窃自笑，斯盖怪求余，非余求怪也。彼老洪竭泽而渔，积为工课，亦奚取奇情哉？ ❶

这里吴承恩提到自己喜好唐人牛僧孺、段成式的作品，并且说想要写一部书与之媲美。另外这里又提到"老洪"，显然是南宋小说家洪迈。他的《夷坚志》对吴承恩应有不小影响。

可见百回本《西游记》的作者吴承恩，对古代的文言小说，尤其是志怪小说非常喜好。这样的话，百回本《西游记》中因袭大量的古代文言小说情节也就很自然了。例如，最典型的就是猪八戒的形象，受牛僧孺《玄怪录》中"郭代公"篇极大影响，猪八戒的整体人物形象、出身故事，都来自该篇，以至于我们不得不承认，虽然猪八戒形象在之前的西游作品中就有，但可能吴承恩对猪八戒形象进行了较大的改造。

再如，吴承恩自称"尝爱唐人如牛奇章、段柯古辈所著传记"，自称受段成式的作品影响很大，所谓的段成式作品，显然就是《酉阳杂俎》。《酉阳杂俎》中多次提到玄奘和《大唐西域记》，也提到了诸多猴的故事。如《酉阳杂俎·广动植之一》中谈道：

> 大尾羊，康居出大尾羊，尾上旁广，重十斤。又僧玄奘至西域，大雪山高岭下有一村养羊，大如驴。罽宾国出野青羊，尾如翠色，土人食之。

再如，《酉阳杂俎·广动植之一》中谈到猴：

猳玃，蜀西南高山上有物如猴状，长七尺，名猳玃，一曰马化。好窃人妻，多时形皆类之，尽姓杨，蜀中姓杨者往往玃爪。

吴承恩熟读《酉阳杂俎》，甚至想写一本书跟该书比赛。我们不能排除，吴承恩正是在阅读《酉阳杂俎》的过程中，较早知晓了玄奘西天取经的故事，从而萌生了撰写西游小说的念头。

当然，吴承恩显然不仅仅读过《酉阳杂俎》《玄怪录》《夷坚志》，他有自己广阔的阅读视野，其作品选择因袭的来源，亦是多种多样的。

要探究百回本《西游记》对前代作品的选择因袭，有一点必须指出的是，在百回本《西游记》成书之前还有《大唐三藏取经诗话》《西游记平话》等几个阶段。在这些阶段中也会受到文言小说等各种作品的影响。我们就不作区分，仅以百回本为标准，按回目顺序作一次较为全面的分析。

还必须指出，我们这里所谓的选择因袭，只是从二者的巨大相似性角度来说，"相似即因袭"。但严格来说，要确定选择因袭的存在，一般都要有可靠的证据，都要有选择因袭的标记。下文提到的材料，多数都没有选择因袭标记的存在，我们只是就其巨大相似性来进行分析。这种分析不一定严格，但显然是很有启发意义的。很多时候，就算不是直接因袭，也是间接因袭。

第一回中，孙悟空从石头中生出的故事，因袭自夏启由石而生的传说。夏启为大禹之子，但按照《淮南子》等古籍记载，夏启为石中生出：

禹治鸿水，通辕辕山，化为熊。谓涂山氏曰："欲饷，闻鼓声乃来。"禹跳石，误中鼓。涂山氏往，见禹方作熊，惭而去。到嵩高山下，化为石。禹曰："归我子！"石破北方而启生。

《西游记》对夏启由石中生故事的因袭化用，证明《西游记》的作者吴承恩对大禹有关故事的关注。要知道，金箍棒也跟大禹有关，为大禹治水时的定海神珍铁。

第二回中菩提祖师跟孙悟空打的哑谜，因袭自《坛经》，可以试作比较。

祖师闻言，咄的一声，跳下高台，手持戒尺，指定悟空道："你这狲猴，这般不学，那般不学，却待怎么？"走上前，将悟空头上打了三下，倒背着手，走入里面，将中门关了，撇下大众而去。唬得那一班听讲的，人人惊

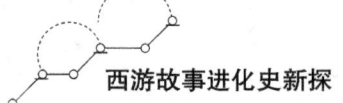

惧……悟空一些儿也不恼，只是满脸赔笑。原来那猴王，已打破盘中之谜，暗暗在心，所以不与众人争竞，只是忍耐无言。祖师打他三下者，教他三更时分存心，倒背着手，走入里面，将中门关上者，教他从后门进步，秘处传他道也。(《西游记》)

祖以杖击碓三下而去。惠能即会祖意，三鼓入室。祖以袈裟遮围，不令人见。为说《金刚经》，至"应无所住而生其心"，惠能言下大悟，一切万法，不离自性。(《坛经》)

从《西游记》第一回、第二回这两回文字来看，里面有大量的道教内容，但是这个孙悟空得到菩提祖师真传的情节跟《坛经》慧能得弘忍真传的情节极为相似。在古代，《坛经》也为道教内丹派别所重视，因此根据这样一个因袭似乎能够显示《西游记》的作者有较深的内丹道教修养。

第二回中孙悟空入龙宫寻得金箍棒的故事，是典型的"龙宫寻宝"故事。类似的故事有多则，其中有些与《西游记》的很相似，如《法苑珠林》中的：

大意至年十七，为众生故，发愿入海取明月珠，以济众生。 初入海中，至白银城，龙王与明月珠，有二十里宝。 前行复至金城，龙王与明月珠，有四十里宝。复前行至水精城，龙王与明月珠，此珠有六十里宝。 复前行至琉璃城，龙王与明月珠，此珠有八十里宝。

《西游记》主要是把去龙宫寻宝珠，改写成寻得了定海神针。

第四回孙悟空被玉皇大帝封为弼马温，马与猴联系在一起了。实则中国自古就有在马厩养猴，可以让马不发瘟病的说法。在南宋洪迈的《夷坚志》中有多条相关记载，而洪迈是吴承恩很崇尚的一个古代小说家，称洪迈为"老洪"。据钱钟书先生研究：

《夷坚三志辛》卷四《孟广威猕猴》："好养马，常蓄猕猴于外厩，俗云与马性相宜"；《夷坚支志丁》卷十《蜀猕猴皮》："余仲子前岁自夷陵得一猴，携归置马厩"；《夷坚志补》卷四《孙大》："畜一猴，甚驯，名之曰'孙大'，尝以遗总管夏侯恪，置诸马厩。"❶

---

❶ 钱钟书.谈艺录［M］.上海：生活.读书.新知三联书店，2008：440.

吴承恩对洪迈《夷坚志》非常熟悉，故《西游记》中弼马温的情节，有可能就是从《夷坚志》中获得的灵感。

第五回中孙悟空偷蟠桃，这一情节直接来源于《大唐三藏取经诗话》：唐僧听说猴行者"八百岁时到此中偷桃吃了，至今二万七千岁不曾再来也"后，怂恿他再偷三五个来吃。这是属于情节整体因袭后的垂直进化。但溯其源头，《大唐三藏取经诗话》关于偷桃的情节，应是选择因袭自"方朔偷桃"的故事。见汉魏时期的文言小说《汉武故事》：

> 东郡送一短人，长七寸，衣冠具足……短人不对，因指朔谓上曰："王母种桃，三千年一作子，此儿不良，已三过偷之矣，遂失王母意，故被谪来此。"上大惊，始知朔非世中人。短人谓上曰："王母使臣来告陛下求道之法：惟有清净，不宜躁扰。复五年，与帝会。"言终不见。

据此，方朔偷桃的故事是王母故事的一个小分支。而由于西游故事与王母故事在西域地点上的重合，导致故事之间发生了杂交与转移。

第六回中二郎神与孙悟空斗法，孙悟空变成麻雀，二郎神就变作雀鹰；孙悟空又变作大鹚老，二郎神变作大海鹤；孙悟空再变作个小鱼，二郎神又变作鱼鹰。孙悟空与二郎神斗法这个情节在《西游记》全书中是相当精彩的情节之一。第六十一回孙悟空与牛魔王斗法也因袭了这样一个结构模式，牛魔王变作天鹅，孙悟空就变成海冬青；牛魔王又变作一只黄鹰，孙悟空又变作一只乌凤；牛魔王变作白鹤，孙悟空又变作丹凤，种种变化多端。

这样一个结构层的因袭首先是一个自我因袭，但从其来源看应该是因袭他人。可能是因袭自《降魔变文》，当然《降魔变文》肯定也是从某部佛经中因袭而来。❶《降魔变文》讲佛祖弟子舍利弗与外道师斗法，也是一物变一物，一物降一物。外道师变出水牛，舍利弗就化出狮子；外道师化出毒龙，舍利弗又化出金翅鸟王；外道师又变出二鬼，舍利弗变出毗沙门天王。

第八回之后附录的玄奘出身、玄奘父母的故事亦有所因袭。❷此故事为清代

---

❶ 刘荫柏.西游记研究资料［M］.上海：上海古籍出版社，1990：145.

❷ 这则附录，在人民文学出版社 1955 年版，长江文艺出版社 1981 年版本的《西游记》中都是作为第九回。但实则世德堂百回本中没有这些内容，是当代的编者从清代西游版本中摘录、编辑进世德堂本整理稿中的。

所编辑，增为清代《西游证道书》的第九回，但在世德堂百回本《西游记》的第十一回有一段韵文谈及陈光蕊江流和尚，证明此故事至少在明代就已并入西游故事。它应是根据南戏《陈光蕊江流和尚》而改编，被逐渐吸收进《西游记》不同版本中。究其来源，这个故事属于世界性的"弃婴"故事，在世界各地都有许多版本，这与古代大量的弃婴有关。而陈光蕊被水贼所害，且被冒充任官的故事，则与周密《齐东野语·卷八》中"吴季谦改秩"的故事基本相同，应是因袭自这一故事，或类似故事。

第十回中龙王行雨时为了不让算命人算中，故意将雨点克扣了三寸八点，结果被玉帝处罚。这一情节模仿李复言《续玄怪录·李卫公靖行雨》中李靖多洒几点雨结果酿成水灾，导致龙王一家受罚。

第八回、第十五回中玉龙由于纵火烧了殿上明珠，被他父亲西海龙王告上天庭，以忤逆的罪名处罚。后被观音点化变成了白龙马，驮唐僧西天取经。这一龙变马的情节，类似于裴铏《传奇·许栖岩》中的对话"此马，吾洞中龙也，以作怒伤稼，谪其负荷"。

第十回中唐太宗入冥府遇崔判暗改生死簿还阳。这一情节见张鷟《朝野佥载》，鲁迅曾经指出过。

第十一回，唐太宗入冥府的种种见闻，这是南北朝文言小说中常见的情节模式。这应是受佛经的影响。这种模式的作品很多，如南齐王琰所作的《冥祥记·赵泰》。此后这一"入冥"题材演化为中国文学中常见的"入冥主题"，此类作品在唐、宋、元、明、清时期大量涌现。因其宣传地府见闻、因果报应，而在民间广受关注。西游续书《西游补》中也有对"入冥见闻"的大量敷陈。

第十二回，唐僧前身是如来的上座弟子金蝉子，由于不用心听如来讲法，被贬入轮回。这类似于李复言《续玄怪录·薛中丞存诚》中谈道的"中丞元是须弥山东峰静居院罗汉大德，缘误与天下人言，意涉浅俗，谪来俗界五十年"。

第十三回中，唐僧遇到由虎、野牛、黑熊变成的寅将军、熊山君、特处士三个妖怪。这直接来自裴铏《传奇·宁茵》中桃林斑特处士、南山斑寅将军等妖怪的自称。

第十八回，高老庄猪八戒娶妻的故事，因袭自中唐牛僧孺《玄怪录》中"郭代公"篇，猪八戒的整体人物形象，都来自该篇。

第十九回，乌巢禅师授唐僧多心经，共二百七十字。这一情节虽在《大唐大慈恩寺三藏法师传》中有玄奘在蜀，逢异人授心经的记载，而且后世通行的心经确实是玄奘所译，但却是直接来自《太平广记》的记载：

沙门玄奘俗姓陈，偃师县人也。幼聪慧，有操行。唐武德初，往西域取经，行至罽宾国，道险，虎豹不可过。奘不知为计，乃锁房门而坐。至夕开门，见一老僧，头面疮痍，身体脓血，床上独坐，莫知来由。奘乃礼拜勤求。僧口授多心经一卷，令奘诵之。遂得山川平易，道路开辟，虎豹藏形，魔鬼潜迹。遂至佛国，取经六百余部而归。其多心经至今诵之。初奘将往西域，于灵岩寺见有松一树，奘立于庭。以手摩其枝曰："吾西去求佛教，汝可西长；若吾归，即却东回。使吾弟子知之。"及去，其枝年年西指，约长数丈。一年忽东回，门人弟子曰："教主归矣！"乃而迎之。奘果还。至今众谓此松为摩顶松。

这段记载的后半部分在《西游记》第一百回中也使用了。

第二十一回，孙悟空在与妖怪的缠斗中，使用了分身术，"把毫毛揪下一把，用口嚼得粉碎，望上一喷，叫声'变！'变有百十个行者，都是一样打扮，各执一根铁棒"。这种分身术在佛经、道经中都有类似的体现。例如，葛洪《神仙传》的"刘政"篇，讲刘政"能变化隐身，以一人分作百人，百人作千人，千人作万人"。第二十四回，孙悟空在五庄观偷人参果，果子打下来后消失了，孙悟空向土地公公打听情况。这一"询问土地公公"的情节模式在《西游记》中反复出现。据研究 ❶，这与大禹故事有关。见《吴越春秋》：

（禹）遂巡行四渎，与益、夔共谋，行到名山大泽，召其神而问之，山川脉理金玉，所有鸟兽昆虫之类，及八方之民俗，殊国异域，土地里数，使益疏而记之，故名之曰《山海经》。

吴承恩对大禹的故事，显然非常热衷，他曾写过一本《禹鼎志》，今存《禹鼎志序》。而在《西游记》中也提到大禹：龙王道："那是大禹治水之时，定江海浅深的一个定子，是一块神铁，能中何用？"则孙悟空的金箍棒即来自大禹。

第三十回，奎木狼对宝象国国王说十多年前猛虎负一公主被他救了。猛虎负女这一情节在不少文言小说中都有。如《续玄怪录·叶令女》"夜深有虎负女子来"；《集异记·裴越客》"忽见猛虎负一物至"。这一回中奎木狼把唐僧变成虎。

---

❶ 朱泽宝.《西游记》故事本事考［J］.辽东学院学报，2015（1）.

化虎故事在传奇志怪小说中有很多，如《续玄怪录·张逢》《广异记·费忠》《原化记·天宝选人》等。

第三十七回，乌鸡国国王梦中对唐僧说妖怪变成全真，把他骗到八角琉璃井边，使井中放光，骗他往里看，然后把他推进井里，并盖上石板。这一情节类似于裴铏《传奇·马拯》中"遂诈僧云：'井中有异。'使窥之。细窥次，二子推僧堕井，其僧即时化为虎，二子以巨石镇之而毙矣。"另外，八角琉璃井的说法，见于段成式《酉阳杂俎》："景公寺前街中旧有巨井，俗呼为八角井"。❶

第三十七回，悟空变作一只兔子，把出外打猎的乌鸡国太子引到唐僧处。这样一种出外打猎，追赶猎物从而进入异境的导路模式在传奇志怪小说中是比较常见的，至今亦为国内外的奇幻作品所广泛沿用。如玄奘《大唐西域记》卷三的逐兔情节：

> 迦腻色迦王以如来涅槃之后第四百年，君临膺运，统赡部洲，不信罪福，轻毁佛法。畋游草泽，遇见白兔，王亲奔逐，至此忽灭。见有牧牛小竖，于林树间作小窣堵波，其高三尺。❷

这则故事与《西游记》中的一样，均是追逐兔子。

第三十七回，悟空变作"二寸长的一个小和尚""立帝货"钻进匣子里，以指点乌鸡国太子。这种二寸长的小人形象，见于多种文言小说，《太平御览》卷三百七十八中有集中收录，其中最典型的是《汉武故事》中的记载：

> 东郡送一短人，长七寸，衣冠具足。上疑其山精，常令在案上行，召东方朔问，朔至，呼短人曰："巨灵，汝何忽叛来？阿母还未？"短人不对，因指朔谓上曰："王母种桃，三千年一作子，此儿不良，已三过偷之矣，遂失王母意，故被谪来此。"

《汉武故事》这则短人故事中包含了著名的"方朔偷桃"故事。"方朔偷桃"后来演变成了西游故事中"孙悟空偷蟠桃"的故事。可以判断，正是这则故事中的"短人"形象，被吸收进了《西游记》情节中，形成了《西游记》中的一段极有

❶ 段成式.酉阳杂俎［M］.上海：上海古籍出版社，2012：85.
❷ 玄奘.大唐西域记［M］.董志翘，译注.北京：中华书局，2012：144.

趣味的情节。

第三十八回中悟空骗八戒去找宝贝，八戒下到八角琉璃井中，发现下面有个龙宫，八戒从里面把乌鸡国国王背出来。这与裴铏《传奇·周邯》中的一个情节类似：

> 因相与至州北隅八角井。天然磐石，而甃成八角焉，阔可三丈余。旦暮烟云蓊郁，漫衍百余步。晦夜，有光如火红射出千尺，鉴物若昼。古老相传云，有金龙潜其底，或亢阳祷之，亦甚有应。❶

第三十九回，妖怪变成唐僧的模样，两个一模一样的唐僧站在一起，让悟空无法分辨。最后发现此妖怪是文殊菩萨的青毛狮子。类似地，在第五十七回，六耳猕猴变作孙悟空的模样，让其他人真假难辨。此种情节是因袭了《搜神后记》中的"会稽老黄狗"故事：

> 太叔王氏，后娶庾氏女，年少色美。王年六十，常宿外，妇深无忨。后忽一夕见王还，燕婉兼常。昼坐，因共食。奴从外来，见之大惊，以白王。王遽入，伪者亦出。二人交会中庭，俱著白帢，衣服形貌如一。真王便先举杖打伪者，伪者亦报打之。二人各敕子弟，令与手。王儿乃突前痛打，遂成黄狗。王时为会稽府佐，门士云："恒见一老黄狗，自东而来。"其妇大耻，发病死。❷

当然，这类情节在其他文言小说中亦存在，此处不一定是直接因袭，也可能是间接因袭。

第四十三回，至黑水河，唐僧为鼍龙所擒，西海龙王派太子摩昂去营救。此回故事，主要参考了元末明初兴起的"龙生九子"传说。

第四十七回，唐僧师徒行到车迟国的陈家庄，讲到一个鬼怪要人民每年祭献一男一女两个儿童，否则要就降灾祸。这与出自《太平广记》的《李诞女》故事相似：

---

❶ 裴铏.传奇［M］.上海：上海古籍出版社，1980：84.

❷ 干宝，陶潜.搜神记辑校·搜神后记辑校［M］.李剑国，辑校.北京：中华书局，2019：533.

> 东越闽中有庸岭,高数十里。其下北隰中,有大蛇,长七八丈,围一丈。土俗常惧。东治都尉及属城长吏多有死者。祭以牛羊。故不得福。或与人梦,或喻巫祝,欲得啖童女年十二三者。都尉、令长患之。共求人家生婢子兼有罪家女养之。至八月朝。祭送蛇穴口。蛇辄夜出吞啮之。累年如此。前后已用九女。一岁将祀之,募索未得。将乐县李诞家有六女无男,其小女名寄,应募欲行。❶

与此同时,第六十七回中唐僧师徒在稀柿同遇到一条红磷大蟒。这与此处所引《李诞女》故事中"长七八丈,围一丈"的大蛇相似。

第四十九回,老鼋驮唐僧师徒过通天河,此为巨龟驮人过河的故事,亦见陶潜《搜神后记》:

> 晋咸康中,豫州刺史毛宝戍邾城。有一军人,于武昌市见人卖一白龟子,长四五寸,洁白可爱,其人便买取持归,著瓮中养之。日渐大,近及尺许。其人怜之,持至江边,放江水中,视其游去。后邾城遭石虎败,毛宝弃豫州。赴江者,莫不沉溺。所养龟人,于时被铠持刀,亦同自投。既入水中,觉如堕一石上,水裁至腰。须臾浮去。中流视之,乃是先所养白龟,甲已长六七尺。既送至东岸,出头视此人,徐游而去,中江犹顾者数四焉。❷

此一回中驮人老鼋故事,成为一个重要伏笔,在《西游记》结尾处老鼋再次登场,引出唐僧师徒落水和晒经故事。

第五十四回讲国中全是女人的女儿国,第五十九回讲火焰山,以及第二十四回谈到长得像婴儿的人参果,这些情节可能受到北宋熙宁后成书的《青琐高议》一书中"高言"篇的影响。在《青琐高议·高言》中同时谈到了长得像婴儿的人参果、全是女人的女儿国、冒烟的火焰山,从概率角度来看,二者有因袭关系的可能性极大。相关分析见本书第三章专论《大唐三藏取经诗话》与《青琐高议·高言》的关系。

第六十二回,唐僧师徒到祭赛国,得知该国的宝贝被偷,审问抓到的小妖。原来乱石山碧波潭"有个万圣龙王……生女多娇,妖娆美色,招赘一个九头驸

---

❶ 李昉,等.太平广记(第二百七十卷)[M].北京:中华书局,1961.

❷ 干宝,陶潜.搜神记辑校·搜神后记辑校[M].李剑国,辑校.北京:中华书局,2019:546.

马，神通无敌。他知你塔上珍奇，与龙王合盘做贼，先下血雨一场，后把舍利偷讫。见如今照耀龙宫，纵黑夜明如白日"。这样一个镇国之宝被孽龙偷走的故事与《续玄怪录·刘贯词》中龙子偷劚宾国镇国碗的故事很接近：

> 此乃劚宾国镇国碗也。在其国，大禳人患厄。此碗失来，其国大荒，兵戈乱起。吾闻为龙子所窃，已近四年，其君方以国中半年之赋召赎。

第六十四中唐僧被一阵风卷走，到木仙庵与老松、老柏、老竹等物成的精怪作诗酬唱，妖怪作的诗都与妖怪的特点有关。这一回整个都是照搬使用了志怪小说中妖怪诗歌酬唱的故事模式。这一类故事最著名的是《东阳夜怪录》。吴承恩所欣赏的牛僧孺《玄怪录》中，有一篇《滕庭俊》也属于这一故事类型。

第七十回在朱紫国，妖怪放火，悟空把酒一洒，化作雨水将火灭掉。这个杯酒灭火的故事最早来自《高僧传·佛图澄》。《太平广记》中也有类似故事，《太平广记》卷十一载有一个出自葛洪《神仙传》中"栾巴喷酒"的故事：

> 后征为尚书郎，正旦大会，巴后到，有酒容。赐百官酒，又不饮，而西南向喷之。有司奏巴不敬。诏问巴。巴曰："臣乡里，以臣能治鬼护病，生为臣立庙。今旦有耆老，皆来臣庙中享，臣不能早委之，是以有酒容。臣适见成都市上火，臣故漱酒为尔救之。非敢不敬，当请诏问，虚诏抵罪。"乃发驿书问成都。已奏言："正旦食后失火，须臾，有大雨三阵，从东北来，火乃止，雨著人，皆作酒气。❶

栾巴的这个喷酒灭火典故在古代较著名。在明万历年间出版的受《西游记》影响很大的《三宝太监西洋记》中也用到了。在该书第七回的一篇用于描写场景的骈文中提到了"栾巴喷酒"这个典故。

第七十九回土地告诉悟空进清华洞的办法："只去那南岸九叉头一棵杨树根下，左转三转，右转三转，用两手齐扑树上，连叫三声'开门'，即现清华洞府。"这种入异境的模式在志怪小说中很常见。如《柳毅传》中龙女告诉柳毅如何进龙宫：

---

❶　葛洪. 神仙传［M］. 北京：中华书局，2017：195.

洞庭之阴，有大橘树焉，乡人谓之社橘。君当解去兹带，束以他物，然后叩树三发，当有应者。因而随之，无有碍矣。

第八十二回中托塔天王的义女老鼠精逼迫唐僧成亲的故事，叙述较为详细，甚至谈到了唐僧假意答应，以至于与妖精"携手挨背，交头接耳"。这一情节显然受到自古流传的"老鼠娶亲""老鼠嫁女"故事的影响。

第八十六回，隐雾山的南山大王是个"艾叶花皮豹子精"，这化用了西汉刘向《列女传》中南山豹的典故："妾闻南山有玄豹，雾雨七日而不下食者，何也？欲以泽其毛而成文章也。"此处并非情节结构的袭用，而是人物形象与意象的因袭、化用。

第九十九回，唐僧师徒回程途中，因未替老鼋问何时可得人身，在通天河被老鼋甩落水中。这一情节有大量的小说化虚构。但"落水"的情节来自玄奘的真实经历。贞观十八年（644），玄奘从天竺回国，在从克什米尔过印度河时遇风浪，翻船落水，丢失部分经书。

第九节 《西游记》喜剧基因与西游故事向喜剧的进化

本章第四节我们论述了百回本《西游记》的八大崭新进化面貌，其中的第八大面貌是"引入喜剧基因，使故事喜剧化"。百回本《西游记》呈现出喜剧面貌，由此引发了后续西游故事进化朝喜剧方向发展的状况。这一点实则是西游故事在当代进化的一个主导方向，堪称当代西游故事的"进化生长点"。

亚里士多德在《诗学》中说的"喜剧"是情节偏于正面、积极的戏剧，而当代人所指的"喜剧"一般都是指爆笑、幽默作品。从这一定义来看，百回本《西游记》具有浓厚的喜剧气氛，是一部杰出的幽默、讽刺作品。对此古人已有认识。贞复居士在《续西游记》的序言中，就认为百回本《西游记》"谬悠谲诳，滑稽之雄"。此说法，可谓点出了《西游记》的喜剧实质。

而从文学进化史的角度，百回本《西游记》的喜剧基因，是值得特别注意的。因为在当代的《西游记》影视改编中，各种喜剧元素的介入，让当代西游故事获得了极大的生命力。以《大话西游》为代表，众多的西游电影都以或传统、或无厘头的喜剧形式，获得了观众的青睐。而西游故事的喜剧一面，最早就发端于百回本《西游记》。百回本《西游记》在人物设定、情节设置、对话设置等多方面，都具有先天的幽默基因。这一点在明清时期的西游续书中得到了很大的进化，明清时期的西游续书逐渐向"荒诞喜剧"方向进化。当代的西游影视作品则完成了西游故事的"荒诞喜剧化"。

西游故事的喜剧化过程经历了三个阶段，首先是百回本《西游记》把喜剧基因引入了西游故事，善用戏拟的手法。其次是后来的西游续书向"荒诞喜剧"方向深入进化。最后是当代的西游影视作品完成了西游故事的"荒诞喜剧化"。故而从进化的角度来看，西游故事的喜剧化很有详尽探析的必要：百回本《西游记》如何凭空引入喜剧基因？明清的西游续书为何会向"荒诞喜剧"的方向发展？近现代的各类西游影视改编作品，又是如何把植根于百回本《西游记》中的幽默基因进行了或遗传或变异的深度进化？

统而言之，西游故事进化史中的喜剧基因问题，特别是当代西游影视作品中的喜剧基因的深度进化，都值得我们从学术史的角度进行梳理与分析。

一、百回本《西游记》的喜剧面貌

明天启《淮安府志》介绍吴承恩时，说他"善谐剧"，已点明了吴承恩在喜剧方面的天赋。要注意的是，这一点是吴承恩个人的特点，是吴承恩作为一个幽默作家的天赋所在，但它并非西游故事的固有特点。吴承恩将喜剧基因引入《西游记》，如果没有吴承恩，我们也许依然会看到一部情节丰满、想象雄奇的西游故事书，但是就看不到一部幽默诙谐、充满喜剧性的百回本《西游记》。把喜剧基因引入西游故事，这是吴承恩在西游故事进化史上的重大贡献。

在明代之前的西游故事中，实则并无喜剧的成分。《大唐三藏取经诗话》就是一个非常严肃的故事，吴昌龄《唐三藏西天取经》也很严肃。至吴承恩百回本《西游记》，他根据自己"善谐剧"的特征，对西游故事进行了喜剧化的改写。这一点可以说是西游故事进化史的一个重要变化。可以认为，正是百回本《西游记》中的喜剧基因，成为当代影视界热衷西游影视作品改编的核心原因之一。喜剧是很受影视观众关注的。喜剧电影有着固定的票房。当代西游影视作品的票房，实则是奇幻电影、喜剧电影两大热门题材的叠加。

那么，百回本《西游记》的喜剧性体现在哪些方面？其核心要素又是什么？元明时期的"谐剧"，一般采用插科打诨的手法，有固定的丑角，来抖包袱，有时还有一定的社会讽刺性。百回本《西游记》正是大量采用了"谐剧"的手法。同时，百回本《西游记》也大量采用了戏拟的手法，由此生发出了小说作品很强的讽刺性、幽默性。这种喜剧手法，体现在四方面：

首先就是人物设定上，设置了猪八戒这一"丑角"。猪八戒在性格设定上是"贪吃、贪睡、好色、偷懒"，把人类带有喜剧性的弱点集聚一身，这本身就很有喜剧看点。

猪八戒在《西游记》中主要就是负责插科打诨，其角色定位极为类似于元杂剧中的丑角。涉及猪八戒的喜剧部分非常多，如第二十六回福、禄、寿三星来五庄观劝解镇元大仙，八戒不住地作怪状，一会儿把自己的僧帽放在寿星头上"加冠进禄"，一会儿抢福星的茶匙，用来敲磬"四时吉庆"。随后作者说"且不说八戒打诨乱缠"，这就是吴承恩理解的"打诨"。再如，第七十七回，狮驼岭的妖怪抓了唐僧师徒，准备蒸了吃：

> 说不了，又听得二怪说："猪八戒不好蒸。"八戒欢喜道："阿弥陀佛，是那个积阴骘的，说我不好蒸？"三怪道："不好蒸，剥了皮蒸。"八戒慌了，厉声喊道："不要剥皮！粗自粗，汤响就烂了！"老怪道："不好蒸的，安在底下一格。"行者笑道："八戒莫怕，是雏儿，不是把势。"

这里有一个反转。一开始八戒听妖怪说自己不好蒸，以为会放过自己。谁知别的妖怪却说要剥了皮蒸。八戒忙说不要剥皮，就这么蒸。此对话读来令人忍俊不禁，具有极佳的喜剧效果。

其次，善用戏拟，在情节上采用了"闹剧"的元素，情节非常热闹，有时甚至荒诞。基于此，《西游记》文本有戏谑、闹剧、嘲讽神圣、讽刺社会的一面，有的近乎网络恶搞。比如，把三清像扔进"五谷轮回之所"。又如，第九十八回，佛祖给唐僧传经，说了一段令人震惊的话：

> 佛祖笑道："你且休嚷，他两个问你要人事之情，我已知矣。但只是经不可轻传，亦不可以空取，向时众比丘圣僧下山，曾将此经在舍卫国赵长者家与他诵了一遍，保他家生者安全，亡者超脱，只讨得他三斗三升米粒黄金回来，我还说他们忒卖贱了，教后代儿孙没钱使用。"

这里直接以佛经来卖钱。虽然在中国古代的寺院中，这已较为流行，所谓"布施"，"功德箱"是也。但是这么赤裸裸的话，从如来佛祖口中说出，还是令人震惊。这种近乎市侩的口吻，本身就具有极大的讽刺性和喜剧性。

再次，《西游记》中有大量的插科打诨、喜剧性的对白。如第九十三回中，猪八戒打趣自己的师傅：

> 八戒道："哥哥又说差了。师父做了驸马，到宫中与皇帝的女儿交欢，又不是爬山踄路，遇怪逢魔，要你保护他怎的！他那样一把子年纪，岂不知被窝里之事，要你去扶掖？"行者一把揪住耳朵，轮拳骂道："你这个淫心不断的夯货！说那甚胡话！"

《西游记》中亦有很多类似今人"说相声"的段子，如第九十七回唐僧师徒遇到强盗，孙悟空上前说："若要买路钱，不要问那三个，只消问我。我是个管账的，凡有经钱、衬钱，那里化缘的、布施的，都在包袱中，尽是我管出入。"

最后一点，《西游记》中还有很多文字游戏、游戏笔墨式的语言、文句，都是为了产生喜剧效果。如第二十六回，孙悟空看到福、禄、寿星在下棋，他跑过去：

> 行者上前叫道："老弟们，作揖了。"那三星见了，拂退棋枰，回礼道："大圣何来？"行者道："特来寻你们耍子。"

在古代社会，甚至现代社会，老人是比较严肃的。福、禄、寿三星在下棋，孙悟空却说："老弟们，作揖了。""老弟们"三字，没大没小，近乎游戏，非常滑稽，令人捧腹，有非常强的喜剧效果。再如，《西游记》中给小妖取名，有的叫"刁钻古怪""古怪刁钻"，有的叫"奔波儿灞""灞波儿奔"，都非常风趣，在当代的电视幽默小品节目中常有戏拟，说明其喜剧效果已延续至今。

总之，百回本《西游记》具有极富魅力的喜剧基因，这一点很大程度上要归功于吴承恩。《西游记》的一些内容，有的夸张、热闹，近乎闹剧；有的诙谐、荒诞，近乎无厘头喜剧。这种先天的喜剧性，就成为西游影视改编在当代形成极大热潮的根本原因之一。尤其是《西游记》中的戏拟，为后来的作品深度继承。

二、西游故事向"荒诞喜剧"的深度进化

在《大唐三藏取经诗话》《唐三藏西天取经》《西游记杂剧》中都不见喜剧元素，至百回本《西游记》开始有了明显的喜剧情节。但喜剧特征，尚未成为百回本《西游记》最核心、最显著的特征，百回本《西游记》的喜剧效果还是有所

收敛的。百回本《西游记》还不是让人"一望即知"的喜剧，尤其不是那种让人"一望即知"的"荒诞喜剧"。

但文学进化的力量，会让西游故事一步步进化为"荒诞喜剧"。也就是西游故事进化中，有着深刻地向"荒诞喜剧"进化的内在趋势。这种内在趋势导致的喜剧式进化，包括三个大阶段。

第一阶段，百回本《西游记》让西游故事形成了向喜剧的转折。这一点是明代吴承恩的贡献，吴承恩"善谐剧"，他把自身的喜剧基因，引入了西游故事中，让此前从未展现喜剧特征的西游故事，开始向喜剧进化。

第二阶段，明清时期的西游续书，让西游故事向"荒诞喜剧"方向的进化大大向前了一步。明末的《续西游记》《后西游记》《西游补》三大西游续书，已经有向"荒诞喜剧"进化的特征。如《西游补》中一人自称是铁扇公主与孙悟空的儿子，原因是铁扇公主曾将孙悟空吞入肚中。这一情节令人匪夷所思，但清末陆士谔《也是西游记》就是据此展开故事。

再如，《后西游记》第二回中"假道士"的荒诞淫乱行为：

> 一个皮黄肌瘦的老道士，拥着三四个粉白黛绿的少年女子，在那里饮酒作乐；又一个黄衣老妇，在中间插科打诨道："老祖师少吃些酒，且请一碗人参肉桂汤壮壮阳，好产婴儿。"

这里是戏拟了百回本《西游记》中道教内丹特征，把内丹理论中的"姹女""婴儿"，当成了现实中的女子。这种戏拟式的嘲讽，正是百回本《西游记》所擅长的。百回本《西游记》嘲讽佛祖"收钱念经"何尝不犀利？

这种戏拟在后来的西游续书中进一步发展。在清末，陈景韩《新西游记》、李小白《新西游记》、陆士谔《也是西游记》中，西游故事的"荒诞喜剧"特征正式形成。这些清末西游故事写的都是唐僧师徒或其后代在现代社会的荒诞经历。这些西游续书并不是处处包含喜剧，但客观来说，其实是处处包含荒诞。这些续书非常类似于清末《二十年目睹之怪现状》一类的谴责小说，只是用唐僧师徒的"眼光"来看待清末的各类或正或邪的新事物。这些小说内容，有的是嘲讽，有的是戏拟，可谓继承了百回本《西游记》善用戏拟的衣钵。

第三阶段，在当代的西游影视作品中，西游故事彻底成为"荒诞喜剧"。文学进化的力量一步步起作用，让并不包含喜剧元素的西游故事，最终进化为让人捧腹、爆笑的"荒诞喜剧"。

在当代的《西游记》影视改编中，喜剧特征成为西游影视剧的最根本特征，诸多的西游影视作品都以爆笑喜剧的面目呈现在观众面前。据笔者统计，在近现代以来的上百部西游影视作品中，有一大半的影视作品，都以喜剧、爆笑喜剧的面目示人。可以说，喜剧基因成为西游影视作品的显性基因。

这一点，如果从影视发展史的角度来溯源，其重要源头是 1995 年的《大话西游》。该片以无厘头爆笑喜剧形式，引领了时代风潮，成为中国网络文化的代表性作品。2013 年以来，《西游降魔篇》《西游伏妖篇》也都是爆笑喜剧，这些作品对近十年的西游影视作品的喜剧化，都有重要推动作用。后来很多影视人相继拍摄了模仿之作，如网络大电影《大梦西游》系列亦都非常幽默。

受《大话西游》电影影响，在电视剧领域，电视剧《西游记 2》中也有大量无厘头喜剧元素。2000 年的《春光灿烂猪八戒》，除了在情节上有很大创新之外，从头到尾就是一部"轻喜剧"。

可以说，绝大多数西游影视作品，都以幽默、无厘头、恶搞来演绎西游故事，形成了西游影视作品中的一个个包袱、笑点。西游影视作品能够如此吸引观众，重要原因之一就在于其剧情中的幽默、恶搞，能够极大娱乐观众，给观众以上佳的观影体验。让人开怀大笑的喜剧性，正是西游影视作品的核心卖点。

实则在《大话西游》之前，西游影视作品已经形成了强势的喜剧倾向。1982年，电影《孙悟空大战飞人国》，就是一部恶搞喜剧。

如果再将目光从西游影视作品挪开，放宽到当代的《西游记》续书。我们就会发现，自清末以来的《西游记》续书，往往都是着眼于喜剧。这一点也延续到了当代，作家柏杨的《古国怪遇记》，更是注重发扬西游故事中特有的"荒诞喜剧基因"。这些内容，详见第十章。

总之，百回本《西游记》对于西游故事进化史的一大贡献，就是展现出了显著的喜剧基因，为后来西游续书、西游影视作品向喜剧方向发展开辟了道路。而后来的西游影视作品亦未辜负这种喜剧基因，将之以多种多样的形式发扬光大，形成了层出不穷的西游喜剧作品。这一点恰恰是"文学进化"的真谛之所在。

明代（下）:《西游记》节本续书的后期进化

吴承恩逝世于万历十年（1582）前后，其所创作的百回本《西游记》应在他逝世前，就开始流传了。至吴承恩逝世十年左右，百回本《西游记》在万历二十年（1592）由金陵世德堂刊行，风行一时，迅速跻身为文学名著。此后，大量的模仿、节选、点评、续拟百回本《西游记》的作品诞生了。西游故事的进化，呈现出了新的爆发状态，相关作品大量涌现。

由此，西游故事在百回本《西游记》诞生后，呈现出典型的"后期进化"状态。所谓"后期进化"是笔者在《文学进化论新探》一书中定义的一种进化状态，意指围绕一个进化节点，所进行的各种进化。质而言之，西游故事在百回本《西游记》之后的进化，始终深度被百回本所影响，其他偏离百回本《西游记》故事情节的各类进化，逐渐停止了。西游故事的进化，呈现出百回本《西游记》的"影响"一家独大的情况。而此前的各类西游故事书都无人问津，逐渐被淘汰了。

回到西游故事进化的现场：在明代后期，出现了《唐三藏西游释厄传》等多种百回本《西游记》的节本、简本、点评本，同时又出现了《续西游记》《后西游记》等多种《西游记》续书。可以清晰看出，西游故事的进化，逐渐围绕着百回本《西游记》在进行。节本各有侧重，续书亦各有侧重，形成了后期进化中越来越丰富多样的故事形态。

首先是节本的问题。在西游取经故事成书过程中有两个作品让研究者聚讼纷纭，就是杨致和《西游记传》、朱鼎臣《唐三藏西游释厄传》。关于此二书与百回本《西游记》成书孰先孰后的争论一度很火热，各种可能性都有学者主张。❶笔者还是接受比较主流的一种看法，认为二书是百回本的一个简本，是书商为了牟利的产物。因为世德堂百回本《西游记》与杨本、朱本有很多相同或相似的语句、段落，明显存在互相抄袭或互相因袭。而百回本《西游记》的内容有着极大

---

❶ 张锦池.西游记考论［M］.哈尔滨：黑龙江教育出版社，1997：321.

的精密性、精妙性，不可能是抄袭杨本、朱本，只能是杨本、朱本抄袭、删节世德堂百回本。按照此种观点，杨本、朱本二书在《西游记》的成书史上，属于百回本的后期进化。另外，通过杨本、朱本可以反推、窥见元末明初《西游记平话》的一些残存特征。

其次是百回本《西游记》中各种不同版本的问题。现存四种百回本形态，即世德堂本、杨闽斋本、李卓吾点评本、唐僧西游记本。这四种都是百回本，都由世德堂本进化而来，但一些细节问题值得探究。

再次是续书的问题。明代有三大《西游记》续书，即《续西游记》《后西游记》《西游补》，这三书各有侧重：《续西游记》侧重于百回本《西游记》的叙事空白，注重把《西游记》的逻辑延伸、情节延伸讲清楚；《后西游记》聚焦于唐僧师徒的后代的情况；《西游补》则在《西游记》"三调芭蕉扇"之后，另开新故事。在小说文本之外，《西游记》续书，实则打开了现当代的西游影视改编之路。

第一节　杨致和《四游记》中《西游记传》

在古代小说研究领域，有一个很有意思的"学术现象"：一部小说存在繁本与简本两个系统，但是学者们却难以判断，到底是繁本在前，还是简本在前。学术逻辑与学术证据，在这个问题上似乎失灵了。根据相同的证据，有的学者会得出"繁本在前，简本在后，简本据繁本删改"，但另一些学者又能得出完全相反的结论："简本在前，繁本在后，繁本据简本扩充"。这种现象在《水浒传》版本研究、《西游记》版本研究中都存在。❶这里我们讨论《西游记》的繁本与简本的问题。

据日本学者太田辰夫等人研究，明清时期在中国与日本翻刻了大量题名"杨致和""杨志和"或"阳致和"的篇幅较小的西游故事书。此类书多数为单行本，题名《唐三藏西游全传》或《唐三藏出身全传》等，共四卷四十回或四十一回，一般按照建阳刊本的形式每页上图下文，便于阅读。也有一些刊本，被收入《四游记》题名《西游记传》，但删去了图。这些版本应是按同一种祖本翻刻，但其中一部分版本错讹较多。❷这一系统的版本被称为杨致和版《西游记传》，也就

---

❶　在《西游记》研究中，主流看法是"繁本在前，简本在后"。但一些学者亦持相反观点。如柳存仁先生在《伦敦所见中国小说书目提要》中认为，朱鼎臣《唐三藏西游释厄传》早于杨致和《西游记传》，早于吴承恩《西游记》，后二者是据前者扩充的。

❷　太田辰夫.西游记研究［M］.王言，译.上海：复旦大学出版社，2017：191-192.

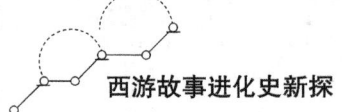

是《西游记》简本之一。从其翻刻的众多版本来看，这一版本的西游故事书销量很好，大概是因其简略，而受到经济能力有限的读者大众的欢迎。也就是杨致和《西游记传》因其"物美价廉"而占有了很大的图书市场。

一、杨致和《西游记传》应是百回本的删节本

明代这部简本《西游记》（即《西游记传》），共四卷四十一回，连标点7万多字，有大量不同刊本。其中一种为朱苍岭刊本，上图下文，题"齐云杨致和编，天水赵毓真校，芝潭朱苍岭梓"。芝潭即福建建阳，这说明该刊本是福建建阳书商出品的。至于杨致和，其具体情况失考，该书应是杨致和最初进行了编辑、改写，一经推出，市场反响很好，后来被大量书商翻刻。

这个版本的《西游记传》后来被明末建阳书商余象斗与其他几种小说放在一起，删除图像，总题《四游记》刊刻出版。鲁迅先生在1924年出版的《中国小说史略》中详细讨论了《四游记》本的《西游记传》，认为该书出于百回本之前："又有一百回本《西游记》，盖出于四十一回本《西游记传》之后"。❶ 但此后随着学术界对此问题研究的深入，郑振铎先生在《西游记的演化》一文中提出了不同看法。鲁迅先生在1935年撰写的《〈中国小说史略〉日本译本序》中说："郑振铎教授又证明了《四游记》中的《西游记》是吴承恩《西游记》的摘录，而并非祖本，这是可以订正拙著第十六篇的所说的，那精确的论文，就收录在《痀偻集》里"（见《且介亭杂文二集》）。❷

此后学术界占主流的看法，就是杨致和本是吴承恩百回本的节本。如1956年上海古典文学出版社刊行《四游记》后，赵景深先生曾撰《读〈四游记〉》一文，认为《四游记》中的《西游记传》"是吴承恩大著的节本"。❸ 又如1991年李时人先生在他的著作《〈西游记〉考论》的《吴本、杨本、朱本〈西游记〉关系考辨》一节中认为："杨、朱两本都曾经独立删略了吴氏书，不过朱本后面又抄了杨本。"这些都是主流的看法。

但还有一些学者认为，杨致和本反而是古本。如陈新先生在1983年撰文指出："杨本是今存《西游》故事中最为完整的古本……吴承恩《西游记》，是以杨

❶ 鲁迅.中国小说史略［M］//鲁迅全集（第九卷）.北京：同心出版社，2014：190.

❷ 鲁迅.《中国小说史略》日本译本序［M］//鲁迅全集（第六卷）.北京：同心出版社，2014：196.

❸ 赵景深.读《四游记》［M］//赵景深文存.上海：上海古籍出版社，2016：824.

本的故事间架作为主要依据。"❶ 则是认为，吴承恩本是根据杨本扩充的。这实际上就是把杨致和《西游记传》，当成了早已佚失的《西游记平话》。笔者认为，此观点恐怕难以成立。

《西游记》的繁本、简本之间，难以确定孰先孰后，其中显然存在一个语言哲学的问题。具体来说，在《西游记》的案例中，为什么会有学者认为约 7 万字的简本《西游记传》在先，80 万字的百回本《西游记》是根据这个约 7 万字简本扩充的呢？为什么连鲁迅先生在最初都会这么判断？这说明，我们仅仅根据语义、文字照应、逻辑，很难判断，到底是"从约 7 万字扩充为了 80 万字"，还是"从 80 万字删减为了约 7 万字"。

这就启示我们，文字存在多义性，文字的随意添加、删减，都可以导致语义上新的自洽性，都能够自圆其说。单纯根据语义，根据前后句的逻辑照应，有时候依然难以判断一段文字是经过了删减，还是经过了扩充。这应该是当代古典文学研究的学术争论，留给我们的很重要一条规律了。

二、杨致和《西游记传》应参考了元末的《西游记平话》

从杨致和《西游记传》的文本来看，其孙悟空出身故事、唐僧收服众徒弟的故事，是比较详细的，但后期唐僧师徒的取经历程，是较略的。杨致和《西游记传》参考了吴承恩百回本《西游记》，应该是确定的。但其中就存在一个问题，就是杨致和的《西游记传》是否参考了元末明初的《西游记平话》。

理论上说，杨致和改写《西游记传》时，是很有可能看过《西游记平话》的。这应是大概率。而说杨致和《西游记传》一点都不受《西游记平话》的影响，这反而是小概率。由此来看，杨致和《西游记传》可能保留了一定的元末明初《西游记平话》的规模与特点。具体来说，《西游记传》中唐僧师徒取经后半段的简略，可能就是因袭了《西游记平话》固有的简略。

考虑到朱鼎臣《唐三藏西游释厄传》关于唐僧师徒取经历程的后半段，也较简略，并有可能抄录、抄编了杨致和《西游记传》。这就启发我们，杨致和《西游记传》与朱鼎臣《唐三藏西游释厄传》可能都参考过《西游记平话》，不同程度受到了《西游记平话》的影响。

因此，结合 7 万字的杨致和《西游记传》的诸多特点，可以认为，杨本是结

---

❶　陈新 . 重评朱鼎臣《唐三藏西游释厄传》的地位和价值［J］. 江海学刊，1983（1）.

合元末明初《西游记平话》与明中后期吴承恩百回本《西游记》的一个"杂交"后的产物。换言之，书商或杨致和需要一本类似元末明初《西游记平话》篇幅在10万字以内的简本西游故事书。需要这样一本小篇幅的西游故事书，也许是单纯因为小篇幅的书价格更低，更利于销售，又或者是因为需要与类似的小书配套。《西游记传》的各类刊本多数按照典型建阳刊本上图下文的形式刊刻，说明该书最初的编刻，很可能是建阳书商发起的。建阳书商刊刻的书，多数针对下层读者，下层读者经济实力有限，难以购买大篇幅的书，这种小篇幅的简本书更好卖。因此建阳书商刊刻的书，很多都是这一类型的。

为了编制出这样一种上图下文的小篇幅的简本西游故事书，建阳书商必须请人将百回本《西游记》的篇幅进行缩减。照理，直接把前代的《西游记平话》（即《唐三藏西游记》）拿来翻印、重新出版即可。但随着吴承恩百回本《西游记》的流行，西游故事发生了巨大的变化。这种变化，我们在第六章已详细论述了，其要点在于：除一般的人名变化、取经行程变化之外，《西游记平话》与百回本《西游记》最大的不同很可能在于，唐僧和孙悟空谁是主角。百回本《西游记》是以孙悟空"大闹天宫"为开篇的，但《西游记平话》（即《唐三藏西游记》）却很可能以唐僧故事开篇，"大闹天宫"的情节很可能只是简单带过。也就是，《西游记平话》很可能是直接从玄奘的故事说起，然后在玄奘行经西域，行经花果山时，遇到了被压在山下的孙悟空。

这种"孙悟空是否为主角"的情节上的不同，就让元末明初的《西游记平话》与明中叶的百回本《西游记》呈现出巨大的不同。而随着百回本《西游记》的流行，百回本《西游记》的故事情节，逐渐成为标准的西游故事。而前代的《西游记平话》（即《唐三藏西游记》）由于故事与百回本《西游记》不完全相同，取经行程亦有较大差异，其中可能还存在多种多样的逻辑缺陷、情节缺陷，与百回本《西游记》相比就很不成熟了。再翻印《西游记平话》，显然很难得到读者的认可。

然而从市场销售的角度，百回本《西游记》的篇幅太大，对一般读者而言，百回本《西游记》太"厚"，太"贵"。普通读者需要一本薄薄的小说，通读之下，就能了解《西游记》的故事。可以推测：也许书商就此请杨致和等人进行删改，或者另请人删改，只是署了"杨致和"之名。照常理推测，杨致和等人在删改时，必然是先参考了吴承恩百回本《西游记》。但又考虑到，当时的人很可能还能看到元末明初的《西游记平话》。由此，在全书规模、结构等诸多方面，也很可能会参考《西游记平话》的体例、状况。

我们甚至可以推断说，杨致和在删订《西游记传》时，未看到、未参考元末明初《西游记平话》的概率是很小的，因为古人著述，最注重寻觅不同版本，进行互相比对、校勘。作为西游故事的一个作者，杨致和不可能不对此前诸多的西游故事书都进行搜罗、参考。这就像当代的科研工作者，不可能不参考前人的论文。这是最基本的工作步骤。

换个角度来看，书商们之所以策划刊刻一本小篇幅的简本西游故事书，正是知道在元末明初，有一种类似于《全相平话五种》的小篇幅的《西游记平话》。之所以不再次刊刻这种元末明初的《西游记平话》，只是因为世德堂百回本《西游记》流行后，元末明初的《西游记平话》的内容显得不精彩、有缺陷，已经被淘汰了。

故而可以认为，杨致和《西游记传》必定是以元末明初《西游记平话》为蓝本，只是吸收了世德堂百回本《西游记》的诸多新变，以使得西游故事能够与时俱进。因而可以推测：杨致和《西游记传》关于唐僧师徒取经历程后半段的简略概述，很可能就是参考了《西游记平话》。元末明初的《西游记平话》虽然写到了唐僧师徒在西域各国、各地的历险，但很多内容很可能是极为简略的。杨致和大概觉得这些内容有雷同之处，都是一些模式性的"妖怪想吃唐僧肉——孙悟空、猪八戒解救唐僧"，没必要细看，就了解个大概就可以了。所以不难推测：杨致和就自己动手对百回本《西游记》进行删节，把唐僧师徒取经历程的后半段，用自己的话或百回本《西游记》中的话，进行概括。这样，篇幅大小类似于《西游记平话》的杨致和本《西游记传》就诞生了。

第二节　朱鼎臣《唐三藏西游释厄传》的"返祖"特征

《唐三藏西游释厄传》于1929年在日本开售，1931年被孙楷第引入中国，引起中国学界的关注，全书十卷，六十八则，上图下文，这一点像《全相平话五种》的版式规模。该书书前题"羊城冲怀朱鼎臣编辑，书林莲台刘求茂绣梓"。该书连标点约13万字。从内容上看，《唐三藏西游释厄传》前七卷，与世德堂百回本前十五回相似，只是增加世德堂百回本没有的唐僧出身故事；第八卷至第十卷，大部分与杨本一致。

朱鼎臣《唐三藏西游释厄传》应该像杨致和《西游记传》一样，也是一个专门面向中低端市场的简本西游故事书，是一个缩略本，很像现在面向儿童读者的名著缩略本。并且该书增加了图像，故而书上刻有"鼎锲全像唐三藏西游释厄

传"字样。对明清时期的小说读者来说，带图画的书，比纯文字的书便于理解。

杨致和与福建建阳书商有很大关联，而朱鼎臣应是广东的书商。据研究，朱鼎臣编校出版的书不止这一种，还编过《三国志传》《南海观世音菩萨出身修行传》《针灸全书》等书，校过叶向高《海篇星镜》等。❶可以看出，朱鼎臣是一个专业的书商，不光做小说类的书籍，也做医学类的书，还做名人作品。从书名来看，主要都是"畅销书"。而从当今社会的畅销书操作策略来看，一般是什么书流行，就做什么书。故可以认为，朱鼎臣《唐三藏西游释厄传》是在杨致和《西游记传》流行之后加急编撰，跟风推向市场的，类似于一本"山寨版"的杨致和《西游记传》。

一、朱本是参考世德堂百回本与杨致和简本编撰的

郑振铎 1935 年在《西游记的演化》一文中认为，朱本很多地方很粗糙，明显是从吴本删节过来的。此说很有道理。从笔者的研究来看，吴承恩百回本《西游记》的内容是很精密、精妙的，书中几乎每一段文字都有其情节作用，有前后照应关系，一些看起来是闲笔的地方，往往也都有其凸显主题或宣扬宗教主旨的作用，不可能是按照他人的文字进行扩充、编改的产物，一定是大范围修订、几易其稿的结果。而朱本则很粗糙。诚如李时人先生 1991 年所说："杨、朱两本都曾经独立删略了吴氏书，不过朱本后面又抄了杨本。"❷通过文本内外的证据，同时参考其他学者的研究，我们可以确定两点：

第一，朱鼎臣《唐三藏西游释厄传》很明显是吴承恩百回本《西游记》的一个节本，是根据吴承恩百回本删改的产物。没有吴承恩百回本，就不会有朱鼎臣本。

第二，杨致和约 7 万字的《西游记传》应先于朱鼎臣《唐三藏西游释厄传》。大概是杨致和《西游记传》市场反响很好，于是朱鼎臣弄了一本类似的上图下文的西游小书，纯粹是为了谋利。在一些内容上，朱本有抄袭杨本之处。

以上是主流观点，即朱鼎臣本也是由吴承恩本删节而来。但也有学者持修正的意见。如有学者认为，"可以断定朱本绝不是吴本的删节本。朱本所依据的当是现在尚未发现的宋元时的古本。"❸这等于是说，朱鼎臣《唐三藏西游释厄传》

❶ 太田辰夫.西游记研究［M］.王言，译.上海：复旦大学出版社，2017：234.

❷ 李时人.《西游记》考论［M］.杭州：浙江古籍出版社，1991：217.

❸ 暴拯群.《唐三藏西游释厄传》语言研究［J］.信阳师范学院学报，2003（1）.

是绕过百回本《西游记》，而直接受元末明初《西游记平话》的影响。此说，作为一种理论可能性是存在的，但现实中不可能存在。因为从文本证据来看，朱鼎臣《唐三藏西游释厄传》显然是主要参考、编改了吴承恩百回本《西游记》。从逻辑上说，在吴承恩百回本《西游记》流行后，后起的作者不可能不受吴承恩百回本的影响，而直接受到前代作者的《西游记平话》的影响。这在现实逻辑上是行不通的。不过，此说还是对我们有很大启发。

另外，朱鼎臣《唐三藏西游释厄传》在删改时，参考吴承恩百回本、杨致和本，试图与它们有所区别，要有些自己的东西。于是，相对于杨致和《西游记传》，朱鼎臣《唐三藏西游释厄传》在唐僧故事上加大了篇幅，其丁集全为陈光蕊江流和尚故事。而杨致和《西游记传》基本没有陈光蕊江流和尚的故事，唐僧的故事也进行了大量压缩。仅以这一点来看，应是杨致和《西游记传》先于朱鼎臣《唐三藏西游释厄传》。再考虑到朱鼎臣本关于唐僧师徒取经历程后半段，与杨致和本基本相同。所以朱鼎臣本在这些内容上抄编了杨致和本，应是合理的。

此外，从数学上来说，杨致和本、吴承恩本、朱鼎臣本，三个西游故事书的本子之间的因袭、影响关系，可以看成一个"排列组合"问题。它们之间有十多种关系。而剔除各种过于复杂的逻辑，单一来说，杨致和《西游记传》、朱鼎臣《唐三藏西游释厄传》有很多共性的地方，它们中至少有一本是根据百回本《西游记》删改的。杨本、朱本不可能都没有受到元末明初《西游记平话》的影响。

二、由朱本、杨本反推元末明初的《西游记平话》

如前所述，我们不能排除一种可能性：朱鼎臣《唐三藏西游释厄传》在删改百回本《西游记》与杨致和简本《西游记传》的同时，也参考了元末明初的《西游记平话》，从中吸取了一些思路。因为在明代时期，《西游记平话》应不是稀见的书，尤其是准备自己再编撰一本西游书的书商，他们手头同时有百回本《西游记》和《西游记平话》显然是大概率的。朱鼎臣在编写《唐三藏西游释厄传》时，主要是删改百回本《西游记》，但同时也会参照《西游记平话》。这显然是很有可能的。

这一点可以解释一些问题。考虑到，朱鼎臣《唐三藏西游释厄传》可能在部分内容上，抄袭了杨致和《西游记传》，所以二者有一点很类似，就是都将唐僧师徒取经历程的后半段写得较为简略。朱本没有乌鸡国故事、车迟国故事、通天河故事（这些故事在杨本中有），另一些故事则往往几句话带过。例如，百回本中较为复杂的"三调芭蕉扇"，在朱鼎臣本中，仅用 200 多字就描述了。单纯从这些内容，尤其是文字对比来看，朱本都像是吴承恩百回本《西游记》的删节版。但问题在于，为什么会这样？难道这些被删节的故事不值得讲述吗？又或者，朱鼎臣删除这些故事的动因是什么？仅仅是因为出书的篇幅大小限制，需要删一些内容吗？或者仅仅是一种随机的删除？

也许这种删节并不是偶然的，可能受古本，即元末明初《西游记平话》的影响。可能"唐僧师徒取经历程后半段，内容很简略"这一点正是元末明初《西游记平话》的一个重要特点。正如前一节所详细讨论的，我们可以认为很可能杨致和《西游记传》与朱鼎臣《唐三藏西游释厄传》都参考过《西游记平话》，受到了《西游记平话》不同程度的影响。

我们需要思考一个问题。书商需要一个简本的西游故事书，为什么不直接翻刻元末明初的《西游记平话》，而是另起炉灶从百回本《西游记》中删改一本出来？产生这种现象的原因是什么？其中核心的制约因素是什么？细加考察，可以发现，这至少能说明几个问题，由此可以反推《西游记平话》的一些情况。

第一，元末明初《西游记平话》为什么会被淘汰？

从篇幅来看，杨致和《西游记传》、朱鼎臣《唐三藏西游释厄传》与元末明初《西游记平话》差不多。为何杨致和《西游记传》得到反复翻刻，一直到清末都有翻刻。而元末明初的《西游记平话》却完全亡佚了？

很可能是因为万历二十年（1592）世德堂百回本《西游记》问世时，在内容上，一方面是对元末明初《西游记平话》有覆盖，另一方面进行了大面积的改写。例如，从《西游记平话》唐僧为主角，改变为百回本《西游记》以孙悟空为主角。增加了大量关于孙悟空的内容。且把孙悟空从一般的妖怪变成了西行修炼故事的主角，由此整体西游故事的性质、意蕴、情节指向都完全不一样了。百回本《西游记》问世后，元末明初《西游记平话》就失去了存在的依据。所以明末以后的书商不再翻刻《西游记平话》。

但是图书市场对于 10 万字以内的小书的需求是客观存在的。《西游记平话》虽然符合篇幅要求，但情节内容已经过时了。所以书商需要做一本 10 万字以内，但故事情节是参考百回本《西游记》的小书。也就是题名杨致和编撰的《西游记传》。从这个意义上说，百回本《西游记》从内容上淘汰了元末明初的《西游记平话》，杨致和《西游记传》则从市场层面彻底淘汰了元末明初《西游记平话》。

第二，杨本、朱本很多地方保留了《西游记平话》的特色，类似于生物学上的"返祖"现象。

在生物进化中，经常出现，后代"突然"具备祖先早已消失的性状的现象。这在生物学上被称为"返祖"。例如，家养的鸡已经失去了飞行能力，但是鸡群中总会有一些鸡，具备很强的飞行能力。如果稍作选种，其后代就有可能恢复其祖先的飞行能力。在文学进化中，也会有这种"返祖"现象出现。其表现就是后代的文学作品，不顾时代与环境的变化，突然具备了前代同种文学作品的特征。这在文学领域一般体现为"文学模拟"。但有时也是各种复杂原因导致的返祖。在西游故事杨本、朱本的形态上，很可能就存在显著的返祖，也就是越过明中叶的百回本《西游记》，而直接向元末明初的《西游记平话》看齐。

杨致和《西游记传》、朱鼎臣《唐三藏西游释厄传》在编撰时，是瞄准了图书市场的。图书市场需要一本 10 万字以内的小篇幅的西游书。这种小篇幅的西游书，此前是以元末明初《西游记平话》的形式呈现，但百回本《西游记》出现后，《西游记平话》的内容就过时了，被淘汰了。代之而起的杨致和《西游记传》、朱鼎臣《唐三藏西游释厄传》应是吸收了《西游记平话》的一些优点。这包括：第一，篇幅在十万字以内，既概述内容，又节省篇幅，形成物美价廉的市场效应。第二，杨本、朱本关于取经后半段行程的概述，相对简略。这可能就是元末明初《西游记平话》的形态。

综上，笔者最终的结论是，杨致和本、朱鼎臣本虽然都是吴承恩百回本《西游记》的删节本。但它们中应该最少有一本，受到了元末明初的《西游记平话》的某种影响，应是参考了《西游记平话》的大体规模。通过杨致和本、朱鼎臣本，我们可以反推、窥见元末明初《西游记平话》的一些残存特征。

或许我们可以认为，元代《西游记平话》的编撰、出版，就是由福建建阳书商推动的。西游故事的传播过程中，福建建阳书商很可能是一大主力。到明万历时期，江苏人吴承恩参与到了西游故事中，撰写、扩充出了一个更好版本的百回本《西游记》。彻底把建阳版的《西游记平话》淘汰掉了。事出无奈，建阳书商利用他们对中下层读物市场的深刻把握，结合传统《西游记平话》的市场特征，又编撰出杨致和简本《西游记传》等继续在市场上传播。因此，明代杨致和简本《西游记传》，或许只是后辈建阳书商对元代祖辈建阳书商的"致敬"而已。此说，纯为笔者推测，或许不无不合理之处。

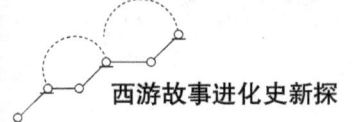

第三节　杨闽斋本等三种明代百回本的新进化

百回本《西游记》现存四种不同的形态，即世德堂本、杨闽斋本、唐僧西游记本、李卓吾评点本。❶在《文学进化论新探》一书中，笔者谈到了此问题。从进化角度来看，这四种形态是同一文学物种中不同个体的关系，类似于黑人与白人的关系。至于同一种形态下属的不同版本的关系，例如，今存李卓吾评点本的各种不同版本，则应该类比为同一个人类家庭中，兄弟姐妹之间的关系。

黑人与白人之间、兄弟姐妹之间，他们的基因差异是很小的。同一文学作品的不同版本、不同版次之间，它们的差异从根本上说也是很小的。但从具体的文字来看，文字差异也不小。其中涉及的文学进化问题，实际上已经从传统生物学探讨生物外在形态、生物发育，过渡到了探讨 DNA 进化的分子生物学程度。从比对生物个体的大小、外观、骨骼到比对生物 DNA 分子的不同排序。

也就是，对同一文学作品不同版本、不同版次的进化问题的探讨，已经从传统文学进化论的故事与情节的流变、人物形象发展等外在形态的探讨，过渡到了对文字、对字句排列的探讨。

一、杨闽斋本《鼎镌京版全像西游记》

杨闽斋本，全称《鼎镌京版全像西游记》，题款与世德堂本一样，题有"华阳洞天主人校"，另外还题有"清白堂杨闽斋梓"字样，初刻于万历三十一年（1603）。这种版本尚存两套，均藏于日本。全书由世德堂百回本删改而来，世德堂本的陈元之序文《刊西游记序》，被改为《全像西游记序》，正文为二十卷一百回，且带有大量的图，每页上图下文，图占三分之一。这是典型的福建建阳刊本小说的刊刻格式。杨闽斋显然为福建的书商，其所刻书不止这一种。另有万历三十八年（1610）的《三国志传》题"明闽斋杨起元校"，杨起元即杨闽斋。

后来，杨闽斋的儿子或侄子杨居谦在崇祯四年（1631）增补刊刻了《新刻增补批评全像西游记》，在杨闽斋本的基础上，加了一些点评。这说明，杨家世代做刊刻销售图书的生意，以此谋生。这也间接印证，西游故事文本的传播，与福建建阳书商是有很大联系的，有可能元末明初《西游记平话》就是建阳书商刊

---

❶ 曹炳建.《西游记》现存版本系统叙录［J］.淮海工学院学报，2010（10）.

刻。换言之，福建建阳书商刊刻出版西游故事书，从元末明初到明末，持续了三百年左右，刊刻了大量的西游版本。

从文化实力来看，福建建阳的书坊没有吴中地区的书商的文化实力强。❶苏杭地区的书商，因当地文人墨客较多，有很强创作能力。福建建阳地区的书坊原创能力弱，只能仿刻一些已经流行的书。杨闽斋本的这部《鼎镌京版全像西游记》显然是仿照了万历二十年的金陵世德堂百回本西游记《新刻出像官板大字西游记》，且对世德堂本多有删改。

统计来看，万历二十年的金陵世德堂百回本《西游记》，不带标点约 62 万字。万历三十一年（1603）的杨闽斋本《鼎镌京版全像西游记》，不带标点共 46 万字，共删除了 16 万字。则杨闽斋本是删节世德堂本而成。具体哪些地方删，哪些地方保留，是由书商杨闽斋决定的。一般来说，福建建阳的刊本属于小成本的书，不像吴中刻本那么精致。那么为何要删这 16 万字？大概是因为世德堂本约 62 万字篇幅太大，以至于书籍的定价太高，不利于销售。❷从杨闽斋的角度，他需要制作出适合自己销售模式的书籍产品。字数不多不少，配上图便于读者阅读。

杨闽斋本在《西游记》的故事内容上并没有太多深入的思考，应是些信笔而至的思考，删除了一些百回本《西游记》中略显累赘的地方。因此，杨闽斋的这种删改，并不是一种文学水平上的提高。实则世德堂本的文学水平是很高的，多余的、需要删改的文字并不多，看似不重要的情节，其实作者吴承恩都有深刻的思考，因此世德堂本《西游记》没有大量删改的余地。强作删改，只能降低世德堂本原著的文学水平。甚至有可能导致前后不连贯或前后矛盾。

故而，杨闽斋本是在一个较好的文学版本上，强作删改，删改的目的是适应出版的需要，而不是提高文学水平。相反，是降低了文学水平。这种所谓的"文学进化"，更多的类似于生物进化在 DNA 分子层面上的，对不同 DNA 分子及其排列顺序的调整、剪切、增删。

二、唐僧西游记本《二刻官版唐三藏西游记》

唐僧西游记本，即《二刻官版唐三藏西游记》，在日本的图书馆存有三套。

---

❶ 涂秀虹. 论明代建阳刊小说的地域特征及其生成原因［J］. 文学遗产，2010（2）.

❷ 涂秀虹. 明代建阳刊刻小说之概况［J］. 闽江学院学报，2014（3）.

该书亦是一个百回本，亦题"华阳洞天主人校"。不带标点是 42 万字，平均每回比杨闽斋本少了三百字。基本可以确认这个唐僧西游记本，亦是从约 62 万字的世德堂本删改而来。有些删改的地方与杨闽斋本相同，但又有些不同。

那么，唐僧西游记本与杨闽斋本是什么关系？有学者研究后认为："唐僧本是杨闽斋本的底本之一。杨闽斋本在据世德堂本删节改编的过程中，曾以唐僧本作重要的参照本。"❶ 就是说，唐僧西游本据世德堂本删改而来，后来杨闽斋是同时根据唐僧西游本和世德堂本删改的。则唐僧西游记本，应是刊刻于万历二十年至万历三十一年之间。此说法，有可能是对的。但也不排除，唐僧西游记本出现于杨闽斋本之后。

这个版本，肯定也是某地某书商为了谋利的产物。古人已有一定的版权意识，这种版权意识可能更多地来自"面子问题"，就是说古代书商出书时，再怎么都不能去抄别人的。"文贼"之名，在古代亦是很大的恶名。所以唐僧西游记本与杨闽斋本，虽然都是世德堂本的删改本，都是照着世德堂本来删改，但为了显示自己的"师心自用"，双方删改的字数很接近，但删改的地方有很大不一样。这种"不一样"，就是来自他们的版权意识。

而这样一种出于版权意识的删改，当然属于广义上的文学进化，但并非优化意义上的文学进化。他们在删改时，并不是为了提高文学水平，也自知自己没有能力提高原著的文学水平。一切删改，只是为了出版，为了谋利，为了谋生，是一种带有文化属性的经济行为。成本与利润的考量，是他们所思所想的出发点与最终衡量标准。

三、李卓吾点评本《李卓吾先生批评〈西游记〉》

明代最流行的西游记版本，还是《李卓吾先生批评〈西游记〉》。李卓吾即著名思想家李贽（1527—1602），福建泉州人，晚年长期居住于湖北麻城等地，从事通俗小说的评点，以评点《水浒传》著称。不过，书坊间亦出现了大量托名"李卓吾"的评点本作品。当时就有人指出："《四书评》、批点《西游》、《水浒》等书，皆称李卓吾，其实乃叶文通笔也。"❷ 所谓"叶文通"，即当时吴中的一个下层文人叶昼。托名李卓吾的小说评点，很多是吴中书商雇佣叶昼撰写。

---

❶ 吴圣燮.明刻《唐僧西游记》版本研考——兼及杨闽斋本有关诸题 [J].人文论丛，2005.

❷ 朱一玄，刘毓忱.西游记资料汇编 [M].天津：南开大学出版社，2002：316.

　　这部《李卓吾先生批评〈西游记〉》显然就是明末书商托名"李卓吾"，主要是将明末流行的"阳明心学"的一些粗浅的方面与西游故事结合起来，对西游故事进行阐释。客观来看，叶昼等托名"李卓吾"的《西游记》评语，无论文学水平、学术水平，还是哲学水平，都不高，跟李卓吾本人的评语不可同日而语。不过，虽然这些评语不是李卓吾本人所作，是叶昼伪托，叶昼的水平、视野都是很有限的。但这些评语毕竟产生于明末，能够代表明代普通文化人对《西游记》的一种或诸种看法。

　　这部《李卓吾先生批评〈西游记〉》由于挂了"李卓吾"的名字，风行一时，流传甚广。留存到当代的有 10 种版本。这 10 种版本并非同一版次，先后经过多次重刻、增删。

　　剥除评点不论，从故事正文来看，《李卓吾先生批评〈西游记〉》亦是一个百回本，与世德堂百回本《西游记》大致接近，但亦有一些字句不同。大体可以认为，李卓吾评点本是以世德堂本为基础进行评点的，正文动得不多，只是略有些字句的修改。主要是对西游故事的主题、小说的细节，进行了多种多样的阐发，对于读者理解全书有一定的帮助。

第四节　明代三大西游续书之一《续西游记》

　　西游故事在明末清初新的进化，就在于出现了一批《西游记》续书。这些《西游记》续书存在一个较大的系统，形成了一个群落。也可以说，《西游记》续书群落的诞生，标志着百回本《西游记》名著地位的确立。在百回本《西游记》的诸多续书中，《续西游记》可能是第一部。由于占据了"第一部《西游记》续书"的地位，《续西游记》在西游故事进化史上必然产生过较大的影响。

　　关于《续西游记》，学术界的研究比较"冷僻"，相关研究成果不像《西游记》那样"汗牛充栋"。这里我们进行一些综合性讨论。

一、《续西游记》的作者与创作背景问题

　　《续西游记》的作者是谁，清代已有一定的探讨。清代袁文典《滇南诗略》中认为是明代人兰茂所写。见《滇南诗略》卷二的《兰茂传》："（兰茂）《续西游

记》所言，乃佛氏要旨……与梅子和《后西游记》别是一种。"❶袁文典（1726—1816）为清乾隆时期的云南保山人，他显然仔细思索过《西游记》续书的问题，从而认为《续西游记》是兰茂所作，《后西游记》是梅子和所作。兰茂（1397—1470）亦为云南人，但生活于明代中前期，早于万历二十年（1592）金陵世德堂百回本《西游记》刊行近百年。假如《续西游记》是百回本《西游记》的续书，那么《续西游记》显然不可能是兰茂所作。

学术界一般默认《续西游记》为吴承恩百回本《西游记》的续书，但又有一些明显的错位之处。该书写的是唐僧师徒取得真经后陆路回程的故事。但该故事并不符合吴承恩百回本《西游记》，因为在百回本《西游记》中唐僧师徒是飞回了东土大唐。从逻辑上，已经不存在回程遇到妖怪抢夺经书的问题。因此，刘荫柏等学者根据清代袁文典等人记载，在此基础上进行推论，认为《续西游记》不排除是元末明初《西游记平话》的续书，甚至有可能作于吴承恩百回本《西游记》之前，"为明初人兰茂撰，并非讹传"。❷此观点看似新颖，但显然很荒唐！这种观点只是理论上存在，但现实中可能性极小，显然不符合事实。而且此种观点与现在已知的明代小说发展史、明代思想史抵触非常大，是明显不成立的观点。

《续西游记》只能是明末清初的作品。但学界对于《续西游记》是明代还是清代作品有一定争论。占主流的看法是，《续西游记》应为明末作品。鲁迅从撰写《中国小说史略》的20世纪20年代，直到1936年逝世前对《中国小说史略》的历次修订版中，都没有看到过《续西游记》一书，但将之放在"明之神魔小说"一章。孙楷第在1933年出版的《中国通俗小说书目》中认为是"明代撰"。❸李剑国、陈洪在2007年的《中国小说通史》中认为"明代撰，作者不详"❹，齐裕焜在2014年修订再版的《中国古代小说演变史》中亦认为是"明代撰，作者失考"。❺而石昌渝主编《中国古代小说总目·白话卷》则认为"成书时代在清初无疑"。❻笔者比较同意《续西游记》为明末作品，应如一些学者所认为

---

❶ 袁文典，袁文揆.滇南诗略［A］.丛书集成续编（集部第150册）［Z］.上海：上海书店，1994.

❷ 刘荫柏.《续西游记》作者推考［J］.云南社会科学，1984（3）.

❸ 孙楷第.中国通俗小说书目［M］.北京：人民文学出版社，1982：192.

❹ 李剑国、陈洪.中国小说通史［M］.北京：高等教育出版社，2007：1302.

❺ 齐裕焜.中国古代小说演变史［M］.北京：人民文学出版社，2015：299.

❻ 石昌渝主编.中国古代小说总目·白话卷［M］.太原：山西教育出版社，2004：467.

的"成于明代崇祯年间"。

不过，从现存版本来看，《续西游记》现在不存明代刊本。日本人曲亭马琴（1767—1848）在1833年所作的《续西游记国字评》描述了他所看到的《续西游记》的版本情况："是书，清代之戏墨，全部一百回，分二十册，收于两帙，一帙各十册。且卷一表纸里有'嘉庆十年新镌，贞复居士评点'，又序落款有真复居士，想来上之贞复为真复之误，作者不详，通过序文及每回批语可猜，或为此真复之作。"[1]则曲亭马琴看到的版本是嘉庆十年（1805）新镌的，其第一个版本应远远在此之前。

贞复居士在书前作有一篇序，论述了《续西游记》的主旨：

> 前《记》谬悠谲诳，滑稽之雄。大概以心降魔，设七十二种变化，以究心之用。上穷碧落，下极阴幽，三界贤圣，搜罗几尽，杂取丹铅婴姹之说，以求合乎金丹之旨。世多爱而传之，作者犹以荒唐毁亵为忧。兼之机变太熟，扰攘日生，理舛虚无，道乖平等。继撰是编，一归铲削。

意谓，撰写《续西游记》为了补充百回本《西游记》的不足。在贞复居士看来，百回本《西游记》的不足是"荒唐毁亵""理舛虚无，道乖平等"。综合来看，大概《续西游记》的作者不满百回本《西游记》中一些对佛教讽刺、批评的地方，对百回本《西游记》中杂取道教内丹的内容，尤其不满。所以他创作《续西游记》，完全以佛教教义为根本。

为此，《续西游记》的作者在书中对取经故事的旨趣进行了颠覆性的改写，进行了大量的"删削"和增补。作者删削了西游故事中过多的道教内容，增加了佛教内容，而且注重佛教教义的严肃性。鲁迅认为《西游记》的作者"尤未学佛"，而《续西游记》则处处坚持"佛教本位立场"。仅从这一点来看，《续西游记》只能是针对吴承恩百回本《西游记》而创作，与此前的《西游记平话》毫无关涉。

这样的修改、增删，使得整部《续西游记》的旨趣与面貌，相对于百回本《西游记》产生了很大的变化。百回本《西游记》戏谑的喜剧面貌没有了，道教内丹面貌没有了，代之而起的是一种一本正经的佛教气息。这使得《续西游记》这部作品的文学性、趣味性都大大地降低了，其文学成就相对较低。

---

[1] 转引自勾艳军的《日本近世小说家曲亭马琴的〈续西游记〉评价》一文。

二、《续西游记》的佛教本位与比丘僧到彼、优婆塞灵虚子形象的设立

附于董说《西游补》之前的《续西游补杂记》中谈到《续西游记》的问题：

> 《续西游》摹拟逼真，失于拘滞，添出比丘灵虚，尤为蛇足。《后西游》
> 薄洒飘逸，不老婆婆一段，借外丹点化，生动异常；然小行者、小八戒未免
> 窠臼。❶

这是认为，《续西游记》设定比丘僧到彼、优婆塞灵虚子是画蛇添足。这个说法有一定道理，从叙事功能、人物功能上，增加比丘僧到彼、优婆塞灵虚子，确实意义不大。因为在百回本《西游记》中已经给唐僧设定了护法神六丁六甲、五方揭帝、四值功曹等。再增加两个护法，意义何在？

然而也要看到，这里有一个佛教本位的问题。既然是送佛经去大唐，要保护佛经的安全。而六丁六甲等只保护唐僧的安全，所以作者需要增设比丘僧到彼、优婆塞（佛教居士之意）灵虚子来保护佛经的安全。从百回本《西游记》的角度，六丁六甲、五方揭帝、四值功曹等其实出场不多，作用不甚重要。而在《续西游记》中，比丘僧到彼、优婆塞灵虚子出场的次数则非常多，作用亦很重要。这就与百回本《西游记》的六丁六甲等护法神形成了巨大的差距，可以说这就形成了叙事上的轻重点的不同，是有情节作用的。

只能说，增设优婆塞灵虚子保护经书后，故事的文学性不强。更关键的是比丘僧到彼、优婆塞灵虚子法力高强，用如来授予的菩提珠，屡屡化解唐僧师徒的危难，实则把孙悟空的主角光环给抢了，而且这种"抢孙悟空主角光环"的现象，并不是无意识的，是作者有意识地塑造。因为书中很多次，孙悟空正与妖怪斗法，比丘僧到彼和优婆塞灵虚子就会"出场"，如第七十三回。这实则是作者有意识地削减孙悟空的情节分量。这在习惯了孙悟空作为主角的读者看来，是难以接受的。

从这个意义上，比丘僧到彼和优婆塞灵虚子两个形象的设立，不仅仅是"蛇足"，简直是败笔。因为这两个形象的设立，《续西游记》中孙悟空的形象变得不鲜活，主角特征变得不明显。而离开了孙悟空这只极富个性的"心猿"，整个

❶ 董说.西游记校注［M］.李前程，校注.昆仑出版社，2011：1.

西游故事便平淡无奇了。

换言之，《续西游记》的故事重点变了，中心思想变了。百回本《西游记》本质上是一个内丹道教修炼故事，故而吴承恩在写作中降低了唐僧的作用，增强了孙悟空的作用。西天取经之路不仅仅是取经，更是孙悟空等人的修炼之路。而《续西游记》改变了这一道教修炼故事的设定，回到佛教本位，以保护佛经为中心。佛经成了故事的焦点，而孙悟空等人反而是次要的。不存在孙悟空等人的"修心之路"。故事变成了纯粹的保护佛经，而且孙悟空等人只是承担部分保护佛经的功能（只是一部分），同时作者又增设了比丘僧到彼、优婆塞灵虚子来保护佛经的安全，形成了对佛经的"双重保护"，既有孙悟空等人的保护，又有比丘僧到彼、优婆塞灵虚子的保护。而且从《续西游记》的实际叙述来看，比丘僧到彼、优婆塞灵虚子对佛经的保护，起的作用更大一些。

所以《续西游记》的故事整个都变了，无论故事情节、情节隐喻、人物形象的丰满程度，还是文学性，都不甚出彩，只能是一部普通的小说作品。所以该书只能作为百回本《西游记》的续书而有一定进化史价值，但不具备单独屹立于中国文学史的文学价值。自诞生以来三四百年，在西游故事之外，该书的影响是很有限的。

三、《续西游记》对《西游记》叙事空白的深度开掘

"叙事空白"是叙事学中的一个重要术语。叙事空白有时候是作者有意设置的，类似中国画中的留白；有时候则是作者无意识产生的，属于正常情节的自然延伸。百回本《西游记》中，唐僧师徒在取经路上，自然留下了大量的叙事空白。如后来那些妖魔怎么样了？后来女儿国的国王怎么样了？孙悟空取经回来之后，又干了什么？这类属于情节自然延伸的叙事空白大量存在。

《续西游记》正是聚焦于百回本《西游记》的叙事空白，聚焦于百回本《西游记》情节逻辑的自然延伸，试图对百回本《西游记》的内容进行一些补充。其对百回本《西游记》叙事空白，即未写、略写或未完待续的部分进行深入叙述。所以故事被设定在唐僧师徒取得真经的回程路上。

在百回本《西游记》中，取经回程，只是一飞而至，《续西游记》便将回程作为整个故事的背景。而所谓"回程"，必然会经过此前取经路上经过的地方，这就有了"二次经历"，很多百回本《西游记》中未完成的故事，得以进一步展开，叙事空白得以填补。回程路上，先是第五回遇到了妖怪假扮的寇栋、寇梁兄

弟，然后又经玉华城。第四十回重过火焰山，此时的八百里火焰山，已成了漫山的树林。又如第七十二回到了车迟国，重入智渊寺。智渊寺此时已很破败，悟空感叹"我们当年来此，何等寺院整齐；几年间，倾颓至此"。

《续西游记》中的很多妖精、人物，往往与百回本《西游记》有关，属于百回本《西游记》叙事空白的再开掘。如第四十回遇到的虎精，是孙悟空在两界山打死，用作虎皮裙的老虎的同胞兄弟。再如，百回本《西游记》中很多没写到的妖精，《续西游记》都重点来写。如蠹虫精、青蛙精、狐狸精。如第六回中谈道：

> 且说灵山脚下工真观里有一位大仙，道号复元。修行年久，陈籍古典，堆积甚多。故此生出这蠹妖，三次食了神仙字，化为脉望，成了精气；与观后一口青草塘中，一个老蛙粘结为交契。后以塘水涸浅，存留不住，乘风雨远走到天竺地界山村，有一地名叫玄阴地……老蛙精到了这地中，生长年久，聚积了无数青蛙。本是吸清流而啖弱草，藏幽壑而伏深泥。只因老蛙一日在路间，遇过客车辙，他悻悻不让，怒气当前。那过客见其勇猛，回辕避去。后来又遇了月中金色虾蟆，教他吐纳变化之术，成了仙道，游到越国，遇着越王勾践。他不肯让路，忿怒而立，似有战斗之状。越王勾践不敢惹他反赞他，唱了一个喏。他遂逞其技能，镇日与众蛙声叫，当作一部鼓吹。❶

这里明显是补充了百回本《西游记》的叙事空白。百回本《西游记》详细写了月宫中的玉兔精，但未提到月宫中的蛤蟆精，在《续西游记》中便重点来谈青蛙精。这说明，《续西游记》的作者对百回本《西游记》进行了深入的细读，有诸多涉及细节的思考。

四、《续西游记》与百回本《西游记》的各类差异

《续西游记》与百回本《西游记》存在大量的差异，这些差异综合起来就形成了二书在文学性上的高下之别。这些差异包括：

第一，《续西游记》在西域地理问题上，没有什么新见，其对西域地域的认识，不如百回本《西游记》。这说明，《续西游记》的作者，在地理知识这种"杂

---

❶ 无名氏.续西游记［M］.长沙：岳麓书社，2019：33.

学"上积累不够。不像百回本《西游记》的作者吴承恩可以游刃有余。

第二，在宗教倾向上，《西游记》崇道，《续西游记》崇佛。在佛教方面，《续西游记》的作者明显比百回本《西游记》的作者懂得多。《续西游记》中出现了"优婆塞""梵语"等词，百回本《西游记》未见。如果说《西游记》的作者"尤未学佛"，那么，《续西游记》的作者则"精于佛学"。这导致《续西游记》的佛教特征，明显强过道教特征。故而，在《续西游记》中，西游故事的宗教背景、宗教立场变了，从道教立场，变成了佛教立场。

第三，百回本《西游记》所具有的幽默特征、讽刺特征，《续西游记》没有。《续西游记》总是一本正经讲故事，往往还带有"道学气"。这种"道学气"并不是程朱理学的道学气，而是佛教正统教义的道学气。这种一本正经的道学气，让整部《续西游记》显得很枯燥，故事总是波澜不惊，且又缺乏插科打诨，缺乏吸引读者的"笑点""包袱"，这应该是《续西游记》不出彩的一个重要原因。

第五节　明代三大西游续书之二《后西游记》

《后西游记》共四十回，作者佚名，应为明代作品，清代刊本题"天花才子评点"。[1]清代时，有人认为该书作者是吴承恩，见吴玉搢《山阳志遗》卷四："或云：有《后西游记》，为射阳先生撰。"有人认为是梅子和，见清代袁文典《滇南诗略》卷二的《兰茂传》："（兰茂）《续西游记》所言，乃佛氏要旨……与梅子和《后西游记》别是一种"。[2]至现当代亦有人提出其他说法，但都不能确证。

甚至《后西游记》到底是明末的作品，还是清初的作品，都不能确证。鲁迅先生认为是明代作品，将之收入《中国小说史略》的"明之神魔小说"一章，但孙楷第在《中国通俗小说书目》中认为是"清无名氏撰"。齐裕焜在《中国古代小说演变史》中认为"大约刊行于清康熙年间"。[3]相对更主流一些的看法是，根据书中出现明代官制、服饰，推断此书当作于明天启、崇祯朝。但严格来说，根据书中出现的官制、服饰，或可推断该书作于明末，然而并不能完全排除创作于清初的可能性。[4]故而，《后西游记》的年代与作者都有一定争论。

---

❶ 石昌渝主编.中国古代小说总目·白话卷［M］.太原：山西教育出版社，2004：129.

❷ 袁文典，袁文揆.滇南诗略［M］//丛书集成续编（集部第150册）.上海：上海书店，1994.

❸ 齐裕焜.中国古代小说演变史［M］.北京：人民文学出版社，2015：298.

❹ 陈美林.《后西游记》的思想、艺术及其他［M］//梅新林，崔小敬主编.20世纪《西游记》研究.北京：文化艺术出版社，2008：313.

笔者认为，该书是明代作品。书中第七回中写道："宪宗大怒道：'何物妖僧敢如此大胆？着锦衣卫火速拿来。'"从"锦衣卫"一语来看，该书应是明代作品；从其嬉笑怒骂的风格来看，应是晚明作品。清初社会氛围变迁巨大，清初的作品往往有"悲感"蕴含其中，这与《后西游记》的风格明显不符。

《后西游记》在人物设定、情节结构、叙事风格等方面都深度模仿吴承恩百回本《西游记》。这种种模仿，就导致《后西游记》在文风上很接近吴承恩百回本《西游记》，二书都有汪洋恣肆、嬉笑怒骂的一面。同时，《后西游记》在讽刺幽默这一点上亦完美继承了百回本《西游记》的衣钵。这种种相似性，很容易让人产生二书是同一个作者的错觉。但二书显然不是同一个作者，因为二书作者在一些深层次问题上，有明显的意见分歧，如佛道关系、儒道关系、内丹道教等方面。尤其是对取经僧唐三藏、唐半偈的评价，二书一贬一赞，有着根本的不同。

总体来看，《后西游记》的文学性是比较高的。清初刘廷玑（约1654—1716）在《在园杂志》中盛赞了《后西游记》："如《西游记》乃有《后西游记》《续西游记》。《后西游记》虽不能媲美于前，然嬉笑怒骂，皆成文章，若《续西游记》则诚狗尾矣。"刘廷玑对《后西游记》评价较高，此评价是有道理的。但笔者认为，《后西游记》在关于唐僧师徒的后事介绍上，其实是非常不成功的。

一、作为续书的优与劣

在唐僧师徒西天取经成佛之后，又发生了什么？这是百回本《西游记》留下的一大空白。西游续书需要在这方面填补空白。具体来说，就是唐僧师徒在成佛之后，又经历了什么样的历险故事。一般来说，历险的主人公不应该变化，还应该是唐僧师徒。但是百回本《西游记》的原有情节设定，让这个问题变得复杂。因为唐僧师徒已经成佛了，那么在故事设定上，就难以再经历新的险境。

2000年的30集电视连续剧《西游记后传》，讲魔头无天取代如来佛祖，统治了三界，孙悟空与猪八戒等人打败无天、拯救三界的故事。这个故事的文学剧本，才是标准的《西游记》续书。然而这个故事是现代无神论者的奇思妙想，因为这个故事在宗教理论上是不成立的。在佛教理论上，如来佛祖、燃灯古佛没有圆寂之说，也不存在魔头无天统治三界的情况。这个故事，可能吸收了基督教的宗教设定，与英国诗人弥尔顿《失乐园》中撒旦与上帝的斗争有些类似。但这并不是一个合理的佛教与道教的宗教设定。

可见，由于《西游记》的独特设定，唐僧师徒成佛后，其故事不再具有拓展性、可叙述性，如何讲述唐僧师徒后来的故事。如何创作《西游记》的续书，也就成了问题。考虑到古代小说续书中有一类是前书主人公后代的故事，如《水浒后传》讲梁山后人的故事。则从理论上，《西游记》的续书，亦可以叙述唐僧师徒后人的故事。

《后西游记》正是在这方面进行了有益的探索，形成了一个颇有意思的唐僧师徒后人的故事。《后西游记》的作者在第一回已认识到百回本《西游记》中唐僧师徒已经成佛、回到了大唐，其后续的故事，已难以具备拓展性、可叙述性。于是便把这个问题忽略，另起炉灶，开始新主人公故事的讲述。该书开篇提到：

> 话说东胜神州傲来国花果山天产石猴孙悟空，自保唐僧西天取经成佛之后，已高登极乐世界，无影无形的去逍遥自在，将这花果山生身之地，遂弃为敝屣而不居矣。❶

因唐僧师徒成佛后，"已高登极乐世界，无影无形的去逍遥自在"，"无影无形"说的是其不可叙述性；"逍遥自在"说的是其闲适，没有新的冒险，因此唐僧师徒的故事便不可再拓展，无法写成一部续书。于是《后西游记》转而叙述起唐僧选定的取经人大颠禅师（唐半偈）、孙悟空的嫡传孙小圣、猪八戒之子猪一戒、沙僧徒弟沙弥的西天取经故事。

在人物性格设定上，孙小圣与百回本中孙悟空形象大体类似，都具有桀骜不驯的特质。猪一戒与百回本中猪八戒形象亦大体类似。只有唐半偈形象与唐三藏形象差异很大。百回本《西游记》中的唐三藏，遇到妖精只能无奈哭泣，全无得道高僧的涵养。而《后西游记》颠覆了《西游记》中唐三藏的软弱形象，让老僧大颠来担当取经重任，大颠禅师有得道高僧的气场，遇到妖精并无恐惧，往往沉默不语，"以无言制有为"，让妖精无计可施。总之，"唐半偈虽然被缚，心性洒然"（第十八回），这一点使得唐半偈形象显示出极大的坚毅，与百回本中唐三藏形象截然不同。

而在具体的行文当中，《后西游记》实则接续了百回本《西游记》的故事。第五回、第六回、第七回写唐僧与孙悟空寻觅取经人，第十二回写猪一戒与猪八戒在哈呶国认亲。这些内容都相当于交代了百回本唐僧师徒的后事。这些"后

---

❶　天花才子.后西游记［M］.沈阳：春风文艺出版社，1981：1.

事"虽然不精彩，缺乏故事性，但对于《后西游记》故事的展开是有明显益处的，有助于形成较完整的《后西游记》故事体系。

不过，也要看到，作为续书的《后西游记》，造成了一个很大的"恶果"。就是在百回本《西游记》中非常鲜活的孙悟空、猪八戒形象，到《后西游记》中成了毫无个性的高大全、木讷呆板的角色，等于是把活灵活现的孙悟空、猪八戒给写"死"了。从这一点来看，但凡对百回本《西游记》孙悟空、猪八戒形象很喜爱的读者，都不会认可《后西游记》。所以，虽然《后西游记》的故事不错，但由于它对孙悟空、猪八戒形象造成的"伤害"，这本书至今基本退出了文学流传领域。

"上纲上线"来说，《后西游记》也不可能流传开，不仅因为它对孙悟空、猪八戒"后事"的交代，是对孙悟空、猪八戒鲜活形象的巨大"伤害"，更因为它对唐僧师徒取经作用的否定。唐僧师徒取经之后过了二百年，却还需要唐半偈、孙小圣、猪一戒再次取经，这就是对唐僧师徒取经历史意义的贬低。考虑到百回本《西游记》的名著地位，《后西游记》不但不能巩固百回本的地位，反而削弱其文化意义，降低其人物形象的鲜活性。所以《后西游记》不可能为喜爱百回本《西游记》的读者们所接受。

二、比较法的大量运用

阅读《后西游记》一书，可以得到一个直观的印象，该书的文风与百回本《西游记》非常接近。进一步研究之后则会发现，这种"文风上的接近"，只是二书的诸多相似性之一。由于较为忠实地进行续写创作，《后西游记》在故事情节、人物性格、文本结构等方面，对百回本《西游记》有很强的因袭。如唐半偈、孙小圣的师徒关系，孙小圣的桀骜性格，取经师徒使用的兵器，以及取经过程中遇到的磨难等，都有大量的因袭。再加上幽默笔法的运用，这就让《后西游记》很像百回本《西游记》，所以清代有人会怀疑这是吴承恩的续作，毕竟自己的作品最"像"自己。

不过，《后西游记》也并不是无节制的因袭，它试图在因袭模仿中"出新"。百回本《西游记》中写到的很多内容，《后西游记》中都会略带变化地重写一次，如写孙小圣修真、孙小圣入龙宫、孙小圣入地府、孙小圣大闹天宫、唐僧赴长安寻觅取经人、流沙河故事等。这样的设定与故事模式有些累赘属于屋上架屋，创新性其实不大。要害在于，既然唐僧师徒已经取了一遍真经，再取一遍有何意义？然而，中国古代小说创作技法中，有一种所谓"比较法"❶，相似的东西，要让它再表现一次，例如，《水浒传》有武松打虎，又有李逵打虎。《封神演义》在前代《武王伐纣平话》在殷交故事的基础上，又弄个类似的殷洪故事，凭空多出了三回类似的故事。《西游记》中也有三调芭蕉扇。就是说，通过重复一次，来写出故事的不同，形成一种"同中有不同"的比较。

《后西游记》就是用"比较法"，来重写一次《西游记》故事，进而在"重写"中注重写出不同，写出差异、变异。这样在总体重复的结构模式之下，又有了巨大的情节创新，比如《西游记》中写孙悟空海外拜师学艺，在菩提祖师处学到了神仙变化之术。而《后西游记》也写孙小圣海外拜师学艺，在悟真祖师处学仙修真。悟真祖师显然是戏拟道教内丹派的名著《悟真篇》，该书包含黄婆、婴儿、姹女等术语，本来是指修炼的一些状态并非真的指老年妇女、青年女性。但这位悟真祖师却真的跟姹女——年轻女子在一起"修炼"。孙小圣偷看之下，才发现：

> 到了夜深黑暗，拿出他的猿猴旧手段，轻轻地从前殿屋上直爬到后殿菩提阁边，从窗眼里往内一张，只见两支红烛点得雪亮。一个皮黄肌瘦的老道士，拥着三四个粉白黛绿的少年女子，在那里饮酒作乐；又一个黄衣老妇，在中间插科打诨道："老祖师少吃些酒，且请一碗人参肉桂汤壮壮阳，好产婴儿。"

这段故事很有戏剧性、喜剧性、讽刺性。本来《西游记》中孙悟空海外求仙，求得了真仙，而孙小圣求仙却遇到了假仙。这实则是讽刺道教的虚伪、荒唐。类似的使用"比较法"的情节还有很多。如第十七回、第十八回，唐半偈师徒与解脱大王斗法，在诸多内容上都是对百回本《西游记》的重复与模拟，只是在模拟中注重写出不同，尤其是注重写出唐半偈被妖怪抓住后的坚毅、沉着，以彰显与唐三藏被抓后的孱弱、哭泣不同。这就是一种比较。

还如第十九回"唐长老坐困火云楼　小行者大闹五庄观"，唐半偈师徒到五庄观，这是对百回本《西游记》五庄观故事的重写、续写，既延续了百回本中五庄观故事的已有情节，又因时制宜生出了新的枝节。此回故事，最后归结到镇元大仙请唐半偈师徒吃人参，属点题之笔。如此之类照应百回本内容的情节与布

---

❶　郑祥琥.论中国古代白话小说创作中的比较法［J］.语言与文化研究，2016（3）.

局，处理得颇为得当，很有续书的意味。

三、《后西游记》的讽刺、幽默艺术

《后西游记》继承了百回本《西游记》讽刺、幽默的衣钵，其喜剧性叙事风格最接近百回本《西游记》。这一点，让《后西游记》在诸多《西游记》续书中独树一帜。幽默、讽刺的内容贯穿全书，如第五回延续了百回本中阿傩、迦叶向唐僧师徒"索贿"的情节：

> 后面阿傩、伽叶赶来说道："你前番取经，你说不知道规矩，不曾带得人事，只送我一个紫金钵盂，轻贱取去，所以度不得世，救不得人。今番求取真解人来，须先与他说明，多带些人事来送我，方有真解与他；若不带来，莫怪临时揸勒。"唐三藏道："遵旨。但恐路远，不便携带。"送别了出来，走到山脚下，金顶大仙接住道："闻得旃檀尊者奉旨上长安寻取求解之人，倘寻着须叫他快些来，不要又似尊者前番叫我守候十余年。"❶

这段描写，像百回本《西游记》一样写出了当世佛教的贪财、虚伪。同时又增加金顶大仙等得不耐烦的内容，以讽刺当世的佛教失去了度人的耐心。再如第十四回，关于金钱问题的一段对话。小行者找太白金星要"金母"，以破解缺陷大王的"缺陷"之术：

> 小行者道："金星说，妖精弄人缺陷者，只因这方地土薄，所以被他钻来钻去。他送了我一粒金母，叫我埋在地下，化成阴汁将地土培厚，任是妖精也钻他不动了。妖精钻不动，缺陷自然渐渐填平。"唐半偈道："论理最是，但不知可果然灵验？"猪一戒道："自然灵验。"唐半偈道："你如何定得？"猪一戒道："如今的世界，有了金银，哪里还有什么缺陷！"唐半偈点头道："虽非正论，意亦可取。"

猪一戒说："如今的世界，有了金银，哪里还有什么缺陷！"有着很强的幽默效果。这当然是讽刺世道的拜金主义。从这段话来看，《后西游记》显然应是晚明

---

❶　天花才子．后西游记［M］．沈阳：春风文艺出版社，1981：46.

时期的作品，而不可能是清初的作品。拜金主义在明中叶以后蔚为流行，受到了诸多作家的批判。而清朝定鼎，中国社会经历巨大创伤之后，拜金主义有很大收敛。对拜金主义的讽刺在百回本《西游记》中已经很明确了，在这一点上，《后西游记》显然继承了百回本《西游记》的衣钵。

第六节　明代三大西游续书之三《西游补》

《西游补》共16回，约作于崇祯十三年（1640）前后，今存明崇祯十四年刻本。作者自清代以来，即被认为是吴兴人董说（1620—1686）。但20世纪80年代高洪钧、傅承洲等学者提出异议❶，认为《西游补》是董说的父亲董斯张所作。此说受到著名西游研究者苏兴等人的反驳。从证据链来看，"董说所著"是有确凿证据的。董说著有《丰草庵集》刊本，其中诗的部分有顺治七年（1650）所作《漫兴诗》十首，其中第三首说："西游曾补虞初笔，万镜楼空及第归"之句，其下有自注："余十年前曾补《西游》，有《万镜楼》一则。"此说法很明确。据此可推断，董说在明崇祯十三年（1640）曾补写西游故事。❷

现在问题在于这一年董说只有20岁。这个年龄的古代知识分子，绝大多数都是在科举考试中浮沉，还谈不上把精力用于诗文，更遑论小说。而且从《西游补》的讲述风格、语态等来看，并不像青年人作品。所以傅承洲等学者认为，《西游补》是董说父亲董斯张的遗作，董说只是进行了编辑、补充。❸此说略有些牵强，但不是完全没有可能。

其实，从《西游补》的结构较为新颖这一点来看，《西游补》倒更像是年轻人的作品，因为恰恰是年轻人善于创新，善于打破小说创作的陈规。只是《西游补》给人以一种暮气沉沉的感觉，不像年轻人的状态，但也不排除当时20岁的董说，学着做八股文代圣人立言的姿态，写一些老气横秋的文字。实际上，我们仔细分析《西游补》的文字后发现，很难说作者的阅历很深。因为《西游补》中对社会问题都是一些空泛的批判，论奸臣也只能以秦桧为代指，并不能具体说到晚明的具体的人和事，即《西游补》中都是一些空泛的缺乏针对性的议论。这都说明《西游补》的作者并非阅历很深，恰恰是阅历不深，只能空泛地议论而已。

---

❶ 高洪钧.《西游补》作者是谁？［J］.天津师范大学学报，1985（6）.

❷ 见刘半农先生的文章《〈西游补〉作者董若雨传》。

❸ 傅承洲.《西游补》作者董斯张考［J］.文学遗产，1989（3）.

此外，从文学进化的角度，《西游补》所包含的故事，尤其是其独特的穿越式叙事结构，都有其文学基因的来源。《西游补》很注重从前代文言小说中选择因袭所需要的文学基因。一方面从《周秦行纪》《温泉记》中吸取了一些"类穿越结构"的文学基因，另一方面从"入冥记"一类的作品中选择因袭了大量文学基因。

一、《西游补》的穿越结构及其影响

国外研究者对《西游补》这部作品很重视，涌现了多部研究专著和博士论文。❶ 大概是国外学者认为，这部作品有着后现代、意识流的结构。在笔者看来，《西游补》可以算作人类历史上较早的一部穿越作品。在小说中，孙悟空可以在"古人世界""未来世界"间穿越。同时，又谈到了青青世界、懵懂世界，类似于现在西方科幻文学所说的"平行世界"。当然，《西游补》的这些奇特结构，跟佛教的过去未来、三千大千世界的教义有关，但《西游补》小说确有掩饰不住的后现代结构。

《西游补》这部作品，以其独特的结构，在中国文学史上有一定的地位。例如，《西游补》可能对《红楼梦》的成书有一定影响，对此周策纵先生进行过分析。❷ 但更值得注意的是，《西游补》对当代西游影视作品的重要影响。《西游补》主要影响了中国香港的西游影视作品。1995 年的电影《大话西游》在情节架构上受到《西游补》的极大影响。《大话西游》像《西游补》一样，也是在牛魔王、铁扇公主那一段故事中，展开插曲，这插曲实为一个穿越故事。《西游补》中，孙悟空穿越到古人世界，见到项羽。又穿越到未来世界，审了秦桧之案。

在电影《大话西游》中，铁扇公主与孙悟空有不正当男女关系，这一设定，实则最早见于《西游补》，该书第十五回，一个人自认是孙悟空的儿子：

> 那将军道："……我是大闹天宫齐天大圣孙行者嫡嫡亲亲的儿子！"……
> 那将军道："你还不晓其中之故：我蜜王与我家父行者，原是不相识的父子。家父行者初起在水帘洞里妖精出身，结义一个牛魔王家伯。家伯有一个不同床之元配罗刹女住在芭蕉洞里者，此即家母也……（家父）径到芭蕉洞里，

---

❶ 赵红娟.《西游补》的境外传播与研究及其学术理路［J］.浙江外国语学院学报，2011（2）.

❷ 周策纵.《红楼梦》与《西游补》［M］//北京：红楼梦研究集刊（第五辑）.上海：上海古籍出版社，1980.

初时变作牛魔王家伯，骗我家母；后来又变作小虫儿钻入家母腹中，住了半日，无限搅抄。当时家母忍痛不过，只得将芭蕉扇递与家父行者。家父行者得了芭蕉扇，扇凉了火焰山，竟自去了。到明年五月，家母忽然产下我蜜王。我一日长大一日，智慧越高。想将起来，家母腹中一番，便生了我，其为家父行者之嫡系正派，不言而可知也。"话得孙行者哭不得，笑不得。❶

这段叙述，堪称是"脑洞大开"。但它已明确了孙悟空与铁扇公主有不正当关系。为 1995 年的电影《大话西游》所继承，亦为后来诸多的西游电影，如《大梦西游 2 铁扇公主》所继承。此外，《西游补》第十六回提到与孙悟空同年同月生的鲭鱼：

> 虚空主人道："天地初开，清者归于上，浊者归于下；有一种半清半浊归于中，是为人类；有一种大半清小半浊归于花果山，即生悟空；有一种大半浊小半清归于小月洞，即生鲭鱼。鲭鱼与悟空同年同月同日同时出世。只是悟空属正。鲭鱼属邪，神通广大，却胜悟空十倍。他的身于又生得忒大，头枕昆仑山，脚踏幽迷国；如今实部天地狭小，权住在幻部中，自号青青世界。"

这样一个设定，被后来中国香港于 2002 年拍摄的电视剧《西游记》袭用，创作出悟空与花仙的共生。

二、《西游补》所因袭的前代文言小说基因

《西游补》最主要的创新在于它的穿越式结构，小说中的孙悟空在过去、现在、未来之间穿越。这一结构在中国古代文学作品系统中是有一定创新性的。这一结构虽然很新颖，但从文学基因的来源上看，也并不是无本之木，无源之水。一方面它可能受到佛教中过去未来观念的影响，另一方面唐宋的文言小说中已经有了一些"类穿越"的作品。

这种"类穿越"作品，包括唐代韦瓘的《周秦行纪》，宋代秦醇的《温泉记》。《周秦行纪》以牛僧孺为第一人称，讲他误入汉文帝母薄太后庙，与汉高

---

❶　董说.西游记校注［M］.李前程，校注.昆仑出版社，2011.

祖戚夫人、薄夫人、王昭君、南齐潘淑妃、杨贵妃等人相会饮酒、作诗，最后诸人商定由王昭君侍寝。❶ 类似地，秦醇的《温泉记》写自己入骊山，遇到杨贵妃后，杨贵妃侍寝。在古代，这一类作品，堪称"大逆不道"。

但这些作品带有明显的"类穿越"结构。董说应是吸收了这种"类穿越"结构，将之发展为较显著的穿越结构。在具体的情节上，《西游补》保留了《周秦行纪》《温泉记》等前代"类穿越"作品中前代王妃侍寝的文学基因。

本来《西游记》中的孙悟空并无男女关系方面的故事。但董说为了吸收《周秦行纪》《温泉记》等"类穿越"作品中的文学基因，需要进行一定改造，他吸收了元代以前猴故事的文学基因（在此前的猴故事中，有猿猴"性淫"的故事成分，典型的是唐传奇《补江总白猿传》）。而在百回本《西游记》中，完全删去了猿猴"性淫"的内容，孙悟空在做妖时完全未展现出对女色的关心。在取经路上，孙悟空几乎毫无"男女情欲"的展现，百回本中几次涉及女色、情爱的故事都是针对唐僧、猪八戒，并未把孙悟空设定为情爱故事的主角，而在《西游补》中则谈到了"孙悟空的情欲"。其中一部分明显继承了元代以前猴故事猿猴"性淫"的文学基因。如第六回讲孙悟空非礼虞姬：

等妾慢慢说来：这个猢狲果然可恶！竟到藤榻边来，把妾戏狎。妾虽不才，岂肯作不明不白，贞污谁辨之人！当时便高叫侍女；不知这猢狲念了什么定身诀，一个侍女也叫不来。妾道侍女不来，就有些蹊跷，慌忙丢下团扇，整抖衣裳；那猴头怒眼而视，一把揪住了我，丢我在花雨楼中，转身跳去。

这虽是孙悟空假变的虞姬的口述，然而这段描写，显然有元代以前猴故事中猿猴"性淫"的文学基因。当然，这里的关键其实是《周秦行纪》《温泉记》等"类穿越故事"中前代王妃侍寝的文学基因。

《西游补》除了在"穿越结构"这一点上吸收了前代文言小说的文学基因，在书中次一层级的故事，亦大量从唐宋，乃至晚明的诸多小说作品中吸取了所需的文学基因。如孙悟空审秦桧的情节，显然选择因袭自《水浒传》第七十四回"李逵寿张乔坐衙"的情节。

而关于秦桧在阎罗殿受刑的内容，显然深受此前"入冥记"一类文学作品的

---

❶　鲁迅. 唐宋传奇集［M］// 鲁迅全集（第十卷）. 北京：同心出版社，2014：182.

影响。这类作品在古代数量极多，如宋人所作的《高俊入冥记》《黄十翁入冥记》《郑超入冥记》等。在百回本《西游记》中亦有"入冥记"的内容，如第三回中孙悟空大闹森罗殿，第十回唐太宗地府还魂的内容。

三、《西游补》对"奸臣"问题的不成熟认识

董说《西游补》写秦桧在冥府受刑，可以看作百回本《西游记》中"入冥记"内容的一种基因继承，但亦包含了极大的变异。如果说，百回本《西游记》关于地府与入冥的内容，主要是为了表达作者的反抗精神，对命运不屈服。而董说《西游补》中秦桧入冥的内容，则主要是为了抒发对奸臣的痛恨。但是要注意的是，奸臣历朝历代均有，以"通敌""弄权""谋反""太监乱政"等为不同的特征，秦桧的特征在于"通敌"。说明董说主要是对"通敌"类的奸臣非常痛恨。

在董说创作《西游补》的崇祯十三年（1640）前后，明朝的统治风雨飘摇。此前抗清将领袁崇焕被以"通敌"罪名凌迟处死，百姓被"反间计"误导，均非常痛恨袁崇焕。应该说，在明亡前夕，整个明代社会非常痛恨奸臣。明代社会一乱至此，当然与奸臣有关，尤其与太监乱政有关。但是具体到崇祯帝统治时期，政局的混乱显然不应由奸臣负责，因为正如史论者所云"崇祯五十相"，崇祯统治时期频繁更换内阁成员，导致政策无连续性，各项事业一片混乱。

而《西游补》中的内容显示，一方面董说并不恨太监，另一方面却把秦桧这样的奸臣视为问题的关键，恨不得对秦桧千刀万剐。这显然找错了原因，说明董说对明亡前夕朝政的解读非常不成熟。从这个角度来说，《西游补》更像是董说创作的，而不是董说之父董斯张。因为20岁的年轻人更具有一种"怒发冲冠"的血性，但缺乏较深刻的政治分析能力。

四、《西游补》的政治影射问题

如果说，《西游补》对秦桧阴间受审情节的描写，是一种政治影射，那么是影射谁呢？[1]这是一个值得思考的问题，因为这一问题跟《西游补》的作者与创作时间是有一定关联性的。虽然这一问题很难获得较好的逻辑解释。

---

[1]　傅承洲.关于《西游补》的几个问题［M］//戊戌集——宋元明清文学论稿.南京：凤凰出版社，2018：326—329.

苏兴先生认为，《西游补》可能创作于明亡之后，影射了崇祯与弘光政权的一些时事与人物。❶苏兴先生明确说《西游补》的"具体写作时间可能是清顺治六年一个整年到顺治七年初（1649—1650），为了避文字之祸，在出版时倒填年月"。❷此说，逻辑极为跳跃，证据链有多种缺失，很值得商榷。根据《西游补》最早刻本上嶷如居士所作序标明的时间"辛巳中秋"，辛巳为崇祯十四年（1641），则此刻本为明代刻本，也就是明崇祯十四年刻本。这是一个基本事实，不可随意怀疑。如果只凭猜想，就怀疑刊刻时故意胡乱写的"辛巳"，那别的所有小说序言中提到的刊刻时间，都存在问题。这将是对确定古代小说出版年月的很大一个颠覆性思路。那么，所有古代小说的出版年月，都有可能是胡乱标注的。

而且从《西游补》的内文来看，也不支持作于明亡之后的说法。鲁迅先生在《中国小说史略》中就因为《西游补》中没有流露出明亡之后本该有的大悲大痛，而判断其创作于明亡之前。鲁迅先生的看法，是很有见地的。

明亡之后，整个思想界都认识到，明亡与崇祯帝有很大关系，逐渐开始把明亡原因归于崇祯的乱政。而在《西游补》中明显还是"只反奸臣，不反皇帝"的思维，书中对崇祯皇帝并没有明显的批评，只是把所有的问题推到"奸臣秦桧"的头上。仅从这一点来看，《西游补》一书也不可能作于明亡之后。

《西游补》抽象地批判奸臣，以秦桧为代指。恰恰也说明，在作者创作《西游补》之时，其实也是"无的放矢"，并不能确定崇祯年间的奸臣是谁，所以只能以秦桧为代指，只能大而无当又且空泛地批判奸臣，并无明确的、特定的奸臣目标。这也正是崇祯时期朝政状况的反映，所谓"崇祯五十相"，崇祯时期并没有一个对朝政有较大控制力的奸臣。崇祯时期的内阁成员像走马灯一样换，以至于难以确定"奸臣"是谁。

故而，严格来说，《西游补》并没有具体影射谁。又因为《西游补》作于崇祯时期，未能认识到问题的根源在于崇祯帝本人，只能空泛地"只反奸臣，不反皇帝"，空泛地以秦桧为奸臣的代指，进行无的放矢的批判。

由此进一步来分析，傅承洲先生认为，《西游补》的作者对明代社会有清楚的了解和深刻的认识。此说恐不确切。为何？因为《西游补》中并没有明确提到明代的人和事，也没有对明代的状况做出准确的判断与提出对策。仔细来看，

---

❶ 苏兴.《西游补》的作者及写作时间考辨 // 苏兴学术文选［M］.上海古籍出版社，2011：236—283.

❷ 苏兴，苏铁戈.说《西游补》之破情根与立道根［J］.北方论丛，1998（6）.

《西游补》中的文字都是一些空泛、没有所指的议论。恐怕并不是一个阅历丰富的中年人的手笔。这恰恰符合一个涉世不深，又情绪激昂的年轻文人的状况，即空有一腔热血，但并无准确认知。因此，认为 20 岁的董说撰写了《西游补》，应是符合历史事实的。

清代：西游故事的后期进化

唐、宋、元时期，西游故事的进化不可谓不发达，但西游故事只是当时社会上正在进化的诸多故事之一，是几百个正在进化的较重要故事之一。西游故事在唐、宋、元时期没有取得经典故事的地位，到明代中后期，随着百回本《西游记》的横空出世，西游故事才成为经典。故而明代中后期，实是西游故事进化史上的一个转折点。其转折之处在于：明末以后，尤其是清代，西游故事不再以普通故事而流传。在清代的任何时候、任何地域，西游故事一登场就自带"文学经典"的光环。西游故事一登场，就与别的故事不一样，因为它是文学经典，人们对它格外关注与欣赏。

从这个角度来看，清代的西游故事进化，与唐、宋、元时期，乃至明代的西游故事进化，很不一样，有其独特的研究价值。唐、宋、元时期的西游故事进化，是一种"前期进化"，有其方向性，是面向文学经典的诞生而不断积累、不断酝酿。明代的西游故事进化，是其进化的成熟阶段，西游故事文学经典直接诞生于明代的进化氛围中。而清代的西游故事进化，则是文学经典诞生之后的进化，是"后经典"的进化，笔者在《文学进化论新探》一书中称之为"后期进化"。后期进化的根本特点是，它所有的文学进化，是笼罩在文学经典越来越大的影响之下的。研究清代的西游故事进化的诸多材料，我们就能对"后期进化"的一些的特点、性质，有更深入的了解。这正是清代西游故事进化史的重要理论价值。

第一节　清代西游故事的进化状况

百回本《西游记》这样一部极具叛逆精神，极具心学修持意味的小说，只能诞生在明代中后期极为宽松、自由、活跃的社会氛围中，绝不可能诞生在清代沉闷、压抑的社会氛围中。但有意思的是，恰恰是由于清代思想文化领域的沉闷、压抑，特别是清廷执行闭关锁国政策后，中国社会与外部社会逐渐隔绝，百回本

《西游记》在这样一种沉闷、压抑、隔离的社会环境、文化氛围中，反而更能够引起读者与社会大众的关注与思考，反而显示出巨大且重要的社会功能、文化意义。可以说，清代人正是以《西游记》一类的"涉外"著作为窗口，来看待中国之外的世界，虽然这种"通过小说看到的外部世界"是扭曲的、变形的，但至少是聊胜于无的。

因其雄奇的想象、热闹的故事情节、令人捧腹的幽默，在清代，百回本《西游记》不啻是一剂医治沉闷、压抑社会心理的良药。百回本《西游记》在清代获得了上至皇族，下至平民百姓的普遍热爱。人们爱读《西游记》，这从清代出版的大量的《西游记》版本、评点本、删节本就可以看出来。出版的蜂起，正是由读者的巨大需求所推动的。同时，诸多后辈作家亦受到《西游记》小说或大或小的影响。如《红楼梦》一书便受到《西游记》的极大影响❶，书中能看到明显因袭痕迹的内容有五六处之多，最典型的是孙悟空由石头中蹦出，而《红楼梦》正是以"石头"为基本的神话叙事。

当然，每一群读者、每一群评论者对《西游记》的关注点都不一样。有的人在《西游记》中看到一种清代所罕有的想象力；有的人在《西游记》中看到一种清代所没有的与外部世界的密切交流；有的人在《西游记》中看到了热热闹闹的娱乐内容；有的人则在《西游记》中看到道教修炼的东西。虽然对《西游记》的关注点有所不同，但对《西游记》的热爱则是所有人的最大公约数。

由于对西游故事的普遍热爱，社会上对西游故事的各类作品，有了更大的需求。人们不光想看到百回本《西游记》小说，也想看到戏曲领域对百回本《西游记》的各种搬演，想看到各种对百回本《西游记》的解读。甚至想对百回本《西游记》的一些叙事空白进行了解与探究。由此，西游故事在清代产生了诸多新的进化。

从这个意义上说，文学进化显然是由社会需求推动的。社会需求是文学进化的动力之一。社会需求促使对一个故事进行新的演绎，往新的方向发展，以满足读者大众新的文化心理、娱乐心理。一部不能满足社会需求的作品，不会被刺激而产生新的进化，只会逐渐亡佚、绝灭。因为人们已经不关心它。也正是因为读者大众关心一部作品，才会对该作品实施更贴近自己的改造。这便促进了多种多样新的文学进化的发生。

清代西游故事的进化，是百回本《西游记》成为文学经典后所紧随的"后期

---

❶　张志.《西游记》对《红楼梦》创作的影响［J］.红楼，2004（2）.

进化"。因此，从故事情节上，清代西游故事的进化活跃度在降低。百回本《西游记》一步步经典化，由是垄断了西游故事的"叙事权"。百回本《西游记》中的各则具体故事，逐渐成为西游故事的标准版本。偏离百回本《西游记》的各种西游故事"叙事"，不能够产生新的变异，不能够产生新的下一代作品，旧的作品不为读者所接受，逐渐被淘汰，逐渐亡佚。清代西游故事的进化，呈现出百回本《西游记》一统西游故事进化的状况。

再从一些细节和原有百回本《西游记》的叙事空白的进化状况来看，为读者所喜闻乐见的，还是按照百回本《西游记》的套路，来进一步有所发展，有所进化的西游故事。从这个意义上，清代的西游戏、西游续书，都是极为发达的。只是这种"发达"是以百回本《西游记》为基础的，往往是以百回本《西游记》为起点进行进化，最终往往又能符合或归于百回本《西游记》，而不像宋元西游故事进化中百花齐放、各叙一端，在西天取经过程与内容上进行五花八门创造的进化格局。

清代的西游故事进化，首先，很重要一点就是大量《西游记》评点本的出现。这些"西游评点本"几乎都是以百回本《西游记》为基础，但对西游故事进行了新的编辑、新的阐释，把西游故事的文化含义，引到了编刻者所希望的方向上去。其次，清代的西游戏曲极为繁荣，包括宫廷大戏《升平宝筏》，以及京剧与地方戏中的西游戏。再次，清代的西游续书也有较大发展。

总体来说，《西游记》相关作品，产生更大的影响是在清代。多种《西游记》评点本、《西游记》续书，都创作或重刻于清代。清代人对西游故事，有着大于明代人的热情。这可能一方面是因为清代的文化氛围偏于保守，社会各方面的想象力都被极大限制、束缚，导致《西游记》这部驰骋想象的作品，反而释放出了更大的光芒。换言之，清代沉闷、压抑的社会心理，更需要西游作品。

另一方面也要看到清代皇族对于西游作品的重视与喜好掀起了全社会的西游热。康熙皇帝命人编撰西游宫廷戏，直到乾隆时期才编成《升平宝筏》，成为清代的一部重要作品。清代皇帝及其家族对于西游作品的喜爱，显然使得《西游记》的后期进化更趋繁盛。

可以说，在清代有一股经久不衰的"西游热"，西游相关作品受到全社会上上下下的广泛热爱。探究这一"清代西游热"的情况，对于我们梳理、解析清代西游故事的进化情况，是大有裨益的。

第二节　西游评点本主导的西游主题进化

小说的评点，其实亦可以看作小说作品的进化，因为一方面，它在小说文本的基础上，增加了对文本的阐释。这种阐释往往着眼于小说的主题，能够将小说的主题往某一个方向引导。也就是，小说评点可以在小说主题方面，进行不同程度的方向性选择、进化式发展。

另一方面，优秀的小说评点，具有依附于但亦独立于小说的叙事功能。有时能够补充小说中的叙事空白，揭示小说文本深意，或帮助读者对小说进行理解，引导读者对小说进行评价。由于小说评点具有这种叙事功能，所以很多小说评点亦可以看作小说文本的进化，是一种精细进化。

具体到《西游记》的评点问题，应该说，西游评点本在清代迎来了一个大发展。在清代，先后出现了六家以金丹大道、内丹道教来评点小说《西游记》的评点本。[1] 这些内丹派评点本共同构筑了一个"阐释体系"，把《西游记》一书的主题与内蕴，向道教内丹方向进行了深入的阐发，其影响持续至今。

准确来说，西游评点本不始于清代，明末崇祯年间就刻有《李卓吾先生批评〈西游记〉》，李卓吾即著名思想家李贽（1527—1602），福建泉州人，晚年长期居住于湖北麻城等地，从事通俗小说的评点，以评点《水浒传》著称。不过，书坊间亦出现了大量托名"李卓吾"的评点本作品。当时就有人指出："《四书评》、批点《西游》、《水浒》等书，皆称李卓吾，其实乃叶文通笔也。"[2] 所谓"叶文通"，即当时吴中的一个下层文人叶昼。托名李卓吾的小说评点，很多是吴中书商雇佣叶昼撰写。

这部《李卓吾先生批评〈西游记〉》显然就是明末书商托名"李卓吾"，主要是将明末流行的"阳明心学"的一些粗浅的方面与西游故事结合起来，对西游故事进行阐释。在南开大学朱一玄先生编的近 500 页的《西游记资料汇编》中用了 90 页的篇幅，将《李卓吾先生批评〈西游记〉》书中各回的评语都一一收录，显示出朱先生对该评点的重视。这应是考虑到，虽然这些评语不是李卓吾本人所作，是叶昼伪托，叶昼的水平、视野都是很有限的，但这些评语毕竟产生于明末，叶昼毕竟是明末的一个中等水平的文人，他的各种评语能够代表明代普通文化人对《西游记》的一种或诸种看法。

---

❶ 胡淳艳.试析清代的《西游记》道教评点本 [J].宗教学研究，2007（1）.

❷ 朱一玄，刘毓忱.西游记资料汇编 [M].天津：南开大学出版社，2002：316.

细读《李卓吾先生批评〈西游记〉》中的评语，可以看出，该评点本并不是如清代评点本一样是一个"道教评点本"，该评点本并不注重从道教的角度来阐发西游故事，对"心猿意马"问题关注较少，对佛道斗争问题亦不关注。更多的是注重从世俗生活、一般性感叹等角度来阐发。故而客观来说，叶昼这些托名"李卓吾"的《西游记》评语，无论文学水平、学术水平，还是哲学水平，都不高，跟李卓吾本人的评语不可同日而语。只能说很多地方是一些咿呀学语，学着李卓吾的口气进行一些貌似高深的评点，实则关于《西游记》的重要方面，都未能进行深入、全面的阐释，有的甚至未能触及。

明末这部伪造的《李卓吾先生批评〈西游记〉》，在西游阐释史上还是很重要的，因为它开启了对《西游记》小说的评点，到了清代，清代人模仿这种评点方式，出现了一批西游评点本。其中绝大部分的学术水平是很高的，《西游记》小说的一些重要问题、重要的阐释点，他们都从多角度进行了深入的阐发。

清代的百回本《西游记》版本有多种，包括《西游证道书》[康熙二年（1663）刊本]、《西游真诠》[康熙丙子年（1696）刊本]、《新说西游记》[乾隆戊辰年（1748）刊本]、《西游原旨》[嘉庆二十四年（1819）刊本]、《通易西游正旨》[道光十九年（1839）刊本]、《西游记评注》[光绪十八年（1892）含晶子评注本]等。这些不同的清代《西游记》版本都是百回本，几乎都以明代世德堂百回本《西游记》为底本，内文会有不同程度的删改，同时还加以大量的评点，尤其是序言、前言、总批，以形成对西游故事主题与含义的重新阐释，或曰"西游主题的再进化"。

一、《西游证道书》

《西游证道书》初刊于康熙二年（1663），全称《新镌全像古本西游证道书》，编者为明末清初文人汪象旭、黄太鸿。在康熙元年刊本的《吕祖全传》，卷首题"奉道弟子汪象旭重订"，吕祖即吕洞宾，被视为内丹道教的祖师，这说明汪象旭是内丹道教的信徒。汪象旭重新刊印《西游记》有一定的传教目的。

《西游证道书》与万历二十年（1592）的世德堂本《西游记》有极大不同。第一，第九回增加了唐僧出身故事，即陈光蕊江流和尚的故事。第二，以"证道"为新的阐释方向，将作者署名列为元代全真教宗师丘处机，并附上不知从哪里弄来的，也许是自己伪造的元诗四大家之一虞集的序。

汪象旭已经注意到了百回本《西游记》中"心猿意马"问题与全真道"心猿

意马"问题的联系性，所以他认为百回本《西游记》的作者是全真道宗师丘处机。但汪象旭并没有深入展开这一话题，而只是就"心猿意马"进行了思路的统摄。所以后来嘉庆时期的西游评点者悟元子刘一明认为：

> 澹漪道人汪象旭，未达此义，妄议私猜，仅取一叶半简，以心猿意马，毕其全旨，且注脚每多戏谑之语，狂妄之词。嘻！此解一出，不特埋没作者之苦心，亦且大误后世之志士，使千百世不知《西游》为何书者，皆自汪氏始。❶

刘一明批评汪象旭未能就全真道的问题展开反而误导了大家。说明刘一明带有严肃的宗教态度，而汪象旭虽然也认识到《西游记》与内丹道教的关系，并试图深入阐释"西游故事的证道主题"。但从根本上说，汪象旭更注重小说的文学性，很多地方依然是就小说而论小说，强调小说的娱乐性。这与后来刘一明等人的道教评点本完全从内丹道教的角度来阐释西游小说，有极大不同。双方的出发点并不相同。只能说，汪象旭的《西游证道书》在"证道主题"的阐释上开了一个头，为后来各道教评点本打开了新的思路。

二、《西游真诠》

《西游真诠》为康熙丙子年（1696）刊本，点评者为悟一子陈士斌。陈士斌，字允生，为浙江绍兴人。《西游真诠》卷首有清代名士尤侗所作的序，在序中，尤侗个人的观点是"《西游记》者，殆《华严》之外篇也……记西游者，传《华严》之心法也"❷，认为需要从佛教角度阐释《西游记》。但阅读《西游真诠》后，尤侗发现悟一子是从道教角度阐释《西游记》。尤侗在序中概述了悟一子从道教角度对《西游记》的评点，最后将全书上升到"三教合一"的高度。

《西游真诠》受《西游证道书》的影响，认为作者是元代丘处机，同时也在第九回增补了唐僧出身故事。该书是一个删改的百回本，相对于明代的世德堂本，删除了很多地方。但又加入了大量评点，在每回回末有题为"悟一子曰"的长篇回评，各种评语加起来有十几万字之多。

---

❶ 朱一玄，刘毓忱.西游记资料汇编［M］.天津：南开大学出版社，2002：343.

❷ 刘荫柏.西游记研究资料［M］.上海：上海古籍出版社，1990：558.

受《西游证道书》影响，悟一子在评点时，亦主要从内丹道教、心性修持的角度，但宗教态度比《西游证道书》要严肃。如第一回在评点回目"灵根孕育源流出　心性修持大道生"时说："此回提纲二语最著意在上一句，为作者全部之统要。解者只提心字为主，妄揣混注，反昧却大道之根源，是不知道也。并不知心，竟将仙师度世真谛全然遗弃，可惜可叹。"❶ 则悟一子更注重从内丹道教和心性修持的角度来解析《西游记》。

总体而言，该书对《西游记》与内丹道教的关系问题，进行了深入的阐发。嘉庆时，悟元子刘一明对他评价极高，认为他开启了西游阐释的新时代："自悟一子陈先生真诠一出，诸伪显然，数百年埋没之《西游》，至此方得释然矣。"但这一评价并不确切，由于书籍传承的艰难，刘一明看到的西游版本有限，实则在明万历二十年的世德堂本《西游记》，就是从内丹道教的角度来解析《西游记》，悟一子陈士斌只是顺着前人的思路，有所阐发而已。

三、《新说西游记》

张书绅的《新说西游记》，为乾隆戊辰年（1748）刊本。张书绅在序中谈道，自己用几个月的时间来评点《西游记》，"予以数月之暇，注明旨趣，破其迷罔"。那么，他所谓的西游旨趣在哪里呢？在程朱理学！张书绅在总评中说：

> 《西游》一书，古人命为证道书，原是证圣贤儒者之道……今《西游记》，是把《大学》诚意正心、克己明德之要，竭力备细，写了一尽，明显易见，确然可据，不过借取经一事，以寓其意耳。亦何有于仙佛之事哉？❷

则张书绅是从心学上溯儒学再上溯程朱理学，来看待《西游记》的主题。他把《西游记》的主题归纳为《大学》的诚意。这一看法，当然有一些学究气。但是在乾隆时期，程朱理学占据意识形态地位的大背景下，有这种略带迂腐的看法，也是正常的。客观来说，吴承恩在创作百回本《西游记》时，显然亦参考了心学、程朱理学的一些相关观点。所以，张书绅的观点，无疑是在较大程度上，符合吴承恩原意的，可以作为百回本《西游记》的主题之一。

---

❶ 陈士斌撰，江凌编.西游真诠［M］.北京：中国人民大学出版社，1992：3.

❷ 朱一玄，刘毓忱.西游记资料汇编［M］.天津：南开大学出版社，2002：323.

四、《西游原旨》

《西游原旨》为嘉庆二十四年（1819）刊本，作者为悟元子刘一明。刘一明为清代著名道士，全真教龙门派第十一代宗师。从刘一明的资历来看，他显然站在了清代思想史的一个较高位置，能够代表清代人的思维水平。问题也正是在这里。

刘一明认为百回本《西游记》的主题与中心思想是"其书阐三教一家之理，传性命双修之道"。实则是以全真道与内丹道教的思想来阐释西游故事，所以刘一明亦认为《西游记》的作者是丘处机，"《西游记》者，元初长春邱真君之所著也"。

既然作者是丘处机，那就存在一个"宗教价值"的问题。因为丘处机是全真道一代宗师，一代宗师的作品必然是重要作品，甚至是宗教经典。于是乎，刘一明不再把《西游记》作为小说，也反对汪象旭在评点中的戏谑之语，而是强调《西游记》的宗教严肃性。刘一明的逻辑链条是，既然《西游记》是全真道一代宗师丘处机的作品，一代宗师的作品怎么能当娱乐作品看呢？所以刘一明无限拔高《西游记》：

> 《西游》之书，乃历圣口口相传、心心相印之大道。古人不敢言者，丘祖言之；古人不敢道者，丘祖道之。大露天机，所关最重。是书在处，有天神护守。

刘一明的这种看法，看起来像学究，非常迂腐。这虽然是他个人的行为、个人的观点，但也是一个群体问题，有时代代表性，因为文学出版往往是一个群体行为。因此，这也深刻反映出经过清代中前期的闭关锁国，由于缺乏与世界的交流（这种交流在汉、唐、宋、元、明都是大规模、大范围的，西天取经本身就是这种交流），同时也因为清廷的文化高压政策，整个清朝的学术水平，相对于前代都大规模地倒退了。这种"倒退"以一种迂腐的形式、研究无价值问题的形式、忽略真问题钻研伪问题的形式表现出来。正如《普通心理学》教科书上所谈及的"压抑的性能量"以扭曲、倒错的形式表现出来。

当然，退一步说，刘一明把一部娱乐性的小说，当成了宗教经典。这种看法，其实在当代亦不少见，如《红楼梦》"群众研究"中的一些荒诞观点，或许我们不应该进行上纲上线的批判。因为这可能只是刘一明个人的看法，可能只反映他个人的思维，不能代表时代，虽然刘一明是清代道教界的领袖人物之一。话

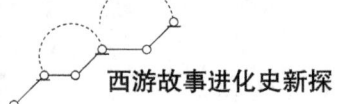

虽如此，但也不能不看到，清代嘉庆时期，中国的综合学术水平，已远远落后于同期的世界水平了，这是此前三千年都没有发生过的。自有文字记载以来，中国就是地球上学术水平、科技水平持续最高的地区之一。所以，以上所说的"倒错"还是有道理的。笔者认为，我们看待清代的学术，应该有这个视角，必须与同期的世界进行比较，否则我们得出的观点，很容易就会失真。因为离开了在世界上的领先，所谓的"领先"，只能是一种自我欣赏。

五、《通易西游正旨》

《通易西游正旨》为道光十九年（1839）刊本，无名子评点。无名子为蜀人张含章，亦是一位道士。所以该书亦是从内丹道教的角度来看待《西游记》。客观来说，但凡阅读过一些道教经典，尤其是内丹道教经典的人，都会认识到百回本《西游记》是一部按照道教经典中的修炼程序，来构思撰写的小说。《西游记》小说虽然借助了玄奘西天取经故事，但诸多的情节中，都贯穿了内丹道教的教义。《西游记》小说的一些诗词，甚至一些正文，是抄录自多种道经。对此笔者在第七章第六节已有详尽揭示。

六、《西游记评注》

《西游记评注》又名《邱真人西游记》，为光绪十八年（1892）含晶子评点本，此时已到清末，西学已逐步进入中国。但评点者含晶子思想上还未受到西学的冲击，依然是从全真道的角度来看待《西游记》。他参考了悟一子《西游真诠》的解释，但在文献学上有一定提升，故而他说："虽有悟一子诠解之本，然辞费矣。费则隐，阅者仍昧然。"就是看到悟一子有些地方未说透。

含晶子在自序中说：

> 此书探源《参同》，节取《悟真》，所言系亲历之境，所述皆性命之符。❶

这一看法还是很对的，百回本《西游记》实则有大量的内容截取、抄录自道书，不光是一些诗词，更有诸多的正文情节。含晶子对此的认识，比前人要

---

❶ 刘荫柏.西游记研究资料［M］.上海：上海古籍出版社，1990：579.

深一些。

应该说，含晶子处于西学东渐的时代，西学大量进入中国，提升了文人的思维能力。虽然他讨论了与悟一子、悟元子相同的话题，但逻辑水平、文献利用水平、认知水平，可能要比他们高。尤其是悟元子在《西游原旨》中将《西游记》"道经化"，尤为不可取，是一种纯粹的封建迷信。

综上所述，自清代开始，随着阳明心学热潮的消退，清代人已不注重从阳明心学的角度来阐释《西游记》了，但清代人依然吸取了心学的一些内容，用于《西游记》的阐释。从汪象旭《西游证道书》到刘一明《西游原旨》，清代人主要是从全真道、内丹道教的角度来阐释《西游记》。清代涌现的西游评点本，主要是从这个角度，但也吸收了一部分心学的内容。

在诸多评点本的阐释与塑造下，"心性的问题"成为百回本《西游记》的一个主题，虽然这个主题可以有许多具体的方面、不同的说法，但归其根本，则都可以归结到"心性的问题"。至此，在漫长的进化历程中，西游故事的主题发生了根本变化，从一个取经故事，变成了一个心性修持的故事。

而近代以来，随着洋务运动的发展，西学东渐的深入，西游故事又具有了一种政治隐喻。现代的西游故事的主题再次发生变化，由心性修持问题，进化为东西方关系的政治隐喻。❶

第三节 《天女散花》等清代西游续书

在清代，《西游记》续书亦有一定程度的发展，除了明末的多种《西游记》续书相继再版外，清代亦新创了《天女散花》等多种《西游记》续书，尤其在清末，再度掀起了"西游热"。可以说，清代西游续书的进化，逐步实现了转型，为现代"西游热"的到来奠定了基础。

一、《女仙外史》

《女仙外史》，作者吕熊，该书约成于康熙四十二年（1703），梓行于康熙五十年（1711）。该书讲述明代唐赛儿起兵反对永乐帝的故事，共一百回。全书第一回"西王母瑶池开宴 天狼星月殿求姻"涉及了两处西游后续故事，一处是

❶ 关于西游故事的主题，当代学者有大量讨论。可参见杨俊. 新世纪《西游记》研究述评［J］. 明清文学与文献，2017（1）.

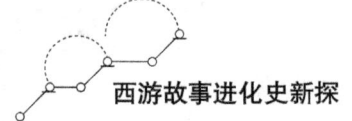

红孩子做善财童子后的情况，另一处是孙悟空成了斗战胜佛后参加王母蟠桃宴。其中涉及孙悟空的内容：

> 斗战胜佛大言曰："谁谓仙家无情？以我看来，比凡人还胜。请看王母剩下蟠桃，独与嫦娥，若说不是有情，因何不多送我一颗？"如来曰："王母送与嫦娥，礼也，非情也。犹如下界饯行一般。悟空你已成佛，何犹似旧日粗鲁？"老君云："前次蟠桃会，他一人偷食许多，今止一个，岂能遂意？怪不得他要争了。"斗战胜佛笑曰："我这个成佛，犹之乎盗贼做了官，今日撞着了对头。"合座皆笑。

讲述孙悟空成了斗战胜佛后参加王母蟠桃宴的情况。故事将孙悟空与女仙联系了起来，可能对另一部西游续书《天女散花》有一定启发。另外，在此段引文的前小半页篇幅处，亦提到"宝筏"二字，这可能对后来乾隆时期的西游宫廷大戏《升平宝筏》的取名，有一定影响。

二、《天女散花》

《天女散花》共十二回，作者佚名，亦未题创作年代。今存清末上海振圜小说社石印本，又有1924年求石斋书局石印本，题《奇情小说天女散花》。❶ 说明该书至清末民国时期亦受到读者的一定关注。原作可能初刻于清朝中期。

考虑到，明末《后西游记》的清代刊本题"天花才子评点"。清顺治末或康熙年间出版的世情小说《快心编》题"天花才子"著。《济公全传》等小说题"天花藏主人"著。清初才子佳人小说《玉娇梨》《平山冷燕》二书合刊，题名《天花藏七才子书》。说明"天花"二字在明末清初的小说界是一个流行用语，多用于才子佳人一类世情小说中。因此，或可认为《天女散花》是《后西游记》《天花藏七才子书》等书流行后，有人受其影响所创作。亦可能受到《女仙外史》的启发。

《天女散花》的作者显然仔细研读过多部《西游记》续书，所以能够找准"续书"所续的"时段"与"位置"。《西游补》写的是西游途中的故事。《后西游记》则是唐僧师徒取得真经二百年后的故事。《续西游记》写的是唐僧师徒取

---

❶ 朱一玄，宁稼雨，陈桂声.中国古代小说总目提要［M］.北京：人民文学出版社，2005：691.

得真经后回程的故事，但此故事并不符合吴承恩百回本《西游记》，因为在百回本《西游记》中唐僧师徒飞回了东土大唐。

而《天女散花》则像《续西游记》一样从唐僧取到真经之后写起。不同的是，相对于《续西游记》未严格接续百回本《西游记》，《天女散花》则是严格接续百回本《西游记》：唐僧师徒取得真经后，飞回了大唐，然后又飞回了西天。故事从唐僧师徒回到大唐，再回到西天之时讲起。"去年今天，乃唐三藏到来取经之日。今年又到了这一天，本佛祖曾派执殿金刚驾云护送，至今尚未回来，不知途中有何险处？……正在谈论之中，忽见金刚带同唐三藏等落下云头，谒见如来佛。"

为何故事会由唐僧师徒引申到天女呢？所谓"天女""乃天宫之仙女"。"因那些妖魔专爱美色，故以天女试察若辈孽心。"故而如来佛祖请天女散放天花，斩妖除魔。由此，整部小说的立意，被引申到了"女色"问题。为何小说作者会有如此构思？为何会将西游故事引向男女问题？这一点现在已难以测知。主要在于不知作者与创作背景。若能考知该小说的作者，我们对该小说的认识会更深一层。

小说第一回，涉及百回本《西游记》原著，在逻辑上存在的一个问题。唐僧师徒西天取经的路上遇到大量妖魔鬼怪，有的被收服，有的被打死，但一些小妖只被打散。这就存在一个紧迫的问题，这些遗留在西天路上的小妖怎么办？小说《天女散花》正是从这个角度进行了思考和探索。

该小说第五回、第六回中，天女被妖僧骗入内室的故事，可能因袭自明末的小说集《欢喜冤家》第十一回"蔡玉奴避雨撞淫僧"，类似淫僧的故事亦见清初的小说《偕佳丽》。考虑到种种因袭，以及作者正统的态度，不排除《天女散花》作于清康熙中后期，或清乾隆时期，属于清代中前期的一部小说。

从思想内容来看，《天女散花》主要的角度是"刺淫"。作者有着较为正统的男女观念，对开放的男女关系，较为不满。小说中的主要故事实则涉及男女关系问题。所谓的"天女除妖""唐僧师徒加入除妖"，实则从男女关系角度来展开。

如第十回的妖怪是何首乌变的，专门祸害青年女子，"唐僧闻得此种情形，即屈指一算，知道那妖精乃屋后竹园中平土三尺有何首乌一具，生于土内有五百年之久，故能变成人形盗取女子元精，积炼成丹。如今连这小姐，共缠死一百零八个女子"。此故事虽与百回本《西游记》中猪八戒娶亲故事有些接近，但立意并不同。百回本《西游记》故事中并无明显的色情成分，但结合全书来看，《天女散花》中内容已涉及"刺淫"。

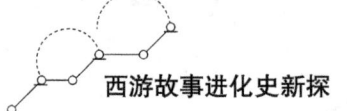
要之，《天女散花》的男女观念，与明末的小说极为不同，这显然是清代社会观念趋于保守的产物，反映了清代中前期社会观念的变化。

三、清末西游续书

值得注意的是，清中期，在小说领域，并未再涌现出其他的《西游记》续书。但清中期，尤其是乾隆时期，清代的"西游热"还在持续。直到清道光以后，清代社会的"西游热"才逐渐消退，但至清末，"西游热"再度爆发，社会上出现了多种西游续书。

最集中的西游续书出现在宣统元年（1909），这一年多位小说家不约而同参与了西游续书的编写。1909 年著名报人陈景韩出版了《新西游记》（共 5 回），1909 年李小白出版了《新西游记》（30 回）。1909—1910 年鸳鸯蝴蝶派小说家奚冕周、陆士谔在报纸上连载小说《也是西游记》（20 回）。可见，1909 年，中国文坛出现了一股新的西游热，一年之间涌现出了陈景韩、李小白、陆士谔等人创作的三部西游续书。

这种集体"涌现"绝不是偶然，证明西游故事一定有可以与清末时代共振的内容。小说家们在西游故事中找到了时代热点，以至于不约而同开始创作西游续书。1909 年是宣统元年，清帝国已摇摇欲坠。从内容上看，这些西游续书并非面向过去，而是面向未来，因此，这也预示着西游故事将在现代社会迎来新的大爆发。

这些西游续书，发表时虽处于清末，但并非延续典型的古典小说主题与情趣，实则比较注重"维新"，亦注重吸收西方作品的意象、形象，其内容与民国作品相差不大，其影响亦主要发生在民国时期，故这里暂且不谈，放到本书现当代部分进行详细论述。

第四节　清宫大戏《升平宝筏》的政治教育功能

《升平宝筏》是乾隆时期的刑部侍郎、宫廷戏曲家张照（1691—1745）遵乾隆皇帝之命，创作的 10 本 240 出的宫廷大戏。其内容大体照搬了百回本《西游记》，是《西游记》小说的戏曲化、直观化。在改编过程中，有所侧重，凸显了传统西游故事中所忽略，不予重点表现的西域历史文化问题，同时亦凸显了传统西游故事中所附带的中外交流内容。

这部《升平宝筏》并不是面向大众的作品，属于清皇室的"专用戏曲"。❶对于清皇室而言，这部《升平宝筏》不光有娱乐性，更有很强的知识性、教育性。所谓的知识性与教育性，就是该戏通过演绎唐僧师徒西天取经的故事，再现了西部边疆的历史与现状。对于清皇室而言，这些都不是简单的娱乐问题，而是重要的现实政治问题。这亦表明，在西游故事进化史中，西域主题会时不时发挥作用，成为阐释的阶段性重点。

一、《升平宝筏》的创作、演出源流

清初，康熙帝就曾提出要改编西游戏："《西游记》原有两三本，甚至俗气。近日海清，觅人收拾，已有八本，皆系各旧本内套的曲子，也不甚好。尔都改去，共成十本，赶九月内全进呈。"这应该就是《升平宝筏》最终被创作出来的一个重要原因，尽管《升平宝筏》直到乾隆时期才完稿。

康熙帝在观赏西游戏时，并非一个人看，往往是皇室家族全体人员坐在一起看，由此也培养了皇室家族全体人员对西游戏的热爱。乾隆帝应是继承了康熙帝对西游戏的热爱。据《啸亭续录》卷一，"乾隆初，纯皇帝以海内升平，命张文敏制诸院本进呈，以备乐部演习，凡各节令皆奏演……演唐玄奖西域取经事谓之《升平宝筏》，于上元前后日奏之。"❷乾隆帝命刑部侍郎张照创作了 10 本 240 出的宫廷大戏《升平宝筏》。此后，乾隆帝宫廷中长期演出该戏。如乾隆五十年（1785），乾隆帝八十岁寿辰，清廷在圆明园用十天演出了《升平宝筏》。

乾隆二十七年（1762）至乾隆三十一年（1766）在翰林院任职的著名诗人赵翼便在承德避暑山庄中观看过此剧，据赵翼《簷曝杂记》载：

> 内府戏班，子弟最多，袍笏甲胄及诸装具，皆世所未有，余尝于热河行宫见之。上秋狝至热河，蒙古诸王皆觐。中秋前二日为万寿圣节，是以月之六日即演大戏，至十五日止。所演戏，率用西游记、封神传等小说中神仙鬼怪之类，取其荒幻不经，无所触忌，且可凭空点缀，排引多人，离奇变诡作大观也。戏台阔九筵，凡三层。所扮妖魅，有自上而下者，自下突出者，甚至两厢楼亦作化人居，而跨驼舞马，则庭中亦满焉。有时神鬼毕集，面具

❶ 矶部彰.《升平宝筏》之研究［J］.文学遗产，2013（5）.

❷ 昭梿.啸亭杂录［M］.北京：中华书局，1980：398.

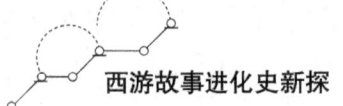
千百，无一相肖者。神仙将出，先有道童十二三岁者作队出场，继有十五六岁、十七八岁者。每队各数十人，长短一律，无分寸参差。举此则其他可知也。又按六十甲子扮寿星六十人，后增至一百二十人。又有八仙来庆贺，携带道童不计其数。至唐玄奘僧雷音寺取经之日，如来上殿，迦叶、罗汉、辟支、声闻，高下分九层，列坐几千人，而台仍绰有余地。❶

赵翼认为，乾隆帝宫廷中演《西游记》是"取其荒幻不经，无所触忌"，此看法并不全面。乾隆帝时期，多次对西域用兵。如乾隆二十三年（1758），清军一举平定了准葛尔部叛乱。而赵翼记载的乾隆帝在承德避暑山庄观看《升平宝筏》正是在平定西域之后的几年。显而易见，乾隆帝对西域有着很大兴趣，故而其观看《西游记》戏曲，显然也有一定的政治与教育意义。而且张照等人在编写《升平宝筏》时除传统的西游故事之外，亦把唐太宗平定西域的内容编写进去，这显然是为了照应现实，彰显乾隆帝平定西域、四海升平的武功。某种程度上，乾隆帝携整个宫廷集体观看《升平宝筏》也是在回顾自己的煌煌战功，以昭示子孙。

当然，《西游记》戏曲的热闹，也是乾隆帝欣赏它的原因之一，诚如赵翼所说，当西游戏曲最后演到唐僧师徒到达西天，在大雷音寺参见佛祖时，包括如来佛祖，及各色罗汉、辟支、声闻在内的演员，在舞台上高下分成九层，出演人数达上千人，其场面何其壮观！显然，乾隆时期搬演《升平宝筏》时，其场面，比现在一些西游影视剧中的场面还要宏大、壮观。

乾隆帝之后，嘉庆、道光两朝皇帝亦时有观看《生平宝筏》。据清宫档案，嘉庆二十四年九月演了《升平宝筏》九本。而道光年间，从道光十九年正月始，至道光二十一年三月结束，历时两年多，清宫演出了《升平宝筏》。

这些演出事实说明，西游戏曲《升平宝筏》很受清朝皇室家族的重视与喜爱。从康熙至道光的历代皇帝，都有着欣赏西游戏曲的爱好。

二、《升平宝筏》的内容进化与政治性的凸显

《升平宝筏》，共10本240出，改编自《西游记》。为何不以传统的"西游记"命名，要叫这样一个怪怪的名字呢？"升平"二字当是对应自相标榜的乾隆盛世，"宝筏"二字又是何意？

---

❶ 赵翼.赵翼全集（第三册）［M］.南京：凤凰出版社，2009：3.

在刊行于康熙五十年（1711）的小说《女仙外史》第一回谈到了孙悟空的后续状况。仔细看其中谈及西游后续情节的段落，在该段文字之前的五六行，谈及了"宝筏"的问题：

> 如来手举蟠桃而设偈曰：桃有万年子，人无百岁春。可怜虚宝筏，若个渡迷津？……大士见善财童子在旁注视，亦授以一枚。善财曰："菩萨想是年老健忘了。我在西天路上做大王要吃唐僧，那时菩萨抛下个箍儿，将我两手合住，再不得开，如何来接桃子？"

由是观之，至少在《女仙外史》中，"宝筏"二字，与西游故事发生了联系。此处的"宝筏"即宝贵的竹筏，有度人成仙、成佛之意。可见，传统"西游记"之名，被改为"升平宝筏"，对清王朝而言，一方面意谓"取经度人，是国家太平的途径"，另一方面亦暗含"国家平定西域，永享太平"之意。

在内容上，《升平宝筏》有 10 本 240 出，基本上以百回本《西游记》为框架，加入其他一些西游故事而组成，大体上可以认为是较完整地把百回本《西游记》改编成了戏曲。情节方面，《升平宝筏》大体照搬了百回本《西游记》。多数内容都是原样照搬，或者为演出方便，调整了一些故事的发生顺序。只是在少部分地方，有较大的增删，删除了一些旧有的故事，新增了一些独立的故事。如删除了唐太宗地府还魂的故事、刘全进瓜的故事，这显然是为了喜庆，讳言皇帝之死。

新增的故事，主要用 10 出的篇幅，铺写了"唐王率军剿灭颉利可汗"的故事，这显然是为了彰显乾隆帝平定准噶尔的功业。严格来说，"唐王剿灭颉利可汗"的故事，与西游故事并无直接关联。《升平宝筏》用 10 出的篇幅，对这一故事进行演绎，当然是为了取悦乾隆帝。乾隆二十三年（1758），乾隆帝最终平定了自康熙中期就已爆发，长达 70 年的准噶尔叛乱。这成为乾隆帝一生最重要的功业。乾隆帝对此功业显然非常自豪。乾隆帝欣赏《西游记》，有可能就跟他对西部边疆的经营与重视有关。全剧取名《升平宝筏》，显然也有颂赞升平，寄托了一定的政治理想。这与西游故事附带的政治隐喻特性是有一定关系的。因为从西游故事中，不光能看到妖魔故事，更能看到中外交流的问题。而中外交流的问题，长期以来都是一个重要的政治议题。

而从文本语言来看，传统的戏曲改编，往往由作者新创一套文字，其唱词部分往往是诗化的，而对白亦会新创。在这一点上，《升平宝筏》也许是为图省力，

只是在唱词部分进行了新创，而对白部分，《生平宝筏》中的很多文字与百回本
《西游记》完全相同，或略有改变。这反过来也说明，百回本《西游记》具有了
很强的权威性，一般作者都对百回本《西游记》有很大敬意，不会轻易改动百回
本《西游记》的词句。

　　总体而言，除了对西域历史文化、中外交流等清皇室关注的政治内容的凸显
之外，《升平宝筏》大体就是对百回本《西游记》小说进行了一个舞台化、直观
化的改编，内容几乎是较严格搬演百回本《西游记》。有调整的地方，除了"唐
王剿灭颉利可汗"的 10 出，其他都是为迎合宫廷戏曲的独特要求，如热闹、喜
庆的氛围，彰显皇家的气质等。本质上说，《升平宝筏》并不是一部面向全社会
大众的戏曲，不需要迎合大众的接受心理，而是一部面向清皇室家族与高级官
僚，有着鲜明政治教育目的的宫廷戏曲作品。这部作品从诞生到不断演出，与清
廷不断在西域用兵有一定关联。

第五节　京剧中的西游戏

　　上承元明戏曲的良好基础，清代的戏曲亦发展良好，形成了以京剧为主，辅
以多种地方戏的繁盛局面。就戏曲题材而论，在这诸多的戏曲中，西游戏是一个
较大的门类。

　　陶君起先生 1957 年初编、1963 年增订的《京剧剧目初探》，对各类题材的
京剧剧目进行了分门别类的整理。其中记录了京剧中西游戏 35 种，包括《拜昆
仑》《水帘洞》《闹天宫》《闹地府》《十八罗汉斗悟空》《倒厅门》《唐王游地府》
《李翠莲》《刘全进瓜》《沙桥饯别》《五行山》《鹰愁涧》《高老庄》《黄凤岭》《流
沙河》《猪八戒撞天婚》《五庄观》《黄袍怪》《平顶山》《火云洞》《车迟国》《通
天河》《金兜洞》《琵琶洞》《双心斗》《芭蕉扇》《盘丝洞》《狮驼岭》《无底洞》
《九狮洞》《金钱豹》《盗魂铃》《金刀阵》等。

　　这些西游剧目，绝大多数都是搬演百回本《西游记》的内容。从这些剧目
来看，京剧的西游戏有两大特点：第一是覆盖了百回本《西游记》的主要情节，
《西游记》小说的精彩段落，几乎都被改成了京剧。第二，在情节上新变不多。
元明时期的各种西游戏，并没有自然演化成京剧。京剧西游戏主要是从百回本
《西游记》选取题材。至于其他各种百回本之前的西游作品，几乎淡出了京剧的
视野。换言之，百回本《西游记》发挥了笼罩性作用，其他各种百回本之前的西
游故事作品，基本被淘汰了。

京剧西游戏的主体都是较严格按照百回本《西游记》来演出，但也有一些剧偏离了百回本《西游记》的轨道，有的剧不见于百回本《西游记》。如《十八罗汉斗悟空》从孙悟空大闹天宫脱出，讲天兵天将捉拿悟空，难以降服。如来遣十八罗汉与悟空酣斗。这一情节严格来说，不见于百回本《西游记》，只能说属于百回本《西游记》情节的自然延伸或补充。

再如《金钱豹》一剧讲金钱豹强娶民女，孙悟空请天兵降服金钱豹。陶君起先生注明该剧"不见《西游记》"。类似的还有《盗魂铃》，据分析，其旧本是从《西游记》中的盗紫金铃脱出，但这个《盗魂铃》与旧本不同，陶君起指出它"专为反串，卖弄噱头"。

在清代，不光是京剧，各地方剧种中亦有大量西游戏。陶君起《京剧剧目初探》亦有涉及，该书整理京剧剧目，其他剧种中有的，亦进行说明。如指出："徽剧、秦腔有《花果山》"，《高老庄》"清平剧、秦腔、同州梆子、河北梆子都有此剧目"。

京剧等戏剧对西游记的搬演，极大地推动了西游故事的传播，使得一般不识字的老百姓亦能知晓《西游记》，知晓孙悟空的故事。

20 世纪初叶，电影开始兴起，京剧对于早期中国电影产生了较大影响。具体到西游戏，这种影响是极为明显的。京剧中的一些热点西游题材，往往成为后来西游电影的热点。京剧西游戏的一些显性、倾向性表达方式、呈现方式，亦往往为后来的西游电影所继承、所吸收。如京剧《盘丝洞》，陶君起指出：

> 见《西游记》第七十二——七十三回，内容与原书不同。旧以吹腔为主，梅巧玲曾演出，荀慧生改为皮黄。有的演出偏重色情。秦腔有此剧目。❶

说明在《京剧》当中，盘丝洞的故事以其诸多的蜘蛛精形象，而受到一些观众的欢迎。一些盘丝洞的演出，尺度较大，迎合了部分观众的不雅观赏需求，故而"有的演出偏重色情"。这样一种倾向性的表达方式，实则影响了早期的西游电影。1927 年的《西游记·盘丝洞》电影，便因女演员衣着暴露而被视为有伤风化。1967 年，中国香港邵氏电影公司的《盘丝洞》亦以女演员大胆的"类似泳装"的出镜方式，成为一时的噱头。

关于京剧中的西游戏，还有一点值得特别说明，京剧中的西游戏，相比于三

---

❶　陶君起．京剧剧目初探［M］．中国戏剧出版社，1963：157.

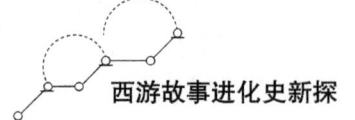

国戏、水浒戏等，算不上是一枝独秀。对陶君起《京剧剧目初探》中所列材料，进行一定统计，能够说明这一点。

陶君起《京剧剧目初探》中有"三国故事戏"，其所说"三国"，指的是三国那个时代，而非"三国演义"的代称。但其中收集的三国故事戏，绝大部分都跟小说《三国演义》有关。如《三结义》《鞭打都邮》《捉放曹》《七擒孟获》《落凤坡》《八阵图》等，有近150种。

《京剧剧目初探》中"水浒戏"有72种。如《生辰纲》《武松打虎》《狮子楼》《快活林》《打渔杀家》《美人一丈青》等。

《京剧剧目初探》中"杨家将戏"有36种，如《打潘豹》《杨七郎吃面》《辕门斩子》《太君辞朝》等。

陶君起《京剧剧目初探》中"红楼戏"有22种，如《黛玉葬花》《贾政训子》《晴雯补裘》《宝玉出家》等。

从这一统计数据来看，在京剧时代，西游戏的数量（35种）远低于三国戏（150种）、水浒戏（72种），略低于杨家将戏（36种），但高于红楼戏（22种）。这说明，在京剧时代，三国戏、水浒戏、杨家将戏的社会关注度都高于西游戏。

然而到今天，情况发生巨大变化。在影视领域，西游影视作品已呈现出一枝独秀的状态。尤其是近十年来，每年都要新增三四部西游影视作品，且几乎每年会有一部西游电影获得高票房。总的来看，西游影视作品已有近百部，而近三十年三国影视作品则有30多部，水浒影视作品约20部，红楼影视作品则更少。可见，西游影视作品的数量超过了三国影视作品、水浒影视作品、杨家将影视作品、红楼梦影视作品的总和。

这一现象本身就很值得研究。为何在京剧时代，观众如此喜欢看三国戏？又为何西游影视作品能够在当代异军突起，繁荣程度远远超过三国影视作品、水浒影视作品？这反映了怎样的时代变化、技术变化以及文学变化？

我想，其中可能有影视技术、影视成本的原因，但亦有文学进化的因素。从影视技术来看，随着技术的发展，从前京剧中不能表现的西游故事的雄奇、壮丽的想象，现在可以在大荧幕上表现。京剧中的西游戏，那种种神仙鬼怪的变化、恐怖震撼的场景表现不出来，天上地下飞行纵横的神仙道法亦表现不出来。京剧中的西游戏显然是单调的，要靠观众自己的想象来填补其中无法表现的成分。而《西游记》电影显然极大弥补了京剧的不足，可以通过画面的剪辑、电脑特效、特技，构造出瑰丽的神鬼世界，呈现出雄奇、壮丽的影视画面，这一点使得西游电影相对于西游京剧，有着不可同日而语的视觉效果。可以说，从京剧西游戏，到西游影视作品，发生的绝不是简单载体的变化，而是一种质变，是乌鸦变凤凰。而三国戏、水浒戏、红楼戏在当前的影视时代，相对于京剧时代虽有变化，但并非本质性的变化。

再从影视成本的角度看，三国戏一般要调动千军万马，要形成真实、壮丽的场景，大量的人员、服装、道具，这都是成本不可承受之重，使得三国电影难以盈利。因为按照中国电影分账制度，成本一亿元人民币的电影，票房达到三亿元人民币，投资方、制片方才能盈利。而票房要达到三亿元人民币，并不是一件很容易的事。这一点极大限制了三国电影的发展。即使另辟蹊径，通过削减三国电影的成本，来增大盈利的可能性，也难以实现。因为既然拍摄成本上不去，三国电影中那种必须有的大量群众演员集聚起来的千军万马的场景，就难以实现。没有了千军万马的战争场景，三国电影也就索然无味了。这便限制了三国电影的发展，杨家将电影亦受此限制。再加上其他一些原因，这就使得《西游记》电影在当代获得了长足的发展，超越了三国电影、水浒电影。

可以说，从京剧时代到影视时代，视觉效果与成本，这一对变量，经历了二律背反式的变化。在"视觉效果"较差的京剧时代，三国京剧整体效果强于西游京剧。而在"视觉效果"较好的影视时代，由于成本的关系，西游影视作品的整体效果又强于三国影视作品。其中的因果变化、互为制约，大概就是辩证思维所应思考的吧。

从文学进化的角度来说，西游故事的进化除了形成文学经典百回本《西游记》，在当代的影视界又形成了一种"二次进化"与"再进化"。也就是说，西游故事从一个普通的佛教故事，历经进化，至百回本《西游记》的诞生而成为文学经典，名列"四大奇书""四大名著"。这已经是一次很大的进化突破了。然而后续进化并没有停止，在当代尤其是最近 20 年，西游影视作品的进化活跃度，远远高于三国影视作品、水浒影视作品。

而在"四大名著"的时代，大概来说，《西游记》的影响与《三国演义》《水浒传》不相上下。且至少在京剧中，《西游记》的影响实则远远低于《三国演义》《水浒传》。只有到了影视时代，西游影视作品才超越了其他各种题材影视作品，成为中国影视领域的第一大 IP。

现当代（上）：时代变迁下
西游故事主题之新变

文学进化的力量之所以能够让人感到震撼，很重要的一点在于，在当下，在文艺发展的最鲜活的"现场"，文学进化的规律依然在起着重要的支配作用。这在当代西游故事进化历程中深有体现。自清末民国以来，西游故事的进化，不但没有停止，而且呈现加速进化，越来越令人眼花缭乱的态势。其最新的进化状况有四方面值得注意：

首先，在现当代社会，西游故事成为一种隐喻。在社会意识领域，西游事迹进入中国主流社会意识，成为中国人构筑自身意识的重要支撑。在当代中国，"西游"概念不仅仅是一种古典文学概念，亦不仅仅是一种当代文学与当代影视概念，而堪称是一种"哲学"与"意识形态"概念。即"西游"概念塑造了当代中国人的世界观。

其次，在文本领域，涌现了一大批的西游续书，用现当代人的视角来再构、重构或解构西游故事。很多西游续书将唐僧师徒放置在现代社会或现代语境下，形成了"荒诞喜剧"的基本面貌，这促进了西游故事进化的进一步喜剧化。结合当代文化发展状况来看，如陈景韩《新西游记》（1909）、柏杨《古国怪遇记》（1980）等作品，都应该在现当代中国文学史上占有不可忽视的一席之地。

再次，西游影视作品迎来了越来越大的爆炸式发展，极大占据了中国人的影视荧幕。西游故事成为中国影视领域的第一大题材，西游题材哺育了中国影视行业的发展。在这林林总总的西游影视剧中，"西游喜剧""爆笑西游"最为引人注目。"喜剧化"成为当代西游影视进化的主导倾向。

最后，《西游记》被传播到欧美后，产生较大影响，对欧美奇幻文学的形成有一定影响，这种"影响"又反哺自身，对当代西游类网络小说有促进性影响。网络小说中的"修仙"题材，一定程度上受到了《西游记》的影响。

第一节　现当代西游故事的重构

结合西游故事的进化史来看，西游故事的主题与主题的阐释经历了三次重大的进化，包含两次重要的转折。第一次重要转折是西游故事由玄奘佛教事迹主题，转向道教内丹修炼和心性修持主题。明代嘉靖中前期文人孙绪提出用道教内丹的"心猿意马"来解读西游故事，以至于吴承恩百回本《西游记》的诞生，再至于清代多种西游评点本，几乎都是从道教内丹修炼和心性修持的角度来看待西游故事。西游故事转而变成了一个道教故事，或曰三教合一的故事、心性修持的故事。

第二次转折则是近现代以来，一方面道教衰落，另一方面洋务运动与西学东渐的深入发展，西游故事的主题由内丹道教的心性修持，逐渐被引到了"西学东渐、东西方交流"的政治主题上。现代以来的诸多《西游记》续书，如陈景韩、陆士谔、柏杨、童恩正等人的作品，都是从这个角度展开。在进化中，西游故事具有了一种政治隐喻。这种政治隐喻在现当代尤其明显，基本取代了传统西游阐释中的心性主题。同时，在进化中，西游续书往往将唐僧师徒放置在现当代社会或现当代语境中，形成了"荒诞喜剧"的基本面貌与框架。

而这第二次转折，就是发生在现当代。所以，在现当代，西游故事经历了一个多重原因共振下的解构、重构过程。人们按照现当代社会的诸多因素，来重新理解和阐释《西游记》。《西游记》的意义，或曰其主旨、其价值取向、其意义指向，都发生了巨大而深刻的变化。导致这种"共振"的原因是多方面的，其中比较显著的有以下五方面。

第一方面，西游故事，剥除其佛教、道教背景，从世界史、国际地缘政治文化史的角度来看，则是一个西天取经，向西方学习的故事。这实际上是一个政治话语，包含了一种政治隐喻。

宋、元、明、清时人对这种"西天取经"很多持批评态度。无论欧阳修、孙绪，还是吴承恩、蒲松龄，对此都持批评态度。但近代以来中国"咸与维新"，洋务运动深入发展。所谓"洋务运动"，便是学习西方的船坚炮利，学习西方的科学文化知识。这本质上就是一个"西天取经"的过程。

第二方面，由于近现代以来，佛教和道教的衰微，导致了《西游记》的佛道背景发生了巨大的变化或重构。百回本《西游记》诞生时的明嘉靖时期，是道教极为兴盛的时代。而当代的读者，很难理解百回本《西游记》的这一道教背景。

就当代而言，佛教的影响远大于道教。这使得现当代的读者反而倾向于从佛教角度来理解《西游记》的诸多问题。更具体来说，就是现当代的读者不再受自古以来就有的"佛道斗争"或"排佛思想"的影响，而过多地贬低玄奘。近现代以来，人们对玄奘的评价越来越高。

第三方面，也因为玄奘的著作《大唐西域记》在世界上的广泛流传，欧洲的学者，印度、中亚的历史学者，都对玄奘其人有着极高的评价。这种极高评价势必传到中国，影响现当代中国人对玄奘的评价。换言之，相对于宋、元、明、清等时代对玄奘的评价偏低，现当代中国人对玄奘有了一个崇高的评价。

无论宋人欧阳修在《新唐书》中，还是清代蒲松龄在《聊斋志异》中，抑或是吴承恩本人，对玄奘的评价都是偏低的，甚至是嘲讽。出于"天朝上国"心态，他们对玄奘西天取经的行为并不认可。但现当代中国人对玄奘有着崇高的评价，在各种史书中，在各类玄奘传记中都有对玄奘连篇累牍的赞叹。据不完全统计，改革开放40多年来，出版的玄奘传记有十多种，包括钱世明的《玄奘传》（1992）、陈扬炯的《玄奘评传》（1995）、金辉的《玄奘传》（2004）、孙毓修等的《玄奘传三种》（2008）、王赵民的《解读玄奘》（2014）、陈景富的《玄奘大传》（2015）❶等。这些传记都从多方面赞赏、宣扬了玄奘的事迹，代表了当代中国人对玄奘的积极评价。

第四方面，随着中国的现代化转型，中国社会发生了巨大的变化，存在巨大的文化断层。古代文化在现当代已很难为普通读者所了解。这就导致现当代人对于《西游记》的理解，具有很大的"现代性""片面性"。从接受美学的角度来说，现代人倾向于按照现代人的观念来理解和阐释《西游记》，这与明代人的理解自然会有巨大不同。

具体来说，在当代的西游影视作品中，人们总是倾向于从爱情的角度来阐释西游故事。无论《大话西游》《春光灿烂猪八戒》，还是多种女儿国电影，如《西游记之女儿国》，吸引观众的主要是其中的爱情元素。然而客观来说，在百回本《西游记》中爱情元素被边缘化了，但在现当代的西游故事阐释中，爱情元素逐渐跃居中心。

第五方面，清末民国至今，中国社会巨变，导致西游故事亦被置身于巨变之中，具有了"故事新编""古事新编"的可能性，具有了以现代话语进行重塑的可能性，这很容易形成一种"荒诞西游喜剧"的情节架构，导致西游续书普遍具

---

❶ 陈扬炯.玄奘评传［M］.北京：京华出版社，1995.

有"喜剧化"的进化倾向。

理论上，唐僧师徒是古代的"神仙"，而神仙是不老不死的，则唐僧师徒的活动必定可以延续到当代。于是就有了陈景韩《新西游记》（1909）中唐僧师徒去清末上海的经历，中国香港电影《孙悟空大闹香港》（1969）讲孙悟空在中国香港的经历，柏杨《古国怪遇记》（1980）以现代笔法、现代语境写唐僧师徒生活，童恩正《西游新记》（1985）写唐僧师徒在当代美国的经历。这些作品都是把唐僧师徒置于现代社会或现代语境当中，客观上就形成了西游故事的"荒诞喜剧"特征。这种"荒诞喜剧"特征传承到当代西游影视作品中，就形成了当代西游影视作品的大爆发。

综上所述，在这几方面原因的综合作用下，相较于元、明、清的西游故事，近现代唐僧西游故事的内涵、意义、价值取向，实则都逐渐在发生重要的裂变。西游故事在近现代开始了新的建构，包括一系列的解构与重构的过程。各种因素都在对西游故事发生作用，这种作用是极其复杂的，往往类似于生物化合作用。即在事前难以测知其可能影响，只有到"变化过程"结束后，其作用的结果才会逐渐显现出来。

而这一系列可知的或难以测知的作用的总结果，就是吴承恩百回本《西游记》成为一部古典文学名著，同时又是一部活跃在当代的文学名著。随着时代的推移，百回本《西游记》并没有任何被时代淘汰的迹象。而所有的迹象都表明，百回本《西游记》不但不会被淘汰，其影响反而会越来越大。

当前，百回本《西游记》实则已经成为外国（主要是西方）最关注的中国文学名著之一。这种深受外国（主要是西方）关注的中国文学名著，不会超过十部，而《西游记》是当之无愧的一部。外国读者正是通过百回本《西游记》窥见中国文学。这显然让百回本《西游记》具有了越来越大的世界文化意义。

严格来说，20世纪五六十年代以来，西方兴起的玄幻小说，如《哈利·波特》《指环王》等作品，显然一定程度上受到了百回本《西游记》的影响。而反过来，西方的《哈利·波特》《指环王》等作品被好莱坞拍摄成系列电影后，被引入中国，引发观影热潮，又进一步刺激中国玄幻、奇幻电影发展，刺激了最近20年西游电影的爆发式增长。这是一个正循环。影响来自《西游记》，最终又归于《西游记》。

所谓"中国古典文学名著"，有的其实逐渐从中国人的生活中淡出，只是作为一种文学教育或文化教育的读本而存在，并非"活的"文学作品。而百回本《西游记》作为"古典文学名著"显然不是这样的，它在当代有着巨大的"娱乐功能"，尤其是在电影领域体现得非常明显。如果说《西游记》小说的娱乐功能有一定的替代性，现代人不一定通过读《西游记》小说来寻求娱乐。然而《西游记》电影的娱乐功能，则是暂时无法替代的。近二十年来，中国几乎每年都会有四五部西游影视作品，几乎每年都会有一部高票房或引起重大反响的西游影视作品，这堪称"西游热"。

这种"西游热"，这种巨大的"影视娱乐功能"，让百回本《西游记》越来越有文化魅力。百回本《西游记》被深度地植入了当代人的现实生活中。我们在日常生活中，会很频繁地看到、听到、谈到、涉及与《西游记》有关的元素。而其他绝大多数文学作品，显然没有这样大的影响力和渗透能力。

可以极有把握地推测，至少未来一二百年，百回本《西游记》将会更加活跃地出现在当代人、未来人的生活中。西游故事所展示的魅力，将会远远超过一般的文学名著。

第二节 《新西游记》等现当代西游续书

清末民国以来，出版了多部西游续书。有些书如陈景韩《新西游记》虽然出版于宣统元年（1909），但其内容已近于民国文学，与古典文学的内容，差异甚大，所以亦应放在"现当代部分"进行论述。

清末民国以来的西游续书，包括1909年陈景韩的《新西游记》，共5回；1909年，李小白的《新西游记》，共30回；1910年，奚冕周、陆士谔的《也是西游记》，共20回；1941年李无咎的《四大妖精》，共56回。中华人民共和国成立后，尤其是20世纪80年代以来，亦涌现出一批西游续书。如柏杨的《古国怪遇记》、童恩正《西游新记》，以及大量的网络西游作品。

诸多的西游续书，改变了明清时期西游故事的"证道主题"，不再聚焦于道教内丹、心性修持的主题。而是把西游故事的主题引导到了"西学东渐、中外交流"。就是说，相对于明清《西游记》阐释的"证道主题"，现当代西游续书的主题呈现出新的进化。因为随着时代的变化，社会热点变了，从前盛行上千年的道教修炼问题，已为现代科学所边缘化，不再为思想界所关注。当代中国思想界关注的是东西方的关系，是"西学东渐"问题。而西游故事恰恰对应了这一社会热点，能够与这一社会热点形成共振。由此，西游故事在现当代获得新生，再次进入了进化的繁荣期。

而且这些西游续书，内容幽默，情节荒诞，既富含批判性，又具有很强的可读性。关键在于，它们为 20 世纪 90 年代以来西游影视行业的繁荣奠定了坚实的文学基础。故而，笔者认为，陈景韩《新西游记》（1909）、柏杨《古国怪遇记》（1980）等荒诞派西游续书作品都可以在现当代中国文学史上占有一席之地。

一、《新西游记》（陈景韩，1909）

宣统元年（1909），小说林铅印了一部《新西游记》，共 5 回，署名"冷血著"。据考证，"冷血疑即陈冷，尝为《时报》记者"。❶ 则《新西游记》的作者，为近现代著名的新闻人陈景韩。

陈景韩（1878—1965），江苏松江人（今上海市），又名陈冷，笔名冷、冷血、无名、不冷等。1897 年，进入张之洞创办的湖北武昌武备学堂，接受新式教育。1904 年春，被聘为《时报》主笔。《时报》的实际投资者是流亡海外的康有为、梁启超等人。所以陈景韩受梁启超"新小说"思想的影响很大，亦开始创作一系列小说。1912 年，《申报》的老板高薪聘请陈景韩为主笔，职位相当于《申报》总编辑或副总编辑，此后他开始专心做新闻工作，直到 1930 年才离开，从事实业。陈景韩作为《时报》和《申报》的主笔、负责人，先后工作了 28 年，在中国新闻史上留下了众多有意义的足迹。

陈景韩在 1909 年出版了这部《新西游记》，虽然只有 5 回，后面未能续写下去，但内容新颖，对此后的西游续书，尤其是后来的西游影视作品有很大影响。《新西游记》讲"唐僧自从取了佛经，成了正果以后，过了一千三百余年"，时间到了清末的"当代"，因"东土的教日就衰微，能解经文的人甚少"，如来佛祖便派唐僧师徒来东土考察。唐僧师徒到了上海的租界，看到了租界中一系列新事物，如火车、电车、报馆、报纸、股票、西餐、自行车、鸦片馆等。

正如作者在《新西游记·弁言》中所说："《西游记》皆唐以前事物，而《新西游记》皆现在事物。以现在事物，假唐时人思想推测之，可见世界变迁之理。"小说的情节设定是想通过唐僧师徒之眼，看清末的社会，宛如"刘姥姥进大观园"。而其中心意图则是通过唐僧师徒看到清末社会的各种新变，并加以评判。这种新变有好的方面，如火车、电车等西方器物的引进；亦有不好的方面，如鸦片烟的大量流布。

清末时期有部谴责小说名为《二十年目睹之怪现状》（1904），而陈景韩的

---

❶ 欧阳健，萧相恺. 中国通俗小说总目提要 [M]. 北京：中国文联出版公司，1990：1163.

《新西游记》堪称一部"千年后目睹之怪现状"。《新西游记》成书于 1909 年，其时国势飘零，社会矛盾濒临爆发，作者本人有着对中国社会现状的极大不满。如第二回写到唐僧师徒进入鸦片馆的所见：

> 两人便走进那门。孙行者道："师父呀，你看那榻上眠的人，耸着肩，歪着帽，皱着眉头，撮着嘴，不是那妖怪么？你看他手里的那根哭丧棒，比老孙的金箍棒还奇，一边点火，一边出烟，你看他不呼风却吐雾，未唤雨先吞云，不是他的妖法吗？你看他拿着小针儿调那黑东西，烧在火上放出那芬芳来。你看他垂着眼，定着神，魂灵出舍，便要来迷师父了。"孙行者说还未了，忽见榻上睡的那人，打了一个欠伸，两眼一翻，声嘶音短，面无人色，现出可怕妖相来了。唐僧一看，连忙拖孙行者就走。

这段文字写到吸鸦片的人拿着哭丧棒（鸦片枪），躺在榻上抽鸦片，抽完之后都"面无人色，现出可怕妖相来了"。下文继续写八戒教唆唐僧吸食鸦片烟，最后鸦片烟上瘾，几乎要人不像人，鬼不像鬼，险些死去。文字中蕴含着对鸦片的极度痛恨。

从叙事技巧上看，《新西游记》带有一定"穿越故事"的特征，但严格来说，它并不是"穿越"，而是时序的自然发展。因为按照西游故事的逻辑脉络，唐僧师徒成佛后，可以长生不老，而且"天上一日，地上一年"，随着时光流逝，时间很快就会到现当代。由此，百回本《西游记》的续书，自然就要谈到取经成功之后若干年的事情。明末西游续书《后西游记》讲的是取经之后二百年的故事，何尝不可以讲取经之后五百年、一千年的故事？而取经之后，过了一千三百年，不正是清末民国时期吗？

循着《新西游记》的思路，时间可以设定在 1910 年，亦可以在 1960 年，亦可以在 1990 年。所以后来中国香港导演拍摄了电影《孙悟空大闹香港》（1969），中国内地导演在 20 世纪 90 年代初拍摄的 7 集电视剧《西游记外传》讲唐僧师徒来到当代中国。这些其实都是受陈景韩《新西游记》的影响。

所以陈景韩这部 5 回的《新西游记》，虽然文学性不强，缺乏足够的故事性、趣味性，有些地方近乎说教，但全文贯穿了较强的"救亡""革新"思想，在故事构思上有极大创新性。对后来的西游影视作品的发展，有着不可忽视的影响。陈景韩作为一代报人、一代小说家，他的《新西游记》自有其不可忽视的文学地位。

二、《新西游记》（李小白，1909）

李小白的《新西游记》署名"煮梦著"，共六卷30回，现存宣统元年（1909）改良小说社铅印本。书首有己酉夏日李小白《自叙》，则该书是1909年夏天完稿。可以判断，1909年中国小说界出现了一股西游热，同一年涌现出陈景韩、李小白、陆士谔等人撰写的三部西游续书。

李小白的《新西游记》讲孙悟空下界做学生后，猪八戒亦变作女子下界，报名进入安江女学堂。八戒在女子学堂做了些不堪之事，又变作男子，跟随悟空进入江东学堂，恰好唐僧、沙僧亦在。师徒四人在学堂学习了一段日子，后逢放假，师徒四人同去狎妓。后师徒四人被学堂开除，八戒又变作一官员，发生了一系列故事。最后悟空为让八戒还债，逼八戒变作女人，卖入青楼。在青楼中与本书作者李煮梦相识。全书荒诞绝伦，且格调不高，是一部档次较低的西游续书。

这部《新西游记》卷首还有一琴一剑离生《评话》五则。《评话》认为该书是"社会小说"，以滑稽的笔法，摘发社会之伏藏弊恶，并认为小说内容可分为"女学生现形记""学生现形记""官场现形记""教习现形记""选举现形记""警察现形记""嫖客现形记""青楼现形记"。

这部《新西游记》实则是一部"荒诞喜剧""荒诞西游"作品。不过综合来看，该书的格调不甚高，在西游故事新编中增加了大量情色、无聊的内容，如关于八戒变作女生，与女学生欢爱，又如悟空逼八戒变作女人并将八戒卖入青楼，这些内容格调都较为低下。虽然作者与评者为"自增身价"，称小说为"社会小说"，但这只不过是借用当时改良派的用语，以装饰自身。实则小说本身的思想并未达到社会小说的高度。

三、《也是西游记》（奚冕周、陆士谔，1909）

1909年5月《华商联合报》上开始连载小说《也是西游记》，至1910年3月连载完毕，随后在1914年结集出版。其作者主要是陆士谔，陆士谔（1878—1944），是近现代一位高产小说家，名列"鸳鸯蝴蝶派"，著有小说近百种❶，其中武侠小说26部。除擅长武侠外，亦出版了多部续书，如《新三国》《新水浒》

---

❶ 田若虹.陆士谔小说考论［M］.上海：上海三联书店，2005：5.

《新红楼梦》《新曳曝言》《新孽海花》等。陆士谔堪称近代一位重要的小说家。

《也是西游记》并非陆士谔独著。1914年，上海改良新小说社出版的《也是西游记》，封面题"铁沙奚冕周起发，青浦陆士谔编述"。全书20回，其中前8回为奚冕周的旧稿，陆士谔加以补充完成了全书。在该书第8回末有陆士谔的按语："《也是西游记》八回，奚冕周先生遗著也。笔飞墨舞，飘飘欲仙，士谔弩下，奚敢续貂。第主人谲谏，旨在醒迷，涉笔诙谐，岂徒骂世。既有意激扬，吾又何妨游戏。魂而有灵，默为呵者欤！己酉十月清浦陆士谔识。"己酉为宣统元年（1909），则1910年10月，陆士谔参与到了这部书的后续撰写。

《也是西游记》中故事发生时代转到了近现代。故事写孙悟空钻进铁扇公主的肚子里，不料被融在肚子里，经过三百六十五年后，化为胎被生出，酷似孙悟空。此书中孙悟空与铁扇公主生孩子的情节，明显是因袭自明末西游续书董说《西游补》。小行者出生后，金光射天，满天神佛害怕他再次大闹天宫，便想出再让小行者西天取经，以降服之的计策。于是唐僧再度下凡，投胎为小唐僧，法号"一偈"。这一点因袭了明末《后西游记》中的唐半偈。

菩萨命小行者至上海寻师，并授予法宝无线电话器一部。小行者寻得师傅，随后小八戒、小沙僧也到了上海。中途师傅失踪，为寻师傅，小孙悟空变成美女，小八戒变成买办，小沙僧变成留学生，中间发生了诸多啼笑皆非的故事。并有观世音菩萨在珞珈山进行现代化的工农业改造等情节。最终师徒四人破除迷雾，继续向天竺行去。

综合来看，《也是西游记》是由奚冕周、陆士谔共同完成，且并非一开始有意完成，是奚冕周撰写了前半部分，中途未完成，由陆士谔接上。这就导致二人在全书的结构与故事走向上的构思不甚统一。由奚冕周撰写的前8回，有明显向明末《西游补》《后西游记》等西游续书学习的倾向，小说思想偏于传统。而陆士谔接写的后12回，明显更为现代化，加入了现代化元素，写小唐僧师徒到上海的经历，明显有向陈景韩《新西游记》学习的倾向。这也间接说明，陈景韩的《新西游记》在近现代的西游续书中是一部有一定影响、有很强开创性的作品。

四、《四大妖精》（李无咎，1941）

《四大妖精》为民国时期的上海小说家李无咎著。上海广益书局1941年1月第一版，全书分四个部分，包括《孙行者》《猪八戒》《红孩儿》《白娘娘》，涉及西游故事的部分共五十六回。其中第一至十四回是孙行者的故事，第十五至四十二回是猪八戒的故事，第四十三至五十六回是红孩儿的故事。

严格来说，该书算不上是《西游记》的续书，它并非接续西游取经故事，亦非叙述西游人物的后来经历。《四大妖精》主要是对百回本《西游记》中的一些叙事空白，加以想象性的补充，或者把《西游记》中一些略写的内容加以详写。如把猪八戒在高老庄娶高翠兰的前情后果，进行了详细的铺写，把铁扇公主与牛魔王早期恋爱经历进行了补充。再如把红孩儿的故事加以扩大，详述红孩儿学道经历。

从情节扩充角度来看，相对于百回本《西游记》，《四大妖精》中的这些内容更接近于垂直进化。如书中《红孩儿》部分，是对百回本《西游记》中红孩儿故事的一种扩充式垂直进化。在扩充的过程中，作者李无咎从哪吒闹海故事中吸取了一部分文学基因，使得红孩儿形象有向哪吒形象靠近的趋势。

当然，虽存在垂直进化，但其优化并不明显。在笔者看来，《四大妖精》毫无疑问是一部平庸的作品。书中内容虽然能够对百回本《西游记》进行一定的补充，但是缺乏自身的独特性。其中关于红孩儿的内容，略有些新意，把红孩儿作为一个主角进行塑造。但是，这一思路并不成功，尤其是结合半个多世纪以来西游故事最新进化情况来看，红孩儿基本是一个被遗忘的西游人物，各类西游续书、西游影视作品中，都较少谈及红孩儿。这也从一个侧面说明，李无咎对于红孩儿形象的重新塑造并不成功，未能得到后世作者与读者的认可。

从文学性来看，李无咎的《四大妖精》并无过人之处。其情节波澜不惊，对话并无特色，人物形象塑造乏善可陈，西游故事中常见的幽默性亦不见踪影。李无咎虽然出版了多部小说，如1923年与鸳鸯蝴蝶派的短篇小说作家张舍我合著了《尸变》，但取得的文学成就，确实让人难以恭维。

《四大妖精》发表于1941年，此时正是抗战时期。李无咎身处上海，创作出的作品明显脱离时代，脱离社会发展方向。即使纯粹从西游故事进化史的角度来看，亦属于极度缺乏创新、缺乏人文精神的作品。李无咎的文化高度、思维水平，与此前颇有思想锋芒的西游题材小说作者陈景韩、陆士谔等人，显然不在一个档次。

五、《古国怪遇记》（柏杨，1980）

1980年，我国台湾作家柏杨发表了《古国怪遇记》，这亦是一部西游续书作品，讲述唐僧师徒回国后的荒诞故事，共十七回。柏杨（1920—2008），原名郭

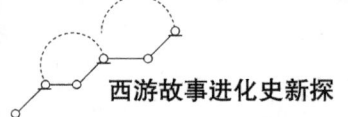

定生，生于河南通许县，后前往台湾，以创作杂文著称。柏杨在大陆生活了近30年，在中华人民共和国成立前，他是一名报刊从业者，1948年曾在沈阳筹设《大东日报》。所以柏杨的西游故事写作思路，受到前代报人陈景韩、陆士谔一定程度的影响，都注重通过西游新编，写出古今之变、中外之变，注重反映出时代变化之下的当世中国，亦注重对时代进行一定的讽刺与批判。所以从陈景韩、陆士谔到柏杨，他们的西游故事新编，都含有较高的知识分子批判意识与政治意识。

西游故事内蕴一种政治性，就是中外交流的热点话题。尤其是近代洋务运动西学东渐以来，西游故事更具有了一种深刻的政治隐喻。西游故事内含着一种东西方交流的主题。柏杨正是从这个角度来续写西游故事，把中国与当代西方的交往写入了西游故事，如"悟空下山找弟，成了保罗约翰；八戒登台训人，俨然乔治维廉""羊力大仙道：想当年天地初辟，混沌未开，我和师兄保罗、师弟约翰，共同建造三清观"之类的说辞。柏杨本来就是一名文化评论家，以对中国人的批判而著称。那么这部《古国怪遇记》不可避免要包含大量政治性的、批判性的内容。如书中写到的官员，凡是见到夷人，都"不觉矮了半截"，又如人物对话中说"老爷在上，不知你是夷人，小的该死"。这显然是讽刺近现代以来，中国人自信心丧失，普遍崇洋媚外。

而从给读者的阅读感受来看，这部《古国怪遇记》是一部荒诞、恶搞的西游作品，嬉笑怒骂皆成文章，具有极大的娱乐性，可让读者开怀畅笑。其幽默、荒诞的地方处处皆是，比如第二回中提到：

> 唐僧特地进了两次长安城，听了柏杨先生指点，给冯社长送了两条三五牌夷烟，两瓶白兰地夷酒，冯社长把礼物照收，可是仍一直不提写稿之事。❶

这是把自己也给写进去了，可为一笑。

可以说，《古国怪遇记》继承与发扬了西游故事特有的荒诞、幽默的特点，将之发扬到了一个极致。从《古国怪遇记》的荒诞程度来看，比后来《大话西游》中的荒诞、无厘头，有过之而无不及，堪称西游作品中最为荒诞的一部。可以说，柏杨的《古国怪遇记》绝对是一部优秀的讽刺文学作品。

而从影响上看，1982年中国台湾的西游电影《孙悟空大战飞人国》，从其片名来看，应是受到柏杨《古国怪遇记》中章节名的影响，从其荒诞、幽默的风格

---

❶ 柏杨.古国怪遇记［M］.台北：林白出版社，1980：16.

来看，亦是受柏杨作品的影响。包括后来诸多的西游文学、西游影视作品，或多或少都能看到柏杨作品的影子。因此，柏杨的《古国怪遇记》是一部对当代西游文艺作品有深远影响的小说。

甚至可以认为，柏杨《古国怪遇记》因其在"荒诞西游"领域承前启后的重要影响，可以在当代中国文学史上占有一个不可忽视的地位。柏杨《古国怪遇记》上承清末民国时期陈景韩、李小白、陆士谔等人的荒诞西游小说，下启 20世纪八九十年代，《孙悟空大战飞人国》《大话西游》等西游喜剧电影，为后来西游影视作品的"爆发式繁荣"，打下了重要的基础，深刻地体现出中国文学进化中实实在在起作用的内蕴力量。

六、《西游新记》（童恩正，1985）

循着陈景韩《新西游记》、柏杨《古国怪遇记》的思路，作家童恩正在 1985年发表了小说《西游新记》，写唐僧师徒在当代美国的经历。童恩正（1935—1997），湖南宁乡人，1957 年开始发表作品，1960 年开始创作科幻小说。曾任四川大学历史系副教授、硕士生导师、四川省政协常务委员、中国科普作家协会常务理事、四川电影家协会常务理事等职。1985 年，他发表了小说《西游新记》，共三十三回。关于该书的创作动机，童先生在后记中说：

> 1981 年 9 月，我从美国考察回国，想为青少年写一部介绍美国实况的书。这应该是一个从东方人眼中看到的具体的美国……于是很自然地，我想起了中国人民家喻户晓的《西游记》中的三位主角：孙悟空、猪八戒和沙和尚。如果让他们再度"西游"，必将有无穷的奇趣。

从这段自述来看，在 20 世纪 80 年代，西游故事具有了一种明显的政治隐喻。该书显然受到陈景韩《新西游记》的影响，只是把唐僧师徒再到人间的地点放到了当代的美国。该书反映了改革开放后，国人希望学习西方先进科技的社会心理。

七、《新西游记》（钟海诚，1988）

当代作家钟海诚 1988 年开始创作，1996 年出版了七十回的小说《新西游记》。

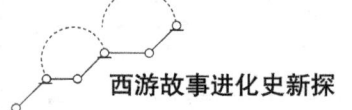

在后记中，钟海诚先生谈及了吴承恩百回本《西游记》的问题：

> 作品的最大不足还是在形象塑造上。在这方面，《西游记》与略先问世的《水浒传》相比，不能不说是相形见绌。华师大古典文学教研室郭豫适、简茂森教授指出：孙悟空、猪八戒这两个形象的塑造是成功的。但取经四众中，唐僧和沙和尚这两个艺术形象的塑造就比较差。唐僧的精神面貌和性格内容显得比较贫弱，沙和尚形象就显得更为苍白模糊、缺乏鲜明的个性。

为此，钟海诚对西游取经故事进行了重构。试图把唐僧的形象写得更丰满，甚至更坚毅。这类似于明末《后西游记》中对唐半偈形象的重塑，把唐半偈塑造为一个不惧妖魔、勇于担当的得道高僧。这实际上都是对吴承恩百回本《西游记》中屠弱、动辄哭泣的唐僧形象的不满。

然而必须指出，吴承恩百回本《西游记》之所以塑造这样一个苍白、屠弱的唐僧形象，显然是对历史人物玄奘有不满，这种不满一是出于民族主义的大国心态，二则是出于对佛教传统的排斥。由此来看，钟海诚对唐僧形象的重构，并不符合明代的思想史状况。实则是当代人在佛道失衡之后，对佛教的单方面的赞赏。这种赞赏恐怕不能得到明代学者的认同，更不能得到吴承恩的认同。

所以，钟海诚对于百回本《西游记》的理解，虽然可以算是当代人的一种典型的理解，但其实是属于对明代小说作品的一种"误读"，与吴承恩的理解相去甚远。但考虑到，"一千个读者心中有一千个哈姆雷特"，钟海诚的理解，自有其当代价值。今人的理解，可以跟古人不同，可以跟原作者不同。这正是文学的魅力之所在吧。

最后，需要指出的是，以上诸多的西游续书，包括明清时期的几部西游续书，目前没有一部被拍成影视作品。这些明清至现当代的西游续书，虽然也对当代西游影视有较大影响，其中一些西游情节处理的方式、思路，对西游影视发展有较大影响，但这种影响多为间接影响。作为续书，它们自身的影响并不大，所以并未被拍摄成影视作品。近年来，网络上有一些将明末作品《后西游记》等拍成电视剧的呼声，但至今未见实际动作。

以上是传统的《西游记》续书的情况，更值得注意的是，网络文学也出现西游类作品的大爆发。

第三节　网络文学中的"西游类小说"

网络文学是 21 世纪以来随着互联网的兴起而迅速生长出的一类文学作品。相对于传统文学，网络文学具有通俗性、商业性、解构性等诸多特点。网络文学作家相对于传统作家，则具有社会来源多样性、文学素养相对偏低、文学观念倾向娱乐化等诸多特点。网络文学中的一个大类是玄幻小说。

在 20 世纪末期中国互联网兴起前，受西方奇幻小说的影响，中国出现了一些奇幻小说，如《寻秦记》等一些穿越小说。但这类小说真正发展起来，是 21 世纪前 20 年，伴随着中国互联网的发展而兴起，成为网络文学中的主要部分。必须看到的是，西方奇幻文学的兴起，跟中国《西游记》被传入西方有很大联系，而中国奇幻文学的兴起，又直接受西方奇幻文学的刺激，所以《西游记》可视为当代中国奇幻小说的源头之一。

也正是因为这一点，西游故事在网络文学领域，呈现出纷繁复杂的新进化。这种新进化包括两方面：

一方面是很多网络小说通过选择因袭，吸收了《西游记》中的各种情节、人物、话语、模式、兵器、法宝等，形成了新的作品。最典型的就是《星辰变》，该书有 285 万字，煌煌十五册，讲述秦羽的修炼故事，其中也包含秦羽两位兄弟黑羽、侯费的修炼故事。总体看，《星辰变》把当代物理学界平行宇宙的科学设想与古代神仙体系结合了起来，对于古代神仙体系、神仙状态、长生状态，有着很重要的创新性阐发，堪称一部优秀且较为科学的神话小说。而细究《星辰变》的文学基因来源，则主要有两个方面：一是受到民国仙侠小说《蜀山剑侠传》的巨大影响，继承了其剑仙体系；二是受《西游记》的很大影响。在人物形象、情节演化以及一些仙学理论问题上，《星辰变》对《西游记》有较大因袭与创新性发展。

《星辰变》中的重要人物侯费属于"猿族"，这无疑是受到孙悟空形象的影响，尤其是侯费狂傲、急躁、不近女色的性格，明显因袭自孙悟空形象。而且该书的诸多重要仙学概念与《西游记》有关，如"金仙""仙府""神王""猿族"等频繁使用的概念都见于《西游记》。在《西游记》中，孙悟空是"太乙金仙"（第四十九回），有妖怪欲捉唐僧去男女双修成"太乙金仙"（第八十回），第七十九回中的妖怪住在"清华仙府"。再如，《星辰变》中关于妖兽修炼的描述，明显参考了《西游记》。《西游记》中妖兽修炼，初期是获得"口吐人言"的能力，修炼到高级才能"变成人形"。如第四十九回中驮唐僧师徒过通天河的老鼋

请唐僧去如来佛祖处问自己何时能修成人身："整修行了一千三百余年；虽然延寿身轻，会说人语，只是难脱本壳。万望老师父到西天与我问佛祖一声，看我几时得脱本壳，可得一个人身。"又如第六十七回中的巨蟒蛇妖"还不会说话，想是还未归人道，阴气还重"。这样一种模式在《星辰变》中有大量体现。如故事主人翁之一的黑羽，最开始是一只鹰，通过不断修炼，修成了人形，成为一个俊朗、坚毅的青年。又如故事中，暴乱星海中的魔兽，修炼等级高的会说话，修炼等级低的不会说话。

另一方面，很多网络小说直接接续、改写、新编了西游故事。这在当代网络小说领域已经成为一个重要类型。具体来说，近二十年来，随着网络文学的发展，出现了大量以西游故事为主题的网络文学作品。比较著名的作品如《悟空传》《大泼猴》《大妖猴》《大圣传》《重生花果山》《西游之决战花果山》《梦入西游》《西游八十一案》《妖怪记事簿》《萌娘西游记》等，算上各种未正式出版，甚至未完稿的西游作品，加起来有几十种之多，以至于形成了"西游类小说"的概念。

在这个"西游类小说"的大类之下，又出现了"重生类西游小说"的亚类。这是"重生类小说"与"西游类小说"两大类别文学基因进行杂交的结果。所谓"重生类小说"指的是主人公保留现代的记忆，重生为一个历史人物，将历史事件重演一遍的小说。这一类小说带有"穿越小说"的诸多基因，但亦有自身独特的基因。这说明在当前网络小说的类型化大趋势之下，不同类型之间有互相杂交的趋势，以形成中间类型。网络小说领域的文学基因，在不同作品之间互相混杂。

"重生类西游小说"指的是主人公保留现代记忆，重生为《西游记》中的悟空、唐僧或八戒。这一类作品包括《重生花果山》《重生西游》《重生西游之天篷妖尊》《重生西游之逆天系统》《重生西游之最强天兵》等。

这些"西游类小说"作品大多数受当前网络文学"玄幻""奇幻""仙侠""武侠"的影响，从网络文学基因库中吸取了大量的文学基因。虽然其情节的科学性、合理性往往存在较大问题，其文笔通常也较为一般。但由于注重写出人性的欲望，有时能写出人性堕落的一面，能营造出脱离现实社会的白日梦般的幻想，这些作品读起来可能会有一定的阅读快感。

但是这些西游类小说情节荒诞，想象离奇怪异，其文笔通常也较为一般。尤其是从内容与思想性的角度来看，多数都算不上优秀的文学作品。有的只能说是充满了"怪力乱神"的现代迷信。因此，大量的网络小说，包括西游类网络小说，只能说是快餐类文学消费品，是一次性消费品，是当前网络文化的一种附生现象。

当然，在这诸多"西游类小说"中，亦有一些较好的作品。其中，《悟空传》是目前最有影响力的一部。

2000年，网络作家今何在（原名曾雨）在新浪网金庸客栈上连载长篇小说《悟空传》，共二十章，引起较大反响。因其发表较早，属中国网络文学拓荒期的作品，故而该作品在中国网络文学的发展史上有一定的地位。作品讲孙悟空早期的故事，采用了另立故事的形式，完完全全新编了一个孙悟空故事。《悟空传》吸收了一些武侠小说、仙侠小说的文学基因，使得整部小说看起来像仙侠作品，在2000年是较新颖的作品。《悟空传》在2017年被拍摄成电影并上映，获得6.94亿人民币票房，是一部较成功的西游电影。

此外，网络作家林长治2000年左右开始在网络上连载搞笑小说《沙僧日记》，获得较多读者关注。该书2002年由湖南文艺出版社出版，此后连续在多个出版社再版。《沙僧日记》以沙僧的口吻，采用日记的形式讲述唐僧师徒西天取经路上的各种搞笑故事。《沙僧日记》火了之后，网络上又相继出现了跟风作品《八戒日记》（2003）、《悟空日记》（2004）、《唐僧日记》（2004）、《沙僧吐槽日记》（2014）等。

不过总体来看，网络小说中优秀的作品较少。网络小说的作者来自各行各业，通常缺乏扎实的文学训练，缺乏文科的学术性。同时，网络小说的作者多属于"乐天派"，缺乏沉思，缺乏对社会人生的深沉思考，缺乏对现实苦难与灵魂拷问的关注。这就导致网络作家创作的作品，经常会思想境界较为低下，文化社会意识较薄弱，往往只是满足于情节的离奇、有趣，满足于小说的可读性。所以，当代网络小说中大量流行封建迷信、反科学、反逻辑的东西。西游类小说，往往与修仙、神话、奇幻故事结合，这些小说并非以科学为基础。但它们又不是类似《封神演义》那种宗教性的附属作品。从长远来看，随着时代和科学的发展，这些网络小说的文学价值就成了问题。只能说，它们很多都是"一次性消费品"，绝大多数不具有长远价值。

但是，我们也期待网络小说界成长出优秀的拥有人文理想的合格作家。合格的作家、优秀的作家，应该与时代、与民族、与世界共振，共同走向一个辉煌的未来！

另外，值得注意的是，网络文学与影视联系比较密切。除《悟空传》被拍成电影外，另一部网络小说《大泼猴》也被改编成了系列电影。据媒体报道，早在

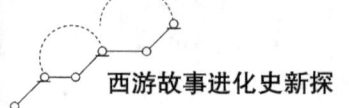

2018 年，电影《大泼猴之天蓬奇兵》《大泼猴之白骨传奇》就拍摄完成，但至今尚未播出。此外，2014 年，《沙僧日记》亦被拍摄成网剧。

相信未来还会涌现更多更优秀的西游类网络小说，未来也会有更多的西游网络小说被改编成影视剧。当代的"西游热""西游文学热""西游影视热"方兴未艾，未来必将在中国文化史上呈现更多更精彩的西游文学进化！

第四节 《西游记》对世界文学的影响及反哺

西游故事各个阶段的作品，很早就向海外传播。❶ 如宋代的《大唐三藏取经诗话》20 世纪初于日本首次被发现，元代的《唐三藏西游记》即《西游记平话》由朝鲜李朝时期的汉语教科书《朴通事谚解》所详细概述。后来百回本《西游记》诞生后，在日本、韩国都有广泛影响。

1932 年，孙楷第在《日本东京所见小说书目》中详细描述了他在东京所见到的近十种西游小说版本。❷ 据日本学者研究，当前在日本各图书馆收藏的明清《西游记》版本有十几种之多。这说明日本人民热爱《西游记》。流风所至，20 世纪以来，日本的《西游记》研究广泛开展，除早期盐谷温等人一般性的研究外，小川环树、太田辰夫、矶部彰等人专门性的研究成果，并不比中国学者逊色。

所以日本文学很早就受到了《西游记》的影响。众所周知的作品是日本漫画家鸟山明在 20 世纪 80 年代所创作的漫画《七龙珠》。90 年代以来，中国的一代年轻人，都是读着《七龙珠》漫画长大的。《七龙珠》称得上是一部优秀的图像小说，讲述的是外星种族超级赛亚人的一名弃儿（小悟空）在地球上的成长、战斗故事。赛亚人是一个独特种族，平时都是人形，但像猴子一样有尾巴，在月圆之夜看到圆月，就会变成巨型大猩猩。《七龙珠》给这个弃儿取名叫孙悟空，讲述了他从小时候的事和长大后去外星球修炼、战斗的故事。

《七龙珠》在故事情节上有修炼的部分，也有外星科幻的部分，显然受到了欧美奇幻、科幻文学的影响，其一，法国作家埃克苏佩里《小王子》中一个人住在一个星球上，这一情节为《七龙珠》所因袭。其二，巨型大猩猩的形象，显然来自《金刚》《人猿星球》等欧美科幻电影。其三，书中人造人的故事，是受

❶ 王镇 . 译介和变形：《西游记》在英美的接受研究［D］. 南京：南京师范大学，2017.

❷ 孙楷第 . 日本东京所见小说书目［M］// 中国通俗小说书目（外二种）. 北京：中华书局，2018：292–302.

《银翼杀手》等美国科幻电影的影响。

但从构思上，《七龙珠》这部作品，也明显受到百回本《西游记》的影响。只是说，在传统《西游记》文学基因之外，加入了科幻的文学基因。《七龙珠》中孙悟空小时候的形象"小悟空"，明显受到日本《西游记》电影中孙悟空形象的影响。

到 21 世纪中国网络文学、奇幻文学的兴起，不能说没有《七龙珠》的重大影响。实际上，网络文学中的"修仙模式""成长模式""寻龙珠模式""打怪模式"等，都是直接来源于《七龙珠》这部作品。而《七龙珠》这部作品，一方面有《西游记》的重要影响，另一方面也有奇幻、玄幻、科幻文学的重要影响。

此处，笔者要着重指出的是，西方奇幻文学的兴起，跟《西游记》被引入西方有很大关系。西方奇幻文学吸纳了大量的直接来自《西游记》的文学基因。可以说，百回本《西游记》在它诞生后不久，就成为当时世界上第一流的文学作品，而时至今日，百回本《西游记》依然是第一流的文学作品。

西方奇幻文学的最重要推动者是托尔金（J.R.R. Tolkien）。托尔金 1892 年出生，1911 年进入牛津大学学习，一开始主修古典文学，后转修英语语言学，1915 年毕业，随后参加第一次世界大战。1920 年开始在利兹大学任教，因在英语语言学方面造诣很高，1925 年回到牛津大学任教。20 世纪 30 年代，他研究过西方神话，1931 年发表了对凯尔特神祇"诺登斯"的研究，又写了 2000 页的关于《贝奥武夫》的翻译、笔记，1936 年进行了名为"《贝奥武夫》：怪兽和评论"的讲座。1937 年托尔金出版了小说《霍比特人》，该著作吸收西方民间文学史上"小矮人"的文学基因，创造出霍比特人与精灵的世界。但是这部作品并没有引起很大关注。此后，托尔金有了在《霍比特人》的基础上创作新的续集故事的计划，大概在 30 年代末期，他开始创作《魔戒》，直到 1948 年才完成。1950 年前后开始联系出版，遇到了较多波折，1954—1955 年，才出版了《魔戒》三部曲。虽然在出版过程中遇到较多波折，但《魔戒》出版后，席卷欧美，被誉为"英格兰民族自己的创世神话"。

在《魔戒》出版前，西方已有了奇幻文学，但还不甚发达，不能登大雅之堂。《魔戒》的出版使得奇幻文学（玄幻、魔幻）在西方成为主流文学的一种。在这个过程中，我们可以看到《西游记》的影响。央视 1986 年版《西游记》电视剧孙悟空扮演者六小龄童就认为，《魔戒》和《哈利·波特》有对《西游记》的借鉴。这一看法，显然是对的。《魔戒》《哈利·波特》是从西方神怪、神魔文学中进化出来的，但其内部很多地方都明显有《西游记》的影子。所以《魔戒》

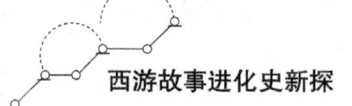

被称为"西方的《西游记》"。

据研究，1895年，《西游记》部分片段被译为英文，1913年，蒂莫西·理查德（Timothy Richard）将全书选译为英文版出版，英文版达363页。1930年海斯（H.M.Hayes）又选译《西游记》在英国和美国出版，译本篇幅为105页。❶

至1942年英国人阿瑟·韦理（Arthur Waley）将《西游记》大体上全译出版，定名为《猴》（Monkey），篇幅306页，该版本后来多次再版。但这一版本其实也是选译，选译了其中第1—15回、第18—19回、第22回、第37—39回、第44—49回、第98—100回，共30回，并删去了百回本中大量的诗词韵语。韦理的这一选译方法，实则主要删去了《西游记》第50—97回中与理解故事无关的唐僧师徒后半段西游历程。实则明代的杨致和《西游记传》、朱鼎臣《唐三藏西游释厄传》也是采用了类似的处理方法，把百回本《西游记》中西天取经后半段历程，每一回故事都只用一段话概括，显然是觉得从了解故事情节的角度，读者不需要太详细。

韦理的译本，在西方影响很大，1942年出版后，多次再版，且1946年又被转译为德文版，定名《猴子取经记》。所以后来《英国大百科全书》在介绍《西游记》时说："十六世纪中国作家吴承恩的作品《西游记》，即众所周知的被译为《猴》的这部书，是中国一部最珍贵的神奇小说。"将《猴》这部书称为"众所周知"，足见这本书当时在英国以及欧美其他国家的巨大影响。

而韦理翻译出版《西游记》的1942年以及随后几年，正是托尔金创作《魔戒》的时期。韦理毕业于剑桥大学，做中日文学翻译工作，长期生活于伦敦。而托尔金长期在牛津大学，做英语语言学研究工作。托尔金与韦理基本上是同时代、同一学术圈中人，双方应是认识。可以推断，托尔金应是仔细读过韦理的《猴》。

我们可以看到，《魔戒》与《西游记》有相似、相通的地方，如二者都涉及旅行、冒险，旅程成为故事的核心。在人物设定上，《魔戒》的主角弗罗多·巴金斯与唐僧的形象设定很像，两人都无法力，需要保护才能继续旅程。两人都有好心肠，都要面对诱惑与考验，同时也都有些好坏不分，如弗罗多对坏妖咕噜很信任，而咕噜总是想陷害弗罗多，来夺取魔戒，这种好坏不分的人物设定，正是其扣人心弦之处。

再如，有研究者提到的，《西游记》中唐僧在两界山附近遇到刘伯钦，而

❶ 王丽娜.《西游记》在海外［M］// 梅新林，崔小敬主编.20世纪《西游记》研究.北京：文化艺术出版社，2008：319–323.

《魔戒》中也有个类似人物，霍比特人离开夏尔，遇到的第一个人物是汤姆·庞巴迪。在《魔戒》中，庞巴迪的人物设定与刘伯钦相似，都是在自己的区域很有能力，但是出了自己的区域，外面的妖魔鬼怪，他们无法对付。

诸多的相似，让《魔戒》与《西游记》有了很多的联系，所以《魔戒》被称为"西方的《西游记》"。根据笔者"相似即因袭"的观点，《魔戒》显然对《西游记》有选择地因袭。

在《魔戒》之后，西方又出现了《哈利·波特》等魔幻作品，这些作品都与《西游记》有一定联系。可以认为，西方奇幻文学的兴起，跟中国《西游记》被传入西方，并引起较大反响有很大联系。

于是这就形成了一种很有意思的"反哺"现象。一方面《西游记》对西方奇幻文学的发展有很大影响，另一方面西方的奇幻文学直接或间接影响了中国网络文学中的奇幻文学。由此可见，《西游记》对于当代中国奇幻小说是有一定的源头作用的。这本身就是文学进化中复杂的基因遗传作用。

考虑到，百回本《西游记》对 20 世纪世界文学的广泛影响，可以说，《西游记》是一部当之无愧的世界文学名著。回顾历史，百回本《西游记》在它诞生后不久，就成为当时世界上第一流的文学作品，而时至今日，百回本《西游记》依然是世界上第一流的文学作品。

现当代（下）:《西游记》影视改编的再进化

进入现当代，关于《西游记》的影视改编进入了繁荣期。除了暑期必定占领荧幕的央视 1986 年版《西游记》电视连续剧外，诸多由西游故事演绎、重拍的西游电影亦占领了各大荧幕。这种西游电影一般由明星担纲、重金投入，同时往往亦收获较高票房，故而相对于四大名著中的其他作品，《西游记》故事在当代反而呈现出更为繁盛，更为令人眼花缭乱的新进化。从近十年的影视改编情况来看，西游电影已成为中国影视行业最大的 IP。

据笔者统计，截至 2020 年初，国内外涉及《西游记》的影视作品已有近百种。取得高票房或有较大影响的有二三十种。这林林总总的西游影视作品，往往脱离原著，另辟天地，形成新的西游故事形态，呈现出故事情节的"再进化"状态。这种形式多样的"再进化"，已成为一种重要现象，值得我们深入探究。❶其中，西游喜剧的"再进化"最为耀眼。自明清西游续书大量涌现以来，"喜剧化"成为西游故事进化的主要倾向。吴承恩第一次在西游故事中引入喜剧基因，至当代的西游影视作品，西游故事被彻底改造成了"喜剧"。改革开放以来，中国涌现出大量西游喜剧影视剧，其中周星驰《大话西游》(1995)堪称经典"西游喜剧"，塑造了当代中国人对西游故事的基本认知。

文学与电影是有深刻联系的。中国与全球西游影视作品的发展演变史，值得从电影学的角度进行深入探讨。而本书仅着重以情节内容的演变和文学角度来探讨西游故事的影视进化。或者可以说，本书前十章从古典文学角度进行的西游故事探讨，对于我们理解当代的西游影视作品及其演化是很有作用的。因为文学是影视的基础，只有把西游故事的文学演化讲解清楚了，西游故事的影视演化才能得到更好的解释。

---

❶ 张宗伟.20 世纪 90 年代以来《西游记》的电影改编［J］.当代电影，2016（10）.

第一节 改革开放前的《西游记》影视作品

改革开放前中国的西游影视作品，呈现海峡两岸及香港并行发展的局面。中国最早的西游电影当然是在民国时期，但后来中国香港的西游影视作品取得了较高的成就。后来的央视 1986 年版《西游记》电视剧对于此前海峡两岸及香港的西游影视作品都有不同程度的吸收，深刻体现出文学进化的遗传变异特征。

一、早期西游影视作品

中国最早拍摄西游电影是在民国时期，1927 年，上海一家影视公司拍摄了一部名为《西游记·盘丝洞》的西游电影。拍摄依据了原著的第七十二、七十三回。内容颇为开放，演员造型在那个时代属于着装暴露，故而该片被认为格调较低。影片早已佚失，2011 年，其胶卷被发现于挪威国家图书馆的电影收藏中，得以重见天日。至今，该片在网上引发了网友的反复围观。

1941 年，由中国联合影业公司出品，万籁鸣、万古蟾执导的 80 分钟黑白动画电影《铁扇公主》在上海上映。这是中国第一部动画长片，第一部影院动画电影。

中华人民共和国成立后，中国电影业迅速发展，出现了一批优秀电影。其中涉及西游故事的是，1958 年万古蟾执导拍摄的 20 分钟的剪纸美术片《猪八戒吃西瓜》，该片是万古蟾从香港回到上海后的实验之作，难度在于如何运用剪纸艺术构筑动画片。

1961—1964 年，中华人民共和国迎来了一个新的电影创作高峰期。这期间诞生了《甲午风云》《英雄儿女》《小兵张嘎》《刘三姐》《冰山上的来客》等至今让观众耳熟能详的优秀影片。❶同时，西游电影亦迎来了第一次高峰期。万氏兄弟在经过 20 年对西游动画片的探索、积累之后，1961 年，万籁鸣任导演的国产动画片《大闹天宫（上）》上映，该片时长 50 分钟，由上海美术电影制片厂制作。1964 年，70 分钟的《大闹天宫（下）》上映。《大闹天宫》一经上映，引起很大反响，至今亦是国产动画的经典之作。

从动画造型上看，《大闹天宫》中的孙悟空形象，借鉴了京剧脸谱。在音乐上，亦采用了京剧音乐。故而整部《大闹天宫》动画片，有着明显的戏曲成分。

---

❶ 钟大丰，舒晓鸣 . 中国电影史［M］. 北京：中国广播影视出版社，1995：96.

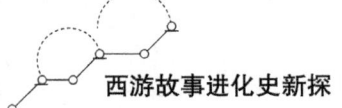
总的来看，万籁鸣执导的《铁扇公主》《大闹天宫》这两部西游动画电影，奠定了中国《西游记》影视改编的基础。为此后形形色色的西游影视作品打下了坚实的基础。

1960 年，上海电影制片厂出品了绍剧电影《孙悟空三打白骨精》，由著名绍剧表演艺术家六龄童（六小龄童的父亲）主演孙悟空。《孙悟空三打白骨精》本来是一出舞台剧，一度影响很大，后来才在 1960 年被拍摄成电影。从来源上看，该片是一部戏曲电影，故而采用了一定的戏曲程式、戏曲人物造型，同时又采用了戏曲的"唱念做打"，"有说有唱"，既有对白，又有唱词。然而在唐僧师徒的造型上，未采用传统戏曲的脸谱化造型。在猪八戒的形象上，直接以"黑猪头"示人，有写实的风格，但略带恐怖，艺术效果不好，基本不为后来的西游影视作品所采纳。由于是黑白电影，沙僧形象的"脸如蓝靛"亦没有完全表现出来，这对后来西游影视中沙僧形象有一定误导。

二、中国香港西游影视作品

1966 年之后，中国内地的电影创作陷入停顿，1966 年 6 月至 1972 年，中国内地没有拍摄过一部故事片。❶ 主要的电影创作转移到了中国香港，香港的影视创作迎来了几十年的黄金发展期。

早在 1948 年，香港就上映了西游电影《孙悟空大战猪八戒》，该片导演彼得采用了粤语配音。1953 年香港出品了粤语电影《猪八戒招亲》，导演是叶一声。1956 年香港上映了赵树燊执导的电影《西游记》。1957 年香港又出同名电影《猪八戒招亲》，由吴回执导。

但到 20 世纪 60 年代，香港才迎来西游电影的第一个高潮。1964 年，香港玉联影业公司出品戏曲电影《孙悟空七打九尾狐》，这部电影情节于原著有较大改编，从造型与布景来看，大体还处于戏曲电影的状态。

1965 年，香港大联影业公司出品了粤语电影《孙悟空大闹雷音寺》，内容是蜘蛛精与黄眉童子共同设下假雷音寺的计谋，最终被孙悟空挫败。龙王一开始因垂涎蜘蛛精的美色，被孙悟空戳穿后，才不得不将蜘蛛精收于千年蚌内。该片采用了实地取景，但龙王形象还使用了传统京剧的脸谱。从内容来看，本片相对于原著，已经有极大的改变。蜘蛛精色诱龙王的情节，在百回本《西游记》原著中

---

❶ 钟大丰，舒晓鸣. 中国电影史［M］. 北京：中国广播影视出版社，1995：133.

根本没有，且从逻辑上亦不存在。

　　值得一提的还有 1969 年香港上映的《孙悟空大闹香港》，由唐煌执导。1971 年又上映了《孙悟空再闹香港》。从内容上看，该电影受到西游续书陈景韩《新西游记》的影响。另外，从性质上说，这是一部穿越剧，为《大话西游》中穿越的前驱。

　　这种"脱离原著的改编"，成为香港西游电影的一个重要特点。香港电影有些类似于大学教师讲课，不能照本宣科，必须脱离课本，讲自己的东西，否则学生就不爱听。这应是因为香港有较为成熟的影视观众，照着原著来拍摄的电影，很难得到观众的认可，因为观众都已经知道了故事情节，相当于"剧透"了。必须在影片中形成新的情节亮点，以吸引观众的注意力。这种"脱离原著的改编"在 1995 年周星驰的《大话西游》中表现得最为明显，完全脱离《西游记》原著，展开了新的情节想象，构成了西游故事情节诸多的再进化。

　　香港早期西游电影中最为经典的，是邵氏电影公司 20 世纪 60 年代拍摄的四部《西游记》系列电影：1966 年的《西游记》，讲述唐僧收服悟空、八戒、沙僧三个徒弟的故事；1966 年的《铁扇公主》，讲述唐僧师徒过火焰山的故事；1967 年的《盘丝洞》讲述蜘蛛精吃唐僧肉的故事；1968 年的《女儿国》讲述女儿国故事。

　　电影中，在唐僧师徒的造型上，唐僧、悟空、八戒基本都是按照原著的描述。只有沙僧变化较大。据原著第二十九回，唐僧对沙僧外貌的描述："他生得身长丈二，臂阔三停，脸如蓝靛，口似血盆，眼光闪灼，牙齿排钉。"沙僧是蓝色的脸，形象非常恐怖。在电影中的沙僧形象则略带木讷，但很有壮实、有阳刚之气。

　　从拍摄风格上看这四部电影完全一致，演员亦基本未变。这四部电影中唐僧、八戒、沙僧的演员没有换，保持了一致的形象。只有孙悟空的演员，换了一次。这似乎说明，唐僧、八戒、沙僧的形象，大体上让观众满意。只有孙悟空的形象，还有改进的必要。

　　这四部《西游记》电影与原著相比，在情节上都有不少改编，呈现出内容进化的特征，但与三四十年后的面目全非的改编相比，还算是与原著有较大关联，未离开原著进行天马行空的想象。

　　值得注意的是，央视 1986 年版《西游记》的影视画面、取景与艺术造型受邵氏这四部《西游记》电影影响极大，诸多地方都算得上是亦步亦趋的模拟。比如，《盘丝洞》中的唐僧形象与央视《西游记》中最初由徐少华饰演的唐僧，脸型与气质都很像;《盘丝洞》中的沙僧形象与央视 1986 年版《西游记》中的沙僧形象极为相似;1986 年版《西游记》猪八戒的身形、动作、步伐几乎都取自邵氏《西游记》。此外,《盘丝洞》影片开头师徒在路上行走、沙僧挑担、悟空牵马的诸多画面,都为后来央视 1986 年版《西游记》所袭用。

央视 1986 年版《西游记》电视剧,一经面世便引起很大轰动,各方面看起来都很成熟。这种"成熟"实际上就来自对邵氏《西游记》电影的因袭。这种因袭正是文学进化的基本特征,电影画面的进化亦是如此。当然,这也与改革开放前,邵氏电影在大陆的广泛影响有关。

邵氏《西游记》系列电影,还包括 1975 年的《红孩儿》。该片由作家倪匡编剧,由张彻执导。该片一改 20 世纪 60 年代四部邵氏西游电影在群山旷野中取实景,突显西游路途的壮美景色,人物造型端庄、俊美等诸多特点,采用了在摄影棚中拍摄的小成本制作方式,属于当时较为普通的港片。

在诸多西游电影的基础上,中国香港 TVB 于 1974 年上映了《西游记》电视连续剧,该剧比日本 1978 年版西游连续剧早四年,是世界上第一部《西游记》电视剧。该剧的剧情未离开原著进行大段改编。周润发在片中饰演二郎神。

三、中国台湾西游影视作品

台湾地区也相继拍摄了一些西游影视作品。1972 年台湾吉星影片公司出品了影片《孙悟空大战红孩儿》。1982 年,台湾地区出品了《新西游记》,讲述了唐僧收服悟空、八戒、沙僧,遇铁扇公主,过火焰山等一系列故事。

1982 年,《新西游记》的续集《孙悟空大战飞人国》,以车迟国故事为基础,融合了盘丝洞、三打白骨精等故事,又加入原著中没有的蝙蝠精。《孙悟空大战飞人国》受到柏杨小说《古国怪遇记》的较大影响,是一部典型的恶搞西游喜剧电影,多有戏谑桥段。其中三清观一段被改编成了鹿力大仙、羊力大仙唱"天灵灵,地灵灵"歌,跳喜剧舞蹈,对周星驰《大话西游》中唐僧唱"Only You"的桥段不无启发。这部电影可能是中国最早的一部西游喜剧电影,打开了西游喜剧的康庄大道。

值得一提的是,该片第 19 分钟处,羊力大仙求雨,孙悟空飞上云霄时的一段不足两秒的音效配音"biu——biu——biu",为后来央视 1986 年版《西游记》所因袭。该音效被作为央视 1986 年版《西游记》片头曲的第一声音响,而被广泛传播,成为一段令人耳熟能详的音效。

　　而且在这一处选择因袭中，不光是音效的因袭，也包括了画面，尤其是对意境、意蕴的因袭。在《孙悟空大战飞人国》第 19 分钟处，孙悟空飞上云霄，伴有"biu——biu——biu"音效，而《西游记》片头曲何尝不是如此？画面一开始就是孙悟空在云霄间翻筋斗，配以"biu——biu——biu"音效。

　　要之，这样一种选择因袭，在文学进化中是极为常见的，在影视进化中亦应有其重要地位。

第二节　八九十年代的两部巅峰之作

　　在四大名著中，《西游记》的文学性与其他三部处于同一水平，各具特色。但是在影视改编上，西游故事却一枝独秀，影视改编的数量大于其他三部名著影视改编数量的总和。改革开放以后，西游影视作品已达近百种。且近年来呈现出愈加繁荣的状态，其上升趋势目前尚未稍歇。

　　在这林林总总的西游影视作品中，有两部值得注意，堪称是西游影视进化史上的巅峰之作。一部是央视 1986 年版《西游记》电视剧，另一部是 1995 年周星驰的《大话西游》。二者"一庄一谐"，从两个维度打开了西游影视作品的表现空间，为当代西游故事的"再进化"打下了坚实而极富创意的基础。

一、央视 1986 年版《西游记》的独创与因袭

　　中国当代西游故事的影视作品，最重要的是央视 1986 年版《西游记》。这部《西游记》电视剧共 25 集，每集 45 分钟左右，由杨洁执导，1982 年开始拍摄，但因经费紧张，拍摄、制作过程较长，直到 1986 年春节期间播出了前 11 集，引起了轰动，至 1988 年播出了全部 25 集。后来在 1998 年又开始拍摄续集，对之前因拍摄条件限制而未拍摄的故事段落进行补拍，至 2000 年播出了 16 集续集。至此央视版《西游记》形成了 41 集的宏大规模。这部央视 1986 年版《西游记》后来不断在各大电视台重播，至 2014 年在各大电视台重播次数达到 3000 次，成为全球重播率最高的电视剧。

　　从文学进化论的角度，央视 1986 年版《西游记》受到中国香港邵氏《西游记》电影极大的影响。无论人物造型、服饰、动作，还是取景方面，都能看到央视 1986 年版《西游记》对邵氏《西游记》电影的因袭。可以认为，如果没有 20 世纪 60 年代，中国香港邵氏《西游记》电影的探索，央视 1986 年版《西游记》

绝不会是我们所看到的那种既大气又精美的状况。中国香港邵氏《西游记》电影的美学风格，实则奠定了央视 1986 年版《西游记》的风格。

当然，央视 1986 年版《西游记》亦有大量创新和改进。央视 1986 年版《西游记》拍摄时比较尊重原著，诸多情节都与原著相符。在孙悟空的形象上，央视 1986 年版《西游记》完全改变了邵氏《西游记》电影中的孙悟空形象，由少年时即扮演京剧猴王的六小龄童来扮孙悟空更为出彩。央视 1986 年版《西游记》的孙悟空形象，有猴的动作与形象，更具有美感，但缺乏猴王的野性、妖性。

值得特别指出的是，"唐僧西天取经"在古代带有政治话语的性质，而在 20 世纪 80 年代以后，亦是一个典型的政治话语。央视 1986 年版《西游记》电视剧筹拍于 1981 年，当时正是中国改革开放的起步阶段。所以筹拍《西游记》客观上也是乘着改革开放的春风，实现中国文化建设的一个新举措。1987 年大年初一，央视还举办了西游记主题的春晚《齐天乐》，在多个电视台播出。

央视 1986 年版《西游记》的主题歌《敢问路在何方》，高度概括了 20 世纪 80 年代的时代特征，旋律磅礴、雄壮，给人以积极昂扬的感受。同时，配以唐僧师徒四人，在崇山峻岭、戈壁沙漠、大江大河间前行的画面。总体给人以"破除万难，坚定前行"的印象。因此，这首歌在 1986 年秋被列入社会主义精神文明建设文艺宣传材料，后来获得了一系列的奖项，几乎可以代表一个时代。❶

二、电影《大话西游》与西游喜剧

除央视 1986 年版《西游记》之外，《大话西游》亦有划时代意义。1994 年《大话西游》开始拍摄，总投资 4500 万港元。在拍摄前，电影由《大话西游之月光宝盒》《大话西游之大圣娶亲》两部组成，以牛魔王、铁扇公主故事为基础进行了故事新编。该片采用西部沙漠片的背景，在西游故事中加入了时空穿越与无厘头喜剧两大元素。❷ 从情节架构来看，应是受到明代《西游记》三大续书之一董说《西游补》中从三调芭蕉扇展开穿越故事的重要影响。

1995 年 1 月，《大话西游》在中国香港上映，两部影片只取得 5400 万港元的票房，在周星驰电影中票房偏低。因投资过大，该片未能保本，导致周星驰的电影公司倒闭，刘镇伟与周星驰的多部电影拍摄计划被搁置。1996 年，影片在

❶ 白惠元.电视剧《西游记》与 80 年代中国文化［J］.文艺理论与批评，2017（4）.

❷ 房伟.文化悖论时空与后现代主义——电影《大话西游》的时空文化研究［J］.山东师范大学学报（人文社科版），2007（1）.

中国内地上映，只取得了 20 多万元的票房，在一些影院仅上映两天就下线。因为当时中国内地的文化氛围偏于保守，对这种解构经典、过于超前的风格难以接受。据说，当时为《大话西游》进行电影音乐制作的赵季平先生，因为这部电影情节太过离奇，严重地解构经典，而要求不在电影上署名（实则结合明清时期的几部《西游记》续书来看，《大话西游》的这种"解构"并不是最离奇的。无论《西游补》，还是《续西游记》，都已经把百回本《西游记》改得面目全非了）。

　　但此后好莱坞电影逐渐引入中国，促使中国电影业不断发展。在好莱坞电影刺激，以及中国电影业自身发展所造成的观众成长的双重影响之下，尤其是随着新一代电影观众的成长，七零后乃至八零后成为新一代观影主力，中国电影观众的观影审美倾向、接受风格开始发生重要变化。几年后，《大话西游》越来越引人注目。此后，随着互联网时代的到来，影片在网络上获得了极大的关注，引领了网络文化的"戏拟""解构"风潮，成为中国网络文化的标志之一。

　　从文学进化的遗传变异角度来看，《大话西游》有诸多特色。

　　首先，《大话西游》故事有唐僧、悟空、八戒、沙僧四人一马的形象设定，继承了师徒去西天取经的基本故事设定，但是故事本身发生了巨大变化，加入穿越故事的成分，这是受到董说《西游补》的影响。同时，唐僧师徒在剧中亦有"西游状态""非西游状态"两种身份，形成了"一人饰演二角""一人两种面貌"的独特情节设定。

　　其次，影片中唐僧的形象，具有"唠叨"的特质。而孙悟空的形象，则有了野性，同时，影片中构思出紫霞仙子的故事，为孙悟空增加了感情戏，这是在百回本《西游记》中完全没有的。这是人物形象上的创新。严格来说，《大话西游》中的爱情戏，是一个"三角恋"或"多角纠缠"的状态。至尊宝与紫霞仙子、白晶晶的恋爱，与铁扇公主的纠缠不清，与牛魔王妹妹的即将结婚；牛魔王与铁扇公主的离婚，与紫霞仙子的再婚。归根结底都继承了百回本《西游记》，但亦加入了大量的现代爱情戏元素。

　　再次，故事在百回本《西游记》的插科打诨的基础上，加大了幽默的成分，使得西游故事向喜剧片方向发展。无厘头的幽默，成为《大话西游》电影的最大亮点。《大话西游》不是一种轻幽默，而是一部爆笑喜剧。这是这部电影具有无穷魅力的一大根源。这一点其实也跟西游故事的进化史有直接关系。从吴承恩百回本《西游记》在西游故事中引入喜剧基因，到明清西游续书中西游故事越来越往"荒诞喜剧"方向发展，可以看出西游故事的进化有着明显的喜剧化进化趋势。

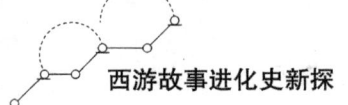
因此，《大话西游》称得上是《西游记》影视进化史上的标志性作品，是一个里程碑，而此后的《西游记》影视改编受它的极大影响，其影响力至今不衰。其以幽默风格解构《西游记》的独特方式，为近二十年来的诸多西游题材电影所继承。

三、20 世纪 90 年代的其他西游影视剧

20 世纪 90 年代，还有几部西游影视作品亦值得一提。

1991 年，出品的《西行平妖》，片头自称是"神话特技故事片"，采用了真实爆炸来处理情节。

究其原因，笔者认为，主要是因为他执着于用传统港片的风格来处理《西游记》。而西游题材本身是一个神话剧，并不是传统港片的功夫剧。《西行平妖》中冗长的打斗镜头，实则给予整部电影极大的减分。西游故事中的神话特性、雄奇想象，在《西行平妖》中未能完全表现出来。几年后，《大话西游》明显吸取了这种经验教训，剥离了传统港片的风格特征。

1996 年，中国香港 TVB 出品了《西游记》电视连续剧，共 30 集。该电视剧注重喜剧效果，很受观众好评，成为当时的收视冠军，为后来各类西游影视剧的进一步喜剧化，起了一定作用。

1998 年，中国香港 TVB 出品了《西游记 2》，共 42 集。该片被引进大陆时改名为《天地争霸美猴王》，内容非常戏谑，深度拓展了西游故事的喜剧空间。

1999 年，央视出品了 52 集动画片《西游记》，每集 22 分钟。其主题曲"猴哥"一度广为流传，歌词"猴哥猴哥，你真了不得，五行大山压不住你"颇有哲理。该动画片对原著有一定改编。

另外，在 20 世纪 90 年代初，央视 1986 年版《西游记》副导演荀皓和任凤坡拍摄了一部荒诞剧《西游记外传》。该剧共 7 集，虽不是由央视 1986 年版《西游记》的主演出演，但人物造型与央视 1986 年版《西游记》保持一致。电视剧讲唐僧师徒取经成功之后，历经千年，重返人间，来到现代中国的一些故事。这一西游故事模式，显然是因袭、延续了民国作家陈景韩在 1909 年所作西游续书《新西游记》以及童恩正 1985 年的作品《西游新记》的模式。

陈景韩的小说写的是唐僧师徒回到清末的上海租界，叙述所目睹之怪现状，有批判的意味。而电视剧《西游记外传》从立意上试图"以古衬今"，歌颂当代中国的伟大发展。故事包括猪八戒食物中毒住院，沙僧还俗找媳妇等喜剧性内

容。从剧情设计上也可能吸收了《孙悟空大闹香港》等港片的剧情。

《西游记外传》由于在当时"太过超前"，只小范围播出过。但该剧显然具有一定的影视史、文化史价值。因为该剧明显继承了百回本《西游记》中的喜剧基因，吸收了港台20世纪七八十年代西游喜剧电影的一些特点，是西游喜剧中一部较早的作品，能够看出20世纪八九十年代中国文艺界的一种打破常规的活跃的风气。

总体来说，20世纪八九十年代，西游影视剧已有了很大的发展，出现了诸多作品，其中，央视1986年版《西游记》和《大话西游》是两部经典之作。而进入新世纪，西游影视剧更加迎来了井喷式发展的新时代。

第三节　21世纪中国西游影视剧的井喷式发展

改革开放以来，尤其是21世纪以来，西游影视剧获得了空前的发展，成为中国影视领域的一大热门题材。至2020年初，西游影视剧已达近百部，且以每年最少两三部的数量增加。尤其是近十年来，西游题材影视剧几乎每年都会诞生一部高票房的电影。"西游"概念成为影视票房的保证。简言之，西游题材呈现出"常演常新"，观众百看不厌的文艺接受状态。

这诸多的西游影视剧并非照常搬演百回本《西游记》的内容，几乎都要进行故事新编，在内容上有新变、有延伸，形成了西游故事的当代进化。只是有的影视剧编得较少，有的则完全脱离原著，另为体系。❶ 这里笔者以系年的方式列举其中有代表性的作品，并进行逐一的点评，以见出西游影视剧活跃的"再进化"状态。

2000年

2000年，央视1986年版《西游记》的续集上映，共16集。补拍了央视1986年版《西游记》中未拍摄的真假美猴王、比丘国降妖等情节。

2000年，38集电视连续剧《春光灿烂猪八戒》上映。该剧采用中国香港西游电影独立新创故事的传统手法，以喜剧风格讲述了一头瘦猪被神仙变成人，然后不断学法术，逐渐修炼成猪八戒的故事。此外，该剧以一头真实小巧的小瘦猪出镜，颇有创意，后为多部西游电影所模仿。

---

❶ 李钦彤.论新世纪中国《西游记》改编电影［J］.武汉理工大学学报（社科版），2019（3）.战玉冰.浅析近几年《西游记》改编电影情况——以2013—2017年国内院线上映的八部西游题材电影为例［J］.电影文学，2018（13）.

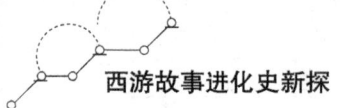

2000 年，陕西省电视节目交流中心制作的 30 集电视剧《西游记后传》上映，讲述唐僧师徒西天取经三百年后，如来佛祖圆寂，魔头无天开始统治三界，孙悟空带领三界神佛，助如来的转世灵童乔灵儿重返灵山，重振天宇。剧情还是非常具有创新性的。从故事完整性角度来说，西天取经结束之后的唐僧师徒故事，还是很有讲述必要的。这也是大众所普遍关心的。所以《西游记后传》的文学剧本，更接近于标准的《西游记》续书，其故事内容有很强的"续书意味"。

2002 年

2002 年，40 集电视剧《齐大大圣孙悟空》播出，该剧对百回本《西游记》的故事情节进行了极大的颠覆与重构，甚至加入了一些科幻元素。该剧受明末小说《西游补》的影响，加入了悟空与花仙的共生关系。

2003 年

2003 年，37 集电视剧《福星高照猪八戒》播出。

2004 年

2004 年，43 集电视连续剧《喜气洋洋猪八戒》上映。内容上脱离西游故事，单讲猪八戒的故事，连《封神演义》中的雷震子都被编入了故事中。

2005 年

2005 年的《情癫大圣》，讲了唐僧与丑女小妖的故事，唐僧拿着孙悟空的金箍棒，逃避妖魔的追捕。金箍棒甚至能变成飞机，能变成装备旋转机枪的机甲机械人。片中还加入了现代社会与宇宙飞船元素，构成拥有现代科技的地球人与古代妖精战斗的古怪情节。虽然情节恶搞，但搞笑的地方不多，观赏性不强，只取得了 5000 万元的票房。笔者倒是觉得，从蝴蝶围绕的小妖美艳、机甲机械人、飞船与传统武器的战斗几个方面来看，似乎 2009 年的重磅电影《阿凡达》受到了该片的一定影响。

2005 年，动画片《天上掉下个猪八戒》在央视播出。此后几年又相继推出后续剧集。

2008 年

2008 年，好莱坞电影《功夫之王》在国内上映，获得了 1.71 亿元人民币的中国票房，中国之外的票房则达 7 亿元人民币。该片对西游故事的海外传播有较大影响，因为它标志着好莱坞也开始重视西游题材，亦标志着西游题材影视剧开始在全球范围内引起极大关注。

2008 年 4 月，44 集电视剧《魔幻手机》在央视八套播出。该剧是一个包含穿越成分的科幻故事，主人公通过时空穿越，与孙悟空、猪八戒等西游人物联系起来。

2010 年

2010 年，《嘻游记》上映。影片讲述了唐三句仰慕唐三藏西天取经，便自己组队重走取经路的故事。本片是一部小成本喜剧，成本仅几百万元，但票房近3000 万元。

2010 年，50 集电视连续剧《西游记》播出，亦被称为浙版《西游记》。该剧较忠于原著，对白多直接照搬原著，情节上虽有一些改编，但多属原著文本的自然延伸，或者对文本叙事空白的逻辑填补。该剧称得上是一部尊重原著的优秀的影视改编。

2010 年 7 月，46 集电视剧《吴承恩与西游记》在山东齐鲁台首播，讲述了吴承恩创作《西游记》的故事。近年二三十年来，关于吴承恩是否为《西游记》作者的争论，持续发酵。该剧显然支持吴承恩的署名权。

2011 年

2011 年，60 集电视连续剧《西游记》播出。该剧在内容上对原著改编不多，主要试图在造型、对白、视觉效果等方面创新。剧中，猪八戒采用肥猪头造型，还邀请好莱坞视觉效果制造团队进行后期制作，成本高达一亿元。

2012 年

2012 年，上海美术电影制片厂将 20 世纪 60 年代的动画片《大闹天宫》，做成了 3D 版动画电影上映，取得了 4266.2 万元的票房。该片票房虽然不高，但荣获第 32 届夏威夷国际电影节动画片杰出成就奖。

2013 年

2013 年的电影《西游降魔篇》，票房达 12.45 亿元人民币。该片以喜剧的形式拓展了西游故事的"降妖除魔"主题，在"西游喜剧"领域有深度发展。而且从西游影视的发展历程来看，该片有着重要的承前启后作用。

2014 年

2014 年的电影《西游记之大闹天宫》，票房 10.45 亿元。该片画质与情节均有可疵议之处，然而票房却很高，使一些电影人得出了"明星＋西游记"就能有高票房的结论。

2014 年，腾讯网推出由网络作家今何在编剧的 20 集情景喜剧《我的西游》。剧情的设定是悟空与杨戬斗法导致时空变异，唐僧师徒从西天取经路上穿越到现代，机缘巧合组成了一个西游电视剧剧组，由此上演了一幕幕情景喜剧。

2014 年，乐视网出资将网络小说《沙僧日记》拍摄成 16 集同名网剧，于同

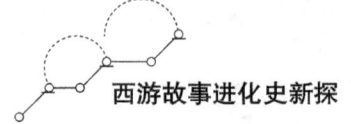

年 12 月在乐视网自制剧场播出。

2015 年

2015 年的 3D 动画电影《西游记之大圣归来》，取得 9.57 亿元人民币的票房，并一度到美国上映，是中国动画电影的一个重要突破。

2015 年，喜剧电影《万万没想到》，票房高开低走，取得 3.22 亿元人民币票房。该片于西游取经故事中加入了新的主角王大锤，同时加入了大量的网络搞笑元素，使得整体效果具有很强的幽默性。该片的插曲《大王叫我来巡山》一度在网络流行。

2016 年

2016 年的《西游记之孙悟空三打白骨精》，票房 12 亿元人民币。该片注重再现西游故事的异域风情，视觉效果属高水准，拍出了西游故事特有的魔幻色彩。在这部电影中，开始按照《西游记》原著对沙僧外貌的描述"脸如蓝靛"，来塑造沙僧的影视形象，可谓一大改变。

2016 年的《大话西游 3》，票房 3.66 亿元人民币。该片的内容主要是向 1994 年版《大话西游》致敬，戏拟了 1994 年版《大话西游》中的诸多情节。其中，紫霞仙子形象，颇为引人注目。

2016 年，《大唐玄奘》上映，仅收获票房 3298.1 万元，惨淡下线。该片脱离《西游记》故事，而单独演绎玄奘故事，谈到了大量玄奘在印度的学佛事迹，内容较为枯燥，票房惨败在情理之中。

2016 年的网络大电影《猴王与女妖》，属极低成本的网络电影，制作并不精良，但值得注意的是在八戒的形象上，选用一个胖演员，且不加猪的造型，显示了在人物造型上的一定新颖性。

2016 年上线的网络自拍剧《唐僧肉之惊天大骗局》，讲唐僧师徒在遇到白骨精时发生穿越，到了现代社会。唐僧与一现代女子相爱，最终留在了现代，成了"全职奶爸"，而假唐僧回到古代继续取经。该片虽然整体拍摄效果、布景、画质不佳，但故事较新颖，且具有较强无厘头喜剧风格，在诸多西游自拍网剧中算一部较为优秀的作品。

2017 年

2017 年的电影《西游伏妖篇》，按照《西游记》原著对沙僧外貌的描述"脸如蓝靛，口似血盆，眼光闪灼，牙齿排钉"，塑造了一个类似妖怪、极为丑陋的蓝脸沙僧形象。本片票房达 16.52 亿元人民币。截至 2020 年初，位列中国电影票房排行总榜的第 24 位。前 23 位中有 8 部是美国电影，《西游伏妖篇》的票房排到了中国国产电影的第 16 位。

2017 年，喜剧《大闹天竺》获得 7.56 亿元票房。影片讲述宝唐集团总裁唐宗突然离世，留下遗训让其子唐森在耍猴艺人武空的保护下前往印度寻找遗嘱的故事。影片虽然不能算是严格的西游电影，但采用了一个类似于《西游记》的"西天取物"故事，采用了《西游记》中人物命名，亦从《西游记》中吸取了诸多元素、情节、片段，可勉强算一部现代版西游记。

2017 年，电影《悟空传》获得 6.97 亿元人民币票房。该片改编自网络作家今何在的网络小说《悟空传》，这与其他西游电影有很大不同。其他西游电影往往只是根据一个文学剧本拍摄，与西游续书基本无关。

2017 年，《大梦西游》系列发布了两部作品：《大梦西游 2 铁扇公主》《大梦西游 3 女儿国奇遇记》。

2017 年，《西游记之铁扇公主》网络大电影在优酷网播出。

2017 年，乐视网推出 54 集电视剧《大话西游之爱你一万年》，该剧由刘镇伟执导，对《大话西游》进行了深度演绎。

2018 年

2018 年的电影《西游记女儿国》，票房达 7.27 亿元人民币。内容较为风趣幽默，有大量插科打诨的桥段。电影加入了"结界"的概念，实则是对美剧《穹顶之下》中天穹的袭用。同时，该片只是采用了小说《西游记》中的女儿国概念，情节内容完全是新编的，几乎未直接采用百回本《西游记》中女儿国的原有情节。这显示出西游影视剧具有"常编常新"的特性。

2018 年 9 月，华谊电影公司出品的动画电影《大闹西游》在全国公映，但仅获得 3792.3 万元的票房，该片成本为五千多万元，给华谊电影公司造成亏损。

2018 年，优酷网出品了网络大电影《齐天大圣·万妖之城》，该片采用类似《大话西游》中的沙漠背景，截取了《西游记》中流沙河收服沙僧一段进行演绎，又从 2002 年版《西游记》中因袭了孙悟空与花仙的共生关系，是一部在内容上颇有创新的影片。该片不在影院上映，只在优酷网播出，斩获 4000 万元网络票房。而累积票房的第二名只有一千多万元，可见该片反响良好，故而票房有很大突破。

2018 年，优酷网出品了网络大电影《天蓬归来》，反写了猪八戒在高老庄的故事，变成高翠兰强迫猪八戒成亲。

2018 年，网络大电影《大梦西游番外之拯救悟空》上映。

2018 年，网络大电影《大梦西游 4 伏妖记》上映，该片以盘丝洞故事为基

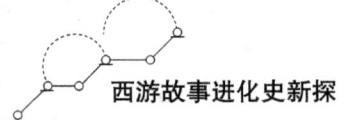

础，加入唐僧与悟空用移形换影大法，互换身体，以此各体会对方难处的情节。

2019 年

2019 年，电影《猪八戒·传说》上映，获得了 6571.1 万元票房。该片属于关于猪八戒的院线电影，有一定的进化意义。毕竟关于孙悟空的影视改编已很多，关于猪八戒的影视改编相对还很少，尤其是大荧幕的院线电影，还有深入挖掘的空间。

2019 年，《西游传奇之宝象国斗神纪》在优酷网上映。

2019 年，优酷网出品了《齐天大圣·万妖之城》的续集《齐天大圣之火焰山》。

2019 年，网络大电影《美猴王之真假孙悟空》《齐天大圣之大闹龙宫》在爱奇艺网站上映。《大梦西游 5 三恋白骨精》亦在爱奇艺网站上映。

2019 年的 16 集电视剧《天真派西游记》，由儿童来主演西游记。

2019 年 10 月，《大话西游之成长的烦恼》上映，该片由西安电影制片厂出品，内容改编自《大话西游》，但演员几乎均为儿童，是一部儿童电影。

2020 年

2020 年 1 月，网络大电影《大天蓬》在爱奇艺网站上映。这是一部制作精良、情节新颖的西游改编电影。影片聚焦了猪八戒的前身天蓬元帅的故事，对猪八戒在高老庄娶媳妇的故事亦进行全新改编，加入了爱情、落难、捉妖等诸多热门影视元素。

2020 年，因新冠肺炎疫情影响，原定上映的《敢问路在何方》《西游记之再世妖王》等西游电影都推迟了档期。

从相关运营思路来看，在 2019 年《哪吒之魔童降世》动画电影创造了 50.35 亿元人民币票房之后，西游动画电影亦有望在 2020 年发力。但 2020 年初突如其来的新冠肺炎疫情打乱了这一切。2020 年因新冠肺炎疫情影响，中国电影行业经历了较大困境，全国各院线都经历了长达半年的歇业。虽遇困境，但我们相信，中国影视行业的未来一定更加辉煌。可以预计，未来几年，西游电影将继续保持高票房的可持续状态，会有越来越多新的高票房西游电影脱颖而出。

从以上梳理、总结来看，近二十年来，《西游记》的影视剧改编、新创，达到了一个新的高峰。尤其是最近几年，几乎每年有一部或多部西游主题电影上映，且一般都能取得很高票房。西游故事的电影，本身就是高票房的保证，这一点是三国故事、水浒故事、红楼故事所不能比拟的。这也是《西游记》在当代越来越重要，越来越能够代表中国文化的一个重要原因。

同时，西游故事的影视改编，有往"系列片"方向发展的倾向。总之，西游主题的电影常常能形成"叫好又叫座"的良性循环。西游主题已成为当代中国电影的一个热点题材。且这个热点题材，具有常演常新、常编常新的特点，其故事具有极大的可塑性。这是当代西游主题影视剧的一个特点，也就是内容上的可塑性、创新性与变异性。

这些关于西游故事的影视剧，虽都继承了百回本《西游记》的人物设定，但基本上都抛开了百回本《西游记》的故事设定、情节设定，大体上都是利用百回本《西游记》的人物，衍生出新的故事。这些故事有些可以算作在原有西游故事基础上的一种新的情节，有的则只是对旧有情节中叙事空白的一种填补。

最后要看到，关于西游影视剧的问题，如果结合西游故事的进化史，就会看得更清楚。在西游故事近 1400 年的进化史中，西游故事的情节一直在变。只是到吴承恩百回本《西游记》中西游故事的情节才取得了较大的权威性，变得相对较稳定。但实际上在明清时期的西游续书中，西游故事的情节越发变得离奇。明末董说《西游补》、清末陈景韩《新西游记》等作品，已经让西游故事变得面目全非了。这些西游续书的情节往往比当代西游影视剧还要离奇。严格来说，当代西游影视剧其实都是继承《西游补》《新西游记》等西游续书而来的。这一切应该就是"文学进化"的最生动体现吧！

第四节　日本、美国等国外西游影视改编

《西游记》在各国的流传与影视改编值得重点探讨。❶我们时常讲要增长中国文化的软实力，要让中国文化"走出去"。目前，在文学、影视等方面能"走出去"的中国文学、电影，并不多见。而作为古典名著的《西游记》，在当代世界却有着真实而广泛的影响。这种影响，并不是单纯说外国人在欣赏《西游记》的相关文学、影视，而是《西游记》已成为日本、美国等国影视、文化发展的一种或大或小的动力。

一、日本的西游影视改编

西游故事很早就流传到了日本、朝鲜。朝鲜《朴通事谚解》就提到《西游记

---

❶ 曾麟.《西游记》海外影视改编与传播研究［J］.当代电视，2019（6）.

平话》。而近现代日本研究《西游记》的成果长期领先于中国,现存的《大唐三藏取经诗话》就是于 1915 年发现于日本。题名吴昌龄的六本二十四出《西游记杂剧》,亦于 1928 年发现于日本。而此前,这些西游进化的中间性作品,长期不为国人所知。这些文献学上的证据表明,日韩等国很早就开始关注西游故事。至明代万历二十年,世德堂百回本《西游记》问世后,很快也流传至日本。1931年,孙楷第在日本东京查访到,在日本内阁文库、国家图书馆、村口书店等处藏有近十种不同西游小说版本。❶ 足见,西游小说曾广泛流传于日本。流传至今,形成了日本国人对《西游记》的独特审美偏好。在四大名著中,如果说朝鲜人偏好《三国演义》,那么日本人则偏好《西游记》。

笔者认为,日本人对《西游记》的这种偏好,可能源自日本社会的佛教氛围。虽然百回本《西游记》表面是一个"亦佛亦道"的故事,但深层次则是一个"外佛内道"的故事,有强烈的内丹道教倾向。日本没有中国的道教,故而日本人对《西游记》的接受,相对偏重于佛教的内容。而日本又是一个禅宗化的社会,佛教在日本社会上有极大的影响力。由此,作为佛教题材的《西游记》也很自然受到了日本社会的重视。一系列西游影视剧、动画的拍摄也就成为自然逻辑了。

1960 年,日本上映了 88 分钟的动画电影《西游记》,该片由手冢治虫编剧,据说是日本动画史上第三部动画片。手冢治虫为日本漫画大家,1952 年发表的《铁臂阿童木》在日本引起轰动。

《西游记》的影视改编在日本亦逐渐出现。1978 年 10 月至 1979 年 4 月,日本国际放映制作播出了 26 集电视剧《西游记》。1979 年 11 月至 1980 年 5 月,又制作播出了《西游记 2》,亦为 26 集。该剧在拍摄时有中国国家广播电影电视总局的协助,后来曾在中国播出。从情节内容上看,该剧还是较为尊重原著的,大体是依照原著进行电视改编。不过,该剧在唐僧师徒的造型上,与中国香港邵氏《西游记》电影中的造型差异甚大。该剧最特殊的地方在于,剧中的唐僧是一名女性角色,由女演员夏目雅子饰演。据说,把唐僧设定为女性角色纯属偶然,但这样设定以后,反而更方便处理取经途中的诸多感情戏。这一设定遂为此后的日本西游影视剧所延续,成为日本西游影视剧区别于中国的重要特征。

1988 年,90 分钟的日本动画电影《哆啦 A 梦:大雄的平行西游记》公映,导演为芝山努。该片讲述大雄与小伙伴表演《西游记》话剧,后来用时空机回到

---

❶ 孙楷第.日本东京所见小说书目 [M] // 中国通俗小说书目(外二种).北京:中华书局,2018:292.

唐朝，见到孙悟空，引发了一系列故事。该片开创了《西游记》时空穿越模式，可能对后来周星驰的《大话西游》有影响。

1993 年，为庆祝日本电视台开播 40 周年，日本翻拍了《西游记》，由女演员宫泽理惠饰演唐僧，为 140 分钟的电视剧。1994 年日本又上映了电影《新·西游记》。

2006 年，日本富士电视台推出了新版《西游记》连续剧，共 11 集。讲述唐僧师徒一路向天竺行去的经历，内容脱离《西游记》原著，有较大改编，但"西行—打怪"的模式未变，一些地方还能看出原著的痕迹。唐僧依然是一位女性角色。该剧在亚洲四地同步播放，创下了平均 22.8% 的收视率。

2007 年，日本富士电视台在前一年新版《西游记》电视剧大热的基础上，又拍摄了由原班人马出演的 120 分钟电影《西游记》。影片采用沙漠片背景，讲金角大王、银角大王两个妖怪来到虎诚国，把葱绿国土变成沙漠，把虎诚国国王、王后变成乌龟，虎诚国公主玲美与唐僧师徒一起，同金角大王、银角大王斗法的故事。剧中的孙悟空，很像是一位把头发染黄、无所事事的社会青年，总是在不断大嚷大叫。

2016 年，日本上映了喜剧电影《珍游记》，该片根据漫画《珍游记：太郎和愉快的小伙们》改编，讲述妖怪少年山田太郎被玄奘封印妖气，带上紧箍咒，被迫追随玄奘前往天竺的故事。山田太郎虽无猴子形象，但其实就是孙悟空的角色，其在剧中亦被他人称为"猴子"。这部影片属于恶搞喜剧电影，情节离奇怪异，格调亦不甚高，属于典型的日本式恶搞电影。

关于日本的西游影视剧，可以注意到三点：

第一，关于孙悟空、猪八戒的扮相。在《大唐三藏取经诗话》中猴行者是"白衣秀士相"，这一点为日本《西游记》影视改编所继承。日本西游影视剧中，孙悟空的猴特征不明显。日本影视剧中，猪八戒的猪特征亦不明显。

在百回本《西游记》中，孙悟空的形象是"毛脸雷公嘴"。第八十八回，唐僧师徒初到天竺国下郡玉华国，路上的人齐声叫道："我这里只有降龙伏虎的高僧，不曾见降猪伏猴的和尚。"这说明孙悟空有着一眼可见的猴特征，猪八戒有着一眼可见的猪特征。中国的各种西游影视剧中的孙悟空形象是符合原著的。日本西游影视剧中的悟空形象，反而不符合百回本《西游记》中的描述。日本西游影视剧在人物造型上，于《西游记》原著有较大的改动。

日本西游影视剧忽略孙悟空的猴特征，让孙悟空采用俊朗的扮相，使得整个西游故事往青春偶像剧的方向发展，但往往能够把孙悟空的桀骜不驯表现出来。

从这一点看，中国西游影视剧由于普遍注重孙悟空的猴特征，则青春偶像剧的特征不明显。

第二，关于孙悟空形象的桀骜不驯。日本西游影视剧很注重表现出孙悟空的桀骜不驯。这一点其实在《西游记》原著中，在中国西游影视剧中都有。但中国文化对于孙悟空的桀骜不驯的阐释是"收其放心"。就是说，孙悟空的桀骜不驯是需要不断驯服的。无论如来把孙悟空压在五行山下五百年，还是唐僧给孙悟空戴上紧箍咒，抑或孙悟空自己的西行修炼之路，都是为了驯服这种"桀骜不驯"。

而据美国学者本尼迪克特在《菊与刀》中论述，日本人的民族性格中，有时会呈现矛盾的特征，呈现既顺从又桀骜不驯的矛盾集合。❶可见，日本人实则是欣赏孙悟空身上这种桀骜不驯的。所以《珍游记》等日本西游影视剧的孙悟空形象都有一种明显的桀骜不驯。

第三是关于玄奘的性别问题。日本《西游记》的一大特点在于，无论1978年版，还是后来的1993年版、2006年版、2016年版，其唐僧均由女演员扮演。这并不是女扮男装或女性演男性角色，而是剧中的玄奘本就是一个女性角色。❷一些影视剧中男性角色会爱上女性玄奘，甚至悟空与玄奘（女）有暧昧关系。

这一点体现出鲜明的文化差异。简言之，在日本人看来，百回本《西游记》中的唐僧，至少是适合作为一个女性角色。或者是因为《西游记》中的唐僧比较软弱，遇到事情束手无策，只会垂泪，在日本人看来，这近乎女性。

当然也有分析认为，这种女版唐僧的做法，来源于戏曲。正如中国的越剧，男性角色由女性扮演。日本古代戏曲亦有此种特点。日本传统戏曲中有西游戏，其唐僧一般由偏于女性化的男性演员来出演。但是这样的解释，还是有问题。因为这并不是唐僧是否中性化的问题，而在于在日本当代西游影视剧中，唐僧这个人，就是一个女人，而不是什么中性化的男人。

从现实性角度来说，从中国的长安出发去南亚的印度，其间有千难万险，有沙漠旷野，有走兽强盗，这种种艰难体现在《西游记》中诸多妖魔鬼怪身上。而从日本的角度，大概理解不了西天取经的千难万险。正如在《珍游记》最后，猴子山田太郎问玄奘，天竺在哪里？女玄奘说："我也不知道在哪里，我也只知道它在西边而已。"正是因为对日本人而言，玄奘西天取经事迹，不再具有历史的厚重感。那么，日本人对待玄奘西天取经，就可以进行轻松的再创作。

---

❶ 鲁思·本尼迪克特.菊与刀［M］.北京：商务印书馆，1990：2.

❷ 刘艳丽.日本《西游记》中唐僧的女性化变异分析［J］.戏剧之家，2018（20）.

总的来看，日本人对西游电影的演绎，与中国西游影视剧有相同之处，但亦有极大的不同。❶ 中日西游影视剧的共性在于，都注重发扬《西游记》的喜剧特征。而不同之处在于，日本人偏好于将《西游记》往青春偶像剧的方向演绎，孙悟空身上类似不良少年的桀骜不驯，成为一大看点；唐僧的美少女特征，亦是一大看点。

二、美国的西游影视改编

美国对《西游记》的改编，亦值得注意。好莱坞长期盛行奇幻电影、超级英雄电影，"奇幻和虚构一直是好莱坞影片的特色"。❷ 据统计，当前，奇幻电影几乎统治了美国电影票房排行榜的前列。而《西游记》就是属于西方影视分类中的"奇幻"类别。《西游记》中孙悟空形象，亦有类似于超人、蜘蛛侠、蝙蝠侠等美国超级英雄之处。所以西游影视改编在美国也受到了一定的关注，涌现了一批西游影视作品。

2001年NBC出品了电影《猴王》（The Lost Empire，直译为：失落帝国），讲述一位美国记者，在探寻失传已久的吴承恩《西游记》手稿时被带入了《西游记》的世界，与唐僧师徒展开了精彩的冒险。剧中孙悟空由华人演员扮演，唐僧、八戒、沙僧由外国演员扮演。

2008年，美国上映了电影《功夫之王》（The Forbidden Kingdom，直译为：禁忌王国），由美国导演罗伯·明可夫执导。影片讲述美国男孩杰森被一根收藏于美国唐人街旧货店的金箍棒带回了中国古代，历险拯救美猴王的故事。该片不能算严格的西游取经故事，只能说是采用了西游背景，内容上多为新编，截取了孙悟空大闹蟠桃宴之后受天庭处罚的一段故事，从中展开新的故事。

电影一开始，美国男孩在床上醒来，床头的电视机里正在播放中国香港20世纪60年代邵氏《西游记》电影中孙悟空与妖怪打斗的画面。该片投资4亿元人民币，按照好莱坞大片水准制作，获得了国内外观众的认可，中国票房1.7亿元人民币，全球票房达8.7亿元人民币。

有意思的是，这两部美国电影，都采用穿越故事的形式，将现代美国人带入《西游记》的世界，并称这个《西游记》世界为Empire（帝国）或Kingdom（王

---

❶ 李萍.《西游记》在日本影视中的传播变异分析[J].徐州师范大学学报（哲学社会科学版），2012（1）.

❷ 约翰·贝尔顿.美国电影 美国文化（第4版）[M].米静，等，译.成都：四川人民出版社，2018：378.

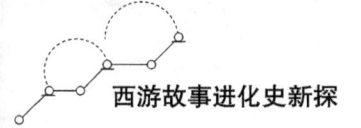

国）。这似乎表明，美国人是如何看待《西游记》故事的——美国人似乎把《西游记》当成了一个独立存在的世界。

三、其他国家的西游影视改编

韩国人对《西游记》的热情，虽没有日本人那样高涨，但韩国影视界对《西游记》也有一定改编。而且亦受日本影视剧的影响，倾向于把唐三藏设定为女性角色。这一点堪称中、日、韩之间的巨大文化差异。

1990年，韩国KBS第2频道推出了一部名为《百变孙悟空》的动漫。片中对《西游记》改动很大，有孙悟空玩滑板、八戒开摩托车等设定。

2011年，韩国上映了电影《西游记归来》，故事设定发生在现代都市，三藏变成了会法术的女性。整体故事与《西游记》原著差异巨大。

2017年12月，韩国TVN有线电视台推出了20集奇幻电视剧《花游记》。该剧改编自《西游记》，讲述唐三藏与孙悟空等人寻找光明的故事。剧中虽用了《西游记》小说的人物设定，甚至部分情节，但时代设定在了现代，唐三藏的形象为现代时尚女青年，明显受到此前电影《西游记归来》的影响。

除日本、韩国、美国外，还有一些国家亦出品了西游影视剧。如2018年澳大利亚出品了10集（每集30分钟）电视剧《新猴王传奇》（Legend of the Monkey）。电视剧中唐僧被改为了一个女性形象，沙僧因其名"沙"与英文Sandy同意，亦被改成了一个叫Sandy的女性形象。

第五节　西游故事纷繁复杂的影视再进化

综合以上中国以及日本、美国等国关于西游故事的各种影视改编来看，西游故事在现当代呈现令人眼花缭乱的新进化状态。其进化复杂程度远大于三国、水浒、红楼故事。造成这种"再进化"的原因，笔者认为，主要是以下几个方面：

第一，明清以来诸多《西游记》续书，已经展现了一个离奇的"后西游"世界。

百回本《西游记》问世以来，逐渐形成了"西游热"，从晚明到民国、现当代，出现了大量的《西游记》续书。如明代的《续西游记》《后西游记》《西游补》，清代的《新西游记》《天女散花》，民国、现当代的《古国怪遇记》《新西游记》《悟空传》等。这些《西游记》续书，已经从文学上展示了一个光怪陆离的"后西游"世界。

这些《西游记》续书，往往一部比一部离奇，后来的西游影视剧，往往受到这些《西游记》续书的重要影响。如民国小说家陈景韩的西游续书《新西游记》，写唐僧师徒回到当代的经历，明显影响了后来的多部西游影视剧。再如周星驰《大话西游》电影，受到了明末董说《西游补》的诸多影响。二者都是在牛魔王、铁扇公主的情节方面，独立展开故事；二者都谈到了时空穿越的问题；二者都探讨了孙悟空与铁扇公主的"恋情"问题。

可以说，正是诸多《西游记》续书，已经完成了对百回本《西游记》文学经典的解构，创设了一个个"脑洞大开"的情节。后来的异想纷呈的西游影视剧，只不过是沿着《西游记》续书所开辟的道路，继续前行，继续进行文学进化罢了。

这也是"进化哲学"的"神奇之处"，因为有了进化，未来就包含在现状之中。因为随着时间推移，进化作用开始显现，现状中包含的因素，会逐渐达成一个可以预期的未来。当代西游影视剧中的种种异想纷呈、光怪陆离，正包含在了明末清初的那些《西游记》续书所开辟的道路中。这是随着时间推移，文学进化作用的必然结果；是各种文学因袭、文学独创，尤其是适应性独创，所造成的必然结果。因为文学进化作用，从前的文学原因，必然会产生未来的文学结果。

第二，西游故事有一个开放式的"过程"。

西游故事虽有一个固定的开头与结尾，即唐僧开始取经、唐僧师徒取得真经，但是这个取经的过程，恰恰是开放的。因为在这十万八千里的路途中，什么样的情节都有可能发生。所以理论上说，只要具备了唐僧师徒四人一马，并且在取经路上，则这样的故事就是西游故事的变种。不会引起读者的"反感"。

然而《三国演义》《水浒传》《红楼梦》却不具备这样的"优势"，它们往往有被限定的过程与结果。三国故事有正史所凭，如果现当代的演绎远远脱离了《三国志》《资治通鉴》，则可能被评论界视为"戏说""胡编乱造"。类似地，《水浒传》故事过程亦基本确定，人物故事亦大体确定，很难进行演绎。一百零八将中较陌生些的人物，其个人故事亦缺乏"再加工""再演绎"的文学价值。

《红楼梦》故事，虽然有一个较为开放的结局，宝玉行在雪中给人以遐想。也正是因为这一点，清后期以来，林林总总，出现了十几种《红楼梦》的续书，如《红楼复梦》《续红楼梦》之类。但是《红楼梦》故事在当代的进化，已基本停止了。即使未停止，其最新进化，亦很难像西游故事那样占领大荧幕。

问题的实质在于，《西游记》故事本来就是编出来的，所以按照现代的理念，重新进行编写，亦无不可。这正是当代诸多西游影视剧的共同立场。所以才会出现当代西游影视剧中的诸多离奇情节，如时光穿越、宇宙飞船之类的元素，被加入了西游故事中。

第三，百回本《西游记》的九九八十一难并不充实，有继续演绎的空间。

《西游记》故事，按照九九八十一难，分成一些段落。每一段落互相独立，白骨精故事、铁扇公主故事、女儿国故事等都是独立的，篇幅适中，适合用电影的方式来进行演绎。与此同时，百回本《西游记》原有的演绎并不充实。百回本《西游记》中虽然有九九八十一难的说法，但是一些情节的可能性并未完全展开，一些中途的小灾小难亦算在了八十一难中，这就导致情节不够充实，有进一步充实的空间。

在第九十九回"九九数完魔灭尽　三三行满道归根"中，对这九九八十一难有详细描述：

> 蒙差揭谛皈依旨，谨记唐僧难数清：金蝉遭贬第一难，出胎几杀第二难，满月抛江第三难，寻亲报冤第四难，出城逢虎第五难，落坑折从第六难，双叉岭上第七难，两界山头第八难，陡涧换马第九难，夜被火烧第十难，失却袈裟十一难，收降八戒十二难，黄风怪阻十三难，请求灵吉十四难，流沙难渡十五难，收得沙僧十六难，四圣显化十七难，五庄观中十八难，难活人参十九难，贬退心猿二十难，黑松林失散二十一难，宝象国捎书二十二难，金銮殿变虎二十三难❶。

很明显，其中，唐僧的出身故事就包含了四难，出了长安遇到孙悟空之前又经历了四难，而收服白龙马占一难，涉及收服猪八戒的故事实则占了三难，收服沙僧的故事亦占了两难。可见，这八十一难有"凑数"之嫌。

另一方面，《西游记》有一百回，但孙悟空的个人故事占了十回，唐僧取经的故事是从第十二回开始的，故而并非"一回一难"。如果一个较完整的故事算一难的话，则百回本《西游记》中唐僧遇到的"难"，大概为四十多难。

从以上的计算来看，百回本《西游记》由于篇幅的限制，全书限制在了一百回，故而有些可以发生的故事，被舍弃了。比如猪八戒的出身故事，沙和尚的出身故事都被舍弃了，在百回本中都只是以一篇韵文来讲述。如果《西游记》的作者展开来写，再凭空进行一些构思，那么，《西游记》故事写到两百回都是可

---

❶ 吴承恩.西游记［M］.北京：人民文学出版社，2010：1201.

能的。

而当代的诸多西游影视改编，正是在原有故事的基础上，进行了拓展。如《春光灿烂猪八戒》就是展开了猪八戒的故事，并加入了一些现代人的想象。

第四，随着影视特效技术的发展，《西游记》影视剧展现出激动人心的视觉效果的广大空间。

影视节目除了内容精彩、情节吸引人之外，其视觉效果亦是重要一环。好莱坞所谓的"大制作"就是强调以密集资金为基础的精美的、震撼的画面效果。在视觉效果上，《西游记》的影视改编相对于其他作品有着独特的优势。

不像水浒、红楼，叙说人间的事情，影视画面塑造的空间不大，画面容易呆板，《西游记》有着巨大的想象空间，有着人间天上、仙山海岛、地狱洞府、神鬼妖魔、山水自然的场景，有着或优美，或雄奇，或壮大，或恐怖的审美意境。这些内容通过影视画面来表现，能够给观众以极佳的观影体验。❶

央视 1986 年版《西游记》电视连续剧，限于当时的影视制作水平，难以完全表现出《西游记》中原有的神话色彩。而从审美上主要还是聚焦在"优美"的角度，当时中国处于改革开放初期，各地都有原汁原味的自然环境，所以拍摄出来的西游故事以优美为主。而近年来随着电脑特效技术的发展，西游影视剧中更多的视觉奇幻的部分被呈现了出来。

当然，考虑到中日两国的影视制作水平，相对于美国好莱坞还是有一定差距的。美国好莱坞"大片"所拥有的精美的画面、震撼的特效、真实可触的现场感，都非中国电影所可比拟。如果由好莱坞投资拍摄西游电影，那展现出来的视觉效果，必定会有很大的提升。这也从另一个角度说明，未来的西游影视改编，还有不小的提升空间，能给人以百看不厌的观影效果。这大概就是《西游记》作为一部名著的独有魅力吧！

也正是因为在视觉效果上，影视艺术能够更好地表现出《西游记》的恢宏意境，所以西游影视剧获得了空前的发展。要知道，在元杂剧时代，水浒戏、三国戏在数量上远多于西游戏。而在明清戏曲时代，包括清代京剧中，西游戏都不如水浒戏、三国戏，甚至有时其影响还不如红楼戏。核心原因就在于，舞台戏剧时代，西游戏中雄奇壮丽的想象、瑰丽的神仙鬼怪世界、飞天入海的神仙道法，都表现不出来。在舞台上，西游戏是平淡无奇的，只能靠对白来吸引观众，因此西游戏的亮点表现不出来。

---

❶　冯硕. 西游 IP 电影的奇观化电影特征［J］. 戏剧之家，2019（9）.

但是在人类技术的新时代，影视技术使表现《西游记》的精髓变得可能，西游故事遂迎来了新的发展期。近年来，诸多的西游电影都是在画面质感和影视特效方面，让观众有了震撼的体验。通过技术的引导，观众对西游故事有了新的体验。这一事实大概是"技术对影视影响"的重要案例吧。

第五，西游人物的形象设定、造型、装扮，有较大的可塑空间。

《西游记》的主角是唐僧师徒四人一马，外加王母、玉帝、如来、观音，以及各种神仙鬼怪，其中包含白骨精、蜘蛛精、玉兔精等妖女形象。这诸多角色，就让西游故事有很大的人物造型的塑造空间。

每一个演员，都可以尝试扮演西游故事中的人物。六小龄童扮演的孙悟空，周星驰扮演的孙悟空，张卫健扮演的孙悟空，郭富城扮演的孙悟空，林更新扮演的孙悟空，给人不同的感觉，有的妖气很重，有的却正气凛然。

不同演员扮演的唐僧，亦给人很大的区别性感受。罗家英《大话西游》中唠唠叨叨的唐僧，至今是一个经典的影视形象。该形象深度展现出佛教人物"苦口婆心"普度众生的宏愿。

至于片中各种美女角色的扮演，亦往往让人耳目一新。《大话西游》中朱茵饰演的紫霞仙子、蓝洁瑛饰演的蜘蛛精，多种影片中的白骨精形象、铁扇公主形象，刘涛饰演的观音菩萨，都给观众以极大审美感受。

而日本西游影视剧注重向青春偶像剧的方向发展。唐僧的美少女形象，孙悟空不良少年般俊朗、桀骜不驯的形象，都广受日本观众的喜爱。

所以，西游主题的影视剧成为各路演员的"试衣镜"，每个演员都可以在西游主题影视剧中找到自己的位置。而西游影视剧亦因此常演常新，成为当代影视剧领域一个取之不尽用之不竭的题材库，展现出影视领域的中国风格、中国气派！

第六，西游故事在进化中逐渐被定位为喜剧，因而更受观众欢迎。

玄奘西天取经，本是一个严肃的宗教故事。在唐宋以来禅宗"呵佛骂祖"的狂禅之风与阳明心学等多重因素的作用下，西游故事往喜剧方向进化。百回本《西游记》已经具有大量的喜剧元素。后来周星驰在1995年的《大话西游》中将西游故事的幽默性发挥到了一个新的高度。

而最近十多年来的几十部西游影视剧，基本都是沿着周星驰的路子，都主要是把《西游记》拍成喜剧，里面充满了幽默、恶搞。所以当代西游影视剧，绝大多数都是往喜剧方向进化，着重发扬了西游故事中所具有的喜剧性。如唐僧的唠叨，八戒的贪吃、好色、偷懒，或者一些关于佛教的冷幽默。

　　当然，也要看到百回本《西游记》中所蕴含的先天的喜剧基因的奠基作用。可以说，正是百回本《西游记》中的喜剧基因，使当代影视界热衷于西游影视改编。因为喜剧是受影视观众极大关注的。喜剧电影有着固定的观众群，有着固定的票房。

　　很多分析人士不理解为何国人早已熟知的西游故事，却可以屡屡创造票房奇迹。其实，当代西游影视剧的高票房，实则是奇幻电影、喜剧电影两大热门题材的二重叠加。西游故事确实为国人所熟知，然而稍作改编，西游故事就成了当代热门的奇幻故事。再稍加对白设计，加入现代喜剧元素，加入网络元素，加入当代流行语，则西游电影又成为热闹的喜剧电影。这正是西游电影在当代"长演不衰"的根本原因。

　　总而言之，"文学进化"有其自身的力量和自身的规律。西游故事在当代的影视改编，呈现出令人眼花缭乱的"新进化""再进化"状态。理论来源于现实，但现实往往比理论复杂。"文学进化论"作为一套文学理论，可以解释很多文学现象，但很多最新、最鲜活的文学现象因其新颖、未被定型，就不一定已被完好解释了。当代西游影视剧中呈现的西游故事的新进化，其实还涉及很多文化问题、经济社会问题，这并非本书可以完全探讨的。我们只能就其剧情演化进行一定的探讨。在探讨的过程中，会有很多的不足与空白。好在本书已有的论述，已足够读者们了解其中涉及的西游故事进化问题。至于更多的问题，就留待未来进一步探讨。毕竟，学术研究永无止境。

关于西游故事进化史的若干理论思考

学术研究是没有畛域的。因为历史发展，包括文学史的发展是综合形成的，是各种力量所共同塑造的，根本就不存在某一个单一的"领域"。任何"领域"都会被其他领域所影响，只是影响有大有小，有的看得见，有的看不见。而一些研究者所谓的"畛域"只不过是我们头脑中形成的条条框框。笔者不完全认可这些条条框框的存在，其中有一部分合理，但也有一部分并不合理。

文学进化史，何尝不是一种高度复杂的存在？仅从西游故事的进化史来说，西游故事的进化史，庞杂、细碎、枝节众多，且在时间尺度上从唐代一直延续到了当代，而在体裁、载体层面，又先后涉及文人笔记、戏曲、白话小说、影视剧等诸种不同的体裁与载体。这种种复杂因素就使得"西游故事"成为"文学进化论"研究的一个极佳标本。

笔者在《文学进化论新探》一书中已经结合西游故事的进化史探讨了诸多文学进化规律。而本书则更注重探讨西游故事进化中的一些具体文学事实，进而试图揭示一些进化史上的规律性的东西。这是一种试图将文献研究与理论研究结合起来的努力。毕竟虽然文献学的研究很重要，但离开了理论研究的纯粹文献学研究，必然会产生极大的弊端。而理论研究、哲学探讨虽然可以产生高屋建瓴的思想，但如果离开了扎实的文献学基础，亦无异于空中楼阁。

在本书的绝大部分章节中，我们都严格恪守了古典文学研究畛域，注重文献学方法的应用。而在本书这最后的结语当中，我们理应突破一般文献学研究，而聚焦于理论探讨，甚至可以作一些哲学上的探讨。

也许在古典文学研究界的朋友看来，本章即将进行的哲学探讨会显得略有些奇怪，突破了古典文学研究的"行规"。但笔者认为，哲学上的探讨是非常重要的。离开了哲学上的探讨，单纯文学上一些材料的钩稽、梳理、研究与阐释，就会失去其价值导向。我们当前的文学研究，包括其他多种人文学科、自然科学的研究，其实是有这种弊病的。就是我们往往是"只见树木，不见森林"，把一棵树，研究得"很透"，可惜我们没有看到森林。这种情况下，我们所谓的"很透"，真的"很透"吗？

要之，离开了宏观探讨，离开了理论研究，那些过于精细的细节研究，就会失真。因为很多时候，决定事物发展的，是宏观的、占大头的因素。过于细腻的因素，很多时候是可有可无的。这正如火箭外壳上的文字、色彩并不重要。如果我们执着于研究火箭外壳上的文字、色彩，而不去研究火箭的发动机，那么我们的研究，必定会造成一种灾难性的后果。

而要避免这一切，就必须有宏观的、理论性、哲学性的研究。正如经济学分为宏观经济学与微观经济学，可能其他的学科，如历史、文学史，亦应该分为宏观历史与微观历史、宏观文学史与微观文学史。笔者的西游故事进化研究，有一部分是微观的研究，但亦有大量内容是宏观的研究。宏观的研究也许不细致，但往往能看到微观研究所看不到的脉络与发展逻辑。正如我们在地面上、山里面看山，可以看得很细致，可以看到岩石的状况，山上的植被状况，但此时我们对"山"的理解是不全面的。只有当我们在高空，例如，在飞机上透过舷窗往下看，会看到地上"山"的清晰脉络，看到大地的褶皱、大地的裂痕，我们才会明白山就是地壳运动的产物，山的形成类似于我们用手挤压一团泥巴。

可以说，离开了宏观的认识，具体的、微观的认识必然会发生偏差。这种偏差积累多了，就必然产生无可挽回的错误观点。因此，任何研究都要将宏观认识与微观认识结合起来。宏观的研究，要把握整体，把握根本；微观的研究，则要把握细节，剖析内在机理。宏观与微观结合起来，才能够把问题的内涵与外延、本质与表象完全研究清楚。

在本书中，笔者正是对宏观问题与微观问题进行了双重的把控。一方面，笔者致力于对西游故事进化过程中一些具体的微观的理论问题、细节问题，进行总结与探究，甚至运用了考据学的方法，包括对一些地理学细节问题的探究；另一方面，笔者亦注重对整体的探讨，注重对一些宏观性的西游故事发展史问题，一些一般性的进化问题，一些规律性的东西，进行深入总结与探讨。笔者对宏观问题的探讨，还不止于此，包括一些历史哲学问题，甚至宇宙哲学问题，都是非常值得分析与探讨的。或者可以认为，我们的文学进化新学说，为重新理解物质与精神的关系，打开了一个小小的窗口。透过文学进化这扇窗口，我们能看到物质与精神的高度一致性。

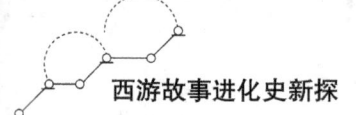

一、进化各阶段作品的进化史地位及其评价

众所周知，朱元璋是一位伟大的历史人物，他开创了大明王朝，他的子孙一直做明朝的皇帝，做了十几代。至明亡的时候，据说朱元璋的直系子孙有 20 万人。毫无疑问朱元璋是伟大的。那么，朱元璋的祖父伟大不伟大呢？朱元璋的祖父只是一个无足轻重的普通人，是芸芸众生中的一员，是不重要的，其在世时的影响可以忽略不计。然而朱元璋的祖父真的不重要吗？如果朱元璋的祖父 18 岁就死了，那么朱元璋也就无从诞生，也就不会有后来的大明王朝，从这个意义上说，朱元璋祖父虽然只是一个无足轻重的普通人，但他对后来的历史发展有着重要的作用，甚至根本的作用，因为他生育了朱元璋的父亲。

这可以称为"名人祖父悖论"：名人的祖父往往默默无闻，但其实又因为生育了该名人，而对历史有着重要的影响。这实则就是文学进化史上评价各阶段作品的一个难题，亦是一个悖论。

回到西游进化史问题。百回本《西游记》无疑是一部名著，一个文学经典，其文学史、进化史地位都是崇高的。那么，南宋的《大唐三藏取经诗话》、元末的《西游记平话》的文学史地位、进化史地位如何呢？是高还是低？

这实则就是"名人祖父悖论"的变种：《大唐三藏取经诗话》相当于百回本《西游记》的祖父。在产生《大唐三藏取经诗话》的南宋，它只是一部普通的文学作品，是当时芸芸众"生"中的普通一员。在南宋时期，你要是说，《大唐三藏取经诗话》是一部伟大的作品，不会有人同意，因为它的大部分内容还很稚嫩；在南宋时期，你要是说，在《大唐三藏取经诗话》的基础上，再过四百多年，会产生一部世界级的文学名著，恐怕也不会有人相信。

但《大唐三藏取经诗话》显然是很重要的。它虽然在诞生的时期或略后的时期并不显眼，文学水平确实也不高，在当时同时期的诸多文学作品中也只能是中等水平、中等影响。但是毕竟在它诞生后近四百年，百回本《西游记》诞生并流行开来，其影响直至今天。没有《大唐三藏取经诗话》的创始之功，恐怕就不会有百回本《西游记》的后来风光。从这个意义上，《大唐三藏取经诗话》又是极为重要的。

类似的"名人祖父悖论"的例子，如董解元《西厢记诸宫调》与王实甫《西厢记》杂剧，《武王伐纣平话》与《封神演义》，元杂剧水浒戏与《水浒传》，以及一些因袭前人诗句点铁成金的诗词。这诸多例子就让如何来评价文学进化史上的前一代作品、后一代作品的文学史地位，成为一个需要解决的理论问题。

　　严格来说，"名人祖父悖论"还包括另外一些"类似作品的互相影响问题"。比如《搜神记》与百回本《西游记》的关系问题。《搜神记》是晋人干宝所作的志怪小说，远远早于西游故事。问题是，南宋时，《搜神记》就亡佚了，南宋的多个权威书目，都不再著录这部书，说明到南宋时，《搜神记》的影响近乎为零。如果历史停留在南宋，那么我们就可以说，《搜神记》在南宋时是一部毫无影响的作品。

　　问题在于，到明中后期，随着万历二十年，百回本《西游记》的流行，它这一类的志怪作品开始受到文学界的广泛关注。就是在这前后，明代胡应麟等人搜集、辑佚了一部二十卷本的《搜神记》，并在万历三十年前后出版。[1]鲁迅认为这部书掺杂了一些错误的材料，是一部"半真半假"的作品。但无论如何，到明末，早已亡佚的《搜神记》又回来了。如果不了解时间关系，我们会认为《搜神记》影响了《西游记》。而真实情况恰恰相反，是因为《西游记》的流行，让早已亡佚的《搜神记》，有了再生的必要。读者的阅读偏好、审美倾向，被百回本《西游记》进行了新的塑造，以至于明末以来的读者，相比于唐宋的读者，更欣赏《搜神记》。

　　也许唐宋的读者会觉得《搜神记》荒诞不经，不值得传播，而明清以来的读者却觉得，《搜神记》像《西游记》一样很有趣，值得传播。则唐宋与明清两个时期，对《搜神记》的评价形成了"两极化"的。

　　那么在当代，如何来评价《搜神记》？这显然就成了一个很复杂的问题，比评价《大唐三藏取经诗话》还要复杂。而这一类问题在文学进化史上是大量存在的。

　　从《搜神记》与百回本《西游记》的关系、《大唐三藏取经诗话》与百回本《西游记》的关系，我们可以看到一种复杂的互动关系，有一部分是互相促进的，但有时又是互相遮蔽、阻碍的。从数学角度，利用微积分方程，也许可以对这种现象进行数学描述。

　　在数学上，这一类实际问题、工程问题很多，后来都建立了准确的微积分方程，相继有了成熟的解法。[2]这里，我们可以对这一关于文学史地位的"名人祖父悖论"问题，进行一个初步的数学描述，涉及几个数学方程式：

　　（1）以当下为立足点，回顾中国文学史，由此形成一个综合的文学史地位评判。这种综合的文学史地位评判，是包括作品问世当时的文学史地位、作用，和

---

[1]　关于《搜神记》版本的相关问题，文言小说研究专家李剑国教授有深入研究，详见干宝，陶潜. 搜神记辑校·搜神后记辑校［M］. 李剑国，辑校. 北京：中华书局，2019.

[2]　菲赫金哥尔茨. 微积分教程（第8版）［M］. 杨弢亮，叶彦谦，译. 北京：高等教育出版社，2006.

后来随着文学进化引发诸多变动、变迁之后的文学史地位以及进化史地位等种种地位、因素的综合的结果。任何作品的综合文学史地位都是随时间而变动的。

（2）假设《大唐三藏取经诗话》的综合文学史地位是 y，应该看到，《大唐三藏取经诗话》的综合文学史地位是动态的，是一个随着时间变化的函数，即 $y = f(t)$。这是第一个方程式。这一公式可以用于描述所有的历史事件。其中 t 是《大唐三藏取经诗话》或其他历史事件发生后所经历的时间，y 是对该历史事件重要性的评价。

随着时间的变动，《大唐三藏取经诗话》的文学史地位不断变化。例如，其在宋代的文学史地位假设是 10（假设以 100 为满分），元代、明前期也许徘徊在 8、9、10，到明后期随着百回本《西游记》的诞生与经典化，那么《大唐三藏取经诗话》的重要性也上升，也许其地位就飙升到了 20、30、40。总之，文学作品的文学史地位是动态的。

（3）假设百回本《西游记》的综合文学史地位是 x，《大唐三藏取经诗话》的综合文学史地位是 y，y 与 x 之间有复杂的影响关系、互动关系，是一个函数关系，即 $y = f(x)$。这是第二个方程式。问题就在于，要分析出 $f(x)$ 的具体运算式，并提供解法。

（4）$y = f(x)$，如前所述，x 与 y 都是随着时间变动而变的量，有一个 $f(t)$ 的问题。同时，x 与 y 之间有互相促进的成分，百回本《西游记》地位的提高，会导致《大唐三藏取经诗话》地位的提高，双方有一种正相关的比例系数，定为 k［k 可以是一个常数，亦可以是一个以 x 为自变量的函数，即 $k(x)$］。

还要看到，由于各种作品之间都有地位竞争关系，百回本《西游记》地位的上升，会抢占《大唐三藏取经诗话》的一部分地位，导致它传播不开，甚至绝灭，可见双方有一种反比例关系系数，定为 l［l 可以是一个常数，亦可以是一个以 x 为自变量的函数，即 $l(x)$］。则整个运算公式为：

$$y = f(x) = k(x)\, l(x)\, f(x, t)$$

当然，x 与 y 之间的关系，亦可以被理解为任意两部作品之间文学史地位的互相影响关系。正如《三国演义》文学史地位的上升，有可能对《隋唐演义》文学史地位造成影响。

值得思索的是，这个公式是一个关于时间 t 的函数。而数学与物理学上，关于时间的函数，最常见的是，位置、速度与重量随时间变化的函数。如牛顿力学公式、爱因斯坦相对论公式都是如此。而此处，关于"文学作品重要性随时间变化的函数"，并非针对位置、速度与重量，这是此前数学、物理学界并不关注的一种新的变量类型，似乎很有在哲学上进一步深究的余地。

当然，单纯从数学上，再很进一步进行微积分换算，这一问题并非笔者的专长，还是就此打住，权且抛砖引玉，留待来者吧。

二、文学进化的规律

在西游故事进化史中，我们还应该看到如下一些涉及进化问题的规律性的东西。这些内容在笔者的《文学进化论新探》中有的已谈到，有的并未深谈。

（一）故事形态的早期发育

"发育"（Development）是一个生物学概念，指生物个体从生命初期逐步成长，从未成熟状态，到成熟状态的发展，也就是个体发育（Ontogeny）。同时，在生物学上，也有"种系发育"（Phylogeny）的概念，指生物种族的发展史。对人类而言，在母胎中有一次发育，离开母胎后再次发育的时期被称为青春期。青春期的人类会形成"二次发育"。在文学进化中，亦存在"发育""二次发育"的问题。故事的形态在不断变化，经历从未成熟形态向成熟形态的变化。

从英文原意来说，英文的"发育"其实就是中文的"发展"，都用development表示。但在中文语境下，发育显然与发展差异很大，尤其是在社科领域，有"社会发展""文学发展"的常见用法，但没有"社会发育""文学发育"的用法。因此，我们在文学进化论中所说的"发育"，指的是文学发展过程中的特定阶段，特指故事、作品的形态、状况急剧变化的那些阶段。

从生物学上说，发育是形态与结构的变化，是器官形态的变化，而不是单纯的胖瘦变化、年龄变化。从故事的发育来说，故事的发育是内容与形态的增多，而不是故事变得很精致，字数更多。故事的二次发育，是从前不丰富、不丰满的故事内容，在形态上变得更丰富、更丰满，而不是简单的故事的字数变得更多，变得很精致。必须得有故事形态上的增加，才能称为文学中的"发育"。

从西游故事进化史来说，就存在西游故事"初期发育"与"二次发育"的问题。在明代吴承恩百回本《西游记》中各种具体故事都达到了很成熟的状态，而此前的《大唐三藏取经诗话》《唐三藏西天取经》《西游记平话》中很多故事的形态并不成熟。这期间便经历了"初期发育"与"二次发育"。有的故事显得很稚嫩，后来经过很大扩充，如《大唐三藏取经诗话》中的人形果、女儿国故事；有的故事显得与主题无关，后来被完全删除，如《唐三藏西天取经》中的色目人故

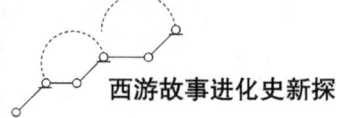

事；有的故事被接纳，后续有更大的发展，如《西游记平话》中的诸多故事。

在西游故事的发育过程中，其初期的发育显得尤为重要。虽然二次发育、三次发育可以改变，甚至完全改变初期发育所塑造的故事形态、状况，但初期发育依然对于文学进化有着决定性意义。我们看西游故事成熟阶段的百回本《西游记》，其中大量内容可以追溯到唐代文言小说中的一些关于玄奘的记载，如"异僧授多心经""摩顶松"等故事就见于中晚唐文言小说集《独异志》。

可见，故事的"初期发育"是非常重要的，初期发育对于后续进化有着决定性意义。很多时候，即使经历了漫长的进化历程，经历了时代与作品本身的巨大变迁，下一代作品达于进化的巅峰状态，但其成熟期故事的形态、状况也往往保留了最初发育的诸多特征。

当然，进化过程中的二次发育、三次发育也是非常重要的。很多在上一代作品中发育不完全的内容，在下一代作品中得到了充分的发育，形成了更为丰富、丰满的形态。宋代《大唐三藏取经诗话》与元代《西游记平话》之间就存在明显的二次发育、三次发育，一些在《大唐三藏取经诗话》中被忽视、被略过的内容，在后来的作品中得到了很大的发展。

（二）早期进化方向的奠定

"进化方向"的问题，是文化进化的重要问题。玄奘西游故事是一个真实的历史事件，何以这个事件最终会进化为一部"神魔小说"？它为什么没有进化为一部言情小说，或者一部传记性的写实小说？这个进化方向是如何奠定，如何形成的？类似地，武王伐纣故事为何最后亦会向神魔故事的方向进化，最终进化为《封神演义》？其他众多的故事，为何就没有向神魔故事的方向进化？其中的原因与理据何在？

现在来看，首先，这与《大唐西域记》《大唐大慈恩寺三藏法师传》中玄奘记载的或关于玄奘的一些灵异、鬼怪故事有直接关系。这些灵异、鬼怪故事为玄奘西游故事向神魔小说的方向进化，奠定了基础，指明了方向。其次，《山海经》《穆天子传》中所描述的西域、昆仑所涉及的神话，如王母神话，亦对玄奘西游故事的神怪化，起到很重要作用。因为西域故事、昆仑故事，一般自带神话色彩。因此，可以说，在中国传统的西域昆仑故事、王母故事的基础上，附加玄奘西游历史记载中的一些神异色彩，玄奘西游故事必然向神怪化的方向发展。

我们在探讨其他故事，如三国演义故事、苏轼故事、李白故事等时，都应该注意到进化方向的选择问题。进化方向的选择，往往在文学进化的最初奠定。虽然是最初的时期，但往往包含了后来蔚为大观的诸多内容。同时，进化方向的选择，亦与文化背景、时代背景等诸多背景因素有关。

（三）进化的扩充性、序列性

进化的扩充性、序列性，即各阶段作品篇幅不等、有大有小，内容上的从无到有、由粗转精、由略到详、由少到多，可形成规整的序列。

文学进化确实有一种神奇的力量。在玄奘西天取经故事中，就可以从无到有，衍生出一个庞大的故事群。下一代作家在面对已有的故事内容时，往往会进行进一步的扩充。几个时代积累下来，就形成了普遍的进化趋势。

西游故事的人物从玄奘一人，最终进化出了师徒四人一马；西游故事的情节从玄奘的一些经历，最终进化出了九九八十一难；西游故事的主题从单纯的取经，进化成了修炼的历程；西游故事载体从一般的史传，进化出了白话小说、戏曲、影视等多种多样体裁的作品。这都展现出一种难以遏制的"扩充性"，各代作品的篇幅越来越大，越来越翔实、精致、精细。这就是文学进化的典型力量！

与此同时，正如动植物中各近亲物种，其个体往往呈现外形类似但大小差异极大的现象。如柑橘类植物的果实，有葡萄般大小的蜜橘，有兵乓球大小的橘子，有垒球般大小的橙子，亦有近乎足球大小的柚子。各文学物种在进化各阶段所形成的作品，其篇幅也往往形成大小各有等差的状态。西游故事进化史各阶段的作品，有的聊聊数百字，有的短短几页，有的长达几折，有的几十回，而有的亦长达一百回。这些作品的篇幅从小到大一应俱全，极为规整。这正类似于柑橘类植物的果实，在进化中形成了从小到大的规整序列。

（四）内容上的垂直进化

西游故事的有些内容是一脉相承的，如女儿国故事、火焰山故事，很早就有，然后一直延续到当代。即使在当代的影视改编中，亦是重点。这体现出垂直进化的特点。有一种一脉相承的东西即文学基因，在进化史中传递，从上一代作品传递到下一代作品，就这么垂直地传递下去，以至于无穷。而在这种长历史时段，跨多代作品的一脉相承的传承中，其实文学基因的内核变化不大，但会有一些变异。总的来说，这种垂直进化的"一脉相承"是很值得研究的。

百回本《西游记》中的很多内容，都有这种垂直进化的"一脉相承"的特征。就是说，单纯从故事的角度看，上一代作品中旧有的故事，往往会在下一代作品中延续下去，呈现出一种"守旧性"。而在下一代作品中，想要新创上一代

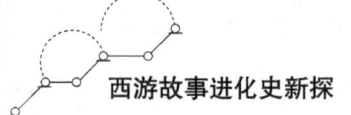

作品中完全没有的故事，其实也是比较难的。可见，这种垂直进化一方面有延续性，另一方面有守旧性，对内容的创新有限定性。

（五）进化的时代性

进化的时代性表现为看不见的社会心理、社会审美，被"凝固"为看得见的文字。

每一个时代的西游故事作品，都会体现那个时代的特点。最典型的就是百回本《西游记》，有大量反映明代嘉靖年间社会风貌的内容。如嘉靖帝好道，社会上的道教氛围明显盖过佛教氛围。小说中车迟国的故事，讲佛道斗争，改佛寺为道观。这实际上是嘉靖年间的真实社会状况。又如小说中对社会腐败的讽刺，实际上也是时代性的。

再如阳明心学对《西游记》的间接影响。阳明心学在晚明的流行，让"心的问题"成为时代热点，而百回本《西游记》对"心猿意马"的故事性隐喻，客观上也回应了这一热点。或者说，正是阳明心学的流行，为《西游记》的"心猿意马"化做好了读者的接受准备工作，否则读者显然无法理解"心猿"的问题。

时代性特点，在文学进化中是一个重要的方面。古代的西游戏，有古代的特点；当代的西游电影，亦展现出当代人的价值观、审美趣味。我们研究诸多文学作品的进化，必须密切注意其进化的时代性，否则我们对很多问题就会产生误解、错解。

也可以说，像空气可以因压缩而液化、固化一样，所谓"时代性"的内容，即时代特点、社会心理、社会审美等"肉眼看不见"的东西，可以类比为空气。作家们通过某种"压缩"，可以把这种看不见的空气，凝固为一种看得见的"固体"，也就是把看不见的社会心理、社会审美等，压缩、固化为一种看得见的文字。这种文字作为一种编码，被夹杂在各种文学作品的字里行间，于是乎就形成了文学作品与文学进化的时代性特点。

（六）进化的持续性、未完成性

在当代，西游故事进化还在持续进行。当代西游影视进化，亦可以划入西游故事进化的总范畴。当代西游故事的影视改编，可以看作上千年西游故事进化在当代的体现。总体来看，在内容上，《西游记》的影视改编有两条路线：一条是尊重原著，内容多照搬原著，即使有少量改编，亦属对原著情节的自然延伸，或对原著叙事空白的逻辑填补；另一条则是抛开原著，进行大胆的想象、离奇的演绎，甚至加入原著没有的人物，以构成新的情节。而在叙事上，当代的西游影视改编，普遍注重"幽默叙事"，注重发扬百回本《西游记》所特有的幽默性，靠爆笑的喜剧来吸引观众。

（七）故事主题与阐释重点的进化

百回本《西游记》的主题与西游故事的主题，不是一回事。从西游故事的进化史来看，西游故事的主题与主题阐释的重点发生了三次重大的进化。第一次是在自然进化中，形成了玄奘西天取经的佛教故事主题。第二次是明代嘉靖中前期文人孙绪提出用道教内丹的"心猿意马"来解读西游故事，以至于吴承恩百回本《西游记》的诞生，再至于清代多种西游评点本。西游故事转变成了一个道教内丹修炼、心性修持的故事。第三次则是近现代以来，随着洋务运动与西学东渐的深入发展，西游故事的主题逐渐被引到了"西学东渐、东西方交流"的政治隐喻上。

可见文学进化，不光是内容的进化，亦不光是人物形象的进化、修辞的进化，更重要的是主题的进化。文学进化中主题的进化，易被人们忽视。但主题的进化，实则是关键之处。因为随着时代的变化，社会环境变了，文化热点亦变了。文学的进化需要跟随社会热点的变化而发生。故事主题的进化，如果跟不上时代热点的变化，则该故事的进化热度就会降低。

西游故事在当代，正是因为有了中外交流、政治隐喻的主题，迎合了当代的社会热点，与当代思想界的焦点问题形成巨大共振，才能够焕发强大生机。否则单靠传统的心性修持主题，西游故事的价值就会大打折扣了。与此相似，红楼梦故事的主题是冲破封建桎梏的爱情。这一主题在当代未能与社会热点合拍（因为当代的自由恋爱已成为普遍事实），且红楼梦故事的主题在当代未能形成新的进化，由此难以发生共振，红楼梦故事的进化热度在当代就大大降低了。相对于近百部西游影视剧的火热涌现，红楼梦影视剧已逐渐被边缘化了。

三、西游故事进化中的遗传规律

在《文学进化论新探》一书中，笔者提出仿照生物遗传学建立一门"文学因袭学"或"文学遗传学"。这样一种文学遗传学的建立，显然必须依靠案例与实证研究。本书就是这样一个尝试。因此，在本书所进行的《西游记》研究中，笔者力图去总结文学遗传的规律，着力于探讨文学进化中的遗传与变异的规律，以建立一门作为文学研究基础的"文学因袭学"或"文学遗传学"。

在笔者看来，除了在《文学进化论新探》一书中已提及的选择因袭、整体因袭、基因的排列组合、相似即因袭、适应性独创、突变性独创等问题之外，在"文学因袭学"或"文学遗传学"中还有两方面问题值得注意：

第一，文学配方的问题，或曰文学基因的搭配问题。

在文学遗传问题上，很明显有一个文学基因遗传的"配方"问题。就类似于可口可乐的配方。可口可乐独特的口味，就是来自其独特的配方，在这种配方中，各种可食用物质，必须以精确的比例混合在一起。一些调味的物质，多了一点或少了一点，最后配出来的可乐，它的味道就完全变了。有时甚至会变得非常难喝。

这也正类似于火药的配方，必须是两份硝石、三份木炭、一份硫磺，三者混合在一起才会发生爆炸。如果有人想为了爆炸更剧烈，加入更多的木炭或硫磺，那么不但不会发生更剧烈的爆炸，甚至有时连爆炸都不能发生。就是说，配方各成分的搭配，有时候是很严格的，多一点少一点都不行。

文学作品，比如小说，要给读者留下一种好的阅读效果，发生"美感爆炸"，显然也像可口可乐、火药一样，存在一个配方的问题。在这个文学配方当中，各种比例的文学基因、文学元素，必须严格按照比例来混合，多了或者少了，都会导致文学阅读效果的降低。

很多文学作品之所以没能取得较好的文学效果，很多时候要么因为文学配方不对，缺少某些重要的文学基因，或者其中一些文学基因不应该出现；要么虽然文学配方是对的，但配方中各文学基因的比例有问题，正如一盘菜盐放多了。有的作品太过煽情，有的作品逻辑不通，有的作品太过艰涩。

一部文学经典，之所以称其为经典，往往是因为它的文学配方中各文学基因的搭配都恰到好处。正如《登徒子好色赋》中所说："增之一分则太长，减之一分则太短；著粉则太白，施朱则太赤"，文学作品中文学基因的搭配也是如此。就百回本《西游记》来说，它是一部亦庄亦谐的作品，深刻继承了前代西游故事中的诸多基因，将之进行了巧妙的搭配。但如果配方一样，只是具体搭配的比例的不同，相同相近的文学基因被组合在一起，就可能产生极大的文学效果的不同。正如一盘菜中如果盐放多了，这盘菜就彻底被做坏了。

我们观察文学史，可以看到一种常见现象：作家在因袭前代作家时，往往会亦步亦趋，不敢越雷池一步。经典作品中有某经典人物或情节，下一代作品往往也机械地进行模仿。这是为何？难道后辈作家真的这么缺乏创造力吗？这显然与文学配方有关。前代文学经典的各文学元素及其搭配，会被后辈作家视为一种成功的配方。在文学实践中，对这种成功的文学配方进行一些删改，往往会弄巧成拙。所以，很多作家都不会改动前代作品的文学配方。这正如，既然可口可乐的配方已经成功了，那么我们想不按照它的配方制造出好喝的可乐，是很难的。我们最好是拿到可口可乐的准确配方，照葫芦画瓢，生产出模仿的产品。

但凡后辈作家能够读到的前代作品，往往都是比较好的作品。也许前代作品，某种程度上较为低级，但后辈作家对它们还是很"崇拜"的。正是因为在后辈作家看来，文学配方有其神圣性、不可改动性的一面，所以类似于西游故事这样从《大唐三藏取经诗话》到百回本《西游记》经历了多代进化的文学物种，它们的内容还是有很多一眼可见的相似的地方、渊源的关系，即它们的文学配方还是有很多相似的地方。

第二，文学基因的遗传所面临的自然选择，文学基因与时代的适应性问题。

在生物进化中，很多时候变异是随机产生的，产生之后经历自然选择，其中就存在一个哪些基因能够遗传下去的问题。这是基因遗传问题的关键。

自然选择是一个残酷的过程，只有能够传播开来，代代遗传下去的基因，才称得上是"好基因"。在文学进化中，更是如此。一个文学基因，如果都没有传承下来，谈何未来？谈何发展？正如对社会生活而言，生存是第一位的。对文学基因而言，传承下去是第一位的。

而文学基因能够传承下去，显然不完全取决于其自身，亦取决于文学基因所处的时代与环境。以西游文学作品中的诸多文学基因来说，在西游故事进化史上，会有很多从前代西游作品中继承的文学基因，亦会有很多突变出的新的文学基因，或者从别的文学作品中选择因袭的一些新的文学基因。这些或新或旧的文学基因都要经历自然选择。文学基因能不能代代传承下去，是一个未知数。由于时代与社会环境的各种变化，文学基因在自然选择之网中会经历各种各样的状况。有的文学基因在这个时代适合生存，发展良好，展现出勃勃生机，但在另一个时代另一个地域却并不适合生存，逐步濒临绝灭。这种现象在文学基因的遗传与传承中是一种常态。

一些文学基因在代际传承中消亡了，这并不奇怪。真正"奇怪"的，或曰"令人惊异的"，是那些在很多时代都能够得到传承，能够代代遗传下去的文学基因。这些文学基因，堪称是基因中的"成功者"。

对于那些逐渐无人问津的作品，其基因得到传承的概率就越来越低了。而那些"火"的作品、经典的作品，其基因被传承下去的概率显然就很高了。作品能够"火"，能够成为某个时代的文学经典，就证明这部作品必然有在某个时代特

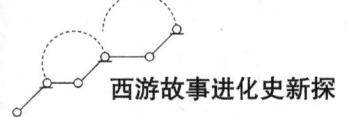

别"适宜生存"的某个或某些文学基因。

因此，百回本《西游记》在当代中国能够这么"火"，成为当之无愧的文学名著，我们绝不能"等闲视之"，不能视之为理所当然。要看到从前是文学经典的作品，在新的时代，不一定继续被视为文学经典。百回本《西游记》在当代，从其影视改编状况，明显比《红楼梦》《水浒传》等其他古典名著要火。其中很重要的一点，就在于百回本《西游记》的诸多文学基因，适应了当代的社会环境与文化环境。

在笔者看来，在当代语境下的西游故事，至少存在三大类适应时代环境的文学基因：一是西游故事的玄怪性文学基因，适应了当下的环境；二是西游故事的政治隐喻主题文学基因，适应了近代以来"西学东渐"的大环境；三是西游故事中的喜剧基因，适合当代观众的欣赏口味。这些诸多的适应时代的文学基因，让西游故事在当代获得了新的进化生命力。

换言之，我们应该意识到，一部作品之所以"火"，之所以成为"经典"，很多时候并不一定完全来自自身，也有可能是突然有了适合它的基因传播的大环境。所以探讨文学进化问题，不能单纯局限在文学作品本身，应该把视野扩大到文学作品所处的时代环境、社会与文化环境。

我们在建立"文学因袭学"或"文学遗传学"之时，应该适当注意到时代环境的影响，注意到自然选择的巨大力量。我们不应该局限在单纯的文学作品的内部研究，也应该把视野扩大到文学作品之外的社会文化环境研究、读者的阅读期待和审美期待研究。

抽象地谈论一部作品多么有艺术性，艺术技巧多高，其实是不准确的，应该看到社会文化环境所综合产生的自然选择对于作品好坏，也许更有决定作用。要之，文学基因自身的特性固然很重要，但文学基因与时代环境的适应性亦是不可忽视的问题。

四、对文学进化的原因与机制的思考

以上梳理与总结了西游故事的进化历程及其进化规律，此处我们还必须思考一个问题：文学进化产生的原因？或曰，文学进化产生的动因与机制是怎么样的？又或者，为什么会有文学进化？进一步来说，为什么文学进化与生物进化会呈现很大的趋同性？又为何精神现象会像物质现象一样进行进化？

这些问题都需要我们从哲学高度给予完满的解释。在笔者看来，只有"信息文本"才能解释这所有的现象。笔者所说的"信息文本"包括:"文学文本""DNA 文本"与"物质原子信息文本"等。概言之,进化体现为信息文本的进化、优化,文学进化体现为文学文本的进化。最终,一切进化现象都体现为信息文本的进化。

(一)文学进化与生物进化的"信息文本"本质

应该说,从最直观的方面来看,文学进化的直接原因是社会需求,是社会对文学作品的需求,对宣传、教育与娱乐的需求。文学进化实则是社会需求推动的。社会需求需要一个故事、一段修辞进行新的演绎,往新的方向发展,以产生下一代作品。一个不能满足社会需求的作品,不会被刺激产生新的进化,其文学基因不会有下一代文学作品来继承,只会逐渐亡佚、绝灭。核心原因在于,人们已经不关心它了,没有了社会关注度,一切无从谈起。换言之,正是因为人们关心某一文学作品,所以它才需要按照人们的"关心",进行新的进化!

以上的解释,看起来已经较为完善了。但实则并未从哲学角度触及进化问题的实质。因为有很多的文学进化案例,并不是由个别作家主观所塑造的,而是被时代、被既有条件、被趋势、被逻辑所驱使的,呈现出一种深刻的内在必然性。文学进化仿佛一种历史大趋势,个人只能顺应趋势,却难以改变趋势。就是说,进化这种"趋势",独立于人而存在。为何会如此?

如果把文学基因的传承,比作生物进化的基因遗传与变异,可以说,有一些内外部因素会刺激文学基因的变异的产生,会刺激文学基因在往下一代作品传承时出现"遗传中的变样"。这种内外部因素,笔者在《文学进化论新探》一书中已进行了论述。包括时代环境的变化,尤其是涉及文学生态环境的社会环境、社会心理、权力体制等五大生态因子。这种"进化"的原因,甚至还包括文学基因正常遗传过程中很自然产生的"遗传变异"与"遗传错误",如书籍刊刻出版时候,采用底本校本的变化、掺杂等,又如书籍刊刻时候,各种具体的编辑修改、错字、串行,或者因各种原因不得不产生的删改等。

这正如 1955 年,人民文学出版社以明代万历二十年的金陵世德堂本为底本出版百回本《西游记》,却"奇怪的"没有按照原样来出版,而是按照清代《西游证道书》等版本增加了一个唐僧出身故事作为第九回,然后又把世德堂本原书的第九至十二回这四回,编辑、压缩成了三回,等于是硬生生删去了一个"回目",以及删去了一个中间的衔接段。这实际上就是人为制造了一个西游进化史上的新版本,是一个明代西游版本与清代西游版本两相混合生成的新版本。然而人民文学出版社的编辑们并没有参与西游故事新进化的主观意图。没有参与新进化的主观意图，却产生了新进化，这只能说明，文学进化是不可能遏制的。就算你不想有新的进化，也必然会有新的进化。由于以上所说或未说的各种原因，导致文学进化必然发生。这是不以个人意志，不以群体意志，不以任何意志为转移的。由此，文学进化可以被理解为一个物理过程，一个类似于万有引力、量子力学与电磁转换等的带有内在确定性的物理过程。

宇宙间的各种变化，物质与能量交换，不会因为人怎么想，而改变。由此可以说，文学进化实则是宇宙进化的一部分。文学进化是宇宙信息图景、信息体的进化。文学进化跟宇宙间的天体进化、生物进化、社会进化是平行的、并列的。区别只在于，天体进化、生物进化更多地体现为物质进化，而文学进化虽然也带有物质性，但从根本上是精神现象的进化，只是说这种精神现象最终以文字、书本等物质现象为载体。

为何生物进化与文学进化会表现出很大的趋同性？为何生物进化中有的概念、命题、逻辑关系，在文学进化中很多都能找到对应物？这体现出什么样的进化原理？

生物学界有所谓"DNA 文本"的概念，用于指称生物遗传基因由四种碱基排列组合所组成的信息体系，即 DNA 序列所形成的文本。这四种碱基，即腺嘌呤（A）、鸟嘌呤（G）、胸腺嘧啶（T）和胞嘧啶（C），不断地排列组合，形成各种文本样的信息系统，例如人的 DNA 包含 30 亿对碱基，这些碱基形成了两万多个基因。[1]这四种碱基排列组合的案例，如人类线粒体 DNA 序列的一部分：

1 gatcacaggt ctatcaccct attaaccact cacgggagct ctccatgcat ttggtatttt

61 cgtctggggg gtgtgcacgc gatagcattg cgagacgctg gagccggagc accctatgtc

121 gcagtatctg tctttgattc ctgcctcatt ctattattta tcgcacctac gttcaatatt

181 acaggcgaac atacctacta aagtgtgtta attaattaat gcttgtagga cataataata

这个 DNA 数据显然就是一个文本，很像是我们读到的英文或拉丁文的诗句。英文或拉丁文有 26 个字母，而 DNA 文本只有 4 个字母。可以推测，在 DNA 文本中也应该有类似"单词""句子""段落""标点符号"的东西。[2]当前，生物学

[1] 李宁. 动物遗传学（第三版）[M]. 北京：中国农业出版社，2011.

[2] 史蒂文·利普金，乔恩·洛马. 基因组时代：基因医学的技术革命 [M]. 许宗瑞，陈宏斌，译. 北京：机械工业出版社，2016：11.

界对这些"碱基字母"如何组成基因，基因又如何对生物的生长发育进行精确控制，还有很多未知。

　　一般细菌的 DNA 中有十几万到几千万个碱基对，大肠杆菌有约 470 万对碱基，形成了约 4400 个基因。鲤鱼有约 17 亿对碱基，形成了约 5 万个功能基因。❶而人类 DNA 有约 30 亿对碱基数量，大约形成 2 万个基因。文学进化中，作品部头越来越大。如魏晋志人志怪小说的篇幅有很多都是百来字一篇，而到了明清时期，《西游记》《红楼梦》都达到近百万字规模。小说字数越来越多，正如生物 DNA 的碱基越进化越多。当然，类似于文学进化中"越写越精炼"的现象，生物 DNA 进化中也会出现，很多等级高的生物，其基因数量反而比低等生物少的现象。例如，植物 DNA 中的碱基对数量普遍比动物多。这大概是因为动物 DNA 进化更为"精炼"，淘汰、删除了大量无效基因。

　　与此同时，各式各样的动植物，都形成了或"同出一源"或"多源并进"的"同中有异""异中有同"的渊源关系。各动植物在"DNA 样本"的形态上形成了极大的"家族相似"。比如，据研究人类与大猩猩 DNA 的 30 亿对碱基，其序列 98.8% 是相同的，形成区别的只是 1.2% 的碱基。再如，犬类拥有约 24 亿对 DNA 碱基对，组成约 1.93 万个基因，其基因约 70% 与人类相同。以上说的是不同物种间的碱基差异，而在同一物种内部的不同个体之间，碱基差异也大量存在。例如，不同的人，兄弟姐妹之间，其 DNA 碱基序列亦有大量不同。生物物种差异、生物个体差异，就体现为其"DNA 文本"上大大小小的差异、各种差异性的改写。故而，生物进化从其本质来说，实际上就是"DNA 文本的进化"。❷

　　要之，生物进化本质上是生物遗传信息的进化，是以 ATGC 四种碱基为基础字母的"DNA 文本"的增减、变化。可见，之所以生物现象与文学现象具有较严格的一致性，之所以在生物学中有的现象、概念、逻辑关系，在文学中都能找到对应物，这本质上就是因为"DNA 文本"就是一种类似"文学文本"的东西。生物进化是"DNA 文本进化"，文学进化是"文学文本进化"，二者都是"文本进化"的现象，都要符合文本，即符号的种种规则。这正是生物进化与文学进化具有相似性的根本原因。

---

❶ 马爱平. 我国科学家完成鲤鱼全基因组序列图谱绘制［J］. 创新科技，2014（19）.

❷ 在《自私的模因》（2005）一书中，英国学者迪斯汀也谈到 DNA 与文化基因的类比问题，但因"文化基因"偏虚而难以得出准确结论。见凯特·迪斯汀. 自私的模因［M］. 李东梅、谢朝群，译. 北京：世界图书出版公司，2014.

（二）万物的信息文本化

基于以上对"DNA 文本""文学文本"及其进化问题的论述，我们还可以就物质与文本的问题，进行更深入的哲学思考。其切入点在于：既然生物体体现为"DNA 样本"，小说戏曲电影体现为"文学文本"，那么一般的物质、物体，是否也体现为某种文本？

此种想法类似于"理念论""理念世界"，但其具体实施需要比"理念论"更为具体，更为数学化。据上文，我们已看到，生物进化与文学进化，最终都归结到了由符号所构成的"文本"。那么，也许"文本"在宇宙间就是一种普遍的，带有本质性的存在了。我们何不把其他事物也描述为"文本"？关键是这种关于物质、物体的"文本"是怎样构成的？其信息链主要描述什么？

当前有一种技术叫"3D 打印"，可以打印出一个花瓶。就以"花瓶"为例，我们假设，建立一个"文本"，该文本描述这个花瓶的每一个原子的种类、相对位置、力学关系、化学键、电性、运动情况等，我们把"花瓶"的单个原子的这些信息收在单个"小集合"中，然后把该花瓶每一个原子的信息"小集合"连缀起来形成一个"文本"。该文本可称之为"物体原子信息文本"或"物质原子信息文本"。这个文本上的基础字母是"元素周期表"上那些不同的元素符号，如氢（H）、氧（O）、碳（C）、铁（Fe）、硅（Si）等。

由于一个花瓶有以兆亿计的原子，其每一个原子都有相关信息，那么这个关于花瓶的"物质原子信息文本"就将有兆亿计的信息。以目前人类的信息处理能力，当然是无力处理这一"原子信息文本"。但随着人类计算机技术的持续发展，也许未来某一天我们就拥有了能够处理如此庞大信息的计算机。此外，我们还需要一个有待发展的数学体系来描述、计算并简化、换算这种"物体原子信息文本"。比如，一块 0.1 克重的纯金薄片，其原子信息文本是怎么样的？需要描述清楚每一个金原子（Au）的不同位置，这个信息列表或数学矩阵不应该无限延长、无限繁杂，因此需要有简化与换算公式。一些位置信息、关系信息相似相近的金原子的信息需要被"简化描述"，一些特定的位置关系、形状关系需要有换算公式。

不同的物体，如花瓶、球拍、自行车、面包，其"物体原子信息文本"上的信息会有很大不一样。残缺的花瓶，其"物体原子信息文本"上的信息也会有残缺。事物、物体自身的增减变化，其"物体原子信息文本"上的信息也会有相应的增减变化。故而，物质物体也被归结为了信息。为了精确"复制"物体，我们只需要"复制"物体的原子信息文本。有了物体的原子信息文本，我们就可以"无限复制"任何物体，包括任何有机物。而所谓"物质变化"，只是"物质原子信息文本"的增删变化。所谓"物体进化"，亦只是物体的"原子信息文本"的秩序化、复杂化、功能化、数理方程化、特殊几何形状化。

例如，两块金属融合成一块金属，则其每个原子的相关位置都发生了变化，形成了一个新的原子信息文本。关键是我们现在暂时找不到数学方法来描述这种"原子信息文本"，它看起来像是一个无限大的信息列表或一个无限大的数学矩阵，列表、矩阵中标明了每一个原子的相关位置信息、化学键信息等。其具体的数学描述，可留待未来的学者。也许在未来，在纳米科学领域，围绕它可以形成一种新的下属学科，一种新的数学与计算科学，甚至成为纳米科学的主体。

与此同时，结合爱因斯坦能量方程 $E=MC^2$，物质与能量可以互换，物质湮灭会发出巨大能量，能量也可以被压缩为原子等物质，原子中蕴含能量即原子能，也即物质是由能量组成的。而物理学界在 1960 年代以后逐渐形成的"超弦理论"（Superstring Theory）进一步认为各种基本粒子如电子、光子、中微子、夸克等都是弦的不同振动激发态。❶ 物理学家们所说的"弦"，是一种"能量丝"，以丝线状态存在的能量体。可见，当前物理学界形成的共识是：物质的本质就是能量。再结合笔者提出的"万物原子信息文本"来看，一个物体中每一个原子有其相应的位置信息、化学键信息，物体的本质是能量形成的原子处于某种"原子信息文本"的现实排列状态的结果。也就是说，物质最终可以被认为是"能量的原子信息文本化"，物质最终被信息化。这种"信息化"并非当前所谓的计算机信息化，而是描述物体每一个原子相关位置、力学情况的更深层次的信息化。按照此种"物质为能量的原子信息文本化"的观念，则要人造某些物质、物体，也许只需要根据其物体原子信息文本进行相应的能量"加载"、能量灌注即可。

有物理学家、数学家可能会怀疑，这样一种针对万物的原子级别的繁琐的数学描述，是否可行？笔者觉得不应该怀疑。要知道，既然宇宙间的这些事情，这些物质变化、原子位置变化，可以精确发生，那它就必然可以被精确描述。宇宙是现实存在的，那么对宇宙的原子级别精确描述也必将是可行的。物体原子信息文本正在于精确描述物体的构成，要精确到物体的每一个原子的类别、位置、力学关系等。这些都是现实存在，现实发生的，那么我们就必须从科学上对之进行精确描述。

---

❶ 李淼．超弦史话（第二版）［M］．北京：北京大学出版社，2016.

未来如果我们制造出一台可以瞬间处理无穷信息的计算机，并且随着纳米技术的发展，具备一种可称之为"3D 纳米打印"的技术，那么我们只要获得了关于某花瓶、某自行车、某电脑或者某旧桌子的所有原子分子状况的"物质原子信息文本"，就可以采用"3D 纳米打印技术"随时在异地复制出一模一样的花瓶、自行车、电脑、旧桌子。如果人类"分子仿生"技术进一步发展，可以实现"活性细胞"的"打印""人造"❶，那么只要有了一份某动物的"生物原子信息文本"，我们就可以在异地随时"打印"出一个或多个一模一样、活蹦乱跳的该动物，这显然就是《西游记》中的"隔空变物""一把毫毛变作百十个孙行者"，亦类似于西方科学幻想界所期盼的"人体隔空传输技术"。

我们不知道这种"隔空变物""人体隔空传输技术"是否可行，但如果它可行，那么它也一定是以"物质原子信息文本"为基础的。要而言之，物质——包括各种各样的物体、生物，最终也可以体现为"信息"，体现为"文本"。物质的进化，归根结底也是"信息文本的进化"。进一步说，可从单个原子角度来看待历史，如果笔者提出的"物体原子信息文本"概念成立，如果可以用计算机从原子聚合的层面"模拟"任何物体，那么"历史"也就有了新的定义。所谓"历史"，包括人类史、生物史、自然史等，就是万物原子信息文本上的信息的一种重新分布过程。一切历史，体现为万物原子信息文本上信息的重组、分化、聚合、再平衡过程。这个过程有着鲜明的数学性。所谓"进化"，就是这个万物原子信息文本的重组、再平衡过程的内在方向，代表其秩序化、复杂化、数理方程化、特殊几何形状化的方向。

（三）文学基因与文化基因的关系

基于以上论述，可以进一步来讨论"文学基因"与"文化基因"的问题。"文化基因"概念（Meme）是英国著名生物学家道金斯 1976 年在《自私的基因》一书中提出的，也被译为"觅母""模因"。❷ 道金斯的理论偏于传播学，强调"人脑中信息"的模仿与传播，偏于"虚"。这导致道金斯及之后欧美学者所指的"文化基因"概念无法实证，与生物基因的准确物质形态有极大区别，所以该学说在欧美虽有一定影响，但也有不少反对的声音，很难"一锤定音"❸，因为"文化基因"这个概念是看不见摸不着，难以实证的，这与西方"实证主义"学

---

❶ 李峻柏.纳米科学与技术：分子仿生［M］.北京：科学出版社，2015.

❷ 理查德·道金斯.自私的基因［M］.卢允中，译.北京：中信出版社，2018.

❸ 何自然，李冬梅.模因论的一个评议性重估——Distin《自私的模因》读后［J］.外文研究，2013（3）.

术传统是违背的。

而"文学基因"概念，笔者在 2007 年开始使用，此前亦有学者偶尔使用，但未上升到理论体系的高度。笔者对"文学基因"的使用，是出于生物学与文学的类比，并非受道金斯等人影响。事实上，笔者的"文学基因"概念是一个可以"实证"的概念，因为文学文本的 26 个字母与生物 DNA 样本的 4 个碱基字母有着完美的对应性。这也导致了文学进化与生物进化有着较严格的对等性。文学进化与生物进化甚至不是"类比"的关系，而是某种"深刻联系""深刻一致性"的关系。在笔者看来，"文学基因"研究为"文化基因"研究架设了一座桥梁，使得这一领域的研究可以摆脱"类比"与"隐喻"，向实证主义发展，可以进一步扩大、深化，乃至成为当代最主流的文化与文学理论。

综合来看，"文学基因"与"文化基因"是两个有很大关联，但又有很大不同的概念。一般而言，文化基因包含了文学基因。但实则二者有很大的不同，文学基因是仅仅关于文学的基因，是文字形态存在的，是"实"的，是一种固态化的精神现象，是信息的文字呈现，很多时候是以"片段化""碎片化"的形式被传承的。而文化基因，尤其是与某一个民族的民族文化、民族面貌直接相关的上百种文化基因，往往偏于"虚"，是一种气态化、液态化的精神现象，往往以习俗、制度的形式被传承。因此，单纯从理论的"实证性"来看，"文学基因理论"是"文化基因理论"的基础。偏于"虚无"的"文化基因"概念，只有通过实实在在的"文学基因"概念，才能证实。关于"文学基因"的实证研究有助于平息西方学术界对于道金斯"文化基因"概念的争议。

文化基因就其数量有成千上万条，关涉社会、历史、文化、制度、文学、艺术等的多方面，不一定是以文字形态存在，有时可以是一种风俗形态、法律、制度等，有时可以是以服装、住宅、器具等物质化形态，有时则可以以绘画的形态存在，故而文化基因通常是一种气态或液态的精神现象，只有当我们把文化基因凝固为"文字文本"，文化基因才能成为一种固态的精神现象。这种凝固为信息文本的文化基因，体现为制度、法律等条文性的东西。例如"三年之丧"见于《礼记》，一直到清末都是中国的一种带有强制性的习俗。可见，人们日常生活中的守丧就是这种文化基因作为气态精神现象的情况。而《礼记》等儒家经典中关于"三年之丧"的记载，则是这种文化基因作为固态精神现象的体现，是其回归信息文本的本真状态。

总之，文学基因一般以文本形态存在，而文化基因很多情况下是以偏"虚"的气态精神现象的形态存在的。所以文学基因的传承是以文本为中介，而文化基因的传承不一定以文本为中介，可以直接以物质形态的模仿以及精神状态的模仿而传承。关键之处在于，很多时候文化基因的传承，是以文学基因的传承为中介的，即文化基因传承时包蕴了大量的文学基因的传承。因此，笔者的"文学基因理论"就成为"文化基因理论"的一个不可或缺的重要理论基础。

（四）生物进化、文化进化与符号学

著名学者赵毅衡在一些论著中，已经谈到了文化基因与符号学的关系❶，笔者在赵毅衡先生的启发与鼓励下，亦认识到符号学与进化学说有着深刻联系。"符号学"有着多种研究取向与路径，如索绪尔、罗兰·巴特的"语言学路径"，皮尔斯的"哲学路径"，或者如福柯的"话语研究路径"，但其实还可以有一种"进化论研究路径"。在笔者看来，"符号学"可以是一门以进化论为研究重点的重要的学问，也就是研究符号系统的遗传变异。换言之，我们不仅要研究符号的意义与阐释，更要研究符号系统的进化，尤其是要研究"符号组成的段落"所产生的进化。

要看到，符号学是信息论的基础，信息需要通过符号来表达。只是说，各类信息系统、文本系统所采用的"符号体系"并不相同。西方语言采用 26 个字母，生物基因采用 AGCT 四个字母，其记录信息的符号各不相同。但这些不同的符号体系之间也有其相通之处，这些符号都是些可互相转换的记号，诚如罗兰·巴特所说："所有系统对立所依据的原则都来自符号的本质——符号就是一种差异。"❷也即通过若干个表示差异的记号，符号系统写成的文本就能形成一个信息量巨大的"信息体"。符号与符号学就成为了信息论的基础。进一步来说，"文学进化论""文化进化论"就是一种"信息论"，文学与文化的进化，归根结底是信息的进化，信息的本质就是符号组成的段落。由此，符号学与文学进化论、文化进化论就有着天然的深刻联系。

符号是"信息编码"的方式与载体。可以用阿拉伯数字编码，可以用二进制 0 与 1 编码，可以用生物基因的 AGCT 四个碱基编码，可以用 26 个英文字母编码，可以用希腊字母编码，可以用中文编码（中文编码可以转成 26 个字母编码）。

从这个意义上，这些所有的编码方式都是"符号学"的。在这里，"符号学"是这诸多不同事物的共同的"内在实质"。我们看到的生动活泼的动物世界，其

---

❶ 赵毅衡.文化中的错位、畸变与转码［J］.南方文坛，2016（3）.

❷ 罗兰·巴特.流行体系［M］.敖军，译.上海：上海人民出版社，2016：151.

内在实质是用 AGCT 四种碱基进行编码。而人类的书面语言可以用 26 个字母符号进行编码，口语语音可以用 48 个音标符号进行编码。而高速计算、联通万物的计算机只需要 0 与 1 两个符号进行编码。

这种种现象中存在"表层结构"与"深层结构"的"二元关系"。千姿百态的生物世界、音响流动的音乐世界、引人入胜的文学影视世界、联通万物的计算机网络世界，这些都是表层的现象，其内在的实质都是"符号系统"。或者说，罗兰·巴特在《符号学原理》中所借用的索绪尔语言学的"能指""所指"概念是成立的❶。生物基因的 AGCT 序列是它的"能指"，而其"所指"，其最终的"意义表达"，则是形态各异的生物体结构。

可以看到，符号是纷繁复杂的宇宙与人类世界的重要本质。而既然万物都存在显著的进化现象，那么，这种进化就体现为符号系统的进化。具体来说，进化现象就体现为随着时间推移，符号系统、符号段落系统在遗传变异基础上逐渐形成特定的规则、特定的排列形状、特定的数理关系。

各种进化现象最终都体现为符号系统的进化。生物之所以进化，只是因为组成基因的 AGCT 四个符号形成的段落在进化。类似的，一段生物基因从"aaggccttt"进化为"aaagggcccttt"。这都是符号与符号段落的进化。

当然，必须注意到，符号系统与符号段落系统进化的动力与反馈机制，并不是在符号系统本身，而是在外在于符号系统的"表层结构"的表层世界当中。所以生物基因（即 AGCT 组成的上亿的碱基对段落）的进化，其动力机制、反馈机制、筛选机制都在多彩万千的大自然中，在动物的食物链与日常捕食中，在动植物的日常竞争当中，在各种偶然的生态变化当中。而文学进化的动力机制、反馈机制与筛选机制，也都是在人类社会当中，在人们日常的文学欣赏中，在不同学派的文艺争鸣当中。引申来说，我们在文学评论中不能就文学谈文学，而是要根据文学在社会与大众中的影响与反馈来评价文学。某部作品好，不是它天然好，而是在特定文化环境下的读者大众们觉得它"好"。如果社会条件与大众审美发生了巨大变迁，那么，一部从前认为"好"的作品，完全有可能变得评价很低，变得"不好"。要之，符号系统本身并不进行反馈与筛选，反馈与筛选符号系统的是符号系统所对应的意义世界与表层世界，即自然界与人类社会。

最后，可以得出一个结论：符号的重要特性，就是其以遗传变异为基础的进

---

❶　罗兰·巴特.符号学原理［M］.李幼蒸，译.北京：中国人民大学出版社，2008：22—33.

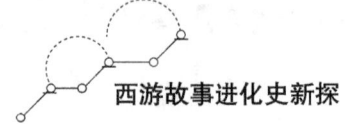

化特性。进化学说在语言、文学、音乐、建筑、服装、生物、计算机等领域的不同表现，统一于符号学，统一于信息论。因此符号学的一些理论，可以与进化论学说、文化基因学说中的一些理论进行对接。符号学可以成为进化论学说与文化基因学说的一种基础理论或思想工具。

（五）符号学与文化基因的两种编码方式

根据上文论述，我们已基本确认，生物基因与文学基因是同一种东西，其本质都是一些字母符号组成的信息文本。生物基因是由 AGCT 四个碱基字母构成的，而文学基因是由 abcdefg 等 26 个字母构成的。一段生物基因：agctagcagcccgggtgaac 与一段文学基因：veni vidi vici.（凯撒的名言：我来，我看，我征服）。二者从形式上并无区别。文学现象与生物现象的对等性，就是这么来的。二者是同一种东西，有相同的本质。

从这个意义上，生物基因与文学基因是同一种东西，二者并不是"比喻的关系"，而是同一个类型事物中的某甲与某乙的关系，二者具有深刻的同一性。形象来说，生物基因与文学基因是一棵松树与一棵桃树的关系。松树与桃树的大小、外形、色彩、气味等很不一样，但松树与桃树在内在实质上是一样的，它们都是"树"，具有"树"这种东西的共性，其肉眼可见的区别并未大过其共性。换言之，生物基因与文学基因的那些"区别"，并未大过二者所具有的"共性"。

在文学基因与生物基因关系的基础上，我们可进一步发问：文化基因与生物基因、文学基因又是什么关系？要解释这一问题，就必须回答，文化基因到底是什么？去除其外在表现，文化基因的内在本质是什么？

这一问题涉及符号学，涉及文化基因的编码方式。我们需要思考："文化基因"是以何种状态存在的。一般来说，很多文化基因并不像文学基因那样有着准确的文字编码形态。文化基因更为"虚化"，常常是一种气态化的精神现象。但是如果换一个角度，从符号学角度来看待文化基因，我们就会认识到，文化基因有着不同的符号编码方式。主要是两种：一种是以文字符号编码；另一种是以非文字的其他实物符号编码。

第一种是以文字符号对文化基因进行的编码。很多法律、风俗、制度等文化的东西，最终都是通过文字编码，被记录与传承下来。例如，上文说的"三年之丧"的风俗，是一种风俗，但是在《礼记》等作品中用文字进行了"记录"。后来的人执行这种风俗，按照文字的规定进行即可。再如，"科举制度"作为一种文化基因，它有一系列现实规定性，有科举的场所、科举的流程、科举的后续结果、科举的参与人参与范围等等。但"科举制度"归根结底有着"明文规定"的一系列条款，如《明史·选举志》中所规定的那些。这些"文字条款"就规定了"科举制度"这种文化基因的执行方式。古今中外的很多制度，最终都体现为"文字性的条款"。

第二种是以各种非文字的实物符号对文化基因进行的编码。如钱币、建筑、服饰、生活用具等中包含的内容，其实也是广义的符号。这些物质内容代代传承，本质是符号的传承。货币、建筑、服装等都有很强的符号性。对此，符号学界早有认识。罗兰·巴特在《流行体系》一书中即用符号学分析了服装的问题，"本书主要探讨的对象，是对当前时装杂志刊载的女性服装进行结构分析，其方法源自索绪尔对于存在符号的一般科学假定，他将其命名为符号学（semiologie）"❶。罗兰·巴特的这些分析在符号学与文化基因理论的视阈下就显得非常有价值。

此外，20世纪60年代至今，国内外关于建筑符号学的讨论也逐渐增多起来。如1980年，勃罗德彭特等人编辑的论文集《符号、象征和建筑》，深度讨论了建筑符号的诸多问题❷。近年来国内也出版了大量相关著作，如《手绘欧洲建筑之旅：建筑语言符号论》《古建筑的符号》《凝固的符号——建筑、园林欣赏》等。可见，建筑学界关于"建筑符号"问题的研究已然较为成熟。因而，建筑领域的文化基因的传承，往往是以这种"建筑符号"的传承为中心的，其诸多的遗传变异规则最终都可以归结到"符号学的规则"。

明确了以上文字符号与非文字符号编码的文化基因的相关异同，我们对文化差异的认识就更为深入了。举例来看，中国文化与西方文化的不同。二者之不同，首先就在于语言文学之不同，这一点是最基本的。其次，除语言文字文学不同之外，很重要的就是日常生活中的文化符号、实物符号之不同。这就体现在日常生活的各方面，如音乐之不同、饮食之不同、衣着之不同、建筑之不同。中国古人很强调"华夏衣冠"就是强调衣冠中所代表的文化意义。再如哥特式建筑与中国传统建筑的不同。哥特式建筑的大尖顶与中国古典建筑的飞檐，采用了不同形态的建筑符号，代表不同的意义。总之，中国文化与西方文化的不同传承，正在于其不同的文字符号与非文字符号的历代传承。

---

❶　罗兰·巴特著，敖军译.流行体系［M］.上海：上海人民出版社，2016：1.

❷　勃罗德彭特等编.符号·象征与建筑［M］.北京：中国建筑工业出版社，1991.

可见，文化基因的两种编码方式，无论是以文字符号编码，还是以非文字的实物符号编码，最终都简化为了"符号编码"。而由于符号系统、符号段落系统所自带的"进化特性"，所以文化与文化基因也具有深刻的"进化特性"。以此来推论，则文化基因与文学基因、生物基因，也有着深刻的同一性。我们对文化问题、文化进化问题的认识，可以深度参考文学进化论、生物进化论。

综上所述，笔者通过提出与阐述新的文学进化论，证明了生物基因、文化基因、文学基因是同一种东西，具有深刻同一性，其本质都是一些由各类符号组成的信息文本。跳出这些具体论述，我们会发现：这不仅仅是一种文学理论、文化理论，而更像是一种哲学。换言之，笔者在本书中似乎提出了一种新的研究理论，涉及宇宙中诸多物质与精神现象的本质。这些东西到底最终意味着什么？其进一步的哲学内涵是什么？我们还不能完全说清，有待未来进一步研究。这里限于篇幅，我们就暂且停止相关思考吧。

五、文学进化维度下的文学评论

除了以上剖析的本体论、存在论，乃至宇宙论的哲学问题，文学进化论还涉及一个认识论的哲学问题。这种认识论的哲学问题，以阐释学的面目呈现，但它实则是一个普遍性的文学评论的问题。

因此，在本书最后，让我们回到文学领域，探讨一个纯粹的文学评论的理论问题，也就是探讨文学进化维度下的文学评论的问题。

如果我们仔细阅读金圣叹批点《水浒传》或金圣叹批点《西厢记》的相关文字，我们会注意到，金圣叹只是从共时和"定本"的角度，来评点这些文学，评点其中的情节与人物形象。金圣叹未注意到，他所评点的诸多情节与人物形象，都有其进化史的演变，很多细节都是从前代因袭过来的。如《水浒传》的诸多情节，在《大宋宣和遗事》和诸多元杂剧水浒戏中都有。《水浒传》很多时候只是继承了前代作品中的情节与人物。这就导致针对《水浒传》的很多评点，可能是失真的，是过度的阐释。因为作者并没有想那么多，他只是从前代作品中继承了一些东西，对这些东西进行了适当改写。

类似的问题，亦见于西游故事。百回本《西游记》的很多情节，都有清晰的进化历程。明代托名李卓吾的评点本，清代诸多的道教评点本，几乎都忽视了百回本《西游记》中各情节的进化历程，而直接就其最终共时面貌，进行评点和各类阐释。这种不考虑进化面貌的共时状态的阐释，是极易失真、犯错的。

　　因为评点者认为是某作者创作的某情节，很可能并不是来自该作者，该作者只是对前代作品进行了因袭。例如，武松打虎的情节，无疑是《水浒传》中的经典情节，明清以来的评论者对之评价极高。然而这段情节，并非《水浒传》作者的原创。元杂剧作家红字李二就著有元杂剧《折担儿武松打虎》，该作品已经亡佚，但从内容看，与《水浒传》中武松打虎应有极大联系，应是《水浒传》中武松打虎的前身。由此，我们对武松打虎情节的文学性评论，就存在问题。类似的问题，亦明显见于百回本《西游记》的评论。

　　这些问题从理论上分析，就是因为在文学进化进程中，后代文学作品总是包含大量从上一代文学作品中因袭、继承而来的情节、人物、词句，这就导致后代文学作品中情节、人物的各种意义、意蕴，并非其作者所能够把控的。因为有些东西是继承来的，荣格称之为"集体无意识"的东西，很多都是通过因袭、继承而来的，作者不能完全决定的内容。这就导致某些作品中包含有很多我们难以阐释的东西。

　　例如，我们评价王实甫《西厢记》中的红娘。如果我们只看过王实甫《西厢记》，那么我们就会对红娘产生一种错觉，一种在评价上的矛盾性，或曰歧义性，即红娘对于张生是否有爱慕，红娘对张生是否有暗恋。由于古代有陪嫁丫头的风俗，那么红娘为崔莺莺与张生牵线搭桥，实则也是为自己谋幸福，因为如果崔莺莺嫁给了张生，则红娘亦很可能成为张生的小妾，则很明显红娘的牵桥搭线，并非单纯为崔莺莺考虑。这一状况在金代董解元《西厢记诸宫调》中已有很大呈现。在董本西厢记中，张生在被莺莺拒绝后，万念俱灰，就对红娘说："如今待欲去又关了门户，不如是两个权做妻夫。"而在元代王实甫《西厢记》杂剧中，王实甫显然注意到了这个问题。所以在第五出中，张生的唱词谈到了要将红娘由仆人释放做平民，这显然就是为了规避"红娘的牵线搭桥最终是为了自己嫁给张生做小妾"的矛盾性。可问题在于，红娘形象是进化的产物。最初见于元稹的《莺莺传》，红娘形象的矛盾性最终都要归结到《莺莺传》。而据研究，《莺莺传》所讲述的有可能是真人真事。所以作为故事的原型人物，红娘的所作所为，确实有为自己考虑的因素。只是在元稹《莺莺传》中，元稹本人未注意到这一点，或者虽然注意到了，但在《莺莺传》中只是将之隐去，作为叙事空白进行了模糊化处理。

　　这就证明，在文学进化论维度下，来评价文学作品，评价人物形象，各种问题会变得很复杂，因为不断有新的因素、新的变量被杂入评价体系。这些进化论维度下的新因素、新变量，类似于一种内涵巨大的集体无意识，有时候会"自带"巨大的矛盾性、丰富的可阐释空间，以致我们不得不修改我们的评价。因此，我们不能脱离进化史来评价文学作品、人物形象。一旦脱离了进化史来谈人物形象，其中就会暗含大量我们无法解释，甚至暂时未能注意到的矛盾性以及巨大的意义空间。

在《西游记》评论上也是如此，《西游记》中孙悟空、猪八戒、沙和尚等形象都是进化的产物，不能脱离进化史来单纯评价。否则就会得出各种违背进化史实的评价。而孙悟空、猪八戒等形象的"多义性"，一部分就来自进化，来自漫长进化历程中，各阶段文本的互相掺杂。这些文本具有各自不同的意义指向，各自不同的阐释空间，一旦它们被混合在一起，再被略加修改，则原有的不同指向的意义，原有的不同大小、范围的阐释空间，就会发生一种"化学或物理变化"，形成一个更大的更复杂的意义阐释空间。以致很多时候，我们的阐释，只能抓主流，而有意无意忽略支流。而所谓的"文学阐释"，实则是人为地赋予一部作品一个主基调，且忽略其他的阐释方向，以形成对意义、舆论的引导。类似于汉儒在《诗经》阐释中，把爱情诗理解为政治诗，就是忽略某种阐释，而强化另一种阐释，无论正确与否，都会形成主流的意义指向，主流的舆论导向。

质言之，文学作品的"多义性"一部分就来自进化。文学进化让各种意义被混杂在一起。"一千个读者心中有一千个哈姆雷特"，而莎翁剧作《哈姆雷特》何尝不是进化的产物？哈姆雷特的多义性，与其多次进化过程是有直接关联的。

可见，我们的文学评论，我们的文学欣赏，应该建立在文学进化论的维度之上。在讨论共时性的文学问题之前，一般先需要把历时性的问题查考清楚。然后再进行评论。金圣叹等古代文学批评家评点文学作品，实则都未在文学进化的维度下看待文学问题，都不考虑各文学作品自身的进化，都只是就共时性的问题，进行文学品评与欣赏。

究其要点，文学进化论与文学评论的关系问题，是值得进一步进行研究的。我们在一般性的文学评论与文学欣赏中，需不需要参考文学进化、文学遗传变异等方面的研究成果？又且如何来参考？如何将之纳入文学评论、文学欣赏的体系中去？这些问题未来都是值得我们在文学评论、文学欣赏实践中进一步探索的。

总之，伟大的进化作用，有着无与伦比的神奇效果。西游故事进化史只是文学进化作用的一个案例而已，只是广义上的进化作用在宇宙间上至银河星系，中至人类社会，下至生物细胞，乃至人类精神领域的诸多进化成果之一。而采用文学进化论的方法与理论，可以对诸多的故事、诗词进行研究，这一领域将是大有可为的。

　　笔者坚信，未来，文学进化论一定会成为文学学科的基础理论。依靠文学进化论的理论与方法体系，在不久的未来，文学学科可以成为像物理学、生物学一样的硬科学。

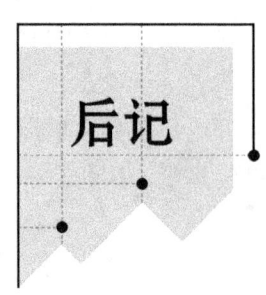

后记

　　行文至此，这部《西游故事进化史新探》就算完稿了。十年磨一剑。对《西游记》的研究，是笔者学术研究的真正起步。在 2008 年 9 万字的硕士论文《文学进化中的因袭——以〈西游记〉为中心案例》中，笔者对文学理论、古典小说研究、文艺心理学等都有自己的思考。在文学理论方面，笔者当时已经萌生了"新的文学进化论"的诸多念头；在古典小说研究方面，笔者对《西游记》与内丹道教关系问题，已经有了初步的探究；在文艺心理学方面，笔者在硕士论文开题报告中，已经提出"内视"的心理学概念。

　　硕士毕业后，笔者离开了文史研究领域，从事财经类的新闻工作。直到2015 年重新考入南开大学攻读文学博士学位，才"接上"了 2008 年之前的生活——一种纯粹的书斋学者生活。

　　笔者自少年时代起，就对学术研究与写作非常热爱。2007 年至今的十多年，长年都处于"高强度写作状态"，平均每年至少写二十万字。学术研究与写作是笔者的一大"爱好"。但学术研究，又岂是"爱好"二字可以完全概括的？学术是经国之大业，是国家的基础，是社会进步之前奏。我们建设伟大的国家，实现中华民族伟大复兴，就必须有一支专业且强大的学术研究队伍。

　　诸多现象表明，近四十年来，我国的学术研究，越来越专业。这是好现象。隔行如隔山，学者们几乎难以看懂自己专业外的论文了，甚至连文学类的论文，有时候也难以读懂。这正说明，当代中国的学术研究变得"专业化"。但是，毋庸讳言，我们的"创新性"还不足。我们所谓的"创新"，多是修修补补的创新，缺乏开拓性的创新。

　　那么，我们应该如何来创新？恐怕，谁都不敢打保票。我们只能说"我认为，应该如何如何"。从个人实践经验与体会的角度来说，笔者认为，在学术领域，随着中国学术研究的专业化趋势的加大加深，如何打破专业壁垒，成为一个亟待解决的问题。应该说，学术创新就在于打破学术壁垒，从文史哲、数理化、经管法、生心医等学科，自由组合，自由探索。在笔者看来，任何两门学术都是相通的，都有其"衔接点"或"联结点"，只是我们没有找到。如果我们把视野完全限制在文学领域，则有可能产生"一叶障目，不见泰山"的学术失误。

经过这么多年的学习与探索，蓦然回首，笔者深感自己2008年9万多字的硕士论文《文学进化中的因袭——以〈西游记〉为中心案例》，其实是一部展现出一位25岁青年学者诸多独立性思考的较富创造性的作品，是笔者个人学术事业的起步之作。虽然这部硕士论文，亦有很多不规范、不成熟，甚至错误之处，但这部作品是有闪光点的。

从这部硕士论文出发，笔者用十多年的时间，形成了三大"新探"，即《文学进化论新探》《西游故事进化史新探》《文艺心理学新探》。这三部作品涉及不同的学术领域，但归根结底都是从2008年的硕士论文中生长出来的。

学术之路，漫长而枯燥。国家的发展之路，亦漫长而枯燥。从没有一个人，敢说自己占据了全部的真理。从柏拉图到亚里士多德，从牛顿到爱因斯坦，人类文明才得以飞速发展。而中华民族也得以在世界先进民族之林中长久屹立。这靠的是什么？靠的就是，一代代华夏学人，努力探索，同时努力吸收世界先进文明。

到了最高的层次，所谓的"吸收"，也许只是需要一个眼神、一句话。这正如虽然莱布尼茨独立发明了微积分，但也许他在早年访英过程中，偶然得到过牛顿等人的启发。对于莱布尼茨这种高水平的思想者，所谓的"启发"，也许只是几句话，因为具体的操作，他已经很熟悉了，他缺乏的只是思路。而思路往往只是几句话就能说清楚的。

学术研究需要一代代学者像接力赛似的前赴后继。用术语来说，学术创新的发生，也需要"代际积累"。所以我需要感谢博士导师刘畅教授与硕士导师孟昭连教授，笔者从他们身上学到了大量的关于学术的东西。同时也要感谢笔者在南开大学读本科、硕士、博士期间，所遇到的诸多老师：罗宗强教授、陈洪教授、李剑国教授、张毅教授、赵季教授、卢盛江教授、查洪德教授、陶慕宁教授、宁稼雨教授、洪波教授、王志耕教授、刘俐俐教授、周荐教授、艾跃进教授，以及其他教过笔者的老师。他们的观点，他们的治学，对笔者都有不同程度的影响。

学术研究始终是国家前进的动力之一。而文学研究，实则是当代中国学术与科学研究的一艘"旗舰"。笔者认为，中国其他领域的学术与科学研究，其实都没有文学研究进行得深入。就是说，中国其他领域的科研规模还要扩大，学者人数还要增多，研究细腻程度还要加深。总之，愿中国的文学研究者，能够为中国学术发展，做出更多更大的贡献，更强更积极的表率。同时，愿中国的学术与科学研究，能够在未来的某一天由量变到质变，成为世界上最具创新能力的学术研究体系！

郑祥琥

2021 年 2 月

于江西科技师范大学校园